U0141046

本书获中国社会科学院出版基金资助

互利共赢开放战略
理论与政策
——中国外向型经济可持续发展研究

于立新　陈万灵 等／著

社会科学文献出版社
SOCIAL SCIENCES ACADEMIC PRESS (CHINA)

广东外语外贸大学国际经济贸易研究中心资助

目录

1

Contents

导　论

一　引言

中国是世界上文明发祥最早的国家之一，曾经创造了不胜枚举的世界第一，到现在国内外还有不少学者认为直到 1820 年，中国一直是世界上最富有的国家之一，回顾世界历史也的确如此。

冶炼铜技术、青铜器和铁器的使用、陶瓷以及丝织品的生产等都代表了当时世界上先进的生产力，万里长城和秦始皇陵兵马俑更是那个时代东方智慧的象征。封建时代的开明君主比较重视同周边国家的经济往来和文化交流：汉武帝时期曾派使臣张骞两次出使西域，打开了从长安（今陕西西安）经新疆、中亚直抵地中海东岸的"丝绸之路"，中国绚丽的丝织品经此源源西运。公元 7 世纪 60 年代，中国与日本、朝鲜、印度、波斯、阿拉伯等许多国家建立了广泛的经济和文化联系。至元朝时期，被誉为中国古代科技"四大发明"的造纸术、印刷术、指南针、火药相继传入世界各地，对世界文明作出了巨大贡献。明朝时期，郑和率领庞大的船队进行了七次规模巨大的海上远航，途经东南亚各国、印度洋、波斯湾、马尔代夫群岛，最远抵达非洲东海岸的索马里和肯尼亚，是哥伦布以前世界上规模最大、航程最远的海上探险[①]。从某种意义上说，早在封建社会中国就已经对"开放"这一理念进行了伟大的尝试，并取得一定的成就。清朝时期，尽管清政府采取闭关锁国的政策，但中国的封建经济发展达到了顶峰，其经济总量占到世界的 32%。

从鸦片战争到新中国成立前 100 多年间，中国社会一直处在战乱与动荡

---

① 《中国历史概述》，新华网 http：//news. xinhuanet. com/ziliao/2003 - 08/05/content_1010632. htm。

1

之中，中国的经济也遭受到毁灭性的冲击，国家一穷二白，已经远远落后于西方发达国家。但是，新中国成立以后，不屈不挠的中国人民在中国共产党的领导之下，积极进行生产建设，努力恢复国民经济，并且取得举世瞩目的成就，特别是1978年起实行的改革开放政策，把工作重点转移到现代化建设上来。通过改革经济体制及相关行政管理体制，逐步确立了一条具有中国特色的社会主义现代化建设道路。

改革开放以来，中国的面貌发生了深刻变化，成功实现了从高度集中的计划经济体制到充满活力的社会主义市场经济体制的过渡，确立了以公有制为主体、多种所有制经济共同发展的基本经济制度。市场经济的微观基础和统一开放的市场体系逐步形成，宏观管理和社会保障体系逐步健全，以间接调控为主的宏观调控体系已经建立并不断完善，以按劳分配为主、多种分配方式并存，各种生产要素按贡献参与分配的制度体系初步建立。同时，对外开放程度不断深入，全方位、宽领域、多层次的对外开放格局已经形成。尤其是加入世界贸易组织以后，中国开始全面参与到经济全球化进程中，并通过有效利用国内外两个市场、两种资源，大大促进了国际竞争力的提高。此外，社会事业全面进步，精神文明、政治文明建设得到长足发展。覆盖城乡的义务教育体系全面建立，城乡社会卫生服务体系不断完善，文化事业和文化产业共同发展的格局初步形成，基本公共服务正在朝着均等化方向发展，政治体制改革稳步推进，基层政权民主活力不断增强，与社会主义市场经济相适应的法律法规体系业已基本建立①。总体而言，中国30多年来的改革开放，成就是巨大的，经验是极其丰富的，已经成功地走出了一条独特的开放发展道路；但同时也不可避免地存在着一些深层次的矛盾和问题。对此，必须科学地分析和看待这些问题和矛盾，以理性的、积极的、务实的态度处理，并坚持以经济建设为中心不动摇，坚持社会主义市场经济体制的改革方向不动摇，坚持构建社会主义和谐社会不动摇，坚持和平发展不动摇，认真贯彻执行科学发展观，积极探索深化改革路径，大力推进难点领域的改革攻坚，努力完善社会主义市场经济体制，促进中华民族的伟大复兴。

但是，由于在社会制度、意识形态以及文化模式等方面与西方国家存

---

① 《摆脱贫困加快现代化的中国式道路——发展改革委副主任杜鹰谈改革开放30年辉煌成就》，中华人民共和国中央政府网 http://www.gov.cn/jrzg/2008-05/05/content_962188.htm。

在较大差异，多年来中国经济的快速增长和持续不断的对外贸易顺差，使得中国发展的外部环境变得越来越复杂，"中国威胁论"也在一些国家和地区给中国的国际形象带来一定负面影响。事实上，中国为世界提供大量物美价廉产品的同时，又购入价格波动的大宗商品，这能有效地降低全球的通货膨胀率。另外，中国经济的增长又为与其有经济往来的国家和地区提供了市场开放机会，通过进口自身发展所需要的产品，间接拉动了这些国家和地区的经济发展。因此，中国经济贸易的增长对世界来说不是威胁，而是贡献。不过，应该看到，在中国崛起和国际环境日趋复杂的当代，"中国威胁论"仍然是21世纪前叶中国对外开放战略亟待化解的重要问题，实施互利共赢开放战略，推进全球经济均衡增长，构建和谐世界的理念，无疑成为解决这一问题的最好途径。

二　互利共赢开放战略的基本含义

"共赢"是从博弈论中引申出来的一个概念，它是与零和博弈相对立的一种博弈方式，其特点是主体双方在博弈中都得到赢的结果（即共赢），而不是一方赢，另一方输的零和结局。这一概念在现代领导学和企业管理学中经常被使用，并在各国经济交往中发挥着日益重要的作用。把"共赢"作为中国目前国家层面开放战略的核心是十分必要的。当今的世界，虽然政治经济发展还很不平衡，从而使得少数发达国家仍在奉行自己"独赢"的价值观，但随着世界经济一体化趋势的发展，不同国家经济上的相互依赖性日益加强，因而这种"独赢"价值观的实施遇到越来越大的阻力，而平等互利的价值观则日益受到欢迎。这种平等互利的"共赢"价值观正是和谐世界的思想基础，这一思想基础的扩大，必将推动和谐世界的构建。

党的十七大报告深刻指出："中国将始终不渝奉行互利共赢的开放战略。我们将继续以自己的发展促进地区和世界共同发展，扩大同各方利益的汇合点，在实现本国发展的同时兼顾对方特别是发展中国家的正当关切。我们将继续按照通行的国际经贸规则，扩大市场准入，依法保护合作者权益。我们支持国际社会帮助发展中国家增强自主发展能力、改善民生，缩小南北差距。我们支持完善国际贸易和国际金融体制，推进贸易和投资自由化便利化，通过磋商协作妥善处理经贸摩擦。中国决不做损人利己、以邻为壑的事情。"这段话充分说明了中央提出的互利共赢开放战略是立足于世界经济发展和中国对外开放的客观现实，在系统深入分析经济全球化发展新趋势、新特点的基础上，用全球战略眼光重新审视中国对外开放面临的现实与理论问题后所进行的一种开放战略升级。这一战略的基本内容在于突破传统开放战略观念的束缚，创新开放战略思想，努力探索与世界经济发展新趋势和中国经济社会发展新阶段相适应的对外开放新理念，目的在于进一步优化本国的开放政策与开放战略，实现更加有效益的对外开放，同时通过营造更加有利于开放的国际战略环境，实现中国与世界的互利共赢[①]。互利共赢开放战略的基本内涵至少应该包括以下四个方面的内容。

（一）立足于全球意识的开放战略升级

在改革开放初期，中国将对外开放的战略定位在自身利益上，随着对外开放向广度与深度的拓展，中国在对外开放战略的制定上开始放眼全球，将自身的发展纳入经济全球化发展之中。从改革开放之初为解决资金与技术两个缺口而设立经济特区，到后来的利用国内外两个市场、两种资源大力发展外向型经济，再到当前互利共赢，构建和谐世界，推动国内国际经济协调发展，中国的对外开放战略始终处于不断升级与完善的进程之中。在这个进程中，中国对外开放的战略与配套措施伴随着国内外经济形势的演变而适时调整，中国对外开放的力度与水平不断提高。在经济全球化趋势加快发展的新形势下，对外开放不仅成为决定中国经济又好又快发展的重要因素，而且成为中国参与全球合作竞争、在全球化条件下实现国家可持续发展重大战略的主要内容。互利共赢的对外开放，蕴涵着"全球因素"在国家发展重大战略中的地位上升，标志着中国作为新兴的经济大国，除了谋求自身的利益与发展外，开始考虑其在全球经济中的责任，在以国家利益为导向的前提下，相应制定包括深化国内改革、应对国际经济危机与贸易摩擦、外资与技术引进、能源与金融安全等领域的一整套长远的系统性的发展战略，这也意味着中国迈出了全球化战略的关键一步。

（二）站在发展中大国新起点上的科学开放

互利共赢开放战略也是中国在对本国经济综合实力和国际地位客观认识的基础上，基于已经迅速崛起为发展中大国的这一新起点上所进行的开放战略创新与调整。改革开放初期，中国只是一个综合经济实力不强，参与世界经济循环不多的发展中国家，中国的对外开放没有对外部世界产生重大影响。对外开放的主要内容是如何引进国际资源，如何扩大出口创汇，

---

① 李安方：《互利共赢与开放的战略创新》，《社会科学》2007 年第 11 期。

如何提高本国经济的国际竞争力，将世界经济发展看做中国经济发展的外部条件，开放战略的主要目标在于充分利用外部条件来发展本国经济，不必过多地考虑国际责任。但是，在中国成功度过加入 WTO 过渡期后的今天，中国已经从原来的对世界经济无足轻重的不发达经济体，逐渐演变成足以决定未来世界经济格局与全球市场秩序的庞大经济体。正如 2007 年 6 月 25 日，胡锦涛总书记在中央党校重要讲话中指出的那样，新世纪新阶段，中国的发展已经站在了新的历史起点上。这一新起点是全面意义上的，既包括国内经济社会的发展，也包括中国国际地位的提升。从经济对外开放和世界经济的角度来看，在新的历史起点上的对外开放要求中国要立足于已经成为世界重量级经济大国的这一客观现实，以大国的眼光重新审视全球，以大国的视角处理自身及所遇到的国际政治经济难题，站在全球的高度，准确把握中国所处的位置，并以中国的发展促进世界的进步。

（三）进一步提高对外开放的质量和效益

互利共赢的开放战略核心在于"互利"，目标是为了实现"共赢"。所谓"互利"，就是指一国在制定对外开放政策和战略时，不仅要充分考虑本国的经济利益，实现本国经济与产业健康发展，还要充分考虑本国经济发展对世界经济体系的影响。所谓"共赢"就是要把既符合本国利益、又能促进共同发展作为处理中国与世界经贸关系的基本准则，实现对外经济交往中合作双方的共同发展。实施互利共赢开放战略要求在对外开放、处理经贸关系的过程中，始终把维护国家整体利益放在首位，同时，也必须兼顾经贸伙伴的利益，促进共同发展、平等受益、互惠互利。从中国 30 多年来对外开放的战略实践看，中国对外开放的成就主要体现在规模和数量方面，总体来说对外开放的质量和效益不高。在新的历史阶段，坚持互利共赢的开放战略，首要的一点是要转变对外开放的政策理念，始终以国家利益为主导，以国民福利的提高作为获取开放效益的评价标准，以形成全球化条件下全面参与国际经济合作与竞争的新优势，切实转变开放型经济增长方式为手段，切实实现中国的对外开放模式由传统的数量扩张型开放向质量效益型开放的转变。

（四）营造更加有利于开放的国际环境

新世纪新阶段，中央提出互利共赢的开放战略不仅是为了解决中国外向型经济又好又快发展的问题，也是全面建设中国特色社会主义的又一次发展战略的重大布局。在经济全球化时代，对外开放的战略已经超出纯经济的领域与范畴，正在成为中国应对日益激烈的国际竞争，建设社会主义现代化经济强国的总体战略部署的一个重要组成部分，具有政治、经济两个方面的重要含义。从经济方面来说，互利共赢战略的提出标志着中国的对外开放已经开始从适应性开放阶段向战略性开放阶段顺利过渡。以互利共赢的开放理念处理中国对外关系，更加强调对外开放的可持续性，强调不以牺牲明天的利益发展今天，不以牺牲别人的利益发展自己。互利共赢的开放战略不但重视外部资源为我所用，而且强调中国的快速发展带给国际社会更多的发展机遇，强调通过平等协调处理国与国之间的经济纠纷，而不是采取贸易制裁的手段进行恶意竞争。互利共赢的开放战略不仅具有经济方面的积极含义，还对处理国与国之间关系具有重要的政治指导价值。在新世纪新阶段，中国已经向世界明确表达了坚持走和平发展道路的决心，确立了坚持走和平发展道路，是中国实现国家富强、人民幸福的必由之路，中国愿尽自己所能，为推动世界各国共同发展作出积极贡献。互利共赢的开放战略，从本质上说，是中国和平发展道路在对外开放战略上的具体体现。

如上所述，互利共赢开放战略是科学发展观在对外开放领域的具体体现，是中国对外经济交往的指导思想。互利共赢开放理念既是一种思维方式，也是一项能够付诸行动的主张。它包含着对利益的追求，但并不止于对利益的追求，它的着眼点是通过国家之间经济合作的路径，更好地促进国内发展和改革，全面实现中国强国富民的伟大复兴。

三　互利共赢开放战略提出的必要性

"二战"后的国际关系以"和平共处"为主基调，其间则经历了从民族独立到相互依存，再到全球化的历程。世纪交替，人们蓦然发现，全球化已经使地球变小，资源变少，南北差距却在拉大，国际关系日趋复杂。中国作为一个 13 亿人口的大国，要在全球化的机遇中和平崛起，必须作出正确的国际战略抉择。中国共产党以邓小平理论和"三个代表"重要思想为指导，从新世纪新阶段党和国家事业发展的全局出发，及时提出了"科学发展观"这一重大战略思想。依据科学发展观，中央提出了"统筹国内发展和对外开放"的目标，要不断提高对外开放水平，增强在扩大开放条件下促进发展的能力。胡锦涛总书记说："经验表明，一个国家坚持什么样的发展观，对这个国家的发展会产生重大影响，不同的发展观往往会导致不同的发展结果。"根据科学发展观，在已经完成的"十一五"规划任务中，具体设定了中国要积极参与国际经济竞争，实施互利共赢的对外开放战略。这是在新时期，面对新的变化，并在认真分析世界经济形势和中国经济社会发展过程中出现的新情况和新问题后，作出的重大战略调整，是一项具有划时代意义的理论创新，将在未来有力地推动中国外向型经济更好、更快地发展。

（一）互利共赢开放战略是经济全球化时代的理性选择

经济全球化自 20 世纪 90 年代以来逐渐加速发展，已经成为当代世界性潮流，也是中国对外开放所面临的最根本的外部宏观环境。中国的对外开放历程与经济全球化的发展几乎是同步的，并且随着经济全球化的不断深入发展而进行相应创新调整。在对外开放初期，经济全球化的发展也正处于起步时期，生产要素在全球范围内流动主要表现为国与国之间的资源互补。当时中国对外开放的目的主要在于利用丰裕的国际要素资源弥补国内短缺，通过对外开放突破国内计划经济观念束缚。进入 20 世纪 90 年代之后，以跨国公司为主导的国际生产一体化格局逐步形成并日益成为主流，以国际贸易活动为载体的国际产品流动和以国际金融市场为载体的国际资本流动，进一步放大了世界经济的全球化效应。与经济全球化这一发展格局相适应，中国的开放战略与开放政策也开始从把经济全球化视为发展的外部条件，调整为充分利用经济全球化机遇大力发展本国外向型经济。进入 21 世纪以后，经济全球化的发展呈现一些新的趋势特征，主要表现为经济全球化在促成各国之间生产要素的合理流动，形成优势互补，推动世界经济持续发展的同时，对世界经济发展的负面效应也日益显现。第一，经济全球化的发展在一定程度上加剧了世界资源配置和经济发展的不平衡性，"数字鸿沟"出现，新经济与旧经济脱节，世界经济呈现结构性失衡。第二，经济增长忽视社会进步，环境恶化与经济全球化同步。第三，经济全球化发展与当前的全球经济治理规则不健全之间仍然存在不可调和的矛盾。第四，经济全球化使各国经济形成"你中有我，我中有你"的局面，相互依存度进一步加强，这也意味着国际经济的任何变动，都会产生"一损俱损，一荣俱荣"的连带效应。第五，经济全球化还存在着引发全球性经济危机的可能性。如由美国次级贷款问题引发了全球较大范围的金融海啸，美国与欧洲多个国家以银行业为主的金融行业陷入严重的信贷及主权债务危机中，很多银行或者破产被购并，或者被国有化。面对流动性严重不足的市场，世界主要经济体的央行纷纷采取量化宽松货币政策降息以及注资的方式积极救市。同时，亚洲某些经济体也处于国家经济破产的边缘，不得不在努力自救的同时转而寻求周边其他国家及世界经济组织的援助。简而言之，在经济全球化的时代背景下，美国的金融危机触发了世界其他国家或地区经济发展过程中的潜在矛盾，极可能引发下一轮全球性的金融风暴。因此，面对经济全球化发展的新趋势、新特征，中国的对外开放战略也必然要进行相应的调整，即根据经济全球化的新发展、新挑战背景，明确全球化时代中国对外开放的新目标，实现中国外向型经济从集聚国际要素，发展本国经济，转向全面参与全球经济合作与竞争，争取在全球经济再平衡发展中占据更高的国际分工地位并获取更充分的开放利益，以推动中国从一个开放的发展中大国向一个开放的现代经济强国转变。

（二）互利共赢开放战略是坚持科学发展观，完成"十二五"规划目标的迫切需要

21世纪初期，党中央根据中国社会经济发展的历史现实，在全面客观分析国际国内形势的基础上，适时提出了以人为本，全面、协调、可持续的科学发展观。科学发展观的提出标志着国家的发展政策和发展理念在经济社会步入一个更高阶段之后开始向更加理性的发展方向转变。从过去单纯注重经济增长的速度，向更加注重经济增长的质量和效益转变；从单纯强调经济增长，向更加强调经济与社会的协调发展以及人的全面发展转变。尽管改革开放30多年来，中国的外向型经济发展迅速，取得了举世瞩目的成就，但是隐藏在这一成就背后的是以资源、能源的投入为支撑的，以生态环境恶化为代价的，典型的以量取胜的粗放型增长方式。随着中国经济的持续快速增长以及国际能源资源价格的不断上涨，这种不可持续的发展模式已经难以为继，必须在对传统的开放战略进行反思与评估的基础上，积极探索中国在新时期深入开放阶段实现更高效益的开放新理念，寻求一条可持续发展的新道路，以破解中国对外开放领域的现实难题，实现开放型经济的科学发展。按照党的"十六大"对21世纪头20年全面建设小康社会的总体部署，中国提出了"十一五"时期经济社会发展的主要目标：在优化经济结构、提高效益和降低能源消耗的基础上，实现2010年人均国内生产总值比2000年翻一番；资源利用效率显著提高，单位国内生产总值能源消耗比"十五"期末降低20%左右。从实施结果看，基本完成这些指标已经不成问题，根据党的十七届五中全会通过的《中共中央关于制定国民经济和社会发展第十二个五年规划的建议》，我国"十二五"时期经济和社会发展的主要目标为：①经济平稳较快发展。价格总水平基本稳定，就业持续增加，国际收支趋向基本平衡，经济增长质量和效益明显提高。②经济结构战略性调整取得重大进展。居民消费率上升，服务业比重和城镇化水平提高，城乡区域发展的协调性增强。经济增长的科技含量提高，单位国内生产总值能源消耗和二氧化碳排放大幅下降，主要污染物排放总量显著减少，生态环境质量明显改善。③城乡居民收入普遍较快增加。努力实现居民收入增长和经济发展同步、劳动报酬增长和劳动生产率提高同步，低收入者收入明显增加，中等收入群体持续扩大，贫困人口显著减少。④社会建设明显加强。覆盖城乡居民的基本公共服务体系逐步完善，全民受教育程度稳步提升，文化事业和文化产业加快发展。社会管理制度趋于完善，社会更加和谐稳定。⑤改革开放不断深化。财税金融、要素价格、垄断行业等重要领域和关键环节改革取得明显进展，政府职能加快转变，政府公信力和行政效率进一步提高。互利共赢开放格局进一步形成。要完成"十二五"规划目标，必须加大对外开放的力度，努力实施互利共赢的对外开放战略，充分利用国内国外两个市场、两种资源，为国家提供经济发展所必需的资源、技术和管理经验。

（三）互利共赢开放战略是优化外向型经济结构，加快产业升级的必要保障

经过30多年的努力，中国已初步建立并正在逐步完善社会主义市场经济体制。在这关键时期，选择合理的经济增长方式，保持可持续发展动力尤为重要。改革开放30多年来，中国充分发挥了在国际分工中的比较优势，依靠大量出口物美价廉的产品，快速跻身于世界贸易大国的行列。但出口产品资源消耗大、附加值低，中国企业主要靠出口数量获得利润。另外，很多企业的加工模式是"两头在外"，原料和销售高度依赖国际市场，带动国内相关产业发展能力有限。再加上"以市场换技术"的路径受限，传统外向型经济战略的局限性逐渐显现，主要表现在以下几个方面：首先，中国经济发展过度依赖对外经济增长。数据表明，2007年1~9月份，中国对外依存度达到了71%，达到新中国成立以来最高水平。其次，外汇储备超常增长带来金融风险。外汇储备过多，一是造成国内经济泡沫化的风险；二是外汇储备投放渠道单一，收益较低，风险集中；三是造成了货币政策独立性削弱的风险。再次，对外资的优惠政策造成了内外资企业竞争的不公平和发展的不平衡。此外，持续多年的贸易顺差加剧了中国同其他贸易伙伴国的贸易摩擦，恶化了国际营销环境，同时，"两高一资"产品的大量出口也与中国科学发展观相悖，传统开放战略的调整势在必行。作为世界上经济增长最快的国家之一，中国随着加入世贸组织过渡期的结束，正在全面参与到全球经济再平衡体系之中，只有本着互利共赢的对外开放理念，充分发挥中国在多边贸易谈判中的作用，提高中国在世贸组织等多边经济外交中的影响力和参与水平，积极参与世贸组织规则的制定和修订，参与世贸组织对成员方贸易政策的审议，抓住重要战略机遇期，才能为全面建设小康社会创造良好的外部环境。与此同时，互利共赢开放战略还要求中国同周边国家和地区建立密切的经贸联系，深刻把握区域集团化发展的大趋势，充分掌握自由贸易区的对外排他性，顺应潮流，利用中国优势，进行对外经济合作，优化资源配置，有步骤、有重点地加快推进区域经济合作和自由贸易区建设，实现中国产业结构在区域合作基础上的优化升级和创造良好的外部经济环境。

（四）互利共赢开放战略是中国作为一个负责任的大国的重要体现

中国的和平崛起，需要走一条新型的工业化道路，既要跨越传统工业化道路所必然带来的争夺资源的大拼杀，又要超越由于意识形态差异而拒绝和平、发展、合作的僵化冷战思维。中国在参与的国际经济合作中，注重将本国利益与世界各国的利益有机地结合起来，不单纯追求自身利益，更不以损害他国利益来满足自己的利益，既讲爱国主义也讲国际主义，树立了和谐世界的国际主义观。互利共赢开放战略的提出更加证明了中国在促进世界政治经济新秩序建设中的努力，作为全球最大的发展中国家，中国的发展模式不仅关系到中华民族的振兴，也影响着世界经济的走势。不可否认的是，中国经济的发展为推动世界经济的进步作出了巨大的贡献，加入世贸组织以来，中国的进口贸易迅速增长，这对全球经济持续发展影响巨大，特别是为发展中国家的产品进入中国市场提供了重要机遇。同时，中国还吸引了大量外资，这也为发达国家提供了发展机遇，所有这些都促进了世界经济的稳步增长。另外，中国大量出口货真价实的商品也在一定程度上减轻了全球通货膨胀的压力。根据《京都议定书》，中国作为发展中国家没有减排义务，但中国在蒙特利尔会议上宣布愿意承担削减温室气体的责任。中国愿意立足国内并依靠自身努力来解决这些问题，但由于科技实力远远不如发达国家，中国需要与国际社会合作，在互利共赢的基础上，使资源和环境问题得到有效控制和解决。在国际社会，中国积极承担国际义务，作为最大的发展中国家，中国尽力为国际社会多作贡献。在 1997 年的亚洲金融危机中，中国从亚洲国家的共同利益出发，坚持人民币币值的稳定，并向有关国家提供力所能及的帮助，为亚洲国家最终战胜危机发挥了重大作用。至 2005 年，中国给亚非最不发达国家提供了优惠关税待遇，并减免了 38 个亚非国家 137 亿多元人民币的债务。中国政府坚持以平等互利为核心的新发展观，积极推行互利共赢开放战略，愿意尽己所能支持发展中国家，也愿意积极采取措施推动南北合作，促进世界经济的平衡有序发展。

四　互利共赢开放战略的内容[①]

实施互利共赢的开放战略，坚持对外开放基本国策，在更大范围、更广领域、更高层次上参与国际经济技术合作和竞争，更好地促进国内发展与改革，切实维护国家经济安全。

（一）调整传统外经贸政策，实施可持续贸易战略

本着科学发展观的基本要求，既要保持经济稳定增长，又要协调与资源环境和生态系统之间的均衡关系。互利共赢开放战略要求改变粗放型的经济增长模式，实现外贸发展政策从出口导向型到竞争力优势导向型的转变，实施可持续贸易战略。一是在保持出口规模稳定增长的同时，优化出口结构，转变出口增长方式，着力提高出口增长的质量和效益。同时，还需要高度重视进口贸易方式的转变，积极扩大进口。二是以自主品牌、自主知识产权和自主营销为重点，建立与完善政策支持与激励机制，引导企业增强综合竞争力。三是贯彻国家自主创新战略，支持企业自主性高技术产品和机电产品出口；继续发挥传统劳动密集型产业的比较优势，支持高附加值劳动密集型产品出口，引导劳动密集型产业转型升级。四是停止高能耗、高污染和资源性行业的加工贸易，通过取消和降低出口退税、加征出口关税等措施，严格控制高能耗、高污染和资源性产品出口。五是按照"有支持、有抑制、有退出"的原则，完善加工贸易产业指导目录、商品及企业分类目录，提高加工贸易行业准入标准，引导加工贸易向高技术含量和高附加值产品发展；吸引跨国公司把技术含量高的加工制造环节和研发

---

① 《〈国民经济和社会发展第十一个五年规划纲要〉解读——实施互利共赢的开放战略》，中华人民共和国中央政府网 http://www.gov.cn。

中心转移到中国，增强加工贸易企业自主研发和技术创新的能力，促进加工贸易从代加工逐步向自创品牌转型升级。研究制定引导加工贸易企业进入出口加工区的政策措施，规范加工贸易管理，促进加工贸易健康发展。六是建立和完善中国的环境经济核算体系，加快推进资源税和能源价格市场化改革，实行基于环境成本内部化的环境收费、税收制度。七是促进绿色技术创新，开发适销的国际绿色技术生态产品，并关注国际环境标准动向，积极推行 ISO14000 环境管理体系，促进外贸企业的生态型建设。八是全面贯彻落实《劳动法》等劳动保障法律法规和规章，加快劳动工资、社会保险立法，进一步完善劳动合同制度和职工社会保险制度，严格执行劳动、安全、环保标准，加强劳动保障监察执法，规范社会保险费征缴，完善出口成本构成，增加劳动者特别是农民工的工资性收入。

（二）积极应对技术性贸易壁垒，建立进出口技术性贸易措施

作为发展中国家，中国在实施开放型战略、积极参与国际竞争的进程中，不可避免地面临着各种贸易壁垒的困扰。特别是近年来，随着社会进步、生活水平的提高、环保意识的加强和科学技术的发展，非关税贸易壁垒已经逐渐成为国际贸易发展的主要障碍。一些出口产品在国际市场上遭遇国外技术性贸易壁垒的阻截，部分产品由于不符合贸易伙伴国技术标准，很难进入国外市场，这些问题的存在严重干扰了中国对外贸易的可持续发展，也给中国国内企业的出口生产带来不应有的损失。因此，如何充分利用 WTO 框架下技术性贸易措施的有关规定，尽快建立起符合国际标准和规范的技术性贸易措施体系，保护本国消费者利益和民族工业的发展，就成为中国政府和企业迫切需要解决的现实问题。针对这个问题，一是要进一步健全和规范中国技术法规的发布、通报体系，简化中国技术标准的编号体系，为企业获取 TBT（技术性贸易壁垒）相关信息创建通畅的渠道。二是要根据中国行业技术发展状况，全面提高中国整体技术标准水平，鼓励有实力的出口企业采用国际标准和国外先进标准，满足国际市场的需要，提高出口产品技术含量，调整出口商品结构。三是要积极收集国外有关技术性贸易壁垒的资料，设立专门的机构进行分析，开展政策性研究，针对国外的 TBT，加强审议和评议工作。四是要充分发挥政府部门的服务职能，加强对行业组织和企业的培训，使行业组织充当起企业和政府之间的桥梁，及时收集、调查本行业企业出口过程中遇到的国外技术性贸易措施并进行研究、分析，为本行业会员企业提供相关资讯服务，向政府主管部门反映问题并提出解决问题的意见和建议，必要时代表企业向国外相关行业组织或政府机构反映问题，为企业排忧解难。五是参照国际规范建立和完善中国技术标准法规体系，完善中国产品认证制度，与国外权威认证机构建立互认机制。六是构筑绿色贸易壁垒，严禁不符合环境标准的产品进口到中国，调整外资政策，防止发达国家利用直接投资向中国转移"两高一资"产业。七是加强交流与合作，积极参与国际标准的制定工作。

（三）深入把握国际贸易发展趋势和特点，大力发展服务贸易

抓住国际服务业加快向中国转移的重要战略机遇，完善服务贸易管理体制，制定扶持政策，创造良好环境，推动中国服务贸易发展。一是扩大工程承包、设计咨询、技术转让、金融保险、国际运输、教育培训、信息技术、旅游文化等服务贸易出口，支持企业到境外设立服务商运营机构，为企业开拓国际市场提供支持。二是鼓励外资参与软件开发、跨境外包、物流服务等领域，通过引进外资，积极发展出口导向型服务业，改善产业结构，提高服务业竞争力。三是建设若干服务业外包基地，制定并实施承接服务外包的战略措施，引导国内企业参与承接服务外包业务，有序承接国际服务业转移。四是加强规划指导，积极稳妥扩大服务业开放，建立和完善符合国际规范的服务贸易法律法规体系，建立健全服务贸易统计、标准化、政策协调和监管体系，研究制定鼓励服务贸易出口的财政、税收、金融、保险、外汇等方面的政策措施，全方位加强服务贸易出口促进体系建设。

（四）转变引资观念，提高利用外资的质量水平

一是推进外商投资制造业的结构优化和升级。要统筹国内产业结构升级和承接国际制造业转移，引导外资更多地投向高技术产业、高端制造环节；鼓励外商投资资源深加工和综合利用、环境保护以及基础设施项目；鼓励跨国公司在华设立地区总部、研发中心、采购中心等各类营运中心；增强外资企业和国内企业的产业关联，推动加工贸易外资企业转型升级；建立国内企业、科研机构、外资企业共同参与的更加开放的自主创新体系；严格限制或禁止高物耗、高能耗、高污染的外资项目进入。二是提高服务业开放水平。要大力吸引外商投资现代物流、法律咨询、教育培训、信息服务、工程设计、技术研发、品牌塑造、营销渠道等生产性服务业，形成与制造业协调发展的格局；积极承接服务业离岸外包；稳步推进银行、证券、保险、电信等基础服务行业的对外开放，通过引入国外战略投资者促进国内企业完善治理结构和提高管理水平，培育有较强国际竞争力的本国银行、证券、保险和电信企业。三是优化利用外资的区域分布。东部沿海地区要继续发挥经济外向程度高和资金、人才、技术、区位、配套能力等方面的优势，率先实现利用外资由"量"到"质"的转变；充分发挥中心城市和部分发展较好的开发区的辐射带动作用，形成若干基础设施建设好、外资投向密集、产业集聚的经济增长带；明确不同的区域定位，引导外资更多地投向中西部地区和东北地区等老工业基地的优势产业和特色产业。四是大力促进利用外资方式多样化。逐步改变"十五"以来外商投资中以独资为主的格局，引导和规范外商参与国内企业改组改造，在保护国内自主品牌和产业安全的基础上，使并购投资成为中国吸收外资新的增长点；支持符合条件的内地企业在中国香港、美国等主要证券市场发行股票融资；鼓励外商风险投资公司和风险投资基金来华投资，加快中国创业投资体系发展；鼓励具备条件的境外机构进入国内证券行业，促进国内资本市场的不断成熟。五是合理使用国外贷款，加强外债风险控制。国外优惠贷款坚持向中西部地区和东北地区等老工业基地倾斜，重点支持完善基础设施建设的同时，逐步向生态环保、资源节约、经济欠发达地区的教育、卫生和扶贫等领域拓展，增加对农村基本医疗服务等社会发展项目的支持。适度借用国际商业贷款，支持符合条件的国内企业和金融机构通过境外发债、融资租赁等方式筹措资金，引进先进技术设备。完善外债监测预警体系，加强对外债的全口径管理，保持适度的外债规模。六是完善利用外资的法律法规和政策。研究制定促进外商投资、加强外商并购国内企业的管理方面的法律法规；加快统一内外资企业税收体制；适时修订《外商投资产业指导目录》和《中西部地区优势产业目录》；进一步加大知识产权保护的立法和执法力度。

（五）积极开展国际经济合作，加强区域经济一体化建设

完善促进生产要素跨境流动和优化配置的体制和政策，积极发展与周边国家和地区及其他国家的经济技术合作，实现互利共赢。一是要培育有国际竞争力的对外直接投资主体，让企业成为对外直接投资制度创新的主体，遵循市场经济的规律积极开拓国际市场，建立能适应国际化经营的对外直接投资主体群，增强中国企业整体竞争力。要以优势产业为重点，引导企业开展境外加工贸易，促进产品原产地多元化。二是要实现投资主体的多元化，推动中国民营企业"走出去"，为民营企业提供公平的发展环

境，促进其扩大规模，加强管理，形成产品经营、品牌经营和资本经营并举的格局，并通过跨国并购、参股、上市、重组联合等方式，培育和发展中国的跨国公司。三是按照优势互补、平等互利的原则扩大境外资源合作开发，鼓励企业参与境外基础设施建设，提高工程承包水平，稳步发展劳务合作。四是要加强对海外直接投资的组织和管理，建立有效的对外直接投资监管制度，完善鼓励海外直接投资的法律制度，并建立对外直接投资风险管理和海外国有资产监管制度。五是统筹规划并稳步推进贸易、投资、交通运输的便利化，积极参与国际区域经济合作机制，加强对话与协商，发展与各国的双边、多边经贸合作，设立自由贸易区。积极参与多边贸易和投资规则制定，推动建立国际经济新秩序。六是发挥政府在制定区域经济合作框架时的主导性作用，加速包括中国内地与港澳台在内的区域经济合作实体化的进程，并谋求与周边国家和地区组建区域或次区域经济合作框架模式。七是增加中国对其他发展中国家的援助，进一步加强与其他发展中国家在经济、技术和能源资源等方面的合作。

五　互利共赢开放战略实施的保障条件

互利共赢开放理念是新时期世界各国对外政策发展的主流，中国要顺应经济全球化发展趋势，就必须坚持互利共赢的方针，妥善处理贸易摩擦等问题，促进世界各国的和谐发展。在科学发展观指导下，实施互利共赢开放战略，要用全新的视野重新审视经济全球化条件下与对外开放相关的一系列重大理论与现实问题，需要从以下几个方面来保障互利共赢开放战略的顺利实施。

（一）努力转变对外贸易增长方式，调整贸易政策向竞争力导向转变

尽管中国对外贸易创造了快速发展的奇迹，但截至目前仍旧是比较粗放的增长模式，给中国的资源利用和生态环境带来了巨大压力，因此，贸易政策要在保证对外贸易平稳增长的基础上转变外延式增长模式。贸易政策调整要全面配合产业政策调整，与经济增长方式的转变相一致，杜绝过去不顾及资源环境，一味追求贸易金额片面增长的倾向，实现贸易与资源环境的协调发展。对外贸易要以经济效益为中心，而不是以出口创汇为中心，为此，要彻底改变过去"出口创汇"的基本指导原则。从全局出发，一要促进企业核心竞争力的增强，培植名牌，提高出口产品附加值，贯彻以质取胜和科技兴贸战略，将工作着力点放在一批有自主知识产权的名牌

产品、一批核心竞争力强的重点企业、一批高新技术产业出口基地、一批高新技术产业群的扶持上。二要促进加工贸易转型升级，抓住国际产业转移机遇，制定促进加工贸易转型升级的中长期发展规划，还要采取措施进一步提升加工贸易技术水平，参与国际分工的模式要从引进外资为主转化为引进外资与对外投资齐头并进，同时延伸加工贸易产业链，调整产业结构，促进加工贸易转型升级。发挥政府部门管理效能，转变管理方式，着力引导加工贸易的健康发展。三要建立新型的外贸综合指标评价体系。中国一直沿用进出口总值和增长率的方式对外贸进行评价，虽能从量上衡量外贸增长水平，但很难以从质上反映外贸实际发展效益，而且容易造成盲目攀比，引发低质量的重复建设。加快转变外贸增长方式，当务之急是要建立一套更加科学的新型综合指标评价体系，改变单纯追求数量增长的做法，更加注重提高外贸增长的内在效益和质量，也便于衡量转变的成效。四要发挥进口对国民经济的支持作用。中国对进口一直采取多种限制性政策，进口结构也不尽合理，70%为原材料中间品，资本装备设备仅占20%左右。转变外贸增长方式在重视出口增长的同时，要协调进口与出口的关系，加大实施积极进口战略的政策扶持力度，制定优先鼓励进口装备技术目录，对目录中的装备技术应大幅降低进口关税税率，并引导企业加大对技术引进的消化吸收，提高企业的竞争力，利用巨额的外汇储备进口国家经济发展所需资源、能源、先进适用技术，建立战略能源储备体系。

（二）积极有效地利用外资，提高利用外资质量

引进外资，要着重提高随外资引进的技术的质量，优化产业结构，通过正确引导外资投向，为调整产业结构服务。一是要大力引进深加工工业和技术密集型项目，如电子、机械、仪器仪表、工业设备、医药、建材等。努力实现向技术含量高、附加值大的项目转移，达到与国际水平相符合的节能和环保标准，改变目前一般加工工业和劳动密集型企业占主导地位的局面。二是要规划鼓励外资继续参与机械、轻工、纺织、原材料、建筑业、建材等传统产业的改组改造，增强企业的国际竞争力。目前外资准入自由化已成为世界经济发展的趋势，中国必须顺应这种潮流，适当放宽外资进入第三产业的条件，将外资引导到现代农业、高新技术产业、先进制造业、环保产业以及服务外包等现代化产业中，以促进中国产业结构的合理化和高级化，使中国利用外资投向结构更加合理。三是要积极吸收外资参与国有企业改组改造。利用外资参与国有企业改组改造，是进一步深化国有企业改革的重要途径。要鼓励跨国公司通过并购等方式与国有大中型企业合作，选择一批国有大中型企业，有计划地向外商转让部分股权或资产，促进企业股权结构的调整和优化，改善法人治理结构，推进现代企业制度建设。引导外商投资高新技术产业和用先进适用型技术改造传统产业，促进国有企业的技术改造和升级，形成新的优势产业和企业。积极探索外资参与金融资产管理公司对部分不良资产处置和重组的新途径及管理方法，推动国有经济的战略性调整和国有企业的战略性改组。四是要积极鼓励外商投资中西部和东北地区的城市基础设施建设和资源枯竭型城市接续产业的发展，改善中西部和东北地区的投资环境，改善其能源、交通、通信等基础设施的建设。利用中西部地区劳动力多、资源丰富等特点，引导外资企业中的劳动密集型产业和一般加工工业投向中西部。一些以某种资源为基础的初加工和深加工的大型项目，也可以逐步向中西部地区转移；利用东北地区的工业化基础，引导外资为其注入新的活力，运用高新技术和节能环保技术改造东北老工业基地。

（三）要全力实施"走出去"战略，提高企业竞争能力

实施"走出去"战略，在微观主体层面，一是要企业在海外投资中寻求优势条件，实现动态发展。跨国投资企业的优势具有动态性，即优势可以在企业进行对外投资的过程中不断积累。对于中国企业而言，进行海外投资不仅要实现企业的相对优势，也要求企业在更大的范围内寻求动态优势发展壮大自己，利用国外的有利条件获得发展机会，使企业本身的规模和实力更加强大，实现从小到大的迅速成长，积累自己的核心竞争力优势。二是要实现企业的规模化经营及经营的多样化，大力发展实业型跨国公司。规模化是企业参与国际竞争的条件之一。目前中国企业的规模化水平普遍偏低。为此，必须通过政策倾斜、扶持等措施积极鼓励国内企业的强强联合，发展以大型企业为核心，融资本、生产、技术为一体的实力雄厚的企业集团，实现规模化经营，并将之作为中国对外投资的主体。另外，要充分发挥大型国有综合商社模式企业在中国对外直接投资中的重要主体作用。三是要加大技术研发投入，建设创新型企业。积极同技术领先、产品附加值高并附带研发机构的加工贸易型外资企业进行合作，在消化吸收国际先进技术的基础上，寻求创新突破并与跨国公司开展合作竞争，完善企业研发技术的基础设施建设，加大研发经费的投入比重，建设创新型企业。四是要采取多种融资方式拓宽融资渠道，扭转以往从银行贷款的单一融资方式，利用国内日趋完善的金融市场，通过发行债券、股票等方式进行直接融资，并以良好的信誉和可靠的偿债能力，在欧洲货币市场、国际金融市场进行融资，充分利用国内外的闲置资金实现企业海外的生产经营。五是要实行多种投资方式。改变较为单一的投资方式，根据自身情况选择适当的投资方式，应该重视以实物出资的方式来发展中国的对外直接投资，充分利用国内闲置的资源和过剩的产品，使之发挥其应有的效用。同时，还应该重视对外直接投资中的跨国并购方式，重视其具有的其他投资方式不可比拟的优势，在许多情况下，通过并购进入比新建更为优越。因此，必须高度重视这一海外投资方式，对其进行深入研究，并有选择地加以灵活运用。在宏观经济层面，则要求政府转变现有角色定位，培养服务观念，将政府主导的对外直接投资模式逐渐转向企业主导的对外直接投资制度安排。实施科技兴贸战略，加大高新技术的研发力度，并为技术的研发提供充分的资金支持，营造自主创新的氛围，培育有国际竞争力的对外直接投资主体，建立能适应国际化经营的良好对外直接投资主体群，以增强中国企业整体竞争力。同时加强对海外直接投资的组织和管理，建立有效的对外直接投资监管制度，完善鼓励海外直接投资的法律制度，并建立对外直接投资风险管理制度。此外，还要为对外直接投资企业打造良好的融资平台，建立对外直接投资的经济杠杆和有效的投资调控制度。政府还应积极同其他国家的政府进行交流与对话，及时地解决经济上的分歧和摩擦，建立双边和多边对话机制，妥善处理国家之间的利益问题，实现双赢的局面，为中国的企业进行海外直接投资营造良好的国际环境。

（四）加强同周边各个经济体的经贸关系，强化区域经济合作

随着国际经济一体化的加深，区域之间的经贸联系越来越紧密，相邻经济体之间的共同利益和合作机会越来越多。中国应该同周边国家和地区建立密切的经贸联系，设立自由贸易区，包括台海自由贸易区，以扩大大陆与台湾包括机电产品贸易在内的货物贸易和服务贸易规模。一是要求各职能机构支持双边和多边政策对话，加强行动协调，促进信息交流，推动区域经济合作规则的制定，与其他经济体共同确定经济技术合作的优先领域和具体项目，共同落实资金来源，共同制定相应的双边和多边鼓励措施，使区域经济合作尽快步入机制化轨道；鼓励优势互补、联合投资和共同开发，支持在"自愿互利、互通有无、互为市场"原则基础上的双边、多边和区域性经济技术合作，保证区域内成员之间生产要素更自由流动、更合理配置；支持工、商、贸和金融等各类企业积极参与区域经济合作组织的经济技术合作项目，选拔和培训一批经营管理素质高、战略意识强、外语好、懂外贸的工商企业领导人，参与有关商业论坛的政策咨询和对话，以维护中国的国家利益；加强中小企业经济技术合作，倡导以中国为主的大型合作项目，确保参与合作的所有成员从中受益；推动市场化改革进程，为对外区域经济合作创造一个良好的体制环境，积极融入多边贸易体制中，改善投资及贸易政策和法规框架，加强信息交流与共享，为企业投资提供便利。二是要求企业通过跨国经营发挥其微观主体作用，加强国际合作，与国际性、地区性、集团性跨国公司研究机构开展横向联系，包括共同承担相关研究课题和学术交流活动，形成企业咨询机构或智囊团；根据国际市场需求，进行多元化、多样化、系列化生产，深入研究资本—科研—人才—金融等服务业一体化问题；要进一步实行优化组合，优化中国跨国公司发展的内部机构，理顺跨国公司的内外循环，调整原来的内向型经济与外向型经济分割独立的生产体系，调整国民经济生产结构，以适应内外需兼顾的开放型经济的发展；设立跨国公司"发展基金"，加强我国海外企业在国际大市场中的抗风险能力，对各种有关国际投资的风险防范要作专题性的研究，并加强对国外投资环境、合作方和国际市场的调研，按国际规范和惯例行事；树立国际化、现代化、科学化的决策观念，注重实践性和可操作性；注重员工培训，加强海外投资公司内部人员的调剂和交流，加强境外与国内人员的合作与交流，并与科研机构、有关院校建立联系。

（五）建立和完善国家经济安全体系

从互利共赢的开放理念出发研究我国的国家经济安全问题，首要任务是进一步深化对全球化条件下国家经济安全的认识。在传统的对外开放理论与战略观念中，国家经济安全是一个相对狭义的概念，主要体现为国家经济发展的综合安全战略保障，即如何在对外开放中防范由于短期冲击引发的经济波动，保持国家经济的宏观稳定，防止国民财富的大量流失。在全球化环境中，一国的经济安全问题含义得到进一步扩展，逐渐涉及国家的整体利益和长远利益，延伸至整个社会领域。从结构方面来看，全球化条件下国家面临的经济安全不仅取决于一国内部的国民经济结构是否合理，能否抵御外部经济剧烈波动带来的冲击，还取决于该国经济在全球产业分工链中的位置是否合理，是否会由于参与国际分工的低水平而使一国经济结构长期陷于无法提升的不利境地。中国农业劳动生产率不高，装备制造业核心竞争力低，能源资源不足，金融等服务业与国际先进水平差距明显，这些都是加入世贸组织过渡期结束后，中国全面参与国际经济合作与竞争中的薄弱环节，必须研究和学会用好世贸组织规则，学习借鉴发达国家和一些发展中国家在防范、应对产业风险和保障产业安全方面的经验教训，采取有效措施，积极加以应对。一是建立健全动态跟踪监测、安全评估预警体系。确定反映国家经济安全状况的指标体系，包括主要资源、敏感产业、重要服务业尤其是金融安全等量化指标。准确评估影响产业安全的重点领域，加强弱势产业建设和产业风险的跟踪研究，及时调整和完善政策。二是建立健全合理保护国内产业和市场的长效机制。进一步完善与贸易救济措施相关的法律法规体系，依法利用贸易救济措施，维护国内产业安全和市场秩序。三是建立健全重要能源、原材料等战略资源进口储备调节体系。建立快速有效的全方位反应机制，强化对国际重要能源、原材料等资源和市场状况的监控，加强我国对重要能源、大宗原材料谈判价格的发言权和期货运作水平，提高应对国际经济、金融、能源等重大波动和突发事件的能力。

第一章

互利共赢对外开放战略理论概述

改革和开放是最近 30 多年中国经济社会发展的两大主题。其中，开放是按照由点到线、再由线到面的路径进行探索和发展的。进入 21 世纪以来，中国对外开放在深度和广度上进行了全面拓展，已经达到"中国离不开世界，世界也离不开中国"的程度。可以说中国对外开放正深度融入经济全球化的主流之中，中国已成为世界上举足轻重的国家，已经到了有必要对开放战略进行重大调整的时期。

第一节　中国对外开放的发展历程

总结 30 多年对外开放经验，可以清楚地认识中国对外开放的发展历程及其开放型经济的特征和发展趋势，对未来开放提供有益启示。从开放时间和政策变化看，整个开放历程大体可以分三个阶段。

（1）对外开放初始探索阶段（1978～1991 年）：1978 年党的十一届三中全会标志中国从封闭走向对外开放。1979 年中央允许广东、福建实行对外经济活动的灵活措施；1980 年开始试办深圳、珠海、汕头和厦门 4 个"经济特区"；1984 年开放大连、天津、上海、广州等 14 个沿海城市并建立经济技术开发区；1985 年分两步开放长江三角洲、珠江三角洲、闽南厦漳泉三角地区和辽东半岛、胶东半岛；1988 年设立最大的经济特区——海南省；1990 年开发开放上海浦东，决定在浦东实行经济技术开发区和某些经济特区政策；1991 年开放满洲里等 4 个北部边境口岸，还相继批准上海外高桥等沿海重要港口设立保税区。以上举措使中国的对外开放格局从南到北，由点到线，贯穿了中国整个东南海岸线，与处于开放第一、第三层次的经济特区和开放性区域连成一片，并通过沿江、沿边、沿交通干线和内陆中心城市的开放，使中国的对外开放由线到面，扩展到全国。

（2）对外开放扩大阶段（1992~2000年）：以邓小平同志1992年初春南方谈话要求大步伐扩大开放，以及确定社会主义市场经济体制的改革目标为标志。1992年国务院先后批准建立温州、营口、威海、福清融侨4个经济技术开发区；1993年国务院又批准兴办漳州东山、哈尔滨、长春、沈阳、杭州、芜湖、武汉、重庆、萧山、昆山、惠州大亚湾、广州南沙12个经济技术开发区；1994年北京、乌鲁木齐两个经济技术开发区获准建立。2000年设立大连、天津、北京天竺、烟台、威海、昆山、苏州、上海松江、杭州、厦门、深圳、广州、武汉、成都、吉林珲春15个出口加工区。至此，国务院先后批准大连、天津、宁波、北京、哈尔滨等43个经济技术开发区。在进出口管理上，1992年中国取消进口调节税，1994年取消进出口指令性计划。此后多次降低关税，整体关税已经与国际平均水平大为接近，与世界市场更加贴近。

（3）全面对外开放阶段（2001年至今）：这一阶段以加入世界贸易组织（WTO）为标志，强调开放领域和范围的全面性，以建立开放型市场、开放型经济社会为目标。按照社会主义市场经济体制对经济、政治、社会管理体制进行全面改革，由市场完成资源优化配置，在贸易政策改革方面强调以符合"国际规则"为导向，实现商品、服务和要素的较为自由的跨境流动，并使生产与消费、贸易与投资融入国际经济大循环。

对这三个阶段，可以从成本和收益的经济学角度来看，那么，30多年的对外开放历程是一条迈向互利共赢的开放之路，对外开放经历了"部分让利"、"互利"和"共赢"三个阶段，中国的对外开放从数量扩张逐步转向质量提升，参与国际竞争与合作的深度与广度不断拓展。"让利"是指在对外开放的某一个具体阶段采取"优惠"政策和各种让利形式参与国际交流。"互利"是国际经济交往的基础，体现了国际经济交往中资源配置效率提升所带来的"非零和"博弈的结果，它是交易双方愿意长期交易的经济保障。"共赢"是指交易双方能够更加公平地共享开放红利，实现双方协调发展的要求。互利是开放的基础，共赢则是开放的理想目标（胡艺、陈继勇，2008）。

一　"部分让利"初始开放阶段（1978～1991 年）

1978 年党的十一届三中全会正式决定把工作重心转移到社会主义现代化建设上来，中国开始了从封闭、半封闭到对外开放、以经济建设为中心的改革开放的历史性转变，并逐步形成了低度开放的经济格局。这一阶段的对外开放是由经济特区逐步扩大到沿海、沿江、沿边地区的渐进式梯度开放，主要是通过发挥经济特区的"窗口"作用，一方面是为了进行经济体制改革的试点；另一方面是为了引入国际通行的经济运行和管理的体制，通过这一窗口与世界联系。基于当时国内经济技术落后的现实，对外开放的主要目的是引入急需的外国资本、技术和管理。在税收、利率、土地等政策上给予外商很大的"优惠"让利，实现对外开放的长远战略目标。这一阶段取得了重大成就：一是打破了中国长期存在的高度集权式和行政式的经济管理体制，使经济充满了活力。二是突破了中国经济长期封闭、半封闭的状态，缓解了国内资源的短缺，并借鉴外国经验推动了国内的经济体制改革。三是形成了按"经济特区—沿海开放城市—沿海经济开发区—内地"顺序的渐进式开放战略，成为中国 30 多年对外开放成功的主要经验之一。

回顾历史，这一阶段对外开放的部分"优惠"政策，实质上都是向外来企业让利，"让利就是出血"，正如邓小平同志所讲的"杀出一条血路"，却换来了长期和宝贵的成功发展经验，并逐步走向了"互利"的全面开放阶段。

二　"互利"的全面开放阶段（1992～2000 年）

1992 年，以邓小平同志南方谈话和党的"十四大"确立社会主义市场经济体制的改革目标为标志，中国的对外开放加速向纵深方向发展，并形成了全方位、宽领域、深层次的对外开放格局。1992 年以上海浦东为龙头，开放武汉等 6 个沿江城市。同年，开放哈尔滨等 4 个边境和沿海地区省会城市，开放珲春等 13 个沿陆路边境口岸城市，开放太原等 11 个内陆省会城市。2000 年，伴随着西部大开发战略的实施，对外开放又进一步扩大到广大西部地区，形成了"经济特区—沿海开放城市—沿海经济开发区—沿江经济区—内地中心城市—铁路公路沿线和沿边地带"的开放新局面（唐任伍、马骥，2008）。至此，全方位对外开放格局基本形成。在经济制度方面以符合"国际规则"为导向，逐渐对财税体制、金融体制、外贸体制和外汇体制等进行了重大改革，扫除了制约开放的制度障碍，为中国对外开放水平的大幅度提高提供了重要的保证。

随着体制改革力度和对外开放度的大幅提高，中国经济从对外开放中获得了较快增长。根据国家统计局统计资料，中国的经济总量从1992年的2.66万亿元上升到2000年的8.95万亿元，增长了近2.4倍，对外贸易总额从1655.3亿美元提升到4743.0亿美元，增长了近2倍，实际利用外商直接投资从110.1亿美元提高到407.2亿美元，累计利用外商直接投资3233.1亿美元，外汇储备从194.4亿美元增长到1655.7亿美元，对外经济合作营业额从30.5亿美元增长到113.3亿美元。同时，居民收入水平和财政收入也得到较大幅度的提高。城镇居民家庭人均可支配收入从2026.6元上升到6280.8元，农村居民家庭人均纯收入从784.0元上升到2253.4元，全国财政收入从3483.4亿元增加到13395.2亿元，分别增长了2.1倍、1.9倍和2.8倍。

世界各国和地区从中国开放型经济发展中获得了较大收益，首先在华投资企业受益最多。在华外资企业充分利用中国廉价的劳动力资源以及其他要素资源和土地、税收等优惠性政策，获得高于在世界其他地方的投资利润。很多外商投资企业把中国视为其生产和销售的平台。快速发展的加工贸易出口，使大量外企在中国投资、采购、生产，又从中国出口，获得了丰厚的利润。其次，贸易伙伴也从中国经济和贸易的快速发展中获益匪浅。一方面从中国获取大量质优价廉的商品，提升了其消费者的福利水平，同时缓解了其国内通货膨胀压力；另一方面中国快速增长的进口需求为贸易伙伴国创造了大量的就业机会，拉动了其经济的增长（江小涓，2008）。这一阶段中国和世界各国因分工深化和资源配置效率的提高，均从中国对外开放的快速发展中获得了各自的利益，但此阶段中国对外开放战略的核心特征是规模扩张，主要考虑的是如何扩大出口创汇和增强自身竞争力，不过多考虑国际责任。中国经济的繁荣掩盖了自身经济和贸易发展中的一些深层次问题，如贸易摩擦不断增多、国内流动性过剩、贸易条件恶化、对外技术依存度过高、资源和环境压力不断增大等。在面对这些新挑战时，中国必须调整对外开放思路，实施全新的互利共赢对外开放战略。

三 "共赢"的新型开放战略阶段（2001年至今）

中国加入WTO后，中国对外开放就由政策性开放向制度性开放转变，中国对外开放步入新阶段，具有新的特点：开放领域的扩大和开放模式的转型以及国内体制与世界规则全面对接。由过去有限范围和有限领域的市场开放，转变为全方位的市场开放；由过去单方面为主的自我开放，转变为中国与 WTO 成员之间双向的相互开放；由过去以试点为特征的政策性开放，转变为在法律制度框架下的可预见的开放（唐任伍、马骥，2008）。区域性推进的对外开放转变为全方位的对外开放；开放领域由传统制造业的货物贸易向第三产业的服务贸易扩展；市场准入的程度进一步提高，市场环境更加规范有序；最惠国待遇、国民待遇等 WTO 的基本原则和中国加入WTO 的承诺，成为中国的对外开放政策所遵循和参照的基本依据。

加入 WTO 以来，中国对外开放取得了显著成就，已经成为全球举足轻重的贸易大国。根据国家统计局资料，中国 GDP 从 2001 年的 9.59 万亿元增长到 2010 年的 39.79 万亿元，年均增长率保持在 10% 左右，已成为世界第二大经济体。2010 年上半年中国 GDP 总量为 17.284 万亿元，开始超过日本，位居世界第二。同一时期，对外贸易额更是出现井喷式增长，从 0.51万亿美元增加到 2.93 万亿美元，增加了近 5 倍，成为世界第二大贸易国。2007 年中国吸收外商直接投资和对外直接投资分别达到 900 亿美元和 565.3亿美元，均居发展中国家第一位。截至 2010 年，中国外汇储备已达 2.85 万亿美元，高居世界第一。这一系列数据表明中国的对外开放正在经历从规模量变到质变的过程，中国经济已开始从单纯强调数量增长的外向型经济向质量与数量并重的开放型经济转变。

但是，在对外开放中也出现许多问题，诸如连年贸易顺差、人民币升值、外贸依存度过高、贸易摩擦增多、资源压力和环境污染严重等。解决这些问题，一方面要从自身的角度出发，客观公正评估中国在对外开放中的得失，不断提高开放型经济的发展水平；另一方面要在对外开放过程中兼顾本国和伙伴国的利益，实现对中国"开放红利"的公平分享，为开放创造有利、稳定的外部环境。在加入 WTO 的 10 年期间，中国的一系列对外开放举措也标志着中国的开放战略正从"互利"阶段转向"共赢"阶段。

第一，在扩大进口方面，大幅削减关税，取消进口非关税措施，进一步开放服务贸易领域。关税总水平由"入世"前的 15.3% 下降至 9.8%，并已按"入世"承诺全部取消 6 种农产品以外的进口配额管理，有数量限制的进口商品不到进口总额的 1.5%。中国根据加入 WTO 承诺相继颁布了30 多个开放服务贸易领域的法规和规章，涵盖金融、分销、物流、旅游、建筑等领域，基本形成了服务业对外全面开放的格局。

第二，全面发展双边与多边经贸合作，加快自由贸易区建设，使更多的国家和地区分享到中国发展带来的机会。到 2009 年底，中国正在建立和谈判的自由贸易区有 14 个，涉及众多国家和地区。其中已签署协议的有 8 个，即中国香港、中国澳门、东盟、智利、巴基斯坦、新加坡、新西兰、秘鲁；特别是中国—东盟自贸区，拥有 18.5 亿人口、近 7 万亿美元生产总值、近 4 万亿美元的贸易总额，市场潜力巨大。正在谈判的有 6 个（南部非洲关税同盟、海湾合作委员会、澳大利亚、挪威、冰岛、哥斯达黎加），正在进行国家间合作可行性研究的有 2 个（印度、韩国）。同时建立了"中美战略对话"等友好协商解决贸易摩擦的新机制。

第三，在人民币汇率机制改革方面，2005 年 7 月 21 日，中国开始实行有管理的浮动汇率制度，以市场供求为基础并参考一篮子货币来调节汇率的改革。人民币汇率放弃盯住美元，形成更具灵活性的人民币汇率机制。此外，还全面调整外汇管理政策，优化利用外资结构，提升利用外资质量；鼓励企业"走出去"，积极促进中国涉外法制建设，积极推动区域经济合作发展，积极参加 WTO 新一轮多哈回合多边贸易谈判等。

在新形势下，互利共赢是当今世界各国对外经济合作发展的主流，我国实施互利共赢的开放战略，才能把握住新时期发展的机遇，应对新的挑战。为了全面提升中国对外开放水平，必须不断地完善和发展互利共赢这一新型开放战略。

第二节　互利共赢开放战略的内涵及意义

党的十六届五中全会通过的《中共中央关于制定国民经济和社会发展第十一个五年规划的建议》中，首次明确提出实施互利共赢的开放战略，明确了全球化时代中国对外开放新的战略目标定位。2007 年 10 月，党的十七大报告指出："拓展对外开放广度与深度，提高开放型经济水平。坚持对外开放的基本国策，把'引进来'和'走出去'更好结合起来，扩大开放领域，优化开放结构，提高开放质量，完善内外联动、互利共赢、安全高效的开放型经济体系，形成经济全球化条件下参与国际经济合作和竞争新优势。"对中国开放型经济体系进行了明确定位，即"内外联动、互利共赢、安全高效"。在 2008 年博鳌亚洲论坛，胡锦涛主席以《坚持改革开放，推进合作共赢》为题发表演讲，明确表示中国将始终不渝奉行互利共赢的开放战略，从此拉开了中国实施对外开放战略的新篇章。

一 互利共赢对外开放战略的理论内涵

互利共赢概括地讲就是国家之间在经济交流过程中，互惠互利，共同发展，实现双赢。互利共赢开放战略的核心在于"互利"，目标是为了实现"共赢"。所谓"互利"，就是指对外开放的战略政策不仅要有利于本国的经济利益，实现本国经济健康发展，还要考虑本国经济发展对别国及世界经济体系的影响。所谓"共赢"就是对外开放的政策措施既符合本国利益、又能促进世界各国共同发展（李安方，2007b）。在对外开放的前一阶段"互利"的基础上，互利共赢战略指贸易双方能够更加公平地分享开放红利，实现双方协调发展的要求。它是对外开放的理想目标，是分配对外收益的指导原则（陈继勇，2008）。

1. 立足于经济全球化的开放战略

在30多年的对外开放历程中，中国的对外开放战略经历了一个由立足自身发展到着眼全球互动的转变过程。在对外开放进程中，中国的对外开放战略定位逐步清晰，政策目标不断提升，对外开放对经济发展的重要性也日益显现。从对外开放初期利用经济特区"窗口"效应，吸收国内发展急需的国外资金、技术，到后来的利用国内国外两个市场、两种资源大力发展外向型经济，再到当前的互利共赢，推动中国与世界经济协调发展，中国对外开放战略始终处于不断升级与完善之中，标志着中国作为一个新兴的经济大国，其互利共赢的对外开放战略蕴涵"全球因素"。在经济全球化快速发展的新形势下，对外开放不仅是中国参与全球合作竞争的重要方式，也是决定中国可持续发展的一项重要内容。互利共赢开放战略标志着中国对外开放开始以全球化趋势为前提，以国家利益为导向，立足全球视野，制定包括国内改革、资本与技术引进、应对国际经济摩擦、能源与金融安全等领域的一整套预期久远的系统性的发展方略，预示着中国经济发展的全球战略的初步形成（李安方，2007a）。

2. 国际责任不断增强的大国开放战略

改革开放以来，中国综合经济实力和国际地位不断上升，逐渐成为一个发展中的经济大国，也促使中国开放战略发生转变。互利共赢开放战略是在此基础上的一次开放战略创新与调整。对外开放初期，中国综合经济实力不强，对外开放深度和范围都比较小，参与世界经济活动的层次有限，不会对世界经济产生重大影响。其开放内容主要是如何引进国内急需的国际资源、技术，如何扩大出口创汇，如何提高本国经济的国际竞争力等问题。目的是将世界经济发展看做中国经济发展的外部条件，主要目标是充分利用外部条件发展本国经济，不必过多地考虑国际责任。

进入 21 世纪以来，中国已成为可以影响世界经济格局与秩序的庞大经济体，这就要求中国以经济大国的地位重新审视世界，并准确定位中国的对外开放，以自身稳定发展促进世界各国共同发展。互利共赢就是要维护多边贸易体制，加强区域合作，兼顾多边、双边关系，特别是要与周边国家和地区、资源富集地区和主要市场、主要贸易伙伴建立良好关系。发展对外经贸关系要注重对方的利益诉求，理性应对贸易摩擦，承担与国力相符合的责任（裴长洪，2008）。在开展多边经贸合作时必须更多考虑对方特别是发展中国家的利益。一是积极推进区域经济合作。自 2002 年 11 月《中国—东盟全面经济合作框架协议》签署以来，中国自由贸易区建设进展迅速。截至 2008 年底，中国正在与亚洲、大洋洲、拉美、欧洲、非洲的 29 个国家和地区商谈建设 12 个自由贸易区，涵盖中国外贸总额的 1/4。这为加强中国与各国的经贸关系提供了制度性保障，使伙伴国家分享"中国发展带来的机会"。在推进对外区域合作时，本着互利共赢的原则，以周边地区、资源富集地区、主要市场和战略伙伴为重点，逐步建立有利于中国发展的区域经济合作新格局。二是在全球性和各种区域经济组织中，积极发挥大国责任。互利共赢开放战略要求充分考虑全球多边贸易体系，以更加主动的姿态积极参与经济全球化的战略性开放，在全球多边贸易体系中承担起大国责任，积极参与国际规则的制定与修改，推动多边贸易谈判的进程，维护自由开放的多边贸易体制。为有效发挥大国责任，必须积极参与多个多边组织，如世界贸易组织、世界银行、国际货币基金组织、亚洲开发银行等，加强与"八国集团"、OECD 等发达国家组织和各类发展中国家组织的对话、交流与协商。总之，无论是出于自身的国家利益还是全球经济的考虑，都必须扮演更为积极的角色，在区域和国际经济中发挥重要作用。

3. 以质量和效益为核心的深度开放战略

从对外开放的过程看，中国早期对外开放的特征主要是以规模数量扩张为主，这是由中国经济发展阶段所决定的。对外开放取得了巨大经济成就，也付出了巨大代价，比如内外资企业的所得税差异；同时出现了很多急需处理的难题，比如企业自主创新能力不强、资源环境压力过大、区域发展不协调、经济增长质量不高等问题。在对外贸易中，中国产品处于低端环节，"两高一低"产品大量出口，不仅使中国的贸易条件不断恶化，同时也加剧了与周边发展中国家的出口产品之间的恶性竞争；同时在当今的国际贸易和金融体制下，中国参与国际分工过程中出现了不少国民财富和居民福利的流失。这些情况迫使中国转变原来的对外开放战略，实施互利共赢的开放战略。这就要求把国家和社会福利改善作为开放的评价标准，转变粗放型经济增长方式，创新利用外资方式，创新对外投资和经济合作的方式，全面提升对外开放质量，实现中国传统的数量规模型开放向质量效益型开放的转变。

4. 兼顾国内改革和对外开放的统筹开放战略

在中国改革开放 30 多年的进程中，一方面，国内改革为对外开放的发展提供了必要的制度保证，特别是社会主义市场经济体制改革，为对外经济的发展扫清了体制障碍；另一方面，对外开放也促进了国内改革，特别是加入 WTO 之后，为了履行"入世"承诺，先后对国内经济、行政管理体制进行广泛改革。互利共赢开放战略要求把国家整体利益放在首位，兼顾贸易伙伴国的利益，促进共同发展、互惠互利。强调对外开放不能忽视国内改革和发展，以开放为契机，为国内改革创造有利条件。以改革促进开放，以开放推进改革，这是中国改革开放的一条成功经验。互利共赢的开放战略是这一成功经验的继承和发展，强调在未来的开放过程中必须注重国内改革和对外开放的联系和互动，统筹国际国内市场协调发展，实现"内外联动"的贸易平衡发展战略，以国内经济发展作为互利共赢开放战略的基础保障，为国内经济快速、持续、健康的增长提供良好的外部条件。

5. 兼顾本国利益和伙伴国利益的互利战略

互利共赢开放战略是一种新型的开放战略，既不同于新老殖民主义扩张掠夺式的对外战略，也不同于传统资本主义的自利独赢、赢家通吃的对外战略，其核心就是"得道多助"：兼顾本国利益和别国利益，兼顾自身利益和世界利益，兼顾扩大内需和利用外需，兼顾开放本国市场和开拓别国市场，兼顾国内宏观经济和国际宏观经济稳定均衡，兼顾对外竞争和对外友好，兼顾搭车利用和主动提供国际公共物品，兼顾国家实力和国际形象，兼顾对外开放和独立自主（胡鞍钢、门洪华，2006）。特别是对那些发展中国家，应当是"先予之，后取之"、"多予之，少取之"，目的是实现对外经济交往中合作双方的共同发展。

中央提出互利共赢开放战略的主要含义是，我国将继续坚持改革开放在促进我国经济发展的同时，兼顾其他国家和世界经济的平衡发展。在全球均衡发展的过程中，扩大同各方利益的均衡点，在实现本国发展的同时，要关注发展中国家的正当利益。我国将按照 WTO 通行的国际经贸规则，进一步扩大市场准入，依法保护境内投资者合法权益，支持国际社会帮助发展中国家提高自主发展能力，改善民生，缩小贫富差距。我国进一步积极参与完善国际贸易和国际金融体系的改革，推进全球贸易和投资自由化，通过磋商协作，妥善处理各方之间的经贸摩擦。我国现在不做将来也不做损人利己、以邻为壑的事情。这段论述鲜明阐述了互利共赢开放战略的基本内涵，表达了中国以积极姿态迎接经济全球化挑战，在开放中求发展的坚定立场，是中国始终不渝走和平发展道路的必然选择。

二 互利共赢对外开放战略的重大意义

互利共赢是中国进入 21 世纪以来，及其未来若干年对外开放的总体战略指导思想。互利共赢开放战略的提出不仅是解决中国外向型经济又好又快发展的关键，也是全面建设中国特色社会主义的一次发展战略的重大调整。在全球化背景下，对外开放的战略不仅包括经济领域，也包括政治范畴。对外开放已成为中国参与国际合作竞争、建设社会主义现代化经济强国的总体战略部署的一个重要组成部分。

1. 互利共赢开放战略创新了中国新时期对外开放的基本准则

对外开放是中国迅速崛起的强大动力，也是中国国家利益的根本所在。互利共赢不仅是对自身利益的追求，同时也着眼于对外经济交往中合作双方的共同发展，并通过国家之间经济合作，更好地促进中国和世界其他国家的协调发展。互利共赢开放战略是中国在开放历程中理念的创新，是中国对外开放思维方式的创新；既是一种中国对外开放指导思想，也是处理中国与世界经贸关系基本准则的创新。中国要从世界性开放大国发展为世界性开放强国，必须长期坚持互利共赢的开放战略（胡鞍钢，2007）。实际上，互利共赢是当今世界各国对外政策发展的主流。2005 年 12 月国务院新闻办公室发表的《中国的和平发展道路》白皮书指出："中国要顺应经济全球化发展趋势，中国坚持互利共赢的方针，妥善处理贸易摩擦等问题，促进与各国的共同发展。"中国继续坚持对外开放的基本国策，拓展对外开放广度与深度，提高开放型经济水平。党的十七大报告用"内外联动、互利共赢、安全高效"这 12 个关键字定位开放型经济体系，表明"中国将始终不渝奉行互利共赢的开放战略"的决心。

2. 互利共赢开放道路顺应了经济全球化的必然发展趋势

经济全球化是世界经济发展的基本特征，也是中国对外开放最根本的外部宏观环境。中国的对外开放几乎与经济全球化过程同步发展。在对外开放与经济全球化的发展初期，生产要素在全球范围内流动主要表现为国与国之间的资源互补。当时中国对外开放目的主要在于利用国外资源弥补国内短缺，并逐步改革国内制度观念和体制障碍。20 世纪 90 年代以来，跨国公司成为主导经济一体化的主要力量，国际贸易和国际金融的发展进一步放大了经济全球化效应。此时，中国的开放战略也逐步进行调整，将由顺应经济全球化视为发展的外部条件，转向充分利用经济全球化机遇大力发展本国外向型经济。

进入 21 世纪后，经济全球化的发展呈现一些新的特征，主要表现为经济全球化促使各国生产要素合理流动，形成优势互补，同时对世界经济发展的负效应也开始日益显现。经济全球化的发展在一定程度上加剧了世界资源配置和经济发展的不平衡性，致使市场配置资源的负面效应日益显现，造成世界经济周期性波动和经济危机。同时，经济全球化发展的内在要求与现有的世界经济体制存在着很大的矛盾。特别是在由美国主导的金融危机演变成全球性经济危机的新形势下，贸易保护主义有所抬头，对世界经济全球化的健康发展构成新的挑战。实际上，世界各国已经被经济全球化潮流捆绑在一起，一损俱损，一荣俱荣，互利共赢的开放策略是各国的最佳选择，也说明经济全球化把世界各国带入了互利共赢时代。在新形势下，中国对外开放战略必须顺应经济全球化的发展趋势，积极采取互利共赢开放战略，明确对外开放和处理中国与世界经贸关系的新规则。坚持互利共赢的开放战略就是通过对外开放实现自身发展，并通过自身发展促进地区和世界共同发展。实现外向型经济从集聚国际要素，发展本国经济转向全面参与全球经济合作与竞争，在促进中国经济发展的同时促进世界经济发展。互利共赢的开放战略是推动建设和谐世界的必然要求，符合经济全球化条件下谋求互利合作、实现共同繁荣的正确理念和时代潮流。

3. 有助于中国实践科学发展观和对外开放的可持续发展

互利共赢开放战略是贯彻和落实科学发展观，探索中国外向型经济可持续发展的时代要求。科学发展观的理论内涵包含对外开放，在对传统的开放战略进行反思与评估的基础上，探索中国在开放的更高阶段实现更高效益的开放新理念，实现中国外向型经济的科学发展（李安方，2007a）。

在对外开放初期，中国的经济社会发展强调以经济建设为中心，尽快缩短中国与发达国家之间综合经济实力的差距。与这一发展理念相对应，中国经济发展采取了"赶超战略"，其目标主要是通过不断扩大利用外资、外贸规模，以数量型开放增长推动中国对外开放度的不断提升，以规模不断扩大的开放型经济带动国内经济结构调整与国内经济的快速增长。在传统对外开放政策的指导下，中国的对外开放取得了巨大的成就。但受到传统发展观念和粗放型开放模式的影响，中国的对外开放不可避免地出现一些新的经济社会问题。资源短缺、环境负担增加、高素质人力资本不足等，成为制约中国经济可持续发展的重要障碍，说明以前的发展战略存在一定局限性，其发展道路不适应中国经济发展的内在要求。在全面分析国际国内形势的基础上，中国适时提出了科学发展观，标志着中国对外开放理念向更加理性的方向转变，从过去单纯注重经济增长速度转向更加注重经济增长的质量和效益，从单纯强调经济增长转向更加强调经济与社会的协调发展。在对外开放领域，必须对传统开放战略进行反思与评估，并积极探索在更高的开放阶段实现更高的开放效益，以破解中国对外开放领域的现实难题，实现开放型经济的科学发展。

4. 有利于提升中国经贸大国的形象

对外开放之初，中国经济规模较小，参与世界经济活动的程度非常有限，当时中国开放战略目标主要是借助国际资源条件发展本国经济，很少考虑中国开放战略和政策对世界经济运行的影响。但是随着对外开放进程的不断推进，中国经济规模不断扩大，中国经济的发展对世界的影响越来越显著。中国作为一个经济大国，对外开放战略与政策不仅是自身的发展问题，还逐渐演变为一个与全球经济整体发展密切相关的重大战略问题。

21世纪以来，中国经济社会处于在一个新的历史起点上。对外开放面临种种新问题，过大的外贸顺差，人民币汇率形成机制缺乏弹性，廉价商品输出，实质上是中国稀缺资源的不断流失和"失血"，不利于自身可持续发展，而且必然引起经济安全问题等。对此情况，中国是继续坚持对外开放并通过加大开放力度来解决开放过程中的问题，还是淡化对外开放，或者是消极被动地对外开放？如果开放之初出现不利情况，随时可以退出来或者进行调整。现在中国经济发展已离不开世界，世界也离不开中国，中国的对外开放涉及中国在世界经济舞台上的形象，其收益已经超出所支付的成本。中国已经是一个开放大国，不具有"想退就能退"的条件，对世界经济发展负有重大责任，最明智的战略选择是更为积极主动的开放，并承担统筹国内、国际两个大局的责任，充分考虑本国经济发展对世界经济的影响，充分关注中国外向型经济发展对世界经济体系的影响，与世界其他国家共同处理世界经济发展中的不协调问题。通过中国开放政策和开放战略的创新，营造和谐、稳定的国际环境，实现中国与世界共同发展的互利共赢。

5. 有利于营造对外开放的外部和谐环境

互利共赢的开放战略在处理国与国之间关系中也具有重要指导意义。互利共赢的开放战略本质是中国和平发展道路在对外开放战略上的具体表现。在21世纪之初，中国再次明确向世界表达了坚持走和平发展道路的决心，指出和平发展道路是中国实现国家富强、人民幸福的必由之路，中国愿意尽其所能为推动各国共同发展作出积极贡献。从经济层面看，互利共赢战略的提出，标志着中国的对外开放已经从适应性开放阶段向战略性开放阶段顺利过渡。以互利共赢的理念处理中国对外经贸关系，在充分利用世界资源过程中，强调中国自身发展带给贸易伙伴的发展机遇；互利共赢的开放战略强调在WTO规则下平等协商处理国际经济纠纷，而不是采取贸易制裁手段进行恶意报复；强调不以牺牲别国利益来发展自己，不以牺牲长远利益来追求短期利益，强调对外开放的可持续发展。互利共赢战略强调相互合作与优势互补，有助于消除对"中国威胁"的担忧，有利于中国与经济伙伴构建长期稳定的经贸合作关系，可以为中国经济可持续发展塑造良好的外部环境。

6. 从容应对经济全球化的新挑战和维护国家经济安全

经济全球化是一把"双刃剑"，带给中国经济许多发展机遇，使得中国外向型经济获得快速发展，但也给中国经济安全带来新挑战。经济全球化改变了原有国际分工和市场交换格局，各国从中获得的分配利益却并不均衡。发达国家凭借其经济实力和完善的产业体系，在国际产业分工中处于高附加值的环节，发展中国家从全球化中获得的收益则非常有限。经济全球化对世界各国现有产业结构产生了强烈的冲击，进而产生了国家经济安全问题。经济安全有三个方面值得注意：一是从实体经济层面看，中国的应对能力较强，随着跨国企业成为全球公司，全球配置资源和带来的巨大风险，已经弱化了传统意义上的国别经济安全问题，这给中国带来了新挑战。二是从金融层面及虚拟经济看，全球流动性增强，对虚拟经济的控制以及资本账户开放都缺乏经验和有效手段。三是从资源产品和初级产品的供给与运输层面看，中国未来发展的基础受到了新挑战（裴长洪，2008）。为此，必须以全球战略眼光来审视中国开放所面对的深层次挑战，必须创新对外开放战略，采取互利共赢的开放战略，通过调整中国引进外资的政策和转变对外贸易的增长方式，逐渐打破发达国家在世界产业体系中的主导地位，不断提升中国的国际分工地位，积极应对经济全球化对国家经济安全的新挑战，保证中国在参与全球化进程中的国家安全。

第三节 互利共赢对外开放战略的理论探讨

一 实行互利共赢开放战略的微观基础

互利共赢开放战略是中国顺应国内外形势新变化所采取的一项战略，标志着中国对外开放进入一个新阶段。互利共赢开放战略要求相关国家都实现共赢，如何才能实现各国互利共赢呢？从经济学看，互利共赢是国家之间互动（交流或者交易）的问题，国际经济活动不是零和博弈，不是"你赢我输"，而是非零和博弈，参与各方可以共同受益、共同发展。互利共赢的实现是可能和必要的，具有一定的微观基础。为此，运用经济学的博弈论对互利共赢问题进行分析，有助于加深对互利共赢问题的理解，并对实现互利共赢开放战略提供重要的理论依据。

经济学研究经济人（理性经济主体）的"选择"，把经济人之间的互动关系当做"交易"，在特定的一次交易中，经济人总是选择偏好序列中最大偏好目标作为自利行为的理性基础。个人的选择总是涉及他人的选择行为，也许是代理角色的个人选择，也许是在集体中充当决策角色的个人选择（布坎南，1986）。最简单的经济人选择是在两个人交易中的选择情形。在两个人交易模型中，为了消除外部性、不确定性及风险成本而达成合作的协议，这种协议通过反复博弈的交易过程来达成。下面简单阐述经济人怎样经过多次重复博弈，走向合作并达成协议，来说明国家之间如何实现互利共赢。

假定具有理性经济人特征的国家 A 和国家 B 在对外开放的交易中有两种选择：合作（达成协议）和背叛。每个国家都是在不知道对方选择的情况下，作出自己的选择，由此形成了"囚徒困境"（prisoner's dilemma）博弈模型。所谓"困境"是说不论对方选择什么，选择背叛总能比选择合作时获取较多的效用或收益。但当双方都选择背叛时，其结果比双方都选择合作时获得的效用或收益少（艾克斯罗德，1996）（见表 1-1）。

表 1-1　国家"囚徒困境"博弈

项　　目		国家 A	
		合作（A₁）	背叛（A₂）
国家 B	合作（B₁）	$R=3$，$R=3$	$S=0$，$T=5$
	背叛（B₂）	$T=5$，$S=0$	$P=1$，$P=1$

注：行为选择者 B 的收益值列于左边。R：双方合作的收益，T：背叛者"聪明"的报酬，S：合作者"愚蠢"的报酬，P：双方背叛的报酬。

在国家"囚徒困境"博弈中：

（1）当 A 选择合作时：B 有两种选择：合作和背叛。B 选择合作时：两个收益均为 $R=3$，即选择（3，3）；B 背叛时，A 事先并不知道 B 的背叛而选择了"愚蠢"的合作，故遭受损失，收益为 $S=0$，B 事先"聪明"获取收益 $T=5$，即选择（5，0）。

（2）当 A 选择背叛时：B 合作时遭受损失，$S=0$，A 获取收益 $T=5$，即选择（0，5）；B 背叛时，两个同时遭受损失，即（1，1）。

A 和 B 的这种博弈会经常发生。当 A 和 B 出于善良的行为选择了合作，双方获益，利益均享，$R=3$；当 A 和 B 都是极端自私者，都想得到最大收益，都认为对方会合作，自己选择背叛会获最大收益，其结果都陷入了困境，遭受损失或最小收益，$P=1$。

当第一轮博弈结束后，合作者 A 发现 B 背叛而遭受损失。在第二轮博弈中，A 可能会选择报复性"背叛"，B 可能采取"合作"。第二轮 A、B 的收益值恰巧对换。第三轮可能会出现双背叛。第四轮又可能出现前几轮选择中的一种。但 A、B 每一次选择都依据上一轮博弈的经验，都把新一轮博弈的收益看做前一轮博弈收益的一部分，即新一轮博弈是前一轮博弈的收益权重，设为 r（$0<r<1$），即在每一次博弈中的收益都是对前一轮博弈收

益的折扣系数。假定 B 第一轮背叛获得 T；第二轮可能遭到 A 的报复，B 的应得收益值 P 被打折扣，即为 rP；第三轮是 $r^2 \cdot P$……。

假定 B 在长期重复博弈中的收益总和 U。则当对方使用"报复"对策时，B 总是背叛，设收益值为 U_B（背叛/报复）。那么，在 n 次博弈中（$n \geqslant 1$），则有：

$$U_B（背叛／报复）= T + rP + r^2 P + \cdots + r^n P$$
$$= T + rP \frac{1-r^n}{1-r} \tag{1-1}$$

因为 $r < 1$，$n \to \infty$，取极值，则有：

$$U_B（背叛／报复）= T + \frac{rP}{1-r} \tag{1-2}$$

如果 B 一开始就合作，A、B 都获益：

$$U_{A、B}（合作／合作）= R + rR + r^2 R + \cdots + r^n R$$
$$= R \frac{1-r^{n+1}}{1-r} \tag{1-3}$$

取极值：

$$U_{A、B}（合作／合作）= \frac{R}{1-r} \tag{1-4}$$

根据"囚徒困境"设：$T > R > P > S$。当 A 选择对 B 的永久性报复时：

$$\frac{R}{1-r} \geqslant T + \frac{rP}{1-r} \tag{1-5}$$

则有：

$$r \geqslant \frac{T-R}{T-P} \tag{1-6}$$

当 B 交替选择"合作"、"背叛"策略时，A 选择"报复"，B 的收益值为：

$$U_B（交替策略／报复）= T + rS + r^2 T + r^3 S + r^4 T + \cdots + r^{2n-1} + r^{2n} T$$
$$= T(1 + r^2 + \cdots + r^{2n}) + S(r + r^3 + \cdots + r^{2n-1})$$
$$= T \frac{1-r^{2(n+1)}}{1-r^2} + rS \frac{1-r^{2n}}{1-r^2} \tag{1-7}$$

取极值：

$$U_B(交替策略／报复) = \frac{T}{1-r^2} + \frac{rS}{1-r^2}$$

$$= \frac{T+r}{1-r^2} \qquad (1-8)$$

A 一定惩罚 B 的反复无常，即：

$$\frac{R}{1-r} \geqslant \frac{T+rS}{1-r^2} \qquad (1-9)$$

简化为：

$$r \geqslant \frac{T-R}{R-S} \qquad (1-10)$$

反复无常的 B 还可能获得 A 的偶尔原谅，如 B 总是背叛，A 可能把 B 驱出交易圈，所以，B 在 A 的报复条件下有：

$$\frac{T+rS}{1-r^2} \geqslant T + \frac{rP}{1-r} \qquad (1-11)$$

简化为：

$$r \leqslant \frac{P-S}{T-P} \qquad (1-12)$$

B 的行为引起 A 的报复，经过反复多次博弈后发现：

$$\frac{R}{1-r} > \frac{T+rS}{1-r^2} > T + \frac{rP}{1-r} \qquad (1-13)$$

S 就会逐渐走向合作，即收益：$R/(1-r)$。

另一方面，A 在对待"B 的不总是合作"的报复系数，即折扣系数 r 必须足够大：

当 $r \geqslant \dfrac{T-R}{T-P}$ 时，就会扭转永久背叛者走向合作；

当 $r \geqslant \dfrac{T-R}{R-S}$ 时，就会扭转反复无常者就范合作；

当 $r \leqslant \dfrac{P-S}{T-P}$ 时，惩罚力度不够，B 可能在走向合作过程中反复无常。

所以，在交易过程中，双方在合作、背叛及惩罚中，最终走向合作。其条件是：一是双方都不放弃惩罚不合作的行为，当惩罚足够大，即系数 r 大到永远不会交易，就会威慑到那些有不合作或背叛动机的国家。二是长期交易与博弈会使国家走向合作，达成交易遵守协约，共同走向互利双赢的局面。三是建立公正合理的国际组织或者维持一定秩序。两国交易合作或遵守协约的收益一般会具有外部性，扩张到第三个国家甚至更多国家，从而走向多国合作，逐渐形成国际组织和秩序，对不合作行为的惩罚演变成国际公约、国际法律或者制度等。由此可见，为了增进各个国家的利益，就会形成合作和国际组织，实现互利共赢。

张永胜（2008）的研究也说明，全球化为互利共赢的实现提供了现实基础，各国实现互利共赢的基本策略是"一报还一报"。首先，各个国家必须积极主动地推动互利共赢的实现，通过国际组织制度的创新，扩大未来的合作收益，促进合作关系的建立；其次，要求各国积极加强国际政治、文化、教育的交流，树立负责任的态度和风险共担的精神，为合作创造适宜的环境并使合作更持久有效；再次，在国家间建立信息交流的制度和机制，为各国合作提供充分信息支撑，有助于互利互惠的预期和理念的形成。

二　中国开放理念的演变及互利共赢开放理念的形成

1. 早期探索对外开放的理念

20 世纪 70 年代末期，中国的对外开放处于探索试验阶段，实行的对外开放主要有以下几个特点：从开放对象看，一是对西方发达国家的开放，目的是吸收外资、引进技术等；二是对苏联和东欧国家的开放，实现社会主义国家之间取长补短；三是对发展中国家的开放，主要是对一些发展中国家的经济建设进行援助。这个时期的开放理念实质就是对所有类型国家开放。从开放范围看，先从经济领域开始，逐步扩展到文化、教育、科技等多领域。从开放区域和顺序看，先从东南沿海地区开始，逐步向内陆地区扩展，最后形成沿海、沿江、沿边、沿路地区以及内陆大城市等多层次的全方位对外开放格局。采取了"先试验后推广"策略，试办"经济特区"作为对外开放的"窗口"和"桥梁"，然后在沿海开放城市建立经济技术开放区和经济开发区等。从经济开放途径看，首先实行进口替代战略，引进外资和设备生产国内急需的生活物品；其次采取加工出口战略，向发达国家出口一般加工产品；再次，向经济发展水平低的国家出口技术含量相对较高的机电产品。

2. 扩大对外开放的理念

20 世纪 90 年代以后中国的基本理念是推广和不断扩大开放。提出"进一步扩大对外开放，不断提高对外开放水平"的思路。一是提出了"发展开放型经济"新思路。在党的十四届二中全会通过的《中共中央关于建立社会主义市场经济体制若干问题的决定》中提出"发展开放型经济"新思路。十五届五中全会通过的《中共中央关于制定国民经济和社会发展第十个五年计划的建议》把"发展开放型经济"作为开放目标。党的"十六大"报告进一步明确提出"建成完善的社会主义市场经济体制和更具活力、更加开放的经济体系"政策主张。二是提出了"引进来"和"走出去"相结合的新路径。在中国加入世界贸易组织后，党的"十六大"报告提出在新的历史条件下必须实施"引进来"和"走出去"相互促进的开放战略，力争使"走出去"取得明显进展，积极参与国际经济技术合作和竞争，不断提高对外开放水平。三是从战略高度重视维护国家经济安全。中央政府要求在对外开放的过程中，必须始终注意维护国家的主权和经济社会安全，注意防范和化解国际风险的冲击。

3. 互利共赢开放理念的形成

在全面提高对外开放水平基础上，2005 年 10 月的十六届五中全会通过的《中共中央关于制定国民经济和社会发展第十一个五年规划的建议》中，首次明确提出实施互利共赢的开放战略。2005 年 12 月 22 日发表的《中国的和平发展道路》白皮书显示了中国坚持互利共赢的方针的决心。2006年 12 月，中央经济工作会议进一步明确了"互利共赢的开放战略"。2007 年 10 月，党的十七大报告提出了"内外联动、互利共赢、安全高效"的开放型经济体系。互利共赢开放理念的特点：一是提出对外开放与国内发展相协调的思路，目的是以开放促发展，在不断发展中扩大开放。二是把"提高开放型经济水平"作为互利共赢开放目标，要求在开放中积极参与国际经济技术合作和竞争，培育参与国际合作和竞争的新优势。三是强调"安全高效"的开放理念。党的十七大报告中对"安全高效"的开放型经济体系提出了明确要求，"切实维护国家经济安全，完善维护国家经济安全的法律法规，构建有效的国家经济安全体制机制，增强国家经济安全监测和预警、危机反映和应对的能力，依法保护中国海外资产和人员安全"。

三 经济开放战略的理论框架

战略源自古希腊军队用语，指统率军队的艺术、对战争全局的总体策划，现泛指重大的、全局性或决定全局的谋划。赫希曼（Albert O. Hirschman，1958）在《经济发展战略》中首先将"战略"一词用于经济发展。经济发展战略是指一个国家（地区）制定的关于经济发展的总体目标、主要资源配置方向及结构调整的总体方针和决策纲领。经济发展战略对国家或地区经济发展具有重大指导意义，能够对国民经济和社会发展起到统率全局的作用。战略同样适用于对外开放战略。经济开放战略必须同时具备全局性、长期性、根本性和系统性四个特征。全局性是指经济开放战略所要解决的问题是关系到对外开放全局和方向的重大问题；长期性是指经济开放总体目标和任务的长期性；根本性是指对经济开放有根本性、牵一发而动全身的影响力的基础问题；系统性是指经济开放战略由多个子系统战略组成。只有同时具备以上四个特征的总决策，才属于完整的经济开放战略。它主要包括战略依据、战略方向和目标、战略阶段及其分目标、战略重点、战略途径及战略对策等分系统。

（1）互利共赢开放战略依据。指国家（地区）所处的国内外环境，以及支撑战略实施的时机、环境条件、资源状况、经济实力和政治基础等的综合状况。通常考虑国家政治及其国际关系、经济发展阶段与现状、自然条件、经济基础、人口及人力资本、文化传统、教育、科技水平及管理经验、社会环境及其制度状况，必须符合世界经济发展状况及其趋势等。

（2）互利共赢开放战略方向。是解决开放内容的问题。经济开放战略主要考虑国际贸易（包括货物贸易和服务贸易）、国际投资（包括"引进来"的外资和"走出去"的跨国投资）、经济合作等。

（3）互利共赢开放战略目标。是解决开放程度的问题，包括总目标和分目标。互利双赢开放战略的总目标是指在较长时期内国家对外开放所要达到的总体水平。战略总目标在战略体系中处于首要地位，决定了战略系统其他内容。在实际开放中，战略目标表现为一系列经济开放指标，比如贸易依存度、利用外资规模、外汇储备、市场开放和准入等。战略步骤或阶段是指对开放战略目标实现过程进行分解所形成的若干个阶段和分目标，有利于实现总体战略目标。

（4）互利共赢开放战略重点。是指对战略目标实施起着关键作用，但又是比较薄弱的部门或环节，必须投入较多力量，重点突破，有效地保证战略目标的顺利实现，比如自主创新问题，既是现实经济发展的关键问题，又是我国比较薄弱的环节。

（5）互利共赢开放战略途径及对策。是指实现战略目标的路径和对策，包括开放政策与体制改革、资源生态环境的保护等问题。

第四节　互利共赢对外开放战略的战略目标

互利共赢对外开放战略是针对国内外经贸发展新阶段所提出的，是今后一个时期中国对外开放总的指导思想，其战略总目标是维护与拓展国家战略利益，在对外开放中必须争取和维护自身正当权益，也必须妥善处理与伙伴国的利益关系，注重加强互利合作和共同开发。具体而言，互利共赢对外开放的战略目标主要有以下几方面。

一　全面提升开放型经济的质量

中国 30 多年来对外开放的成就主要体现在对外经济贸易的规模和数量方面，但是对外开放的质量和效益还有待提高。互利共赢对外开放战略要求不断拓展中国对外开放的深度和广度，提升开放型经济的质量。一是转变对外开放的政策理念，坚持国家主权、利益和安全"三位一体"。在引进外资政策上，要逐步形成内外资企业政策一致，实施国民待遇，形成公平竞争的市场环境。二是切实把"引进来"和"走出去"结合起来，重点引进国内急需的技术、管理、人才等稀缺要素，以促进中国产业竞争力自主升级。另外"引进来"还包括人力资本和"企业家才能"的引进，培育大批属于自己的企业家，才能使企业更好、更稳地"走出去"。三是建立符合科学发展观要求的吸收外资的考核评价体系，淡化地方政府对引进外资规模的考核标准。吸收外资评价体系必须强调外资技术含量、国内配套资金比例、资源消耗、环境保护、新增就业等综合指标，并且强调提高国民福利的评价标准。四是实现由传统的数量规模型开放向质量效益型开放的转变，要求企业在引进外资时，注重对技术引进的吸收、消化、融合和创新，以提高企业自主创新能力。

二 形成开放型经济的新优势

对外开放以来，中国对外贸易快速发展，充分发挥了"比较优势"。中国拥有廉价的劳动力要素，这是对外开放取得成功的基础；此外，还有经济特区的体制与优惠政策优势，包括税收、利率、土地等优惠政策，以及开放地区的区位优势和要素集聚能力。目前尽管上述优势仍存在，但都已经弱化了。新时期的互利共赢开放战略要求完善"内外联动、互利共赢、安全高效"的开放型经济体系，形成经济全球化条件下参与国际经济合作和竞争的新优势。一是致力于培育新优势，包括从原来的低廉产品优势向产品质量、品牌优势转变，从原来的加工贸易生产向生产、物流、营销一体化转变。加大人力资源培育，形成人才新优势，应对劳动力成本上升的趋势。二是加强培育竞争优势。面对发达国家在经济和科技方面的优势，积极寻求创新动力，利用对外开放的有利条件，着重增强中国产业核心竞争力，极力增加自主知识产权产品创新成果。三是加强知识产权保护，严格制定和执行产品质量标准、安全标准和环境标准，提高自主创新能力。主要是鼓励企业创建自主知识产权和自主品牌，引导企业增强综合竞争力。

三 继续完善开放型经济体系

继续扩大开放领域，完善"内外联动、互利共赢、安全高效"的开放型经济体系，这是新时期开放型经济的新目标。联动意味着扩大开放与深化改革要同步，继续对国内不适宜的经济体制进行改革，为扩大开放提供保证；维护多边贸易体制，加强区域合作，兼顾双边多边关系，真正落实互利共赢的对外开放战略；维护实体经济安全，特别是虚拟经济即金融层面的安全，逐步开放各领域，并加强监管；吸收外来高端生产要素并加以合理配置，扩大海外经营，并带动本土经济的发展，实现高效的开放型经济的发展。

四 维护自身开放的利益和推动世界共同发展

互利共赢对外开放战略不仅要考虑中国自身和贸易伙伴的利益，而且要以自身的发展促进地区和世界的共同发展，扩大各方共同利益的领域，特别是关注发展中国家的利益。为了实现世界各国共同发展，中国作为一个有世界影响力的发展中大国，在国际经济合作与竞争规则制定中必须切实维护发展中国家的利益，推动建设持久和平、共同繁荣的和谐世界。构建和谐世界是针对当前不和谐世界提出的崭新课题，是中国社会主义和谐社会在外部国际环境的延伸，体现了中国在重塑国际经济新秩序中的世界责任。以此为基础，构建长期稳定的对外经济合作关系，有助于相互合作、优势互补，共同推动经济全球化朝着均衡、普惠、共赢方向发展，消除世界对"中国威胁"的担忧（胡艺、陈继勇，2008）。

第五节　互利共赢对外开放的战略方向

一　高质量利用外资促进国内产业结构优化升级

外商直接投资对中国开放发展和外经贸发展起到了重要作用。在新时期必须抓住国际产业转移机遇，继续积极有效利用外资，提高利用外资的质量，重点引进国外先进技术、管理经验和高素质人才，并且依托外资促进国内产业结构优化升级。一是把利用外资同提升国内产业结构结合起来，引导外资更多地投向高技术产业、现代服务业、高端制造业等行业，加大鼓励外资投向农业、生态建设、环境保护的力度。二是引导外资向中西部地区和东北地区等老工业基地转移。中国区域发展不平衡，必须把外资引向内地，促进西部大开发、中部崛起和振兴东北老工业基地等发展战略实施。三是引导和规范外商参与国内企业改组改造。吸收外资参与国有企业改革，是进一步深化国有企业改革的重要途径。鼓励跨国公司通过并购等方式与国有大中型企业合作，促进国有企业股权结构的调整和优化，改善法人治理结构，推进现代企业制度建设，推动国有企业的战略性改组。四是引导外商积极向教育和职业培训的投入。中国国际分工地位处于低端，分工效益低下，根本原因是参与国际分工的生产要素质量不高。必须利用外资对人才的培养，有效促进生产要素的优化，并积极引进稀缺的要素资源，培育市场经济所需的企业家。

二　优化进出口结构和促进贸易平衡发展

中国长期保持贸易顺差，其原因是内需和外需失衡，长期依赖出口拉动经济增长，导致了一系列问题，如贸易摩擦频繁、人民币升值、通胀压力扩大等问题。必须调整内需与外需的关系，积极推行平衡贸易政策或者中性贸易政策，不断优化进出口结构。一是积极扩大进口，重视进口增长方式的转变，发挥进口在促进经济发展中的作用。在税收政策上鼓励先进技术、关键设备及零部件、国内短缺的资源、原材料进口。充分发挥进口大国优势，与资源输出国建立长期稳定的供求关系，与主要资源消耗大国加强协调与合作，逐步掌握资源进口的主动权。二是优化出口结构，引导企业出口从数量创汇型向质量效益型转变。加大经济、法律和行政手段的调控力度，严格执行劳动、安全、环保标准，限制高污染、高能耗、低附加值和资源类商品出口；支持自主性高技术产品、机电产品和高附加值劳动密集型产品出口；积极开拓非传统出口市场，推进市场多元化；通过行业协会加强对出口商品价格、数量的动态监测，构建质量效益导向的外贸促进和调控体系。三是完善加工贸易政策，加快加工贸易转型升级，着重提高产业层次和加工深度，增强国内配套能力，促进国内产业升级。四是抓住国际服务业转移的重要机遇，加快发展服务贸易。加大服务业体制改革力度，消除贸易障碍，积极稳妥地扩大服务业开放领域，推动服务贸易的发展。扩大国际运输、工程承包和技术转让、技术研发和设计、信息咨询、金融保险、教育培训等服务贸易出口。鼓励外资参与软件开发、跨境外包、物流服务等领域，有序承接国际服务业转移。五是积极利用外汇储备进口战略性资源和开展海外投资，发挥外汇储备保有财富和获取收益等功能。

三 积极实施"走出去"战略

"走出去"战略对国民经济发展有重大意义，有利于优化资源配置和提高企业的国际竞争力。有利于规避贸易保护主义壁垒和改善对外经贸关系，与东道国共享"中国机遇"，获得税收、外汇收入和就业机会，履行对外开放互利共赢的承诺。在新的历史阶段，特别是在人民币不断升值的背景下，未来若干年中国对外投资必将进入一个快速增长的时期。必须积极稳妥地实施"走出去"战略，在更高层次上参与国际分工与竞争，拓展发展空间。一是进一步完善和落实支持企业"走出去"的政策措施。支持有条件的企业按照国际通行规则对外直接投资和跨国经营。以优势产业为重点，引导企业开展境外加工贸易，促进产品原产地多元化。二是扩大境外资源开发合作。中国经济发展将更加依赖国际资源的供给，特别是能源资源的稳定供给，开展国际能源合作是一项关系宏观经济全局的战略性课题。必须进一步与有重要战略关系的国家、非洲和拉美国家以及周边国家完善合作机制，积极开展能源资源的双边、多边战略合作，降低资源过多依赖传统贸易方式进口带来的风险。在处理与周边国家领土和领海资源主权争端时，积极倡导"搁置争议，共同开发"的主张，探讨可行的共同开发方式。三是鼓励境外工程承包和劳务输出，鼓励企业参与境外基础设施建设，提高工程承包水平，稳步发展劳务合作。四是深化境外投资企业的产权、分配制度改革，建立符合国际惯例的现代企业制度。对于非国有企业和改革到位、内部监控机制良好的国有企业的海外投资，赋予企业更大的海外投资决策权和经营自主权，要简化审批手续，完善登记制度，放宽限制条件。通过跨国并购、参股、上市、重组联合等方式，培育中国跨国公司。五是应进一步完善对外投资服务体系。完善境外投资协调机制和保障体系，加强对境外投资的风险管理和海外国有资产监管。形成境外投资风险规避和投资安全保障机制，切实维护国家经济安全。

四　积极开展国际经济合作和加强自由贸易区建设

在经济一体化高速发展的情形下，双边、多边经贸合作与自由贸易区已超越经济范畴，兼有政治和外交含义，正在加速改变世界经济与政治格局。在对外开放战略转型之际，以互利共赢为处理对外经济关系的基本原则，深入参与多双边经贸活动，大力推动区域经济合作。一是妥善处理与欧、美、日、俄等主要贸易伙伴的经贸关系，在合作共赢基础上解决争端和分歧，灵活运用磋商、对话和合作论坛机制处理经贸摩擦，避免矛盾激化。二是积极发展与周边国家及其他国家的经济技术合作，实现互利共赢。扩大对发展中国家的援助，并积极参与多边贸易、投资规则制定。三是形成区域经济合作新格局，积极推进自由贸易区的建立和发展。从理论上讲，区域经济一体化形式按递进程度可以分为优惠贸易安排、自由贸易区、关税同盟、共同市场、经济同盟和完全经济一体化等形式。自由贸易区比优惠贸易安排更加开放，已成为当今各国的国家战略，是各国展开战略合作与竞争的重要手段。根据世界贸易组织通报，全球生效的自由贸易区共有197个，其中80%是近10年缔结的，全球贸易50%是在各区域内部，其中欧盟区内贸易度高达67%，北美自由贸易区为55.7%。截至2009年底，中国正在商谈构建的自由贸易区已达 14 个，涉及众多国家和地区。下一步按照"平等互惠、形式多样、注重实效"的原则，以周边地区、资源富余地区、主要出口市场和战略伙伴为重点，促进其向自由贸易区方向发展，从而构筑中国全球性经济合作网络。

五 培育高素质的人力资本和提升要素质量

在新的形势下，中国对外开放的战略观念也要进行更新，要从利用本国要素、集聚国际要素向注重要素培育方向转变，通过培育高级要素，在利用现有比较优势和后发优势的基础上，不断提升中国在国际分工体系的地位。

在中国对外开放的进程中，抓住经济全球化的历史机遇，利用本国要素禀赋，集聚国际要素资源，大力发展本国开放型经济，是中国对外开放政策的一个基本理念（张幼文，2003）。国际要素资源是一个相当宽泛的概念，除资本以外还包括管理、技术、品牌、营销网络等要素资源。中国有机地整合了所拥有的要素禀赋和国际生产要素，有效地发展国内经济。在对外开放之初，中国拥有土地、劳动力、自然资源等大量的闲置、廉价要素，通过引进外资、技术，有效地利用这些闲置要素，大力发展经济。此外，中国产品利用跨国公司的国际营销渠道，不断打入国际市场；本土企业加强与国际企业的合作与竞争，提升了企业的经营管理能力，为中国企业"走出去"参与国际竞争创造了条件。更为重要的一点，是通过对外开放，中国不断增强的要素集聚能力，已经成为全球化条件下新型国家能力的重要依托，为中国进一步提升国家的综合国力奠定了基础（张幼文，2006）。尽管对外开放提升了中国的要素集聚能力，但一国参与国际分工的收益却并不取决于要素集聚能力，而取决于参与国际分工的要素资源是否高级。当前中国的要素比较优势是廉价的劳动力，在国际分工体系"微笑曲线"上处于低端位置，这也决定了中国只能分享国际分工的有限利益。为了提高国际分工地位，提高对外开放水平，就应当坚持动态的要素比较优势，即根据要素比较优势的原则，实施能够有效促进生产要素规模积累、结构优化和水平提高的对外开放战略、模式和措施，在国际经贸合作中，充分利用中国优势要素资源，积极引进稀缺的要素资源，并随着生产要素结构的变化不断调整对外开放策略，使之体现生产要素的动态比较优势，最终在动态的对外开放策略中，实现生产要素规模由小到大、生产要素构成由低级向高级的转变（李俊，2008）。

六 加快内地对外开放速度和全面提升对外开放水平

全国各地开放的进程和开放程度不平衡，影响到全国整体开放水平。内地包括沿边地区都是开放起步迟、发展慢的区域，在新的国内外经贸形势下，必须加快开放进程。裴长洪（2008）提出要建立深化沿海开放、加快内地开放、提升沿边开放，实现对内对外开放相互促进，实现全面提升对外开放水平的格局。"深化"沿海地区开放策略重在开放质量，目的在于实现对外开放战略的转型，即从国际制造业加工中心转变成研发中心、物流中心和贸易服务中心，提高沿海地区企业的自主创新能力。"加快"内地开放旨在强调开放的步伐和速度，要求不断更新观念和完善经济体制，为对外开放创造有利的"软环境"；继续改善交通等基础硬件措施，优化投资环境，吸收国内外企业直接投资加工贸易的上游产业，振兴制造业，通过对外开放促进工业化和城市化。"提升"沿边开放是针对开放形式与内容，要求从单一向多样、低级向高级转变，从单一边境贸易向多边贸易转变，从单一边境自由贸易区向多边贸易、多边经济合作区转变。通过更加全面的对外开放，实现生产要素在更大范围内流动和自由配置，如加强长三角、珠三角等地区要素的流动，从而解决区域发展不协调的难题。

第六节 互利共赢开放战略实施的措施

明确了互利共赢开放战略的目标和方向，必须有支撑战略实施的对策措施，这是政府发挥职能作用的具体体现，也是实施互利共赢开放战略的保障。

一 突破传统开放理念和模式的束缚

在新形势下，对外开放的首要任务是要突破与创新传统对外开放战略内涵。对外开放作为一种重要手段推动经济发展，不断扩大本国经济的开放度，并将之作为本国发展战略的重要组成部分，已经成为世界各国决策者的广泛共识（罗德里克，2004）。

进入 21 世纪以来，世界经济全球化不断向纵深发展，国际产业竞争日趋激烈，国际经贸领域的竞争不断增加。各国和地区对外开放实践表明，对外开放战略成为一国参与国际竞争的最为重要的手段，在国家发展战略中的地位日益凸显。将对外开放战略与国家发展战略相结合，在全球战略层面上谋划国家的发展，在维护本国利益的前提下参与经济全球化，已成为一国对外开放战略的核心。根据中国对外开放的新要求，探索对外开放战略的新理念与新模式，是中国面临的一项新挑战。迎接挑战的关键在于从国家发展战略的高度重新审视对外开放战略，在全球化不断深化发展的背景下，提升开放战略在国家整体发展战略中的定位，明确中国对外开放的战略任务，进而制定正确的对外开放政策，实现开放型经济的科学发展。对外开放战略定位的提升包括三个方面的观念转变。首先，以全球战略眼光看待中国的对外开放，以全球的视野准确把握中国所处的历史方位，思考中国对外开放的战略需求。其次，用全球战略意识规划中国的对外开放政策，在全球范围内组合经济全球化与知识经济的主导性要素，实行"全球组合型发展战略"。再次，以一个对世界负责任大国的立场规划中国的对外开放战略，放眼世界，谋划未来，勇敢承担起中国对世界发展的时代与历史责任（李安方，2007a）。

二　完善国内经济体制和保障互利共赢开放战略实施

转变对外贸易增长方式，提高利用外资质量，加强对外资的引导，支持有条件的企业"走出去"等都涉及对外经济管理体制的改革与创新。中国的对外开放体现了"以开放促改革，以改革促发展"的基本发展思路。在开放初期，对外开放主要目的是为了克服当时的制度约束和集权式的计划体制，以及转变根深蒂固的传统价值观念。进入新的发展阶段之后，随着国内体制改革的不断深入和开放程度的不断加深，进一步完善国内经济体制，为中国的对外开放提供有效的制度保障，也就成为开放战略创新的一项重要内容。中国对外开放比东欧或苏联的开放取得更大成功，重要的原因是中国在开放中进行改革，通过对外开放和引进外资逐渐建立市场经济体制。改革开放 30 多年来，虽然国内经济体制改革发挥了积极的作用，但是，中国的经济体制仍然存在一些问题，这些问题如果不能得到有效解决，将会影响中国的对外开放进程。完善对外开放的制度保障主要内容有以下几个方面：一是改革传统的开放成就的评价指标体系，确立科学的对外开放政绩观。二是进一步改革和完善涉外经济法律法规和管理体制，完善促进生产要素跨境流动和优化配置的体制，形成稳定、透明的管理体制和公平、可预见的政策环境，确保国内制度和国际规则之间的对接。三是建立更加开放的市场体系，进一步发挥市场机制在对外开放过程中的作用，提高对外开放的综合效益（李安方，2007b）。

三　完善公平贸易政策和健全外贸运行监控体系

中国开放以来，一直奉行外资优先，采取了不断优惠的政策，使得国内企业受到了一定歧视，直到加入 WTO 后，按照 WTO 要求对国外企业实行"国民待遇"原则。新时期的互利共赢开放战略更加强调公平贸易政策，要求加强外贸运行监控。一是完善贸易法律制度，并加强行业自律，规范贸易秩序。二是健全贸易运行监测预警体系和摩擦应对机制，合理运用反倾销、反补贴、保障措施，增强应对贸易争端的能力，维护企业合法权益和国家利益。三是积极参与区域经济合作、多边贸易谈判和国际规则的制定，促进全球贸易和投资自由化、便利化，实现共同发展。四是建立大宗商品进出口协调机制，完善进出口管制政策，依法禁止、限制涉及国家安全和社会公共利益的产品和技术进出口。五是有效运用技术性贸易措施，加强进出口检验检疫和疫情监控，加快在农业、高科技产业、服务业等领域建立技术性贸易措施，在技术标准化、认证认可、商品质量检验等方面加强国际合作。

四　促进人民币汇率形成机制改革

人民币汇率机制改革已成为中国金融对外开放的核心问题，国内外对人民币升贬值进行了激烈的讨论。中国进出口贸易、引进外资和"走出去"等重大开放型战略举措，都与人民币汇率形成机制改革有关。进行人民币汇率改革将有利于缓解人民币升值压力，同时也有利于中国乃至世界经济的发展。中国金融开放的重要目标是逐步开放资本账户，目前已建立和发展了 QFII 和 QDII 等制度，中国对外已形成有弹性的人民币汇率机制，并进行了外汇管理政策全面调整，但仍需进一步完善相关的体制与机制，特别要防范人民币升值预期给中国经济带来的风险。同时，进一步完善国内的金融政策，提高中国金融业的国际竞争力，并加快建立一个健全的国际经济风险的预警和防范体系。

本章参考文献

［1］ 胡鞍钢：《中国崛起与对外开放：从世界性开放大国到世界性开放强国》，《学术月刊》2007 年第 9 期。

［2］ 胡鞍钢、门洪华：《对中国加入 WTO 的再评价：中国如何全面开放、全面参与、全面合作、全面提升》，《国情报告》2006 年第 29 期。

［3］ 胡艺、陈继勇：《迈向互利共赢的开放之路》，《亚太经济》2008 年第 6 期。

［4］ 江小涓：《开放兼容才能强国》，2008 年 4 月 16 日《人民日报》。

［5］ 李俊：《要素视角下提高对外开放水平新思路》，《对外贸易实务》2008 年第 10 期。

［6］ 李安方：《探索对外开放的战略创新——"新开放观"研究的时代背景与理论内涵》，《世界经济研究》2007（a）年第 3 期。

［7］ 李安方：《互利共赢与开放的战略创新》，《社会科学》2007（b）年第 11 期。

［8］ 裴长洪：《中国建立和发展开放型经济的演进轨迹及特征评估》，《改革》2008 年第 9 期。

［9］ 唐任伍、马骥：《中国对外开放 30 年回顾及争论辨析》，《改革》2008 年第 10 期。

［10］ 张幼文：《当代国家优势：要素培育与全球规划》，上海远东出版社，2003。

［11］ 张幼文：《要素集聚：中国在全球化经济中的地位》，2006 年 6 月 5 日《文汇报》。

［12］ 张永胜：《互利共赢的博弈论分析》，《学术论坛》2008 年第 12 期。

［13］ 〔美〕丹尼·罗德里克：《新全球经济与发展中国家——让开放起作用》，王勇译，世界知识出版社，2004。

［14］ 〔美〕艾克斯罗德（Axelrod，Robert）：《对策中的制胜之道——合作化的进化》，吴坚忠译，上海人民出版社，1995。原著：*The Evolution of Cooperation. Arts & Licensing International*，Inc. 1984。

［15］ 〔美〕布坎南（Buchanan，James M.）：《自由、市场和国家》，吴良健译，北京经济学院出版社，1988。

［16］ Hirschman, A. O., *The Strategy of Economic Development*（New Haven：Yale University Press, 1958）.

第二章

国际分工价值链与中国贸易利益

第一节　国际贸易利益的基本理论与
"虚拟性"界定

一　国际贸易利益的概念

国际贸易利益是指一国通过对外贸易所增加的福利，包括直接贸易利益和间接贸易利益。直接贸易利益是指在不改变资源总量的情况下，贸易国按国际分工实行专业化生产贸易产品，其总产出超过国际分工前各自产出总和的那部分，贸易利益是通过国际交换实现的（章江益、张二震，2003）。一国获得的直接贸易利益包括出口利益和进口利益两个方面，体现在进口和出口实现的劳动生产力的节约、生产规模的扩大以及引导国内新产业成长等方面。间接贸易利益是指通过对外贸易对技术进步、产业结构调整和市场竞争等方面的作用来推动经济增长，促进一国综合国力提高和人民生活福利改善。

在现实中，直接贸易利益关注较多的是微观层面，例如企业劳动生产率、企业产品的差异化等；间接贸易利益往往涉及经济发展等宏观层面，如经济持续健康发展。在自由贸易时，只有获得了直接贸易利益，才有可能积累起间接贸易利益。短期内，直接贸易利益与间接贸易利益常常矛盾，一国往往通过保护幼稚产业，牺牲眼前的直接利益，获得长远的间接贸易利益。尤其是在产业价值链全球布局条件下，产生了贸易利益生产的全球化和贸易利益分配的国别化，贸易的比较利益是一种潜在的利益，因为一国的比较利益并不一定为本国的国民所享有。就中国而言，外国的技术、商标等可能制约着中国劳动力要素优势的发挥，中国以其占优势的劳动力要素参与国际分工，而劳动密集型产业不可能成为带动产业升级的领头产业，直接贸易利益和间接贸易利益之间存在着矛盾。

在国际分工日益深化的情况下，一国生产要素在国际贸易中如果不具备对产业链的控制力，其在对外贸易中实际分配到的贸易利益将小于贸易额所表现出来的名义贸易利益，会存在贸易利益"虚拟性"的问题。因此，必须通过提高生产要素在产业链中的控制力，使直接贸易利益能够有效转化为间接贸易利益，以促进中国经济增长和改善人民福利。

二 贸易利益"虚拟性"的界定

贸易利益的"虚拟性"是指随着分工的深化，在产业价值链全球布局条件下，一国分配到的实际贸易利益远远小于贸易额表现出的名义贸易利益，甚至实际获得的贸易利益不足以实现原材料的实物补偿和价值补偿，以及补偿由生产所带来的环境污染等各种负面效应的治理费用，从而阻碍间接贸易利益实现的一种现象。这种现象主要是由于产品价值链上的各个生产工序分散到不同国家进行，这种新的分工格局引起了各国在全球产业价值链上贸易利益的重新分配。一国在国际产业价值链上，参与对外贸易的要素如果不具备控制产业链的能力，那么该要素价值在产品价值中所占比重较小，就会面临贸易利益"虚拟性"的问题。尤其是在国际投资不断增加的情况下，跨国公司把产品的不同生产环节分配到全球最适当的地区生产，它们可以通过内部转移定价的方式，规避税收，人为降低受资国加工贸易企业的利润率，通过外包的方式，将高投入、高污染、高耗能的生产加工环节放在发展中国家进行，造成发展中国家的贸易利益"虚拟性"现象。

中国在以丰富劳动力要素参与国际分工、充分发挥比较利益的同时，投入的要素缺乏对产业链的控制力，绝大多数参与国际贸易的商品都在跨国公司的主导下进行，实际分配到的贸易利益必然小于对外贸易所表现出来的名义贸易利益。因此，中国需要在对外贸易过程中，逐步培育技术、品牌等方面的竞争优势，通过各种符合国际惯例和规则的有效途径使这种比较利益由潜在的利益转换为现实的利益，促进贸易与经济的和谐发展。

三 国际贸易利益的计算方法

就静态贸易利益而言，在产业价值链全球布局条件下，如果一国只出口一种商品，进口另外一种商品，出口商品的单位国际价格是 P_x，单位国内价格是 P_1，在出口 Q_X 数量时获得的出口利益已不是：

$$P_x \times Q_X - P_1 \times Q_X \qquad (2-1)$$

这是因为随着国际分工的不断深化，生产产品的各种要素往往来自不同的国家，因此，应该考虑到出口商品中该国所提供的要素在该商品价值中所占比重 $x\%$，相应获得的出口利益应变为：

$$P_x \times Q_X \times x\% - P_1 \times Q_X \times x\% \qquad (2-2)$$

相应的进口利益不是：

$$P_2 \times Q_i - P_i \times Q_i$$

而变为：

$$P_2 \times Q_i - P_i \times Q_i + P_i \times Q_i \times y\% + P_i \times Q_j \times z\% \qquad (2-3)$$

其中，P_i 表示进口商品的单位国际价格，P_2 表示进口商品的单位国内价格，Q_i 表示投资国进口该商品的数量，$y\%$ 表示进口商品中所包含的由于进口国对外投资，进口商品中使用进口国的要素在产品价值中所占比重，Q_j 表示进口国对外投资生产的产品出口到第三国的数量，$z\%$ 表示出口到第三国商品中使用投资国要素在产品价值中所占的比重，$P_2 \times Q_i - P_i \times Q_i$ 表示进口国从进口产品中获得的利益，$P_i \times Q_i \times y\%$ 和 $P_i \times Q_j \times z\%$ 之和表示由于进口国对外直接投资，从外国贸易额中分配到的贸易利益，其中，$P_i \times Q_i \times y\%$ 表示投资国从受资国出口到本国产品中分享到的贸易利益，$P_i \times Q_j \times z\%$ 表示投资国从受资国出口到第三国产品中分享到的贸易利益。

则实际贸易利益为：

$$P_x \times Q_X \times x\% - P_1 \times Q_X \times x\% + P_2 \times Q_i - P_i \times Q_i + P_i \times Q_i \times y\% + P_i \times Q_j \times z\%$$

$$(2-4)$$

贸易额表现出的名义贸易利益为：

$$P_x \times Q_x - P_1 \times Q_x + P_2 \times Q_i - P_i \times Q_i \qquad (2-5)$$

式（2-5）减式（2-4）整理得：

$$(P_x \times Q_x - P_1 \times Q_x) \times (1 - x\%) - (P_i \times Q_i \times y\% + P_i \times Q_j \times z\%) \qquad (2-6)$$

式（2-6）为在产业价值链全球布局条件下贸易额所表现出的名义贸易利益与实际获得贸易利益之间的差额。式（2-6）大于零，说明一国获得的贸易利益小于名义贸易额表现出来的贸易利益，存在"虚拟性"；反之，式（2-6）小于零，说明一国参与国际分工的要素在进出口产品价值链形成中占有较大比重，该国不仅获得了贸易额表现出的贸易利益，而且还从对外投资分享到额外的贸易利益。中国数据获得比较困难，无法计算出在进出口中中国所提供要素比重的具体数值，可以用附加值来代替这一比率，即附加值越大，这一比率越大，反之亦然。就现阶段来说，中国在出口贸易中，大多提供劳动力、资源等不具备控制产业链能力的要素，这些要素的价格在产品价格中所占比重较少，即 $x\%$ 较小，因此，$(P_x \times Q_x - P_1 \times Q_x) \times (1 - x\%)$ 这一项的值较大，中国获得贸易额要同其他国家分享，中国出口贸易利益的"虚拟性"较高。在进口贸易中，中国对外投资刚刚起步，中国进口产品中包含的中国要素以及其他国家出口到第三国产品中中国要素的投入数量都很少，即 $y\%$ 和 $z\%$ 的值都极小，$P_i \times Q_i \times y\% + P_i \times Q_j \times z\%$ 的值也很小，近似于零，外国获得的贸易额不需要同中国分享。由此可以看出，在中国，式（2-6）大于零，中国实际获得的贸易利益与其进出口额所表现出来的名义贸易利益不一致，存在贸易利益的虚增，在贸易利益分配方面处于不利地位。相反，发达国家多提供资本、技术和知识要素，这些要素的价格在产品价格中所占比重较大，获得的贸易利益与其进出口差额表现出来的贸易利益基本一致，甚至大于其贸易额表现出来的贸易利益，在贸易利益分配中处于主导地位。就动态贸易利益而言，主要从对外贸易对国民经济贡献度以及对产业结构提升的角度来测量。

四　国际贸易利益的理论综述与评析

（一）古典国际贸易利益理论

1. 对贸易利益不同视角的考察

第一，从供给角度考察贸易利益的理论。

首先，重商主义的贸易利益理论。重商主义对贸易利益来源的理解存在偏差。在重商主义理论中，贸易利益就是货币形态财富的增加。重商主义对贸易利益的探索只局限于流通领域，而未深入生产领域。

其次，亚当·斯密的绝对利益论。亚当·斯密认为贸易利益来源于分工的扩大。他指出："劳动生产力上最大的增进，以及运用劳动时所表现的更大的熟练、技巧和判断力，似乎都是分工的结果。"分工的程度受到市场范围的严重制约。对外贸易是市场范围扩展的显著标志，因而对外贸易的扩大必然能够促进分工的深化和劳动生产率的提高，创造更多的贸易利益。亚当·斯密对贸易利益的考察从流通领域过渡到生产领域，认为如果每一个国家都能够专业化地生产其绝对有利的产品，然后彼此进行交换，这对贸易双方都是有利的。亚当·斯密提出的"剩余产品出口"（Vent for Surplus）模型中包含了国际贸易具有带动经济增长作用的最初思想（张二震，1995），即间接贸易利益的萌芽，给后来的经济学家以启蒙作用。亚当·斯密的国际贸易利益理论比重商主义贸易利益理论的进步之处，就在于他认识到贸易利益的根源在于社会分工带来的劳动生产率的提高和物质财富生产的增长，但是亚当·斯密没有说明如果一国所有生产部门与其他国家相比都处于劣势的情况下，这个国家是否有参与国际贸易的必要。

再次，大卫·李嘉图的比较利益论。李嘉图进一步发展了亚当·斯密的贸易利益理论。李嘉图解释和回答了在一国所有生产部门都较另一些国家具有优势的情况下，或在一国所有生产部门与其他国家相比都处于劣势的情况下，开展国际贸易也能够获得贸易利益的问题，他将斯密的绝对利益论发展为比较利益论。

李嘉图的比较利益论揭示了在比较优势条件下开展贸易活动会使贸易双方比封闭经济条件下获得更大利益，但并没有否定以此为基础选择一定产业、产品，通过后天的努力使比较优势转化为竞争优势，获取长期的贸易利益。比较利益学说的不足之处在于假定生产技术条件不变，从而劳动生产率也保持不变，一国现在出口什么，进口什么，它永远只能按照这个模式重复下去。在这种静态条件下考察国际分工和国际贸易，论证贸易参与国均能获得比较利益与事实不符，从实际情况来看，一个国家在国际分工体系中的地位可以改变，由此导致比较利益的基础变化，从而国际贸易的格局也会发生变化。

第二，从需求角度考察贸易利益的理论。

穆勒的相互需求方程式从需求角度对一国参与国际贸易的利益给予说

明。他提出的国际需求方程式认为，任何国家对某一国输出品需求的增加，都会使该国能够廉价获得输入品，即使这种输入品来自其他地方。反之，如果该国对任何其他国家商品的需求有所增加，在其他情况不变的条件下，必须对一切外国商品支付较高的价格。他提出了贸易条件取决于贸易双方对贸易品的需求强度和需求弹性。

第三，将需求方面与供给方面结合起来考虑贸易利益的理论。

马歇尔强调需求和供给在决定国际贸易条件和贸易结构方面具有同等重要的作用，并从贸易结构和战略的角度来衡量对外贸易所带来的利益。他指出需求导致贸易仅仅是因为这种需求是建立在该国为别国供给适宜产品的基础之上，而该国之所以积极地向别国提供商品，也仅仅是因为它对外国商品也存在需求。

2. 从直接贸易利益向间接贸易利益的发展

穆勒作为古典经济学的集大成者，第一次明确区分了贸易的直接利益和间接利益。穆勒认为贸易的直接利益在于输入本国不能生产的产品或机会成本较高的产品。他指出："对外贸易的唯一直接利益在于输入，一个国家或者可以通过对外贸易获得本国完全不能生产的某些物品，或者可以获得它必须用比生产供偿付用的输出品所花费的更多的劳动和资本才能生产的某些物品。"穆勒将国际贸易的间接利益概括为："通商在经济上和道德上的间接利益比直接利益更大，为比国内更大的市场进行生产的国际，可以采用更广泛的分工，可以更多地使用机械，而且更有可能对生产过程有所发明和改进。通商也是文明国家之间绝大部分交往的目的。最后，通商首先使各民族认识到，应当以善意来看待彼此的财富和繁荣。通商还能加强和增加与战争天然对立的个人利益，从而迅速消除战争。"穆勒对贸易直接利益和间接利益的区分，对后来的发展经济学家启发很大，人们开始从贸易的间接利益方面来认识贸易利益，使贸易利益由静态开始向动态转变，但是穆勒的间接利益是在获得现实的直接利益基础上，自然导致的一种利益。

李斯特对贸易间接利益的讨论更为深入，他在穆勒间接利益的基础上又前进了一步。在李斯特看来，贸易的直接利益和贸易带动经济发展的利益有时是一种暂时的替代关系。他认为贸易带动经济发展的利益比直接利益更重要，因此为了发展本国的生产力，牺牲一些自由贸易可能带来的消费利益是值得的。他写道："财富的生产力比之财富本身，不晓得要重要多少倍，它不但可以使已有的和已经增加的财富获得保障，而且可以使已经消失的财富获得补偿。个人如此，拿整个国家来说更加是如此。"（弗里德里希·李斯特，1997）

（二）新古典国际贸易利益理论

新古典国际贸易理论仍坚持古典国际贸易理论的前提假设，即市场完全竞争且不存在规模经济。新古典经济学家运用一种新的分析工具，即生产可能性边界及其几何曲线，说明机会成本变动的不同情形下的国际贸易动机，即可以通过追求机会成本来获得国际贸易利益，扩展了李嘉图所说的机会成本不变条件下的国际贸易动机。

赫克歇尔—俄林的生产要素禀赋理论（H-O 理论），说明一国只有出口较密集地使用其富余的生产要素生产的产品，而进口较密集地使用其稀缺的生产要素生产的产品，才能够获得国际贸易利益。这一理论回答了各国在生产同种产品上的成本差别是什么的问题，是对李嘉图比较利益理论的进一步发展。里昂惕夫采用投入—产出法对美国的对外贸易商品结构进行研究，得出的结论与这一理论大相径庭，即"里昂惕夫"之谜，很多经济学家通过各种途径来解释这一现象，修正 H-O 理论，把生产要素由李嘉图的单一劳动和 H-O 理论的双要素引申为全要素，产品看做多种要素共同作用的产物，提出要素生产率决定比较成本优势和要素禀赋优势之间具有相互替代关系的观点。H-O 理论是从要素的供求状况影响要素的价格，进而影响产品的生产成本角度来论证贸易利益来源的，但是却忽视了需求、技术差别、规模经济等因素的影响。

新古典贸易利益理论对贸易互利性的分析依然是静态的，主要注重贸易前后微观商品国际交换中产生的贸易量、消费量的增加，即主要从使用价值的角度出发。无论是为了追求机会成本还是利用资源禀赋，都是通过各国间的贸易使国际资源得到有效的配置，从而增加世界福利水平。尽管也谈及一些宏观问题，但分析的全体仍局限于商品本身。

（三）新贸易利益理论

面对新的国际贸易环境，贸易利益理论继续发展。新贸易理论吸收传统国际贸易理论中的合理因素，从规模经济、市场不完全竞争等因素角度考察贸易利益。新贸易理论将静态贸易利益发展为动态贸易利益。

1. 规模经济产生的贸易利益

以美国经济学家保罗·克鲁格曼（Paul Krugman）为代表的经济学家们

在 20 世纪 70 年代提出了"规模经济贸易学说"。这一理论以企业生产中的规模经济和世界市场的不完全竞争为基础，解释了"二战"后迅速增长的工业国之间相同产业间的贸易。规模经济贸易学说认为国际贸易利益除了资源禀赋、技术差距外，还存在于规模经济中。在两国都生产相同的两种产品时，由于缺乏规模，成本高昂，没有效率；如果两国进行分工，各生产一种产品，则两种产品的规模同时得到了扩大，生产效率将会提高，生产成本将降低，这就是规模经济利益，然后两国都向对方出口一部分自己生产的产品，使规模经济利益得以实现，这比没有贸易，各自都生产两种产品获得的利益更大。贸易利益就是通过国际贸易实现了的规模经济利益。规模经济贸易理论从贸易利益角度指出了要素禀赋和技术水平没有差异的不同国家的贸易动因及贸易利益的实现问题。

2. 差别产品产生的贸易利益

差别产品贸易理论强调，在不同国家间进行同类产品的贸易，即部门内贸易，也能够带来贸易利益。这种利益来自更细的国际分工。有了差别产品的国际分工，并在此基础发展部门内贸易，既可提高产品生产的规模化程度，获得规模经济利益，又可满足消费者对同一产品的多样化需求和消费者对同类产品的不同层次的消费需求。差别产品贸易理论把满足消费者需求看做一种贸易利益，这对贸易利益的理解是一种深化，而且这一理论还意味着各国之间有了充分展示自己技术或其他创造性优势的空间，可以在产品的品牌、质量、性能、包装、广告和售后服务上进行创新，从而为贸易利益的扩大提供了条件。

3. 国家战略性贸易政策产生的贸易利益

格罗斯曼、赞姆斯·A. 布兰德以及狄克西特等学者以规模经济和不完全竞争为前提，以产业组织理论和市场结构理论为研究工具，提出了战略性贸易政策理论。它主张政府通过关税和配额等进口保护和出口补贴等出口促进政策，加强本国厂商的竞争地位，扩大本国厂商在国际市场的份额。这一理论还强调外部经济在国际专业化分工中的重要性，主张政府对能够产生巨大外部经济的产业给予适当的扶持。该理论动摇了在规模经济和不完全竞争条件下自由贸易政策的最优性，证明了政府干预的合理性，指出政府通过某种干预手段改变或维持不完全竞争企业的某种战略行为，使国际贸易朝着有利于本国获得最大利益的方向前进，从而说明了政府在实现对外贸易利益中的作用。

4. 技术进步所产生的贸易利益

技术进步成为获得间接贸易利益的重要因素，与技术进步及其产生的贸易利益有关的理论包括：①克鲁格曼的技术转移论。这一理论指出发展中国家通过加快技术引进速度，使其具有比较优势的商品种类增加，获得更多的比较利益。②波斯纳的技术差距论。这一理论也指出技术差距扩大有助于国家间的技术流动，使贸易技术出口方获得技术出口的收益，贸易技术进口方利用技术提高劳动效率，获得利益。③罗默、格罗斯曼、赫尔普曼、史格斯罗姆和克鲁格曼等人提出的技术内生增长模型，例如"干中学"和研究开发都可以内生技术，从而影响贸易模式，产生贸易利益。④弗农提出的产品生命周期理论。这一理论从对外贸易可以调节产品生命周期角度论述了对外贸易可以给一国带来贸易利益，随着新产品的不断生产，一国的比较优势是不断变化的，贸易利益存在于动态比较优势中。这些研究思路对中国发展对外贸易的启示是从国际贸易中获得的利益取决于本国技术进步的程度，因此中国主要的获益并不在于有更广大的市场，而在于分享世界上有限的资源以及分配极不均匀的技术和人力资源从而技术创新的成果。

5. 国家竞争优势所产生的贸易利益

1991年，迈克尔·波特提出的国家竞争优势论也被纳入新贸易理论中。这一理论的核心就在于通过确定优势产业，创造竞争优势来提高本国竞争力，增进人民福利。具体地说，迈克尔·波特的竞争优势理论主要包括以下几个因素：第一，生产因素。包括基本因素和推进因素。基本因素是指一国先天拥有的因素，推进因素是指通过投资与发展而创造的因素。第二，需求状况。本国市场对有关行业的某类产品挑剔而又具有前瞻性的需求，有利于建立该国的国际竞争优势。第三，相关和支持产业。一个国家的相关产业应该了解彼此的活动与需要，协调配合。第四，企业的策略、结构与竞争。此外，波特认为还有两个附加因素，即机遇和政府。例如某种科技的突破、创新、石油危机、战争、汇率的变动等都是机遇。一国政府可以通过有关的经济管理制度、金融政策、投资政策等，来影响该国竞争优势的基本因素。波特的这一理论与比较优势理论并不矛盾，比较优势是竞争优势的基础和前提条件，只有充分发挥一国的比较优势，才能形成竞争优势。

新贸易利益理论不仅从供给角度重视贸易利益问题，而且从需求角度分析了贸易利益。新贸易利益理论是对传统贸易理论的继承和发展，将国际贸易从"拾遗补缺"或剩余产品的出口发展到许多国家经济发展的客观需要。它研究的是一国如何借助规模经济、技术进步、产品差异来获得贸易利益。

（四）马克思的贸易利益理论

按照马克思的国际价值理论，贸易利益来源于国内价值与国际价值的比较差异。即：$V_{d1}/V_{d2} < V_{w1}/V_{w2}$，其中，$V_{d1}$ 和 V_{d2} 分别表示商品 1 和商品 2 的国内价值，V_{w1} 和 V_{w2} 分别表示商品 1 和商品 2 的国际价值。取适当的商品单位，使 $V_{w1} = V_{w2}$，商品的交换过程为 V_{d1}/V_{d2}，因为 $V_{w1}/V_{w2} = 1$，所以 $V_{d1} < V_{d2}$，此式表示进口商品 2 的国民价值大于出口商品 1 的国民价值，这就是国民价值的增值，即国际贸易可以带来国民价值的增值。

马克思不仅从生产的角度考察贸易利益，而且也非常重视需求，他指出："商品价值从商品体跳到金体上，像我在别处说过的，是商品的惊险的跳跃。这个跳跃如果不成功，摔坏的不是商品，但一定是商品所有者。"因此，对外贸易有助于商品价值的实现，还可以扩大从实物形态和价值形态对所耗费物质资料进行补偿，从而对世界各国社会两大部类的平衡起着重要作用，暗含了进口资源性原材料能够缓解一国资源瓶颈的制约，有助于一国贸易利益的实现。

（五）发展中国家的国际贸易利益理论

许多发展经济学家认为，资本、技术、劳动力等生产要素的数量、质量及其配置，对一国经济发展具有决定性作用。通过国际贸易，可以增加生产要素的数量，改善生产要素的质量，合理配置资源。因此，国际贸易有利于解决发展中国家资本不足和技术落后的状况。但同时也提出了发展中国家通过出口劳动密集型和资源密集型产品的贸易格局是否会导致"贫困化增长"的问题针对这一问题，发展经济学家普雷维什和辛格于 1950 年提出了"贸易条件恶化论"。该理论认为，由于贸易条件的改变受到贸易双方产品及其弹性的影响，传统贸易理论倡导的国际分工和贸易将会使贸易条件变得对发展中国家不利。具体原因如下：一方面，发达国家由于资本充裕，研发能力强，资源消耗相对少，更容易利用技术创新获得垄断利润，因此对外贸易对发达国家更为有利。另一方面，由于制造品的供给弹性和需求弹性相对于初级品均较大，生产和出口制造品的发达国家可以通过增加生产和出口规模获得报酬递增的效应，也更容易利用对外投资产生规模经济。

（六）贸易利益理论的最新发展

随着国际分工实践的发展，滞后的贸易利益理论已不能很好地解释贸易利益在产品不同生产区段上，即价值链不同环节上的分配，尤其是出现产品内分工，即产品生产中不同工序或区段在空间上分散到不同国家和经济体后所带来的贸易利益重新分配问题。

管理学对产业价值链的研究表明，产业链利润呈现一个"V"字形，即所谓的微笑曲线（见图2-1）。以微笑曲线来分析产业链各个部分的增值程度，在产业价值链全球布局条件下的要素分工体系中，全球的大多数企业都有可能成为跨国公司产业链的一个环节。根据微笑曲线，研发和品牌中获得的利润最多，而加工制造环节处于整个价值链的最低端。如果一国要获得更多的贸易利益，就不应局限于加工制造环节，而应该不断向产业链上游的零件、设备和下游的销售、网络等环节转移。目前，跨国公司普遍将加工与制造环节外包给发展中国家的企业进行贴牌生产，而这一环节又大多是资源需求型的环节。在中国，这会面临资源瓶颈的问题，与中国可持续发展的贸易战略不相吻合，中国只能依靠廉价的劳动力和资源在制造业环节获得微薄利润。

在国际贸易研究中，也开始对产业链上不同工序或区段分散到不同国家和经济体这一现象对国际贸易利益的影响进行研究，由于这一现象的实践时间不长，对于国家间贸易利益在同一价值链不同环节的分配尚没有形成完整、系统的理论。

Dixit 和 Grossman（1982）发展了生产区段模型，将模型扩展为一个多阶段生产（Multi-Stage Production）的模型，并利用这个模型考虑了要素结构变化和政策变化对一国比较优势边界的影响。由此开始了产品内贸易理论关于产品内分工影响一国贸易利益的研究。

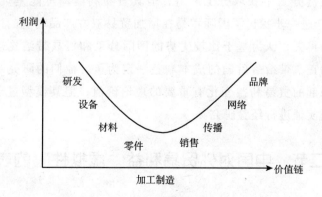

图 2 - 1 产业价值链"微笑曲线"

随后，克鲁格曼（1994）进一步分析了产品内分工对不同类型国家贸易利益的影响。他将产品内分工现象描述为"Slicing up the value chain"（分割价值链），并分析了在全球领域，产品内分工体系下，南方国家对北方国家的冲击；同时得出结论，南方国家的兴起和其在全球化价值链中的地位不会危及北方国家的经济利益，产品区段全球分工生产是一个"双赢"（win-win）的过程。

Deardorff（1998）分析了产品内分工对国家福利专业化分工和贸易模式及要素价格的影响。Deardorff 分别利用李嘉图模型和 H-O 模型，对两个国家的小型开放经济进行了分析，如生产过程分离化不改变商品价格，则两国的产出价值都会增加；如生产过程分离化改变商品价格，则一国会因为贸易条件向不利于本国的方向变化而导致福利恶化；即使一国因为生产过程分离化而受益，该国的某些要素所有者也可能会受损；生产过程分离化是要素价格均等化的推动力。

国内学者关于产品内贸易利益的研究成果不多。田文（2005）利用扩大的李嘉图模型探讨产品内分工条件下贸易模式的决定，利用产业组织理论中纵向市场关系的分析探讨产品内分工与贸易的利益分配，并最终说明发展中国家需以比较优势为基础切入产品内分工。如果要进一步提高贸易所得，就必须不断提高自己在分工链条中的地位。

曹明福、李树民（2005）构建了产品内分工的三国模型，通过模型分析得出：全球价值链分工的利益来源，一是分工利益，二是贸易利益。参与国都能从全球价值链分工中获得分工利益，但它们不能都获得贸易利益。最发达国家既能获得分工利益，又能挤占他国的贸易利益；而落后国家能从全球价值链分工中获取分工利益，但其贸易利益却可能是负值。另外，两人 2006 年进一步探讨了国际贸易在增加贸易双方产品利益的同时贸易国成本利益的得失，认为基于比较优势的国际分工和贸易带给先进国的成本利益一定为正，带给落后国的成本利益一定为负。他们的研究对于研究产品内分工引起的贸易利益变化有重要的理论价值，但其模型过于简单，而且也未通过实证进行经验研究。

第二节　中国对外贸易利益"虚拟性"的表现

中国出口贸易额在世界货物贸易额中的比重，已经由 1978 年的第 32 位跃居到 2009 年的第 1 位，但是由于中国参与国际分工的要素不具备控制产业链的能力，由贸易额表现出的名义贸易利益存在一定的"虚拟性"，这种"虚拟性"表现在对外贸易商品结构、对外贸易市场结构、对外贸易方式和对外贸易主体结构四个方面。

一　中国对外贸易商品结构中贸易利益"虚拟性"的表现

对外贸易商品结构是指一国或地区一定时期内各类商品在对外贸易中所占比重或地位，一国的对外贸易商品结构可以反映出该国或地区的经济技术发展水平、产业结构及资源情况等（张曙宵，2003）。根据产品的加工程度把对外贸易商品大致分为初级产品和工业制成品。中国初级产品出口占出口总额的比重在逐年下降（见表 2 - 1、图 2 - 2 和图 2 - 3），从 1980 年的 50.30% 下降到 2009 年的 5.25%，初级产品进口占进口总额的比重多年来一直徘徊在 20% 左右，进入 21 世纪有逐年增加的趋势。工业制成品出口

表 2 - 1　中国初级产品和工业制成品的比重

单位：%

年　份	初级产品出口占出口总额的比重	初级产品进口占进口总额比重	工业制成品出口占出口总额的比重	工业制成品进口占进口总额的比重
1980	50.30	34.77	49.70	65.23
1985	50.56	12.52	49.44	87.48
1990	25.59	18.47	74.41	81.53
1995	14.44	18.49	85.56	81.51
2000	10.22	20.76	89.78	79.24
2001	15.24	18.78	90.1	81.22
2002	8.77	16.69	91.23	83.31
2003	7.94	17.63	92.06	82.37
2004	6.83	20.89	93.17	79.11
2005	6.44	22.38	93.56	77.62
2006	5.46	23.64	94.53	76.3
2007	5.05	25.42	94.95	74.58
2008	5.45	32.00	94.55	68.00
2009	5.25	28.76	94.75	71.24

资料来源：《中国统计年鉴 2005》，2005 年、2006 年、2007 年、2008 年、2009 年的数据来源于商务部网站。

占出口总额的比重从 1980 年的 49.70% 增加到 2009 年的 94.75%，工业制成品进口占进口总额的比重在这一时期则比较平稳，在 80% 左右波动。这种结构是否合理？

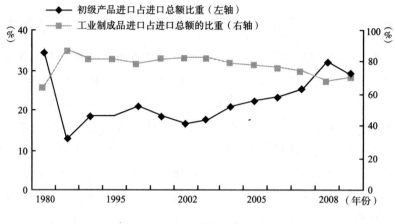

图 2-2　进口产品结构变化

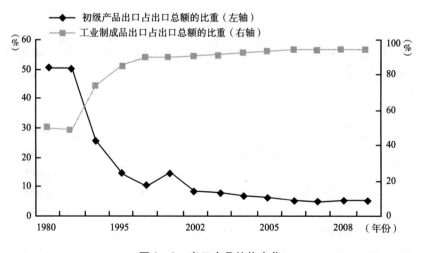

图 2-3　出口产品结构变化

　　沈利生、吴镇宇（2003）借助投入—产出模型，计算出中国各产业的影响力系数和推动力系数，与出口产品的影响力排序和进口产品的推动力排序进行比较，发现出口产品影响力排序与影响力系数的排序不完全一致，进口产品的推动力排序与推动力系数的排序也不完全一致，说明出口产品结构和进口产品结构还存在着向更合理的方向改进的余地。同时，这种进出口结构也说明中国仅仅是贸易大国，进出口贸易额表现出来的名义贸易利益并没有完全体现在对产业结构的调整上。无论是初级产品，还是工业制成品，其出口比重变化较大，进口比重变化比较平稳。这种状况说明中国出口结构随着国际产业转移而迅速调整，中国仅仅是一个"世界加工厂"，中国在国际产业链上从事的是为出口而进行的加工与组装，制成品的深加工、精加工不够，而中国对外国的初级产品和工业制成品有着稳定的需求，依然需要从国外进口先进的机器设备等高附加值的中间投入品。中国要素投入对产业链的控制力不强，在改革开放的 30 多年中所获得的贸易利益是有限的。

将初级产品进行细分，可以看出，自 1990 年以来，食品及主要供食用的活动物出口占初级产品出口的比重维持在 50% 左右，这类产品主要依靠劳动投入，而不是依靠土地或自然资源存量，说明中国的优势仍集中在劳动力上。非食用原料和矿物燃料、润滑油及有关原料占进口的比重较大，占初级产品进口的一半还多，尤其是进入 21 世纪以来，其所占比重一直徘徊在 90% 左右，这说明中国资源储量不能满足经济发展的需要，经济发展受到资源瓶颈的制约，仍需从外国大量进口原料等资源性产品（见表 2-2）。由于中国进口原料数量巨大，可能会引起进口原料的价格上扬，导致贸易条件恶化。2005 年中国进口石油、钢材、铁矿石、棉花、铜精矿、钾矿和氧化铝等产品因国际市场价格上涨多付汇 249.3 亿美元。加上中国劳动密集型产品出口的激烈竞争，尤其是在目前国际需求减少的情况下，此类商品价格逐年下降，甚至造成中国大批中小出口企业倒闭，挤压中国获得的贸易利益，没有在对外贸易中实现互利共赢。

从中国初级产品的国际竞争力指数（商品竞争力指数 $= \dfrac{出口 - 进口}{出口 + 进口}$）分析，如果产品的竞争力指数 $\geqslant 0.5$，则说明其有很强的竞争力；如果竞争力指数 >0 且 <0.5，说明其有较强的比较优势；如果竞争力指数 $\leqslant 0$，那么则没有竞争优势。中国初级产品除食品及活动物、煤、焦炭及煤砖产品外，基本没有什么竞争优势（见表 2-3）。但是，在中国资源短缺的状况下，仍然出口煤等初级产品，说明国内外价差较大，这种出口对个别企业来说可能是赢利的，但是，对国民经济的持续发展可能不利。中国煤矿安全生产设施方面投入严重不足，导致巨额的安全欠债。据国家安检局测算，2005～2007 年，至少需要投入约 689 亿元才能清理这些累积的安全欠债。中国生

65

产百万吨煤死亡人数是 3 人，美国是 0.03 人，波兰和南非是 0.3 人。中国煤产量占全世界的 31%，但煤矿死亡人数占全世界的 79%（李毅中，2007）。因此，中国从煤等初级产品出口中获得的直接贸易利益，会由于消耗过多的社会成本而被抵消，不利于中国对外贸易的和谐发展。

表 2-2　中国各类初级产品进、出口额分别占初级产品进口总额和出口总额的比重

单位：%

分类 年份	食品及主要供食用的活动物		饮料及烟类		非食用原料		矿物燃料、润滑油及有关原料		动、植物油脂及蜡	
	出口	进口	出口	进口	出口	进口	出口	进口	出口	进口
1980	32.8	42.1	0.9	0.5	18.8	51.1	47.0	2.9	0.7	3.4
1985	27.5	29.4	0.8	3.9	19.2	61.2	51.6	3.3	1.0	2.3
1990	41.6	33.8	2.2	1.6	22.3	41.7	33.0	12.9	1.0	10.0
1995	46.3	25.1	6.4	1.6	20.4	41.6	24.8	21.0	2.1	10.7
2000	48.2	10.2	2.9	0.8	17.5	42.8	30.9	44.2	0.5	2.1
2001	48.5	10.9	3.3	0.9	15.8	48.4	31.9	38.2	0.4	1.7
2002	51.2	10.6	3.4	0.8	15.4	46.1	29.6	39.1	0.3	3.3
2003	50.4	8.2	2.9	0.7	14.5	46.9	31.9	40.1	0.3	4.1
2004	46.5	7.8	3.0	0.5	14.4	47.2	35.7	40.9	0.4	3.6
2005	45.8	6.4	2.4	0.5	15.3	47.5	35.9	43.3	0.6	2.3
2006	48.6	5.3	2.2	0.6	14.8	44.4	33.6	47.6	0.7	2.1
2007	49.96	4.73	2.27	0.58	14.87	48.53	32.40	43.14	0.49	3.02
2008	42.09	3.87	1.97	0.53	14.57	46.09	40.64	46.62	0.74	2.89
2009	51.67	5.13	2.6	0.53	12.93	48.69	32.3	42.86	0.5	2.64

资料来源：《中国统计年鉴 2006》数据计算，2006 年、2007 年、2008 年、2009 年的数据根据商务部网站的数据计算。

表 2-3　2009 年中国初级产品出口商品竞争力指数

商品构成	初级产品	食品及活动物	饮料及烟类	非食用原料（燃料除外）	动、植物油脂及蜡	矿物燃料、润滑油及有关原料
出口（亿美元）	630.99	326.03	16.41	81.56	3.16	203.83
进口（亿美元）	2892.02	148.24	19.54	1408.22	76.39	1239.63
竞争力指数	-0.64	0.37	-0.09	-0.89	-0.92	-0.72

资料来源：根据商务部相关数据计算整理。

将制成品进行细分，以轻纺产品、橡胶制品、矿冶产品及其制品和杂项制品表示劳动密集型产品，以化学品及有关产品、机械及运输设备表示资本密集型和技术密集型产品。中国劳动密集型产品出口和进口占制成品出口和进口的比重不断下降，出口占制成品出口的比重比进口占制成品进口的比重下降得更快。出口从 1980 年 75.90% 下降到 2009 年 42.69%，进口比重从 1980 年 35.96% 下降到 2009 年 27.39%。资本、技术密集型产品的出口和进口比重的总体趋势都在增加，出口占制成品出口的比重增加得更快，从 1980 年的 21.8% 增加到 2009 年的 57.31%，进口的比重相应从 1980 年的 61.48% 增加到 2009 年的 72.61%（见表 2-4）。

表 2-4 劳动密集型产品与资本、技术密集型产品占制成品进口和出口的比重

单位：%

年 份	劳动密集型产品出口占出口比重	资本、技术密集型产品出口占出口比重	劳动密集型产品进口占进口比重	资本、技术密集型产品进口占进口比重
1980	75.90	21.80	35.96	61.48
1985	59.01	15.75	37.33	56.02
1990	54.67	20.17	25.31	54.02
1995	68.18	31.82	34.40	64.96
2000	57.58	42.32	30.59	68.48
2001	54.61	45.15	28.82	70.33
2002	51.88	47.90	27.77	71.59
2003	48.36	51.40	28.50	71.12
2004	46.50	53.30	27.96	71.70
2005	45.35	54.43	27.72	71.89
2006	45.07	54.67	26.18	73.48
2007	44.87	55.13	27.05	72.95
2008	44.28	55.72	27.16	72.84
2009	42.69	57.31	27.39	72.61

资料来源：根据《中国统计年鉴 2009》数据计算，2009 年的数据根据商务部网站的数据计算。

统计数据显示，中国资本、技术密集型产品从 20 世纪 90 年代初以来经历了较快的发展，这是产业链跨越国界，跨国公司的全球经营将中国生产纳入全球生产体系的结果。资本、技术密集型产品出口占出口的比重不如

其进口比重大，而且资本、技术密集型产品呈现大进大出的特点，中国仍然需要从国外进口先进的机器设备和技术。2008 年电子技术进口就占中国高新技术产品进口的 47.1%。中国工业制成品进口结构存在一定的风险，进口的制成品主要集中在对国家经济安全至关重要的技术、装备和能源上。中国在资本、技术密集型产品中主要从事的是制造过程的加工组装环节，投入的要素不具备对产业链的控制力，品牌和专利的数量较少。2004 年，高新技术产品出口中，自主品牌产品所占的比重低于 10%，在中国通信、半导体、生物医药和计算机等高新技术产业中，获得外国公司授权的专利数占 60% ~ 70%。这些都进一步制约了中国分享更多的贸易利益，使中国制成品进出口中商品结构表现出的贸易利益具有"虚拟性"。

对中国工业制成品的出口竞争力进行考察发现，在一些高端的技术密集型和资本密集型产品及深加工方面，依然处于比较劣势地位（见表 2 - 5）。例如在化学成品和专业、科学及控制用仪器和装置等方面，出口竞争力指数依然不高，处于比较劣势地位。处于比较优势的只是一些简单加工的产业，例如服装、鞋类，这从一个侧面说明我国是以劳动力、资源等不具备控制产业链能力的要素来参与国际分工的，在国际产业链中处于附加值较低的部分，获得的贸易利益远远小于贸易额所表现出来的贸易利益。

表 2 - 5　中国 2008 年工业制品的出口竞争力指数

商品构成	出口（亿美元）	进口（亿美元）	竞争力指数
工业制品	13506.98	7703.11	0.27
化学成品及有关产品	793.09	1191.95	- 0.20
按原料分类的制成品	2617.43	1071.59	0.42
机械及运输设备	6733.25	4419.18	0.21
航空器、航天器及其零件	16.40	100.56	- 0.72
杂项制品	3346.06	976.19	0.55
非针织或非钩编的服装及附属物	524.90	12.22	0.95
未分类的商品	17.15	44.20	- 0.44

资料来源：根据商务部及《中国统计年鉴 2009》的数据整理。

王永齐（2004）构造了一个反映一国比较优势的贸易结构测度指标，即 $\dfrac{资本品出口/消费品出口}{资本品进口/消费品进口}$，当这一指标的值小于 1 时，即资本品出口与消费品出口的比率小于资本品进口与消费品进口的比率时，说明该国是一个资本品的净进口国，根据 Mazumdar 的观点，资本品的价格会下降，资本品价格的下降所导致的投资成本下降必然会放大贸易利益的收益，资本积累将会发生。中国这一指标的值小于1，但是，通过格兰杰因果检验，得出经济增长是贸易结构变化的格兰杰原因，而贸易结构推动经济增长并没有得到经验证据的支持。VAR 估计结果也显示，中国的贸易结构并不显著影响经济增长。所以，中国的对外贸易对经济增长的贡献主要体现在贸易量上，而不是结构上，这必然会弱化贸易对经济增长的贡献率。

统计显示出口商品结构不断优化升级，实际上，中国出口商品的生产是建立在发达国家全球产业布局中，并且是充分利用中国廉价劳动力、土地资源以及吸引外资优惠政策的要素组合基础之上。中国的比较优势仍集中在资源和劳动密集型产品方面，多表现为消费品的形式。中国以具有优势的劳动力要素参与国际分工，而劳动密集型产业不能成为带动产业升级的领头产业。这样，如果没有抓住适当的机会充分发挥劳动密集型产业的比较优势，选择适当的时机进行产业结构升级，刺激创新，将比较优势转化为竞争优势，那么就会陷入长期的"比较利益陷阱"，导致贸易量增利减。例如 2005 年中国出口鞋的数量增长了 17.5%，而价格仅增长 7.3%。中国商品价格贸易条件不断恶化。但收入贸易条件不断改善也说明了中国在对外贸易中，用出口量的增多来弥补出口质量的不高。

从服务贸易的发展来看，其与中国货物贸易有较大的差距，中国货物贸易与服务贸易结构十分不平衡。2009 年，中国货物贸易进出口总额均位居世界第二位。中国跻身于世界货物贸易大国之列。但与此同时，2009 年，中国服务贸易却出现了 296 亿美元的逆差。中国服务贸易进出口额为 2868 亿美元，出口和进口分别位居世界第五位和第四位。中国服务贸易优势部门主要集中在海运、旅游等比较传统的领域，旅游和运输服务的出口额占中国服务贸易出口的一半以上，金融、保险、计算机服务、国际会展、现代物流、信息资讯等现代服务业的国际竞争力则很低。中国服务业的滞后发展进一步制约了中国产业链各个环节的整合，不利于产业结构的升级，使中国获得的贸易利益相对有限。

二　中国对外贸易市场结构中贸易利益"虚拟性"的表现

中国的经济结构、要素结构同美国、日本和欧盟等发达国家具有较强的互补性，因此，长期以来中国商品的出口市场主要集中在这些发达国家。2009 年，中国与美国、日本和欧盟的贸易额占中国贸易总额的 45.23%。从表 2-6 中可以看出，2002～2009 年中国出口占这些国家市场份额的总和呈现徘徊，剔除 2009 年受到金融危机的影响外，这种下降主要是由于日本市场份额的减少。但是 2008 年，中国的贸易集中度有所增强，中国对这些国家出口的绝对额在逐年增多。中国与美国、日本、欧盟等少数市场的关系现状，使得中国同世界主要国家的关系更加紧密。但同时不得不令人为中国经济增长的稳定性乃至国家经济安全担忧。这也会影响中国宏观经济政策的有效运行，不利于中国通过对外贸易带动产业升级，促进经济增长，实现间接贸易利益。

表 2-6 对美国、日本、欧盟的贸易额占中国对外贸易的比重

单位：%

年　　份	美　　国	日　　本	欧　　盟	比重合计
2002	15.65	16.42	13.98	46.05
2003	14.84	15.69	14.71	45.24
2004*	14.69	14.54	15.35	44.58
2005	14.88	12.97	15.28	43.13
2006	14.92	11.78	15.47	42.17
2007	13.90	9.76	16.49	40.15
2008	13.03	10.96	14.21	38.20
2009	13.51	15.22	16.49	45.23

注：＊2004 年及以后欧盟的数据为欧盟 25 国与中国的贸易数据。
资料来源：商务部网站。

据商务部统计，2009 年中国的贸易往来伙伴主要集中于欧盟、美国、日本、中国香港地区、东盟和韩国。其中，中国对日本的贸易逆差为 330.27 亿美元，对韩国的贸易逆差为 488.72 亿美元，对东盟国家的逆差为 4.71 亿美元，对美国的贸易顺差为 1433.73 亿美元，对欧盟的贸易顺差为 1085.26 亿美元。相比 2008 年，除对东盟国家的贸易逆差有明显下降外，与其他国家的顺差和逆差变化都不大。这说明中国对美国、欧盟的贸易顺差相当程度上是日本、韩国和东盟国家对中国投资，

进行产业转移，迁回生产导致贸易流程改变的结果。从表2-7中看出，中国向世界的出口中，外国提供的中间品价值占出口品价值的比重，即垂直专门化的比率在增加。在1992～2003年增加的7个百分点中，东盟、日本和韩国的增长占了70%左右，而其他国家仅占30%左右。因此，中国很大一部分进口的贸易利益在国内迁回生产后又出口，中国得到的只是微薄的加工利润和税收，但却表现为中国进出口贸易额不断增加，使得中国的贸易利益表现出一定的"虚拟性"，不利于中国在对外贸易中实现间接贸易利益。

表2-7　中国总出口中垂直专门化的比率及其变化

年　份	总　和	日　本	韩　国	日　韩	美　国	东　盟	东盟日韩	其他国家
1992	0.1422	0.0229	0.0057	0.0287	0.0139	0.0072	0.0358	0.0925
1993	0.1436	0.0288	0.0096	0.0384	0.0136	0.0077	0.0461	0.0839
1994	0.1458	0.0306	0.0123	0.0429	0.015	0.0089	0.0518	0.079
1995	0.1483	0.0329	0.0145	0.0474	0.0155	0.01	0.0574	0.0754
1996	0.1496	0.0317	0.0163	0.048	0.0156	0.0109	0.0589	0.0751
1997	0.1519	0.0329	0.0184	0.0513	0.0152	0.0128	0.0641	0.0726
1998	0.1555	0.0317	0.0189	0.0506	0.0166	0.0144	0.065	0.0739
1999	0.1521	0.0289	0.0167	0.0456	0.0155	0.0131	0.0587	0.0779
2000	0.2017	0.0379	0.0221	0.06	0.0206	0.0207	0.0807	0.1003
2001	0.2047	0.0356	0.0209	0.0565	0.0224	0.0205	0.077	0.1054
2002	0.2103	0.0363	0.0228	0.0591	0.0186	0.0221	0.0812	0.1105
2003	0.2182	0.038	0.0265	0.0646	0.0166	0.0247	0.0893	0.1124

资料来源：引自北京大学中国经济研究中心课题组《中国出口贸易中的垂直专门化与中美贸易》，《世界经济》2006年第5期。

徐光耀（2007）计算的不同国家进口与中国经济增长关系的实证结果显示，中国与日本的年度贸易额每增加1亿美元，导致中国国内生产总值相应增加0.13亿美元；中国与法国的年度贸易额每增加1亿美元，中国国内生产总值相应将增加1.4亿美元左右。由此可见，中国从法国的进口对中国国内生产总值增长的拉动作用更大。这是因为中国从日本进口的产品主要是家电、机械和汽车零部件等，这些产品的进口主要是为了满足日本投资企业在中国生产的需要。相反，中国从法国进口的产品以航天、核电技术等具有较高科技含量的产品为主，这些产品占中国从法国进口产品总量的45%，对中国经济发展的推动作用更大，中国应该从法国多进口，而中国与法国等欧盟国家却是贸易顺差的关系，这种贸易现状使中国从国外进口的先进技术产品有限，制约了中国通过进口先进的技术设备来改造传统产业，不利于改善中国在产业链价值上的要素结构和扩大贸易利益。

从中国高新技术产品进出口市场结构来看，存在着逆比较优势的现象（这一现象是指中国高新技术产品进口国不是来源于欧美这些最发达的国家，而呈现向这些国家出口高新技术产品的现象，这与传统的比较优势现象在表面上不相吻合，其实反映了东盟、韩、日等国在中国迂回生产、出口欧美的现象）。中国高新技术产品进口主要集中在亚洲地区，主要出口到欧美国家（见图2-4）。中国高新技术产品进口来源地前四位集中在亚洲的东盟、日本、中国台湾、韩国（见表2-8），其合计占中国高新技术产品进口额的比重超过六成，东盟继续保持中国高新技术产品最大进口来源地，2010年上半年中国从东盟进口高新技术产品达到325.6亿美元，占中国高新技术产品进口额的17%。中国从日本、欧盟、美国进口高新技术产品占比持续下降（除欧盟2004年有小幅度反弹外），分别从2002年的19.2%、11.4%、13.5%下降到2010年上半年的12.3%、9%和7%；从东盟、韩国进口高新技术产品占比持续上升，分别从2002年的15.5%、8.8%上升到2010年上半年的17.2%、17.1%。中国进口和出口的高新产品主要是电子类、计算机类和通信类产品，技术含量相对于其他高新技术产品则不是很高。这种与传统比较优势不相吻合的逆比较优势现象，反映出欧美等国家对中国高新技术产品出口的限制，体现出日本、韩国、东盟等国利用中国廉价劳动力、资源要素，在中国迂回生产出口到欧美市场的贸易格局，中国获得的贸易利益并不能完全反映在出口额上。

表2-8　2010年上半年中国高新技术产品主要进口国别地区

单位：亿美元

地　区	东　盟	日　本	中国台湾	韩　国	欧　盟	美　国	中国香港
进口额	325.6	232.3	329.4	323.3	165	129.2	16.9

资料来源：商务部网站。

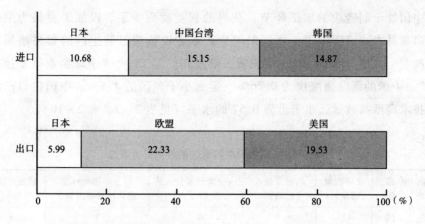

图 2 - 4　高新技术产品进出口国别分布（2010 年上半年）

资料来源：商务部网站数据。

三　中国对外贸易方式中贸易利益"虚拟性"的表现

从 1993 年起，中国出口贸易方式中，加工贸易超过了一般贸易比例，成为中国出口贸易的主要方式。2009 年，中国加工贸易出口额占出口总额的比重为 49%，比 2008 年提高 1.6 个百分点。如图 2 - 5 所示，中国高新技术的出口也主要采用加工贸易的进料加工贸易方式。

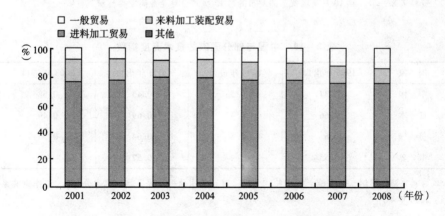

图 2 - 5　高新技术产品按出口贸易方式分布

资料来源：中华人民共和国科学技术部网站，www. most. gov. cn。

根据微笑曲线，产品制造环节获得利益相对于研发和营销环节要小，而中国处于制造业的加工环节，获得的利益就更少了。以加工贸易为主的出口贸易方式说明中国主要靠贴牌生产或者说低端组装生产的贸易格局没有改变。根据2005年10月英国贸工部发布的第15次"全球企业研发排行榜"，中国的研发强度仅为0.76%，远远小于美国的4.5%。中国出口产品的技术高度指数远远小于世界0.57的水平（见表2-9、表2-10）。

表2-9 部分国家和地区的总体研发概况

国 家 或 地 区	公司数量（家）	总研发投入（亿英镑）	占全球研发投入的比率（%）	与上年相比研发投入增长率（%）	研发强度（%）
美 国	423	836.81	38	7	4.5
日 本	207	485.42	22	4	4
德 国	63	261.27	11.9	1	4.1
法 国	45	133.02	6	3	2.6
英 国	167	105.71	4.8	1	2
韩 国	11	52.83	2.4	40	3.6
中国台湾	22	13.55	0.6	14	2.3
中 国	4	4.4393	0.2	9.3	0.76
中国香港	2	0.6922	0.03	9	2.7
印 度	1	0.4864	0.02	68	7.3

资料来源：2005年10月英国贸工部发布的第15次"全球企业研发排行榜"。

表2-10 中国与部分国家的技术高度指数

国 家	1995年出口	1995年进口	2003年出口	2003年进口
中 国	0.37	0.53	0.45	0.58
日 本	0.66	0.46	0.69	0.49
美 国	0.6	0.56	0.64	0.55
世 界	0.55	—	0.57	—

资料来源：樊纲、关志雄、姚枝仲：《国际贸易结构分析：贸易品的技术分布》，工作论文系列，2006年4月。

以加工贸易增值率来衡量贸易利益大小。加工贸易增值率（加工贸易出口额/加工贸易进口额）的大小可以在一定程度上反映加工贸易对产业结构升级的作用，加工贸易增值率越大，表明一国加工贸易的产业链越长，其中所需原材料和零部件的国内供给率越高，或者是加工贸易的技术含量越高。中国加工贸易增值率在 20 世纪 90 年代末和 21 世纪初达到一个小高潮，这主要是因为 1995 年国家外经贸部颁布了《外商投资产业指导目录》，将中国的产业政策由地区优惠的政策转变到与产业相结合的鼓励、限制和禁止外商投资政策的初始效应。但是从加工贸易增值率的走势来看，中国近几年加工贸易的增值率变化不大，如表 2－11 所示，徘徊在 1.5 左右。这充分说明中国的产业链较短，附加值不高，关键技术自给率低，相关产业缺乏配套产业的支持，从而制约了中国产业升级和贸易利益的获得。但可喜的是，进入 21 世纪以来，中国的加工贸易增值率有所提高，但中国是否达到互利共赢，充分享有对外贸易的利益仍需要时间的检验。

表 2－11 中国加工贸易增值率

单位：亿美元

年 份	加工贸易出口总额（a）	加工贸易进口总额（b）	加工贸易增值率（a/b）
1991	324.3	250.3	1.3
1995	737	583.7	1.26
2000	1376.6	925.6	1.49
2001	1474.5	939.8	1.57
2002	1799.4	1222.2	1.47
2003	2418.5	1629.4	1.48
2004	3279.9	2217.4	1.48
2005	4164.8	2740.3	1.52
2006	5103.7	3214.9	1.59
2007	6176.5	3684	1.68
2008	6751.83	3784.04	1.78
2009	5869.81	3223.4	1.82

资料来源：根据《中国对外经济贸易年鉴 2005》有关数据计算，2006～2009 年的数据根据商务部的数据计算。

劳动密集型为主的加工贸易导致中国出口产业结构与国内制造业结构的升级发生背离，不利于中国间接贸易利益的获得。包群、许和连及赖明勇（2003）构造的出口内生技术进步增长模型的检验结果显示，无论是制成品出口还是初级品出口，都没有体现全要素生产率的提高而对经济产生促进作用。该模型的回归结果显示，东部沿海地区制成品出口占 GDP 的比重高于中西部地区，反而导致东部沿海地区制成品出口对经济增长的负面作用要大于后者。这主要是因为中国出口是以劳动密集型的加工贸易为主，在产品内分工中提供的劳动力等要素不具备对产业链的控制能力，而且劳动密集型产业本身也不能成为带动产业升级的领头产业。因此，中国获得的贸易利益远远小于贸易额表现出来的贸易利益，出口部门相对要素生产率优势对经济增长的效应并不显著。

加工贸易的贸易方式还会对中国原材料的价值和实物补偿造成影响。在贸易国仅是贸易产品的生产国，而非全部贸易利益的归属国，贸易利益在不同产业链之间进行分配，不同的要素投入其利益分配具有不均衡性。加工贸易活动的特殊性在于贸易利益所得大部分要补偿进口原材料、技术等要素。目前中国几乎所有资源（劳动力要素除外）供给增加的速度都明显小于需求增加的速度。这实际上也意味着中国对外贸易出口已陷入不可持续的境地。这些年，由于个别地方政府盲目引资，发展加工贸易，对外资的质量不加鉴别，有的外商将资源消耗大、环境污染严重的产品转移到中国生产，加剧了贸易发展和环境保护之间的矛盾，而中国人为压低国内原材料价格的做法，造成国内外价格差距拉大，粗放使用国内廉价原材料进行出口的贸易格局使得中国分享到的贸易利益有限。同时，国内原材料价格低廉，为跨国公司实行内部转移定价和压低制成品价格提供了条件，导致中国获得的出口收入无法随着生产要素价格的增长而同步增长，从而无法实现生产资料的实物补偿。在中国，以外资为主导的加工贸易所带来的资源整合正效用，小于由此带来的无法进行价值补偿和实物补偿的资源瓶颈的负效用，这种除劳动力以外其他要素价格全面上涨的贸易格局，说明中国贸易的持续增长是以牺牲劳动者的福利和资源消耗为代价的，据联合国工业发展组织的一项研究，目前中国制造业平均人工成本近 1200 美元/年，只有发达国家的 3%，亚洲"四小龙"的 5%，与同样是人口大国的印度比，只有印度的 96.6%（薛国琴，2002），中国的劳工标准仍然很低，它不能充分保障国民福利随着出口增长而得到同步增加，也不利于人民生活水平的尽快改善和中国间接贸易利益的增长。

在进口中，一般贸易方式的进口大于加工贸易方式的进口，说明一些进口产品进入中国国内市场，不是用于生产加工再出口的，而是用于中国消费，直接以占领国内市场为目的。一些重要零部件和上游产品进口的大量增加，不仅同中国已有的产业形成竞争，还会影响中国主导产业和新兴产业的确立，不利于中国产业结构的调整和间接贸易利益的获得。

四　中国对外贸易主体结构中贸易利益"虚拟性"的表现

随着中国对外开放的扩大和国内市场化改革步伐的加快，外商直接投资企业持续增多。外商独资企业在中国不同行业中所占比重不断扩大，占据了制造业、批发零售业、房地产业的绝大多数（见表 2 – 12）。

表 2 – 12　2004 ~ 2005 年不同行业外商独资企业所占比重

单位：%

项　　目	制　造　业		批发零售业		房地产业	
	2004 年	2005 年 1 ~ 4 月	2004 年	2005 年 1 ~ 4 月	2004 年	2005 年 1 ~ 4 月
项 目 数	70. 3	73. 9	83. 4	85. 5	54. 5	62. 7
合同外资	79. 9	82. 1	73	72. 4	64. 9	70. 7
实际外资	70	78. 2	53. 3	65. 5	53. 3	49. 5

资料来源：商务部外资统计。

外商投资企业出口占中国出口总额的比重从 1993 年的 27. 51% 上升到 2009 年的 56% ，2009 年外商投资企业的进口额占中国进口总额的比重也高达 52% 。而中国国有外贸企业由于经营机制转变缓慢，在优惠引资政策下，原有有限的比较优势逐渐消失，资本、人才流失严重，企业存在成本高、效益低等不利因素，占中国出口的比重从 1993 年的 72% 下降到 2009 年的 16% ，相应的，进口比重也在下降，从 1993 年的 60% 下降到 2009 年的 29% 。虽然民营企业也有上升的趋势，2009 年出口比重达到 24% ，但在资金、技术等方面与外资企业还有差距。因此，中国对外贸易的主体由国有企业转变为外商投资企业，中国对外贸易主要是由外商主导的，外商投资企业成为中国对外贸易的主体。中国国有和民营企业由于诸多原因，对外投资步伐缓慢，从而也制约了它们从其他国家分享贸易利益，这些原因导致中国获得的贸易利益更加有限。

以上分析可以看出，外商对中国在国际产业链上的定位会对中国产业链提升的速度产生一定的影响。目前，外商将中国定位为一个低成本的加工组装基地，主要利用中国廉价劳动力资源进行组装生产，而零部件和核心技术都主要依靠进口，使中国在国际产业链条中的地位难以提高。按国际通行的标准，研发费用占企业销售收入的比重低于1%，该企业是难以生存的。2005年中国企业500强中只有106家企业的研发费用比例超过2%。由此可以推断出以外商投资为主导的加工贸易中，中国的国际分工地位较低，提供的要素质量也不高。这些外资企业不但利用中国廉价的劳动力、土地资源生产产品进行出口，将中国企业纳入其全球产业链，而且扩大了在中国本土的销售，抢占中国国内市场份额，大举并购与中国经济安全密切相关的企业。

在大量外商直接投资不断涌入的情况下，外商独资企业对中国核心行业的控制力越来越大，对中国的技术溢出则相对有限，因为外资的技术溢出效应不仅与东道国原有技术水平和消化吸收能力有关，而且与外商对东道国的投资定位有关。外商独资企业在中国高新技术产品出口中的比重也不断上升（见图2-6），而且他们所分享到的贸易利益也在扩大（见图2-7）。2004年，全国高新技术产业增加值为6341亿元人民币，三资企业高新技术产业增加值就占了其中的63%，国有企业仅占21%。中国企业有可能因技术水平不高而丧失国内市场和对战略部门的控制权，从而制约中国获得的贸易利益。

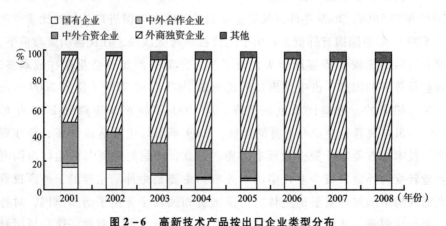

图2-6　高新技术产品按出口企业类型分布

资料来源：中华人民共和国科学技术部网站，www. most. gov. cn。

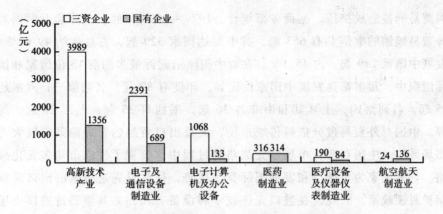

图 2 – 7　2004 年高新技术产业增加值按企业类型分布

资料来源：国家统计局等编《中国高技术产业统计年鉴》，2005。

第三节　造成中国贸易利益"虚拟性"的原因分析

一　宏观层面：贸易战略实施以及与贸易有关的国内政策调整不到位

（一）贸易战略实施没有完全达到改善产业链要素的效果

1. 市场多元化战略实施不到位

1990 年中国市场多元化战略的实施，虽然大大拓宽了中国对外贸易发展的国际回旋空间，增强了中国对外贸易的抗风险能力，但中国出口市场仍然非常集中。中国低成本产品的出口主要集中在发达国家。这种比较密集的向发达国家出口，使中国出口产品过度依赖发达国家。这一方面会引起发达国家对中国出口产品国际竞争力的密切关注，加剧中国同这些国家的贸易摩擦；另一方面，中国对发达国家出口的大量低技术产品（如纺织品、鞋类、玩具）在面对发达国家完善的环保立法、技术标准以及先进的环保技术时，其竞争力就会受到影响。中国同发展中国家的产业结构具有一定的相似性，中国一些轻纺类产品向发达国家出口，必然会和某些发展中国家的劳动密集型商品相竞争，挤占它们在国际市场上的份额。因此，中国不但面临发达国家的反倾销和技术性贸易壁垒等障碍，而且面临越来越多发展中国家设置的贸易壁垒，使中国实现贸易利益的成本上升，对中国贸易利益造成挤压。据商务部统计，1979～2005 年底，全球起诉中国对外贸易倾销的案例共有 663 起，其中发达国家 329 起，占总数的 49.62%，发展中国家 299 起，占 45.1%。在对中国倾销起诉最多的前 15 位国家和国际组织中，很多都是发展中国家，比如，印度有 89 起，名列第三，阿根廷 45 起，名列第四，土耳其和南非各 36 起，墨西哥 35 起，巴西 21 起，等等。中国对外贸易过分依赖传统市场，大量出口贸易的背后隐藏着巨大的市场风险。中国在实行市场多元战略的过程中，忽视了进口市场多元化战略。许多国家为了维持和发展国际竞争优势，往往对先进技术的出口采取保护封锁政策。因此，在进口先进技术和设备方面，尤其要通过进口市场多元化来打破一些国家对中国的技术出口限制。通过进口先进技术和加快先进技术的利用、消化和吸收，来改善商品要素结构，延长产业链，分享更多的贸易利益。

2. 大经贸战略意识不足

1994 年中国提出的大经贸战略是实行以进出口贸易为基础，商品、资金、技术、服务相互渗透、协调发展，外经贸、生产、科技、金融等部门共同参与的经贸发展战略。该战略的主要目的是通过加强部门、行业和企业的协作与配合，整合国内资源，打破外贸领域的垄断，鼓励各类所有制企业参与国际竞争与合作，实现外经贸经营主体多元化。但是，由于中国的经济体制目前仍处于转轨之中，政府职能转变尚未完全到位，还没有完全形成通过整合国内各部门资源产生出口合力的局面，出口产品依然存在着质量不高、结构不合理、附加值低、获得的贸易利益有限的问题。大经贸战略实施效果主要体现在外经贸经营主体多元化上，政府部门、行业和企业之间的协同工作则显得不够，技术、服务对外贸的渗透性也不强，从而制约了产业链的延伸，使中国投入的要素仍集中在附加值较低的部分。

3. "以质取胜" 战略和科技兴贸战略实施缓慢

中国早在 20 世纪 90 年代初就提出了 "以质取胜" 战略，1999 年又提出科技兴贸战略。这两个贸易战略提出的目的都是要通过提高出口产品质量、推行国际标准等多种方式来利用高新技术改造传统产业，优化出口商品结构，提高出口商品的档次和附加值，增强国际竞争力。长期以来，纵观中国两个战略的实施效果，"以质取胜" 战略和科技兴贸战略实施缓慢。其中一个原因就是中国科技基础薄弱，而研发费用投入又相对不足。从图 2－8

中，可以看出中国与发达国家在研发费用的支出方面存在很大差距，2007年中国的研发支出仅是美国的14％，与德国、日本等国家也存在相当大的差距，这导致中国产业升级缺乏科技支撑以及升级的动力与能力。另一个原因是人们仅仅注重出口产品是否是高新技术产品，而忽视了促进高新技术产品出口的目的在于提高产品附加值这一更为根本的任务。在产业链全球布局条件下，外国厂商可以将高新技术产品的加工环节放在中国，使中国出口贸易统计中高新技术产品的出口增加，但这种高新技术产品的出口对中国产业结构和产品附加值提升的作用相对有限。在下凸的微笑曲线中，两端利润较高的部分是研发和品牌，制造业处于利润的最低端。中国绝大多数出口产品一直处于制造业中的加工环节，在出口商品结构上，以附加值低的劳动密集型产品出口为主，而附加值高的技术密集型产品和资本密集型产品出口仍然居次要地位，使中国获得的贸易利益相对更少，导致中国对外贸易对国民经济发展的影响仅体现在经济增长速度上，对经济增长质量和结构转换升级的作用十分有限。

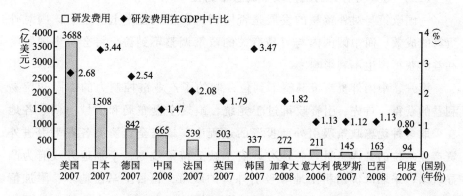

图 2－8　中国与一些发达国家研发费用比较

资料来源：中国科技部；OECD：《主要科学技术指标 2009/1》；巴西科技部；联合国教科文组织。

因此，在产业链跨越国界条件下，要赋予科技兴贸战略新的内涵、新的动力，在中央提出的提高自主创新能力，建设创新型国家的基础上，结合中国目前以外商投资为主导的加工贸易模式，重点关注在加工过程中是否掌握了产品的核心技术和关键技术，并通过增加研发投入，依靠自主研发和创新突破技术难关，实施科技兴贸战略。

4. "走出去"战略刚刚起步

在 2001 年的《国民经济和社会发展第十个五年计划纲要》中明确提出了实施"走出去"战略的方针，这是根据客观变化了的国际环境，对充分利用国内外两种资源、两个市场在外贸领域认识进一步深化的结果。据统计，目前世界上约有 6.4 万个跨国公司（母公司）和 28 万个在国外的子公司和附属企业，构成了一个庞大的全球生产和销售体系。这些跨国公司控制了全世界 1/3 的生产，掌握了全世界 70% 的对外直接投资、66.7% 的世界贸易、70% 以上的专利和其他技术转让。它们可以运用全球的采购网络、生产网络、销售网络在全球范围内配置资源，增强其对资源的整合能力，实现贸易利益。但是，由于中国国有企业处于改组、改造的攻坚阶段，民营企业处于上升发展阶段，实力不强，企业对外投资模式还处于边尝试边总结阶段，2006 年中国累计非金融类对外直接投资 733.3 亿美元，只占累计外商直接投资总额的 10.4%，制约了中国企业整合全球资源的能力，使中国从其他国家分配到的贸易利益有限。

（二）与贸易有关的国内政策调整不到位

一国政策与对外贸易的发展是否协调，在很大程度上决定了该国对外贸易的成效。而中国国内与贸易有关的政策调整不到位，将会对中国贸易利益的获得产生不利影响。

第一，中国外资政策调整不到位，制约了产业链控制力的提高和贸易利益的获得。首先，引资政策过于笼统，缺乏全盘布局和区域协调。各地在采取多种优惠政策吸引外商投资的过程中，缺乏全盘协调各省市引进外资产业定位的具体方针。各地方政府也缺乏统筹规划，个别地方政府为凸显政绩，采取低价出租土地等吸引外资的政策，盲目上马占地多、附加值低、技术水平差的项目，而不注意引资环境的培育与当地产业结构的配套相结合，对中国环境造成严重污染，形成巨大的"外部不经济"，使中国处于产业链的低端。其次，区域引资政策缺乏相关的政策支撑体系和配套保障措施。引进外资是一项包括资金、技术、信息、知识产权、物流及各类服务的系统工程，单一制定产业资本引资政策而不通盘考虑金融资本与商业资本的引资政策，必将带来引资对技术和效益的提高不明显等一系列负效应。目前中国的区域引资政策缺乏对上、中、下游关联产业多元投资的引导，不能形成完整产业链和供应链的系统配套政策，缺乏相关产业之间的协调。再次，引资政策目标定位不明确。技术水平的赶超是实现经济赶超的关键，而技术创新能力的赶超又是真正实现和巩固技术水平赶超的关键，技术创新能力的赶超更具决定性意义。然而，中国由于中间技术严重缺失，造成引资对提升产业链控制力的作用有限。因此，扶持国内企业提升包括技术实力在内的综合竞争实力，培育有效的竞争主体，是中国利用外资的重要目标。

第二，汇率和外汇管理政策调整滞后，制约了中国产业链的提升。中国汇率制度在 1994~2005 年 7 月 21 日期间，基本上没有太大变化。中国汇率改革滞后于对外贸易的快速发展，使货币的实际价格和名义价格发生偏离，由于进口价格大于实际价格，出口价格小于实际价格，使获得的贸易利益在贵买贱卖中消失。在汇率低估的情况下，进口价格会高于实际价格，对中国从国际上进口资源、技术设备等造成不利影响，使中国进口价格虚高，而国内不反映市场供求的低廉资源，就成为国内各企业纷纷开采的对象，对中国造成巨大的外部不经济。另外，汇率低估会降低出口产品价格，为了保持产品的低价格竞争优势，国内企业往往采取压低国内工人实际工资的做法，很少通过提高技术水平和劳动生产率的做法吸收成本上升的压力来增强国际竞争力，中国产品低价格的优势建立在低劳动力成本的基础上，这不利于中国企业适应汇率的调整，消化汇率的变动，在国际竞争中形成被动局面，制约了产业链的延伸和贸易利益的获得。由于国内资金的投资渠道不畅，中国用出口贸易中获得的美元来购买低利率的美国国债，很少用来改善产业结构，使中国外汇收益遭受损失。

第三，国内医疗卫生体制、教育收费体制的改革不到位，导致了中国劳动保障和社会保障政策不完善，人们对货币的预防性需求还很强，导致中国储蓄率上升，国内需求受到消费欲望不足的影响，内需出现启而不动、扩而不大的现象，国内经济的健康发展过分依赖对外贸易，而且中国分享到的贸易利益没有转化为实际购买力，不利于人民生活福利的改善，这与间接贸易利益的目标相背离。同时，由于中国国内资本市场不健全，这些储蓄投资到实际生产部门的数量相对有限，这不利于中国产业链延伸和要素结构的改善，对扩大贸易利益形成一定的制约。

二　中观层面：行业协会对提高产业链控制力的作用有限

行业协会作为密切联系政府和企业的中介组织，在产业链中成为联系产、学、研的重要纽带，还会起到减少贸易摩擦的润滑作用。但是，由于历史的原因，我国行业协会发展缓慢，并且带有很强的官办色彩，缺乏自我协调、自我管理、自我规范和自我服务意识，对政府具有很强的依赖性，面临着人员冗杂、缺乏专业性人才、运作不规范、企业参与率低等问题。行业协会自身功能不完善使得其对上、中、下游关联产业的整合能力不强，对提高产业链控制能力的作用有限。在实际运营中，还出现两种类型的行业协会，即由传统行业协会主管部门改制而形成的全国性行业协会以及地方性的行业协会，由于中国法律没有对这两种行业协会的关系进行明确规定，当个别地区的企业在面临国外关税壁垒和非关税壁垒时，由于中国各行业协会步调不一致，使得地区行业协会在调查或应对国外贸易壁垒时显得势单力薄，无法充分发挥其谈判能力，个别企业还会萌生搭便车的思想，从而产生"囚徒困境"。总之，中国行业协会对提升产业链控制力和减少贸易摩擦的润滑作用有限。目前，还没有形成行业协会、企业和政府共同促进对外贸易的合力，中国行业协会还没有很好地发挥其在对外贸易中促进贸易利益获得的作用。

三　微观层面：大多数企业处于产业链低端，获得贸易利益有限

企业作为生产的直接参与者，其在国际价值链中的位置直接决定了获得贸易利益的多少。中国企业由于规模较小，缺乏科技创新的动力，以及贸易企业与非贸易企业的联动效应不强等原因，决定了其在产业链上提供的要素很难具备对产业链的控制力，获得的贸易利益相对有限。

第一，企业规模较小，制约了产业链的延伸。从中国企业规模与世界其他国家企业规模的比较来看，2006年中国500强企业的营业收入相当于世界500强企业营业收入总额的9.3%。中国500强企业的劳动生产率和赢利能力都较低，利润总额只相当于世界500强企业的6.6%。中国500强企业第一位的中国石油化工集团公司的营业收入相当于世界500强企业第一名埃克森美孚石油公司的30.2%。2006年在世界500强企业中，中国有19家内地企业入围。但是，中国500强最后一名的企业年营业收入刚超过60亿元人民币，而世界第500名企业的总收入水平达到137亿美元。可见，中国企业与国外企业相比规模较小，这使得企业缺乏整合市场资源的能力，导致全国中小企业布局林立，重复生产、重复建设现象突出，造成资源配置低效和资源浪费；由于无法利用大规模生产来降低成本，参与市场竞争，因而制约着中国在国际贸易中获得规模经济利益和进一步延伸产业链；由

于中国企业规模较小，向海外扩张的实力有限，进一步制约了中国企业通过对外投资整合其他国家的资源获得贸易利益。

第二，企业缺乏科技创新的动力，阻碍了中国产业链向高附加值的方向延伸。虽然企业应为科技创新的主体，但是由于中国国有企业的产权制度与公司治理结构改革不到位，难以有余力搞科技创新，民营企业的科技创新机制不健全且缺乏创新人才和资金，加上企业和市场的扩张速度远远快于创新周期，急于赚钱的心理使企业不能静下心来搞创新，阻碍了中国产业链向高附加值方向延伸。目前企业的研发投入只占营业额的 0.5%，大企业占到 0.7% 左右，远远低于发达国家 4% ~ 5% 的水平，中国有 99% 的企业没有申请过专利，有专利的企业不到万分之三（刘恕，2006）。企业比较密集的浙江省，其统计数据也令人担忧。浙江省中小企业局的统计显示，占浙江企业数量绝对多数的中小企业，其产品主要靠模仿。全省 80% 的中小企业没有进行新产品开发，产品更新周期为两年以上的占 55% 左右，绝大部分中小企业的产品模仿国内外大企业，来料加工业务比重较高。在技术密集型和资本密集型产品方面，中国企业的创新能力与其他国家相差更远，中国汽车产业和美国、日本的技术相差近 10 年，计算机芯片制造技术也相差 10 ~ 15 年。可以看出，由于中国企业缺乏科技创新的动力，主要还是依靠廉价的劳动力参与生产，分享贸易利益，这也构成中国全球贸易利益分配相对不利的基础，阻碍了中国产业链向高附加值的方向延伸。

第三，中国进出口贸易企业和非贸易企业的联动效应不强，不利于产业结构调整与升级。中国上、中、下游企业之间的联动效应不强，同一部门的企业可能由于服务于不同的跨国公司而产生块状分割，导致生产链条的要素传递渠道不畅，贸易部门的发展并没有明显地带动国内其他非贸易部门的发展，制约了生产同一产品的要素在产业链不同环节的协调与配合，影响了中国产业结构的调整与升级。

第四，个别企业恶性竞争，相互削减贸易利益。改革开放之初，中国实行出口导向型的对外贸易战略，沿海地区的许多企业大力发展劳动密集型产品的出口，中国贸易利益的价值取向有一定的"重商主义"倾向。在中国国内产能过剩、国际贸易环境发生变化的情况下，中国许多企业缺乏长远眼光与品牌战略，不是通过自主创新来增加出口，而是通过无序竞争、竞相压价来获得订单。在面对国外的反倾销、技术性贸易壁垒时，显得非常被动，很少能形成强大的谈判力量。中国企业在自我恶性竞争的过程中，忽视了国外企业正在以技术、管理优势和低价倾销的方式挤占中国市场，造成中国企业破产，市场秩序混乱，企业的位置被"锁定"在产业链附加值较低的位置，对中国在全球产业链上分享贸易利益造成不利影响。

第四节　中国分享对外贸易利益的模式与对策建议

一　中国分享对外贸易利益的模式

中国贸易利益"虚拟性"是在没有找到适合中国可持续发展的对外贸易道路之前的一种必然现象。从某种程度上讲，这是寻找新道路时所付出的代价。在实行工业化和城镇化的过程中，不能无视那些失地农民或剩余劳动力处于失业状态，必须大力发展劳动密集型产业；但是，又不能固守这种低附加值的产业，需要通过吸收外商直接投资进行加工贸易，实现中国优势要素由劳动密集型向资本和技术密集型转化，不断提高要素在整个产业链上的控制力，实现互利共赢的对外开放初衷。为此，本书提出如下模式。

第一，从纵向产业成长上来看，包括两个方面：首先，现阶段，继续发挥劳动密集型产业的比较优势，逐步提高附加值。中国劳动力众多是一个事实，根据要素供求关系，中国劳动力成本确实比发达国家和其他新兴市场化国家低，因此，必须充分发挥劳动力成本优势。在纺织品等劳动力密集型产品方面，通过延长产品产业链，从事劳动密集型产品的设计和营销环节，改变以劳动力为主的要素投入结构，提高出口产品的附加值，从贴牌生产的代工（OEM）阶段向代设计（ODM）转型，最终成功转向品牌（OBM）生产，使中国的劳动密集型产品形成国际竞争力。其次，通过从事高技术产品组装，积累新的比较优势。在从事产品组装过程中，逐步提高劳动力素质，率先在某个生产环节上建立比较优势，通过加工贸易吸引同类产品的高质量外资进入该产业，形成产业集群，通过同本地企业的竞争效应，完善配套产业，产生技术的外溢和扩散效应，本地企业通过"干中学"，最终发展到国民经济的自主创新和品牌经营，实现比较优势的转变。

第二，从对外贸易的国内区域分布上，中国各区域经济发展水平的多层次性、资源分布的不均衡性和劳动力的多样性以及外向型经济发展的地区差异性，决定了中国不可能以单一要素的比较优势去指导国际贸易分工，而必须从各个区域的实际出发，综合考虑各地区现阶段的比较优势，实行梯度转移战略。中国的对外贸易主要集中在东部五省一市（江苏省、广东省、浙江省、山东省、福建省和上海市），2005年五省一市出口额占全国出口总额的比重达到76%。有人将此称为东部地区的对外开放，而非全国的对外开放，这就制约了全国贸易利益的分配，造成地区间经济发展不平衡，致使一些省份为了实现本省经济的快速增长，引进质量不高的外资，不光没有达到预期的效果，反而造成严重的环境污染，制约了当地经济的可持续发展。因此，必须首先从宏观方面整合国内资源，对内开放市场，既要保证发挥地区比较优势，又要注意产业结构的升级与换代，实行梯度转移战略，即中低端产品或生产环节逐步向中国中西部地区转移，以形成配套产业向中西部地区梯度转移的格局，提高零部件和原材料的国产化程度，实现地域上的产业整合，弥补产业断层。中西部地区在承接南资北移过程中的劳动密集型项目时，通过资本、技术的"溢出效应"和当地企业的"学习效应"，发展加工贸易，进一步延长的特色产业链，以中间投入品本地化为连接来实现本地产业结构优化，分享更多的贸易利益；在东部沿海发达地区，应鼓励和扶持加工贸易向中高端产品或生产环节延伸和发展，逐步从简单的劳动密集型加工环节向先进制造业领域的深度加工环节和服务业转移，不断提高自主创新能力，培育自主品牌；作为东北老工业基地的长春等科研条件较好地区，国家要充分利用其有利的科研条件，给予适当的扶持政策，发挥这些地区的科研实力。同时，通过国家税收等各项政策协调区域间的贸易利益分配。这样不仅可以解决中国劳动力的失业问题，而且还可以使相对落后地区逐步吸收中国劳动密集型产业，促进产业协调发展和互利共赢的实现。

二 中国分享对外贸易利益的对策建议

中国贸易利益在对外贸易商品结构、对外贸易主体等方面表现出"虚拟性"的根本原因在于中国在产业链全球布局背景下，参与国际分工的要素不具备控制产业链的能力。那么，在产业价值链跨越国界、要素全球流动的条件下，在对外经济合作中，要分享更多的贸易利益，在对外贸易中实现互利共赢，关键在于改善参与国际分工的要素结构，提高要素质量，本书从宏观贸易战略和政策、中观行业协会以及微观企业方面提出增加中国贸易利益的对策建议。

（一）宏观层面以提高产业链控制力为目标协调各项政策

第一，通过协调各项贸易政策来优化贸易结构和产业结构。一国政府可以通过制定不同的贸易政策和贸易战略，影响本国企业及其国外竞争者的行为，改变国际竞争的格局，扩大贸易利益。首先，中国对外贸易政策的制定应以提高传统制造业的国际竞争力和自主开发能力为原则，建立科技创新体系和有效的创新激励机制，适度突破原有比较优势，培育本国产业链控制力新优势。其次，中国对外贸易政策的制定以出口和进口并重为战略导向，在大力发展和出口资本、技术密集的机电、高新技术产品的同时，要考虑国内产业链控制力的经济安全，积极开拓国际进口市场，适度增加进口，要扩大资源型初级产品进口和重要能源进口，弥补国内供应的不足，保证国民经济的可持续发展。再次，中国对外贸易政策的制定应以合理、有效地实行保护的贸易促进战略为基本取向，对鼓励发展的产业提供税收优惠和技术支持，以实现产业的自动调整。对合理保护的产业，要注意将外贸政策保护的"幼稚产业"与保护落后的非效益产业区分开，使对外贸易与产业结构升级的取向保持一致和协调。最后，中国对外贸易政策的制定应以保证有一个顺畅的国际资源供应渠道为方向。中国需要加强对资源在时间和空间上的调配：一方面合理储备原材料，缓解国内需求过热；另一方面，发挥期货市场作用，规避价格风险，完善汇率制度改革与能源价格改革，切实建立起反映市场供求、资源稀缺程度以及污染损失成本的价格形成机制，增加对重要资源性商品进口的自我调控能力。

第二，协调同各国的贸易关系，为中国争取增强产业链控制力的良好国际发展空间。在对外贸易过程中，无论是同发达国家进行对外贸易，还是与发展中国家进行对外贸易，都必须坚持可持续发展。中国应积极开展对外合作，顺应区域经济化浪潮，努力推进东北亚自由贸易区合作的建立，在"10＋3"框架内积极寻求与东盟各国的合作，将中国的发展真正嵌入国际化的发展轨道，重点加强同贸易环境相对稳定、市场潜力巨大的新兴市场的贸易关系，重视发展同拉美、东欧、中亚、非洲等地区的贸易关系，分散国际市场风险。在同发达国家进行对外贸易时，要通过提高产品技术含量来跨越发达国家的技术性贸易壁垒，适度通过国家间的互访沟通达成谅解。同时，视外资质量区别对待外资，吸引发达国家的高质量外资进入中国，为中国技术升级提供一个高平台。在与发展中国家进行对外贸易时，应引导中国比较优势明显的产品向高附加值、高科技含量的效益型生产转变，为发展中国家的相关产业让出一定的发展空间，达到共同发展的目的，而不能只顾眼前某个行业的局部利益，把直接贸易利益放在国家利益的框架内统筹考虑，协调同发展中国家的关系，促进与各国良好贸易关系的持续发展。在跨越发达国家和发展中国家的贸易壁垒方面，中国出口企业还可以在目标市场国家，由以出口贸易为主转向贸易与投资并重，力争在海外直接设厂，建立一批中国的跨国公司及企业，把投资的重点定位在经济一体化的区域和产品出口的主要市场，间接实现出口市场多元化，从国外分享更多的贸易利益。

第三，通过产业政策的宏观引导，进行重大科技攻关，引导、支持、鼓励企业走自主创新之路，实现贸易增长的内生性。从出口贸易额上来看，中国对外贸易商品结构表现出不断优化的趋势。1986 年，中国纺织品和服装出口首次超过石油，成为第一大类出口产品，标志着中国出口商品从以资源密集型为主向以劳动密集型为主转变。1995 年中国出口产品结构中，机电产品取代纺织服装成为第一大出口产品，中国由以轻工业为主转向以重工业为主。但是，中国出口商品结构的每一次调整，都伴随着国际产业的转移，中国对外贸易对外需形成相当程度的依赖，缺乏内生性。这种外部因素对中国贸易发展的影响越大，不确定的因素也就越多。因此，中国要在关键产业和关键技术领域通过加速自主研发的投入和为企业提供直接的研发补贴与低息贷款，扶持企业开展重点领域的研发活动，增加贸易增长的内生性。通过产、学、研密切结合，对具有前瞻性、实用性、复合性的具有较大市场潜力和能充分推动产业升级的一系列关键技术项目进行研究与开发，给予国内企业税收、资金、人才多方面的政策支持，改变国家在全球经济中的产业链控制力尚处在要素弱势的地位，促进资本和技术密集型产业的发展，提高产品附加值，获得更多的贸易利益。

第四，协调外资、汇率、内需等政策与对外贸易的发展，为产业结构调整提供良好环境。首先，制定法律法规，建立内外资公平竞争的机制。将引资宏观规划的重点转变到培育良好的宏观环境，为各类市场主体提供服务和建立健全与市场经济相适应的体制、政策、法律环境上来，把引资的目标调整为促进中国技术实力的提高。其次，建立适应中国现阶段的汇率制度。在增加汇率灵活性的同时，对汇率改革的效果要进行及时评估，在汇率调整中逐步实现国内外经济的联动，使人民币汇率真正成为引导国内外资源流动的信号。最后，加快国内医疗卫生制度、教育制度的改革，使扩大内需的政策能够有效发挥，增加中国政策的灵活性，缓解由于人民币升值，出口减少对国内企业形成的冲击。

（二）中观层面应建立强有力的行业协会，促进产业链整合

第一，行业协会应发挥其调研、协调、协商、服务的功能，发挥整合上、中、下游产业链的作用，为企业提供及时、全面、有效的信息。行业协会作为一个中观组织，可以通过吸纳行业中大多数上、中、下游企业来获取产业链不同环节上的信息。因此在信息的收集方面，行业协会拥有专业化分工的优势，具有信息充分、针对性强和成本低的特点，能够及时了解企业产品的价格、质量、技术情况和政府对产业发展的政策导向，通过将这些信息进行整合，有效避免信息的分散性、失真性、问题处理的滞后性和法规标准的针对性不强等问题，从而能够为企业和政府提供各自所需的促进产业链整合的信息与建议，在市场竞争中给企业一双慧眼，使其能够关注市场发展，掌握市场动向，预测市场前景，对自身在产业价值链中的位置有一个明确的判断。另外，行业协会通过与国内企业沟通，及时发现外国企业对中国的不良竞争行为，收集国外企业对中国进行低价倾销和危害中国人民健康的有害农药残留等重要信息，并对可能受到的损害进行检测，同时，对国外恶意进行低价倾销或设立贸易壁垒的企业建立企业黑名单制度，及时进行公布，为中国利用 WTO 贸易争端解决机制，促进产品价值在国际上的实现提供有效保障，实现中国的贸易利益。

第二，应理顺行业协会与政府之间的关系，调动各方积极性，使行业协会真正发挥促进产业链整合的功能。一方面，政府应加强对行业协会的扶持与管理。中国行业协会大多数是自上而下建立的一个"民间组织"，缺乏自我协调、自我管理、自我规范和自我服务意识，对政府具有很强的依赖性，因此，在其成为一个名副其实的民间组织过程中，各级政府及财政、税务、物价等相关部门要鼓励、扶持行业协会开展有偿信息咨询服务，使行业协会逐步脱离对政府的依赖，由政府输血转变为自我造血。行业协会可以强化其服务职能，通过规范自身运作、收取会费、接受国内外捐赠等渠道解决资金问题，将部分财力投入自身功能的完善之中，建立信息库，达到良性循环，吸引更多的企业入会，从而发挥其在促进企业价值实现方面的信息优势。另一方面，行业协会应加强与政府各部门的协调与配合。行业协会在面对国外倾销及技术性贸易壁垒措施时，有时需要政府提供国外企业的信用档案。行业协会在其功能的完善过程中，应与政府协调一致，配合工商部门规范行业发展，制止不正当竞争，有效避免国外对中国提起反倾销、反补贴、特保措施等诉讼。行业协会提出的许多标准化方案都需要政府的认可并使其上升为法律，才能在具体操作过程中有效执行。因此行业协会在完善功能过程中，也更需要政府部门的协作与配合，这样，才能使行业协会真正服务好企业，为中国企业价值的实现提供一个公平、良好的国际环境，实现同行业企业价值链整合。

第三，健全人才培育机制，大力培养促进产业链整合所需的专业性人才。行业协会功能的发挥，关键在于人的培养。由于中国行业协会起步晚，行业协会缺乏专业人才。因此，有必要借鉴德国的经验。德国《职业教育法》明确规定："每个行业协会都应设立一个职业教育委员会，作为专业决策机构。"中国应在行业协会中选出一批中青年人员，对他们进行职业培训，使他们担当起完善行业协会功能建设的重任，走出一条适合中国国情的职业人才培养道路。同时，建立专家人才储备库，在应对国外反倾销、技术性贸易壁垒措施时，可以临时聘用一些国内外有名望的专家组成专家小组，以便有针对性地提出应对措施。另外，在完善行业协会人员构成中避免出现人员断层，应有计划、有步骤地将会长、副会长、常务理事和理事等职务的担任者由离退休人员转变为企业家和行业专家，逐步解决行业协会工作人员的社会保障问题，避免离退休人员由于剥离不彻底和人脉等关系把持行业协会的重要领导岗位。努力通过培养行业协会所需的专业人才来充分发挥行业协会为中国企业提供良好竞争环境的作用。

（三）微观层面要提高企业技术水平，建立具有国际竞争力的世界一流企业

第一，适时扩大企业规模，获得规模经济。经济全球化，为企业在全球范围内经营、整合资源提供了良好的机遇，跨国公司成为经济全球化的载体，并且成为技术、管理的载体，其通过强大的企业规模，整合全球资源，获得规模经济利益。中国企业在面对国外跨国公司的强大竞争时，由于企业自身规模较小，技术和管理上都与跨国公司存在着较大的差距，制约了其扩大分工和获得规模经济利益的能力。因此，企业应适时扩大生产规模。首先，企业需要研究本企业的核心能力，认清自己在全球产业链中的具体位置，制定适合市场发展的具体战略规划。其次，将现有的技术、资金、设备、人员进行重组，然后企业根据自己的市场定位，在某些产品的生产与营销方面获得优势，围绕着特定产品和服务形成价值生产的比较优势环节。最后，随着该产品市场占有率的提高，发展配套产业，拓展新产品、新服务，建立全球产业链，进行跨国经营。这一典型案例就是海尔，1984～1991 年这 8 年时间内，海尔还只是一个生产普通家电产品且濒临倒闭的企业。根据当时企业底子薄以及整个家电市场的需求情况，海尔集中优势力量生产电冰箱，引进德国利勃海尔生产设备和技术，专门从事电冰箱生产和销售，即将企业增值环节放在了电冰箱生产上，随着海尔收益的剧增，单靠电冰箱增值已经远远不能满足企业发展的要求，因此海尔加强技术创新，将战略目标扩大到电冰柜、空调、洗衣机、微波炉等，在实现企业价值增值的同时形成了海尔的核心竞争力。如今海尔的主要产品有 27 个门类之多，已经成为国际知名的跨国企业。

第二，提高企业产品技术含量，培育自身的竞争优势。在全球价值链系统中，各个企业所处的位置是不同的，各企业凭借自身特定的比较优势在全球价值链上从事着相应环节的生产活动。因此，针对不同的企业要有不同的战略目标。国有大中型企业作为国民经济的支柱，应集中力量在一些关系国计民生的重点领域、重点行业加强技术领域的自主创新，承担起国家重大装备研制、生产的任务，逐步培育企业自主创新的意识和能力，一些有实力的民营企业也可以参与进来，共同实现中国企业在产业链上的整合，实现出口产品的贸易利益。其他中小民营企业可以通过继续生产劳动密集型产品，顺接国际产业转移，发展高新技术产业的劳动密集型环节，逐步积累起资金、技术等要素优势；通过生产特色产品，实现产业链扩张，或者为核心企业提供配套设备，形成一个完整的产业网络。同时，国内企业也可以通过与大跨国公司在生产经营方面的战略合作，提高产品技术含量，提高企业在国际上的知名度与影响力。

第三，培育国内企业抗风险意识，将其分享贸易利益的途径真正转移到依靠科技进步上来。中国作为出口大国，面对的是一条向下倾斜的需求曲线，进出口数量的变化会导致国际市场价格的波动，这种"中国因素"并没有转化成"中国优势"，中国在大宗商品上的定价基本上是以国际市场为基准，出现"国际贸易定价权的缺失"，尤其是中国人民币升值，使企业出口受阻，中国不能再以低价竞争策略输出产品，获得微薄的贸易收入。首先，企业在培育优势期货品种的同时，通过转变经营方式、提高资源利用效率等方式不断提高产品科技含量和企业在全球价值链中的地位。其次，企业通过实行循环经济，提高资源综合开发和回收利用效率。通过积极推进矿产等资源深加工技术的研发，提高产品附加值和资源的产出效益，以不断增强企业的抗风险意识，使其分享贸易利益的途径真正转移到依靠科技进步上来，实施对外贸易的可持续发展。

本章参考文献

［1］ 于立新、杨婧：《"十一五"利用外资中的区域协调与引进技术目标定位》，《中直党建》2006 年第 6 期。

［2］ 于立新、杨婧：《人民币汇率与资源性产品价格市场化改革的协调》，《国际贸易》2006 年第 8 期。

［3］ 王永齐：《对外贸易结构与中国经济增长：基于因果关系的检验》，《世界经济》2004 年第 11 期。

［4］ 王新奎：《国际贸易和国际投资中的利益分配》，上海三联书店，1989。

［5］ 厉以宁：《区域发展新思路》，经济日报出版社，2000。

［6］ 田文：《产品内贸易模式的决定与利益分配研究》，《国际商务—对外经济贸易大学学报》2005 年第 5 期。

［7］ 北京大学中国经济研究中心课题组：《中国出口贸易中的垂直专门化与中美贸易》，《世界经济》2006 年第 5 期。

［8］ 卢峰：《产品内分工》，《经济学》2004 年 10 月第四卷第一期。

［9］ 包群、许和连、赖明勇：《出口贸易如何促进经济增长？——基于全要素生产率的实证研究》，《上海经济研究》2003 年第 3 期。

［10］ 刘恕：《徐冠华访谈：企业自主创新动力为何不足》，2006 年 6 月 19 日《科技日报》。

［11］ 江小涓、杨圣明、冯雷主编《中国对外经贸理论前沿》（Ⅰ、Ⅱ、Ⅲ），社会科学文献出版社，1999，2001，2003。

［12］ 孙敬水、殷宝庆：《发达国家行业协会在应对技术性贸易壁垒中的地位、作用及对中国的启示》，《管理现代化》2004 年第 1 期。

［13］ 佟家栋：《贸易自由化、贸易保护与经济利益》，经济科学出版社，2002。

［14］ 余晖：《WTO 体制下行业协会的应对策略——以反倾销为例》，《中国工业经济》2002 年第 3 期。

［15］ 沈利生、吴镇宇：《外贸产品结构的合理性分析》，《数量经济技术经济研究》2003 年第 8 期。

［16］张二震、马野青、方勇：《贸易投资一体化与中国的战略》，人民出版社，2004，第1版。

［17］张二震：《国际贸易的发展利益及其实现机制》，《南京大学学报》1995年第4期。

［18］张蕴岭主编《开放、竞争与发展》，经济管理出版社，1998。

［19］张燕生：《环渤海地区的对外经贸区域战略》，《国际贸易》2006年第8期。

［20］张曙霄：《中国对外贸易结构论》，中国经济出版社，2003，第1版。

［21］孟卫东、吕臻：《基于价值链理论的高新技术核心竞争力研究》，《科技进步与创新》2006年6月号。

［22］胡昭玲：《国际垂直专业化分工与贸易：研究综述》，《南开经济研究》2006年第5期。

［23］徐光耀：《中国进口贸易结构与经济增长的相关性分析》，《国际贸易问题》2007年第2期。

［24］高敬峰：《外国产品内分工理论研究综述》，《经济纵横》2007年2月刊创新版。

［25］曹明福、李树民：《全球价值链分工的利益来源：比较优势、规模优势和价格倾斜优势》，《中国工业经济》2005年10期。

［26］曹明福、李树民：《绝对优势和比较优势的利益得失》，《中国工业经济》2006年第6期。

［27］章江益、张二震：《产业价值链全球布局条件下贸易利益分配问题新探——兼论中国外资企业进出口贸易利益》，《世界经济研究》2003年第9期。

［28］慕海平：《寻找竞争力的支点》，中国经济出版社，2005，第1版。

［29］裴长洪主编《中国对外经贸理论前沿》（Ⅳ），社会科学文献出版社，2005。

［30］熊性美、戴金平等：《当代国际经济与国际经济学主流》，东北财经大学出版社，2004。

［31］樊纲、关志雄、姚枝仲：《国际贸易结构分析：贸易品的技术分布》，2006年4月，工作论文系列。

［32］薛国琴：《国际贸易与国际产业链的互动效应——对现阶段中国制造业结构选择的实证分析》，《世界经济研究》2006年第5期。

［33］薛荣久主编《国际贸易》，对外经贸大学出版社，2003，第1版。

［34］马克思：《资本论》（第一卷），人民出版社，1975。

［35］〔德〕弗里德里希·李斯特：《政治经济学的国民体系》，陈万煦译，商务印书馆，1997。

［36］〔英〕亚当·斯密：《国民财富的性质和原因的研究》，郭大力、王亚南译，商务印书馆，1979。

［37］〔美〕迈克尔·波特：《竞争优势》，陈小悦译，华夏出版社，1997。

［38］〔英〕约翰·穆勒：《政治经济学原理及其在社会哲学上的若干应用》，胡企林、朱泱译，商务印书馆，1991。

［39］〔美〕保罗·克鲁格曼、茅瑞斯·奥伯斯法尔德：《国际经济学》（第五版），海闻等译，中国人民大学出版社，2002。

［40］〔美〕保罗·克鲁格曼主编《战略性贸易政策与新国际经济学》，海闻等译，中国人民大学出版社，2000。

［41］Alan V. Deardorff, "The Gains from Trade in and out of Steady-State Growth", *Oxford Economic Papers* (Jul., 1973).

［42］Alan V. Deardorff, "Fragmentation in Simple Trade Models", mimeo, University of Michigan, 1998.

［43］Avinash K. Dixit, Gene M. Grossman, "Trade and Protection with Multistage Production", *The Review of Economic Studies*, Vol. 49, No. 4. (Oct., 1982).

［44］Hummels, Davide, Dana, Rapoport and Kei-Mu, Yi, "Vertical Specialization and the Changing Nature of World Trade", *Journal of International Economics*, 2001 (54).

［45］Krugman, Paul R, "Does Third World Growth Hurt First World Prosperity", *Harvard Business Review*, 1994 (72).

［46］MzrcJ. Melitz, "The Impact of Trade on Intra-Industry Reallocations and Aggregate Industry Productivity", *Econometrica*, 2003 (71), No. 6.

［47］Mazumdar, J., "Do Static Gains from Trade Lead to Medium-Run Growth?", *Journal of Political Economy*, 2002 (2).

［48］Melvin, J. R, "Intermediate Goods, the Production Possibility Curve and Gains from Trade", *Quarterly Journal of Economics*, 1969 (83).

［49］William A. Kerr, "International Harmonization and the Gains from Trade", *International Law and Trade Policy*, 2006, Vol. 7.

主要参考网站

［1］中华人民共和国商务部网站：www. mofcom. gov. cn。

［2］海关统计资讯网：www. chinacustomsstat. com/customsstat/。

［3］中华人民共和国科学技术部网站：www. most. gov. cn。

［4］中华人民共和国国家统计局网站：www. stats. gov. cn。

［5］世界贸易组织网站：www. wto. org。

第三章

中国外贸与外资政策协调性研究

第一节　国际贸易和国际直接投资
理论的融合

　　传统的国际贸易理论和国际直接投资理论产生于不同的时代，其假定前提和研究框架都不同，并按不同轨迹发展。第二次世界大战后，特别是20世纪70年代以来，世界经济发展出现了传统的国际贸易理论和国际直接投资理论无法解释的现象。跨国公司开始出现，其在国际贸易和国际直接投资中的作用不断提升，尤其是进入90年代以来，涉及跨国公司的国际贸易额约占世界贸易总额的2/3，公司内贸易约占世界贸易总量的1/3。与此同时，受到跨国公司影响，国际投资以快于国际贸易发展的速度迅速提升其在世界经济中的地位。跨国公司在促进产业内贸易的增长中发挥着越来越重要的作用，由跨国公司联系起来的国家，它们之间的贸易额也大幅提高，这就出现了跨国公司主导下的国际贸易和国际投资活动的一体化。于是，对国际贸易和国际直接投资理论的研究不再是分离而是融合发展，经济学家开始在同一框架下解释国际贸易和国际直接投资中出现的新问题和新现象。

　　贸易与投资一体化是经济全球化在生产和流通上的具体表现，经济全球化的发展程度主要是通过贸易和投资自由化来衡量，所以，以跨国公司为主体联合起来的贸易和投资促进了国际贸易和投资的自由化。在跨国公司的推动下，世界正在变成一个全球经济体系和全球市场，各国的经济前所未有地通过国际贸易、国际直接投资、国际技术交流与合作而形成互相联系、互相融合和互相影响的格局。在全球战略的驱使下，将价值链不同部分安置在获利最大的地方，全球配置资源和占领国际市场成为当今经济行为主体决策的基本原则。这就要求各国政府及企业同时决定国际贸易和国际直接投资活动，并予以科学实施与合理安排。因此，在世界经济日益一体化的环境下，行为主体问题已不是贸易导致投资还是投资导致贸易，也不是投资替代贸易或贸易替代投资，更不是两者相互补充的问题，而是如何使各经济体提高交易效率和创造价值，如何在全球范围内获取资源最佳配置的问题。

进入 21 世纪，国际贸易和国际直接投资活动已经与普通大众的工作和生活更加紧密地联系在一起，人们无论是作为消费者享用着种类繁多的舶来品或者合资企业生产产品，还是从事经营和服务活动，似乎都与国际贸易和国际直接投资有着直接或间接的联系。随着资本、劳动、技术、货物、服务、信息和知识在国家间的频繁流动，各国经济日渐融为一体。国际贸易和国际直接投资在形式上虽然仍有差别，但是两者之间的界限越来越模糊，两者的主体趋于一致，国际贸易的商品结构和国际直接投资的产业调整方向趋同，国际贸易和国际直接投资的区域趋同，大有融合的趋势。

一　国际贸易和国际直接投资理论融合的基础

国际贸易理论和国际直接投资理论是国际经济学中发展成熟的两个理论分支。传统的国际贸易理论和国际直接投资理论有不同的研究框架，并且理论基础也各不相同。

传统的国际贸易理论早在 17 世纪就出现了，它以国家为基本的分析单位。在新古典分析的框架之内，以比较优势理论为核心，假定在完全竞争的市场条件下，要素在各国之间不能自由流动。其结论是：只有通过国际贸易才是全球范围内资源最优配置的唯一途径。各国可以在贸易中获得最大收益，而无需进行直接投资。从亚当·斯密的"绝对成本理论"到大卫·李嘉图的"比较成本理论"，再到赫克歇尔—俄林的"要素禀赋理论"，其分析逻辑和政策主张是一脉相承的，其理论的基本前提也是大致相同的。这些理论假设完全将国际直接投资理论排除在外：①生产要素在各国内部是自由流动的，而在国家间是不能流动的；②国与国之间的贸易没有障碍；

③没有运输成本；④没有规模经济的利益；⑤资本和劳动力这两种生产要素在生产中可以相互替代；⑥在同一范围内，商品市场和要素市场都是完全竞争的；⑦没有要素密集型转变的情况，生产同一商品时，各国的生产技术一样，生产函数相同；⑧经济总是处于均衡状态，出口恰恰足以支付进口。所以，在传统的国际贸易理论建立起来的完美的自由贸易理论的框架下，直接投资理论是不必要，也不可能建立起来。

但是，随着世界经济的发展，国际分工日益深化，在国际贸易理论出现一个世纪以后，研究直接投资问题的经济学家们，开始在完全不同于贸易理论的框架下，用不同的理论假设建立起直接投资理论。国际直接投资理论以公司为基本的分析单位，以市场的不完全竞争和规模经济为前提，注重微观层次的企业行为分析和行业组织结构特征的分析。垄断优势理论认为，无论国际市场还是国内市场，都是不完全的，跨国公司对外直接投资正是市场不完全的产物。垄断或寡占企业为了利润最大化，达到规模经济并保持对专有技术、管理经验、融资和销售能力等特有优势的掌握权，就采取直接投资的方式，排斥东道国企业的竞争。具有垄断优势的跨国公司的直接投资是贸易替代型投资，因此早期的国际直接投资也是排斥国际贸易理论的。

"二战"后，随着世界经济的发展，传统的国际贸易理论无法解释不断涌现的新的国际贸易现象，如发达国家之间贸易量的增加、产业内贸易和跨国公司的出现等。于是，许多经济学家开始放宽传统贸易理论的假设前提，建立了新的贸易理论分析框架，如20世纪60年代以后出现的新要素理论、新技术理论、规模经济理论等，打破了传统国际贸易理论中生产要素不能跨越国界流动的假设前提。70年代初，新出现的国际直接投资理论，在解释跨国企业出口和直接投资方式的选择时出现了对部分国际贸易理论的吸收。无论是国际贸易理论加入企业的行为，还是国际直接投资理论加入国家的因素，都是为了更完美地解释现实。80年代以后，跨国公司开始迅猛发展，国际一体化生产和公司内部贸易逐渐成为推动国际投资和贸易发展的重要力量。人们逐渐认识到，贸易和投资实际上是同一企业对国际化经营方式的不同选择，因而开始主动地将两者联系起来，寻求一种协调一致的解释。

正是在世界经济发展的推动力下，特别是跨国公司出现以后，国际分工更加细密，国际生产由产业间分工发展到产业内分工，由产品分工发展到要素分工。国际贸易和国际直接投资相互融合、相互促进、共同发展的现实和理论基础也日益成熟起来。

二 国际贸易和国际直接投资理论融合的发展

关于国际贸易理论和国际直接投资理论的融合研究主要是从两个方面展开的：一是对国际贸易和国际直接投资融合现象的解释，二是对国际贸易易和国际直接投资关系的理论研究。

（一）国际贸易和国际直接投资融合现象的理论解释

对国际贸易和国际直接投资融合现象的研究由"里昂惕夫之谜"引起。根据里昂惕夫（Leontief）对 1947 年美国投入—产出情况的分析，如果将直接和间接的投入都计算在内，得出了美国出口产品更多的是劳动密集型产品，而非资本密集型产品。这一结论大大出乎人们的意料，为了解释这个谜，根据国际贸易的现实，不断突破古典贸易理论的前提假设，于是，国际贸易理论与国际直接投资理论分析出现了交叉和融合。在融合理论的探索上，主要按照两条途径发展。

1. 放宽假设条件吸纳对方理论的部分内容

较早地把国际贸易和国际直接投资纳入同一分析框架的是美国哈佛大学的弗农（R. Vernion）在 1966 年提出的产品生命周期理论，该理论通过建立一种动态的理论系统来解释企业在出口、许可证形式和对外直接投资之间的选择。弗农把产品的生命周期分成三个阶段：①新产品期；②产品成熟期；③产品标准化期。产品生产技术的动态变化，改变了生产国企业的垄断优势，企业的经济行为也随之发生变化。弗农将动态因素和国际贸易的比较优势理论引入国际直接投资的垄断优势理论中，从而使国际贸易和国际直接投资理论有可能纳入统一的理论分析框架。

澳大利亚学者科登（W. M. Corden）在 1974 年提出传统的国际贸易理论基础上，放弃了瑞典学者赫克歇尔和俄林提出的"要素禀赋理论"（H-O理论）中要素在两国之间不可流动的假定，同时引进了第三个要素——知识，并允许资本、劳动和知识三要素进行国际流动，这使得扩展后的国际贸易理论在一定程度上可以解释国际直接投资现象。

新要素贸易理论和新技术贸易理论把自然资源和人力资本作为生产要素。新要素贸易理论认为自然资源禀赋除了说明国际贸易的动因外，还可以解释国际直接投资的动因，尤其是早期企业为了获得原材料的供应而进行的后向一体化的国际直接投资；新技术贸易理论认为，人力资本与国际贸易、技术许可证转让和国际直接投资有着密切的关系，国际贸易可能是建立在技术密集型（人力资本）基础上的产品出口，技术许可证转让则往往产生于人力资本的优势，国际直接投资实际也包括人力资本在各国之间的转移。新技术贸易理论强调一国由于技术领先而获得垄断优势，这与海默（Hymer）的"垄断优势理论"有了交叉的地方，它突破了新古典贸易理论关于各国生产要素相同的假定，其理论分析的核心是技术垄断导致市场的不完全竞争，这是对古典贸易理论基本前提的否定，加之它采用了将宏观层面的国家分析与微观层面的企业分析相联系的动态分析方法，这与约翰逊（Johnson）、凯夫斯（Caves）和尼克博克（Knickerbocker）等人在发展垄断优势理论过程中的各种解释极为相似。

2. 在新的理论分析框架下建立贸易和直接投资理论相融合的理论

无论是在国际贸易理论的分析框架下吸收国际直接投资理论的内容，还是在国际直接投资理论的框架下吸收国际贸易理论的成分，这两种理论融合研究的前提是一致的，即国际贸易理论和国际直接投资理论的分析框架是不同的。但是，能否在一个理论分析框架下同时包含对国际贸易和国际直接投资的解释呢？许多学者在这方面进行了尝试，其中以日本学者小岛清（K. Kojima，1978）的理论最具代表性。

小岛清在《对外直接投资：一个跨国商务经营的日本模式》一书中系统地阐述了边际产业投资理论。小岛清认为国际分工原则和比较成本原则是一致的，国际分工既能解释对外贸易，也能解释对外直接投资。因此，可以将国际贸易和国际直接投资的综合理论建立在"比较优势（成本）原理"的基础之上。在贸易方面，按照既定的比较成本，一国通过对比较优势产业实行专业化，并出口该种商品，同时缩小比较劣势产业并进口该种商品，就可以获得贸易利益。在对外直接投资方面，投资国从趋于比较劣势的边际产业开始进行投资，这样做可以使对方国家因为缺少资本、技术、经营技能等而没有显现出来的潜在比较优势产业，由于采用先进的生产函数而显现出来。由此可以扩大两国之间的比较成本差距，为进行具有更大贸易利益的贸易创造条件，这种对外直接投资的利益是把更先进的生产函数移植给东道国所产生的。贸易是按照既定的比较成本进行的，而直接投资可以创造新的比较成本。小岛清的理论对当时"日本式"的对外直接投资现象解释得较为完美，但是该理论由于受到小岛清所处的历史阶段的限制，仅限于对各国要素禀赋差异地的考察，而不具备普遍的解释能力。20

世纪 80 年代后，出现了企业内部国际分工的思想和跨国公司。但是，小岛清在同一框架下融合国际贸易和国际直接投资理论的尝试，为后人的研究提供了有益的启示。

20 世纪 80 年代后，国际直接投资出现了纵向一体化和横向一体化的现象，国际贸易理论随之将直接投资理论新的发展纳入自己的理论中。国际贸易理论开始明确放弃企业必须是国内企业的假定，企业可以在不同的国家，利用不同地区的要素进行生产或成为生产的某一环节。进入 90 年代，国际贸易理论和国际直接投资理论的融合进一步深化。国际贸易理论不再局限于产业或国家层次，而是力求将企业行为理论、工业组织理论与产业、国家层次上的资源禀赋差异、国际分工理论融为一体；国际直接投资理论也不再局限于单个企业行为的分析，而是更多地从产业、国家与跨国公司行为的结合上考察国际直接投资与国际贸易的关系，使两者的分析基础和基本结论日趋一致。

（二）国际贸易和国际直接投资关系的理论研究

关于国际贸易和国际直接投资关系的研究最早出现在 20 世纪 50 年代，当时由于国际直接投资仍处于萌芽状态，直接投资对国际贸易的影响还没有被完全认识，于是产生了投资替代贸易的理论。随着世界经济的发展，特别是跨国公司的出现，国际直接投资在国际经济中的地位不断上升，贸易和投资相互促进的关系逐渐得到了普遍认同。关于国际贸易与国际直接投资关系的理论研究和实证检验也受到了各国经济学家的普遍重视。

1. 国际贸易与国际直接投资关系的理论发展

（1）蒙代尔的贸易与投资替代模型。蒙代尔（Robert. A. Mundell）1957年在两个国家、两种产品和两种生产要素的标准国际贸易模型基础之上对贸易和投资之间互相替代关系进行了研究。在生产要素不能自由流动，也不存在任何贸易障碍的情况下，两个国家由于存在资源禀赋差异必然会发生贸易，直到两国之间商品和要素的价格均等，即达到贸易均衡。当两个国家之间存在关税壁垒、产业进入壁垒等贸易障碍，资本可以在两国之间自由流动时，只要资本在两国的边际收益存在差异，则必定会产生国家之间的资本流动，而这一流动结果也会导致产品和资本价格的均等，从而国际资本流动的结果最终取代了国际贸易。这种由于关税或贸易障碍引致的投资就称为"关税引致投资"。蒙代尔的贸易投资替代模型说明了贸易壁垒会刺激投资。这一理论可部分解释国际经济活动中贸易与投资的相互关系，但对两国贸易投资同时增长的现象却无法解释。

（2）马库森和斯文森的互补关系模型。马库森（Markuson，1983）和斯文森（Svensson，1985）认为，在贸易障碍产生投资的情况下，对外直接投资主要流入东道国进口替代部门，使对外直接投资在东道国进行产品生产以弥补国际贸易的不足，但若对外直接投资不是因为关税等贸易障碍引起，并且投资主要流入东道国的出口部门时，则直接投资会导致国际分工和专业化生产的进一步深化，从而扩大国际贸易，此时对外直接投资与贸易是一种新的互补关系。马库森和斯文森通过研究影响商品贸易与要素流动的各种因素，认为国际商品贸易和对外直接投资表现为替代性还是互补性取决于贸易和非贸易要素是"合作"还是"非合作"。如果贸易与非贸易要素之间是合作的，那么商品贸易与要素流动将相互促进，表现为互补关系。

（3）贸易和投资关系的不确定性模型。Neary 1995 年的研究发现，在 3×2 的特定要素模型中，贸易与要素流动的关系是不确定的。他以美国和日本为分析对象国，以劳动、资本和土地为分析要素，假设美国和日本的劳动和资本禀赋相同，土地禀赋不同，根据美国和日本要素相对价格的差异，说明贸易和投资的不确定性关系。帕特瑞（A. Patrie）1994 年的研究表明，由于激发直接投资的动机不同，贸易与投资的关系也不同。帕特瑞根据投资的不同动机，将国际直接投资划分为三大类：市场导向型、生产导向型和贸易促进型。其中，市场导向型直接投资容易成为贸易的替代，生产导向型和贸易促进型直接投资一般可以增加投资国和受资国之间的国际贸易。

（4）补偿投资模型。Bhagwati 和 Dinopoulos 的补偿投资模型主要是从政治经济学的角度来分析贸易和投资的关系。这一模型也是在标准的两个国家、两种商品和两个要素的一般均衡国际贸易模型中进行分析的。贸易和投资之间的关系不仅仅取决于要素价格差异等纯经济因素及现实的贸易障碍，当存在贸易保护威胁时，不同利益集团之间的博弈也会产生贸易和投资之间的替代及互补，这就是补偿投资。补偿投资描述的是贸易和投资之间的一种跨时期关系，即从一个时期利润最大化角度看，投资虽然不是一种最优选择，甚至可能会带来损失，但投资本身会减少或者避免在下一个时期东道国政府采取贸易保护所带来的损失，因此，从贸易和投资的相互联系角度看，投资会实现第二期的利润最大化。这种补偿使第一期的投资损失可以在第二期由预期的收益加以补偿，所以补偿投资的目的在于减少东道国采取贸易保护措施的可能性，是为了化解关税，因此也称为化解关税投资。该理论对 20 世纪 80 年代中期日本对美国直接投资的大规模增加作了较好解释。

（5）经济一体化模型。Massimo Motta 和 George Noeman 于 1996 年在世界生产体系被跨国寡占企业所控制，市场相互渗透率提高，区域性经济一体化组织迅速发展和完善的情况下，分析了寡占生产企业如何进行贸易和投资选择。经济一体化模型的理论假设是建立在三个国家、三个寡占厂商的基础上，并运用博弈理论的分析方法，将一体化经济体内的贸易壁垒、一体化经济体外的贸易壁垒和市场规模作为寡占企业进行贸易和投资决策的主要考虑因素。他们认为，根据国家的大小、一体化经济体成立的前后和贸易政策的改变，寡占企业的贸易和投资行为的变化是不同的。一体化经济体形成后，将提高区域内市场的可进入性，区域外厂商将会增加对该经济体的直接投资，但由于内部各国市场之间贸易壁垒的取消将会导致区域内各国之间贸易量的增加，因此经济体内净直接投资量不一定会增加。如果经济一体化形成之前，区域内各国之间已有直接投资，在一体化形成之后，区域内直接投资企业将会转向贸易，部分的直接投资将会被区域外企业的直接投资所取代，从而经济一体化区域内部直接投资和贸易将会趋于合理。另外，他们还分析了贸易壁垒、对外贸易政策和政府补贴对福利的影响，并指出降低经济一体化区域内的贸易壁垒比提高对外贸易政策（如加强反倾销）和对投资企业进行补贴能带来更大的福利。

近年来，各种国际组织为促进世界各国贸易和投资的发展，也加强了贸易和投资关系的研究。1995 年，世界银行对日本制造业位于海外不同地区的子公司或分支机构的出口倾向差别作了比较研究，结果表明位于对外开放程度较高地区的子公司，其出口比例也较高。实践经验表明，东道国巨大的贸易保护主义威胁、高关税壁垒以及金融税收等方面的保护政策，最终会助长直接投资替代贸易的经济活动。相比较而言，东道国更应该实行自由的投资和贸易政策，以促进直接投资，同时应努力加强直接投资与国际贸易的积极关系。1996 年，世界贸易组织通过研究直接投资的行业差异得出，不同行业一般会沿着不同的发展轨迹使直接投资和国际贸易发生联系。1997 年，世界贸易组织对不同开放程度国家的投资状况进行研究，得出结论：开放程度大的国家能更多地吸引能够扩大投资国和受资国的国际贸易总量的直接投资。2002 年，联合国贸易与发展联合会（UNCATED）在其《世界投资报告——跨国公司和出口竞争力》中指出，在过去的 15 年里，发展中国家和转型经济体在世界出口市场的份额明显增加，跨国公司在这些国家出口中的作用明显增强，并且提高了这些国家的出口竞争力。

随着国际分工进一步深化，贸易和投资一体化的载体——跨国公司在世界经济中的地位不断提升，更多的经济学家开始以跨国公司为分析对象，试图创立新的贸易和投资一体化的理论。但迄今为止，尚未出现具有重大影响而又为理论界广泛承认的贸易投资一体化理论，这是当代国际贸易和国际直接投资理论发展的新趋势。虽然贸易投资一体化的理论还不成熟，但是它对现实经济的影响值得重视。

2. 国际贸易与国际直接投资关系的实证检验

20 世纪 70 年代以来，关于贸易和直接投资的实证研究取得了突破性的进展。70 年代末，美国学者 Bergsten. C. F（1978）把对外直接投资与某些产业的实际出口联系起来进行了实证分析。他认为，在美国不同的 FDI 产业中，那些对外直接投资程度较低的产业，其出口水平也较低；随着对外直接投资水平的提高，出口规模也相应扩大；但是当对外直接投资超过一定规模后，追加的对外直接投资对出口的促进效应就逐渐消失。因此，他得出的结论是 FDI 与出口贸易之间既是互补关系也是竞争（替代）关系。Lipsey 和 Weiss1981 年依据美国 70 年代的统计数据，研究了美国跨国企业在发展中国家所设立的子公司的生产和出口行为。他们选取了一系列样本商品作为研究对象，发现这些子公司相应产品的年产量，与美国同年向这些发展中国家出口的同一商品的出口总量呈显著正相关。Lipsey 等人 1984 年的进一步研究还发现，这种正相关或至少不相关关系广泛存在于美国近 80% 的产业部门中，也就是说，美国的对外直接投资对同行业的国际贸易更多的显示的是正面的积极影响。Hufbauer 等人 1994 年重点研究了美国 80 年代以来的情况，他们将美国 1980 年、1985 年和 1990 年的对外直接投资总量与出口总量作比较，结果发现，在整个时间跨度中，出口总量与对外直接投资总量一直保持着正相关关系。Gramham1996 年的研究也证实了这一点。与此同时，许多学者对日本、德国以及瑞典等国的实证研究也得出了类似的结论。Lee Honggue1995 年深入研究了韩国对外直接投资的电器行业，指出韩国电器企业对外直接投资的动因主要表现为维持和扩大出口，即通过对外直接投资提高出口产品的竞争力。

3. 中国对国际贸易和国际直接投资关系的研究成果

目前，中国学者对国际贸易和国际直接投资融合的理论研究还很少，主要是因为跨国公司在中国的发展时间还不长，跨国公司与中国的对外贸易、产业结构、贸易保护等关联性的研究仍属于较新领域。国内学者对这两个理论融合的研究成果主要是对西方理论的综合（王福军、吴先明，1999）；张青、刘霞明 2001 年利用已有的理论对中国的贸易和投资关系进行实证研究；还有学者提出在比较优势下融合国际贸易理论和国际直接投资理论的观点（黄河，2002）；南京大学的学者对贸易投资一体化提出了明确的定义（张二震、马野青、方勇等，2004），并初步探讨了贸易投资一体化对中国的贸易保护、开放战略等方面产生的问题。

谢冰（2000）通过对中国 1980～1997 年期间的有关数据进行实证分析，得出外商直接投资与中国对外贸易发展之间是互补关系，外资对中国外贸结构的优化、贸易绩效的提高和市场的扩张都具有重要的推动作用。梁志成（2001）认为，战后的资本流动，尤其是国际直接投资的迅速增加，并没有影响到国际贸易的发展；相反，为数不少的经验统计显示，贸易与直接投资是互相促进、互相补充的。杜江（2002）通过建立一个 FDI 影响中国宏观经济的计量方程模型，得出 FDI 对中国资本的形成和积累起到了积极作用，促进了外贸发展，带动了消费需求，进而促进了经济发展。江小涓（2002）通过考察外商投资的发展及其在中国经济中的地位，得出外商投资企业对扩大中国出口规模和提升中国出口商品结构均有突出贡献。骆林勇（2003）通过对外资企业进出口贸易在加工贸易与一般贸易中的比重进行分析，得出中国对外贸易方式中进（出）口加工贸易比重与外资企业进出口占中国进（出）口总额的比重之间具有显著的正相关性；进（出）口一般贸易比重与外资企业进出口占中国进（出）口总额的比重之间具有显著的负相关性。

第二节　国际贸易与投资一体化趋势
及其在中国的发展

20 世纪 90 年代以来，国际贸易和国际直接投资的融合发展不仅体现在国际贸易、国际直接投资的数量和规模快速发展，还体现在二者的载体——跨国公司快速发展并影响着世界经济的发展。今天，跨国公司已经发展成为推动经济全球化、贸易投资一体化最重要的力量。以跨国公司为主导的贸易投资一体化正在以全新的方式改变着国际贸易、国际直接投资的传统方式。

一 贸易投资一体化的国际发展趋势

在世界贸易和投资自由化、区域经济一体化快速发展的推动下，越来越多的生产要素能够在更广泛的领域实现自由流动，为国际贸易和国际直接投资的共同发展创造了良好的外部环境，从而形成了国际直接投资与国际贸易互相影响、互相促进和共同发展的融合趋势。这些趋势的具体表现如下。

1. 国际直接投资成为国际贸易发展的加速器

20 世纪 90 年代以来，国际直接投资成为国际资本流动的基本形式之一，并成为世界经济中最活跃的因素之一，其增长速度不仅远远高于世界产出增长率（GDP），还超过了国际贸易的增长率，成为带动世界经济发展最强劲的"引擎"。国际直接投资的迅速发展带动了国际贸易规模的不断扩大，形成国际直接投资拉动国际贸易，二者同步增长的趋势。根据联合国贸易与发展会议《2002 年世界投资报告》，2001 年，全球跨国公司的销售额大约为 19 万亿美元，是 2001 年全球出口额的两倍多，跨国公司的外国分支机构分别占全球 GDP 的 1/10 和全球出口的 1/3。到了 2003 年，全球跨国公司海外分公司的销售额大约为 17.6 万亿美元，出口达 3.1 万亿美元，分别是世界贸易额的 2.3 倍和 41%。总体上看，跨国公司的总雇员人数从 1996 年的 3502.9 万人增加至 2008 年的 5416 万人。从公司层面看，以世界 500 强跨国公司中等水平公司为例，雇员人数由 1996 年的 44962 人增至 2008 年的 67812 人，增加比例为 51%；公司资产额由 239.04 亿美元增至 510.22 亿美元，增长比例高达 113%。世界 500 强跨国公司中最低销售收入也有较大幅度提高，1996 年为 88.6 亿美元，2000 年上升到 97.2 亿美元，2009 年达到 185.7 亿美元。长期以来，国际贸易和国际直接投资与经济互动并领先于世界经济的增长。虽然近几年来世界投资额和贸易额受到主要发达国家发展速度减缓的影响，全球外国直接投资流入量在 2007 年、2008 年两个年度连续下降，并将在 2009 年降到低谷。但是，由跨国公司主导的国家与国家之间的投资、贸易活动仍将频繁，国际直接投资的增长率高于国际贸易的增长率，而国际贸易增长速度高于经济增长速度的趋势将继续延续下去。

2. 国际直接投资导致国际贸易产品结构的变化

由于工业制成品的产业内贸易主要是由国际生产水平和垂直分工引起的，并且已经成为反映产业内贸易数量与结构的重要标志之一，因此可以说国际直接投资是促进国际贸易产品结构改善的重要因素。跨国公司内部分工的发展丰富了国际贸易的内容，使越来越多的中间产品成为国际贸易和国际直接投资的要素，因此也推动了国际贸易和国际直接投资的产品结构由以初级产品或粗加工产品为主向以制成品或深加工产品为主的格局演化。伴随着科技进步和全球范围经济结构的调整，国际贸易的产品结构和国际直接投资的结构正在进入新的调整期，高科技产品和信息产品等新兴产品的国际需求日益增多，它们在国际贸易和国际直接投资中的比重也会大幅度增加。国际贸易和国际直接投资结构的变化、新的贸易投资方式的创新并迅速成长、跨国公司所带动的贸易投资的主导地位的加强等，都将成为推动国际贸易和国际直接投资以较快速度继续增长的主要动力。

3. 技术创新是国际贸易和国际直接投资发展的基础

国际直接投资的迅速发展不仅促进了国际货物贸易的发展，同时也带动了服务贸易，特别是技术贸易的迅速发展。当今世界经济活动中，信息技术的创新和应用正有力地促进世界经济量的增长和质的改变，而对全球经济影响最大的当属信息技术的产业化和它们在商业领域的广泛应用。由于"科技成果—技术开发—商业化"的周期正在不断缩短，今后科学方面的新发现、新发明和技术创新对国际贸易和国际直接投资增长的推动作用将更为直接、更为迅速。网络经济、知识经济的飞速发展对国际贸易和国际直接投资的影响将越来越明显。电子商务、电子数据交换（EDI）这些全新的交易方式将成为国际贸易和国际直接投资的主要手段，这使得国际贸易和国际直接投资不但在空间上得到了不断扩展和延伸，而且在各个环节上都逐步走向信息化、网络化。在技术创新的推动下，世界各国的积极参与，使得国际贸易与国际直接投资不但融合发展的步伐迅速加快，而且两者的关系也变得更加紧密。

4. 国际直接投资对国际贸易模式变化的影响力继续增强

国际直接投资对国际贸易模式的影响主要表现在国际直接投资的发展逐步打破了以传统生产要素比率差异为基础的产业间的贸易模式，转变为以竞争优势为基础的产业内贸易和企业内贸易模式。跨国公司向世界各地大规模的渗透，不但促进了东道国对外贸易的发展，而且开创了以公司内部分工为特征的国际生产一体化体系。跨国公司各分支机构之间的内部贸易量急剧增加，已经成为当今国际贸易增长的重要组成部分。因此，公司内贸易是国际直接投资与国际贸易相互融合的一个突出表现。另外，目前跨国公司的经营活动几乎涉及世界经济生产活动的所有领域，并且大约控制了世界上80%的新技术、新工艺专利，70%的国际直接投资，近70%的国际贸易，30%的国际技术转移，这种趋势在相当长的时期内还会进一步扩大。随着跨国公司竞争的加剧，其投资和贸易的方式也在不断变化中，从而使贸易的模式向着多样化、复杂化的方向发展。

5. 国际贸易和国际直接投资的融合度不断上升

国际贸易和国际直接投资不仅在流向上趋于一致，结构变化上趋同，而且在内容和规模上都呈现共同发展的趋势。国际贸易行为公司内部化，使得国际贸易和国际直接投资成为同一主体的不同行为。因此，跨国公司为了充分运用自己的所有权优势和东道国的区位优势，实现利润的最大化，只有通过一体化的组织重新安排自己的国际生产活动，将整个公司体系内有形、无形资产资本化，以创造更大的价值。在跨国公司内部，价值链的任何部分安排在能够提高公司整体利益的区位中进行，这样就使跨国公司内贸易与投资之间的关系更趋复杂化，母公司与子公司、子公司与子公司之间的贸易流动性增大，重要性增强。

6. 国际贸易和国际直接投资政策的关联性增强

国际贸易与国际直接投资决策的关联性已经成为国际贸易与国际直接投资相互融合趋势的另一个重要特征。世界上几乎大部分的国际直接投资都要受到贸易政策的影响。联合国国际投资中心为此提出了一揽子与投资有关的贸易措施的示意条目，详见表3-1。

这一条目展现了各国政府采取各种贸易措施从而影响国际直接投资流量的一个概貌。事实上，大部分全球性直接投资流量都受这种或那种贸易措施的影响，但并非所有措施都同样有效，其中进口关税、部门管理贸易、地区性贸易安排和出口加工区的影响要大于其他措施的影响。不同的贸易政策，会吸引不同类型的外国直接投资，如采取限制进口的关税和数量限制就会导致进口替代型外国直接投资，而鼓励出口的措施则可吸引出口导向型外国直接投资。这会对国际直接投资的规模、流向和结构产生各种各样的影响，如发展中国家出口导向的贸易发展政策已经成为有效吸引外国直接投资的政策模式。

表 3 –1　与投资有关的贸易措施示意性条目

贸易措施	对国际直接投资可能产生的影响
关税及对进口数量的限制	吸引替代进口型外国直接投资
部门管理贸易，包括自动出口限制	吸引替代进口型外国直接投资
地区性自由贸易协议	促进成员国的国际直接投资
原产地规则政策	在零部件生产中吸引外国直接投资
出口加工区	吸引出口导向型的外国直接投资
出口统制（安全和外交政策）	吸引替代出口型外国直接投资
出口资助	增加出口导向型外国直接投资
非现汇贸易协议（合作生产或回购）	根据特殊协议性质而定
安全、健康、环境、保密性及其他国家标准	吸引替代进口型对外直接投资

资料来源：联合国 1992 年《世界投资报告》，第 263 页。

7. 动态利益成为各国参与贸易投资一体化追求的目标

在贸易投资一体化中，动态利益地位的上升，已经成为世界各国特别是发展中国家的特别关注点。在世界经济一体化的背景下，国际直接投资和国际贸易的互动关系改变了传统的静态贸易、投资利益：①国际直接投资的收益将逐步超过贸易的收益。虽然国际投资与国际贸易存在相互促进关系，但是对资本输出国而言，国际投资收益不能再通过国际贸易的利益加以体现。这是因为国际投资活动是跨国公司借助资本这一纽带所进行的全球范围的资源整合。为了利用某一东道国的要素优势（如优质劳动力），它可能到该国投资设厂，但中间零部件、机器设备可能来自他国而非母国，生产的产品可以就地销售，或向其他国家出口，出口收益则记在东道国的贸易收支上。②外汇增加额、原产国贸易额比进出口额更能反映国际贸易收益。在跨国公司全球资源整合的推动下，一国的出口产品可能不是"本国企业"生产的，而是外国甚至进口国跨国公司的分支机构生产的；出口产品不仅使用了进口原材料和中间产品，甚至大部分来自进口、来自最终产品进口国的进口。这在加工贸易中表现得尤为突出。根据传统的统计方法，加工贸易出口额都记为加工贸易出口国的出口，很显然不能完全反映出口国获得的真正收益。如果采用原产国标准，计算出口国出口产品的增值率、外汇增加额，则能够比较准确地衡量一国的出口收益、出口创汇状况。③国际贸易的动态利益日益受到各国的重视。在一国市场上从事生产和出口的企业，不仅有"本国企业"，还有外资企业、合资企业，出口收入并不为出口国所独享。特别是跨国公司在发展中国家开展国际化经营时，它们不可避免地会使用转移价格手段转移利润，发展中国家所获得的直接贸易利益将大打折扣。但国际贸易的动态利益十分显著，如增加东道国就业和税收，促进产业结构升级，推进现代管理理念的普及和社会现代化等。

随着世界各国特别是发展中国家融入世界经济一体化步伐的加快，贸易投资一体化趋势也将深入影响发展中国家经济发展中的各个方面和层次。中国加入世贸组织以来，以欧、美为主导的大型跨国公司加快了投资中国的步伐和规模，加大了系统化、高技术化的投资力度，大大提高了中国外贸和运用外资的水平。但是，外贸和外资日益紧密的关系已经深刻影响着中国的经济发展，因此，利用二者融合发展的关系研究中国发展外贸、外资中存在的问题，是寻找有效解决方法并提高中国外贸竞争力和外资吸引力的重要途径。

二　贸易投资一体化对中国经济发展的影响

贸易投资一体化对中国经济的影响主要体现在，随着外商直接投资流入中国的数量和规模不断增加，特别是加入世界贸易组织后，许多跨国公司纷纷将战略重点转向中国，外商直接投资不但改变着中国的对外贸易，而且对外贸易的发展也改变着流入中国的外商直接投资。两者在发展中相互影响，相互作用，相互渗透，对中国经济的快速发展起到了积极的促进作用。

（一）外商直接投资对中国的对外贸易产生了巨大的影响

加入世贸组织以来，流入中国的外商直接投资规模不断扩大，方式不断多样化，档次不断提高，对中国经济的影响也越来越大。在对外贸易方面，外商直接投资不但加快了外贸规模的增长，而且对中国对外贸易的方式、结构和差额也产生了重大的影响（见表3－2）。

表 3 – 2　1999～2009 年外商直接投资对中国进出口额的影响

年份	全国对外贸易（亿美元）			外商投资企业				
	出口额	进口额	差　额	出口额（亿美元）	占出口总额比重（%）	进口额（亿美元）	占进口总额比重（%）	进出口差额（亿美元）
1999	1949.3	1657.0	292.3	886.3	45.1	858.8	51.8	27.5
2000	2492.0	2250.9	241.1	1164.4	47.9	1172.7	52.1	－8.3
2001	2661.6	2436.1	225.4	1332.4	50.1	1258.6	51.7	73.8
2002	3255.7	2952.1	303.5	1699.4	52.2	1602.7	54.3	96.7
2003	4383.7	4128.4	255.4	2403.4	54.8	2319.1	56.2	84.3
2004	5933.6	5613.8	319.8	3386.1	57.1	3245.7	57.8	140.4
2005	7620.0	6601.2	1018.8	4442.1	58.3	3875.1	58.7	567.0
2006	9690.8	7916.1	1774.7	5638.3	58.2	4726.2	59.7	912.1
2007	12180.2	9558.2	2622.0	6955.2	57.1	5594.1	58.5	1361.1
2008	14285.5	11330.9	2954.6	7904.9	55.3	6194.3	54.7	1710.6
2009	12016.6	10056.0	1960.6	6722.0	55.9	5452.0	54.2	1270.0

资料来源：中华人民共和国商务部网站 http：//www.mofcom.gov.cn，2009 年的数据来自国家统计局统计公报，http：//www.stats.gov.cn/tjgb/ndtjgb/qgndtjgb/t20100225_402622945.htm。

外商投资企业的进出口额占中国进出口总额的比重不断上升，其中，出口额占中国出口总额的比重从 1999 年的 45.1% 上升到 2007 年的 57.1%，进口额占中国进口总额的比重从 51.8% 上升到 58.5%；受 2008 年世界金融危机的影响，2008 年和 2009 年外商投资企业进出口总额占我国进出口总额的比重均有小幅下降，但仍分别占 54% 和 55% 以上。外资企业进出口额的快速增长反映出其推动中国对外贸易额增长的作用，已经成为中国对外贸易发展的主导者。另外，外资企业的进口额占中国进口总额的比重一直高于其出口额占出口总额的比重，并且进口增速快于出口增速，反映出近年来外资企业加强了中国国内市场的开拓。外资企业贸易发展趋势影响到中国进出口均衡增长的发展格局，改变了过去中国出口增速快于进口的不均衡的外贸发展格局。

从外资企业的贸易方式看，由于外资企业主要采取的是加工贸易，这就使得加工贸易成为中国对外贸易的主要方式。1999～2004 年，加工贸易一直保持着占中国出口贸易的 55% 以上的比重；2005～2007 年该比重出现了逐年小幅下降的走势，但仍占中国出口贸易 50% 以上的比重；2008～2009 年，受国际金融危机的影响，加工贸易占我国出口贸易的比重 9 年来首次低于 50%，但仍然呈现小幅回升的趋势。2000～2004 年，一般贸易约占出口贸易 41% 以上的比重且总体呈逐年小幅下降的趋势；2005～2008 年，一般贸易的比重持续上升，2008 年达到最大比重 46.4%。其他贸易方式所占比重虽小（2007 年之前一直低于 5%），但呈逐年上升趋势（见表 3－3）。

表 3－3　1999～2009 年中国出口贸易方式

年份	出口总额（亿美元）	一般贸易		加工贸易		其　他	
		总额（亿美元）	比重（%）	总额（亿美元）	比重（%）	总额（亿美元）	比重（%）
1999	1949.30	791.35	40.60	1108.82	56.90	49.14	2.50
2000	2492.00	1051.81	42.20	1376.52	55.20	63.70	2.60
2001	2661.55	1118.81	42.00	1474.34	55.40	67.83	2.50
2002	3255.69	1361.87	41.80	1799.27	55.30	94.82	2.90
2003	4383.70	1820.34	41.50	2418.49	55.20	144.88	3.30
2004	5933.70	2436.40	41.10	3279.90	55.30	217.40	3.70
2005	7620.00	3150.90	41.35	4164.80	54.66	304.30	3.99
2006	9690.80	4163.20	42.96	5103.70	52.67	423.80	4.37
2007	12180.20	5385.80	44.22	6176.50	50.71	617.80	5.07
2008	14285.50	6628.62	46.40	6751.14	47.30	927.17	6.30
2009	12016.60	5298.00	44.10	5870.00	48.80	848.60	7.10

资料来源：中华人民共和国商务部网站：www.mofcom.gov.cn，2009 年的数据来自国家统计局统计公报，http://www.stats.gov.cn/tjgb/ndtjgb/qgndtjgb/t20100225_402622945.htm。

　　所以，中国出口贸易方式有多样化发展的趋势，补偿贸易、国际分包合同等其他新型贸易方式有所发展。另外，由加工贸易带动的中国产业内贸易的水平也在不断提高。并且，大多数从事加工贸易的外资企业都投资于制造业，这就使得中国对外贸易的商品结构中制造业产品成为最主要的部分。从近年中国进出口主要商品的结构也可以看出，工业制成品原材料（如铁矿石及其精矿、未锻造的铜及铜材、未锻造的铝及铝材、钢材等）进口量的增加与制成品（如钢材、集装箱、录放像机、电视机、微型计算机、摩托车等）出口量的增加是有正相关关系的，外商直接投资方式改变了中国进出口商品的结构。近年来，随着进入中国的外资企业向 IT 产业、重化工业等技术含量高的产业不断升级，使得中国从事加工贸易的生产厂商技术水平不断提高，制造业产品的出口竞争力也得到了提高。在贸易投资相互影响下，一国的贸易伙伴国总是同其主要的投资伙伴国密切相关，因此，外商直接投资对中国的贸易地理方向也起到了牵制作用。近年来，投资中国内地的主要国家和地区有：中国香港和台湾地区、日本、韩国、美国，它们同时也是中国内地重要的贸易伙伴，其贸易总额占中国内地对外贸易总额的 50% 以上。

（二）对外贸易的快速发展增强了中国新一轮吸引外商直接投资的竞争力

从理论上看，国际贸易仅仅是在世界市场竞争不完全的条件下替代生产要素流动、实现世界资源合理配置和有效利用的次佳方法，当世界经济和科技水平发展到一定阶段后还是会出现生产资本流动形式的国际直接投资。事实上，国际贸易作为国际直接投资的先导，也会对国际直接投资产生强有力的促进作用。

第一，商品出口国能够通过发展对外贸易积累资本，为向外直接投资奠定基础。相应的，商品进口国可能以该种进口商品为载体引入知识、技术、文化、观念等，导致本国产业结构改变和生产效率提高。进口不但可以满足而且可以培养消费者对进口商品的需求，而需求扩大到一定程度就会要求商品进行当地化生产和销售，同时存在投资的动力和引力，必然引起国际直接投资的大量增加。因此，国际贸易也同时起着调整直接投资产业结构和地理结构的作用。

第二，当进口的商品为资本或生产型商品时，用于建立进口国新兴产业或完善的基础设施建设，可以增强该国对外资的吸引力。

第三，贸易自由化作为当今世界经济的主流趋势将促进国际直接投资的增长，它有利于拓宽信息渠道，提高信息传递质量从而保证国际直接投资在更广范围、更大规模、更低风险上运行；贸易自由化意味着关税、非关税、外汇、进出口管理等政策措施的放松，有助于降低投资的制度成本；在贸易自由化的宽松环境下企业能从非生产性的寻租活动中解脱出来，完全按经济原则来选择生产方式和地点，供应全球市场，从而可大大提高世界的生产性收益和经济效益。

贸易的增长对直接投资的促进作用在中国得到了充分的体现。加入世贸组织后，在对外贸易快速增长的推动下，中国的经济增长速度一直保持着较高的水平。特别是中国的东部沿海地区，已经成为中国加工出口型对外贸易和吸引外资的主要地区。外资企业长期发展带动了珠江三角洲、长江三角洲地区经济的繁荣，这些地区的本地企业迅速发展，形成了与外资企业生产相配套的制造业聚集区。这些聚集区不仅基础设施建设完善，与出口加工型产业关联的上下游产业发展完善，当地政府还结合本地实际发展需要，调整和完善了地方性外贸政策、外资政策、产业政策措施，为吸引新一轮大规模的外商直接投资提供了良好的硬件和软件环境。目前，中国东部省份吸收的外资在全国所占的比重超过了85%。

进入21世纪，中国改革开放的步伐进一步加快，不断开放的国内市场、高速发展的经济、日趋完善的政策和法律，使得各国的跨国公司纷纷改变了投资策略，加大了其投资中国的力度。跨国公司在竞争压力的推动下加速调整投资中国战略的同时，也加快了中国经济全球化的步伐，以及贸易投资一体化的进程。

三 跨国公司的快速发展加快了中国贸易投资一体化的进程

自2001年12月中国加入世界贸易组织以来，跨国公司投资中国的战略已经发生了重大的变化。

（一）独资方式和跨国并购已成为跨国公司直接投资的重要方式

跨国公司对华投资方式逐步突破了传统的"三资"模式，逐步形成了独资、合资、收购、兼并等多样化投资和产业转移方式并举的格局，而且新时期独资方式和跨国并购已成为国际直接投资的重要方式。其中，外商独资方式目前已成为中国利用外商直接投资的主要方式，并且在2008年以前呈逐年上升势头。受到2008年世界金融危机的影响，2009年受到全球外资规模整体下滑的影响，在中国投资的外商独资企业出现了数量和金额上的下滑。其中，外商独资企业总数为1.87万家，较2008年下降了16.32%；实际投资额为686.82亿美元，较2008年下降了5.02%。进入2010年，随着我国经济的回暖，外资企业也逐渐加大了投资的规模，2010年前9个月，外商独资企业数量达到1.5万家，较2009年同期增长了17.94%；实际投资额为483.68亿美元，增长了19.15%。当前，跨国并购投资在中国发展仍比较缓慢。2003年4月11日，《外国投资者并购境内企业的暂行规定》开始实施；2008年8月1日，我国开始实施《中华人民共和国反垄断法》；另外，我国政府每年还公布外商投资产业指导目录。这些法律法规为引导和管理跨国公司并购我国企业提供了一定的法律基础。因此，跨国并购在中国未来几年必将进入一个快速发展时期，跨国公司也将进入实质性发展阶段。跨国公司拥有先进的技术、成熟的管理模式、灵活的经营机制、有效的市场评价体系，因此允许跨国公司以适当形式收购国有企业的部分股权，将从股权结构上改变国有企业"一股独大"的格局，促进企业经营机制的转变；外资并购有利于国有企业引进资金和先进的技术与管理，培养高端人才，加速企业的技术进步；借助跨国公司的品牌优势、市场优势和管理机制，还可以迅速提升中国企业的核心竞争力。此外，随着上市公司国有股权向外资转让政策的逐渐松动，外资进入资本市场会使中国相当一批国内企业以更多元化的股东结构、更清晰的业务、更大的规模、更强的竞争力展现在投资者面前，从而提高上市公司的整体管理运营水平，提高资产竞争力。

（二）国际产业转移发生重大变化

改革开放到 1992 年，跨国公司在中国以销售产品为主；进入 20 世纪 90 年代以来，开始转让一些低端技术，销售生产线或成套设备；1992 年之后，随着中国改革开放的深化，跨国公司逐渐开始大规模投资，主要向中国转移生产技术成熟或较落后的制造业，于是，中国成为承接跨国公司转移加工组装环节的理想场所。中国加入世贸组织后，跨国公司又一次调整了战略布局，开始向中国转移技术密集型和资本密集型产业，如微电子、汽车制造、家用电器、通信设备、制药、化工等行业，与此同时加强制造业链条中的营销、物流、研究开发、售后服务等环节的投资，即加大了价值链两端项目的投资，以及重化工业等上游产业项目和第三产业服务业项目的投资，投资系统化明显增强。这些变化为中国产业结构调整带来了新的机遇。20 世纪 90 年代以来，中国增长最快的几个行业，如电子及通信设备制造业、仪器仪表及文化、办公用品制造业、化学纤维制造业等，其增长速度与外商投资表现出明显的相关性。与此同时，中国出口产品结构的升级和竞争力的提高也与跨国公司的投资密切相关。今后，跨国公司仍会将投资重点放在制造业上，并且会使用更先进的技术，制造更先进的产品，从而进一步提升中国对外贸易的产业结构。

（三）跨国公司投资管理当地化和系统化程度大大加强

中国加入世贸组织前，跨国公司不能进入中国的金融业和流通业。因此，一些跨国公司在中国各个地区设立的分支机构缺乏合作，其投资性公司难以发挥在华总部的作用。加入世贸组织后，中国利用外资的战略作了重大调整，相应的跨国公司投资管理体制发生了重大变化。

第一，设立或加强在华地区总部。地区总部是跨国公司在全球经营网络中的一个节点。它可以有效地协调各个分支机构的经营活动，为各个机构提供统一的服务；可以整合公司在华的各种资源，增强公司整体竞争力。许多跨国公司将原有的投资性公司调整为地区总部，或者新建一个中国地区总部，或者把亚太地区总部迁移到中国，承担着亚太地区总部的职能。特别是自 2008 年世界金融危机爆发以来，跨国公司进一步加大了在华地区总部或营运中心的投资力度，其中包括一些跨国公司，它们把负责推进全球化业务的营运中心（即全球化总部）转移到中国，如 SK 公司在 2008 年底投资 5 亿美元在北京设立中国总部，同时也是该公司的全球化总部；新通用汽车公司在 2009 年决定在上海设立其全球化运营中心。

第二，整合在华企业与经营机构。跨国公司在华企业是指地区总部之外的各个企业，经营机构包括在各地的分公司及若干运营中心。由于中国市场规模潜力大，地区和行业差别极大，仅有一个中国总部，跨国公司还是难以全面有效地调配资源，开展竞争，于是，跨国公司往往在中国建立若干运营管理中心来协调在华业务。这里所说运营管理中心有两类：一类是从中国或亚太地区总部分解出来的不同业务的运营中心；另一类是跨国公司母公司业务部门在中国建立的分支机构，例如研究开发中心、采购中心。通过对企业、运营管理中心和中国总部整合形成一体化，跨国公司可以大大增强竞争力。

（四）跨国公司研发投入明显增加

20 世纪 90 年代中期，跨国公司开始在中国设立独立的研发机构。此后，跨国公司在华设立的研发机构逐年增多，2001 年以后增加较快。到了 2008 年，跨国公司在中国设立的独立研发机构已超过 1000 户，中国成为发展中国家吸引外资研发机构最多的国家之一。从 90 年代末期开始，跨国公司在华研发机构不但数量迅速增加，而且研发项目的水平也在不断提高。创新型研发内容的增加，使得这些研发中心所开发的技术有些已达到全球同行业中的先进水平。特别是全球 500 强的大型跨国公司，它们在华投资的企业所使用的技术不仅普遍高于中国同类企业的水平，还有相当比例的跨国公司使用了母公司的先进技术，并填补了中国的技术空白。

跨国公司在华投资战略的调整、方式的更新，以及投资领域不断扩大的同时，将中国更多的企业纳入其贸易投资一体化体系中，使中国企业成为跨国公司全球经济链条中的一环。中国企业与跨国公司合作的模式一般有三种：①以产品为中心的分工合作模式，跨国公司主要负责产品的最终组装，或者负责生产技术难度大和规模效益显著的主要配套性产品，中国企业则负责生产技术要求低、批量小、专业性分工度高的各种中间产品；②通过市场方式形成配套企业，通过竞争，跨国公司建立起以中国为基地的采购中心，中国企业则主要承担产品价值链中各个环节的生产，规模进一步扩大，形成"世界工厂"；③进入跨国公司的产业分工链条，国内企业可以逐步进入跨国公司采购中心的企业目录，利用高质量的优势产品获得稳定的生产订单，最终进入跨国公司一体化生产经营体系。国内企业与跨国公司合作程度的加深，一方面提升了企业自身的竞争力，另一方面加速了中国经济全球化、贸易投资一体化的进程。

跨国公司投资中国步伐的加快，使贸易投资一体化问题成为中国经济发展中的热点问题，如何有效地利用外资，促进中国对外贸易和外资的共同发展，避免外商投资中的不利方面，将成为中国制定外贸政策和外资政策必须考虑的重要因素。

第三节　贸易投资一体化背景下中国外贸和外资政策的潜在问题

中国现行外贸和外资政策与贸易投资一体化进程不协调，主要有两类问题：一是没有充分考虑中国参与国际化短期和长期利益的协调，有些政策能够推动经济快速增长，却不利于经济的可持续快速发展；二是外贸和外资政策存在冲突，经常会出现外资政策优惠范围不符合外贸政策的规定。因此，中国在发展对外贸易和促进外资流入方面，就必须运用贸易投资一体化的理论，及时发现新问题，解决新问题。

一　出口导向型外贸发展模式的局限性日益凸显

在改革开放的初期，中国的产业发展水平、生产技术水平以及资金等各个方面与发达国家和新兴工业化国家的差距非常明显。因此，为了解决技术落后、资金不足的问题，并充分利用中国劳动力丰富的优势，中国制定了出口导向型的外贸发展模式，从而吸引了大量的以出口为目的、以加工贸易为主要方式的外商投资企业。这种建立在比较优势基础上的出口导向型的外贸发展模式在一定时期内达到了刺激外国直接投资流入、增加出口规模、强化出口贸易战略的效果，为中国经济的发展起到了重要的推动作用。因此，可以说当中国的对外贸易优势以廉价劳动力和低技术、低成本产品为主时，加工贸易在中国具有很大的发展空间，出口导向型外贸发展模式成为中国对外贸易的主要模式。

但是，当前国际贸易和投资发展的趋势是：以竞争优势为导向的外贸发展模式正逐步取代以比较优势为导向的外贸发展模式，以大型跨国公司为主导的要素和资本流动正逐步弱化以国家为主导的要素和资本流动，贸易和投资更加自由化，提高出口竞争力成为各国（特别是发展中国家）积极吸引外资的主要目的。因此，在中国经济改革逐步深化的今天，出口导向型外贸发展模式正日益显示出其局限性。

（一）出口导向型外资企业集中在低技术和劳动密集的加工出口型领域

在出口导向型外贸发展模式的吸引下，投资中国的外资企业大部分从事制造业的加工贸易，以"大进大出"为特点，即从国外市场进口大量加工贸易所需的零部件，出口大量的制成品。这种类型的外资企业主要是将本国发展成熟的产业、夕阳产业或者高技术含量产业（如 IT 产业）的加工环节转移到中国，利用中国廉价的劳动力和资源降低产品的成本，维持并扩大其国际市场份额。因此，从事加工贸易的外资企业的生产技术水平不高，导致中国加工贸易的层次较低，发展水平与发达国家和新兴工业化国家仍然存在很大的差距。

中国的加工贸易与日、韩等发达国家的加工贸易存在较大的差距。中国的加工贸易与发达国家的差距主要是由经济技术水平、产业结构、企业竞争力和经济体制等诸多因素决定的，具体表现是：第一，企业主体和方式不同。日、韩主要由本国企业以贸易方式获取订单和进口原料，利用本国生产能力加工装配出口；中国则主要通过吸收外资和引入国外生产能力加工出口，是跨国公司生产链条的一个环节。第二，产业主体不同。发达国家加工贸易以技术、资本密集型产品为主；而中国加工贸易则以劳动密集型产品为主，即使是高新技术产品也主要集中在劳动相对密集的低端环节。第三，加工深度和附加值不同。发达国家主要集中于深加工、高附加值产品的加工，产业链条长；而中国加工贸易增值率、加工深度和配套能力与发达国家的差距仍然很大。第四，产品研发和市场营销能力差距较大。发达国家跨国公司实力强大，在生产外包加工过程中产品研发和市场营销通常都掌握在自己手中；而中国企业大多缺乏自主研发、设计和营销能力。第五，对外资依赖程度和自主发展能力不同。发达国家一般都采取本国主导的发展模式；而中国加工贸易目前仍处于依赖外商阶段，基本上由外国跨国公司支配，有较大的脆弱性，随外部条件变化还有向外转移的可能。另外，中国企业自主研发能力较弱，大多采取贴牌生产方式，没有自己的品牌。

因此，加快中国加工贸易转型升级的步伐，走新型工业化、信息化发展的道路，就成为中国当前改革的重点。中国加工贸易转型和升级的必然性决定了中国出口导向型外贸发展模式的基础和内涵需要更新，从而对改善流入中国外资的质量和提高技术含量有着直接的导向作用。

（二）中国的对外贸易在数量和质量上发展不平衡

在出口导向型外贸发展模式和相关政策的大力支持下，中国的出口规模近年来增长迅速，但是出口产品的构成和价格却没有体现出中国贸易条件的明显提升；相反，由于受到发达国家和部分发展中国家贸易保护主义抬头的影响，中国遭遇的贸易摩擦增多，使得中国贸易条件有恶化的趋势。

随着工业化程度和加工制造能力的提高，中国对外贸易存在的主要问题是：对外国中间产品和原材料的依赖越来越严重；外贸体制改革导致出口竞争激烈、出口供应量加大；加工贸易占出口额一半以上导致国内供给相对于国外需求增长过快，数量增长大大高于金额增长；跨国公司在进出口中所占比例越来越大，而其中多为内部采购，高价进口低价出口。所以说，中国的价格贸易条件实际上是恶化的。

自2001年以来，中国出口产品价格的增幅不及数量的增幅，出口价格上涨落后于进口价格上涨，中国的贸易条件并未随着出口价格的提高而改善，反而进一步恶化，出口效益下降。根据中国海关统计，通过对2002年中国出口产品数量和价格增长情况进行分析得出结论：大约70%的产品出口额增长幅度不及出口量增长幅度，约20%的产品出口额增幅高于出口量增幅，约10%的产品出口金额与出口数量的增幅持平。2003年在大多数出口产品价格上涨的同时，少数产品的出口价格却出现下降，"量增价减"的情况并没有改观。例如，摩托车出口量增长160%，单价却同比降低14.5%；手机出口量增长51%，单价却下降7.4%；其他产品如电扇、电视机、录放像机等的出口量也都有近五成的增长，但价格却幅度不等地下滑。2009 年 8 月份，我国制造业产品出口额出现小幅减少，同时主要出口产品的价格也出现小幅下跌，当月制造业出口额为 1005.4 亿美元，同比下降 23.4%，较 7 月份增加了 0.8 个百分点；出口价格下跌 9.1%，较 7 月份增加 2.5 个百分点。其中，通信设备、计算机及其他电子设备制造业出口 290.5 亿美元，下降 15.4%，出口价格下降 17.5%；纺织服装、鞋、帽制造业出口 95.1 亿美元，下降 15.6%，出口价格下跌 1.9%；纺织业出口 59.3 亿美元，下降 15.2%，出口价格下跌 4.8%；通用设备制造业出口 42.5 亿美元，下降 30.8%，出口价格下跌 16.5%。

另外，从中国出口产品的构成来看，近年来技术密集型产品出口的增长十分显著，特别是高技术产品。根据联合国贸易与发展会议 2002 年的统计，2000 年，中国 10 种主要出口产品（占出口总额的 42%）都是当今世界贸易中具有活力的产品。其中有三种产品是高技术产品（通信设备、自动化数据处理设备和计算机部件与附件），这三种产品的出口占出口总额的比例为 13%。但是，跨国公司在中国技术密集型产品的生产和出口中都占主导地位。根据国家统计局公布的数据，2007 年按照注册类型分，企业新产品（以高技术产品为主）产值占我国工业总产值的比重，内资企业为 15%，外资企业（包括港澳台资企业）为 35.2%；新产品销售收入占企业主营业务收入的比重，内资企业为 14.2%，外资企业为 34%。中国国内企业则在低技术产品（如玩具、旅行包和纺织品）的出口中占支配地位。由此可见，中国进出口产品在数量增长和结构改善中对外资企业的依赖性越来越强，实际上中国的对外贸易条件并未得到明显改善，国内出口企业技术升级的速度明显落后于外资企业向中国转移较高技术含量产业的速度。

因此，在中国经济改革逐步深化的今天，国内越来越多的学者更加关注如何有效地利用外资改善中国的外贸条件、外贸结构以及提高国内相关产业和企业的竞争力，而不仅仅依靠外资企业增加进出口的数量。这就需要中国出口导向型外贸发展模式的调整和转变，以及外贸政策、外资政策、产业政策、财政政策等相关政策的协调和完善。

（三）出口导向型外资企业对中国出口竞争力的提升作用十分有限

从跨国公司自身的角度出发，跨国公司投资中国的行为是符合其长远发展战略的，它们关注的只是中国的静态比较优势，而不会主动开发中国的动态比较优势。因此，从中国发展的角度来看，外资的流入与中国出口竞争力的提升之间并不存在必然的联系，也就是说，跨国公司的子公司不会主动通过建立与国内企业的关联，进一步提高劳动力技能或引进更复杂的技术而融入中国经济，提高中国国内出口企业的技术水平和开发国际市场的能力。中国实行的出口导向型外贸发展模式，在满足外资企业对中国廉价劳动力和优惠政策需求的同时，并不能有效提高中国的出口竞争力，保持中国对出口导向型外资企业的长期吸引力。

投资中国的劳动密集出口型外资企业除了拥有丰富的资金和相对较高的技术水平外，还拥有成熟的国际市场销售渠道、经营管理水平以及品牌，而这些是中国国内企业最缺乏的。经过 30 多年的改革开放，国内的出口企业仍然在这些方面落后于外资企业，而只能以价格优势打入国际市场。但是，低价格竞争必然引致其他国家对中国出口企业的反倾销指控。中国现在已经成为世界上受到反倾销指控最多的国家，这就充分反映出中国出口竞争力急需提高。

另外，中国周边的发展中国家和地区纷纷效仿中国采取出口导向型外贸发展模式吸引外资，对中国的静态比较优势的保持构成了威胁。中国周边的发展中国家和地区更低廉的劳动力和更优惠的引资政策，将会削弱中国的劳动力优势。因此，只有开发新的竞争优势，吸引技术含量更高、与中国国内经济发展联系更为紧密的外资，才能提高中国的出口竞争力。通过以上分析发现，目前中国在发展外贸和外资中，面临的外部竞争和内部问题共同决定了提升并改善中国现行外贸发展模式的迫切性和重要性。提高中国产品出口竞争力，改善中国对外贸易条件，增加中国获得的贸易利益，成为中国吸引外资的主要目标，以及协调贸易和投资政策的主要标准。

二 "入世"后外贸政策存在与引资政策相冲突的方面

改革开放的初期，中国的对外贸易和外资的发展都处于起步阶段，二者的紧密联系并未体现出来。所以，中国的对外贸易政策和外资政策是分别制定的。随着经济的发展，中国的外贸政策和外资政策虽然都在不断地发展和完善，但二者协调性的缺乏仍然是中国外贸和外资发展中经常遇到的问题。

"入世"后，中国政府按照入世承诺逐步取消关税和非关税壁垒，开放国内市场。但伴随着中国受到反倾销、反补贴及数量限制等不公平贸易指控的增多，中国也开始加紧研究制定对外贸易反倾销法等相关法律。进口反倾销政策对于更加开放的中国是必需的外贸保护手段，但随着中国进口反倾销政策实施力度的加大，反倾销政策将会对外商直接投资产生直接影响，并与中国现行的吸引外资的优惠政策发生潜在冲突，从而影响到中国吸引外资的力度与成效。

（一）"入世"后中国进口反倾销与外资政策的潜在冲突分析

跨国公司是东道国吸引外国直接投资的主体，也是引资政策的主要承载者。从理论上分析，反倾销措施实施与引资政策冲突的根源来自东道国政府与跨国公司目标利益的不一致，追求全球市场垄断的跨国公司必然会与东道国提高本国企业的全球竞争力的目标相冲突。中国在引资中同样面临这一问题，随着对外开放度的提升，与跨国公司在终极目标和利益上的差异必然导致引资与对外贸易发生关联。跨国公司要在中国占领市场，实现利润最大化，就可能使用先期低价倾销贸易方式，但这必然会威胁到中国同类企业生存发展。中国为了促进本国经济发展，培育企业竞争力，争取外资进入的同时，跨国公司挤占中国市场的贸易方式就不可避免。

（二）目前中国进口反倾销与外资政策的潜在冲突主要表现

第一，"入世后"中国进口反倾销的对象与引资政策的重点冲突。"入世"后中国外资政策调整的重点是从"数量扩张型"向"质量提高型"、从"普遍优惠型"向"差别优惠型"和"国民待遇型"转变。其主要目的是差别对待投资质量不同、技术含量不同的外国投资，希望以此积极引进来自美国、日本和欧盟等国和经济体的资本雄厚、技术先进的大型跨国公司。然而，实际的引资实践证明，尽管外商投资的来源结构有所变化，但现有外资政策中鼓励外商投资的行业往往是受到反倾销制裁最严重的行业，如化工行业、钢铁行业；《外商投资产业指导目录》中鼓励投资的产品，往往是受到反倾销指控最频繁的产品，如高科技含量的化学品合成橡胶、合成纤维原料；具有上述生产能力与技术含量的发达国家的跨国公司往往是受到中国反倾销指控最多的公司。

第二，进口反倾销与限制跨国公司投资项目营销行为之间存在冲突。外资政策中对于允许、鼓励进入的跨国公司投资项目，中国往往并不严格规定跨国公司的先期营销行为。然而外资领域的宽松政策往往与中国进口反倾销存在潜在冲突。这是因为，按照外资优惠政策，跨国公司在中国投资大型项目时就同时要求中国允许其产品进行一定份额的预销售，在该阶段跨国公司大都采用渗透定价法进行市场前期拓展，以实现占有和维护市场份额的竞争策略。但这种销售方式与定价方法恰恰是倾销的典型表现，也必然成为中国进口反倾销的重点对象。

第三，进口反倾销与不限制跨国公司内部交易之间存在冲突。不限制跨国公司内部交易行为同样是中国鼓励外资进入的政策内容，但其与中国遵循 WTO 规则实施反倾销措施也同样存在不小的冲突。跨国公司的内部贸易模式包括简单内部贸易、纵向内部贸易、横向内部贸易及混合内部贸易四种模式，且这四种模式随着公司对外发展而依次出现，它们的运作方式如下：①简单内部贸易模式。母公司仅向海外子公司提供生产经营所需的投入品，如技术、设备元器件，达到绕过贸易壁垒，降低成本，提高在当地市场产品竞争力的目的。②纵向内部贸易模式。跨国公司为充分利用各国优势资源，把本属于一个国内企业能完成的生产线，变为几个海外分公司业务首尾相接的跨国生产线，公司内部贸易主体是大量中间产品，达到跨国公司垂直一体化分工的运营目的。③横向内部贸易模式。跨国公司为追求各个海外子公司的规模效益，一方面根据国际市场差异性，在各子公司之间实行水平分工的差别化最终产品生产；另一方面，在中间产品生产上实行水平分工，各子公司专门生产不同的零部件，再由母公司统一调配，交叉销售，最后完成最终产品生产。④混合内部贸易模式。伴随着跨国公司海外投资与海外分支机构日益增多，跨国企业经营发展到相当规模和水平后，集合前三种内部贸易形式于一个跨国公司内部，形成子公司与子公司之间产业价值链中前后各环节、垂直与水平分工不同的公司内部贸易形式。从中不难发现，跨国公司内部贸易方式已成为超越国家界线的一种贸易力量，通过低成本的公司内部中间品跨国调配，生产低成本的最终产品，从而实现在东道国市场低价销售。由于中国目前的外资政策中关于跨国公司内部交易行为的规定，并没有与中国的外贸政策相互协调，而这恰恰成为跨国公司倾销行为的一个重要方面。随着经济全球化步伐加快，跨国公司内部采购的各种形式会层出不穷，各种公司内部交易会频繁发生，其贸易规模也将日趋扩大，这些都将给未来中国反倾销措施的实施提出新的挑战。

以上运用外贸与外资的融合关系对中国出口导向型外贸发展模式的局限性、反倾销政策与引资政策的潜在冲突的分析，只是中国外贸与外资发展中众多问题的部分体现。但是，这两个问题对现阶段中国外贸与外资和谐发展具有重要的影响，因此，要提升出口导向型外贸发展模式的层次，寻找新的发展模式，并制定内容上相互协调的外贸和外资政策，以实现外贸和外资长期协调发展，促进国家竞争力的提高。

第四节 中国外贸和外资政策协调的 目标和对策

一 以遵守世贸规则、维护本国利益、创造良好环境为战略目标

在贸易投资一体化的条件下，外贸与外资政策运行涉及的问题比较复杂，必须有一个调整目标作指导，具体目标是：遵守世贸规则、维护本国利益、创造良好的外贸和外资发展环境。

作为世界贸易组织的成员，中国必须按 WTO 规则调整不符合要求的外贸政策和外资政策内容，如继续降低中国的关税、非关税水平，提高政策的透明度和市场开放度等。另外，中国作为发展中大国，经济发展整体水平相对落后，其实际发展情况要求一些政策必须保护自身的利益。因此，必须清醒认识到大量外资流入特别是大型跨国公司进入中国的投资目的是为了追求自身利益最大化，必然会与中国的引资目的不一致。作为不同利益的追求者，中国政府必须维护自身利益，以提高中国参与国际化经营的利益为目标。随着中国经济参与全球经济一体化、区域经济一体化程度的加深，贸易、投资自由化会在中国得到逐步的实现。因此，完善投资软、硬环境的建设，将会为中国顺利地承接国际产业转移提供极大的便利，对中国产业结构的调整，贸易、投资竞争力的提高产生巨大的推动作用。

二 协调外贸与外资政策的新思路

在贸易与投资一体化快速发展的背景下，中国吸引跨国公司投资已经进入新的发展阶段。必须抓住这一历史机遇，坚定不移地实施经济国际化战略，继续以吸引世界 500 强尤其是百强跨国公司投资为重点，扩大规模，优化结构，提高质量，全面加快开放型经济的发展进程。为此，必须改变传统的发展外贸和吸引外资的思路，制定新一轮吸引跨国公司直接投资和提升对外贸易层次的对策。

（一）借鉴跨国公司贸易与投资及其他相关政策一体化的思路和方法

国际贸易和国际直接投资是国际生产活动和国际分工的实现形式，因

此，两者具有若干共通的特性。在经济一体化的变革中，许多国家都已经清楚地认识到，只有坚持对外开放才能在新的经济环境下获得更大的利益，因而纷纷采取贸易和投资自由化政策。发达国家在国际贸易和国际直接投资的政策制定以及两者协调方面具有较多的经验，并且在实践中获得了很多好处。而许多发展中国家的贸易和投资政策往往是分别制定的，在面对跨国公司内部贸易和投资的功能一体化时，常常会出现政策和实际情况脱节的现象，无法达到一个预期的目标。因此，中国政府应该学习跨国公司将贸易、投资以及其他相关的政策看做一体的、相互联系的做法。如果相关政策的制定和实施能够十分协调，各种政策就会互相支持，共同促进国际贸易和国际直接投资的增长，形成整体功能大于局部功能之和的局面。

（二）创新投资和贸易流程

基于国际贸易和国际直接投资融合的趋势，投资和贸易之间的互补性越来越强，以往的贸易和投资体系及其运作方式已经不能适应时代的变化甚至保持其现状，必须采取两者一体化的方式，进行一些投资和贸易流程方面的创新，一方面可以缩短贸易、技术转让、投资等阶段之间的时间或者直接跃入对外直接投资，跨国公司的兼并和收购使得两者之间的跳跃式发展变得更加简便易行，企业国际化经营的发展顺序可以从世界生产和销售体系的任何一个部位开始，亦即不再局限于母国的跨国公司，国外的子公司也可以从事跨国直接投资和贸易活动；另一方面可以通过各种途径使得生产企业更加接近国际消费市场，按照国际市场的要求来组织生产，促进产品结构的调整，实现生产、流通、投资和贸易的直接结合，减少中间环节，降低交易成本，提高交易效率，从而实现国际企业本土化与国内企业国际化的融合渗透。

（三）兼顾多方的利益得失

中国在现阶段发展国际贸易和国际直接投资，具有既不同于发达国家也不同于其他发展中国家的特点。这种特殊性主要来自"入世"后中国所面临的外部和内部环境，其中个人消费、企业利益、行业兴衰和社会福利的联系紧密度远远超过了以往任何时候。这种特点要求贸易与投资政策要兼顾消费者满意、企业利润的追求、行业的结构调整和社会福利的实现这四个方面。

（四）实施以提高国际竞争力为导向的均衡发展战略

中国在现阶段发展国际贸易和国际直接投资的战略应该实行以提高国

际竞争力为导向的均衡发展战略。该战略的目标是全面提高和优化本国的贸易产品在国际市场的竞争力以及本国市场对国外投资者的吸引力。发达国家发展国际贸易和国际直接投资的经验证明，一国要在国际贸易中打开和占领国际市场，一方面必须依靠本国具有高附加值的产品来增强国际竞争力，这就要求政府对这种国际竞争力加以培育和调整；另一方面需要创造一个具有竞争力的国内经济环境，吸引更多的国外直接投资。这一战略的核心是根据中国国际竞争力的变化情况来及时调整贸易和投资政策体系，采取一种贸易与投资均衡发展的战略，实现两者共同促进、协调发展的良性循环。同时，健全贸易和投资的法律、法规和相应的配套措施，重视跨国公司垂直分工对国际贸易的补充和创造作用，将引进外国直接投资与发展对外贸易结合起来。鼓励外商直接投资于出口行业，并且在这些行业中引进国外的先进技术、管理经验、市场营销技巧和销售渠道，这样可以提高这些行业的国际竞争力，从而使吸引外国直接投资和中国发展对外贸易有机地结合在一起。

（五）通过提高国际贸易的开放度来影响国际直接投资

中国可以通过提高国际贸易的开放度来影响国际直接投资。传统的国际分工理论认为，在没有市场扭曲的自由贸易条件中，按照比较优势进行生产和出口可以获得最大利益。当跨国公司所拥有的内部化优势超过导致一国自由贸易的国家特殊优势时，跨国公司通过对外直接投资主动对各国的资源禀赋差异来进行开发平衡，即以公司内部市场取代不完全的外部市场，将知识形态的核心资产通过内部交易由母国转移到东道国，开展跨国公司的内部贸易，从而实现垂直一体化的均衡。近年来由于技术进步的飞速发展，导致以技术优势为主导的国际分工正在逐步取代以资源禀赋优势为主导的国际分工，从而决定了在国际经济活动中的竞争优势从比较成本转向比较技术，从而引起了比较竞争优势内涵的变化和外延的拓展。

（六）采取最优的国际经济资源的置换政策，以促进本国经济贸易和投资的发展

国际贸易和国际直接投资政策的选择具有不同的收入分配效果，不可避免地会受到各种利益集团的游说和其他形式的干扰。那么，中国应该怎样选择具有自己特色的贸易和投资政策呢？其最佳选择要根据国际贸易与国际直接投资的发展趋势以及中国经济发展的具体情况来确定。应根据中国现阶段经济结构的特点，采取最优的国际经济资源的置换政策，以促进本国经济贸易和投资的发展。具体而言：①积极推进贸易和投资自由化，建立一个具有中国特色的、与国际惯例接轨的贸易制度。中国在推行贸易和投资自由化的进程中，必须避免受到西方国家的干预，一切要按本国经济改革与经济发展的实际需要来进行。因此，中国作为一个发展中国家，要根据经济发展、竞争能力、改革进程，动态地、分阶段地调整贸易和投资政策，逐步推进贸易和投资自由化进程。现阶段，充分利用WTO的各种"例外条款"来扩大自己的利益。到21世纪中叶，中国达到中等发达国家水平后，再承担更多的国际义务。②实行"适度"的贸易和投资保护政策。贸易和投资自由化作为一种建立在全球共同利益基础上的理想目标，不可能短时期在一国得到完全的实现。如果某国自行实施门户完全开放，必然会严重损害自己的经济利益和社会福利。因此，处于经济转型与过渡时期的中国在追求贸易和投资自由化时，不可能牺牲自身的国家利益。贸易和投资保护则是一国政府为充分利用国内外资源而采取的贸易和投资政策和措施。除非是一种恶意的带有进攻性的政策，贸易和投资保护一般都是为了尽量保护自己脆弱的产业，其最终目的是为了这些产业在更为有利的条件下达到贸易和投资自由化。因此，在国际上，正当的、适度的贸易和投资保护主要是保护一国具有潜在比较优势的幼稚工业。但是保护幼稚工业不是为了保护而保护，而是为了促进本国生产与技术的尽快成长，提高本国产品的竞争力，使潜在的竞争优势充分地发挥出来。

三 增强外贸与外资政策协调性的具体措施

（一）提升出口导向型外贸发展模式的层次并实行竞争优势导向的外贸发展模式

外贸发展模式的选择一方面要结合中国实际的发展水平，不能完全否定出口导向型外贸发展模式，而要充分利用这种模式促进中国外贸和外资的发展；另一方面要能够实现中国经济的长期发展，实施竞争优势导向的外贸发展模式，最终实现国家竞争力的提高和经济的快速发展。

1. 提升出口导向型外贸发展模式的层次关键是加快加工贸易的升级转型

由于加工贸易仍然是中国目前和今后对外贸易的主要方式，外商投资企业在加工贸易中的主导地位短期内不会改变，甚至会进一步加强。同时，中国目前已经具备了加工贸易转型和升级的客观条件和主观强烈愿望，因此中国在主要依靠自主性提高的同时要合理引导并充分利用外资企业，改变中国目前加工贸易仍然集中在劳动密集和低技术含量产业的现状。

目前，中国的珠江三角洲、长江三角洲地区产业聚集水平显著提高，市场化水平随之大大提高，中小企业和民营企业迅速成长，科研和技术水平也逐步提高，加工贸易的转型和升级已经在这些先行地区具备了现实的条件。

因此，加快加工贸易的转型和升级就必须做到：第一，提高外资企业的技术外溢水平，加强外资企业与中国本地企业的关联度。外资企业的技术外溢可以使中国的加工贸易的生产向高端转移，原有的生产就可能转移到本地企业；可以加快人才、生产技术、管理模式和境外营销网络向本地企业的流动转移，从而提高本地企业的加工贸易水平，为本地企业发展成为加工贸易的主体提供了必要条件。第二，加强政府的导向作用。坚持将利用外部有利条件与发挥自身优势相结合，是政府在加工贸易发展中必须把握的方向。政府应该从长期发展战略出发，有目的地减少水平低、污染大、消耗大和收益小的加工贸易，而积极吸引技术领先、产品附加值高、投资规模大的加工贸易型外资企业。第三，理顺相关政策。与加工贸易相关的政策应该随着外部条件的变化适度调整和完善，否则体制型障碍将会限制加工贸易的升级转型。要确保加工贸易政策的统一，给从事加工贸易的内外资企业创造公平竞争的政策环境，而不能对外资企业过度倾斜。因为如果没有本地企业作为依托，加工贸易的升级转型就会失去基础。同时，外资加工贸易企业的生产配套，很多是由中国中小企业完成的。因此积极扶持中国中小企业的发展，对吸引新一轮大规模外商直接投资、提升加工贸易的层次会起到极大的推动作用。

2. 实施竞争优势导向的外贸发展模式的关键是加快技术的开发、应用和对技术密集型外资的合理引导

竞争优势是比较优势和规模优势及技术优势的综合状态。竞争优势导向的发展模式，就是将比较优势与新技术优势发展模式结合起来，在充分发挥本国现有比较优势的基础上，通过技术创新、制度创新、结构创新等途径实现一个国家出口产业国际竞争力迅速提高的发展模式。或者说，是一种以竞争优势为基础的出口导向发展模式。这种模式将比较优势与新技术优势有机地结合起来，既立足现实又着眼长远，应当成为中国劳动密集型出口导向外贸发展模式转型的最终目标。

发展中国家在以比较优势为基础的出口导向型外贸战略下引进外国直

接投资，存在着使发展中国家劳工密集型产品国际竞争力相对下降的可能性和现实性。这主要是因为发展中国家和跨国公司的发展目标不一致。从贸易利益角度看，跨国公司无论投资于发展中国家的具有比较优势的劳动密集型产业，还是资本密集型、技术密集型产业，其真正的目的都是获取利润并加强自身的国际竞争地位。因此，发展中国家只有依靠自身的力量，实现传统的贸易发展模式向竞争优势导向发展模式的转变，将发展的重点由缺乏国际竞争力的比较优势产业向具有竞争优势的产业转变，提高自身技术研发和应用的水平，并且要按照注重提高国际竞争力的原则引进外国直接投资。

中国向竞争优势导向战略转变的过程中，在外资导向政策上，要加大对先进技术资本引进的政策力度。一方面，促使低技术、低效率的传统劳动密集型出口产业转变为具有较多现代技术、较高效的现代劳动密集型出口产业；另一方面，通过先进技术的引进促使低效率、无竞争力的替代进口产业发展成为与发达国家在统一市场竞争的出口产业。

（二）外贸政策的制定应注重与外资政策的协调性

通过对贸易和投资政策不协调性问题的分析，可以得出结论：将国际直接投资和国际贸易对经济增长与发展的贡献最大化，使二者与更加广泛的经济增长和发展目标之间的关系更为协调，就必须使二者之间的相互联系更为协调，以共同促进经济目标的实现。

"入世"后，对外贸易领域的进口反倾销已成为中国政府维护国内公平竞争环境、保护民族产业的调控手段之一。然而，中国采用这一措施却不能单纯局限于该领域，而必须站在外贸与外资相互协调的高度运用这一手段。

解决外资政策和反倾销措施的潜在冲突关键在于：制定合理的产业发展战略，协调与调整外资政策与进口反倾销对中国产业结构调整与升级的促进作用，实现中国经济的持续健康发展。

第一，构建产业发展与外资政策、进口反倾销协调配合的对外经济战略。为此，首先制定"入世"后中国产业发展战略，构建产业发展架构，制定产业分类政策，即国家重点扶持产业、市场选择产业、淘汰落后产业。其次，中国政府应依据不同产业发展目标相应的确立四类外资政策，即鼓励外资进入政策、允许外资进入政策、限制外资进入政策和禁止外资进入政策。再次，与外资政策相配合，确立进口反倾销措施实施的产业领域与力度。

第二，在建立以上外资政策与反倾销实施原则的基础上，制定两者对于产业发展目标的政策组合：对国家需要重点扶植的产业，且在 3～5 年内快速发展潜力很大的企业，国家要在尽可能的范围内给予最大限度的政策倾斜，同时减弱外国商品进入和投资进入对中国相关产业和产品的冲击程度。与之相应所采取的反倾销措施与引资措施的组合战略是：既加强反倾销调查力度，又加强反规避措施的力度，同时不将其确立为鼓励引资的行业与产品，从而在进口与投资两方面同时减弱外国产品对中国相关行业的冲击。对于依靠市场选择、技术力量达不到国际竞争力的产业，国家外贸外资政策调整的重心在于尽力营造和提供一个公平竞争的环境，使国内企业在市场规则的框架下，充分竞争，优胜劣汰。通过外商直接投资的方式满足国内的需求，与之相应所采取的反倾销措施与引资措施的组合战略是：加大反倾销调查力度，放松反规避措施，进而促使外国企业由商品进入方式转为投资进入，最终达到扩大引资的目的。对于淘汰落后产业，尤其是对环境造成严重破坏的行业，应实施禁止外资进入政策，同时放宽外国产品进入的反倾销执行标准。

第三，成立中国投资措施委员会，负责协调 WTO 成员与中国政府在规范外商投资方面的法律法规与政府政策。随着国际贸易与国际投资的相互渗透与作用，中国的外资措施不能再局限于改革开放初期的政策目标，必须结合国际贸易领域出现的以跨国投资进行贸易倾销的新形式，修改完善中国现行的外资政策法规，使之与外贸有效结合，相得益彰。同时该委员会的建立，不仅是"入世"后中国对 WTO 规则的严格执行，是迅速与国际惯例接轨的标志性工程，同时也有利于及时调整纠正中国在吸收国外投资的领域与 WTO 规则相悖的政策法规。进口反倾销对于入世后更加开放的中国无疑是必须采用的外贸手段，但仅局限于外贸领域运用这一手段，可以部分地解决开放带给中国的问题，却并不是最优选择。因为经济全球化使外资与外贸的相互渗透与影响日益深入和广泛，这就使得任何一方的政策措施都会潜移默化地作用于另一方，衡量单一政策措施的实施效果，就必须放宽视野，超越其自身的评价体系而在更高的层次、更宽的领域内进行。

因此，"入世"后中国进口反倾销应站在外资与外贸协调配合的高度，以维护本国正常贸易秩序，提高本国引资质量为主要目标。

（三）适应跨国公司对外投资的新形势，把进一步改善投资软环境作为新一轮招商引资的基础和工作重点，开放外资进入的新领域，加速全球化条件下中国服务贸易的发展

要实现中国经济的大发展和吸引外商投资上新台阶，就必须大力解放思想，确立适应市场经济的新的思想观念和思维方式，从政府到企业，必须具备开放型思维方式。建立适应市场经济和外向型发展战略的选人、用人机制是转变思想观念和思维方式的重要动力。

根据 21 世纪跨国公司直接投资区位选择的趋势和变化，在改善投资软环境方面应做好以下工作：①抓紧厘清有关外商投资的法律、法规，统一外资立法，进一步健全完善涉外经济法规。②切实转变工作作风，全面推行亲商服务。③要继续建立和完善资产评估、涉外律师、会计审计、信息咨询、外商投诉、物业管理、仓储物流、报关公司等一批方便外商投资企业的中介服务体系。④积极推进电子政务建设，加强政府信息网建设。⑤政府各职能部门要进一步配合，相互支持，形成合力。⑥进一步加强各类服务贸易人才的培养和引进。在投资领域开放方面，当今世界大规模的投资主要集中在金融、电信、保险等服务领域及石油、化工、建筑、医药、汽车等高新技术产业。因此，各省市必须结合加入 WTO 的总体要求，加快对外国投资者进一步开放服务市场的步伐，在银行、保险、商业批发零售、建筑、通信、旅游和餐饮娱乐等方面的招商引资工作必将大有可为。同时，要加快服务业的结构调整，加快薄弱、新型服务业的发展。

（四）抓住跨国公司产业发展的全球梯度转移的契机，调整引资战略，重点引进世界百强跨国公司尤其是美、欧、日大型跨国公司投资重点行业

目前在世界范围内掀起了以跨国公司为主体的企业战略调整、业务重组、机构改革的浪潮。面临跨国公司产业发展战略的全球性梯度转移，尤其是发达国家装备制造业加工企业向中国等发展中国家梯次转移，中国各省市应结合自身的情况及时调整引资战略，进一步调整投资导向。高新技术产业，包括用高新技术和先进适用技术来改造、提升传统装备制造业，仍然是下一步引资的重点行业之一。对于那些以装备制造业为主导产业的省份（特别是东北老工业基地），尤其要重视利用跨国公司的投资。同时，大力吸引跨国公司投资配套产业，延伸主要产业链条，提高中国装备制造业及其配套产业的技术水平和国际竞争力，把中国的装备制造业做大做强。

在全球化背景下，国际贸易和国际直接投资相互融合、一体化发展迅速，并显示出新的内容和特点。国际贸易与国际直接投资的关系及二者对经济发展的影响，都应该成为当前和今后中国经济发展中重点研究的对象。目前，中国在发展对外贸易和外资运用方面，都处于非常重要的转型期，运用好外贸与外资的关系，协调好外贸政策与外资政策的内容，对中国国家竞争力的培育和竞争优势的可持续发展无疑具有重要的指导作用。

本章参考文献

［1］〔日〕小岛清：《对外贸易论》，周宝廉译，南开大学出版社，1987。

［2］王子先、杨正位、宋刚：《促进落地生根——中国加工贸易转型升级的发展方向》，《国际贸易》2004 年第 2 期。

［3］王允贵：《贸易条件持续恶化——中国粗放型进出口贸易模式亟待改变》，《国际贸易》2004 年第 6 期。

［4］王永、江耀生：《论经济全球化下贸易自由与贸易保护》，《经济师》2003 年第 1 期。

［5］王志乐：《2002～2003 跨国公司在中国投资报告》，中国经济出版社，2003。

［6］王晓曦：《论国际贸易与国际直接投资关系的发展与变迁》，《商业研究》2003 年第 10 期。

［7］王福军：《国际贸易和国际直接投资理论融合——国际生产的一般理论述评》，《国际经贸探索》1999 年第 1 期。

［8］牛向东：《从关注出口额转向——当前中国对外贸易的新特点及思考》，《国际贸易问题》2004 年第 6 期。

［9］尹翔硕：《贸易结构更为重要——中国外贸依存度及进出口贸易的不平衡与不对称》，《国际贸易》2004 年第 3 期。

［10］石才良：《贸易自由化、产业保护与中国关税政策选择》，《当代财经》2003 年第 7 期。

［11］石洪涛：《全球贸易保护主义和中国崛起的碰撞》，《时事》（时事报告大学生版）2003 年第 4 期。

［12］冯宗宪、柯大钢：《开放经济条件下的国际贸易壁垒——变动效应·影响分析·政策研究》，经济科学出版社，2001。

［13］曲如晓、潘爱玲：《论欧盟对外贸易政策的保护性》，《国际贸易问题》2001 年第 12 期。

［14］朱玉杰、于懂：《外商直接投资对中国对外贸易影响的实证分析》，《财经问

题研究》2004 年第 10 期。

[15] 任烈：《贸易保护理论与政策》，立信会计出版社，1997。

[16] 江小涓：《中国出口增长与结构变化：外商投资企业的贡献》，《南开经济研究》2002 年第 9 期。

[17] 江小涓：《吸引外资对中国产业技术进步和研发能力提升的影响》，《国际经济评论》2004 年第 3 期。

[18] 江小涓：《向重化工业领域延伸——2003～2004 年外商在华投资新特点及新趋势》，《国际贸易》2004 年第 4 期。

[19] 江小娟、杨圣明、冯雷主编《中国对外经贸理论前沿》（Ⅰ、Ⅱ、Ⅲ），社会科学文献出版社，1999，2001，2003。

[20] 杨大凯、刘庆生、刘伟：《中级国际投资学》，上海财经大学出版社，2002。

[21] 杜江：《20 世纪 90 年代以来美国对外贸易政策的调整》，《天津商学院学报》2003 年 9 月。

[22] 杜江：《外商直接投资与中国经济发展的经验分析》，《世界经济》2002 年第 8 期。

[23] 李启：《新世纪贸易保护主义的特点及中国的对策》，《福建教育学院学报》2003 年第 7 期。

[24] 李坤望、刘重力主编《经济全球化：过程、趋势与对策》，经济科学出版社，2000。

[25] 杨迤：《外商直接投资对中国进出口影响的相关分析》，《国际经济》2000 年第 2 期。

[26] 李俊、冉福祥、田明华：《国际贸易政策保护性研究及中国的对策》，《科技与管理》2003 年第 2 期。

[27] 肖锐：《对美国贸易保护政策的思考》，《行政论坛》2003 年第 1 期。

[28] 吴先明：《国际贸易理论与国际直接投资理论的融合发展趋势》，《经济学动态》1999 年第 6 期。

[29] 吴进红、张为付：《从贸易保护到投资保护》，《南京社会科学》2003 年第 5 期。

[30] 佟家栋：《贸易自由化、贸易保护与经济利益》，经济科学出版社，2002。

[31] 张二震、马野青、方勇等：《贸易投资一体化与中国的战略》，人民出版社，2004。

[32] 张为付、吴进红：《商品贸易、要素流动与贸易投资一体化》，《国际贸易问题》2004 年第 5 期。

[33] 张为付、武齐：《中国利用外商直接投资的特征及发展趋势》，《国际贸易问题》2004 年第 9 期。

［34］张碧琼：《国际资本流动与对外贸易竞争优势》，中国发展出版社，1999。

［35］陈文敬等主编《中国面对的贸易壁垒——多边贸易体制与"入世"》，中国对外经济贸易出版社，1999。

［36］陈东：《论 WTO 框架内贸易保护体系之重建》，《现代财经》2002 年第 11 期。

［37］陈洁蓓、张二震：《从分歧到融合——国际贸易与投资理论的发展趋势综述》，《南京社会科学》2003 年第 3 期。

［38］陈晓红：《利用外资与中国外贸出口关系的实证分析》，《北方经贸》2004 年第 5 期。

［39］冼国明、严兵、张岸元：《中国出口与外商在华直接投资——1983～2000 年数据的计量研究》，《南开经济研究》2003 年第 1 期。

［40］冼国明、张岩贵主编《跨国公司与民族工业》，经济科学出版社，1997。

［41］胡方：《日美经济摩擦的理论与实态——中国对日美贸易的对策与建议》，武汉大学出版社，2001。

［42］胡峰、刘海龙：《跨国公司的海外拓展及并购在跨国公司在华发展中的作用》，《燕山大学学报》2003 年第 5 期。

［43］神玉飞：《外资流入对中国制造业出口竞争力的影响》，《国际贸易问题》2004 年第 6 期。

［44］骆林勇：《外商直接投资对中国对外贸易方式的影响》，《对外经贸实务》2003 年第 1 期。

［45］黄河：《论国际贸易理论与国际直接投资理论在比较优势下的融合》，《国际经贸探索》2002 年第 2 期。

［46］曹凯：《从欧盟一体化看自由贸易与保护主义》，《北京理工大学学报》2001 年第 5 期。

［47］商务部研究院产业投资趋势调研课题组：《跨国公司对华产业投资趋势》，《中国对外贸易》2005 年第 3 期。

［48］梁志成：《论国际贸易与国际直接投资的新型关系——对芒德尔贸易与投资替代模型的重新思考》，《经济评论》2001 年第 2 期。

［49］隆国强：《十大应对策略——中国直面国际贸易摩擦高发期》，《国际贸易》2003 年第 12 期。

［50］联合国贸易与发展会议：《2002 年世界投资报告——跨国公司与出口竞争力》，中国财政经济出版社，2003。

［51］联合国贸易与发展会议：《世界投资报告——2001 促进关联》，中国财政经济出版社，2002。

［52］程惠芳、张孔宇、余杨：《公司内贸易与跨国公司内生增长的实证研究》，《国际贸易问题》2004 年第 9 期。

［53］〔美〕道格拉斯·A. 欧文：《备受非议的自由贸易》，陈树文等译，中信出版社，2003。

［54］谢冰：《外国直接投资的贸易效应及其实证分析》，《经济评论》2000 年第 4 期。

［55］强永昌：《战后日本贸易发展的政策与制度研究》，复旦大学出版社，2001。

［56］〔美〕Dominick Salvatore：《国际经济学》（第五版），朱宝宪、吴洪等译，清华大学出版社，1998。

［57］Amiti, Mary and Katherine Wakelin, "Investment Liberalization and International Trade", *Journal of International Economics*, October, 2003.

［58］Massimo Motta and George Norman, "Does Economic Integration Cause Foreign Direct Investment?", *International Economic Review*, November 1996, Vol. 37, No. 4.

［59］Masahiro Kawai, "Trade and Investment Integration for Development in East Asia: A Case for the Trade-FDI Nexus", University of Tokyo, 2004.

［60］Scherer, F. M., "Competition Policy Convergence: Where Next?", Kluwer Academic Publishers, 1997, empirica 24.

主要参考网站

［1］世界贸易组织网站：www. wto. org。

［2］联合国贸发会网站：www. unctad. org。

［3］中华人民共和国商务部网站：www. mofcom. gov. cn。

［4］中华人民共和国国家统计局网站：www. stats. gov. cn。

［5］经济合作发展组织网站：www. sourceoecd. com。

第四章

中国进出口贸易与技术性贸易措施

作为发展中国家，中国在实施开放型战略、积极参与全球化竞争的进程中，事实上面临的一大挑战是技术性贸易措施（Technical Barriers to Trade，TBT）的困扰。中国不但出口产品在国外市场遭遇技术性贸易措施阻截，而且在本国技术性贸易措施的建立方面也相对滞后。2009 年，全国进出口总值为 22072.7 亿美元，其中出口 12016.7 亿美元，进口 10056 亿美元。面对外国产品大量进入，而中国尚未设立严密技术性贸易措施的严峻现实，如何顺应全球关税贸易壁垒逐步淡化的潮流，充分利用 WTO 框架下技术性贸易措施的有关规定，尽快建立起符合国际标准和规范的技术性贸易措施体系，保护本国消费者利益和民族工业的发展，就成为中国政府和企业迫切需要解决的现实问题。

第一节　中国出口遭遇国外技术性
贸易壁垒的现状及分析

一　中国出口遭遇国外技术性贸易壁垒受损概况

（一）出口产品遭遇国外技术性贸易壁垒的影响

改革开放以来，中国对外贸易持续快速发展，进出口总额已经从 1980 年的 378.2 亿美元，增长到 2009 年的 22072.7 亿美元，中国已超越德国成为全球第一大贸易出口国。然而，国外技术性贸易壁垒已经对中国的外贸出口造成了严重影响。作为全球最大的发展中国家，中国出口产品正面临着越来越多的来自发达国家技术性贸易壁垒的挑战。在世界各国设置的贸易壁垒中，技术性贸易壁垒已占到贸易壁垒总数的 80%。由于出口产品大多为劳动密集型产品，受环保因素影响较大，国外对中国实施的技术性贸易壁垒，使中国出口的农产品、食品、纺织品、机电产品、玩具、医药品等都受到严重影响。相关的调查显示，2008 年中国出口贸易遭受国外技术性贸易壁垒直接损失 505.42 亿美元，2007 年为 494.59 亿美元，2006 年为 359.2 亿美元，2005 年为 288.13 亿美元。中国加入 WTO 以来，累计已有 60% 的出口企业直接或间接地遭遇国外技术性贸易壁垒的挑战，约有 25% 的出口产品不同程度地受到技术性贸易壁垒的影响。据有关部门调查，进入 21 世纪以来中国出口企业遭遇国外技术性贸易壁垒，构成的损失年均约 136 亿美元，在调查的机电、纺织、化工、玩具、陶瓷及农产品 6 大类产品中，每年因技术性贸易壁垒造成的直接损失约 96 亿美元。

根据商务部调查，2008 年我国有 36.1% 的出口企业不同程度地受到国外技术性贸易措施的影响，2007 年为 34.6%，2006 年为 31.4%，2005 年为 25.1%。2005 年中国受到国外技术性贸易壁垒影响的出口企业占全部出口企业的 15.13%，在 22 大类出口产品中，有 18 大类产品由于国外技术性贸易壁垒而遭受了 691 亿美元的直接损失，约占全年出口额的 9.07%。此外，2005 年中国企业为应对国外技术性贸易壁垒所增加的生产成本为 217 亿美元，约占全国出口贸易额的 2.85%；国外技术性贸易壁垒给中国企业造成的出口贸易机会损失达 1470 亿美元，约占全年出口额的 19.29%。

以上事实说明，目前中国出口贸易遭遇国外技术性贸易壁垒阻截的产品金额损失呈逐年上升趋势，如不积极、科学、合理地应对，势必给中国外贸出口造成更大损失。

（二）国外技术性贸易壁垒对我国出口产品结构的影响

根据商务部、国家质检总局公布的中国技术性贸易措施相关报告，近年来中国出口产品结构受国外技术性贸易壁垒冲击呈逐步扩大趋势。据中国调查的 6 大类产品结构遭遇国外技术性贸易壁垒受损金额依次为：机电产品 39%、农产品及食品 34%，纺织产品 18%、化工品 6%、陶瓷产品 2%、玩具类产品 1%。近几年中国机电产品、农产品及食品这两大类产品占据中国出口产品遭遇国外 TBT 受损总金额的 70% 以上。

　　近几年，中国出口产品中受国外技术性贸易壁垒影响最严重的依旧是农产品食品类、机电类产品以及化工、塑料橡胶类制品。而玩具、陶瓷类、车船航空器类产品受国外技术性贸易壁垒影响的比重正在上升。2005 年中国受国外技术性贸易措施影响的八大类产品分别为：农产品及食品类、机械类、化矿金属制品类、纺织服装类、塑料橡胶类、玩具家具类、车船航空器类、木制和陶瓷类（见图 4 - 1）。

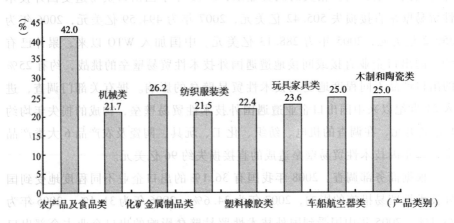

图 4 - 1　2005 年中国遭受国外技术性贸易壁垒的八大类产品

资料来源：根据国家质检总局《中国技术性贸易措施年度报告（2006）》制图。

　　具体来看，中国农产品及食品受日本、韩国的措施影响最大；矿产、化学品、金属及制品受美、欧等国家影响最大，占受影响合同金额的52.5%；纺织服装类受欧盟、美国影响最大，受影响合同金额分别为 23 亿美元和 5 亿美元，其中对欧出口在行业受影响总额中约占 78.9%；塑料、橡胶、皮革、毛皮及制品类产品受欧盟、美国影响严重，合计占该类产品受影响合同总额的 75.3%；珠宝、家具、灯具、玩具、游戏及运动设备类受美国、欧盟影响最大，分别占合同总额的 57.1% 和 29.0%；车船航空器类受影响较小，受影响合同总金额近 1.9 亿美元，主要受东盟、美国、欧盟影响；木及木制品、纸及纸制品、陶瓷、玻璃及制品受欧、美影响最大，合计影响占合同总金额的 54.4%。从上述比例可以看出，农产品和食品类受技术性贸易措施的影响最为严重，国外实施的技术性贸易壁垒已成为制约中国农产品出口的最大障碍。

　　另外，分行业调查表明，从趋势上看，国外技术性贸易措施的影响已从劳动密集型产品向高新技术产品延伸。特别是欧盟颁布《报废电子电器设备指令》和《禁止在电子电器设备中使用某些有害物质指令》以来，中国机电高新技术产品生产企业投入大量的资金进行技术改造，增加了出口成本。

有关部门公布的调查显示，2006 年，中国食品土畜行业是受影响面最广的行业，约有 35.98% 的出口企业遭受不同程度的影响，直接损失 43 亿美元，机电产品及高新技术领域成为受损最严重的行业，直接损失 462 亿美元，占当年全部直接损失的 60.95%。

（三）中国出口贸易遭受国外技术性贸易壁垒的国别状况

根据国家质检总局公布的近年国外技术性贸易壁垒对中国影响的报告，中国的出口企业均不同程度地遭遇到美国、欧盟、日本、加拿大、澳大利亚、新西兰、韩国等国家和地区的技术性贸易壁垒，其受损严重程度因产品类别而不同（见图 4－2）。

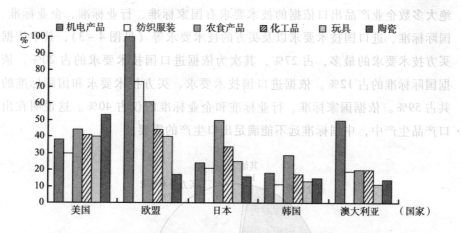

图 4－2　2006 年中国各类产品遭受世界主要国家技术性贸易壁垒状况
资料来源：根据国家质检总局调查数据整理。

2006 年，中国机电产品出口企业在欧盟、澳大利亚、美国遭遇技术壁垒最多，向欧盟出口的企业 100% 遭遇技术壁垒。中国有高达 73% 的纺织服装出口企业在欧盟遭遇壁垒。中国农食产品普遍遭遇国外技术壁垒，向欧盟、日本和美国出口企业遭遇技术壁垒的比例分别达 61%、50% 和 44%。中国化工品出口企业遭遇欧盟、美国、日本技术壁垒的比例分别达 44%、41% 和 34%。中国玩具出口企业遭遇欧盟、美国技术壁垒最多，均达 40%。

中国陶瓷出口企业遭遇美国技术壁垒的情况特别显著，比例达53%，向欧盟、日本、澳大利亚、韩国出口的企业遭遇技术壁垒的比例在12%~17%。从上述分析可以看出，目前对中国出口构成技术性贸易壁垒的主要是欧盟、美国、日本、澳大利亚等发达国家，占总受限比重的90%，其中40%的企业受欧盟限制，27%的企业受美国限制，25%的企业受日本限制。而韩国等新兴工业化国家及部分进入中等收入的国家也紧随其后，较多地采用更为隐蔽、符合WTO规则的技术性贸易壁垒措施，来限制中国产品出口，这些国家的比重占8%。根据相关部门调查结果，2006年，欧美对中国的影响相比较略有减少，日韩的影响进一步增加。

（四）中国各地区出口受国外技术性贸易壁垒影响的情况

从总体来看，中国科技水平与发达国家存在一定差距，现行的技术标准尚未达到适应国际市场先进产品生产的技术规范需要，是造成目前中国出口屡遭国外技术性贸易壁垒的主要原因。有关部门调查显示，目前中国绝大多数企业产品出口依据的技术要求有国家标准、行业标准、企业标准、国际标准、进口国技术要求以及买方的技术要求等（见图4-3），其中依据买方技术要求的最多，占27%，其次为依据进口国技术要求的占20%，依据国际标准的占12%。依据进口国技术要求、买方技术要求和国际标准的共占59%。依据国家标准、行业标准和企业标准的仅占40%。这说明在出口产品生产中，中国标准远不能满足出口生产的需要。

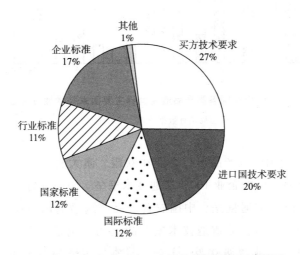

图4-3 2006年中国出口产品依据的技术要求类型

资料来源：根据国家质检总局报告数据整理。

由于中国国内区域经济发展极不平衡，东部、中部及西部地区在产业技术发展水平上存在巨大差距。因此，同样是出口生产，东、中、西部地区出口到国外遭遇到技术性贸易壁垒的情况也不尽相同。国家质检总局按调查的 6 大类产品统计，中国宁夏、新疆、湖南、云南等中西部省区出口企业遭遇国外技术性贸易壁垒比例均在 80% 以上；而上海、广东、福建、浙江、江苏、山东等东部地区出口企业遭遇国外技术性贸易壁垒的比例相对略低，在 66% ~77%。只有个别省市如重庆、甘肃、吉林、青海等，这一比例低至 37% ~50%（见表 4 -1）。

表 4 -1　中国近年来东中西部不同地区出口企业遭遇技术壁垒情况

单位：%

地　区	天　津	北　京	上　海	福　建	广　东	山　东	江　苏
遭遇技术性壁垒的企业比例	55	63	69	72	68	72	69
地　区	海　南	浙　江	河　北	辽　宁	吉　林	黑龙江	安　徽
遭遇技术性壁垒的企业比例	79	77	71	66	41	76	76
地　区	河　南	湖　北	湖　南	山　西	陕　西	宁　夏	青　海
遭遇技术性壁垒的企业比例	66	68	88	68	73	100	50
地　区	甘　肃	新　疆	重　庆	云　南	四　川	贵　州	广　西
遭遇技术性壁垒的企业比例	44	80	37	85	63	73	66

资料来源：国家质检总局近年 6 大类产品遭遇国外技术性贸易壁垒调查数据。

根据有关部门调查，2005 年不同省区由于出口遭遇国外技术性贸易壁垒是与出口金额相关联的，因此在各出口省份中，广东省的直接损失最大，直接损失额为 94.8 亿美元，占全国直接损失总额的 32.9% 左右；浙江省的直接损失额为 47.7 亿美元左右，占全国直接损失总额的 16.6%。其他遭受直接损失估计值超过 10 亿美元的地区有北京市、福建省、江苏省、山东省和上海市。2006 年受影响最大的地区仍然是深圳、广东、江苏、上海和浙江等东南沿海出口大省（市）。可见，受损失严重的省份还主要集中在东部沿海地区，这与中国对外直接投资分布和对外贸易发展格局是基本一致的。因此可以预见，随着中国经济的进一步协调发展，中国对外贸易受到国外技术性贸易壁垒影响的地区还将进一步扩大。

二 中国出口产品遭遇国外技术性贸易壁垒的问题分析

(一) 出口企业对 WTO/TBT 相关规则的信息不灵,缺乏有效的应对解决手段

从 WTO/TBT 协议的执行过程看,如果发展中国家不对国内相关 TBT 信息制度进行改革,那么 WTO 框架下的技术性贸易壁垒对于发展中国家的出口企业而言,除了具有质量、安全和环境壁垒的约束以外,同时还具有信息获取渠道不灵的制度性壁垒特性。近年来从全球范围的贸易实践可以看出,WTO/TBT 鼓励贸易成员方在贸易活动和市场准入中采用国际标准,并倡导用国际先进标准来规范各国的技术法规和标准,对产品大多要求进行第三方测试、认证或监督,对产品的包装、标签或标志认证都有法规性质的约束。然而,反观中国由于技术法规发布、通报体系的不健全和不规范,符合 WTO/TBT 定义的技术法规总量少,覆盖面窄。在中国已颁布实施的国家标准中涉及卫生、安全、环保等方面国际强制标准的只有 3000 余项。中国的合格评定程序还不完善,认证、认可必备的相关技术文件,产品包装、标志认可等技术标准信息的识别与确认,都与 WTO/TBT 规定存在较大差别。

目前中国的标准编号比较复杂,国家标准的现行、修改、废止、合并、转行业标准等信息无法从一个权威的、具有完整信息的渠道获得,即便是国家规定的行业标准备案机构,也由于种种原因,无法全部掌握现行的标准信息。因此,一项标准中引用国家标准或行业标准时,稍一疏忽,就会产生不准确的情况。此外,国外标准在产品研发阶段就已开始制定,中国的标准制定相对滞后、周期长。由于中国的标准落后于国际标准,往往造成国内的合格产品在出口时因技术不达标而被进口国退回或销毁的局面。此外,中国大多数企业发展规模有限,在技术水平、外观包装和环保意识方面与发达国家还有一定差距。虽然各种各样贸易摩擦和技术性贸易壁垒危机的频繁出现,使得中国大部分出口企业已经认识到提高自身技术水平和管理水平,增强出口产品的竞争力是应对国外技术性贸易措施的关键。但是,由于获得国外技术标准信息的滞后性,技术改造升级的资金缺口依然是困惑中国企业的"老大难"问题。商务部的调查显示,有 50.7% 的企业认为当前面对的主要困难是"资金缺乏,难以进行技术改造和获得国际

认证"，另外还有 43.7% 的企业认为"信息不灵，不知道对方规定已经改变"是应对国外技术性贸易壁垒的主要障碍之一，只有 31.7% 的企业认为"技术水平差距较大，无法达到对方的技术要求"。这都充分反映出当前中国出口企业在获取 WTO/TBT 相关规则的信息时渠道不畅，缺乏更有效的国内 TBT 信息资源共享的平台。

（二）产品技术水平低，缺乏自主知识产权，导致国内现行标准低，不能满足出口国际市场的需要

中国科技水平落后于发达国家，由此导致中国出口产品的技术含量低。中国出口商品结构中，附加值低的劳动密集型产品占主导地位。随着全球产品质量水平和档次的不断提高，中国出口产品面临的技术壁垒随之提高。中国企业由于缺乏拥有自主知识产权的技术，陷入进退两难的境地，不得不直面国外技术性贸易壁垒的威胁。如欧盟的 CR 法规规定，中国出口的打火机必须安装安全锁，而相应的安全锁专利已有上千种，再开发新专利，研究空间较小，难度较大，还需要一定的时间。若向国外购买专利，则中国打火机低价格的竞争优势就会减弱，其竞争力大打折扣。可见，缺乏自主知识产权是中国企业面对国外技术性贸易壁垒的一个软肋，只有提高自身的技术水平、掌握自主知识产权才是跨越国外技术性贸易措施的长远和根本措施。

中国出口产品档次低，技术含量不高。从中国出口产品结构分析，主要集中于低档机电、纺织、轻工和农副产品等劳动密集型产品。生产条件差，技术水平落后，造成出口产品质量不高，在国际竞争中不具备持久的竞争优势，虽然中国劳动密集型产品因劳动力工资低而成本较低，发达国家增加进口会进一步提高其福利水平，但面对其国内的就业压力，仍会利用各种壁垒阻止廉价的劳动密集型产品进入，从而使以劳动密集型和自然资源密集型产品出口为主的国家总是处于不利地位。例如，中国的纺织品出口已经在很大程度上受到美国限制。欧、美、日等发达国家在制定技术法规和标准时，充分表现出其技术优势，投入大量资金和人力，开发新技术、新产品并参与制定国际标准，注册科技含量高、拥有自主知识产权的产品技术信息和技术专利，因此掌握了当代国际经济竞争的主动权。限于技术发展水平的差距，中国现行标准远不能满足出口生产的需要，仅仅停留在 20 世纪 80 年代的国际标准水平上。技术标准的先机往往意味着市场的先机，因此，标准信息服务部门与 WTO/TBT 的接轨程度，不仅影响着标准的发展，还直接关系着一国经济在全球贸易中的地位。

目前中国技术的标准化与国外相比还处于较低水平，在中国 19278 项已有的国家标准中，采用国际标准和国外先进标准的不足 50%，高技术标准严重缺失。企业标准化总体水平还不高，拥有自主知识产权的产品和技术专利在国际市场上占的比重很小，国内企业很少参与国际标准的制定。目前，国外 TBT 的制定不再是偶尔的、随机的，而是更具计划性和系统性，向体系化方向发展。如日本制定的食品标准中农业化学品（农药、兽药及饲料添加剂等）最大残留限量的"肯定列表制度"就是个典型体现指标体系限制的技术性贸易壁垒。该制度对食品中农业化学品残留管理提出了非常严格的要求，涵盖了全部农食产品中可能存在的所有农业化学品，内容主要包括：禁止使用的 16 种农药、兽药，对 797 种农药、兽药及饲料添加剂制定了"现行标准"和"暂定标准"两类限量标准，涉及的限量数目达到 53862 个。日本作为中国农食产品出口的第一大市场，根据"肯定列表制度"的有关规定，必将大大增加中国输日农食产品中农业化学品的管理难度，增加贸易成本，影响通关速度，严重影响中国农食产品对日贸易。这些限制性条件都严重制约了中国跨越国外技术型贸易壁垒的能力。

（三）发达国家加强贸易保护和提升技术标准

在发达国家出于战略利益考虑，不断地加强贸易保护主义的同时，中国已成为世界第二贸易大国，贸易地位迅速提高。发达国家为了维护和巩固其在国际贸易竞争中的支配地位，不断加大对中国实施技术性贸易壁垒的力度，以达到限制中国出口的增长、保护其国内市场和产业的目的。历史上，一国经济发展到顶峰时期，其对本国经济贸易的保护必有抬头。目前美国和日本等国的经济都在历史最高水平运行，其贸易保护主义抬头是不可避免的。中国的许多产品由于标准达不到发达国家的技术要求而无法进入国际市场，比如，由于中国的海洋环境不断恶化，出口欧盟的贝类产品达不到所要求的卫生标准，被长期排斥在市场外；在农产品方面，除河北鸭梨外，中国生产的龙眼、柑橘、苹果、香蕉等均不能出口到美国。尤为严重的是，一些产品由于安全不符合卫生检疫要求而被扣留、查封或销毁，出口利润损失严重。不仅如此，在较高的技术和安全卫生检疫标准面前，有些已经进入国际市场的产品也被迫退出。

西方发达国家对药品进口要求越来越高，如美国对其进口药品要求必须通过美国食品和药物管理局（FDA）的检查。而根据美国官方数据统计，

2003 年被 FDA 拒绝进口的中国产品达 1436 批次，位居美国 FDA 拒绝进口产品批次数量国家第三位。要通过 FDA 检查，必须投入大量人力、物力、财力，不仅产品质量要达到国际公认标准，还要求对工厂生产药品全过程质量保证体系有一个系统检查，而且对生产产品的厂房及周围环境也有严格要求，目前国内仅有 20 多个厂家的产品通过了 FDA 的检查。

　　质检总局最新数据显示，对中国企业出口影响较大的国家和地区排在前五位的是欧盟、美国、日本、俄罗斯和拉美国家。这些国家实施技术性贸易措施最主要的方式是"提高标准"、"增加检验检疫项目"和"法规变化"。不同国家或地区实施的技术性贸易措施的主要内容也不同：①出口到美国的产品，主要受到工业品认证要求、标准要求、厂商注册要求、标签和标志要求、木质包装要求、特殊检验要求、产品的人身安全要求、工业产品中有毒有害物质限量要求、包装及材料的要求等限制；②出口到欧盟的产品遭受的措施与出口到美国的产品所遭受的技术性贸易措施有相似之处，但欧盟环保要求对中国出口产品有极为突出的限制作用，受影响的合同总金额近 21 亿美元；③在对日本的出口中，食品中农兽药残留要求对中国出口产品的限制作用最为明显。在所有的技术性贸易措施中，包括节能及环保回收在内的环保要求和工业品认证要求是对中国产品出口影响最大的两种措施。

　　欧盟 REACH 法规也将成为针对化学品出口及相关产业贸易的又一指标体系性质的技术性贸易壁垒。REACH 法规的核心内容是根据化学品的生产和进口量以及危险程度等因素，对化学品采取注册、评估、授权等形式的市场准入管理和控制程序。REACH 法规对中国相关产业的影响表现在以下方面：①高额注册费用将提高生产成本。根据拟议法规的要求，10 万种现有化学品中约有 3 万余种要接受 REACH 法规管辖，其中 80% 需要注册，其余 20% 在注册之后还要经过各成员国主管部门的评估，并需提交附加信息以进入授权程序。平均每种化学品用于注册的直接费用高达 8.5 万欧元。②REACH法规将引发工业界的连锁反应。REACH 法规不仅影响到化学工业本身，而且还延伸到制造业的各个角落，该法规于 2007 年 6 月 1 日正式实施。可以预见，未来发达国家出于本国垄断竞争战略利益的考虑，会不断加强贸易保护主义，制定更为苛刻的技术标准。

（四）应对技术性贸易壁垒的能力不强

　　中国出口产品屡遭国外技术性贸易壁垒的更深层次原因，是中国应对技术性贸易壁垒的能力不强。一是中国产品质量管理体系不完善，并与国际惯例不一致。中国政府专门成立了世界发达国家普遍采用的质量体系认证和评审制度，先后设立了中国国家进出口企业认证机构认可委员会（CNAB）和中国国家进出口商品检验实验室认可委员会（CIBLAC）。但机构设置刚刚起步，在生产、加工和流通中还有许多不能与国外技术性贸易壁垒相抗衡的漏洞，各个产业技术标准缺乏权威性。二是现行的各行业的技术法规大多集中在行政法规和部门规章这两个层面上，其约束效率大大低于法律，远不能适应"入世"后愈演愈烈的全球技术性贸易壁垒的挑战。长期以来，中国各级政府职能机构都尚不习惯用国家最高意志的体现——法律、法规的形式，来规范国内产品的技术标准、法规和合格评定程序，并认真严肃地加以执行。三是各地方政府在应对国外技术性贸易壁垒的实验室基础设施建设方面严重滞后，产品检测能力和水平普遍薄弱，缺乏装备优良、快速精准的检验检疫仪器设备。主要原因是对基础设施建设投入不足，规划的技术保障规模偏小，缺乏试验检测资质认定的完善保障，以及切实提高执法把关能力的技术水平和技术保障能力。四是社会中介机构应对国外技术性贸易壁垒的一个重要不足之处，就是服务于出口企业的有关信息收集、整理、分析咨询服务职能严重缺失。由于缺乏充分、稳定、确切的信息来源，WTO《技术性贸易壁垒协议》要求各缔约方保证设立关于技术标准、合格评定程序的信息咨询点，能回答其他缔约方有关这方面的合理咨询，并在信息通报、技术协助等方面优先考虑发展中国家。由于中国社会中介机构在沟通企业与政府时信息服务职能缺失，WTO 中针对发展中国家的应对技术性贸易壁垒的特殊和差别待遇这个有利条件，目前中国还不能充分享受，更使得中国国内出口企业失去了一个了解国际通用标准和各国技术管理措施以及主要贸易对象国（地区）的产品技术标准、法规和合格评定程序的重要窗口。

第二节　中国进口技术性贸易措施的问题及分析

一　中国进口技术性贸易措施

根据 WTO 框架下专门规范技术性贸易措施的两大协定——《技术性贸易壁垒协定》（简称 TBT）和《实施卫生与植物卫生措施协定》（简称 SPS），各成员国可在其认为适当的程度内，为"保护人类、动物或植物的生命或健康以及保护环境，或防止欺诈行为"等合法目标，而采取必要措施，制定和实施技术性贸易措施，以保护本国的基本安全利益。遵循此原则，2001 年中国"入世"后，连续向 WTO 提交了一定数量的 TBT/SPS 通报（见图 4-4）。这些技术性贸易措施主要涉及机动车辆、机电产品、金属矿产、食品及标签、化工产品、轻工产品、消防产品、卷烟、进口废物原料、计量器具、农作物种子等的安全、卫生、环保要求的行政规章、规范性文件和强制性国家标准。

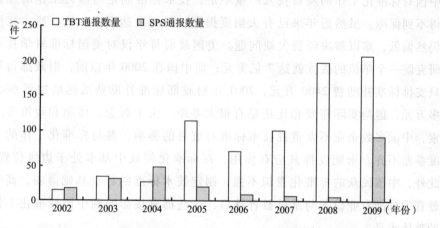

图 4-4　2002～2009 年中国向 WTO 提交的 TBT/SPS 通报数量

资料来源：国家质量监督检验检疫总局网站，www. aqsiq. gov. cn。

尽管中国在技术性贸易措施领域已经开展了不少工作，并取得一定成绩，但随着技术性贸易措施越来越成为国外实施贸易保护的重要手段和国际贸易摩擦的重要因素，世界各国尤其是发达国家，对技术性贸易措施这一非关税壁垒的制定和实施在不断强化，使得中国现行的技术性贸易措施体系已经远远不能适应近年来对外贸易快速发展的需要。实践证明，当国外已经筑起技术性贸易壁垒的"铜墙铁壁"时，中国进口产品市场的壁垒却连"战壕"都没有挖好，这将使中国在激烈的国际竞争中处于一种不平等的地位。因此，中国建立和完善技术性贸易措施的任务仍然相当艰巨，目前中国在这方面存在的主要问题有如下几方面。

（一）对进口技术性贸易措施的重视程度相对不足，技术标准战略意识不强

由于经济和科技发展同发达国家存在一定差距，中国在遭遇国外构筑的各种技术标准、技术法规以及环境、卫生、动植物检验检疫等贸易壁垒时，往往感到损失惨重，并积极谋划跨越和应对之策。然而，对于占据相当数量的不合乎国际标准的进口产品给中国造成的损害，却评估不足，并且相对于前者而言，应对的紧迫感和重视程度远远不够，尚未从国家战略的高度予以全面考虑和规划，缺乏对技术标准战略的系统研究。可以说，国家技术性贸易措施体系在中国目前基本处于空白状态。

由于长期以来对技术标准的重要性认识不够充分，在一定程度上致使中国对标准化工作的经费投入严重不足，技术标准制定与修订工作的经费得不到保障。虽然近年来已有大幅度提高，但与发达国家相比，所占比例仍然偏低，难以解决经费欠缺问题。美国政府每年仅对美国标准科学技术研究院一个单位的拨款就达 7 亿美元；而中国在 2000 年以前，财政部每年只安排标准补助费 2400 万元，2001 年财政部标准补助费虽然增加到 6600 多万元，但与实际需要相比还是有很大差距。由于观念、体制和政策等因素，中国多数企业不太重视技术标准对贸易的影响，参与标准化工作的力度参差不齐，未能发挥其应有作用，在标准化领域中基本处于边缘位置。此外，中国民众的标准化意识不强，制定技术标准的社会基础薄弱，高等教育中标准专业设置与基础教育落后，这些都直接影响到中国标准化工作的整体水平。

（二）国家技术法规体系不完善，制定程序和管理工作亟待规范

中国已经制定了一些技术法规，但体系极其不完善，与国外相比相对滞后，其中很多已难以适应技术和经济发展的需要。完整的全国各行业、各地区协调统一的技术法规体系，在中国尚未完全建立起来。并且由于一些技术法规是由计划经济下的强制性国家标准和部门文件转化而来的，因此与 WTO/TBT 协议条款规定的目标、范围及内容等不完全相符，甚至有很大差别，有相当数量的强制性标准达不到目前各国所遵循的国际标准。据中国强制性国家标准抽样统计分析，有 40% 多的强制性国家标准含有不符合 WTO/TBT 规定范围的内容。

同时，中国技术法规的制定程序和管理工作也存在一定问题。由于各部门缺乏全局性的宏观指导，导致制定工作不够协调统一，灵活性和开放性较差，透明度不够。灵活性差主要反映在不能针对涉及安全、卫生、环保方面的突发事件采取特殊程序，为缩短标准制定周期采取快速程序，以及无法适应技术发展较快领域的需要而采用类似于标准的文件（例如标准

化指导性技术文件）的制定程序。开放性差主要表现在：一是中国至今没有形成敦促 WTO 成员各相关方有效参与、最终达到相关方意见协调一致的机制；二是尚未广泛吸收技术标准市场经济国家建立技术法规体系的经验，仍旧没有脱离封闭条件下制定技术法规的路径。透明度不够是指中国技术标准立项及标准的内容不能通过有效的信息传递渠道让市场经营主体尽早知道，以便企业及时调整生产，确立制度性的技术法规公告制度。尤其是"入世"后，要求对于与贸易有关的技术法规应及时向 WTO 各成员通报，在此方面尚有需要改进的地方。

（三）技术标准总体水平不高，合格评定程序不健全，环境、卫生和动植物检验方面措施尚不完善

技术标准的制定和采用需要有相应的技术支持。由于科技水平相对落后以及标准化组织管理工作中存在诸多问题，中国技术标准总体水平偏低，且时效性差，标准制定与技术研究严重脱节，有些行业和产品甚至没有推出本行业的技术性专业标准。尤其是在高新技术领域，科研开发链条脱节，导致标准的制定不能及时适应市场和技术快速变化的要求，修订滞后，严重影响了中国产业特别是高新技术产业在国际市场上的竞争力。调查表明，在中国，国家标准可继续使用的不足一半；在所采用的 ISO、IEC 等国际标准中，有 78.65% 是 1994 年及以前的标准，其中有 736 项 ISO 标准已经作废或失效；16.64% 的国家标准需要进行整合；7.42% 的国家标准应废止或降级为行业标准；超过 1/3 的国家标准存在问题，需要修订；广泛使用和在较大范围内使用的国家标准分别为 26.47% 和 27.73%。而由中国主导制定的国际标准更是少之又少，参与国际标准化制定工作的程度较低，对国际标准处于一种被动接受状态，容易受制于人。2004 年国外一个研究机构公布的统计数据表明，在全世界的 1.6 万项国际标准中，99.8% 是由国外机构制定的，位居第一位的当然是美国，中国参与制定的不足 2‰。

同时，中国在其他标准的建立和实施方面也比较落后。与技术标准相配套的合格评定程序和认证制度尚不健全，中国认证认可体系虽已覆盖了国际标准质量体系认证（ISO9000）、环境管理体系认证（ISO14000）和食品卫生与安全管理体系（HACCP）认证等，但缺乏相关法规和标准，认证机构工作不规范，保护国内市场的技术性贸易壁垒尚未建立起来。在绿色壁垒方面，环保意识淡薄，环境标准偏低，环境标志和绿色包装要求几乎处于不设防状态。动植物检验检疫也存在不少问题，例如，检疫审批不严，检疫技术人员缺乏，检疫技术水平有待提高，缺少快速检测方法，对进口植物病害及所携带疫病的了解不够全面等。

上述问题导致中国目前在建立技术性贸易措施进程方面，尚未达到理想阶段，相对薄弱的进口技术性贸易措施给中国的进口管理带来一定损害。

二 进口技术性贸易措施建立进程中的问题分析

（一）中国进口技术性贸易壁垒门槛低，进口产品不符合国际标准的问题比较严重

据有关部门统计，中国外来入侵的有害物种已超过 200 多种，如杂草、昆虫、有害动物、病害等，世界最有害的外来入侵生物中，入侵中国的超过一半，侵害了中国大量的植被，造成巨大经济损失。例如，有一种造成松树瘟疫的松线虫，随着货物的木质包装传入中国，造成苏、皖、粤、鲁、浙五省的局部地区松树瘟疫蔓延，直接威胁黄山风景区的安全。据统计，中国每年需花费 7200 万美元来控制鳄杂草的蔓延，这种杂草原来是从巴西引进来做猪饲料的，其蔓延严重破坏花园、甘薯地以及橘园。作为世界头号大豆进口国，中国在 2003 年进口的大豆达 2074 万吨，创历年之最，并首次超过国内产量；另外，鱼类、植物油、油菜子、鸡杂碎等的进口量也都在猛增。这些并未进行严格技术检验和技术标准法规评定程序检验的产品的大量进口，给中国农业带来了巨大冲击，并导致一些疫病和虫害进入中国。

进口产品中的质量问题也很突出。2006 年 3 月，浙江省工商局公布了对 13 种国际名牌服饰的抽检结果，合格率竟然不到 50%。而该局最新的进口鞋类质量检测结果则显示，有近八成的国际知名品牌进口鞋质量不合格，其中包括康拉汗、佐治、马丁鸟、其乐等西班牙、意大利国际知名品牌。有些知名品牌甚至在一些非常重要的部位出现质量问题，如钢钩心不符合标准，轻则造成皮鞋变形，穿着不稳定；重则会造成消费者穿着时摔倒、崴脚等人身伤害。更为严重的是，不少知名品牌标注的执行标准竟然是废止标准，但其售价却非常高昂。据《浙江市场导报》报道，一款佐治牛皮革面皮鞋，进货价为 400 元，在专柜的售价竟达到了 2757 元。

国际知名品牌产品尚且如此，其他进口产品的质量问题更是可想而知。2006 年 10 月和 2007 年 1 月，深圳检验检疫局根据国家质检总局统一部署，先后两次对深圳地区的进口服装（包括男女 T 恤衫、内裤、衬衫、睡衣、

长裤和婴幼儿服装等）进行质量抽查检验。抽查结果同样令人震惊，进口服装质量问题相当严重，多批进口名牌产品检出甲醛含量和 pH 值不合格（pH 值超标可能会引起穿着者的皮肤过敏，尤其是对婴幼儿危害较大），而进口服装标签不合格率竟然高达 91.4%，更是成为不合格的重点领域。不合格产品涉及 22 个品牌，14 个国家或地区。这些抽检结果具有一定的代表性和普遍性，反映了中国进口产品的真实情况，即由于中国进口技术标准低，检测手段落后，监管制度不完善，致使大量不合格产品进入，严重损害了中国企业和消费者的利益。

（二）中国环境标准低，进口管理相对混乱，致使大量废弃物和国外污染密集型企业进入，严重破坏了中国的生态环境

严禁国外不符合环境标准的产品、废旧物质和危险品流入国内，以及高能耗、高污染产业向中国转移，本是中国政府的重要职责，但由于企业经济利益驱动和道德法制观念缺乏，中国陆续发生进口工业垃圾和有害废弃物的事件，这不仅严重违背了控制危险废弃物的越境转移及其处置的《巴塞尔国际公约》和中国有关规定，还给中国生态环境带来了严重破坏。近年来，西方国家不断通过出口贸易把环境污染物、危险品、工业和生活垃圾以及在本国已经淘汰的库存产品直接输往中国，如报废的旧船舶、汽车、电缆、电器、废弃的军工物品、带有病虫害和传染病毒的服装、磁带等。

据统计，1990 年中国的废物进口量为 99 万吨，进口额为 2.6 亿美元，占当年进口总额的 0.49%；1993 年猛增至 828.5 万吨、15.75 亿美元和 1.5%；1997 年的废物进口量达 1078 万吨，进口额 29.5 亿美元，占全国进口总额的 2.07%，其中从美国、日本和中国香港进口的废物分别占到中国废物进口总量的 24.25%、9.88% 和 5.58%。据媒体公布的统计数字，2003 年中国塑料垃圾、废铁、废纸的进口量分别是 1990 年的 125 倍、50 倍和 21 倍，由此对中国生态环境和居民健康造成的危害，以及随之流入的病虫害和引发的工业垃圾走私等问题都越来越严重。

除此以外，一些外商为逃避本国政府严格的污染治理规定和高昂的环保税费，获取高额利润，利用中国环境标准相对宽松和环保意识不强的漏洞，相继在中国投资设立污染防治费用高、处理难度大或在外国禁止生产的高污染企业，如橡胶、塑料、化工、化纤、农药、制革、印染、造纸、电镀等行业。20 世纪 90 年代初，外商在中国沿海地区兴建了 75 家生产泡沫塑料、灭火剂、制冷剂的企业，这些产品中相当多的化学成分是《保护臭氧层国际公约》所禁止或限制的物质。根据 1995 年第三次工业普查资料，对全国三资工业企业和生产单位的分析发现，外商投资于高污染行业的企业有 16998 家，占三资企业相应指标的 30% 左右；其中投资于严重污染密集产业的企业有 7487 家，占三资企业相应指标的 13% 左右，占污染密集产业中相应指标的 40% 以上。大量污染项目进入中国，在绿色壁垒下对中国的出口又构成了潜在危险。

第三节 中国应对技术性贸易壁垒对策

一 加强中国出口企业和相关部门应对国外技术性贸易壁垒的对策

（一）以统一化、简明化、规范化为目标，对国内相关技术性贸易壁垒信息制度进行改革，为中国出口企业跨越国外技术性贸易壁垒提供良好的信息环境

1. 进一步健全和规范中国技术法规的发布通报体系

总体来说，技术法规有两个方面的作用，一方面是用来规范企业的生产行为，保证企业产品的质量；另一方面，还起到沟通国内外产业技术发展信息的作用，在一定程度上对企业更好地适应国际市场具有指导意义。因此，一套规范的技术法规发布及通报体系对一个国家的产业发展和对外贸易来说是非常重要的。目前，由于中国技术法规的发布、通报体系尚不完善，使得企业对技术法规的重视程度远远不够，或者虽然重视但难以及时、准确地获得相关信息。因此，中国应严格按照 WTO/TBT 定义，及时制定和对外发布各行业相关技术法规，增加中国技术法规的数量，扩大其覆盖面，使得企业的生产活动有法可依，以提高企业技术的整体水平，增强出口企业的竞争力。尤其是在涉及卫生、安全、环保以及合格评定程序、第三方认证等方面与发达国家有较大差距而亟待完善。

2. 简化中国技术标准的编号体系

建立一个统一、权威的技术标准发布和查询机构，掌握全部现行的标准信息，关于国家标准的现行、修改、废止、合并、转行业标准等信息都可以从这个具有完整信息的渠道获得。对于国家、行业、企业标准重新统一编号，简化技术标准编号体系，使其便于企业查询和遵守。

3. 为企业获取技术性贸易壁垒相关信息创建通畅的渠道

建立一个统一的国内外技术标准实时通报和预警平台，帮助企业解决由于"信息不灵，不知道对方规定已经改变"而遭受国外技术性贸易壁垒的问题，减少由于信息获取不灵造成的制度性壁垒。建立国家技术性贸易措施通报、咨询、评议、预警综合系统，建立对敏感和重要工农业产品生产及进出口数据的通报交流制度，实现信息共享与互动。有效实现技术性贸易措施网上通报、咨询、评议和预警，通过信息的快速传递和共享，提升企业对技术性贸易措施的风险防御和快速反应能力。

（二）提高企业自主研发的积极性，进一步改变中国出口产品结构，提高出口商品的技术水平和附加值水平

1. 根据中国行业技术发展状况，全面提高中国整体技术标准水平

追踪国内外行业发展和技术标准发展状况，加强对国内外技术标准的差别研究，使中国技术标准的制定与修订工作更加及时迅速。加强对中国重点行业和优势出口产业的标准制定与修订工作，全面提高现行的技术标准。在国家标准中大力推动采用国际标准，逐步使国家标准与国际标准对接。积极参加国际标准化组织活动，积极参与制定与修订国际标准，充分反映中国合理要求，特别是要尽量争取把中国的优势项目（如具有中国特色的传统工艺品）和高新技术产品的国家标准纳入国际标准体系中。另外，还要加强企业标准化工作，提高企业标准化意识，加强标准与市场的关联度。

2. 鼓励有实力的出口企业采用国际标准和国外先进标准，满足出口国际市场的需要

采用国际标准和国外先进标准是廉价的技术引进，是缩小与发达国家质量水平差距的有效手段，企业必须高度重视。如海尔集团为实现国际化目的，收集各类标准2400多份，并与标准化技术机构合作，跟踪研究国际组织和出口国的相关标准，建立企业标准库，并将ISO/IIJC标准及美国、欧洲、中东、俄罗斯等国家的标准与企业标准进行分析对照，作为出口国产品开发、生产和检验的依据。从而使企业掌握了国际竞争主动权，避免了因技术标准不合适所带来的贸易壁垒。

3. 提高出口产品技术含量，改变出口商品结构

增强知识产权保护意识，重视专利的申请工作，技术标准和专利相结合已经成为发达国家制造业技术性贸易壁垒的一种趋势。因此，中国出口

企业要真正跨越国外技术贸易壁垒，就必须更加积极地加大研发投入的力度，提高自主知识产权水平。只有在技术持有上占据有利地位，才能在国际贸易格局中占得有利地位。另外，政府对于企业的科技创新、自主研发行为要继续在政策上创造良好的环境和给予大力支持，包括加强知识产权的保护，对技术创新企业给予税收优惠等。

（三）不断追踪发达国家技术性贸易壁垒发展动向，加强对国外主要标准法规的分析研究，为国内企业的有效应对提供对策建议

1. 积极收集国外有关技术壁垒的资料，设立专门的机构进行分析，开展政策性研究

目前，发达国家制定的技术标准日益苛刻，因此，对于主要贸易对象国实施技术性贸易措施的主要方式，以及一些国家的重要法规要加强研究工作，针对相关贸易对象国的技术壁垒措施对中国出口贸易的影响，建立预警机制和采取积极措施。认真研究和学习国外政府和企业突破技术壁垒措施的经验和教训，为企业提供对策建议。并根据技术性贸易壁垒协议中对发展中国家的特殊待遇，在各类涉及技术壁垒措施的场合中据理力争更有利于中国的出口。

2. 针对国外的技术性贸易壁垒，加强审议和评议工作

政府各职能部门应积极掌握、熟悉和加强对国外技术性贸易壁垒的评议过程，通过部门间交流和学习，借鉴国外评议的经验来提高各部门评议能力。建立部门间的评议机制，组建一支部际联合专家评议队伍，加大多部门评议力度，进一步完善多部门评议程序。做好重点技术措施的研究工作，发动和引导企业、行业组织参与评议。加大对评议的人力、财力支持，注重调动多方面力量，着力提升评议的时效性和有效性。同时加大对外交涉力度，提高中国评议意见被国外采纳的比例，使主要贸易对象国最后出台的措施对中国产品出口造成的影响降低到最低水平。

（四）充分发挥政府及社会中介机构的服务职能

1. 充分发挥政府部门的服务职能

一是加快中国相关技术标准、法律、法规的建设。中国政府一向很重视法律体系的建设，但是在产品质量管理体系、行业技术法规等方面还远远落后于西方发达国家。因此，加快建立中国的相关法律体系是十分必要的。二是加强新贸易壁垒的知识宣传、培训和普及工作。由于大多数企业对新贸易壁垒没有足够的认识，所以应加强对新贸易壁垒的研究和人才的

培养，加强新贸易壁垒知识的宣传和应对培训普及工作，让出口企业越来越重视新贸易壁垒并及时采取措施应对。三是加强技术检测的实验室基础设施建设。加大对性能优良、快速精准的检验检疫仪器设备的投入，改变产品检测能力和水平普遍较低的现状。同时还要培养一批高素质的检验检测人员，完善试验检测资质认定的保障，以及切实提高执法把关的技术水平和技术保障能力。

2. 社会中介部门提供信息技术服务

一是加强对行业组织和企业的培训。一方面，进行 WTO/TBT-SPS 协定等国际规则和相关国际标准、指南、建议和发展趋势的培训，帮助企业适应入世后的形势变化，提高运用国际规则保护自身权益的能力；另一方面，进行有针对性的培训，使行业组织和企业了解进口国的相关法规、标准和程序并掌握应对的方法，从而在出口时及时规避风险，减少不必要的损失。积极引导行业组织和企业参与应对工作，包括通报评议、对外交涉等，帮助它们提高自身应对能力，为将来成为应对工作的主体打下基础。

二是充当起企业和政府之间的桥梁，及时收集、调查本行业企业出口过程中遇到的国外技术性贸易措施并进行研究、分析，为本行业会员企业提供相关资讯服务，向政府主管部门反映并提出解决问题的意见和建议，必要时代表企业向国外相关行业组织或政府机构反映问题，为企业排忧解难。为此，建议各相关行业组织设专门的分管领导、业务部门和专职人员负责此项工作，并负责组织对国外征求意见的技术性贸易措施的研究和评议工作。

三是研究利用技术性贸易壁垒的技术法规；研究合格评定程序的制定、批准和实施方面的具体要求及成员国应享有的权利；研究制定、批准和实施标准良好行为规范的内容及成员国产品应享有的待遇；研究如何充分应用 TBT 协定中在信息援助上对发展中国家成员的特殊和区别待遇，争取获得更多的技术援助和照顾；研究 TBT 协定中关于磋商和争端解决条款的内容、程序及规定等，维护企业正当权益。

二 加强中国进口技术性贸易保护体系建设的策略

（一）树立标准化意识，积极推行技术标准化战略

1. 加强对技术标准制定工作的统一协调管理

中国应建立一个权威性的机构统一管理各有关部门、行业和产品的标

准化工作，以及规范技术标准的制定和修订程序，形成完善高效的技术标准决策体系。中国在《中国加入 WTO 有关质检工作内容的多边及双边承诺》中声明："国家质检总局负责中国所有的与合格评定有关的政策和程序，其他政府部门和机构在发布其制定的合格评定政策和程序前须经国家质检总局授权。"因此，建议由国务院授权国家质检总局统一负责技术标准的管理工作，起草制定技术法规与合格评定程序或授权其他部门完成，以法令或条例的形式统一对外发布，并通过商务部及时向 WTO 成员通报。

2. 增加对技术标准研究和制定工作的经费投入

从公共经济学的角度来看，技术标准体系或者说技术性贸易措施，在宏观经济层面可视为一种公共产品，国家理应是其主要生产者或提供者。目前中国政府用于技术标准方面的资金相对不足，应加大国家财政对技术标准工作的支持力度，增加资金投入，将技术标准建设纳入国家经济发展规划体系中来，把技术标准经费归入公共财政支出范围内予以保障。同时，积极探索如何鼓励和引导企业增加对科技创新与技术标准研发的资金投入，多渠道、多层次地扩充标准化经费来源。例如，可综合运用优惠信贷、税收减免或抵扣等经济政策，以及政府直接资助、与企业合作研究、奖励、补贴等政策激励机制，鼓励企业加大研发投入，参与到标准的制定过程中来。

（二）建立健全中国的技术性贸易措施体系

1. 参照国际规范建立和完善中国技术标准法规体系

一方面，及时调整中国现有的技术法规体系。对于符合世贸组织规定和中国国情的技术标准应予以保留，对于不符合国际贸易发展形势或已经不适用的技术标准应进行修订或废止，适当提高现行的某些规定过低的标准，以提升中国标准的整体水平。

另一方面，深入研究国际技术标准，借鉴发达国家标准化战略的经验，寻找差距，加快补充和完善中国尚未确立的标准和法规，健全合格评定程序，加快完善动植物卫生检验检疫标准。根据 2002 年国家标准化管理委员会制定的《"十五"期间国际标准转化计划》，中国已在 5 年内将国际标准转化为中国标准的转化率达到 70%，部分重要行业的主要工业产品的采标率达到 75% ~ 80%。直接采用和转化国际标准的做法实质上是一种廉价的技术引进，能够节省成本，提高效率，符合具有一定技术实力的发展中国家的现实需要。中国可以参照 ISO（国际标准化组织）、IEC（国际电工委员会）、ITU（国际电信联盟）、CAC（食品法典委员会）等国际权威标准化组织的标准，也可以采用已经在国际上被广泛认可的某些国家的标准，还可充分利用 WTO 有关条款，将外国企业难以达到而中国企业能够达到的标准制定为国家标准，为保护中国民族工业的发展而设置适当合理的技术壁垒。

2. 完善中国产品认证制度，与国外权威认证机构建立互认机制

制定标准与建立认证认可制度是标准化工作的不同阶段，将认证制度作为产品市场准入的手段是国际通行做法，也是中国技术标准化战略的重要组成部分，应予以高度重视，并注意实现其与标准制定工作的紧密结合。一是要积极推行 ISO14000 和 ISO9000 系列认证工作，扩大认证产品的覆盖范围，适当加大对部分认证机构的支持力度，提高其实力，力争创建一批世界知名的权威认证机构和标志；二是尽快出台有关认证的法律法规，加强国家认证认可监督管理委员会的监督与协调工作，规范质量管理体系与环境管理体系，保证认证工作能够统一、规范、有效地展开；三是积极开展国际认证工作，加强与国外权威机构的交流与合作，签署产品认证、体系认证、实验室认可的互认协议，建立互认机制，实现相互认证。这样不但可以尽快完善中国认证体系，实现与国际接轨，而且能够节省重复认证的高昂费用，还有利于促进中国企业提高自身技术水平，以质取胜，跨越国外技术性贸易壁垒。

（三）构筑绿色贸易壁垒，防止国外不符合环境标准的产品和产业向中国转移

1. 构筑绿色贸易壁垒，严禁不符合环境标准的产品进口到中国

绿色贸易壁垒又称"环境壁垒"，是国际贸易中最重要、最隐蔽的非关税壁垒之一。针对目前外国不合格产品、污染品甚至有毒有害废弃物大量进入中国的严峻现实，中国应尽快提高环保标准，完善环境法律法规，构筑起合理的绿色壁垒体系，禁止这类物品继续向中国转移。具体措施包括：一是提高绿色技术标准，完善环境关税体制和市场准入制度，对不符合中国标准的进口产品征收环境附加税或禁止进口；二是设立环境标志和绿色包装标志制度，促进对环境影响较小的产品的生产和消费；三是健全绿色卫生检疫制度，对食品的农药残留、放射性残留、重金属含量等的最高限量标准进行严格规定；四是实行绿色生产补贴，将环境和资源费用计入产品成本，对部分企业给予一定的环境补贴。

2. 调整外资政策，防止发达国家利用国际投资向中国转移"两高一资"产业

为保持经济的可持续发展，中国应加快将外资政策从"招商引资"调整为"招商选资"，防止发达国家利用新一轮国际产业转移，不断把"两高一资"产业转入中国。一是尽快建立高效的外商投资项目审批制度，重视环保审批程序，提高环保标准，视污染程度来控制项目引进。对严重污染环境、治理困难或大量消耗资源能源的投资项目进行严格限制，禁止引进国际上已经淘汰的严重污染技术、设备、生产工艺。二是加强对现有外资企业环境生态效益的评估和审查工作，加大执法力度，促进其采取必要措施防止环境污染。例如，对于超过中国污染物排放标准的外资企业，依污染物排放数量和浓度收取相应的排污费；对于不能按期实现治理目标的企业，取消其优惠政策；提高罚款金额，促使企业更新设备，增加对环保治理设施的投入。三是采取优惠政策，鼓励和引导外商对生态、环保产业进行投资，积极引进防治污染、清洁生产、废弃物循环利用的先进技术和设备。

（四）加强交流与合作，积极参与国际标准的制定工作

国际标准已成为国际贸易规则的重要组成部分，也是解决贸易争端、进行国际仲裁的主要依据之一，因此，抢占国际标准的制高点，掌握标准制定的主动权，无疑是一条为本国企业赢得竞争优势的捷径。由于历史原因，目前通行的国际标准大都由欧美发达国家发起制定，或直接从其国内大型企业的企业标准转化而来，体现了欧美国家的经济利益和技术水平。随着经济全球化，争取国际标准领导权的竞争更加激烈。为提高中国标准的国际影响力，使中国真正参与到国际标准和有关规则的制定过程中来，可采取以下措施：一是尽量争取到与中国利益相关的国际标准的主持、起草和制定工作，组织中国的标准化专家参与其中，力争将中国具有较强竞争力产品的技术标准和行业标准纳入国际标准；二是积极承担 WTO、ISO 秘书处的工作，广泛参与各种标准化组织对于其他国家标准的评议工作；三是在国际标准征求意见中作出实质性表决，充分反映中国技术标准和企业的要求，维护中国国家利益；四是为中国具有比较优势的行业申请技术专利，进而将专利转化为标准；五是利用世贸组织平台，与主要国家建立标准化战略联盟，获得战略性伙伴的支持，增强话语权。

本章参考文献

［1］方留、赵金华：《中国对外贸易中技术标准的建设与创新论析》，《财贸研究》2003 年第 3 期。

［2］冯光明：《八成洋品牌不合格为谁敲响警钟》，2007 年 1 月 5 日《上海证券报》。

［3］刘建国、贾德·戴蒙：《全球化下的中国环境——中国与世界各地如何相互影响》，《中国环境保护绿皮书〈2005：中国的环境危局与突围〉》，李舒心、贺光明、王如松译自 *Nature* 杂志，2005 年 6 月 30 日，第 1179～1186 页。

［4］孙本芝等：《中国对外贸易遭遇技术性壁垒的原因及对策研究》，《国际经贸探索》2003 年第 5 期。

［5］孙慧媛：《标准信息与贸易壁垒》，《企业标准化》2004 年第 7 期。

［6］李健：《关于入世后中国技术标准战略的思考》，《科技成果纵横》2002 年第 5 期。

［7］杨雪：《技术性贸易壁垒对中国出口的影响及对策》，《黑龙江对外经贸》2007 年第 1 期。

［8］吴建华：《绿色壁垒对中国贸易影响的对策》，《生态经济》2001 年第 10 期。

［9］国家质检总局：《中国技术性贸易措施年度报告（2006）》。

［10］周光斌：《技术标准之战》，《现代通讯》2005 年第 9 期。

［11］郑卫华：《深化技术标准领域的改革，加速中国标准化事业发展》，《标准化研究》2005 年第 10 期。

［12］贺旭红：《中国出口贸易对技术性贸易壁垒的应对》，《经济问题》2007 年第 1 期。

［13］夏友富：《技术性贸易壁垒的产生及其发展趋势》，《中国质量与品牌》2004 年第 3 期。

［14］夏友富：《外商投资中国污染密集产业现状、后果及其对策研究》，《管理世界》1999 年第 3 期。

［15］商务部：《2005 国外技术性贸易措施对中国对外贸易影响调查报告》。

［16］翟红敏：《浅谈技术性贸易壁垒对中国的影响及防范》，《邢台职业技术学院学报》2006 年第 12 期。

第五章

外商直接投资技术外溢与
中国的技术进步

　　互利共赢开放战略如何在我国外资政策方面得以体现，正在成为新阶段探讨利用外资的主要问题。必须在巩固和扩大已有开放成果的基础上，进一步完善外资政策，主要包括进一步提升开放型经济和利用外资的质量和水平。外商直接投资的技术外溢效应及其对经济增长的积极作用和影响毋庸置疑。事实上，技术外溢可以说是外国直接投资带动中国产业技术进步的主要途径。但是，"技术上的民族主义"在任何时候都是一个不争的客观事实，并且在未来相当长的一个时期内不会改变。21世纪世界政治、经济利益的争夺已逐渐由资本转向技术，国际竞争在很大程度上表现为科技水平和研究开发实力的抗衡，国际国内的许多事实证明，试图完全借助引进外资来提高一国的技术水平，并在国际竞争中占据有利地位是不可能的。对于发展中国家而言，获得资本固然重要，但决定经济长期持续稳定增长的关键因素是技术、管理、市场等。在扩大对外开放的新环境下，如何认识中国外商直接投资技术外溢的作用机制、促进作用和制约因素，以及采取何种策略充分发挥技术外溢的积极效应，建立起适应中国企业的技术进步模式，增强国内企业技术吸收再创新能力，从而促进中国技术水平的全面提升，不论是在理论层面，还是在现实的决策层面上，都具有重要意义。

第一节 外商直接投资技术外溢的基本理论

一 新阶段中国利用外资政策的调整

改革开放 30 多年来，中国经济高速发展，人民生活水平显著提高，国际地位不断攀升。1978～2009 年，中国经济总量由 6000 亿元上升到 33 万亿元；中国的对外贸易额由 206.4 亿美元增长到 2.2 万多亿美元，贸易总量从全球第 29 位上升到第 2 位。这期间所取得的巨大引资成就，对中国经济和社会发展产生了深远影响。中国的对外开放度不断提高，一方面，外资在促进中国 GDP 增长、固定资产投资和劳动就业等方面发挥着积极的作用；另一方面，中国的经济增长对外资的依存度也不断提高。过分地强调利用外资也带来了诸如外资投向不合理、投资质量不高、破坏市场公平竞争等负面效应。

2008 年 1 月 1 日，新的企业所得税法开始实施，内外资企业开始适用统一的企业所得税税率，即 "两税合一"。中国从此逐步告别企业所得税 "异税" 时代，税收优惠由过去的以区域优惠为主转向以产业优惠为主，这传递出中国在利用外资政策方面的新导向。从颁布新的利用外资五年规划，到发布外资并购新规，到通过企业所得税法，再到发布新版《外商投资产业指导目录》，中国旨在提高利用外资的质量和效益的政策目标日趋清晰。

中国吸引外资的一个重要目的就是引入先进的技术和管理经验。国内研究成果表明，中国以 "市场换技术" 的战略实施效果并不尽如人意。尽管外国直接投资通过竞争压力、示范效应、产业关联效应和人力资本培训等各种途径促进了中国技术的进步，但是，实际效果和最初设想相距甚远，国内企业消化吸收再创新能力普遍不强。从长远的角度看，外资的技术控制和中国对外资技术的依赖日益严重，不利于中国经济的长期发展和未来的国际竞争。面对与发达国家的技术差距，积极获取发达国家的技术转移，吸收技术含量较高的外商直接投资仍然是中国在今后较长时期的对外战略。从长期的技术能力与产业的核心竞争力考虑，自主创新应是必由之路。就政策导向而言，决策部门已经明确从 "量" 的增长导向转变为 "质" 的吸收与创新培育导向，其根本目的就在于扩大外商直接投资技术外溢。

二 外商直接投资技术外溢的理论综述

(一) 技术外溢的概念界定

从经济学角度来讲，技术具有某种"公共品"的外部经济特征，其追加服务并不因此增加成本，出现"市场失灵"现象。技术扩散（Technology Diffusion）是知识传递和技术转移的过程，包括无意识的技术外溢。技术外溢效应（Technology Spillover Effect）是指技术随着投资进入东道国，尽管外商采取各种控制措施，仍然会为东道国带来先进技术，间接地促进东道国的经济发展，这种带给东道国的效益是技术主体所不能控制的，是资金和技术投入的收益之外的效应。科高等（Kokko et al.，1992）在《外商直接投资、东道国特征和外溢》一书中，考察了跨国公司在他国设立子公司，导致技术和生产在当地的外溢。他认为，技术外溢效应是指跨国公司在东道国设立子公司而引起当地技术或生产力的进步，而跨国公司的子公司又无法获取全部收益的情形。

本书所探讨的外商直接投资技术外溢效应，对科高概念进行了扩大，外商直接投资的技术外溢效应是指：跨国公司在其他国家，特别是在发展中东道国进行直接投资，其先进的生产技术、管理经验、经营理念等通过非自愿的扩散途径，渗透到当地的企业，促进东道国企业技术水平的提高，从而刺激该国经济增长的效应，是一种经济外在性的表现。

(二) 技术外溢的理论发展

技术外溢是外商直接投资活动的经济外在性的一种表现，更多地表现为无意识的技术扩散对东道国技术和生产力水平的提高。虽然技术溢出的概念在 20 世纪 60 年代就已经有人使用，但关于技术外溢的理论探索到 70 年代初步形成气候，进入 80 年代和 90 年代以后，随着外商直接投资规模的扩大和水平的迅速提高，西方外商直接投资外溢效应的理论探讨日益活跃，形成了多种诠释技术外溢效应的理论。中国关于技术外溢的探讨则在 90 年代以后最为活跃。

1. 国外关于外商直接投资技术外溢的理论探讨和研究成果

对技术外溢的讨论最早可以追溯到 20 世纪 60 年代初。麦克多加（MacDougall）1960 年在分析外商直接投资的一般福利效应时，第一次把技术的外溢视为外商直接投资的一个重要现象。

技术外溢效应研究最初产生于国际技术扩散领域。卡维斯（Caves）

1974 年以国际技术扩散为出发点，根据技术扩散对当地企业的不同影响，第一次比较全面地把技术扩散可能存在的外在性分为三类：①本来具有强大行业壁垒的产业，由于跨国公司的强行进入，垄断受到遏制，资源配置得到改善；②来自跨国公司不断增加的竞争压力或示范效应，刺激了当地企业更加有效地使用现有资源，推动当地技术效率的提高；③由于竞争、反复模仿或其他原因，跨国公司的进入将加快技术转移和扩散的速度。

继卡维斯之后，芬德莱（Findlay）、科伊祖米（Koizumi）和科佩基（Kopecky）成为该领域的主要贡献者。芬德莱 1978 年构建了一个由先进的发达国家对落后的发展中国家进行直接投资和技术扩散的一个简单内生、动态模型，检验了诸如技术差距、外资份额等静态特征对技术扩散率的影响，同时还考察了母国发展速度、外商税后利润、东道国教育水平和边际储蓄倾向等其他变量对外商直接投资技术外溢的间接影响。科伊祖米和科佩基（1977）根据传统的国际资本流动理论所构建的溢出模型，用局部均衡理论分析了技术外溢的决定因素和效应，认为技术外溢水平与外资的份额正相关。其创新之处在于：通过将技术的外溢效应大胆地引入传统的国际资本流动模型，从而修正了旧模型的某些结论。

劳尔（Lall）1980 年从外商直接投资角度考察了跨国公司与东道国企业的联系。他认为跨国公司通常拥有技术或信息上的优势，当其子公司与当地的供应商或客户发生关系时，当地企业就有可能从跨国公司先进的产品、工序技术或市场知识中"搭便车"，于是就发生了技术外溢。即使跨国公司子公司会向当地企业或客户收取一定的费用，但在大多数情况下不可能攫取当地企业因生产力进步所获得的全部利益。

达斯（Das）1987 年从跨国公司角度提出竞争型外溢模型，该模型认为技术外溢对跨国公司子公司已构成一种潜在成本，因为"搭便车"的当地企业迟早会变得足以与跨国公司相抗衡。尽管存在着技术外溢的可能性，但达斯认为跨国公司只要进口先进技术，仍是有利可图的。该模型的进步之处在于充分考虑了跨国公司子公司承认技术外溢的存在，但在实际上仍然忽略了当地企业的决策和行为。

旺和布洛姆斯特罗姆（Wang & Blomstrom）1992 年将技术外溢视为跨国公司子公司和东道国企业间策略性竞争的内生现象，构建了一个关于跨国公司子公司与东道国企业博弈的基本模型。一方面，他们假定跨国公司子公司能意识到技术扩散的成本；另一方面，假定东道国企业也能意识到外溢的存在。无论跨国公司子公司还是东道国企业，都可能通过其投资决策影响外溢水平：跨国公司对新技术的投资越多，外溢就越多；东道国企业对"学习"的投资越多，其吸收外溢的能力就越强。事实上，由于外溢促进了当地企业的技术进步，缩小了与跨国公司子公司的技术差距，从而减少了跨国公司子公司的准租金；跨国公司子公司为了维护其产品的技术比较优势，被迫引进或开发新技术，以恢复其市场份额和利润，结果导致新一轮的外溢，即所谓的外溢正反馈。同理，东道国企业的学习行为也存在着这种效应。

科高1992年在前人研究的基础上，于《外国直接投资、东道国特征和外溢》一书中系统表述了技术外溢的发生。他认为技术外溢的发生来自两个方面：其一来源于示范、模仿和传播，其二来源于竞争。前者是技术信息差异的增函数，而后者主要决定于外国公司与当地企业的市场特征及其相互影响。实际上，技术外溢效应并不仅限于上述两个方面，还有诸如技术进步对关联产业的带动作用，技术外溢对东道国产业结构变动的先导性作用，这些都是技术外溢作用的表现，只是相对间接一些。后来，科高1994年对外商直接投资技术外溢效应进行了综合性的阐述，不仅归纳了外溢的基本渠道，即产业的前向与后向关联、竞争、示范、模仿、人员流动和传播，而且还通过计量经济方法验证了外溢效应在产业或行业间的不均衡，认为处在"飞地"经营状态的外资企业，在东道国的技术溢出一般是很有限的。

综合以上理论可以看出：在芬德莱、科伊祖米和科佩基、劳尔、达斯看来，外溢最容易在技术差距大的国家间发生，它源于东道国企业与跨国公司子公司的技术差异，外溢水平的大小取决于技术差距和外资在行业中的份额；外溢是外商难以避免的成本，但东道国要获得这种外在利益，则有赖于东道国企业的积极行动。这些结论又受各种外在变量的影响，如先进国技术进步的速度、跨国公司的税后利润、东道国的储蓄倾向等。但他们都没有顾及当地企业和跨国公司子公司的行为对溢出的影响。而旺和布洛姆斯特罗姆则比较全面地看到了当地企业和跨国公司子公司的决策、行为对外溢的影响。按照科高的分类方法进行界定，芬德莱、科伊祖米和科佩基、劳尔、达斯等学者总结的外溢效应与技术差距有关，属于"示范—模仿—传播"型；而旺和布洛姆斯特罗姆总结的外溢则取决于市场环境、跨国公司子公司与当地企业的相互作用，属于"竞争"型。

继科高之后，涉及外溢的最新理论和研究的内容越来越多，主要存在于以下几个方面。

（1）以外溢为前提的企业理论。主要研究了企业间技术创新扩散、分散化、外在性和效率问题。与以往一般竞争模型中经济外在性导致技术外溢的企业的无效率不同，以外溢为前提的企业理论研究表明，在小外溢条件下，合作没有现实意义；在大外溢前提下，只有通过合作才能提高经济效益。通过比较两种技术定位下小企业的技术创新，结果发现在新技术背景下企业内部研发活动和外部技术联系更为活跃。在一个有信息溢出的简单寡头模型中，市场不可能为企业间的最佳合作提供充分的刺激，所以研发联合企业的均衡规模通常小于最佳水平。该理论还以文化空间为分析工具，分别探讨了企业为对抗市场均衡力量囤积技术资产的行为，以及企业试图超越市场均衡力量这两种行为对企业技术水平的影响。

（2）博弈论中的外溢分析。通过构建一个博弈模型，考察了信息不确定下溢出对企业学习行为的影响，并将不合作方式与合资（研发阶段的勾结）、定价（生产阶段的勾结）及合并（研发阶段和生产阶段的全面勾结）三种勾结方式——作了比较，并评估了各种勾结方式改善福利的条件：在外溢足够大时，上述三种勾结方式的福利水平都高于不合作方式，其中合并的福利水平最高，定价的福利水平低于合资。

（3）策略联盟中的外溢分析。在分析企业研发活动、创新产出和策略技术合作的国际化趋势时，发现即使是信息这样的全球性产业，创新的国际化程度仍然不高。策略联盟是创造、维持和提高企业技术优势及其创新活动区位配置的互补性组织形式；策略联盟的国际技术外溢随着产业的不同而不同；研发联合企业只是有关技术创造、扩散组织内和组织间复杂网络的一部分；策略联盟的分析可以融入以增值活动国际化为研究对象的主流经济学和厂商理论。

（4）外溢效应和"边干边学"理论。主要研究了技术扩散、边干边学和经济增长之间的关系。通过一个特定企业选择技术和吸收时间的边干边学模型研究发现，在前后各种技术吸收之间，企业通过边干边学积累的专有技术知识为进一步的技术引进做好了准备，并且企业这种对技术吸收的决策和产出增长依赖于资本市场的有效性。在分析了复合技术早期扩散的兼容性和累积性学习效应，认为边干边学效应是技术扩散路径中技术经验的增函数。

（5）组织技术的外溢分析。主要研究银行组织技术。银行业组织技术模仿的来源大多数属非市场中介型；同一产业内不同企业专门知识的来源呈多样化发展趋势。大多数从事技术创新和扩散问题研究的经济学家只以制造业为例，忽略了发达国家服务产业比重不断上升的事实，所以该理论的主要贡献者们就意大利银行业的技术扩散进行了探讨。

（6）以需求网络外在性为前提的理论分析。主要研究了需求网络外在性下知识产权未经许可再生产的福利含义。结果发现在需求网络外在性出现时，未经许可的知识产权再生产不仅能产生比无复制更大的企业利润，还会导致社会福利的帕累托改善。在研究了网络外在性下兼容性选择和人为商品废弃间的关系之后，发现垄断者制造与过去产品兼容的新产品将抑制垄断者的最优动态行为。

此外，还有一些其他方面的理论模型，如不完全竞争下工作培训及人力资本流动的模型、军用和民用研发双重技术溢出模型等。综上所述，20世纪90年代以来有关技术外溢的理论研究已经突破了以跨国公司为分析核心的旧框架，不仅将旧有的以跨国公司为中心的厂商理论作了进一步的扩展，而且还将技术策略联盟和博弈论大量地融入了理论探讨；不仅研究了生产方面技术外溢的多样化发展趋势，而且还深入分析了需求领域和网络外在性；不仅考察了以制造业为主的生产技术扩散外在性的方方面面，而且还展开了对以服务业为主的组织技术的深入研究。可以看出，技术外溢的理论正在不断地趋向成熟。

2. 中国关于外商直接投资技术外溢的研究进展

中国在技术外溢方面的研究在20世纪90年代以后最为活跃。李向阳1990年提出外商投资带来的技术不仅会作用于本产业，还会向其他产业扩散；刘星和谷源盛（1994）把利用外资对中国技术进步的效果进行量化。李平1999年利用现有模型系统地说明了技术扩散的原理、过程和机制，进一步丰富、发展了技术扩散外在性理论，同时通过大量的回归分析，对中国产业间技术外溢的实证效果进行了研究，从而证明了产业层和企业层技术扩散及其外在性的存在。何洁和许罗丹（1999）借鉴Feder 1982年提出的计量方法，利用生产函数建立回归方程，结果显示外商直接投资带来的技术水平每提高1个百分点，中国内资工业企业的技术外溢作用（即产量的增加）就提高2.3个百分点。陈国宏（2000）则运用Granger因果关系检验法对中国工业外商直接投资与技术转移的因果关系进行了分析，认为工业外商直接投资是技术转移的重要原因。沈坤荣和耿强（2001）研究指出，引进较多外商直接投资的省份通过获得技术的外溢效应保持了较其他省份更快的经济增长率和更高的经济发展水平。最新的研究成果则是赖明勇等人（2005）构建的一个中间产品种类扩张的内生技术进步模型，结果表明在开放经济系统中国际技术外溢、扩散作用已经成为中国经济增长的重要外部推动力，同时外商直接投资技术示范效应、竞争效应、产业关联效应、人员培训效应等作用在技术扩散渠道中扮演了重要的角色。

以上研究结果从各个方面肯定了利用外资对技术进步的促进作用，也有许多学者对中国引进外资的效果表示担忧。李炼1994年重新分析和诠释了"以市场换技术"的政策；余光胜、李炜（1997）也对这一政策进行了反思；王允贵（1996）、童书兴（1997）、陈炳才（1998）都表达了对这一政策效果的怀疑，并指出不能对外国直接投资的技术转让效果抱太大的希望。刘凌（1998）在其文中指出，在中国工业基础较强的上海市，外商投资企业中有80%属于劳动密集型企业，这些企业的技术含量普遍偏低。倪艳（2000）在其文中也指出，跨国公司向中国转让的技术，一般都是成熟阶段的技术，对处于创新阶段和发展阶段的技术的转让会加以严格控制；合资后大多数国内企业都取消了原有的研究和开发机构，在技术上依赖国外大型跨国公司，从而削弱了自身研究开发、技术创新的能力。包群和赖明勇（2003）通过分析表明，外商直接投资虽然促进了中国的技术进步，但这一作用主要是通过外资企业自身要素生产率的提高而实现的，外资企业对当地企业技术外溢效果并不明显。林毅夫等（2004）通过构建一个技术扩散与经济增长的模型，支持了其技术选择假说，认为一个发展中国家政府所采取的发展战略如果背离了最优的技术选择将影响该国的经济增长速度以及向发达国家的收入水平收敛。于俊艳（2005）在其文中指出，由于外部效应，外商直接投资有可能会使东道国的技术被锁定在低水平的陷阱中，实证分析结果也显示外商直接投资与中国的技术进步率之间存在弱的负相关关系，表明外商直接投资在拉动中国经济增长的基础上并未对技术进步产生明显的促进作用，要想获得持续经济增长所必需的更多的知识、技术和人力资本，必须通过自我有意识投资的提高来实现。这里更加强调自主创新能力的积累。

三　外商直接投资技术外溢的作用机制

上述理论分析和实证结果表明，外商直接投资技术外溢更多是通过以下三种途径来实现和发挥作用的。

（一）示范与模仿

从技术的本质特征来说，技术创新可以被有效复制，条件是技术的仿制者能够有机会与技术所有者接触和交流，或者能够通过其他渠道获得新技术。国际贸易和外商直接投资正好提供了这种接触、交流和获得技术的机会，它使引进国的生产者能够了解其他国家的产品信息和技术信息。

发达国家跨国公司或引进其技术的当地企业，凭借先进的技术、管理经验等优势，进入东道国市场后，打破了原有的市场均衡，加剧了当地的市场竞争，迫使当地企业进行对跨国公司的模仿，促使它们寻找和使用更新的技术来提高经营管理水平，更有效地利用技术和资源来提高企业的市场竞争力。由于跨国公司拥有先进的技术和生产工艺，转移给子公司的技术一般要比对外转让的技术更加先进，所以跨国公司的子公司与东道国竞争对手相比有强大的技术比较优势，能获得更多的市场份额和利润。这种技术示范使发展中东道国企业利用各种方法，或雇用在跨国公司工作过、接受过培训的员工，间接获取生产该产品的技术和工艺，或通过逆向工程对产品进行研发，提高本企业的生产技术水平，并通过边干边学进行技术能力和实践经验的积累，进一步增强企业吸收技术转移和技术溢出的能力。

无论跨国公司怎样努力对技术进行保密，为了在竞争激烈的国际市场上获得和扩大市场份额，企业也必须把其新产品的质量、特点、功能、使用方法向消费者进行展示。对于一些技术含量高或操作相对复杂的产品，在许多情况下，企业还会对用户进行使用技术培训，甚至将维修人员送到国外学习。这个过程使技术引进国的企业能够轻易得到有关新产品的信息，也能够了解到市场的需求、价格、产品结构和某些生产情况，也就有可能利用技术外溢进行学习模仿和创新，有时还可能以较低的成本开发出类似的产品，在市场上获得自己的地位。

（二）产业联系

联系是指除纯粹市场交易以外企业间相互影响的直接关系。当跨国公司的子公司或自其引进技术的当地公司，在与东道国的供应商、顾客、合作伙伴发生联系时，后者有可能从跨国公司子公司的产品创新、先进的工艺技术和市场知识中"搭便车"，从而产生外溢效应。这种联系分为前向联系和后向联系两种。

所谓后向联系是指外企与当地供应商之间的联系。东道国企业向跨国公司的子公司提供生产所需的原材料、零部件和各种服务。通过后向联系，一方面使发展中东道国的资源得以有效配置，从而使其上游产业的生产能力得以加强，进而提高生产效率；另一方面由于跨国公司的子公司为了保证其产品的质量和竞争能力，通常会为供应商建立生产性设施，提供技术援助、信息咨询服务和管理上的培训等服务，从而促进了发展中东道国企业生产能力的改进和经营管理能力的提高。除了上述源自跨国公司子公司和当地企业合作而发生的外溢之外，跨国公司先进的质量水平、笃实的信誉和高效的市场分销技术也有可能成为外溢的潜在来源。跨国公司子公司之所以愿意与当地供应商建立非正式的又具有一定稳定性的联系，原因在于既可充分利用当地廉价的要素资源压缩生产成本、增强产品价格竞争力，又可根据市场产品需求趋势和自身生产能力及时调整生产规模，最大化地保证自身的赢利水平。此外，子公司寻找的当地供应商往往具有一定的专业化生产经验，因而既避免了子公司"内部化"所带来的规模不经济性，又保证了子公司正常的生产和运作；一旦子公司希望调整自己的生产水平时，既不必担心生产要素的奇缺，也不必为大量生产要素的闲置而担忧。一般情况下，跨国公司的技术越复杂，产业链越长，关联度越高，则跨国公司技术本土化倾向就越明显，技术外溢就越显著。

所谓前向联系是指由东道国企业为跨国公司子公司提供成品市场营销服务，以及半成品、零部件或原材料的再加工和各种服务。通过前向联系，能够提高发展中东道国企业的产品质量和生产效率，从而对当地经销商和下游产业技术水平的提高产生积极影响，并能促进相关技术（如维修和操作技术）向当地企业的转移以及东道国研发产业的发展。跨国公司较高的质量水平、良好的信誉和高效的市场分销技术也可能成为技术外溢的来源。布拉什（Brash，1966）在研究通用汽车公司对澳大利亚当地供应商的影响时，特别强调了跨国公司进行严格质量控制的重要性，他认为这种质量监控对供应商生产水平的提高具有特殊的意义。

（三）人力资本流动

跨国公司对当地雇员的培训是形成东道国技术外溢的基础。这种培训面向各个层次：从最简单的生产性操作人员到监管人员，从高级技术人员到上层的经理人员，几乎都有受训的机会。培训有很多方式：既有现场指导，也有专家讨论会，甚至派到海外接受正规的教育。当这些雇员由跨国公司的子公司流向当地其他企业或自创企业时，其在跨国公司工作时所学的专业技术和经营管理技术也随之外流，从而产生外溢效应。

吉姆（Kim，1991）通过实证研究发现，韩国 CAD 和 CAM 行业 28 个企业中的绝大多数当初都是跨国公司在当地销售或售后服务的代理机构，如今大部分在自行投资 R&D 活动。在消化跨国公司技术的基础上，不但创立了民族企业，用自己开发的产品替代了进口产品，而且开始向世界输出新技术产品。还有人证实，这种技术外溢效应在计算机和软件行业最为典型，只要发生雇员流动，外溢效应便会随之产生，最具代表性的是硅谷的人际网络模型。一种高密度的芯片之所以在其首次面世后不久就成为国际半导体界的一般性知识，原因在于聚集效应巨大的硅谷，只要与创新企业的关键雇员聊上十分钟，就能获得逆向工程中的解密手段。此外，许多人被称为"鼹鼠"，他们同时在多家高新技术创新公司工作，技术外溢就不足为奇了。

从跨国公司对其雇员的培训来看，在跨国公司雇员中确实存在着上述人力资本技能的积累。这些技能中的一部分随着雇员的流失，被东道国当地企业所吸收。值得注意的是，大多数有关经管技能传播的研究认为，经管技能不似技术技能那样囿于某个企业，它们具有更强的普遍性和生命力，更应该充分地利用和发挥。

第二节　中国来自外商直接投资技术外溢的效应评估

事实上，在开放经济条件下，外商直接投资是技术进步的重要来源之一，大量国际经验表明，跨国公司的直接投资在国际技术扩散中发挥了重要作用。本节在对上述理论进行梳理和途径分析的基础上，就外商直接投资技术外溢对中国技术进步所产生的积极和消极影响进行探索和评估。

一　跨国公司直接投资是获取国际先进技术的重要途径

外商投资企业是中国技术引进的最主要力量。据统计，2007 年中国共签订技术引进合同 9773 份，合同总额约为 254.2 亿美元。其中技术费约为

194.1 亿美元，占合同总金额的 76.4%。技术引进金额创历史最高水平。在这当中，外资企业引进技术约为 120.5 亿美元，同比增长 6.7%，占全国技术引进总额的 47.4%。2007 全年，外商投资企业登记技术进口合同就达6176 份，占全年合同总数的 63.2%，合同金额 120.5 亿美元，占全年合同总金额的 47.4%（见表 5-1）。而在外商投资企业的技术引进中又主要是由跨国公司来进行的。中国技术引进主要涉及机械、电子、能源、交通、信息、化工等领域，而这些领域同样也是跨国公司投资最集中的行业。高新技术领域的投资也主要是跨国公司投资企业来进行的，中国几个高新技术产业发展最快的城市都是以跨国公司投资企业为主体的。

表 5-1　2007 年技术引进按企业性质统计

项　目 企业性质	合同数量 （份）	合同金额 （亿美元）	技术费 （亿美元）	金额占比 （%）	金额同比 （%）
国有企业	2158	1124159.4	565906.2	44.2	25.6
集体企业	101	33841.7	20081.0	1.3	46.2
外资企业	6176	1205463.7	1185798.9	47.4	6.7
民营企业	833	65486.8	59285.5	2.6	46.4
其　他	505	112582.9	109538.9	4.4	7.3
总　计	9773	2541534.5	1940610.4	100.0	15.6

资料来源：商务部服务贸易司网站。

跨国公司是现代管理技术和组织创新的产物，它的出现和发展迎合了现代科学技术发展的需要，方便了科学技术在世界范围的传播和转移。对中国而言，跨国公司直接投资不仅为其带来了资本等有形资源，更重要的是为其带来了研究与开发、技术、组织管理技能等无形资源，这种广义上的外溢效应在某种程度上对中国的技术进步产生了重要的影响。

二　外商直接投资技术外溢对中国技术进步的积极效应分析

（一）对中国高新技术产业的促进效应

外商直接投资与技术连在一起，难以分离。近几年，外商直接投资中对中国技术密集型产业的投资增长较快，不但促进了相关产业较快发展，而且使相关产业的技术获得一定发展，特别是高新技术产业。2008 年，国际经济形势受金融危机影响发生了深刻的变化，但总体上看，中国54个高新区作为国家创新体系的重要组成部分和发展高技术产业的重要基地，大部分经济指标保持稳定增长，全年实现营业总收入65985.7亿元，工业增加值达到12507.0亿元，分别比2007年增长了20%和17%。据对国家高新区52632家企业的统计，2008年末从业人员达716.5万人，工业总产值52684.7亿元，工业销售产值50382.5亿元，净利润3304.2亿元，上缴税额3198.7亿元，进出口总额为3308.5亿美元，其中进口总额1293.3亿美元，出口创汇2015.2亿美元。1992年以来，高新区营业总收入、工业总产值、实现利润、上缴税额、出口创汇5项经济指标的年均增长率分别为42.4%、42.28%、36.09%、43.49%和47.31%。

从企业类型看，尽管高技术产业中三资企业的数量仅占36%，但是从一些主要经济指标来看，三资企业在中国的高技术产业中占据着主导地位（见表5-2）。至2008年，三资企业总产值占中国高技术产业总产值的比重已达到70.3%，从业人员比重为60.2%，出口交货值占89.9%，利税占54.6%。虽然这些指标2008年的值比2007年略有下降，但显然三资企业在中国高技术产业中处于主导地位。

表5-2 2007年高技术产业增加值按行业分布

单位：亿元

行　　业	国有及国有控股企业	"三资"企业
高技术产业	1503	7286
电子及通信设备制造业	594	4138
电子计算机及办公设备制造业	116	2060
医药制造业	411	624
医疗设备及仪器仪表制造业	150	409
航空航天器制造业	233	54

资料来源：国家统计局等编《中国高技术产业统计年鉴2008》。

从增长速度看，高技术产业各行业2008年的增长速度比2007年均有不同程度的下降，下降幅度最大的是医疗设备及仪器仪表制造业，从2007年的增长29.2%下降到2008年仅增长7.7%；医药制造业继续保持着相对较快的增长，虽然 2008 年增长速度比 2007 年下降了 3 个百分点，但这是唯一一个增速继续保持在 20% 以上的行业（见图 5 - 1）。

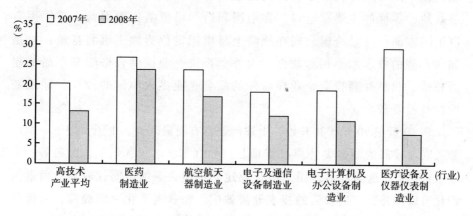

图 5 - 1　2007 年和 2008 年高技术产业总产值增长速度按行业分布

在高新技术出口方面，外资企业比国有企业表现出较强的出口竞争力，特别是外商独资企业，出口贡献最大，中外合资企业次之，合作企业最小（见图 5 - 2）；且外资企业高科技含量也要高于国有企业，在其出口结构中，高技术出口比重大，带动了中国出口产品的结构优化和国际竞争力。外资的进入加快了中国高技术产业的发展，它通过资本、人力和技术进步联合推进产业增长，并对中国整个工业技术发展和技术结构升级起到了重要作用。

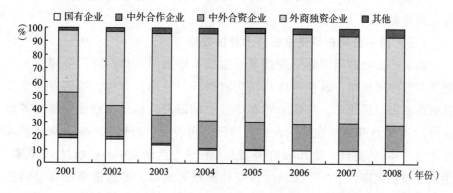

图 5 - 2　2001～2008 年高技术产品出口按企业类型分布

资料来源：科技部中国高技术产业数据（2009 年）。

（二）对中国产业的关联溢出效应

东道国的产业与外商投资企业融合度较低，是一个长期被关注的问题。在中国利用外资的早期，外商主要将中国作为一个低成本的加工组装基地，零部件主要靠进口，在中国制造和增值的比重很低。其原因有以下三方面：一是跨国公司在战略上将中国定位为加工组装基地；二是国内产业的技术水平相对较低，为外商投资企业提供合格配套产品的能力较低；三是外商投资企业在海外的配套企业进入中国的较少，即跟随性配套投资较少。

从20世纪90年代初开始，上述问题已有明显改善。中国引进了一批产业关联度较高的制造类外商投资项目，如汽车、电子、化工、医药等。一般来说，引进这类项目，同当地企业建立供应关系的可能性较大，通过国产化可以使外资产生较强的技术外溢效应。随着国产化率的提高，大批当地企业会顺利进入跨国公司国际分工体系，从而使其生产经营方向同大公司引导的产业结构变动保持高度的相关性，带动不少协作企业和配套企业的发展。以汽车业为例，中国建立的5家合资轿车生产基地，包括一汽奥迪和高尔夫、二汽雪铁龙、上海桑塔纳、北京切诺基和广州本田，在20世纪90年代，其国产化率就开始明显提高，当时上海桑塔纳国产化率已达88.56%，天津汽车工业有限公司生产夏利7100的国产化率已达89.23%，而中国重型汽车集团生产斯太尔轿车，国产化率则达93.44%。北京吉普有150多个工厂与其配套，上海大众有170多个协作厂。通过与这些厂家关联，中国汽车行业整体水平不断提高。以此为基础，随着国内为外商投资企业提供配套产品的能力不断提高，外商投资企业与中国国内产业的关联度也明显提高。

（三）跨国公司在华研发的技术外溢效应

面对产品生命周期缩短和技术开发成本增加的趋势，跨国公司开始改进其长远发展战略，改变了以母国为科研开发基地的观念，把研发基地转移到东道国。近几年，跨国公司在华设立的研发机构迅速增加。据商务部统计，到2005年底，在中国设立的跨国公司研发中心近700家，累计投入金额超过40亿美元，到2008年外资在中国设立的研发中心已超过1200家，主要分布在北京、上海、深圳、西安和苏州等城市，虽然遭遇全球金融危机，但跨国公司在中国设立研发中心势头不减。跨国公司在华研发中心行业分布主要集中在技术密集型行业，尤其是电子及通信设备制造业。例如，摩托罗拉公司已在北京、上海、天津、苏州、南京和成都等地设立了 15 个研发中心；微软公司和诺基亚公司也在中国设立了 5 个研发中心，主要分布于北京、上海等城市；通用电气在上海设立的中国技术中心则是其在美国和印度之外设立的第三个全球研发中心。

　　从功能和技术层次划分，跨国公司在华的研发中心大体可分为三大类。一是基础开发型。技术成果面向全球市场或从事基础研究，一般为全球性研发中心。二是应用开发型。主要从事面向中国市场的产品应用开发，一般为区域性研发中心。三是技术支持型。主要从事测试服务、产品维修等从属于公司主营业务的技术服务。目前跨国公司在华设立的研发中心大部分以应用开发为主，但已有不少研发中心同时在华从事基础开发工作，在跨国公司全球研发战略中的重要性显著上升。

　　出于对核心技术的保护，跨国公司在华设立的研发机构除了倾向于独资这一显著特点之外，目前也呈现积极寻求与中国大学及科研院所合作机会的趋势（见图 5 - 3）。通用电气、上海贝尔阿尔卡特、摩托罗拉等跨国公司都和科研院校展开了密切的合作。这种合作式研发机构，研究课题由双方共同商定，既进行企业所需的研发项目，也进行部分基础性研究工作。跨国公司由于项目选择的科学性、研发管理的规范性等，投入产出效果非常好。跨国公司在华设立研发机构后，其从事研发工作的经营理念、管理原则和执行方式将直接影响中国研发机构的管理人员，为他们的决策和管理提供有益的经验，而且在与跨国公司高手的接触过程中有意无意的竞争，也必将促进中国研发机构管理水平的提高。

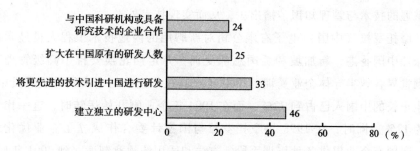

图 5 - 3　跨国公司研发投资倾向分布

资料来源：根据《2005～2007 年跨国公司对华 IT 与半导体产业投资趋势报告》、《2005～2007 年跨国公司对华汽车产业投资趋势报告》、《2005～2007 年跨国公司对华化工与生物制药投资趋势报告》相关数据汇总。

越来越多外资研发机构的建立，有利于促进跨国公司在中国形成从研发、采购、生产、销售到服务的完整的价值链，避免中国仅仅成为承接国际制造业梯次转移的低附加值的"世界工厂"。它们通过合作、竞争、产业化，一方面，将最先进的知识、技术和研发管理经验直接带入中国；另一方面，增强了中国企业、大学、科研机构消化吸收和自主创新能力，促进先进技术的国产化、产业化，缩小了中国与国际先进科技的差距。IBM中国研发中心就在IBM研究实验室50年研究成果和27年语音识别的基础上，开发了世界上最先进的中文语音识别系统。SUN中国研发中心就以进行国外先进技术的汉化，使中国人能用到最新的先进技术为自己的主要任务。

（四）人力资源开发与流动效应

外商来华投资必须与中国人力资源的开发结合在一起，才能使其技术、设备和经营管理有效运转。必须对中国人力资源进行经营理念、经营管理知识和技术能力的培训。这种人才本土化战略一方面能够化解文化冲突，促进有效合作，对跨国公司在中国的经营具有重要意义，同时在很大程度上促进了中国科技人才数量的增长和科研水平的提高。研究表明，几乎所有在华有较大型投资项目的跨国公司，都在中国设立了培训基地。跨国公司在人力资源开发方面的支出远远超出中国国内同类企业，在华投资项目的技术水平越高，在人力资源方面的投入就越大。跨国公司遍布全球的生产网络以及庞大的全球信息系统，使其人力资源的开发能力和效率很高，其在华投资企业的雇员，能够有机会到公司总部或其他海外子公司受训，极大地激励了中国雇员努力工作的斗志。并且，这些受雇于外资企业的国内员工，一旦流入国内企业，或与国内企业进行交流，就会将在外资企业所掌握的技术与管理知识传播出去，从而实现技术外溢。

摩托罗拉（中国）电子有限公司对新聘用的内地技术工程人员经常性地派往中国香港、新加坡和美国总部受训，并定期轮换安排中高级管理人员到世界各地半导体企业受训。2000年底其在华企业的中高级管理人员中，土生土长的中国人已占到72%，而在1994年企业刚开始运转时，这一比例仅为12%。同时，在1998年摩托罗拉与国家计委合作成立了企业优化中心，向国有企业提供各种培训手段、方法和适用的规章制度。到2001年底，已为400家国有企业培训了1400多名企业高层管理人员和技术人员。通过这一过程，中国技术人员可获得较先进设备的操作技巧与应用技术，管理人员可获得先进管理经验与组织模式及人员培训技巧与方法，而技术人员流动有利于技术改良与创新。

三　中国外商直接投资技术外溢的制约因素分析

由于外商直接投资的逐利本质，跨国公司的直接投资未必能够对中国长期的技术进步产生积极的作用。从目前外商直接投资的现状来看，中国在获取技术外溢效应时还是具有一定局限性的。以下将从技术输出方、技术接受方两个角度，并分别从企业、政府和市场环境几方面对技术外溢效应的制约因素加以分析。

（一）技术输出方的限制因素分析

1. 跨国公司内部技术控制的约束

格拉斯和萨基（Glass & Saggi，2002）运用博弈论模型分析了外资企业和内资企业之间的技术竞争。由于模型中外资企业收益是技术外溢效果的递减函数，因此对于外资企业而言其最优决策必然要求最小化对当地企业的技术外溢。跨国公司总是通过设立种种技术壁垒来维持其市场份额和竞争优势，以获取在东道国国内市场的垄断利润，再加上母国政府的种种技术保护措施，它们总是尽可能地将技术外溢效应压缩到最小。

（1）绝对控股锁定核心技术

跨国公司的显著特征之一是对技术的独占性。谁拥有了最先进的技术，谁就会在竞争中取得优势。优势技术的转让和扩散，很可能培养出一个在国际市场上与自己抗衡的强劲对手，因此如何控制技术外溢和对技术保密就成为跨国公司首先要考虑的问题。跨国公司在中国投资的情况显示，越是高新技术产业，外商投资企业越是要对企业控股；越是技术先进的企业，跨国公司越倾向于采取独资方式（见表5-3）。为了维持在中国市场上的技术垄断优势，防止技术泄露，跨国公司对在中国投资的企业都尽可能实行绝对控股政策，避免少数股权，或先采取少数股权后通过增资扩股方式实现其绝对股权。

不仅新进入中国的跨国公司倾向于独资设厂，更多的中外合资企业也逐渐把目光转向控股和独资。2005年，在全国实际利用外资总体水平略有下降的情况下，中外合资企业、中外合作企业和外商独资企业三种主要投资方式的合同金额均实现了10%以上的增长，但从项目数和实际投资金额来看，只有外商独资企业仍分别实现了5.1%和4.3%的增长，外商独资企业对华投资占总投资的比重高达71.2%。1992年12月，德国汉高、德国发展银行与天津合成洗涤剂厂成立合资企业，中方占 70% 股份，汉高占 20% 股份。经过 1993 年、1996 年和 2001 年三次股权变动，中方的股份降到 45%、20% 直至完全退出。2001 年 8 月，汉高又收购了德国银行 10% 的股份，天津汉高成了外商独资企业。美国宝洁更是由中外合资企业变为外商独资企业的例子。2000 年 6 月，宝洁（中国）有限公司提前终止了与北京日化二厂的合资，将其 1994 年设在北京通州的合资洗衣粉生产厂变成了外商独资企业。此后不久，美国宝洁在中国设立的第一家中外合资企业——广州宝洁（1988 年成立）也基本完成了从控股到外商独资的转变过程。而在珠江三角洲众多的日本汽车零部件公司中，70% 以上都是丰田、本田和日产三大汽车公司的配套公司的独资企业。完全控股之后的跨国公司进一步增强了对先进技术的保密程度，它们在总部设有专门的技术转移部，专门负责对各地子公司转移技术，对其核心技术有着绝对严密的管理和控制，尽可能地防止技术在中国过快外溢。

表 5-3　三种投资方式外溢效应的比较

要　素 ＼ 企业类型	外商独资企业	中外合资企业	中外合作企业
技术供给	高	中	低
技术创新	高	中	多样化
转移机制	技术渗透	技术分享	技术贸易
学习方法	通过观察学习	通过观察与实践学习	通过使用、实践和培训学习
使用范围	高层次的技术	成熟的技术	没有限制
可获得性	低	中	高
市场关联度	低	中	高
直接成本	低	中	高
间接成本	高	中	低

资料来源：Lan，*Management of International Technology Transfer*，1999。

（2）对东道国知识产权保护的担心

对知识产权保护的担心也限制了跨国公司对中国的技术转移，特别是先进技术的转移和扩散。跨国公司在中国投资的企业，尤其是高新技术产业中的投资企业，技术水平较高，产品不容易被假冒，因此受国内假冒伪劣商品的影响相对较小。成熟技术和适应性技术是跨国公司投入的主流技术，这些技术本身就容易扩散和模仿，加之近年来中国企业在与外商合作的过程中，自身技术消化、吸收和改造能力也有所增强，国内企业的知识产权意识不是很强，很容易对跨国公司的品牌产品造成侵权。因此国内企业与外商投资企业之间知识产权纠纷屡有发生，特别在医药、轻工、服装、机械制造等行业表现得尤为突出。近年来，中国通过修改国内法律、签订国际公约，在专利、商标、商业秘密等知识产权效力、范围和利用水准方面基本达到了世界贸易组织 TRIPS 协议的水平，但仍与市场经济发达国家相比还有很大差距，问题始终没有彻底解决。一部分跨国公司经常会担心中方合作伙伴会侵犯其知识产权，在技术转让协议中往往会就专利的保护期问题争执不下，跨国公司通常要求时间更长些，起码 20 年以上，而 2000 年《专利法》修改前只允许 10 年。美国商会 2002 年白皮书中把知识产权保护作为跨国公司对华投资最重要的问题，提出："中国在大部分地区的执法力度依然较弱，并且缺乏应有的效力。许多因素使人们不能成功地通过司法诉讼保护自己的知识产权。"出于对知识产权保护的担心，外商在向中国进行技术转让时总是小心翼翼，保留了部分本该转让的技术，严重限制了技术在中国的扩散和外溢。

2. 跨国公司母国政府技术保护主义的限制

技术输出作为发达国家经济扩张的手段，通过收取高额的技术转移费和附加各种不平等的限制条件，对发展中国家进行剥削和控制。对此，各国都采取技术保护主义，对尖端技术的出口进行严格的限制，实行国家干预和政府政策及法令的限制，对跨国公司出卖某些先进技术和设备进行限制。首先表现在对尖端技术转移的限制上。美国是最大的技术输出国，政府标榜自己对绝大部分技术转移都持中立态度，但实际上，美国在尖端技术方面技术保护主义显得更加严重，尤其是对发展中国家。

自新中国成立以来，以美国为首的部分西方国家以安全为理由对中国实行歧视性出口管制政策，极大地限制了西方国家对中国的出口，也对跨国公司在华进行高技术领域的投资带来了十分不利的影响。1994 年，作为冷战产物的巴黎统筹委员会宣布解散，美国出口管制政策不得不作某些调整，但对中国歧视性的出口管制政策内容基本没变。西方国家在 1995 年又建立了新的出口管制体制——"瓦瑟纳尔协定"，以防止武器和具有军事用途的高技术产品落入潜在的敌对国之手。由于很多技术本身是军民两用的，所以协定实际上还是限制了先进技术的转移。这些限制性的壁垒在一定程度上阻碍了跨国公司在中国的投资活动。

（二）技术输入方的限制因素分析

国家整体工业技术水平的高低决定着技术扩散整体效益的高低，因为具有一定工业基础和技术能力以及高素质劳动力资源，会为技术引进创造一个良好的成长环境，技术外溢效应就会明显。日本和韩国的成功经验说明任何新技术推动产业升级和经济发展必须遵循"引进、学习、模仿、创新"的规律。中国整体产业技术水平不高，企业缺乏技术吸收和再创新能力，加之市场环境和政府政策的不完善，都在很大程度上制约了外商直接投资技术外溢效应的发挥。

1. 中国国内企业自身的限制

（1）总体技术基础薄弱

首先，中国企业总体技术装备水平落后。新技术的采用具有规模报酬递增的特点，中国企业普遍规模较小，并且技术装备落后，为跨国公司进行配套生产的企业的产品在质量、性能上与跨国公司的要求也存在较大差距。据统计，中国大中型企业国家资产新度系数[①]在20世纪90年代初只占60%，大中型企业技术装备性能达到国际先进水平的仅为12.9%，工业企业处于一般水平和落后状态的高达65.87%。这种落后状态必然制约着对引进技术的消化吸收和创新能力的发挥，造成许多跨国公司直接从国外进口配套服务，国内企业实际上很少参与技术的吸收和再创新，从而根本无法带动国内相关产品的生产和研究开发。

其次，国内企业产业技术水平低下。产业的基础生产能力和技术水平是决定跨国公司转移技术水平高低的主导因素。通常情况下，跨国公司只向东道国转移适用性技术，转移的技术水平等同于或略高于国内先进技术水平。改革开放后，在国内市场的激烈竞争中，在外贸和外资的强烈冲击下，中国多数行业的技术密集度有所提高，纺织、服装和家电等消费品行业在国际市场中占有了一席之地。但总体看来，中国产业的技术水平仍与发达国家存在着较大的差距。产业技术水平的落后局面是造成中国供应外资企业的中间产品能力增长缓慢的主要原因，它严重影响了内资配套产业

[①] 新度系数：即固定资产净值率。固定资产原值与固定资产净值量是综合反映工业经济实力的主要指标，新度系数能够反映国家、地区、产业固定资产的新旧程度，可以作为反映工业经济实力的一个辅助指标。

的发展，从而制约了外资的技术转移、扩散和溢出，妨碍了外资对中国技术进步和产业升级作用的发挥。

再次，国内缺乏具有很强业务能力的专门技术人才和管理人才。一方面，国内人才培养的基础不足以提供足够的科技人才；另一方面，在与外商投资企业的人才竞争中，有限的技术人才流失到外资企业。由于人才缺乏和自身管理水平的不足，中国企业在与跨国公司的合作中往往处于劣势地位，外商往往在提供某些技术后，不允许企业自建技术开发机构，使本来就不强的科研能力基本丧失，制约了中国企业对引进技术进行有效的消化吸收，从而形成对跨国公司技术的高度依赖。

(2) 中国国内企业的技术吸收和消化创新能力薄弱

技术的消化吸收和模仿创新能力是后进国家发挥后发优势、实现经济和技术赶超的关键。除跨国公司的主观因素外，东道国当地的产业技术水平决定了跨国公司初始的技术转移水平，而东道国产业的技术消化、吸收和模仿、创新能力则决定着技术外溢的效果。研究证明，技术外溢的增加是与当地企业的吸纳能力相联系的。如果国内吸纳能力不足，跨国公司与东道国经济之间的联系就会明显微弱，这种处于"飞地"经营情况下的跨国公司子公司的经济活动只能是组装中心的功能，这样就很难对当地经济产生外溢效应。

从微观来看，消化吸收能力是指引进企业具备的掌握引进技术所必需的技术力量、资金、各种物质条件以及管理能力等。从宏观来看，还应包括引进国家方面配套的技术力量、资源环境、基础设施条件以及相应的金融、法律环境、社会文化背景等。当前中国企业的消化吸收和模仿创新能力距离现实产业发展的要求和未来产业发展的目标都有很大的差距，且企业缺乏与技术引进战略相适应的科学有效的消化吸收配套管理机制。研发经费的投入不足是消化吸收和模仿创新的首要障碍。

20世纪90年代，中国研发经费在GDP中所占比重增长缓慢，1999年以后这一比重开始稳步提高，2007年达到1.44%，远高于俄罗斯、印度、巴西、南非、阿根廷等国，但是与美国、日本以及欧盟国家总体水平相比还有相当大的差距（见图5-4）。中国的研发人员人均研发经费虽然也在迅速提高，但是与OECD国家甚至许多发展中国家相比还相差甚远。绝大多数发达国家研发人员人均研发经费在10万~20万美元，而发展中国家人均研发经费大多在10万美元以下。中国研发人员人均研发经费于2000年突破1

万美元，之后增长迅速，到 2007 年已增长到 2.81 万美元。即便如此，仍只约为德国和日本的 1/6、英国的 1/5、法国和韩国的 1/4。再加上科技人才缺乏、科研机构布局不合理和体制问题等原因，大大降低了技术引进的成效，中国产业技术不但不能有力地辅助企业加工能力的改善和提高，而且也难以紧随外企先进技术的转移进行追赶式的消化吸收和模仿创新。

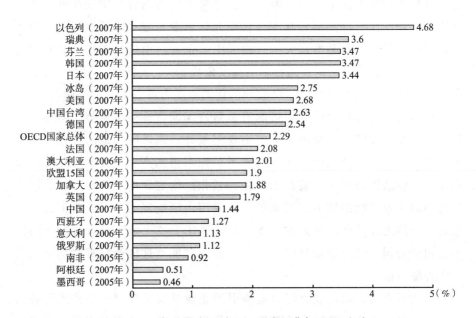

图 5 - 4　部分国家（地区）研发经费与 GDP 之比

资料来源：科学技术部发展计划司：《科技统计报告》第 6 期，2009 年 7 月 6 日。

（3）中国国内企业现代企业制度尚未完全建立

由于现代企业制度尚未完全建立，产权不够明晰，中国技术引进的行政管理体制使得技术引进在很大程度上成了政府行为而非企业行为，其结果是技术引进缺乏全面的经济分析，盲目引进、重复建设严重。另外，由于企业内部产权制度不明晰，技术引进的最终决策者和主要投资者没有相应经济责任的约束，致使企业往往偏重于短期利益回报，而不从企业的长远发展出发，积极主动吸收跨国公司的先进技术提高自身技术管理水平。同时在技术引进后的消化吸收方面投入很低，企业内部缺乏促使企业关心新技术、学习新技术、引进新技术、改造旧设备和旧工艺、促进科技成果转变为现实生产力的激励机制，严重影响外商直接投资的技术外溢效应的发挥。

2. 中国企业外部环境因素的制约

（1）技术市场、商品市场、资本市场未能有效结合

首先，中国市场特征显示，许多行业都存在几家跨国公司垄断的现象或趋势，外商凭借实力雄厚、管理科学和品牌优势占据市场主导地位，很多国内企业根本不具备竞争力，也就使得跨国公司在技术更新上缺乏必要的动力，必然影响技术扩散速度和外溢效应。

其次，中国市场经济结构及市场的培育都表现为发散特征，技术市场远离商品市场运行和发展，不仅制约着科技成果产业化和市场化的速度，也影响着科技成果商品化的扩散转移过程。

再次，中国资本市场的不完善也阻碍了中国企业对新技术的吸收和创新。国内企业在与外商的合作过程中，需要引进先进的技术设备及相关技术，并培训一批适应需要的技术管理人才。而很多国内企业资金不足，需要从外部资本市场获得金融支持，但外部资本市场的不完善，使许多企业难以获得金融支持，不利于企业在技术吸收与创新的过程中实现规模扩张。

（2）政府鼓励和调整政策不到位

首先，政府对高新技术鼓励措施未能及时调整。中国政府虽然对外商直接投资制定了所得税、增值税、关税和营业税等优惠政策，但对跨国公司战略调整特别是技术战略并未及时制定相关优惠政策。以日益增多的跨国公司研发活动为例，虽然政府鼓励外商投资设立研发中心，但鼓励政策还不多，如所得税就没有特殊的减免优惠；跨国公司研发中心在从事研发活动时，由于试验的需要往往要进口大量的中试产品，而加征的高关税和进口环节增值税给研发中心造成了很大的成本负担，研发中心技术成果转让的营业税减免手续也太过繁杂；此外，研发中心所需的基础设施和投资软环境也有待改善。这些都限制了跨国公司在华研发机构的设立和研发活动的技术水平。

其次，科技体制改革不到位。企业是产业发展的微观主体，由于直面市场竞争，企业具有最直接和最强烈的研究与开发需求，因而，企业应是产业技术引进、吸收和创新的主体。但是，长期以来中国科研体制基本是政府计划、科研机构和大专院校主导，项目管理缺乏市场化、产业化导向。在风险融资不发达、不规范的情况下，有限的人力、资金投入没有合理的配置机制，投入产出效益极差。在这种背景下，希望提高技术水平从而进

入跨国公司全球分工体系的企业既得不到科技资源，也难觅到技术支持和帮助，而外资企业在国内市场遭遇不到有力竞争，这样技术转移和技术外溢既缺乏有效的利益激励，又缺乏有力的竞争促进，转移技术和技术外溢的步伐就会相应放慢。

政府各种政策制定和实施中的不完备，严重影响了外商直接投资的技术转移和外溢，阻碍了技术进步和产业结构升级。

第三节　中国技术进步的模式和实证分析

现代科技日趋复杂，如果中国的技术实力与发达国家相差太远，即使跨国公司对技术转让和技术扩散持比较宽松的态度，中国企业要想吸收和消化先进技术，也有一定的难度。由于科技的迅速发展，即使中国企业消化了跨国公司扩散的技术，如果没有创新，中国企业的技术水平还是落后于这些公司，必须进行新一轮的技术购买和引进。所以，当务之急应该是积极寻求一种适合中国发展阶段和特点的技术进步模式。就目前状况而言，充分吸收外商直接投资技术外溢效应，不仅是有效利用外资的需要，也是实现中国企业技术积累和技术进步的必然选择。

一　"外资介入型"技术进步模式选择的依据

总结各国技术进步史，可以发现大抵有三种技术进步模式可循：第一种是自主创新模式，即主要依赖本国经济、研发力量来实现技术进步，以19 世纪的英国、20 世纪的美国为代表；第二种是通过开展对外贸易来实现国内技术进步，代表国家是日本，即通过进口与引进国外先进生产技术、中间投入品或者通过出口来刺激本国企业提高竞争力，加大研发力度，最后实现技术的成功模仿与改进；第三种模式则是通过对外资本流动来获取技术模仿、学习的机会，吸引对外直接投资以及开展对外直接投资并使之成为国内技术进步的重要源泉。

选择何种技术进步模式不仅取决于本国经济发展阶段，而且也取决外界技术变化趋势。对于广大发展中国家而言，试图重复第一种技术进步模式显然是不现实的，正如考与霍普曼（Coe & Helpman，1995）、伊顿和考图姆（Eaton & Kortum，1996）对发达国家技术外溢的实证分析结果显示，即使对于发达国家而言也不可能仅仅依靠自身研发力量占领世界技术前沿。

发展中国家在与发达国家存在较大的初始技术差距的情况下，试图完全依赖本国的自主创新体系、研发能力来带动国内技术进步更是不切实际的，并且成本不可估量。对外直接投资已经成为发达国家获取技术学习、模仿机会的重要渠道，对于多数面临资本缺乏、技术水平落后的发展中国家却难以成功。很多发展中国家普遍寻求第三条途径——"外资介入型"技术进步模式。知识产品的非竞争性特征为一国以较低成本模仿和学习别国的先进知识和技术成果提供了机遇。对于发展中国家来讲，这种模式无疑是一种促进技术进步的次优选择。

分析结果表明，以全球利润最大化为决策目标的跨国公司本身无意于促进东道国企业技术进步。外资企业不会自觉服从东道国政府的产业指导和宏观调控，也无意促进向东道国企业的技术外溢效应，甚至跨国公司还通过种种技术转移限制来制约其技术促进作用。外资技术转移只是提供了一种吸收先进技术的可能性，并不是必然性。在技术流动过程中，当地企业究竟能在多大程度上有效地吸收技术外溢，获得技术溢出的最大利益，要依靠中国企业对技术转移和技术外溢的消化吸收能力。

二 关于建立中国企业消化吸收机制的分析

（一）中国引进技术消化吸收机制的缺陷

长期以来，中国的情况是"重引进，轻吸收"，对技术引进的费用落实得很好，但对消化吸收的费用投入明显不足，导致严重的消化吸收不良，更谈不上二次创新。中国企业在技术引进过程中，往往将主要资金和精力用于硬件设备和生产线的进口，忽视技术专利和专有技术的引进，缺乏对引进技术的系统集成和综合创新。三个比例很有说服力：一是中国大中型企业引进技术费用与消化吸收费用之比，1997～1999 年分别为 17.44：1、14.67：1 和 11.45：1，其中国有企业的比例更高。总的来看，虽然用于消化吸收的费用所占比例有所增加，但与技术引进费用相比仍显不足。二是大中型工业企业技术开发费用占产品销售收入的比重，1997～1999 年分别为 1.21%、1.28% 和 1.35%，而国外跨国公司这一比重大约在15%，一般性企业也超过 5%。三是全国研发经费 1997～1999 年虽然保持增长趋势，但始终不及全国技术引进合同总成交金额的1/2。研发投入的严重不足（见图 5-4）是造成上述情况的主要原因，这也导致中国企业在与跨国公司的技术引进谈判中，不具备相应的谈判能力。具有对比意义的是，日本用于消化吸收技术的费用一般是引进技术费用的 3～10 倍，高的可以达到 30 倍。因此才会拥有高效的消化吸收机制，并且能够在此基础上实现创新。相比之下，中国消化吸收费用与引进技术费用之比平均只有 0.05～1。企业消化不良，吸收缓慢，必然难有创新，新产品开发能力低下。而过多的短期行为往往导致发展后劲严重不足。

消化吸收和二次创新能力不足除了投入方面的因素，还有着深刻的制度原因。如相关引导政策的不完善，受政绩动机驱使的重引资数量轻引资质量的倾向，因市场机制和企业制度不健全而缺乏竞争压力，缺乏完善的研究与开发机制和有效的培训制度，等等。企业之间缺少信息沟通和协调机制以及相应的政府指导，造成重复引进。另外，计划经济体制下遗留的"重硬件轻软件、重生产技术轻组织技术"的陈旧观念也是吸引外商投资和技术引进过程中的一大通病，也导致了上述结果。

（二）消化吸收机制建设的理想模式

关于对技术外溢的吸收能力，科恩和莱文斯（Cohen & Levinthal，1989）在分析企业研发的作用时首次提出了"吸收能力"的概念，认为企业研发投入对其技术进步的影响表现在两方面：一方面研发成果直接促进了技术进步；另一方面企业研发投入增强了企业对外来技术的吸收、学习和模仿能力，使企业拥有更强的技术能力去吸收外部技术扩散。基于此，根据中国企业消化吸收现状，中国建立消化吸收机制的思路如下：首先，加强当地企业的研发投入，提升自身的技术水平，缩小与外资企业的技术差距，促进外资企业转移更先进的技术，促进外资企业技术外溢效应的产生。其次，对技术引进消化吸收机制进行流程的再造，企业通过技术引进、技术创新以及创新扩散这一过程，完成技术与市场联动，以出让市场为代价进行技术引进，换取发达国家的先进技术；另外加快对外资技术的消化、吸收、改进和创新，再去开创国内乃至国际市场。

整个机制的建立可以分为三个阶段。第一阶段，技术引进——开拓国内市场。这一阶段是技术与市场互动过程的开始，通过引进具有发展前景与实用价值的技术，进行消化、吸收，从而掌握所引进技术的方法与原理，使企业的技术水平得以提高，在此基础上进行生产、销售，开拓国内市场。第二阶段，技术研发和消化——占领国内市场。这一阶段是技术与市场联动过程的关键。技术引进可以较快地获取相对先进的技术，通过对引进技术进行研究与开发，在模仿和学习中不断消化吸收，并且不断加强引进技术与现有技术的融合，才能提高企业技术优势，增强竞争力，在开拓国内市场的基础上占领国内市场。第三阶段，技术创新——走向国际市场。在融合的基础上不断改进与创新，大大提高技术水平和科技能力，为参与国际化的竞争奠定坚实的基础。同时，在逐步开拓与占领国内市场的整个过程中，利用已经树立的企业形象和建立的企业文化，使自己的企业逐步走向国际化市场。

在配套的吸收能力方面，要加大对人力资本的投入，人力资本的临界值是吸收能力的瓶颈，因此对教育的投入，尤其对基础教育的普及和提高，以及对科技人才的培养是增强当地企业吸收能力的关键。同时应放宽对人员流动的限制，鼓励各类人员在外资企业和国内企业之间流动，形成人才流动主导的技术外溢。另外，加强配套制度的建设，完善市场制度，比如提高金融市场的效率，加强知识产权保护，同时积极引导产业集聚区域的形成，从各个方面多管齐下，加强中国对技术外溢的吸收能力。

三　中国汽车产业技术进步的实证分析与启示

改革开放以来，中国汽车产业在外资介入的情况下发生了较大变化，对此进行分析有一定意义。尽管如今中国汽车工业的合资企业仍受到外方母公司的技术控制，中国仍然没有掌握核心技术，没有关键技术自主研发的能力，然而，外资对中国汽车工业技术进步产生了巨大影响，中国的汽车工业在外资技术转移的影响下从弱到强，并且有多家民族品牌企业进军国际市场。在这一过程中，外资对中国汽车工业发展的技术引导和扩散作用不断显现。

（一）外资促进中国汽车产业技术进步的阶段分析

1. 由被动的技术转让调整为主动的技术投入

汽车产业作为终端制造业，是资本和技术密集型的产业，标志着一个国家制造工业的水平。早在20世纪80年代初，出于提升中国汽车产业技术水平的愿望，中国政府就很想借助外资的力量，在长春、上海等地建立几个现代化的汽车生产基地。遍寻海外合资伙伴的结果是，日本的丰田，美国的福特，德国的奔驰、宝马等公司，出于对中国市场的不了解和轻视，均以市场不成熟或者尚无合作意向为由拒绝了中国的要求。就在中方引资无望之时，当时还尚无名气的德国大众答应与中国进行尝试性合作，不久就与中国的一汽和上汽分别在长春和上海各以50%的投资比例建立了两个基地，分别生产老旧的捷达和桑塔纳。另一家中国重点扶持的湖北十堰的东风汽车公司（原二汽）也在政府的牵头下，由法国 PSA 集团旗下的雪铁龙接手。从合作初期跨国公司向中国输出的车型来看，桑塔纳、捷达、富康等都已过了其在母国的成长期。初期合作，除车型陈旧之外，跨国公司也将一批不能继续在母国生产的、低端的、污染较严重的汽车动力技术转移到中国，而对其在 20 世纪 60 年代就已开始研制的清洁能源车的技术，采取封锁和根本看不到技术转让影子的策略。

究其原因，可以从外方和中方两个角度来分析。对外方来说，这一阶段跨国公司对华进行技术转移还处于一种试探性的阶段，其对中国的市场不了解，对未来的赢利没有十足的把握，因此将本国产品替代进程中已被淘汰的车型输出到中国。一方面由于中国的市场不成熟，还可以榨取成熟期技术的残值；另一方面，就算试探性投资失败也不会有太大的损失。出乎意料的是，由于当时中国对汽车市场的保护程度高，有效竞争程度低，对外的高关税使仅有的两家外国投资企业避开了与国际市场上竞争对手的正面交锋。而缺乏竞争力的本土企业对它们更不足以构成威胁，即便是老旧的车型和技术却也获得了巨大的成功，产生了高额的利润，它们更没有转移先进技术的动力了。从中方来说，一方面，本土的汽车市场非常不成熟，汽车产业集中度低，成本高，缺乏国际竞争力，无法与跨国公司开展竞争，即便是国外市场已淘汰的老旧车型和技术放在中国市场上，在高关税的市场保护下仍然很有优势；另一方面，中方对技术的接受能力较差，在技术人员、技术工人的质与量两个方面都严重不足。客观上说，当时中国的技术吸收能力也阻碍了技术顺畅地流向中国。这种技术积累上的差距，影响了从技术转移到形成生产能力这一过程的效率。虽说如此，但跨国公司在这一期间所产生的技术示范作用还是不可小觑的。在引进技术之后，中方企业通过边学边干，不断加强自身技术实力和经验的积累，进一步增强了企业吸收技术转移和技术外溢的能力。

2. 由单纯的技术转移调整为研究开发型战略

上述情况在 20 世纪 90 年代末美国通用进入中国后得到了全面的改善，中国的汽车产业由此进入一个井喷式的发展阶段。引入了新的竞争机制之后，局面陡然变化。由于通用一开始起点就比较高，引进了技术较先进、配置较好的别克车型，后来推出的赛欧车型又让中国人第一次感受到经济型国民车的概念，同时建立的还有具有世界先进水平的汽车研发中心——泛亚。在这种刺激下，大众慌忙跟进，帕萨特、奥迪 A6、波罗、宝米、高尔、高尔夫等一系列具备先进技术和与国际同步上市的轿车相继在中国下线。紧随其后的几年里，日本的丰田、日产、本田，法国的 PSA，美国的福特，德国的奔驰、宝马，韩国的现代等世界汽车工业的巨头纷纷抢滩中国，快速完成了其在中国市场上的战略布局，并推出具有先进技术和新颖设计、与世界同步流行的最新或经典车型，技术扩散的进程大大加快（见表 5 - 4）。中国本土的汽车企业浙江吉利和安徽奇瑞等也在这种大气候下迅速崛起，并发展壮大。

表 5 - 4　各大汽车公司在华推出车型概况

公　司	合作方	推出首个品牌时间	品牌与车型	新车型频率
上海大众	上汽、德国大众	1984 年	桑塔纳、帕萨特、POLO、GOL	5 年
上海通用	上汽、美国通用	1998 年	别克、赛欧、凯越、GL8	1.5 年
北京现代	北汽、韩国现代	2002 年	索纳塔、伊兰特	1 年
广州本田	广汽、日本本田	1998 年	雅阁、奥德赛、飞度	2 年
长安福特	长安、美国福特	2003 年	福特嘉年华、蒙迪欧	1 年
神龙汽车	东风、法国标致	1995 年	富康、爱丽舍、毕加索、赛纳	2.3 年
一汽大众	一汽、德国大众	1991 年	捷达、宝来、高尔夫、奥迪	3 年
丰　田	一汽等、日本丰田	2003 年	陆地巡洋舰、霸道、威驰、花冠	0.5 年

资料来源：2004 年 8 月 2 日《中国经营报》。

2004 年的 10 月 30 日，美国通用汽车与上汽集团签署了清洁能源汽车项目合作谅解备忘录。这是首个中外汽车企业在合作推进混合动力和燃料电池汽车技术商业化领域所签署的系统化、全方位、框架性的合作备忘录。连在美国和欧洲都还处于示范阶段的最新技术，如今转移到中国来，对中国的重大意义是不言而喻的，不仅能让中国人更直观地感受到氢经济的未来，还可以为中国政府有关部门提供实地的数据与信息，作为将来制定法规与建设加氢站等基础设施的依据。

进行原因分析不难发现，这一阶段技术先进国输出"成长期技术"，主要是出于占领中国这个巨大市场的目的和竞争对手的竞争效应。目前西方汽车市场趋于饱和，而中国可谓世界上最后一个汽车消费大国，随着中国汽车市场的开放和个人汽车消费信贷的启动，中国市场的巨大潜力已被越来越多的跨国公司所认可。中国市场还有明显的劳动力成本低的优势，在汽车产业越来越讲究成本控制的今天，在中国建立生产基地再出口到国外也不失为一种良策。在这个巨大市场的推动下，各大跨国公司都努力开发适合东方消费者的低价值、低能耗轿车，先进的技术、新颖的款式、优良的配置成为其快速占领这一目标市场的手段。但技术转移受到跨国公司的严密封锁，跨国公司没有单纯输出技术的动机，核心技术比市场更重要，占优势的核心技术一旦转让或扩散，可能培养出一个能在国际市场上与自己抗衡的强劲对手。所以，可以通过生产转移再到技术转移的思路，期望能够从跨国公司在华合资公司中通过干中学逐步达到学习模仿，进而二次创新转化为自主研发能力。

3. 加强了技术转移与配套产业发展的结合

与单纯的进口高技术产品或高级技术不同，直接投资的产业带动效应来源于它能有效开发东道国的比较优势。对中国这样一个发展中国家而言，如果没有跨国公司的带动，国内的这些辅助性产业也许不会发生，也许会相当缓慢，并且需要付出巨大的代价。由于汽车工业是产业关联度很强的产业，外资在整车及零部件方面直接投资的增加自然带动了配套产业的发展。有调查表明，汽车业能带动钢铁、机械、电子、橡胶、玻璃、石化、建筑以及服务等 156 个相关产业的发展。据测算，汽车工业产值与相关产业的直接关联度是 1:2，间接关联度则达到 1:5，当前中国汽车产业链的产值已占规模以上工业产值的 20% 左右。

外资的后向关联效应即国产化程度，是外资产业带动的最关键环节，也是其最可度量的方面，但需权威部门进行大量庞大的综合性调查工作。这里只能运用个别案例作泛泛评价。国产化要求是中国为保护中国汽车企业的利益，对外国汽车企业投资的限制政策之一。规定上整车项目时以40% 的国产化率起步，将国产化作为国家支持其发展新车型的条件之一，并明确规定不得以 SKD 和 CKD① 方式进口散件组装生产。随着外商直接投资在中国汽车行业的增加，汽车国产化率迅速提高。主要原因有以下两个：一方面，随着外资在汽车整车和零部件行业的合作增加，带动了国内汽车零部件企业的技术水平迅速提高。外资企业主要通过分包，以提供引进的加工技术、产品技术并加强技术和质量控制培训来促进内资零配件企业的

---

① CKD（Completely Knock Down）全散装件；SKD（Semi Knock Down）半散装件。

建立与发展，并通过培训、企业评级方式促进内资零配件企业的质量控制和管理水平，从而有助于提高其产品质量和劳动生产率，目前很多本土企业已经能够满足国际先进汽车厂商的配套要求。另一方面，中国汽车销售市场竞争日益加剧，特别是在2000年之后更为明显。各大汽车厂商出于规模经济考虑，纷纷降低进口零部件比例而更多采用国产配件，进而降低成本，增强产品价格竞争力。广州本田的雅阁轿车的国产化率由原来的60%提高到70%以上，新雅阁与老雅阁相比，在排量、功率、扭力、科技含量方面均有增加，第八代雅阁国产化率已达到90%以上。2003年投产的北京现代汽车，当年国产化率即达到60%，2004年国产化率即达到77%，2008年上市的新款伊兰特悦动初期国产化率已达到91%，在很大程度上带动了国内汽车配套企业的技术进步。

在带动地区配套产业发展方面，以广州为例，日本三大汽车生产企业丰田、日产、本田已全部落户广州，在其周围聚集了一大批零部件配套供应商，形成了广州经济技术开发区、广州花都、增城、永和等几个大型的汽车零部件配套基地。一个以广汽集团为核心的广州汽车产业集群正在迅速形成，产业集群带来的规模优势、资源优势、成本优势已日益凸显。有关业内人士预言，以广州汽车集团为核心的广州汽车产业集群必将成为中国汽车工业新的增长极，带动国内汽车工业不断地前进。

（二）改革开放后中国汽车产业技术进步的启示

1. 引入竞争

通过汽车行业的案例可以说明，提高市场竞争强度是促使跨国公司转移先进技术的有效手段。在外资企业数量少、国内企业竞争力差、市场竞争不充分的情况下，外资企业即使采用一般的技术仍然可以获得可观利润，缺乏向中国转移先进技术的动力。反之，有了激烈的竞争，外资企业为保持在国内外市场的竞争力就会引进相对先进的技术，从而形成有利于中国技术发展的博弈局面。要不是美国通用的进入，德国大众一枝独秀独霸中国市场的局面不知道还要持续多少年，中国的汽车行业也不可能在这短短的几年里出现如此翻天覆地的变化与发展。引入竞争是最有效的市场化的引导方式，只要跨国公司是理性的投资者，只要其不想失去中国的市场，自然会在竞争对手的影响下带来大量的先进技术和管理经验。中国在引进外资时，应当协调各产业的均衡发展，考虑在每一产业领域都吸引多家跨国公司来华投资，形成跨国公司之间相互竞争的格局，同时国内企业应该通过边干边学进行能力和经验的积累,形成对外资企业的竞争压力,从而将技术外溢的积极效应发挥到极致。

2. 加强与外资汽车企业的产业关联

由于汽车工业具有产业关联度强的特性,使得跨国公司在进行整车或零部件直接投资的同时,出于成本等多方面因素的考虑,不可避免地会带动东道国当地配套产业的发展。这对于中国汽车工业来说既是机遇也是挑战。外资企业对生产技术和质量标准的严格要求,以及基于这种背景中国国内汽车企业自发的研发要求,必然对提高国内企业的技术水平和产品质量大有裨益。但同时,中国汽车产业存在明显的地方条块分割、各自为政的情况,各个地方政府都想把汽车产业作为重点发展的产业,建立自己的汽车生产基地,导致整个产业的集中度很低,严重影响了整体技术水平的提升。因此,如何尽快地结束这种地方割据的局面,以整个产业的发展为导向,积极提高自身的技术水平,成为当务之急。加强与外商投资汽车企业的产业关联,是增加技术外溢可能性的最为重要的途径之一。

3. 政策规范的适时引导

规范和政策的引导是一种很有效的促进技术转移和扩散的方式,今后可以多多使用。2004年国家发改委新发布了《节能中长期专项规划》,提出取消一切不合理的限制低油耗、小排量、低排放汽车使用和运营的规定,择机实施燃油税改革方案。同时,中国汽车技术研究中心出台强制性国家标准《乘用车燃料消耗量限值》。虽然限制的只是油耗,但降油耗不仅发动机要变,技术含量要提高,还牵涉到整车的各个方面,包括车身结构、材质等,考验的是汽车产品的综合素质。这对缓解国家能源紧张状况和提高汽车行业技术水平具有一箭双雕的积极作用。随着这个强制性标准的出台,一些小的未能达到标准的厂家会进行新的整合、重组,同时迫使那些合资厂家引进国外最新的发动机和最先进的技术,带动中国整个汽车行业向国际水平发展。

此外,2005年随着关税、落地完税等一系列政策的发布,进口车的市场发生重大变化,再加上对环保、节能技术的明确规定,如油耗指标、欧Ⅲ汽油和国Ⅲ汽车排放标准的实施,意味着中国汽车行业的技术门槛已经提高了。金融危机加快了全球汽车产业调整的步伐,企业也在加速自我调整。中国汽车产业如今面临的不仅有国际金融危机的外因,更多的还是汽车产业经过多年高速发展之后积累的各种结构性矛盾。金融危机下，中国政府及时出台了一系列政策手段，对促进汽车消费增长已初见成效。

第四节　在开放战略中实现中国技术进步的对策建议

目前和今后中国吸引外商直接投资的总指导原则应该以扩大外商直接投资的技术外溢效应、推动中国技术进步和优化产业结构为目标。针对各种阻碍跨国公司技术外溢的因素，以下将从政府、市场和企业三个方面提出对策建议。

一　政府层面：完善激励机制和促进跨国公司技术流入

（1）明确职责。政府在技术引进过程中应该充分发挥其引导和服务功能，企业才是技术进步的主体。政府应该尽可能地创造条件，为企业提供信息咨询、政策引导、法律保障等服务，将技术引进的决策权、投资权、收益权交给企业。责任的明确化极大地增强了企业的自主权，不但有利于企业根据自身需要引进技术，而且促进了企业对技术的消化和吸收。

（2）战略定位。发展中国家技术引进的一个误区是希望通过开展大型的资本密集型技术项目来获取先进技术。事实上，受制于要素禀赋、劳动力资源、基础设施等条件，这种资本密集型的大型技术项目并不适合发展中国家。因此，中国政府应该充分了解技术转移的基本规律，明确自身在获取技术转移中的战略定位，引进那些最能够发挥本国生产潜力、与本国现有生产水平和技术吸收能力相匹配的技术。首先，政府应该负责做好对拟引进的技术的事前评估工作，并协调技术引进的评估机构与审批机构之间的关系，克服因地方或个别企业利益而产生的重复引进现象，充分把握引进技术的针对性和经济效益。其次，由于不同产业的技术遵循不同的扩散路径，政府应该加强政策引导，吸引那些对整个产业的不同环节都具有带动效应的跨国公司进入中国市场，并尽可能多地争取其采用直接投资方式进行，这会增加国内企业获得最新技术的机会。当然，出于对核心技术的保护，最高端和最先进的技术是不能指望别人的。对中国而言，在自主研发的资源有限的条件下，可以将有限的财力集中到少数关键技术的研发投资上，取得局部技术的突破。

（3）政策支持。中国不应该只停留在廉价劳动力的成本优势上，而应该打造包括投资环境、产业结构和研发能力在内的全方位的系统性优势，努力解决本国在政治、经济、法律、教育、科技等诸多领域不利于企业技术环境发展的问题。首先，对于技术引进逐步实现从进口硬件免税向进口软件免税倾斜，使外商更倾向于输出技术或合作生产而不是通过减免税直接出口设备。其次，认真落实外商投资高新技术产业的鼓励政策。对研究与开发项目，继续给予跨国公司以税收、资金、基础设施、人才聘用等多方面的政策支持。再次，鼓励跨国公司设立研发中心。政府应该进一步加大外商投资研发中心的税收优惠力度。例如财政部、海关总署、国家税务总局发出《关于研发机构采购设备税收政策的通知》，明确 2009 年 7 月 1 日 ~ 2010 年 12 月 31 日，对外资研发中心进口科技开发用品免征进口税，对内外资研发机构采购国产设备全额退还增值税。改善研发中心所需的基础设施环境，特别是土地费用方面给予更多优惠。还可以设立专门基金，用于支持研发中心（包括内资和外资的研发中心）从事研发活动，并允许外资研发中心参与政府的研究项目。最后，政府还应该进一步完善法律，加大对知识产权保护的力度。一方面，应加强对知识产权保护的宣传，特别是要提高国内企业的知识产权保护意识，既要避免侵犯他人的权益，也要保护自己的知识产权不被侵犯；另一方面，应加大对知识产权侵权行为的处罚力度，强化对侵权者的威慑作用。另外，对跨国公司自发组织的打假活动，政府也应给予足够的支持。

二 市场层面：诱导跨国公司技术升级和技术外溢

尽管技术转移有其自身的规律可循，但并不是说在获取外资技术方面无能为力。寡占反应论提供了一条有效途径，即利用跨国公司之间相互竞争的态势来诱导技术转移。前文汽车产业技术转移的案例说明竞争态势对促进跨国公司技术转移比较有效。充分利用中国市场及其投资收益对跨国公司的吸引力，构建技术转移竞争氛围，诱导跨国公司转移先进技术。让跨国公司在相互竞争中加快技术转移和技术升级的进程，提升技术在中国的溢出效应。

（1）形成国内竞争者。形成能够与跨国公司投资企业相竞争的本土企业，是保持市场竞争性的一个重要方面。在过去的十多年中，中国也有相当一批企业在激烈竞争的推动下，通过引进技术，产品的技术档次和质量水平迅速提高，企业规模扩张很快，在国内国际市场上有了一定知名度，这些企业的资产质量和技术水平也都跃上了新的台阶。但是目前因为待遇不平等和机制方面存在的种种问题，造成部分国内企业在与外商投资企业的竞争中失利。构建平等的竞争环境需要从以下两个方面加以完善：第一，政策环境的平等。国内企业相互合资、合作、兼并、收购时可以借鉴与外商合资的做法、经验；给外商的优惠政策，可以给有实力的国内企业；招商引资的项目，对国内国外投资者应公开条件、一视同仁。第二，体制环境的平等。要消除本土企业发展的体制障碍，加快国内企业转制，使企业真正成为自主经营、自负盈亏的法人实体和市场竞争主体，企业才会有长期不懈求发展的内在动力，才能在"动力"这个深层面上与外商投资企业处在平等地位，才不会为了眼前利益，不惜代价寻求合资。只有解除对国有企业产权重组的不当限制，促进资源按照市场原则合理流动，才能尽快形成一批大企业和企业集团，才有能力在与跨国公司的竞争中存在和发展。

（2）形成跨国公司投资企业之间的竞争。有些领域由于技术和资金壁垒很高，国内企业在短期内还不可能具备竞争力。在这种情形下，一个产品领域中至少要引进两家跨国公司投资，使不同外商投资企业之间形成竞争。这是中国引进大跨国公司投资的重要经验：一个行业中由一家外商投资企业垄断与有几家外商投资企业相互竞争，企业的行为是很不相同的。

（3）形成与进口商品的竞争。较高的进口关税和过多的非关税措施，无论是对国内企业还是外商投资企业，都产生同样的保护作用。如果跨国公司投资企业在中国国内缺乏竞争对手，又没有进口商品作为潜在竞争对手，企业就倾向于使用在国际市场上已经失去竞争力的技术和产品。因此，在一些由少数跨国公司投资企业垄断的行业，降低同类产品的进口关税，使外商投资企业的产品与进口商品处于竞争地位，能够有效地改变企业的行为。

（4）加快反垄断立法的实施细则颁布。一些大跨国公司，有能力在中国市场上形成垄断势力，获取垄断利润。随着中国允许和鼓励跨国公司以并购方式在中国投资，大跨国公司对中国某些市场进行垄断的可能性在增加。目前，主要通过行政办法处理与大跨国公司的关系。在世界贸易组织规则下，行政干预受到限制，需要加快反垄断法、公平竞争法等立法的实施细则颁布工作，规范跨国公司在华投资行为，使其更加符合市场经济的惯例。

三 企业层面：创新突破与跨国公司合作竞争

（1）加强国内企业自身的技术积累。首先，全面提升消化吸收能力。能够消化吸收先进技术是衡量技术引进的质量和效率的重要标准之一。在完善企业研发技术设施的同时，应鼓励、引导企业加大科技投入，增加科研经费。同时，对企业消化吸收先进技术的工作配以科学有效的组织管理。其次，寻求创新突破。企业在未来要保持自己的优势，唯一的途径就是设法使自己比竞争对手学习得更快，引领同行业技术创新潮流。这不但要求企业具备和强化模仿的能力，而且要能广泛搜寻并迅速领会跨国公司的深层经验，在此基础上催化自身经营和持续改进的诀窍。当然，在现阶段以及未来的一定时期内，中国多数企业的创新可能仍然会表现为一种"更加深刻的模仿式创新"，也就是说，在更细致深入地模仿跨国公司相对先进的技术和管理运作方式的基础上，结合自身的目标定位以及周边环境和消费需求的变化，将现行技术再向前推进一步。

（2）促进本土企业与外商投资企业的关联。"两头在外"的加工贸易经济不利于本土企业从外资企业获取真正有用的技术和管理经验，加强国内企业与跨国公司之间的关联，提高当地供应商的生产能力和技术能力，是扩大技术外溢效果的主要措施。首先，促进本土企业技术升级。技术能力已经成为跨国公司挑选供应商时的主要标准之一。它直接影响到供应商能够在多大程度上利用关联所提供的机会来进行技术升级。越来越多的跨国公司要求其供应商遵守诸如 ISO9000、QS90000、HACCP 以及 VDA 等质量标准。筛选具有一定技术能力的供应商，已经成为跨国公司本土战略中促进后向关联的综合计划的一部分。其次，加强与跨国公司的合作。国内企业应与外商建立一种富有弹性的灵活的联系机制。关联产业的发展状况关键取决于国内企业的供应能力。国内企业应尽可能多地参与外商零部件和配套服务的生产，与外商保持一种长期的供销合作关系，成为跨国公司全球产业链条不可或缺的一环，促进技术的引进和消化吸收，扩大技术外溢效应。

（3）采用灵活的企业用人机制。人力资源的流动是技术外溢最有效的途径，而目前中国通过这种途径的技术外溢并不明显，主要原因是国内企业（尤其是国有企业）对高级技术和管理人员重视不够，没有建立起有效的激励机制和为其提供广阔的发展空间。国内企业应在人力资源吸收和培训方面学习跨国公司的合理做法，加强职业教育和短期培训，不断提高员工的业务能力和技术水平。重视国外智力资源的引进，扩大国际交流与合作，吸引更多的留学人员回流。同时进一步改革人事管理制度，引导人才合理流动。

（4）建立技术联盟。组建企业集团，与外商建立战略联盟，是有效促进技术外溢的又一途径。鉴于国内企业资本、技术力量薄弱，促进其进行兼并重组，走集团化发展道路，是发展资金、技术密集型产业的必然趋势。这些企业集团如果能够与跨国公司建立技术开发联盟，就可以在与跨国公司的合作中增强自身讨价还价的能力，削弱对方对技术的垄断，从而易于学习外方的先进技术和管理经验，实现高层次的技术转移。不仅如此，在中国企业迫切需要技术进步的今天，还可以在国际市场上寻求具有利益共同点的跨国公司形成平等互利的技术战略联盟，从市场到技术全面与国际接轨。

综上所述，互利共赢开放战略实质是通过进口贸易、利用外资、市场开放等促使中国产业结构的升级、自主创新能力的提高、资源生态环境的保护以及经济社会的全面可持续发展。

30多年的对外开放，中国通过外商直接投资的技术外溢效应获得了快速发展。对国际资本的利用面临更加复杂的竞争，单纯寄希望于引进跨国公司的先进技术并利用其技术外溢效应来培育能够与跨国公司相竞争的国内企业是不切实际的，跨国公司不可能为了取得眼前的市场份额而甘心去培育一个未来的强劲竞争对手；跨国公司面临来自中国本土企业和国际竞争对手的双重压力，为提高中国市场对其全球利润的贡献率，很多跨国公司开始重新界定中国在其全球战略中的重要地位。技术外溢并不能长期有效，必须依靠中国企业自身的努力，才能取得根本性的技术突破，并最终占据技术竞争的领先地位。从根本上讲，一个国家技术创新的源泉来自自身的技术开发力量，发展中国家要处理好"引进"与"保护民族产业"的关系，绝不能舍本逐末。

本章参考文献

［1］于津平：《基于互利共赢的开放战略调整》，《南京大学学报》2008年第4期。

［2］于立新、姚雯：《向关联产业多元投资倾斜——中国"十一五"期间利用外资与引进技术的政策思考》，《国际贸易》2005年第11期。

［3］于俊艳：《外部效应、技术进步与经济增长——评 FDI 技术外溢性对中国经济的影响》，《蒙古科技与经济》2005 年第 2 期。

［4］马亚明、张岩贵：《技术优势与对外直接投资：一个关于技术扩散的分析框架》，《南开经济研究》2003 年第 4 期。

［5］王允贵：《利用外商投资中"以市场换技术"剖析》，《国际贸易问题》1996 年第 9 期。

［6］王吕林、张志宏：《加快中国高新技术产业化进程》，2001 年 4 月 17 日《中国社科院院报》。

［7］王志乐：《2002～2003 跨国公司在中国投资报告》，中国经济出版社，2003。

［8］车玉明等：《互利共赢五年间——对外开放十件大事记略》，2008 年 2 月 18 日《无锡日报》。

［9］田素华：《论发展中国家跨国介入型技术进步模式》，《上海经济研究》2002 年第 7 期。

［10］史清琪：《技术进步的战略与政策规划》，中国数字化出版社，2003。

［11］朱华桂：《在利用外资中竞争跨国公司诱导技术转移》，《科学管理研究》2003 年第 6 期。

［12］刘星、古源盛：《论利用外资对中国技术进步的影响》，《国际贸易》1994 年第 3 期。

［13］刘凌：《关于引资中技术引进滞后的问题》，《中国外资》1998 年第 5 期。

［14］江小涓、冯远：《合意性、一致性与政策作用空间：外商投资高新技术企业的行为分析》，《管理世界》2000 年第 3 期。

［15］江小涓、杨圣明、冯雷主编《中国对外经贸理论前沿》（Ⅰ、Ⅱ、Ⅲ），社会科学文献出版社，1999，2001，2003。

［16］江小涓：《中国的外资经济对增长、结构升级和竞争力的贡献》，《中国社会科学》2002 年第 6 期。

［17］技术预测与国家关键技术选择研究组：《中国技术前瞻报告》，科学技术文献出版社，2004。

［18］杜长征、杨磊：《技术创新、技术进步与技术扩散概念研究》，《经济师》2002 年第 3 期。

［19］李平：《技术扩散理论及实证分析》，山西经济出版社，1999。

［20］李东阳：《国际直接投资与经济发展》，经济科学出版社，2002。

［21］杨先明：《国际直接投资、技术转移与中国技术发展》，科学出版社，2004。

［22］何洁、许罗丹：《中国工业部门引进外国直接投资外溢效应的实证研究》，《世界经济文汇》1999 年第 2 期。

［23］余光胜、李炜：《外商直接投资中技术引进的分析——对"以市场换技术"

战略的反思》，《外国经济与管理》1997 年第 10 期。

［24］汪前元：《跨国公司的技术战略与发展中国家技术模式选择》，《社会科学辑刊》2003 年第 2 期。

［25］沈坤荣、耿强：《外国直接投资、技术外溢与内生经济增长——中国数据的计量检验与实证分析》，《中国社会科学》2001 年第 5 期。

［26］张为付、武齐：《中国利用外商直接投资的特征及发展趋势》，《国际贸易问题》2004 年第 9 期。

［27］张雪倩：《跨国公司在中国的技术溢出效应分析：以汽车工业为例》，《世界经济研究》2003 年第 4 期。

［28］陈国宏：《企业技术发展的路径选择》，《数量经济技术经济研究》2000 年第 12 期。

［29］陈炳才：《外商直接投资与中国技术进步的关系——兼谈如何实现 "以市场换技术"》，《国际贸易问题》1998 年第 1 期。

［30］陈涛涛：《外商直接投资的行业内溢出效应》，经济科学出版社，2004。

［31］林毅夫、董先安、殷韦：《技术选择、技术扩散与经济收敛》，《财经问题研究》2004 年第 6 期。

［32］周兰、王德高：《跨国公司直接投资对高新技术产业溢出效应的横向比较研究》，《科技进步与对策》2002 年第 12 期。

［33］周解波：《制约中国技术引进和技术扩散的因素分析及对策研究》，《财贸经济》1998 年第 3 期。

［34］郑德渊、李湛：《R&D 的溢出效益研究》，《中国软科学》2002 年第 9 期。

［35］胡景岩：《论开放市场与引进技术》，中国对外经济贸易出版社，2003。

［36］倪艳：《跨国公司对华直接投资现状分析及中国企业对策》，《商业研究》2000 年第 3 期。

［37］徐柔建：《跨国公司技术扩散在中国的约束条件及其对策》，《世界经济研究》1997 年第 5 期。

［38］崔健：《外国直接投资与发展中国家经济安全》，中国社会科学出版社，2004。

［39］商务部研究院产业投资趋势调研课题组：《跨国公司对华产业投资趋势》，《中国对外贸易》2005 年第 3 期。

［40］联合国跨国公司与投资司：《2002 年世界投资报告》，中国财经出版社，2003。

［41］童书兴：《论引进技术与中国利用外资问题》，《国际贸易问题》1997 年第 7 期。

［42］谢冰：《外国直接投资的贸易效应及其实证分析》，《经济评论》2000 年第 4 期。

［43］赖明勇、包群：《外商直接投资的技术外溢效应的实证研究》，《湖南大学学

报》（自然科学版）2003 年第 5 期。

［44］赖明勇、张新、彭水军、包群：《经济增长的源泉：人力资本、研究开发与技
术外溢》，《中国社会科学》2005 年第 2 期。

［45］樊增强：《浅析跨国公司技术扩散及溢出效应》，《科学学与科学技术管理》
2003 年第 4 期。

［46］〔美〕丹尼斯·古莱特：《靠不住的承诺——技术迁移中的价值冲突》，邾立
志译，社会科学文献出版社，2004。

［47］Ari Kokko & Mario Zejan, "Local Technological Capability and Productivity Spillovers
from FDI in the Uruguayan Manufacturing Sector", *Develop Studies*, 1996, 32
（4）.

［48］Blomstrom, Sjoholm, "Technology Transfer and Spillovers: Does Local Participation
with Multinationals Matter?", *NBER Working Paper*, No. 6816, 1998.

［49］Cohen W. & D. Levinthal, "Innovation and Learning: The Two Facts of R&D",
Econ. J. , 99.

［50］*National Bureau of Economic Research*, Working Paper, Series No. 4131, 1989.

［51］Yizheng Shi, "Technological Capabilities and International Production Strategy of
Firms: The Case of Foreign Direct Investment in China", *Journal of World Business*,
36（2）, 2001.

主要参考网站

［1］中国外资网：http：//www. chinafiw. com。

［2］中国科技统计网：http：//www. sts. org. cn。

［3］中华人民共和国商务部科技司网站：http：//kjs. mofcom. gov. cn。

［4］中华人民共和国商务部外国投资管理司网站：http：//www. fdi. gov. cn。

［5］中华人民共和国科学技术部网站：http：//www. most. gov. cn。

［6］中华人民共和国国家统计局网站：http：//www. stats. gov. cn。

第六章

引进外商投资与实施反倾销
调查措施的协调

反倾销措施作为一种保护本国工业不受倾销损害的手段，是 1947 年《关税及贸易总协定》所确立的基本原则。世界贸易组织继承这一贸易规则，为各成员国运用这一合理合法手段，规范本国市场竞争秩序与维护当事企业的利益，确立了一整套运行、规范、仲裁及保障机制。如何运用好 WTO 赋予成员方的有力武器，在大力引进外商投资之际避免跨国公司商品以非正常手段大举进入国内市场，损害中方利益，便是我国今后对外开放应关注的重要领域。

第一节　引进外商投资的现状及发展趋势

从世界范围看，中国吸收外资连续多年保持稳定增长的势头。联合国贸发会议《2010 年世界投资报告》的统计资料显示，全球投资在经济危机中受到严重冲击，2007 年世界各国对外直接投资达到创纪录的 2.1 万亿美元，但受金融危机冲击，2008 年该数额下降 16% 之后，2009 年的跌幅更是高达 37%，全年总投资额仅为 1.1 万亿美元，但 2009 年下半年已经触底并开始逐步复苏。虽然投资总额在不断下降，但发展中国家和转型国家在全球投资中所占比重显著上升。尤其是中国作为投资目的地，2009 年吸引投资总额为 950 亿美元，位居全球第二，仅次于美国。贸发会议预计，未来 3 年中国吸引全球对外投资总额将升至世界第一，美国则将下降到第四。

外商对华直接投资主要有 6 种形式，即中外合资经营企业、中外合作经营企业、外商独资企业、外商投资股份制企业、合作开发和其他。中国吸引外商直接投资的早期，中外合资经营方式一直是中国利用外资的主要形式。但随着中国市场经济体制的日趋规范，以及中国加入世界贸易组织后各种限制性条款的取缔，外商对华直接投资出现了独资化趋势。自 1997 年起，外商独资企业超过中外合资经营企业，成为中国主要的外资利用形式。即使在中外合资企业中，外资也在控股比例上占据较大份额（见表 6 – 1）。

表 6 – 1　中外合资企业股权控制比例

单位：%

行业名称	外方控股比例	中方控股比例	双方控股比例
机械行业	21	67	12
化纤行业	48.91	49	2.09
纺织行业	52.03	45.38	2.59
家用电器行业	75	15	10
彩电显像管行业	93.3	6.7	0
玻璃行业 5 大企业	60	40	0
电梯行业 5 大企业	100	0	0
洗涤用品行业 15 家主要企业	86.7	13.3	0
医药行业 13 家主要企业	92.3	7.7	0

资料来源：根据国家统计局有关资料整理。

在原有的中外合资企业中，大举进入我国数年之后的外商通过增资扩股的方式，将合资企业转变为外方控股或独资的公司。主要案例有：2001年 1 月，中国迅达电梯有限公司宣布股权变更，迫使中方股东退出；2000年 6 月，美国宝洁公司终止了与北京日化二厂的合资关系。一个个合资公司转成外商独资公司。外国直接投资在中国的经济发展中发挥了重要作用，截至 2003 年跨国公司分支机构在中国所创产值占中国产业增加值总量的23%，税收占总税收的 18%，出口额占总出口额的 48%。中国加入世界贸易组织以后，进一步增加了对国外投资者的吸引力。日本、美国、欧盟等一些国家的跨国公司已把中国作为其对外投资的首选地，并着手对其本土以外的海外生产基地重新调整布局，甚至已经把部分企业重要的研发部门转移到中国来。多年实践表明，包括跨国公司在内的外商对华直接投资规模不断扩大，已经使中国利用外资的这项国策深入国民经济发展中的各个部门。这种政策效应在刺激经济快速增长的同时，也给加入 WTO 之后的中国贸易流通领域带来不小的冲击，主要反映在国内某些产业的企业纷纷运用反倾销诉讼的武器，开始解决与跨国公司在贸易领域的摩擦。

一　我国实施反倾销调查前后利用外资政策回顾

回顾中国利用外资的发展历程，按照政策实施效果来划分，大体经历了五个发展阶段。

第一阶段：以"三来一补"为主要特征的利用外资起步阶段（1979～1986 年）。1979 年 7 月，五届人大二次会议通过并颁布《中华人民共和国合资经营企业法》，1979～1980 年中央先后批准广东、福建两省在对外经济活动中实行特殊政策和灵活措施，并在深圳、珠海、汕头、厦门创办 4 个特区。1985 年国务院又进一步开放珠江、闽南、长江三角洲东部 14 个沿海港口城市，形成东部沿海经济开放区。此阶段的引资政策重点主要是：吸收来自港澳地区的以"三来一补"为主的劳动密集型加工产业投资。政策目标重点倾斜到"来料、来样、来件"加工装配和补偿贸易的对外经济活动。

第二阶段：以加工贸易为主要特征的利用外资发展阶段（1987～1991 年）。1986 年 10 月，国务院在总结利用外资初步经验的基础上，为进一步放宽吸收外商投资政策，制定并颁布了《关于鼓励外商投资的规定》及十几个实施细则。1988 年 4 月七届人大一次会议通过了《中华人民共和国中外合作经营企业法》，并将沿海开放区扩展到山东半岛、辽东半岛及其沿海地区，批准海南建省，设立海南经济特区。此阶段的引资政策重点主要是：吸收港澳台地区和日、韩等周边国家及美欧部分发达国家劳动密集型与技术密集型相结合的以加工贸易为主的产业资本投资。政策目标重点倾斜到加工贸易型中外合资生产企业，对其所得税实行"两年免，三年减半"，投资总额内设备进口免征关税。

第三阶段：以吸引跨国公司投资为主要特征的利用外资快速增长阶段（1992～1995 年）。1992 年初，邓小平南方讲话确立了建立社会主义市场经济体制改革目标之后，中国加快了对外开放步伐，中央决定实现沿边（边界）、沿江（长江）、沿线（陇海至兰新铁路线）扩大对外开放战略。中国广阔的市场潜力，充裕的熟练劳动力和稳定良好的投资环境，吸引了越来越多的西方发达国家的跨国公司来华投资。外商投资行业分布广泛，如石油、化工、通信设备、电子、冶金、机械、建材、轻纺、交通运输、旅游、房地产、商业服务等领域。世界 500 强的著名跨国公司资本长驱直入中国资本密集型和技术密集型产业项目，部分外商涉足基础设施等中长期投资项目。此阶段的引资政策重点主要是：吸收大型跨国公司直接投资，与此形成对照的是港澳投资资本比重在下降。政策目标重点倾斜到吸引跨国公司来华投资设厂，实施以"市场换技术"策略，把跨国公司全球产业链延伸到中国并在中国建立生产销售地区总部。

第四阶段：以提高外商投资质量为主要特征的利用外资调整提高阶段（1996～2001 年）。根据中国产业政策和"入世"谈判实践，1995 年 6 月中国颁布了《指导外商投资方向暂行规定》和《外商投资产业指导目录》两项政策法令，把外商投资项目划分为鼓励、允许、限制和禁止四类。并从 1996 年起陆续出台了一系列旨在调整、规范外商投资的政策措施，主要政策内容有：调整对外商投资企业的减免税，使内外资企业处在平等竞争的税收环境下，试点并推广加工贸易台账制度，加强对加工贸易的监管。此阶段的外资政策重点主要是：以"复关"和"入世"谈判为契机，遵照国际规范，从过去只重视利用外资数量，转变为关注利用外资的质量。实施政策目标重点逐步转变到包括第一、第二、第三次产业在内的国民经济各部门和各行业全面利用外资，通过承接跨国公司的产业转移使中国成为世界制造业中心，促进中国相关产业国际竞争力的提高。

第五阶段：以协调"入世"后的中国外贸政策与外资政策相衔接为主要特征的，利用外资规范协调发展阶段（2001 年至今）。2001 年 12 月，中国正式成为 WTO 成员，按照"入世"谈判的承诺，中国到 2005 年"入世"过渡期结束，要全面放开金融、证券、保险、通信、商业批发及零售、旅游、房地产、基础设施等服务业，扩大外资在服务贸易领域的市场准入范围。同时，在产业资本投资领域，要根据 WTO 运行机制及各项规则，重新梳理以往利用外资政策中与 WTO 反倾销、反补贴协议、技术性贸易措施协议等相关法规不一致的做法。此阶段的外资政策调整重点，在于全面准确把握 WTO 有关服务贸易以及货物贸易、与贸易有关投资措施协议的核心实质，既保持外资政策的连续性，又根据国际规范作适当调整。实施政策目标重点放在以 WTO 多边贸易框架规则为基础，以全面提升中国各产业国际竞争力为中心，协调好外贸政策与外资政策，使之与 WTO 规则衔接，促进中国外商直接投资协调稳定发展。

二　实施反倾销调查前后的外国对华投资状况分析

（一）外国对华投资概况分析

中国从 1979 年开始吸收外国直接投资，截至 2009 年底，实际利用外国直接投资金额累计 9133.4 亿美元。1983～2009 年实际利用外国直接投资金额年均增长率为 17.9%，自 2003 年起，中国一直是全球吸收外国直接投资最多的国家。外国直接投资对中国的经济发展产生了巨大的影响。

截至目前，外商对华直接投资的 6 种主要形式为中外合资经营企业、中外合作经营企业、外商独资企业、外商投资股份制企业、合作开发和其他。改革开放初期，中外合资经营方式一直是中国利用外资的主要形式。但到了 20 世纪 90 年代中期以后，外商独资企业超过中外合资经营企业，成为中国利用外资的主要形式。即使在中外合资企业中，外资所占比例也较大（见表 6-1）。

即使是在原有的中外合资企业中，外方也积极通过增资扩股的方式，将合资企业转变为外方控股或独资的公司。21 世纪初，美国宝洁公司终止了与北京日化二厂的合资关系；2001 年 1 月，中国迅达电梯有限公司股权变更，中方股东逐个退出。许多合资公司纷纷转成外商独资公司。随着中国市场经济体制的日趋规范，以及中国加入世界贸易组织后各种限制性条款的取缔，外商对华直接投资"独资化"呈现进一步扩大的趋势。

（二）跨国公司对华直接投资发展趋势分析

从世界范围来看，作为对外直接投资主体，跨国公司在世界范围内迅速成长起来并成为推动经济全球化的主要力量。跨国公司国际化生产规模的不断扩张受到许多因素推动，其对外投资的未来发展趋势也势必受到这些因素影响，其中最为重要的有以下三点。

一是政策自由化。开放市场允许各种对外直接投资和非股权安排。由于跨国公司对外直接投资对东道国的经济发展具有重要作用，因此，如何更多地吸引跨国公司对外直接投资，已经成为世界各国政府制定外资政策的主要目标。在 2001 年，71 个国家的对外直接投资法律出现了 208 项修改，其中超过 90% 是创造更加有利的投资环境吸引对外直接投资流入。另外，2001 年又有 97 个国家签订了 158 个双边投资协定。截至 2009 年各国签订了 109 个新的双重征税协定。各种区域和双边投资协定为维护跨国公司在东道国的经营利益提供了可靠保证。

二是技术的迅速变化导致成本和风险上升，对企业来说开发世界市场以分担这种成本和风险是必要的。另外，由于运输和通信成本下降，极大地降低了公司间的通信和联络成本，使跨国公司可以轻而易举地在全球范围内进行生产要素组合，完成资源优化配置。根据效率要求，在全球范围内实现一体化经营，极大地促进跨国公司的效率寻求型对外直接投资。

三是日益加剧的跨国公司之间的激烈竞争。过去 50 年里，关税的持续降低以及生产效率的不断提高，加剧了国家之间的竞争，促使跨国公司寻求新的方式提高效率，获取国际竞争优势，并转移特定的生产活动以降低成本。这种加剧的竞争还导致新的国际生产形式出现，包括新的所有权及合约安排。

这些因素的影响使得跨国公司对外直接投资状况呈现一定的不确定性。然而，从跨国公司母公司及其海外分支机构的数量、对外直接投资流量、存量、销售额、生产总值以及出口指标的快速增长，可以判断，跨国公司对外直接投资的步伐不会停滞，只是对外直接投资的流向会表现出各自的偏好。

从中国作为外国直接投资对象的角度分析，20 世纪 90 年代中期以来，中国引进外资总额一直处于发展中国家首位，2002 年超过美国而成为全球吸引外国直接投资最多的国家。随着中国加入世界贸易组织并承诺加入《基础电信协定》、《金融服务协定》、《信息技术协定 (ITA)》、《与贸易有关的投资 (TRIMs) 协定》和《与贸易有关的知识产权保护协定》，中国将全面开放过去严格限制外国直接投资进入的电信业、保险业、银行业和专业服务业；并且开放的程度进一步加深，如外国公司将拥有完全的分销权（批发、零售、维修、运输等）和贸易权，可以经营视听产品的分销和旅游业。为了体现世贸组织的国民待遇原则和公平、透明原则，并进一步提高利用外资的质量，2002 年中国还颁布了新的《外商投资产业指导目录》，取代了 1995 年的指导目录，新产业指导目录对外商投资产业鼓励类由 186 条增加到 262 条，限制类由 112 条减少到 75 条。国民经济统计分类方法中的所有产业，需要中方控股的产业仅有 21 项，不到整个产业 371 个条目的 5.7%，外资在中国可以独资的产业已经占到整个产业体系的 87.6%。这一方面表明中国外资政策调整和实施已达到一个更高阶段；另一方面也为外国投资者，特别是大型跨国公司大规模进入中国提供了更加有利的投资环境。

然而，中国吸收外资的增长趋势能否一直持续下去，则受到国内、国际诸多因素制约，从不确定因素增加的谨慎分析角度看，中国吸引外资的趋势不可盲目乐观。

首先，中国在吸引外资方面与主要发达国家之间存在一定的替代关系。随着美国等国家的经济复苏，截至 2009 年底，累计实际利用外国直接投资金额为 9133.40 亿美元。1983～2009 年实际使用外国直接投资金额年均增长率为 17.9%，从 2003 年起，中国一直是全球吸收外国直接投资最多的国家。截至 2003 年底，累计合同利用外国直接投资金额 9469.45 亿美元，累计实际使用外国直接投资金额 5063.78 亿美元。1983～2003 年合同利用外国直接投资金额年均增长率为 31.78%，实际使用外国直接投资金额年均增长率为 21.75%，远远高于中国这一阶段国内生产总值的年均增长率。2003 年中国吸收外国直接投资首次超过美国，成为全球吸收外国直接投资最多的国家。这一年，中国合同外国直接投资金额达到 1169.01 亿美元，比 2002 年增长了 37.93%，实际使用外国直接投资金额达到 561.4 亿美元，比 2002 年增长了 2.05%（见表 6-2）。20 世纪 90 年代，中国引进外资的增长率与国际直接投资的增长率呈反周期变化特征，即全球对外直接投资高增长时，流入中国的外资减少；而当全球对外直接投资下降时，流入中国的外资会增加。这种反周期特征的存在主要有两方面原因：一是国际直接投资的余额调整，即在发达国家某些产业的资本流入饱和时，剩余资本会调整流入中国；二是中国相对稳定和安全的经济环境，即在发达国家经济出现不稳定因素时，国际资本会流入中国。由此表明，中国对国际资本的吸引力并不是完全自主和内在的。2003 年中国吸引外商直接投资超过美国，也并不能说明中国对国际资本的吸引力就已经超过美国，在很大程度上这是由于美国的"9·11"事件、新经济泡沫的理性回归以及美国曝光企业舞弊等一系列因素引起的。随着美国等国家经济的复苏和增长，以及可能出现的新的国际并购浪潮，中国吸引外资的增长率有可能会出现波动。

表6－2　1979～2009年中国利用外国直接投资情况

年　份	合同利用外资金额（亿美元）	合同利用外资金额环比年增长率（％）	实际利用外资金额（亿美元）	实际使用外资金额环比年增长率（％）
1979～1982	49.58	—	17.69	—
1983	19.17	—	9.16	—
1984	28.75	49.97	14.19	54.91
1985	63.33	120.26	19.56	37.84
1986	33.30	－47.42	22.44	14.72
1987	37.09	11.38	23.14	3.12
1988	52.97	42.81	31.94	38.03
1989	56.00	5.72	33.93	6.23
1990	65.96	17.79	34.87	2.77
1991	119.77	81.50	43.66	25.21
1992	581.24	385.30	110.08	152.13
1993	1114.36	91.72	275.15	149.95
1994	826.80	－25.80	337.67	22.72
1995	912.82	10.40	375.21	11.12
1996	732.76	－19.73	417.26	11.21
1997	510.03	－30.40	452.57	8.46
1998	521.02	2.15	454.63	0.46
1999	412.23	－20.88	403.19	－11.31
2000	623.80	51.32	407.15	0.98
2001	691.95	10.92	468.78	15.14
2002	847.51	22.48	550.11	17.35
2003	1169.01	37.93	561.40	2.05
2004	1534.79	33.38	606.30	13.32
2005	1890.25	23.17	724.08	16.27
2006	1937.27	2.49	694.68	－4.06
2007	2252.08	16.30	826.58	13.80
2008	2112.90	－6.18	923.95	23.58
2009	1935.10	－8.40	900.33	－2.56
总　计	9469.45	—	9133.40	—

资料来源：根据中国投资指南网资料整理。

其次，中国的市场需求增长速度与跨国公司对中国市场潜力的预期存在一定差距。跨国公司对华投资大多是市场寻求型的投资。但是近年来，由于中国的住房、教育、医疗体制改革，消费者收入主要用于住房和服务消费，对工业制成品的消费需求增长缓慢，而跨国公司主要投资于制造业领域，因此实际的市场需求并不如预期的那样大。另外，中国经济结构调整迟缓，贫富差距日益拉大，多数消费者购买能力增长有限，也是消费需求不旺的主要原因。同时，由于众多跨国公司竞相对华进行投资，加之国内也成长起来一批具有竞争实力的企业，市场份额争夺也较为激烈。此外，由于中国的城市化进程缓慢，各种服务设施尤其是综合物流业发展水平落后，因此增加了跨国公司在中国建立销售服务系统的成本。这些因素都有可能影响跨国公司对华投资的进一步增长。

再次，廉价劳动力的优势正在逐渐消失，优惠政策与周边国家相比也不再具有吸引力，港澳台地区的中小型外资企业已经开始向越南等东南亚国家转移。虽然中国拥有几乎是无限供给的廉价劳动力，但由于户籍制度改革滞后以及东部沿海地区住房、医疗、教育等费用的不断上涨，阻碍了中西部地区劳动力流入，东部地区劳动力成本呈上升趋势，廉价劳动力的优势正在消失。此外，国内给予外资企业的超国民待遇还存在争论，但周边国家如东盟、南亚等国，给予外资企业的优惠程度要高于中国。这些变化已经导致一部分港澳台中小型外资企业向越南等东南亚和南亚国家转移。港澳台中小型外资企业虽然对技术进步和产业升级不能产生多大促进作用，但其出口扩张型的投资有助于增加就业，缓解中国巨大的就业压力，因此仍是中国目前应该积极争取的引资对象，尤其是如何将其引向中西部地区，是外资政策调整的重点。

最后，吸引外国直接投资的制度环境还不完善，制约着引资规模的进一步扩大，尤其是对跨国公司的引资规模。一是在激烈的竞争环境下，跨国公司需要不断引进最新技术，而中国不完善的专利保护制度对先进技术的进入构成了障碍；二是具有可操作性的企业并购制度尚未形成，与主流跨国公司对外投资方式不吻合，"绿地投资"① 增加了跨国公司的投资成本；三是投资选择过程中人为影响作用较大，政策不具稳定性和明晰的可预见

---

① 　绿地投资是指投资项目需要购置土地，并投资建设项目的投资方式。它有别于并购、合并、联合等投资形式。

性，这会影响跨国公司的投资预期。

三　进口反倾销调查对外国来华直接投资影响的基本评估

从近十几年中国的外商直接投资流入量的变化看，中国实施进口反倾销调查措施以来，对外商直接投资的总流量影响不大。这种判断结果更多是基于一种定性的经验判断，其原因主要来源于三个方面。

一是进口反倾销调查案件的总数有限，截至 2010 年 10 月我国对进口产品发起反倾销调查的案件共 64 起，最终采取反倾销措施的案件有 52 起，因申请人撤诉、国内产业无损害等原因终止调查的 8 起，尚有 4 起案件正在调查。涉及的行业、产品、企业面有限，尚不足以影响到外商对华直接投资的总流量。

二是外国企业在选择进入战略时，所考虑的因素是多方面的，如绕过市场壁垒、降低运输成本、适应市场差异化需求、适应大容量市场需求、利用当地的要素资源和政府的优惠政策以及保持对其他竞争者的竞争优势等。因此，绕过类似反倾销这样的进入壁垒仅仅是外国企业所要考虑的诸多因素中的一个。

三是进口反倾销政策仅对最初采取商品出口方式进入中国市场，后来受到反倾销调查采取直接投资的方式进入中国市场的外资企业产生直接影响。而对那些一开始就采取直接投资方式，或者已经确立在中国进行长期直接投资发展计划的跨国公司来说，反倾销措施不会对它们产生直接影响。

1992 年以来，中国实际吸收外商直接投资额除 1999 年、2006 年、2009 年有所下降外，每年都呈大幅增长趋势（见图 6－1）。这反映了外国投资者对中国投资信心的增加和中国投资环境的改善。截至 2008 年底，对华投资前十位国家或地区（按实际使用外资金额排序）是：中国香港、维尔京群岛、日本、美国、中国台湾、韩国、新加坡、开曼群岛、英国和德国。实际投资额占全国累计实际使用外资总额的比重依次为 38.88%、10.02%、7.27%、6.63%、5.30%、4.66%、4.21%、1.84%、1.75%、1.68%。其中，中国香港和维尔京群岛是中国内地外商直接投资的主体，两者合计占中国吸收外商直接投资国家或地区比重的 48.90%；美国和日本的比重不高但仍保持着稳定的增长；欧盟对华投资的合同金额和实际金额都比 2007 年略有下降。虽然中国吸引外国直接投资不断增长，但外商直接投资来源地结构也反映出中国目前利用外资的整体质量不高。

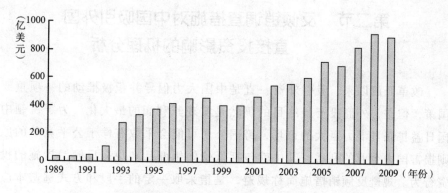

图 6 - 1　中国实际利用外商直接投资金额（1989 ~ 2009 年）

资料来源：中国商务部网站 http：//www. mofcom. gov. cn/。

　　从外资流向的领域看，外商直接投资企业主要投资领域仍然是制造业，2008 年制造业实际吸收外资 498.95 亿美元，同比增长 22.1%，制造业领域的外商投资主要集中于以下行业：①通信设备、计算机及其他电子设备制造业；②电气机械及器材制造业；③化学原料及化学制品制造业；④交通运输设备制造业；⑤通用设备制造业；⑥专用设备制造业；⑦纺织服装、鞋、帽制造业；⑧非金属矿物制品业。农林牧渔领域实际利用外资 11.91 亿美元，同比增长 28.89%，增幅较大，但仅占非金融领域外商直接投资总量的 1.29%，比重仍然很小。服务业 2008 年实际吸收外资在 2007 年大幅上涨的基础上继续增长，实际吸收外资 381.20 亿美元，同比增长 24.23%，占非金融领域外商直接投资总量的 41.26%，比 2007 年提高 0.26 个百分点。增长率较大的具体行业包括：电力、煤气及水的生产和供应业，计算机应用服务业，分销服务业以及运输服务业。此外，高技术产业 2008 年实际使用外资 119.06 亿美元，比 2007 年增长 16.23%。其中，电子及通信设备制造业吸收外资最多，占 62.5%。

　　由于全球竞争激烈，许多大型跨国公司已开始调整其全球生产经营战略，既寻求廉价生产要素以提高国际竞争力，又拓展新的市场空间，其对外投资转移趋势也更趋明显。但同时，中国政府的外资外贸政策也在一定程度上影响外国对华直接投资的力度与领域，分析显示如果长时期实施进口反倾销政策会对相关行业和产品的外资企业进入战略产生一定的影响，进而影响与这些行业或产品相关的外商直接投资流量。

第二节　反倾销调查措施对中国吸引外国
直接投资影响的机理分析

改革开放以来，吸引外资一直是中国大力倡导并积极推动的一项重要国策，但是，外商投资最终目的仍然是实现其利润的最大化。为了占领中国日益扩张且潜力巨大的市场，跨国公司可能会采取有悖于公平竞争的原则损害国内企业的利益，其中就包括低价倾销商品和规避反倾销措施的投资行为。规避反倾销措施简称规避，是指采取一定的手段和方式逃避本应向东道国政府支付的反倾销税。

在进口国采取反倾销措施后，出口商和生产商采取上述手段，可以有效地避开反倾销税而继续向进口国倾销被调查产品，从而使进口国的反倾销措施失去意义。反规避措施的目的就在于当出口商规避反倾销措施时，为遭受损害的国内产业提供相对快速和有效的救济措施。它是确保应被征收反倾销税的进口产品确实被征收了反倾销税，以达到抵消倾销目的的一种方式。如果经过调查证实存在上述规避行为，调查机关可以裁决将反倾销措施的适用范围扩大到存在规避行为的进口产品。即对经过加工、在进口国或第三国组装、虚构原产地等的产品征收反倾销税，以达到反倾销措施得以实施的目的。

20世纪80年代中期以来，以欧美为代表的发达国家纷纷修改其反倾销立法，增加了反倾销规避与反规避的内容。反规避措施的补充使得反倾销法的适用范围扩大，涉及领域从以前的贸易领域扩展到了产业投资、生产等相关领域；涉及对象从成品延伸到相关零部件和原材料。从国际实践看，反规避措施越来越成为一国贸易政策与投资政策的协调器。该措施的实施使得早期的反倾销措施逐步深化并不断完善，同时也不同程度地规制了跨国直接投资流量的变化与质量。

一　外商直接投资数量的协调器：反倾销措施与跨国直接投资流量分析

反倾销措施不仅是东道国政府在国际贸易领域的一项抵制外国进口倾销的举措，同时它还在一定程度上影响到外国政府与跨国公司对东道国的直接投资项目。根据东道国所采取反倾销、反规避措施的搭配组合不同，对跨国直接投资流量的影响将产生两种波及效应。

第一种情况：东道国不采取反规避措施，仅采取反倾销措施的影响效应和机理。东道国对某些进口产品实施反倾销措施后，该产品的进口企业会减少进口量，为了维持在东道国市场的占有率，该产品的外国生产企业便会采取规避东道国政府反倾销的措施，而通过增加对东道国的直接投资转移产品生产地点，将产品生产从出口国转入东道国进行，从而外商直接投资对进口产生了替代作用。在这种情况下，东道国实施反倾销措施会刺激外国直接投资增加，反倾销的实施与外国直接投资呈现一定的正相关性，即采取反倾销措施有利于扩大外国对东道国的直接投资（见图 6 - 2）。

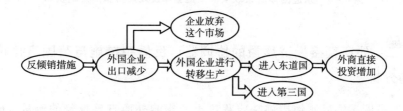

图 6 - 2　东道国不采取反规避措施，仅采取反倾销措施的影响机制

第二种情况：东道国既采取反倾销措施又采取反规避措施的影响效应和机理。当东道国对外国产品实施反倾销措施后，通常外国企业会通过在东道国投资设厂方式扩大在当地的市场占有率，然而东道国政府此时对进口产品同时采取反规避措施，自然会限制外国企业对东道国对外直接投资，转而在第三国设厂或将产品销往第三国市场。此种情况，反倾销与外国直接投资流量不会表现出明显的相关关系。如果东道国政府对外国跨国公司的反倾销以及反规避执行的力度大，时期长，更可能会影响到市场寻找型的对外直接投资，这种情况从长远看，反倾销措施就会与外国直接投资表现为一定程度的负相关性。虽然这种情况目前在中国尚未出现，但潜在的可能性是存在的（见图 6 - 3）。

从世界各国实践来看，上述两种东道国采取反倾销措施对跨国直接投资流量产生不同的影响效应，也印证了国际上的反倾销活动经历了两个发展阶段，即：20 世纪 80 年代以前的第一阶段，倾销—反倾销措施阶段；80 年代以后的第二阶段，规避—反规避措施阶段。东道国对某些产品的进口采取反倾销措施，并且对有规避行为的外商直接投资者采取反规避措施后，一方面该产品的进口量减少；另一方面外商直接投资额不增加甚至减少，这样反倾销、反规避措施有效地将国外国内市场的贸易量与投资量维持在一定的水平上，使反倾销措施成为跨国直接投资流量的协调器。

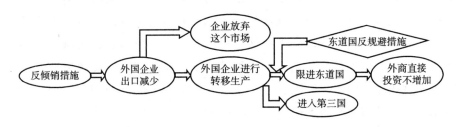

图 6 - 3   东道国同时采取反倾销措施和反规避措施的影响机制

二   外商直接投资质量的协调器：反倾销措施与跨国直接投资结构分析

东道国实施反倾销措施一定程度上会影响外商直接投资的流量，同时东道国政府的对外开放战略，宏观经济环境，各种优惠、鼓励、限制等外资政策也是影响外国直接投资的重要因素。基于此，通过设计反倾销措施与相应开放政策的搭配来引导外国直接投资，使之向有利于中国经济发展、有利于提升中国产业竞争力、有利于产业技术升级的领域流动。通过这种政策与外贸措施的有机组合使跨国直接投资更趋合理，从这个角度分析，反倾销措施无疑在一定程度上成为对外直接投资质量的协调器。

分析近年来跨国直接投资流向的影响因素，反倾销措施可在以下几方面发挥其协调作用。

首先，反倾销措施应符合并纳入中国总体对外开放战略之中。中国总体对外开放战略是影响跨国直接投资流向的最重要因素。由于中国的特殊情况，中国对外开放从开始就采取了逐步推进的发展战略，表现在地域上是先点（特区、开发区）后面（开放地区）、先沿海后内地的递进式开放；表现在产业上就是先制造业后服务业，制造业开放幅度大而服务业开放限制多。这种开放模式在开放初期的合理性是显而易见的，事实证明也是成功的。但在目前的对外开放形势下，这种先试点后推广的战略模式已经越来越难以适应经济社会发展的要求，对吸引外商直接投资也造成了极大制约。开放初期，由于对许多问题把握不清，或国内产业、企业市场竞争力较低，必须逐步开放以积累经验，完善管理，避免开放中的某些风险。但现在，中国已经实行了 30 多年的开放政策，无论在认识水平和实践把握能力以及企业竞争力方面都有了很大提高，需要对新的对外开放战略进行再设计。否则，可能在不断的试点中丧失机遇，"试点"了七八年仍在试点就是证明。这也是近年来中国吸引外商投资停滞不前、引资质量不高的原因。多数重要行业尤其是服务业对外资进入限制过严，使得外商投资产业结构的调整不能顺利进行。当前，中国加入 WTO 已近 10 周年，反倾销作为外贸领域的一项保护国内产业的重要手段，其实施与运用必须符合国家的整体对外战略需要，在中国对外开放战略的重新设计定位中，必须考虑反倾销对于吸引外资的引导作用，使反倾销发挥其对引导外资合理流向的调控作用。

其次，反倾销在市场经济制度建立和市场竞争环境中发挥了积极作用。市场经济制度和市场竞争环境的限制，可以影响跨国直接投资流向。目前中国市场经济法律体系还不健全，法律基础、立法程序、运行机制等仍未完全转向市场经济，有关法律法规中还存在众多与市场经济原则相悖的规定，执行过程中也存在一些问题，对在市场经济环境中运行的外商投资仍以审批等行政管理手段为主，也给外商投资进入及生产经营带来了困难。中国已经按照加入 WTO 的承诺，清理完毕有关法律法规，以符合 WTO 的透明度、国民待遇等基本原则，但在与投资相关的服务方面仍需要进行大量工作。反倾销目前虽然是中国外贸领域保护国内产业的手段，但其执法依据也必须尽快完善，并与世界惯例接轨。同时，国内市场经济环境的局限性也对外商直接投资的流向产生一定影响，突出问题是国内市场的地区分割和知识产权保护不力。国内市场庞大本是中国吸引外商投资的重要因素，但地区分割降低了对外商投资的吸引力，使得外商投资难以扩大规模，而投资规模往往又与投资产业的技术水平高低成正比。知识产权保护不力也使外商投资对高新技术项目、转让先进技术和生产尖端产品的积极性大大降低，甚至出现了外商为了避免被侵权而转移到别的国家生产再向中国出口的现象，这势必影响外资的投资结构与投资质量。反倾销在这种市场经济环境中必须发挥协调外贸政策与外资政策合理衔接的作用。对于有利于中国产业技术升级的项目可以放松甚至不对其进行反倾销调查，而对于试图通过在他国设厂规避反倾销调查的行为除了坚决实行反倾销措施外，同时还要实施反规避措施，从而在商品倾销或通过投资转移出口方面都彻底消除外国企业对中国的倾销影响。

再次，反倾销措施有助于克服外商投资产业政策的局限性。政府调控经济，很重要的手段是产业政策。将反倾销措施与产业政策结合起来鼓励、支持、限制外资流向是今后引导在华投资结构的重要手段。自从中国提出建立社会主义市场经济体制后，产业政策在宏观经济管理中的作用越来越为人们所认识。然而，在实践中，产业政策的制定与实施往往带有浓重的计划经济色彩，这在外商直接投资产业政策中有突出体现。1995年中国发布了《指导外商投资方向暂行规定》和《外商投资产业指导目录》，1997年又对《目录》作了修订，2002年4月1日开始实施"入世"后修订的新目录。应该说，该目录基本上体现了中国吸收外商直接投资的产业政策的指导原则和引导方向，但整体思路和具体做法还是基于计划经济模式，并且目录修订滞后于产业发展和外商投资要求。同时，在产业政策制定中，并没有将反倾销与保护幼稚产业、保证经济安全、鼓励产业升级和技术进步等结合起来。今后，必须意识到反倾销在外贸外资领域中的重要作用，发挥其与产业政策协调配合的实施效应。在协调方面，可以按照以下组合进行：实施反倾销与限制外商投资进入的外资政策结合，限制外资进入中国需要保护的国内产业；实施反倾销与禁止外商投资进入的产业政策结合，禁止外商进入中国必须维护国家经济、政治安全的产业，如国防、军工等行业；不作为的反倾销措施与正常的外资政策结合，在外国直接投资可以正常进入的行业，充分发挥竞争机制，刺激国内产业参与国内、国际两种竞争，提高企业的经营管理水平；不实施反倾销措施与鼓励外商投资的产业政策相配合，吸引外资进入那些需要提升产业技术等级、需要引进国外管理经验、扩大国际市场的产业，从而实现技术升级，扩大出口。以上通过将反倾销实施的几种执行状态与国家宏观战略、外资和外贸政策、产业政策等进行协调配合，充分发挥反倾销在中国加入世界贸易组织以后在吸引外国直接投资方面的积极作用，使反倾销在一定程度上担负起对外直接投资的质量协调器职能。

三　中国实施反倾销调查措施与外国直接投资的效应分析

如何评价外国直接投资的效应一直是经济学界甚至是社会各界争论的话题之一，其评价的方法、所采用的指标也各不相同。目前联合国用两个定量指标来衡量外国直接投资对东道国的影响，即用外国直接投资流入业绩指数（Inward FDI Performance Index）和外国直接投资流入潜力指数（Inward FDI Potential Index）两项指标，来描述和评价各国吸引 FDI 的现实状况和前景，并通过指数的排序来客观反映某一经济体上述业绩潜能在全世界的名次和地位。

联合国贸发会议对业绩指数下的定义是，一段时期内（通常为一年），一国 FDI 流入量占全球 FDI 流入量的比例与该国 GDP 占全球 GDP 的比例的比值。若指数值大于 1，表示该国吸引的 FDI 在全球所占比重较其 GDP 所占比重要大，也就是业绩突出；反之，若指数值小于 1，表示该国吸引的 FDI 在全球所占比重较其 GDP 所占比重要小，即业绩低下；若指数值等于 1，则表示该国吸引的 FDI 在全球所占比重与其 GDP 所占比重相当，即业绩正常。而对潜力指数的定义是一国 8 个经济、社会、政治指标得分的平均数。UNCTAD 选择的 8 个指标分别是：人均 GDP、近 10 年实际 GDP 增长率、出口额占 GDP 比例、每千个居民拥有电话数、人均商业能源使用情况、研发支出占国民收入比例、接受高等教育人数占总人口比例、国家风险。指标得分的计算方法是，先得出一国某一指标的数值与各国该指标的最小值的差，再得出各国该指标的最大值与最小值的差，然后求出两个差的比值，即为一国在该指标上的得分。可以借助这两个指标定性分析中国实施反倾销措施与外国直接投资的效应。根据联合国贸发会议提供的数据，中国目前业绩指标大于 1，潜力指标得分相对较低，这说明中国在吸收利用外国直接投资方面成绩较为突出，但进一步引进外资的潜力还有待提高。虽然该指标并不能完全反映中国利用外资的现实状况，但对评估反倾销调查具有一定启示。

中国实施反倾销措施将对外资状况发生以下几种效应。

第一，反倾销措施的实施导致外资流量增加的情况。对大型跨国生产者而言，中国实施反倾销措施阻碍了其产品在中国的出口额，因此从其长期占领中国产品市场的角度出发，它们会以加大在中国的直接投资为手段，通过在中国设厂生产达到占领中国市场份额的目的。因此，反倾销措施的实施会在一定程度上促进外商直接投资流入量的增加。

第二，反倾销措施的实施不会促进外资流量增加的情况。对中小型的外国出口企业而言，中国实施反倾销措施后，它们会减少出口额，但不会必然增加对中国的直接投资额。这主要是因为对于中小企业而言，其产品的成本优势是它们竞争的主要优势，在资金规模不大、综合竞争优势不明显，同时对中国的投资环境不熟悉的条件下，它们不会轻易采取直接投资这种风险最大的市场进入方式。在这种情况下，反倾销措施的实施不会导致外资流量的增加。

第三，反倾销措施的实施可能导致外资流量减少的情况。对于具有全球发展战略的大型跨国公司而言，在中国对其产品实施反倾销同时尚未采取反规避的情况下，它们会逐步减少在中国的直接投资转而在第三国设厂，通过在全球配置生产资源、全球销售来规避中国的反倾销行为。在这种情况下，反倾销就会减少中国外国直接投资的数量。目前这种情况尚未发生，但对于在中国利润率高、生产成本相对较低并且市场需求大的产业，如果中国反倾销措施实施不当，则具有这种可能性。

第四，作为发展中国家，中国实施反倾销措施的特殊情况。欧美等发达国家实施反倾销、反规避措施针对的产品大多数是来自发展中国家技术和资本含量低的产品，这也是发达国家结构调整难度较大的产业产品，在发达国家国际贸易矛盾中尤为突出，如一般金属制品、化工产品、机电和音响设备、塑料和橡胶制品、纺织品等。反倾销、反规避措施对发达国家的外国直接投资流量不会产生很大影响，因为发达国家之间的外商直接投资流量在发达国家吸收外资中占主导地位。为此，单从数量角度还不足以对外国直接投资效应作出全面判断。

中国作为发展中国家，实施反倾销、反规避措施针对的产品大多是来自发达国家的技术和资本含量高的产品，也是中国亟待发展的主导产业内的产品，在中国引资政策中属于鼓励外商直接投资发展的产品，如化工产品、钢铁产品和高级纸等。因此，中国实施反倾销、反规避措施就必然会对外商直接投资的流入量产生直接影响。中国是发展中国家，如何有效利用外资促进经济发展，同时按照世贸组织的规则在对外贸易领域有效实施反倾销措施，保护中国新兴行业发展，保护幼稚行业不受冲击，是当前亟待解决的问题。中国外贸政策和外资政策的不完善和不协调，一方面不能有效发挥外资的使用效果；另一方面，如果对外资使用范围、进入领域引导不当还可能造成外资企业对中国市场的变相倾销、变相反规避。

加入世界贸易组织后，中国正在全面按照世贸组织规则修改、完善外资外贸政策。随着中国反倾销和反规避措施的不断完善和实施力度的加强，必然会对中国的外商直接投资产生更为重要的影响。如果反倾销、反规避措施与吸引外资的政策协调不好，它们之间就会产生冲突，从而抵消两项政策的实施效果。相反，如果把反倾销、反规避措施和引资政策的关系处理得好，就会使这两项政策相互促进，相互补充。反倾销措施作为中国引资政策的一个调节器，其协调外资和外贸政策关系的指导原则应当是：政策实施的结果符合中国引资产业的结构调整方向，符合国内企业与国外企业之间以及国外企业之间的公平竞争原则。

第三节　反倾销调查与吸引外资政策的
冲突与协调

反倾销调查主要是一种维护公平自由贸易的制度安排，它针对的是倾销行为，目的是维护市场的公平竞争。由于贸易活动与投资活动有相当密切的关系，而中国也将吸引外资视为重要国策方针。同时在反倾销调查中不可避免地会涉及一些跨国公司在华企业的行为，因此必然会产生与吸引外资政策的冲突，需要采取必要和可行的措施加以协调。

一　反倾销调查与外资政策潜在冲突分析

（一）外资政策重点转向吸引跨国公司后的引资效应分析

1. 引资政策重点转移带来外商投资来源结构与波动变化的分析

近几年，中国外资政策的调整重点是：从数量扩张型向质量提高型转变，从普遍优惠型向差别优惠型和国民待遇型转变。这种政策导向的结果是：针对投资质量不同、技术含量不同的外资投资，中国给予的优惠政策也体现出差别性。与来自中国香港、澳门和台湾的投资规模小、技术水平较低、国际市场竞争力弱的外资企业相比，中国更希望积极引进来自美国、日本和欧盟等以大型跨国公司为主的资本雄厚、技术先进、在国际市场拥有很强竞争力的外资企业。然而，近几年中国引资政策的调整，使得外商投资来源结构发生了一定变化，欧美对华投资增长也出现了变化。

美国和欧盟的对华投资，在发展变化上有所不同：2000～2002年，美国对华实际投资额有所增长，特别是在2002年突破50亿美元，创造了历史新高。但随后几年，美国对华实际投资出现下滑，并于2007年达到最低点，而2008年才有所上升，但仍在30亿美元以下。2000～2002年，欧盟对华实际投资额逐年下降，到2003年才有所回升，并在随后几年里逐年上升，于2005

年突破 50 亿美元，而在随后的 3 年里，除 2007 年投资额度有所下降外，其他两年的实际投资额基本保持在 50 亿美元左右。（见图 6 - 4、图 6 - 5）。

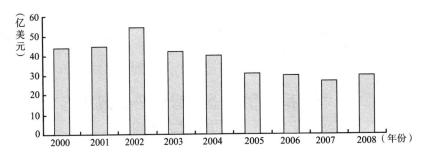

图 6 - 4　2000～2008 年美国对华实际投资额

资料来源：根据商务部统计资料整理而成。

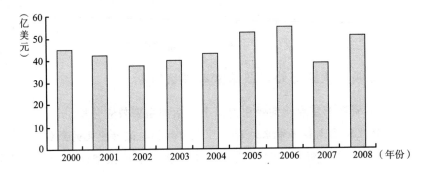

图 6 - 5　2000～2008 年欧盟对华实际投资额

资料来源：根据商务部统计资料整理而成。

2. 影响跨国公司来华投资的决定因素是多重的

值得重视的是，在中国"入世"、经济持续快速发展等利好因素推动下，近几年全国吸收外商投资出现了较大幅度增长，欧盟对中国的投资保持在相对稳定的水平，变化波动较小，而美国对中国的投资却出现负增长或大大低于中国吸引外资的平均增长率。这表明，美国对华投资仍存在众多不确定因素，反过来也可以说，中国还没有形成有利于吸收美国投资的稳固基础。影响跨国公司来华投资的因素是多方面的，引资政策导向仅是其中之一。现在还很难看出影响跨国公司投资规模增减的趋向性因素，事实上中国并没有形成美国投资的稳定发展势头，其他非政策性因素（如区域合作、实施 WTO 允许的贸易措施等）在未来一段时期将对外商投资产生举足轻重的影响。

（二）实施反倾销措施引起的跨国公司投资行为的变化

1. 受到反倾销调查的跨国公司投资行为的变化

从中国现有的多起反倾销案件涉及的国家或地区看，发达国家受到的反倾销调查最多；其次是新兴工业化国家或地区，如韩国、新加坡和中国台湾；其他则是与中国发展水平接近的发展中国家，如印度、马来西亚等也表现出立案增加的势头。发达国家从长远的发展利益考虑，可能会增加对中国的直接投资；或者转移到中国周边国家或地区投资生产，采取从第三国出口的方式进入中国市场。这一点可以从化工行业的反倾销案例中看出。从 1999 年 3 月中国首次对原产于韩国的聚酯薄膜开展反倾销调查以来，发达国家对中国化工行业进行直接投资的规模逐年上升（虽然还综合考虑其他的因素），并且其在日本、韩国的子公司加大了向中国的出口量。因此实施反倾销调查可能出现两个结果：一是中国相关行业的外商直接投资额增加，二是跨国公司投资第三国对中国增加出口。前者促进了投资的增长，后者使外商的规避行为增加，这将会加大中国反倾销措施实施的难度。

2. 反倾销措施的实施与引资政策的潜在冲突分析

近几年反倾销实践证明，首先，现有外资政策中鼓励外商投资的行业，往往是目前受反倾销制裁最严重的行业，比如化工行业、钢铁行业和新闻纸制造行业；其次，《外商投资产业指导目录》中鼓励投资的产品，往往是受到反倾销指控最频繁的产品，如高科技含量的化学品合成橡胶、合成纤维原料；再次，具有上述生产能力的发达国家往往是受到反倾销指控最多的国家（如德国巴斯夫公司在日本、韩国、美国等国家的分公司，是中国立案反倾销调查最多的）。

从理论上分析，反倾销措施实施与引资政策存在冲突，根源来自东道国政府与跨国公司的目标利益往往不一致。跨国公司总是试图强化其全球市场竞争力，从而使其利润最大化。而东道国政府则试图促进本国经济发展，从而提高本国福利水平。两者在终极目标和利益上的不一致导致各自不同的需要和战略。追求全球市场垄断利益的跨国公司可能与东道国提高本国企业全球竞争力的目标相冲突，双方目标和利益的冲突点可归纳于表 6 - 3。然而，东道国与跨国公司在追求各自目标时往往能达到一致，否则很难解释过去 20 多年来全球爆炸式增长的 FDI 流量及存量。东道国与跨国公司的利益冲突虽不完全是零和博弈，但利益分配往往取决于双方讨价还价的能力。

表 6 - 3   东道国政府和跨国公司的目标与利益冲突

东道国政府	跨国公司
• 目标是促进本国经济发展，提高本国福利	• 目标是强化其全球市场竞争力，从而使其利润最大化
• 希望得到高新技术	• 只允许其子公司采用标准化的成熟技术
• 希望 FDI 能促进出口	• 对当地市场更感兴趣
• 希望增加当地采购以强化关联效应	• 保留关键部件或设备由母公司的供应权
• 偏好合资的 FDI 项目	• 钟爱独资方式
• 鼓励各种渠道的技术扩散或技术外溢	• 借严格的知识产权保护条款来维持其技术垄断
• 希望子公司的利润多用于再投资	• 更想把利润汇回母国
• 偏好新建厂房的投资项目	• 偏好并购的投资发生
• 希望投资于所需产业，如制造业、基础设施等	• 有意于利润高的产业，如金融、保险等服务业

二   寻求解决反倾销与引资冲突的政策着眼点

(一) 政策导向：贸易与投资关系良性互动的政策理论内涵

1. 跨国公司内部贸易约束模型

深入研究发现，跨国公司的内部贸易以各种形式向中国大量倾销商品的情况早已存在，但是，随着中国外资政策的调整，以及中国合理运用 WTO 反倾销法规，反倾销措施与外资政策的冲突变得日益突出。在经济全球化和区域经济一体化快速发展的背景下，寻找外贸政策（反倾销）与外资政策（吸引跨国公司投资）的政策效应均衡点，保持对外经济对国内经济发展的正向拉动作用，还需要在 WTO 多边贸易法规框架下，结合本国国情做深入细致的研究探索。以下给出的跨国公司内部贸易约束模型（见图 6 - 6），为研究解决反倾销措施与外资政策的冲突焦点，制定出台新的贸易与外资政策，提供了一个相对明晰的政策修订参数依据平台。

2. 综合政策因素对内部贸易的约束

不管是 WTO 所导致的多边贸易体制的一体化，还是区域经济组织所导致的经济与贸易政策的一体化，政策总是由各国具体制定并实施。并且，各个国家有其具体的产业情况和市场情况。因而，跨国公司的国际经营活动及其内部贸易要直接受到母国和东道国具体环境的约束。制约跨国公司内部贸易的国家环境主要包括三个层面：政策环境、产业环境、企业环境。

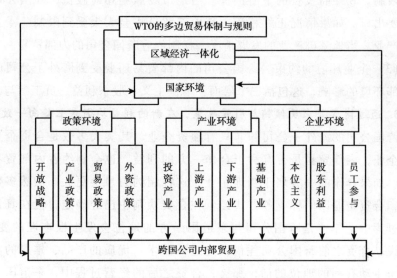

图 6-6　跨国公司内部贸易约束模型

（1）政策环境的约束。包括：①开放战略。国家的开放度或市场的开放度，将直接或间接对跨国公司的内部贸易形成限制。②产业政策。从东道国角度看，产业政策对引资政策起导向作用，从而对跨国公司的经营与贸易产生制约作用。例如，发展中国家在引资过程中，为提升本国的产业结构，根据产业政策的要求，一般鼓励引进技术含量高的产业，而限制引进技术含量低的产业。③贸易政策。尤其是反倾销措施、技术性贸易措施等外贸政策直接影响着跨国公司的进出口贸易。④外资政策。虽然 WTO 倡导国民待遇原则，但国家在吸引外资过程中，往往对外商投资企业采用一定的优惠待遇。这并不排除东道国有关部门对外国公司的进出口价格尤其是内部贸易的转移价格所进行的事先咨询服务及呈报审查、事后审计检查及处置惩罚的全面管理过程。可见，这些不断完善的政策，也将直接制约着跨国公司的内部交易。

（2）产业环境的约束。包括：①外商投资的直接产业。如果当地同业者的产品具有很强的竞争力，能基本保证当地市场的需求，外国公司将会努力增加出口，内部贸易将受其限制。②外商投资的上游产业。在东道国境内，外国公司的上游产业情况，也会制约其内部贸易。如果当地上游产业所生产的各种产品能有效地满足外国公司之需，纵向内部贸易将会受到很大限制。③外商投资的下游产业。当地市场赢利相对较低，外国公司则会主要出口。如果情况正好相反，其内部贸易将会大大受到限制。④当地基础产业。当地基础产业的发展情况一样制约着跨国公司的内部贸易。

（3）企业环境的约束。跨国公司的内部贸易还要受到海外子公司的自身内部环境的影响，这包括三个层面：本位主义、股东利益、员工参与。

3. 通过博弈寻求反倾销与引资政策，在新的利益均衡点上趋向一致

跨国公司的海外子公司并非只有独资企业，其实大多数是合资企业或合作企业，内部贸易是否有利于合作一方的利益，也会制约着内部贸易的开展。如果合作的一方属于当地企业，这种制约力量会更大。虽然多数情况下，合资企业以何种业务方式经营在合资谈判中已经确定，但在真正的经营过程中，往往是跨国公司与东道国一方的地位会发生根本性的变化。如果说，合资之前跨国公司凭借其先进的技术、优质的产品、雄厚的实力而处于主动有利的地位的话，那么，合资之后的经营过程中，东道国一方凭借其独特的地利、人和之优势，会变被动地位为主动地位，在相关合作形式及经营方式上要求再谈判。双方的地位变化可用图 6-7 表示。所以在跨国公司的一体化安排及内部贸易对东道一方不利的情况下，东道国的行动将成为重要的制约力量。

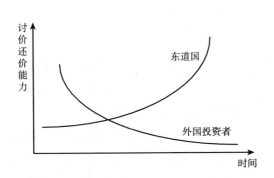

图 6-7 跨国公司与东道国相对地位的变化

（二）反倾销与引资政策协调的基础：合理约束跨国公司内部贸易度

1. 跨国公司主导的国际贸易与国际投资一体化形式——内部贸易

以比较成本和要素禀赋理论为主线的主流国际贸易理论，有一个重要假定前提：不存在生产要素的国际流动。后来所谓的新贸易理论和战略性贸易政策，也基本上以不存在生产要素的国际流动为前提。这一假定在李嘉图、俄林时代也许是合理的。但在生产要素国际流动尤其是资本流动已经成为经济全球化主要表现的今天，这一假定已不符合实际。20世纪90年代以来，贸易投资一体化发展迅速，成为推动经济全球化最重要的力量，其对国际分工和国际贸易格局也产生了深远的影响。所谓贸易投资一体化，从广义上讲，是指当代国际贸易和国际直接投资之间高度融合、相互依赖、共生发展、合为一体的一种国际经济现象。这种一体化不但表现为贸易流向和投资流向的高度一致性、时间上的同步性，而且表现为国际贸易和国际直接投资互补共存、互动发展的格局。从狭义上讲，是指在以跨国公司为主导的、以要素分工为特点的国际分工体系中，跨国公司通过在全球范围内配置和利用资源，进行全球化生产和全球化经营，使得越来越多的国际贸易和国际直接投资，在跨国公司的安排下，围绕着跨国公司国际生产的价值链，表现出相互依存、联合作用、共同增长的一种现象。

　　国际贸易和国际直接投资的基础是国际分工，当代经济全球化发展的重要表现——贸易投资一体化，从本质上讲是国际分工深化的结果。要从根本上理解贸易投资一体化的发展，就离不开对分工的理解和对当前国际分工新特点的把握。分工和专业化不但具有技术属性，而且还具有制度属性。技术属性上的分工和专业化的演进表现为"分解"的过程，即表现为越来越多的生产环节在技术属性上从迂回生产的生产链条中独立出来的过程，以及越来越多的中间产品产生的过程。分工越细，中间产品的专业化生产程度就越高，中间产品生产中投入的要素也就越专门化，分工也就越具有要素分工的特征。同时，分工越发达，交换越频繁，交易成本也越高，这使得制度属性上的分工和专业化的演进并不与技术属性上的演进同步，而是"分解"和"一体化"共同发展的过程。一方面，越来越多的生产环节随着市场规模扩大达到最适度的经济规模，能够在制度属性上从迂回生产链条中独立或"分解"出来，并以一个独立的、专业化的市场主体身份参与社会分工；另一方面，为了降低交易成本，企业会将原本能够在制度上独立的生产环节，通过"一体化"纳入企业内部，使社会分工变为企业内部分工，从而使得制度属性上的分工和专业化的演进表现出"一体化"的特征。国际分工是迂回化的国际生产，国际分工的发展也表现为技术属性和制度属性在发展上的分离。在技术属性上，随着要素国际流动障碍的减少，迂回生产链条在国际范围内不断迂回，中间产品不断增多并不断在国际范围内寻找最适宜的生产地点，为中间产品生产所进行的投资和中间产品贸易也在不断增长，国际分工越来越表现出要素分工的特性。在制度属性上，当代跨国公司的发展，使得分散在国际范围内的生产活动被跨国公司联合起来。随着中间产品特别是难以定价的中间产品的不断增多，跨国公司所联合的生产活动也越来越多，跨国公司不断发展壮大。这种国际分工技术属性和制度属性在发展上的分离，使得越来越多的中间产品生产由跨国公司通过国际直接投资进行生产，越来越多的中间产品贸易成为跨国公司的公司内部贸易。此时，国际直接投资成为跨国公司寻求要素结合效率的手段，而不是服务目标国生产的手段，国际贸易也不仅是生产的结果，而往往表现为生产的环节，是"为生产而贸易"。跨国公司主导下的国际贸易和国际投资一体化了，其表现形式为公司内部贸易。

2. 跨国公司内部贸易使得贸易投资更趋复杂

首先，跨国公司内部贸易使贸易投资一体化下的利益分配问题发生深刻变化。要素流动下的经济全球化和贸易投资一体化的发展，促进了国际贸易分工利益总量的提高，也使得国际利益分配更趋复杂。在贸易投资一体化条件下，贸易国仅是贸易产品的生产国，而非全部贸易利益的归属国，因为生产贸易产品所需的要素尤其是资本要素可能来自贸易国之外的国家，甚至是贸易对方国；贸易利益和投资利益已经融合为有机整体，很难分辨哪部分是贸易产生的利益，应由贸易双方参与分配，哪部分是国际直接投资产生的利益，应由投资各方共享；作为贸易投资一体化主要驱动力量的跨国公司常出于全球利益最大化的目标，用内部转让定价等手段，人为造成贸易利益和投资利益相互间流动，使得传统的利益分配机制变得相当乏力，利益的公平分配更加困难。但总的说来，贸易投资一体化中的利益分配体现了要素分工的特征，各有关国家都以其在一体化贸易投资活动中所提供的要素参与总利益的分配。发达国家多以资本、技术和知识参与分工，在利益分配中处于主导地位；而发展中国家常以劳动力、土地等要素参与分工，在利益分配中处于不利地位，并且发达国家的跨国公司还会通过转移价格进一步剥削发展中国家的利益。在这种情况下，贸易投资一体化中的动态利益应成为发展中国家的主要追求，是否从国际贸易与国际投资中获益，主要看它对本国产业结构升级、技术和管理水平提高、社会的现代化等方面的贡献大小。

其次，跨国公司贸易投资一体化背景下贸易保护问题的深刻变化。虽然保护贸易政策相对于自由贸易政策是"不好"的，但几乎任何时期各国政府都对国际贸易采取或多或少的保护措施。在贸易投资一体化条件下，由于生产日益国际化，各国各地区间经济联系日益紧密，贸易保护政策实施的环境发生了很大变化，传统的贸易保护思路已经难以为继，主要表现在：①保护的对象难以界定：在贸易与投资日益融合的情况下，企业、产品的"国籍"日益模糊，传统意义上的"民族工业"、"本国产品"已经很难界定，以民族产业为界限实施保护已不可能。②保护措施难以奏效：在要素国际流动的条件下，单边的自主保护妨碍了跨国公司的资源整合，将遭到企业和各国政府的反对，以战略性产业为界限实施保护越发困难。③保护手段效果弱化：加工贸易的迅速发展，某些生产技术、中间零部件日益标准化，使得中间产品和最终产品之间有时只有一步之遥，跨国公司可以借助加工贸易，打破东道国政府对最终产品的保护，这使得关税和非关税保护手段的保护效果弱化。因此，在贸易投资一体化条件下，保护贸易政策实施的余地日益缩小。适应全球化的需要，制定和完善鼓励竞争的贸易政策，在国内市场上为外商创造一个公平竞争环境，鼓励本国厂商在国际竞争中成长、提高效率，并借助双边、多边力量在国际市场上为本国厂商争取有利的国际竞争环境，应该是最可行的贸易投资政策。

3. 确立贸易与投资包容关系的政策依据

在西方经济学的经典研究理论中，蒙代尔模型将投资和贸易割裂开来，认为投资可以完全代替贸易，贸易也可以完全代替投资。然而，在现实中，由于要素流动壁垒的存在，投资和贸易不可能达到一种完全替代，而只能是一定程度的替代。而小岛清模型将技术因素纳入研究之中，最后得出结论：投资创造和扩大了贸易。相比之下小岛清模型更接近现实中贸易与投资的关系，当然由于贸易壁垒的大量存在，在投资和贸易的互补过程中不可能达到一种完全均衡。如果将内部贸易纳入研究之中，或者说，从研究对象——内部贸易的角度来看，现实中投资与贸易的关系更是一种相互包容、相互促进关系。

从内部贸易来看，投资和贸易的关系是一种相互包容关系，即投资中有贸易，而贸易中也包含着投资。现实中，对外直接投资的形式并非都以资金投入形式存在，多数情况下包含着技术软硬件的转让形式。在合资企业中，外国投资方的投资有很大一部分往往通过技术软硬件折价为股份，并当做资金注入海外投资项目，因而在这里技术的软硬件一方面取得了资本的形式，另一方面它也是贸易的客体，而且是跨国公司内部贸易的客体，即跨国公司的母公司或子公司将相关技术软硬件卖给了同一跨国公司属下的另一子公司。所以这种买卖关系同时也是一种投资关系，因而，将其称为投资性的内部贸易。现实中，这种投资方式的规模比较大。在中国每年所吸收的外国直接投资中有约 50% 是此种形式，投资与贸易的这种相互包容关系比较强。

4. 协调贸易与投资互动关系的政策依据

一方面，正是因为贸易和投资有一种包容关系，所以也必然存在着一种相互促动的关系；另一方面，贸易和投资在各自开展的过程中，也在相互影响、相互作用、相互促动。这可以从两个角度分析：贸易对投资的促动和投资对贸易的促动。

（1）贸易对投资的促动作用。①贸易发展促使投资产生。从一般意义上讲，投资和贸易的发展顺序是：对外贸易先于对外投资，而当一国经济或企业发展到一定规模，在拥有相应实力的条件下，并且在对外贸易的进一步发展会受到重大阻碍的情况下，对外直接投资将会产生。从该角度看，贸易的发展带来了投资的产生，并且，从投资所生产的产品和贸易所买卖的产品来看，投资部分替代了贸易。②贸易规定着投资的方向。从一般意义上讲，一国相对优势规定着其对外贸易的产品构成和地区构成，从而也规定着对外直接投资的产品构成和地区构成。一般来说，贸易是投资的先导，只有在某种产品上和在某一地区中取得了一定的贸易经验，随之而来的才是投资的产生。从内部贸易的角度来看，只有一个地区或产品具有可贸易性，跨国公司才投资于这一地区或投资生产这一产品，使之形成全球一体化经营的一个环节。③贸易支撑着投资的发展。这不仅是因为从一般意义上讲，投资项目所需的投入品不可能都在当地获得，所生产的产品也不可能只在当地销售，更重要的是因为从内部贸易的角度看，直接投资有赖于先期技术、设备及相关物品的贸易性资本注入。因此，在所有投资项目的全球一体化经营过程中，跨国公司的内部贸易对其对外直接投资发挥着重要的促动作用。

（2）投资对贸易的促动作用。从一般意义来看，投资对贸易的促动作用是显而易见的。当代世界范围内的国际贸易如此发展，国际直接投资功不可没；中国对外贸易的高速发展，外商直接投资立有汗马功劳。而从投资国或母国的角度来看，对外直接投资对对外贸易的促动作用也是很大的，并且这种促动作用主要是通过内部贸易得以发挥的。这一方面是因为对外直接投资可带动有关技术及相关设备和物品的出口；另一方面如果投资国直接在其跨国公司全球一体化经营的链条上，或者说处于其跨国公司各种形式的内部贸易的某一环节之中，经营性贸易将会大量产生，对外直接投资对对外贸易的促动作用会更大。通过全球一体化经营的对外直接投资，从而通过跨国公司的内部贸易，投资国既扩大了出口贸易，也扩大了进口贸易；既扩大了最终产品的贸易，更扩大了中间产品的贸易；既扩大了各种物品的贸易，也扩大了各种服务贸易。

以上这些理论分析，为中国重新考评跨国公司来华投资所带来的正负效应，在新时期处理好反倾销与引资政策的矛盾，协调好两项政策在现实中的相互制约，进一步规范反倾销措施实施与外商直接投资的行为，无疑奠定了坚实的理论基础，提供了政策指导依据。

本章参考文献

［1］中华人民共和国商务部：《2003 年中国外商投资报告》，2003。

［2］《中国产业国际竞争力》，《三联财经》2002 年第 2 期。

［3］王林生：《跨国经营理论与实务》，对外经济贸易大学出版社，2001。

［4］中华人民共和国商务部：《关于外商投资举办投资性公司的暂行规定》2003 年 1 号令。

［5］冯宗宪、柯大钢：《开放经济条件下的国际贸易壁垒——变动效应、影响分析、政策研究》，经济科学出版社，2001。

［6］杨仕辉：《对华反倾销的国际比较》，《管理世界》2000 年第 4 期。

［7］肖卫国：《跨国公司海外直接投资研究——兼论加入 WTO 新形势下中国利用外商直接投资的战略调整》，武汉大学出版社，2002。

［8］张二震等：《贸易投资一体化与中国的战略》，人民出版社，2004。

［9］张汉林等编著《WTO 反倾销争端案例评析》，人民出版社，2004，第 1 版。

［10］陈宝森：《美国跨国公司的全球竞争》，中国社会科学出版社，1999。

［11］陈继勇等：《国际直接投资的新发展与外商直接投资研究》，人民出版社，2004。

［12］林康：《跨国公司与跨国经营》，对外经济贸易大学出版社，2002。

［13］尚明编著《反倾销、WTO 规则及中外法律与实践》，法律出版社，2003。

［14］赵春明：《非关税壁垒的应对及应用——"入世"后中国企业的策略选择》，人民出版社，2001。

［15］高永富、张玉卿主编《国际反倾销法大全》，立信会计出版社，2001。

［16］商务部公平贸易局：《中国进出口产品反倾销案件公告集》，法律出版社，2003。

［17］〔英〕尼尔·胡德、斯蒂芬·杨：《跨国企业经济学》，叶刚等译，经济科学出版社，1990。

［18］〔美〕艾里克·拉斯缪森：《博弈与信息》（第二版），王晖、白金辉等译，北京大学出版社，生活·读书·新知三联书店，2004。

［19］D. Collie and H. Vandenbussche, "Trade, FDI and Unions", University of Leuven, Faculty of Economics DP 9943（1998）.

［20］Kolev, Dobrin and Thomas Prusa, "Dumping and Double Crossing: The（In）Effectiveness of Cost-based Trade Policy under Incomplete Information", *International Economic Review* Vol. 43（2002）.

［21］Mundell, Robert R. A., "International Trade and Factor Mobility", *American Economic Review* 47（1957）.

［22］UNCTAD. World Investment Report, United Nations, New York, 1997－2004.

230

第七章
资源环境从紧条件下中国对外贸易的可持续发展

随着经济全球化和国际贸易的发展，国际贸易与生态环境的冲突越来越受到世界各国普遍的关注，这与传统国际贸易理论存在的缺陷分不开。主流经济学家认为，传统贸易理论受时代局限而存在一个缺陷：单纯追求短期的、狭义的比较经济利益而忽略了长期的、广义的社会环境效益，特别是生态环境效益。因而现行的国际商品价格没有反映或者没有完全反映环境成本，从而形成价格扭曲，进而导致各国贸易结构和产业趋向不合理，不利于全球经济增长的互利共赢以及可持续发展。

反思中国改革开放 30 多年来的外贸发展，存在着诸多不可持续的认识误区及政策导向偏差问题。长期以来，环境成本的外在化虽然在短期内保护了中国的制造商，维持了出口产品的竞争力，促进了经济增长。但从长远来看，中国依靠牺牲环境利益发展起来的是高能耗、低效率、技术落后、无持续竞争力和长久发展能力的粗放型工业，注定要在可预见的将来付出沉重的代价。2007 年太湖蓝藻事件、洞庭湖鼠患事件仅仅是中国目前资源环境问题的一个缩影。认识当前中国存在的问题，通过转变经济增长方式来促进中国对外贸易的可持续发展，不论对中国经济发展，还是对世界各国实现经济增长，以及对互利共赢开放战略目标的实现都有着重要的意义。

231

第一节 对外贸易可持续发展的基本理论

一 对外贸易可持续发展概念的含义

（一）"可持续发展"概念的由来及含义

1. "可持续发展"概念的由来

"可持续发展"是 20 世纪中后期国际社会关注的一个新理念。最早出现于 1980 年由国际自然保护同盟制定的《世界自然保护大纲》中。其概念最初源于生态学，指的是对于资源的一种管理战略。1981 年，该联盟在发表的《保护地球》这一重要文献中，对"可持续发展"概念作了进一步的阐述，认为可持续发展的目标是"改变人类的生活质量，同时不要超过支持发展的生态系统的负荷能力"。

同时其他一些研究机构和国际组织也根据自己的理解对"可持续发展"概念作出了不同的解释。1987 年，世界环境与发展委员会向联合国提交的报告《我们共同的未来》中，将"可持续发展"定义为："既满足当代人的需要，又不对后代满足其需要的能力构成危害的发展。"并经世界各国在 1989 年 5 月召开的联合国环境署第 15 届理事会期间反复磋商，达成共识，通过了《关于可持续发展的声明》，最终将"可持续发展"定义为：系指满足当代需要又不削弱子孙后代满足其需要的能力的发展。由此"可持续发展"形成了比较统一并被广泛接受的含义。

在此基础上，1992 年，联合国在巴西里约热内卢召开了世界环境与发展大会，会议通过了《里约宣言》和《21 世纪议程》，确定了可持续发展是当前人类发展的主题，标志着可持续发展理论的初步形成。

在传统经济学中，由于将经济增长等同于福利增长，同时将自然资源和生态环境作为经济增长中的外生变量，追求尽可能快的经济增长成为当代各国的一种共同目标，其结果不但导致自然资源被过度消耗，无法支撑经济的持续增长，而且导致生态环境严重恶化。在这种背景下，一些学者开始关注传统经济增长带来的负面影响。美国生物学家莱切尔·卡逊于 1962 年发表的《寂静的春天》一书、巴巴拉·沃德和雷尔·杜博斯合作的《只有一个地球》、罗马俱乐部于 1972 年发表的《增长的极限》，分别从生物学、社会学、资源利用等角度论证了传统经济增长给生态环境带来的可怕前景和传统发展模式的不可持续。1974 年，罗马俱乐部提出了第二个报告——《人类处在转折点上》，在对原有观点进行修改的基础上，提出用经济、技术、生活、环境等各个方面协同的有机增长来代替传统的机械增长，以实现人类社会的可持续发展。

2. 可持续发展概念的含义

学术界对"可持续发展"最权威的解释是布兰特夫人担任主席的世界环境与发展委员会在 1987 年发表的《我们共同的未来》中提出的：可持续发展是既满足当代人的需要，又不对后代人满足其需要能力构成危害的发展。可持续发展的这个定义不仅包括经济的内容，还包括人口、环境、资源和社会等方面的内容，它指的是包括自然系统在内的整个社会系统的发展。一般地说，可持续发展包括三方面的内容：生态（系统）的可持续性、经济的可持续性和社会的可持续性。本书中对外贸易的可持续发展属于经济可持续发展的重要组成部分。经济的可持续发展绝不仅限于经济的持续增长，还包括了可持续发展的全部内容。但为了简化研究，本书将排除其他因素的影响，仅仅从资源环境的角度研究如何实现中国对外贸易的可持续发展。

（二）对外贸易可持续发展的含义

对外贸易是一国国民经济的重要组成部分，对外贸易的可持续发展是经济可持续发展的重要保证。联合国在《21 世纪议程》中明确提出了贸易可持续发展概念，指出它是一个开放的、公平的、安全的、非歧视性的、可预测的、以符合可持续发展目标并能使全球生产按照比较优势得到最佳分配的多边贸易制度，对所有的贸易伙伴都是有益的（夏东，2007）。

国内关于对外贸易可持续发展的概念有多种，尚没有统一的表述，但归纳起来主要有三种：第一种定义是套用可持续发展的权威定义。对外贸易可持续发展是指外贸行业建立良性的循环机制，改善中国的出口条件，节约出口资源，控制污染环境，提高外贸行业人员素质，不仅是保证对外贸易当前较快增长的前提，而且也是保证子孙后代对外贸易适度增长的条件和基础（刘建明，1997）。

第二种定义强调经济效益、社会效益、生态效益等多种效益的统一。所谓的对外贸易可持续发展就是必须兼顾社会经济发展和生态保护双重目标，一方面追求社会经济效益最大化，同时将对外贸易带来的生态成本限制在一定水平；另一方面在遵循外贸发展的内在规律基础上，健全外贸体制，完善外贸运行机制，提高外贸效率，合理有效地动员和配置外贸资源，从而达到经济效益、社会效益和生态环境效益的高度统一，实现对外贸易长期、持续、稳定、健康的增长，并且取得不断改善的贸易条件和持续扩大的国际分工利益（彭红斌，2002）。

第三种定义突出环境保护和资源的节约及有效利用。对外贸易可持续发展是一国在保持其生态系统和自然资源可持续性的基础上，通过一系列贸易政策推动包括社会效益和生态效益在内的广义的对外经济活动能力的不断提升，实现对外贸易可持续发展的过程，其实质是在保护生态环境和资源的前提之下实现对外贸易经济利益的增加（苏珊珊，2005）。

本书研究中国资源环境条件趋紧的背景下外贸的可持续发展，更倾向于三种定义的集合，认为将资源环境因素纳入国家对外贸易竞争力的分析框架中，从商品贸易背后的资源环境要素流动中，衡量中国外贸比较优势及出口竞争力水平的变化，考察提高对外贸易整体竞争力对促进对外贸易的可持续发展有何重要的影响。

二 对外贸易可持续发展的理论研究述评

（一）自由贸易与贸易可持续发展的关系

1. 自由贸易对一国对外贸易可持续发展的积极作用

（1）自由贸易可以提高一国的环境容量。世界环境容量有限，各地环境都有资源限制，在满足居民的需要方面都存在一定的局限性。国际商品贸易（包括产生国际商品生产的直接投资活动）是利用世界资源的主要形式，沟通了世界资源的生产和消费，实现了资源和产品的自由流动。资源短缺的国家通过资源的进口克服了生产和生活中存在的资源和环境瓶颈，极大地满足了本国居民的各种需要。因此，无论是从单个国家还是从整个世界的范围来看，自由贸易都最大限度地提高了环境容量，有助于实现人类的可持续发展。

（2）自由贸易可以实现资源最优配置。从全球范围来看，自由贸易是实现资源最优配置的基本途径。因为在一国范围内，无论采取什么样的方法，其对提高资源利用效率的贡献，都只能局限在本国的范围内，而国际自由贸易则可以打破地域和空间界限，实现整个世界范围内的资源最优配置。其机制主要有以下几点：①自由贸易可以打破一国或地区的资源瓶颈限制，为该国或该地区丰富资源的充分利用创造条件。②自由贸易可以实现全球范围内的专业化分工，提高世界各国的资源利用效率。③自由贸易使世界各国充分享有规模经济效应。

（3）自由贸易增强了环境保护能力。首先，自由贸易通过促进经济增长促进了国民收入的增加，可以为环境保护提供更多的资金支持。其次，随着人们收入的不断提高，消费追求将由单纯的物质享受更多地转向精神享受，其中也包括对优美环境的追求，从而可以促进人们环保意识的提高。再次，国际贸易是现代经济中世界各国技术进步的必要条件，环境保护技术也不例外。自由贸易可通过环境保护技术的进口，打破各国环境保护过程中资源和技术的瓶颈限制，促进各国环境保护能力的增强。

（4）自由贸易可以促进发展中国家的可持续发展。在当代，在可持续发展方面存在最大问题的是发展中国家，主要表现在：存在严重的贫困社会现象；资源利用效率低；环境保护能力差，环境污染严重。国际贸易为发展中国家的经济发展带来至关重要的静态利益和动态利益，尤其是在技术进步、产业演进和制度创新方面的动态利益。通过自由贸易可以使发展中国家从外部获得国内极度缺乏的先进技术和制度经验，从而提高经济效益、发展水平和持续发展能力。

2. 自由贸易对于一国对外贸易可持续发展的消极影响

（1）自由贸易的增长效应将增加资源和环境压力，并带来一定的资源消耗和环境污染。国际商品贸易活动扩大了生产和消费活动的规模，可贸易产品的生产会导致自然资源的过度开采和利用，以及其生产过程会产生过多的集聚性的污染，从而破坏生态系统。

经济系统是运行在生态环境这个更广阔的系统之上的。经济系统从生态系统（环境）中获取自然资源（物质、有机物、无机物和能源），同时为了维持和扩张经济系统本身，又不断向生态系统排放废物和污染物。如果经济系统施加在生态系统上的压力过大，超过了生态系统的承受能力，就会出现经济系统不能维持的严重问题，如不可再生自然资源逐渐耗竭、可再生资源超过其再生能力的过度使用、超过生态系统吸收能力的污染物过度排放等，生态系统受到严重损害。最终由于经济系统和生态系统的不可分割性，经济系统也会损害自身的可持续发展能力。

在传统的国际贸易理论中，仅仅考虑了狭义的经济利益，却没有考虑广义的社会效益——特别是生态环境效益。盲目增长的进出口贸易很可能导致那些已经成为国际商品贸易集散地的国家的自然资源过度使用，生态环境被极大破坏。

（2）自由贸易政策导致环境敏感性活动的转移和扩散。国际贸易在一个国家的工业结构形成过程中起着重要的作用，也是影响一个国家工业能源使用和消耗的主要方式。由于国际商品贸易活动的存在，一些环境敏感性活动，如耗费能源和污染环境的活动可能转移到其他的国家。也就是说，对于一个特定的经济体，一些国家可以通过国际商品贸易在环境资源上受益，而使另外一些国家处在相对高耗能的工业生产方式之中，于是传统国际贸易理论所不能解释的能源战略与资源使用战略因素在现实的国际商品贸易中日益凸显。同时，不加限制的自由贸易，将导致污染产品在全球范围的转移和扩散。具有生产外部性的出口产品在生产过程中将对环境造成污染，具有消费外部性的出口产品将在消费过程中对进口国的环境造成污染，具有共有外部性的出口产品将对海洋、大气层等国际公共环境造成污染。同时，由于世界各国的环境标准不同，自由贸易将导致污染生产方式从环境标准高的国家转移到环境标准低的国家，继续污染东道国的环境，并且通过贸易途径扩散到其他国家和地区。

（3）自由贸易不能使资源和环境成本内在化，具有一定外部性。自由贸易的产品存在一定的外部性，包括环境成本的外部性。在许多情况下，其产品成本都没有把环境成本考虑进去，导致环境损失无法得到补偿，存在严重的短期行为，破坏资源的永续利用和环境支撑人类持续发展的能力，妨碍代际公平，牺牲子孙后代的利益。

（二）环境管制对比较优势和贸易条件的影响

1. 环境管制对一国贸易比较优势的影响

在有关贸易理论的文献中，环境通常会被看做一种要素禀赋，如果一个国家具有较大的环境消化能力，即有较大的容忍污染物的能力，这个国家就会被认为在环境方面是充裕的。消化能力不仅受到水、空气、土地等吸收废物的能力的影响，还受到社会承受污染的意愿的影响。

按照古典贸易理论，一国的比较优势源于本国的技术和要素禀赋与贸易伙伴相比存在的差异。即如果一国拥有使生产成本更低的技术或特定资源更为充裕，则该国就可能拥有比较优势。20世纪70年代以来，西方学术界有学者试图研究、检验环境政策对比较优势的影响。

20世纪70~80年代，Siebert、Perthig、McGuire、Baumol和Blankhurst等先后利用一个两种商品两国模型（假设各国在某种产品的生产上都拥有相同的生产函数、污染函数和污染减轻函数）研究了对比较优势具有决定性影响的不同环保技术和贸易政策。得出了这样一个直观判断：在生产低污染性商品方面，一国的技术比较优势通过环境政策得以加强。另外，如果一国在开放贸易前就拥有污染密集型产品的技术比较优势，通过采用充分严厉的环境政策能超额补偿这种优势。即如果一国专业生产并出口污染密集型商品并拥有适当的环保技术，它一般总能通过强制实行充分严厉的环境政策来转变贸易流。

这些学者还研究了源于要素充裕度差异的比较优势，包括要素禀赋质量和需求条件差异。其中最有意思的是把一国排放标准看成一种资源禀赋。按照这种观点，他们把传统的赫克歇尔—俄林—萨缪尔森纯贸易理论运用到两国都执行一套环境价格和标准体系的情形中。他们指出，在特定条件下，尽管两国都以不同方式实施严格的环境政策，要素价格均等化定理同样成立，两国在一个贸易均衡中相关的排放税趋同。

2. 环境管制对一国贸易条件的影响

贸易条件是指一国的出口商品价格与其进口商品价格的比率，当这个概念用于两种以上商品时，则是指出口商品价格相对于进口商品价格的一种指数量值，也可以解释为出口每单位商品所能购买进口商品的数量，即如果报告期出口一单位商品所能换回的进口商品比基期增加了，则表明一国的贸易条件改善了；反之，则是贸易条件恶化了。

实施排放标准对贸易条件的影响：Siebert 和合作者们 1980 年研究分析了不同排放标准与贸易条件可能变化的结果之间的联系。他们所使用的分析框架也是著名的两国贸易模型，假定本国执行排放标准政策而外国不采取环境政策，环境政策对相对成本的影响与排放标准有关。在比较静态条件下，如果出口商品为相对污染密集型产品，则实行排放标准政策的国家在自由贸易下其贸易条件将得到改善。因为本国实施污染控制政策后将减少相关商品的市场供给，为了使世界性需求和产出相等，商品的相对价格就必须提高。由于本国该商品的总产出变小，而外国的生产规模不变，因此本国的贸易条件将得到改善。这个结果意味着贸易能使一国实施环境政策所发生的实际污染控制成本部分转嫁给外国分担。在进口商品为相对污染密集型商品的情形下，得出贸易条件恶化的结论，意味着实现既定政策目标需要支付额外的社会成本。然而，正如他们自己指出的那样，考虑到贸易伙伴也会采取控制政策的现实，贸易条件上的改变必须重新解释，这种情形的正式分析非常复杂。

征收污染税对贸易条件的影响：Magee 和 Ford 于 1972 年针对美国不同污染治理税率对贸易条件的影响进行了富有成效的分析。他们把美国经济分为进口部门和出口部门，设立了一个简单的四元方程模型，包括美国的进口需求和外国的进口供给，进行局部均衡分析，他们把进口和出口价格变化假定为相互独立。按照环境经济学观点，生产税是控制生产污染最有效的解决办法，消费税是解决消费污染的最优方法。根据这个原理，Magee 和 Ford 首先检验了进口部门政府税对生产性污染和消费性污染的效果。他们的研究指出，如果污染发生在生产层面，对进口品为竞争性产品的国内生产征税无疑会导致此类产品进口数量、价格和金额都上升，从而使美国的贸易条件恶化。在进口部门污染源于消费的情形下，如果进口商品为国内非进口竞争性生产的补充品，则征收消费税将提高商品价格、进口数量和进口金额。这样，美国的贸易条件也将恶化。如果进口商品为国内非竞争性生产的替代品，则征收消费税会降低进口数量、价格和金额，这意味着征收消费税改善了美国的贸易条件。

（三）贸易产品资源环境成本内部化理论

1. 以投入产出法研究对外贸易与资源环境成本关系问题

引入投入产出法研究对外贸易与资源环境成本的关系，使人们能够探索一个经济体内最终需求的变化对能源和环境的直接和间接影响。在这类研究中，理论解释的着眼点在于评价国际商品贸易如何对本国和全球的能源需求和环境变化发生作用，一般采用多部门或多产品的 I - O 模型，对国际贸易商品中的能源消耗量和碳含量进行计算和分析。

这些研究既有基于特定国家的研究，也有以全球范围为基础的研究。在产品的生产和使用过程中，能源消耗一般可分为直接消耗和间接消耗两类。直接消耗是指将能源直接用于产品的生产和使用；而间接消耗则是指每个部门在生产中所直接消耗的那些中间产品和工具，在其自己的生产中又需要消耗一定数量的相关部门产品。国民经济是由许多部门组成的有机整体，它们之间相互依存，技术经济联系错综复杂，而借助于投入产出技术，就可以计算一个产品生产过程中所消耗的全部能源（包括直接消耗和间接消耗）。

美国、日本和西欧的一些学者很早就对本国经济和贸易中的能耗和环境污染问题进行了研究。Sanchez Choliz 和 Duarte2004 年以部门为基础对西班牙经济发展和贸易活动中的 CO_2 排放量进行了计算研究，将投入产出方法和垂直集成（Vertical Integration）概念相结合，比较各个部门进口污染量和出口污染量，分析它们的净出口量，从部门层次评价了西班牙进出口贸易对 CO_2（由能源燃烧产生）排放的影响。Mongelli、Tassielli 和 Nortarnicola 也都是以产品部门为基础，应用投入产出技术研究了意大利国际商品贸易中的能耗问题，通过计算意大利商品贸易中的能源和 CO_2 含量，验证了"污染天堂"假说，以及实践上在国家之间仍然容易通融的全球变暖协议和"碳泄漏"之间的组合效应。

除了针对特定国家或地区的研究之外，对两个或多个国家或地区间的贸易中的环境和能源消耗问题，在国际上也存在相应的研究工作。Przybylinsky2002 年分析了波兰和德国双边贸易对两个国家的环境影响，使用投入产出技术对总效应进行衡量，研究的主要内容是构建 1995 年两个国家的能源流量平衡表，并划分空气污染的主要类型。Hayami 和 Nakamura2002 年使用双边贸易数据和计算得出的 CO_2 排放量数据将日本和加拿大的投入产出表联系起来，发现两国的单位产值导致的 CO_2 排放量有很大的不同，研究指出可以通过技术的重新分配来减少两国的温室气体排放。

国内也有学者对此问题进行过研究。刘燕鹏（2001）曾使用投入产出模型，详细计算了中国进出口产品完全占用（或完全消耗）耕地资源的数量，尽管他的研究仅仅从耕地资源一个方面揭示了中国存在着资源国际贸易逆差，但也在一定程度上表现了中国国际贸易的顺差在很大程度上是依靠土地资源国际贸易的逆差，依靠牺牲紧缺资源而换取的事实。

李刚（2004）采用物质流分析法，研究了 1995～2002 年中国经济系统的物质输入和输出等相关指标，指出中国近 10 年来对外经济贸易虽然持续保持顺差，但从生态环境的角度看，中国对外贸易依然处于不利地位。研究工作本身也指出了运用投入产出方法研究中国对外贸易中能源消耗问题的必要性。但总体上来看，中国针对能源密集型产品和污染密集型产品的国际贸易方面的研究还有待进一步深入。

2. 环境成本内部化及其对国际贸易的影响

环境资源由于其不可分割性导致产权界定的高成本，可以将其看做公共物品，或具有一定的公共性。公共物品一个突出的性质是非竞争性，即消费的边际成本为零。为了防止对公共物品的消费超出公共物品的最佳数量，从而产生"公地的悲剧"现象，针对如何把环境资源消费量控制在最优范围的问题，出现了对环境成本内部化的研究。

环境成本由两部分组成，一部分是正常使用环境资源支付的成本（即环境生产要素的价格），另一部分是污染环境所必须支付的外部成本（即环境外部成本）。正常使用环境要素需支付的代价，直接受到环境要素禀赋的影响。所谓环境要素禀赋即为环境对污染物的吸引能力，这种吸引能力体现为环境自身可将污染物稀释吸引而不产生外部成本。在环境要素丰裕的地区，环境生产要素价格通常比较低；相反情况下，环境要素价格比较高。环境外部成本在实际中是一笔应付而无法支付的费用，其大小主要受一国环境政策的影响，而环境政策的核心又是环境标准。在环境标准较宽松的国家，生产采取一种粗放型的方式，对环境的破坏投入较少的治理费用，环境外部成本较低；相反，严格的环境标准会使生产者提高环保意识，加大治理投入，因此环境外部成本较高。

环境成本内部化在经济学上是指明确产权以促使有效市场的出现和包含环境成本的价格占主导地位，也就是对环境外部成本进行估价并将它们内化到生产和消费商品与服务的成本中，从而体现资源的稀缺性，消除其外部性（俞会新、黄西艳，2006）。

环境成本内部化后，国际贸易中某些产品（尤其是污染密集型产品）的比较优势发生变化，势必对一国不同产业的比较优势有重要的影响。在这种情况下，一国有必要重新审视其各种产业在国际上的比较优势，以期在国际分工中获取更大的利益。

对污染密集型产品的影响：考虑环境成本后，污染密集型产品的成本提高，价格竞争力下降，尤其对发展中国家更是如此。从环境要素禀赋看，发展中国家环境质量日益下降，没有理由认为是环境要素丰裕型；在治污技术和设备方面，发展中国家显然落后于发达国家，开发或进口环境设备和技术而增加的费用将提高产品成本。目前发展中国家最大的优势是低门槛的环境政策，用较低的环境标准和排污费用以及宽松的环境法在短时期保护这类工业，在发展初期可能是需要的。然而，借鉴发达国家过去的发展经验，从长远看应摒弃这种粗放的发展模式，起步于较高的环境保护门槛是明智之举。随着环境保护标准问题逐渐纳入世界贸易政策，原来那些低标准的优势将逐渐自动消失。

对资源密集型产业的影响：维护生态平衡是保护环境要素的重要方面，对资源使用价格的长期低估，使生态环境受到了很大破坏，为此资源密集型产业也应归入环境问题的考虑范围，随着资源使用价格的纠正和各种规章的建立，这类产业的比较优势将同样受到严峻挑战。

（四）环境管制对一国产业竞争力的影响

这里的产业竞争力，是指生产经营同类产品及其可替代品的企业的集合竞争力。

关于环境管制与产业竞争力的关系，传统观点认为二者在社会收益与私人成本之间是此消彼长的。一方面，严格的环境标准可以产生较高的社会收益；另一方面，产业为了达到这些标准，将会产生额外的污染防治成本，这将使企业的产品价格上升和竞争力下降，从而会增加企业的私人成本。因此在这种观点之下，一方面政府部门会推行更严格的环境标准，而另一方面企业则会试图规避之。

这种生态与经济增长之间存在不可避免的冲突是源于对环境管制的静态观点，其隐含的假设是：在产品生产、运输、销售、消费的全过程中，生产技术、加工过程、产品性能以及消费者偏好等条件全都是既定不变的。在这个静态的框架下，企业已经完成了成本最小化的决策，这时才实行更为严格的环境管制，当然只能得出产品成本上升和市场份额下降的结论。

如果采用一个动态框架，考察环境管制对产业竞争力的影响，则会发现设计得当的环境管制通常不仅不会降低一国的竞争力，反而可能会为企业创造某种优势。产业层次上的竞争力来源于较高的生产效率，较高的生产效率可以表现为比对手更低的成本，或能提供具有特殊价值的产品，从而能索取更高的价格。因此，竞争优势取决于创新的能力以及推进既定的约束条件的能力。

污染是把有害物质或能量排放到环境中去的活动，从本质上看，这本身就表明了一种经济浪费，涉及对资源的不必要、非有效、不完全的使用，或者说资源没有产生其最大的效用。在这一意义上，污染是尚未成熟的、处于中间状态的技术和管理方法的产物，污染的存在本身就表明了有创新的空间。因此，尽量减少污染和最大化利润具有共同的逻辑基础，即更有效地使用投入品，用较便宜的原料替代较贵的原料，尽量减少不必要的生产活动和污染成本等。在环保领域，由于存在信息不充分、科技日新月异、企业经营惯性，以及企业内部控制等问题，企业实际上是具有很多创新机会的，但大部分机会没有得到关注和重视。

由环境管制诱发的创新可以分为两大类：第一类是企业在污染发生时，

在应对经验和方法上的提高，表现在对有毒原料和排放物的处理、减少和控制有毒有害物质的产生、提高二次处理能力等方面。第二类是在解决环境问题的同时，对产品和相关工艺的改进。在某些情况下，这些创新补偿能够超过环境适应成本，因此与环境管制能提高产业竞争力是一致的。

严格的管制和宽松的管制相比，可以产生更大的创新补偿。相对宽松的管制可以使用末端治理方法，而不会采用创新方法，而较严格的管制会更注意企业的废弃物和排放物，要求企业采用根本的治理方法。

（五）国际贸易中跨国污染相关问题研究

跨国污染问题是发达国家的一些企业放弃创新，以出口或投资的方式向环境标准较低的发展中国家转移污染源，从而影响双方产业竞争力的很好实例。Baumol 和 Oates1989 年对运用关税降低跨国污染进行了理论分析。如果一国的出口产品在制造过程中造成了跨境污染，进口国就会向这些进口品征税以弥补污染损害。Baumol 和 Oates 的研究结果是：一般而言，通过对排放国征收国际庇古税难以实现帕累托最优，在存在跨境污染时，零关税对于污染品的进口国而言也并不是最优的办法。如果跨境污染的社会成本全部由进口国承担，这样所制定的税率就是次优的，该税率与进口国为最大化其社会福利而制定的税率相比更低。以环境保护为目的的单边关税很可能要高于次优关税，但这种政策很可能引起贸易摩擦。Snape1989 年用一个简单的图表说明，对跨境污染的受害者而言最优的政策应为征收消费税。

Merrifield 在 1989 年研究了单边行动的影响，即一个国家的生产税或净化设备标准对跨国污染水平、贸易条件、要素报酬的影响，他认为单边行动在减少排放物上会取得成功，但是商品和资本的自由化会使外国的排放量增加。Michael，Benarroch 和 Henry Thill2001 年利用模型分析了跨国污染对贸易模式和贸易利得的影响。他们指出，国家规模、国内污染指数、跨国污染指数、世界对污染密集型产品的需求会共同决定两国贸易模式，从而也决定了贸易利得。他们的主要结论是：①跨国污染把两国相邻的小型经济体的生产联系在一起，导致两国专业化生产同一种污染品。②在两国世界里，只有当两国每单位产出所造成的污染数量有明显差异时，贸易才会减少总的污染损失。若两国为得到一单位产出而产生相同数量的污染，则总的污染损失会随贸易递增。③当跨国污染比较严重时，两国都有可能在贸易中受损。④跨国污染并不都是有害无益的，如果其他方面给定，污染损害影响范围不对称，更多的跨国污染反而会使贸易模式同有效的生产模式相一致。

此外，一些学者对跨国污染管制问题也进行了研究。Whalley 和 Wigle1991 年认为，严格的和宽松的环境管制下地区间的收益和损失是不同的，石油出口者对为减少污染排放物而征收的税收类型高度敏感。由此，学者们认为对温室能源征收全球性税收应该是可行的，并预期如果税收按照人口分配，石油输出地区要遭受贸易条件的损失，而非石油输出的发展中国家会获得全部收益。

第二节　中国外贸与资源环境
不可持续发展的问题

一　中国外贸发展与资源环境现状

改革开放初期，中国外贸发展的政策目标取向相对集中。根据当时外汇资金短缺的实际国情，制定了出口导向型的外贸发展战略。在这种战略的指导下，政府制定了各种优惠政策鼓励企业多出口，以赚取外汇支援国家建设。30 多年来，中国的对外贸易取得了快速发展。1978 年，中国的货物进出口贸易总额仅为 206.4 亿美元，1994 年以后进入了贸易顺差持续增长时代，到 2009 年，中国的进出口贸易总额已达 22072.7 亿美元，其中出口额为 12012.6 亿美元，超过德国成为世界第一大贸易出口国。对外贸易的快速发展使得中国的外汇储备不断增加。1978 年，中国的外汇储备仅为 1.67 亿美元，2001 年突破 2000 亿美元，随后进入高速增长阶段，自 2007 年起，中国的外汇储备总额就一直保持世界第一。截至 2010 年上半年，中国的外汇储备总额达到 24542.72 亿美元。但是，中国作为全球第二贸易大国和外汇储备第一大国，中国的资源能源消耗和 CO_2 排放量也居世界前列，能源和环境问题十分突出。中国的能源、矿产资源及不可再生的一次性资源已经到了全面紧缺阶段。据中国科学院地学部的资料，在 45 种重要的战略性资源中，按照现在的消耗速度，到 2020 年，中国国内资源最终能满足国内需求的只剩下四五种。中国能源资源使用主要存在两个问题：一是总量的相对不足，二是使用效率低下。

以能源为例，改革开放以来，中国以煤和石油为主的能源格局并没有发生根本性改变，随着人口总量和经济总量的不断扩大，能源和资源消耗不断增加，而且随着人民生活水平的提高，人均能源消费量也在不断增长。中国能源储备并不丰富，能源储备总量日趋减少，已成为制约中国经济发展的瓶颈。从国内的资源条件看，石油产量已经接近经济开发的上限，难以大量增产。而天然气目前产量不多，人均资源量也远低于世界平均水平。显然中国的能源发展将面临满足长期巨大能源需求的压力（见图7－1）。

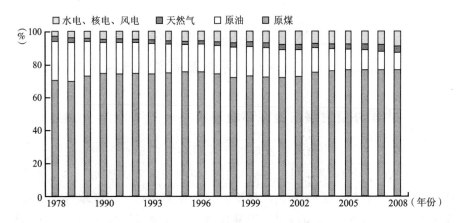

图7－1　改革开放以来中国能源消费总量及构成比例

资料来源：根据《中国统计年鉴（2009）》整理。

能源使用效率也称能源强度，是指经济量（或实物量、服务量）的单位产出所消耗的能源。能源强度越低，能源使用的经济效益越高。目前中国广泛使用"万元GDP综合能耗"这一指标来考核国家、地区和行业层次上的能源消耗水平。世界银行的《世界发展报告2002》指出，中国单位GDP的能源消耗，分别是日本的11.5倍，意大利的8.6倍，法国和德国的7.7倍，英国的5.3倍，美国的4.3倍。这些资料表明中国的资源利用率很低，经济增长方式和贸易增长方式都是以外延型为主。在过去的十几年中，中国的万元GDP能耗不断下降，能源使用效率有一定程度的提高，但提高的速度却呈下降趋势，能源效率提高的速度会由于高质量能源（如电、石油）使用的饱和而降低，未来提高能源效率虽然还有较大潜力，但其艰巨程度要远大于在此之前的那些年份（见图7－2）。

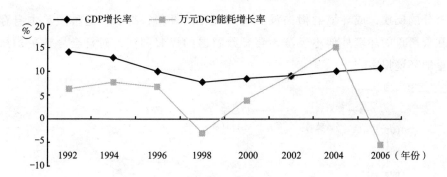

图 7 – 2　1992 ~ 2006 年中国 GDP 增长率与万元 GDP 能耗增长率对比
资料来源：根据《中国能源统计年鉴（2007）》整理。

二　中国外贸与资源环境中存在的不可持续问题分析

（一）中国的贸易模式带有"环境价值输出"特征

传统的国际贸易比较关注产品的交易规模。中国历时 30 年一成不变的出口导向政策，使得"高能耗、高污染和资源密集型产品"在中国出口贸易中占有相当大的比重，外贸增长模式是以资源消耗和环境污染为代价的粗放型增长方式，出口越多，对国内资源性原材料的消耗就越大，对环境的破坏就越严重。

能耗密集型产品出口变化与中国出口总额增长趋势不完全一致，铝材和平板玻璃的出口数量相对于贸易平均增长水平来说都呈超常增长趋势，而塑料制品和成品油出口增长速度基本与平均水平持平，说明中国这些年里通过这类产品正在出口中国的能源（见图 7 – 3）。

以中国大宗出口产品纺织品为例，每生产 100 米棉布大约要消耗 3.5 吨水和 55 千克煤，同时排放 3.3 吨废水，产生 2 千克 COD 和 0.6 千克 BOD。这样，大量出口纺织品所带来的环境压力可想而知。这就是说，大量出口获得经济利益的背后是以消耗中国资源和环境为代价的。

这种贸易模式带有"隐性环境价值输出"的特征，为了获取经济利益，把中国的环境价值转移到产品之中而让别国消费者享受，付出一些环境代价。有两个关键问题要明确：一是这些贸易过程中环境所受到的损失是否反映在出口商品的价格之中，二是由此获得的贸易利益中是否有一部分返回来治理或补偿受损害的环境。如果在贸易过程中环境的价值并没有得到

245

充分的反映，或环境的损失没有得到充分的补偿，那么，这种贸易本身存在着严重的环境外部不经济，会导致贸易的虚假利润，而且会导致更加严重的环境损害。

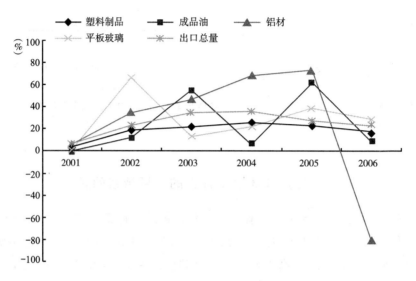

图7－3　中国能源密集型产品①的出口增长趋势比较

资料来源：根据《中国统计年鉴（2000～2007）》整理。

事实表明，这种不顾资源环境成本的对外贸易发展，正在部分地抵消中国经济增长的成就，它不仅大量消耗了当代人的资源，更是损害了子孙后代的生存环境。中国在为全球经济增长作出贡献的同时，实际上是在替发达国家承担着能源危机和环境压力。

（二）中国贸易中"环境价值输出"导致过度贸易

中国多年来实际的贸易出口总量，相对于真实的环境成本情况下应有的出口量，其实是过大了，这也是学术界认为中国贸易顺差过大的理由之一（见图7－4）。

根据贸易理论，只有在两个基本前提之下，贸易才能使双方都获益：一是交易是自愿而非强迫的，如果强买强卖则必然会使一方遭受损失；二

① 能源密集型产品是指在产品的生产成本中能源消耗所占比重较高的产品，也可以说是能源传输比例占比较大的产品，这些产品主要包括：钢铁、煤焦油产品、石油产品、水泥、陶瓷、纸、玻璃、人造纤维、有色金属和一些化工产品等。

是交易不存在外部不经济性，即交易双方交换的是自己拥有的价值，而不能把别人的财产作为自己的利益收入来源，否则就会出现过度贸易。如果一个人可以把别人的财产卖出去而收益归自己，那么这个人会倾向于尽可能多地卖出别人的财产以利己，却不会考虑会给别人造成多么大的损失，而这种损失达到一定程度后可能会超过贸易带给交易双方的利益。

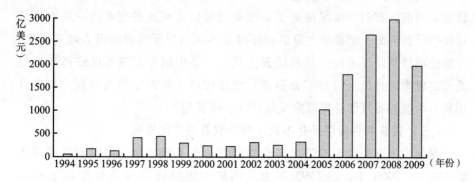

图 7 - 4　2001～2009 年中国贸易顺差额状况

资料来源：根据中国统计局数据整理绘制。

从这个原理来看中国的贸易，就可以发现还存在较大问题。虽然对第一个前提是满足的，即中国的国际贸易是自愿的，未受强迫，但对第二个前提却不完全符合。国际贸易虽有"国际"二字，却不是国家对国家的贸易，而是企业对企业的贸易。而中国出口产品的企业中有大量的排污大户，它们所造成的环境外部性并没有全部通过排污费等形式进入企业成本，也就没有反映在贸易产品的价格之中。这就相当于一些企业是以公共的环境价值去换取自己的收益，这些收益也没有用来补偿所造成的环境损失，从而导致大量隐性的环境价值输出。因此，从这个意义上说，中国的贸易出口总量相对于考虑真实环境成本时应有的出口量而言是过大了。

正是因为中国的贸易发展中存在这种环境代价，在"环境输出型"贸易发展模式下，贸易顺差越大，付出的环境代价也越大。实际上，中国出现十分严重的环境问题，不仅生产领域负有责任，贸易过程也难辞其咎。历史地看，以"环境输出型"为特征的贸易发展方式是有一定的客观性的。在贸易发展的初始阶段，需要大量的外汇进口先进技术和产品，需要外汇去满足国际市场的巨大消费需求，鼓励出口就成为国家的必然选择。在当时的发展阶段，不可能以出口资源消耗少、环境影响小的产品为主，只能把具有相对出口优势的资源型产品（初级产品）作为出口主力，甚至直接出口自然资源。明知环境代价沉重，也不得已而为之，这是中国具体国情下的一个客观过程。

很显然，以"环境输出型"为特征的贸易发展方式不是一种可以长期采用的模式，必须随着中国基本国情和综合国力形势的变化而进行必要的转变。当前，有两个情况决定了必须而且可以实现这种变革：一是中国环境问题日益突出，继续靠大量消耗环境来实现出口所遇到的阻力越来越大，严酷的国情条件要求转变贸易增长方式；二是中国外汇储备已经高达万亿美元，成为世界最大的外汇储备国，已经度过了外汇短缺的时期，有条件用贸易收益或通过贸易渠道来反哺环境，修复生态。

（三）贸易条件持续恶化不利于对外贸易可持续发展

根据中国海关公布的进出口价格指数，商务部编制了中国贸易条件指数，1993～2000 年，以 1995 年为基期的中国整体贸易条件指数下降了13%。近年来中国贸易条件之所以出现持续恶化的现象，除了进口需求增加、传统产业领域的技术进步、出口企业之间过度竞争、低价倾销之外，一个重要的原因在于出口产品生产过程中使用的生产要素定价偏低。长期以来，中国国内的土地、自然资源、能源、技术及人力资本等要素价格均低于国际价格。如 2003 年，以 100 千瓦时计算电力价格，世界各城市电价分别为：法国巴黎 21.69 美元，英国伦敦 21.9 美元，日本东京 17.73 美元，美国纽约 13 美元，而中国北京仅为 3 美元。

这种要素定价偏低的问题是与中国尚不成熟的资源价格体系密切相关的。中国资源价格改革滞后，市场化程度不高，随着经济发展、人口增长和居民生活水平的提高，中国长期以来形成的资源价格逐渐暴露出许多问题，已不能适应经济发展的需要。一是资源价格基本上是政府定价或政府指导定价，没能真实反映市场供求关系和资源稀缺程度，致使资源价格偏低。二是资源性产品之间比价关系不合理。从电力与替代燃料的比价关系看，中国单位兆焦的电力价格，只相当于燃料油和天然气的 70%，液化气的 67%，人工煤气的 56%，电价明显偏低。三是定价机制不能灵敏地反映市场变化。不合理的资源定价方法导致资源市场价格的严重扭曲，表现为自然资源无价、资源产品低价以及资源需求的过度膨胀。四是国际资源价格话语权缺失，致使中国石油企业的生产成本大幅度增加，国家财政蒙受重大损失。如2004年中国原油进口量增长34.8%，但由此付出的金额却增长70%以上。

这样，一方面中国从国际上高价进口原油，通过国家财政对进口生产企业进行补贴，再低价提供给国内的消费者和生产企业，国内企业生产产品再低价出口到国外，实际上是让国外的消费者享受了中国政府对资源的补贴。因此，要素定价偏低导致中国出口产品价格偏低，贸易条件恶化，不仅中国的外贸利益要大打折扣，也不利于中国对外贸易的可持续发展。另一方面贸易条件恶化与中国的进出口商品结构密切相关。目前中国出口商品中，虽然制成品已达80%以上，但劳动资源密集型产品、粗加工产品占相当大的比例，出口产品竞争优势不强的局面仍未彻底改观。且随着全球范围内环保意识的增强和绿色贸易壁垒的兴起，许多发达资本主义国家，像美国、欧盟、日本等将其进口产品与环境联系起来，在工业制成品以及农产品生产、加工、储藏、运输、销售全过程建立起一个完整的无公害体系，由于中国环保产业以及技术刚刚起步，对中国出口产品竞争优势影响很大，也不利于贸易条件的改善。以纺织和染料行业为例，纺织产品是中国传统的出口产品，在对外贸易中占重要位置。近年来，欧盟针对纺织品生产过程中的印花、染色等工艺使用化学物质的要求日益严格，中国正在使用的染料中有100多种属于欧盟禁用品种，若继续使用这些染料，会遭遇到技术贸易壁垒；若使用进口染料，则会使纺织品价格提高，从而影响纺织品的竞争力。但是，近年来中国对外国产品的需求却呈快速上升趋势，尤其是对机电产品和高新技术产品。如2009年中国进口的主要产品中，排在前十位的分别为：机电产品、高新技术产品、集成电路、原油、农产品、铁矿石及其精矿、液晶显示板、初级形状塑料、自动数据处理器、未锻造的铜及铜材。排在前三位的机电产品、高新技术产品及集成电路进口规模均比较大。

贸易条件恶化可能导致一个国家的贸易变为"贫困型贸易"，致使国家资源流失，而且会遭遇国外的反倾销，使贸易环境恶化，不利于贸易的可持续发展。国际经济学家认为，"贫困型贸易"的必要条件有三点：一是该国的增长必须是偏向出口部门的；二是外国对该国出口商品的需求必须是价格缺乏弹性的，因此出口供给的扩大会导致价格的猛跌；三是该国必须是早已在大量进行贸易的，因此贸易条件的下降对福利关系重大，足以抵消因为能供应更多商品而取得的利益。对于中国来说，除了第二点并不完全符合外，另外两点都或多或少地折射出中国对外贸易的实情，因此更应及早采取措施防止贸易条件的恶化，预防"贫困型贸易"的发生。

（四）中国加工贸易粗放增长模式亟待转变

改革开放以来，低估的要素价格和政府大量的优惠政策，吸引了大量的外商到中国投资建厂，使得以外商投资企业为主导的加工贸易在中国出口贸易中占有相当大的比重。数据显示，中国已连续 18 年位列发展中国家吸收国际资本的第一位。2009 年全球跨国直接投资下降约 40%，而中国实际吸收外资仅下降 2.6%，位列全球第二。但来华投资的外资企业 84% 采用加工贸易方式，占到中国全部加工贸易的 2/3。1993～2007 年间，加工贸易出口额在中国出口贸易总额中的比重始终处于 50% 以上（见图 7－5），近年来虽有所下降，但基本上保持在 50% 左右，如 2009 年加工贸易出口额在中国出口贸易总额中的比重仍达到 48.85%。

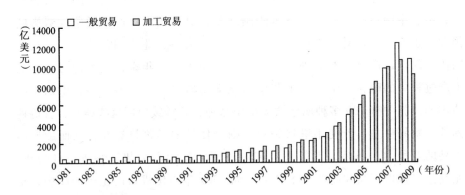

图 7－5　1981～2009 年中国加工贸易及一般贸易额状况

数据来源：根据中国统计局数据整理绘制。

改革开放初期，由于要吸引外商来中国投资，国家对加工贸易的准入门槛相应放低。虽然在短期内这些产业的发展对中国的经济增长有一定的贡献，但从长期来看，这些产业的发展使中国原本就很脆弱的生态环境进一步恶化，并且进一步加剧了中国能源紧张的局面，使中国付出了高昂的环境与资源成本。中国的加工贸易是为了充分发挥国内自然资源和劳动力的国际比较优势，抓住发达国家进行国际产业转移的机遇而大力发展起来的。随着出口规模的急剧扩大，出口生产的边际投入必然呈递增趋势，中国加工贸易生产主要依靠土地、劳动力、资金和其他稀缺资源的高投入、高消耗。根据国际组织计算，2000～2003 年间，中国出口增长额在全球增长额中占 33%，而固定资产投资增长占全球的 60%，石油消耗增长占全球的 36%。尽管加工贸易的中间投入品有部分来自境外，但配套原材料和能源、电力等仍需国内供给，使中国出口增长付出了高昂的资源代价。同时，加工贸易的大力发展也使中国付出了高昂的环境成本，造成了严重的环境污染。

从中国吸引外资的地域分布看，由于拥有比较完善的投资环境和配套的产业基础，珠三角地区是中国吸引外商投资最早和最密集的地区。珠三角一度是中国改革开放的前沿阵地，自 20 世纪 70 年代末至 80 年代初以来，作为珠三角地区"排头兵"的广东创造了 25 年持续高速经济增长和快速工业化的奇迹，珠三角地区也因此而崛起，成为 20 世纪"中国制造"的主要基地。珠三角的发展主要依赖低端制造业，利用大量廉价劳动力，实际上外商赚的就是低廉人工的钱，大量台港澳客商陆续把"三来一补"加工贸易投向广东，使广东发展成为全球最重要的制造业基地。但是随着多年来经济的高速增长，珠三角许多城市逐渐受到能源不足、资源紧张、环境压力、劳动力成本上升的困扰，以低成本为基础的产业聚集、政策优势和地理优势的弱化也使得珠三角逐步丧失往日的优势。可见，加工贸易并不能支撑中国对外贸易的持续发展，并导致中国环境容量状况恶化。

"两高一资"产品的加工贸易企业一般是发达国家禁止或限制的产业，它们主要依赖中国优惠的土地、税收政策和较宽松的环境保护政策，降低企业运营成本。此类产品附加值较低，产业缺乏自动进行生产方式转换的内在动力，因此应加快中国产业结构和加工贸易结构的升级步伐。在限制或禁止低技术、高能耗、高污染、高资源消耗、低增值行业生产和出口的政策逐步付诸实施之后，应该把更多的精力投向加工贸易的转型，只有内资企业自主创新的先进制造业才是可以依赖的经济基础。

（五）跨国污染转移导致中国环境容量状况严峻

所谓环境容量是指一定空间所能容纳废弃物质的能力，是表征环境自净能力、承载能力和包容能力的指标，从一定意义上说，环境容量也是一种资源（苗阳，2006）。目前中国在进口、外商投资等方面的环境条款还不完善，对进口产品和外商投资企业环境要求不高，对污染密集型企业与外国产品的进入标准较为宽松，导致中国环境容量状况严峻，主要表现在两个方面。

1. 国外通过出口向中国转移污染产品和有害废弃物

由于中国环境保护法规、标准数目很少，环境保护的门槛较低，起不到绿色壁垒的作用，造成了大量低标准的外国产品涌入，比如许多进口食品经多次市场抽测都表明存在质量低劣问题。欧洲牛奶二噁英含量与法国洋酒牛血粉事件，更是一个明显的例证。这些劣质产品的进口既冲击了国内同类市场，又危害了消费者的健康。同样，一些严重污染环境的有害废弃物向中国移转的数量也是惊人的，且增速很快。1993 年以来，中国海关分别在南京、珠海、厦门、上海、福建、海口等省市相继查获以加工废塑料名义进口的"洋垃圾"。仅 1995 年 6 ~ 8 月，中国海关就查处各种"洋垃圾"9 起，达 1850 吨。中国沿海地区是这些废弃物的主要进口地和使用地，这些废弃物主要来自美国、日本和中国香港。这些有害废弃物，如废旧的船舶、汽车、电缆、电器等工业垃圾和旧服装、旧磁带等生活垃圾的入境，严重污染了国内环境，特别是一些进口的废弃物还带有病虫害和传染病，严重影响了人民的身体健康。另外，一些进口产品在使用过程中也存在资源投入量大、能耗大、污染严重的问题。特别是有的产品作为生产投入品在使用过程中无一不是高污染、高能耗的，如进口量较大的化工原料、铁矿砂、原油、合成纤维、羊毛等。

2. 国外通过外商直接投资向中国转移污染企业

首先，作为加工贸易的主体，外商投资企业倾向于将污染密集型产业向中国转移。因为中国的环境偏好低，环境政策和标准相对宽松，政策法律所要求的环境成本的内化程度较低，即厂商为其产品付出的环境代价较低，其生产成本显然要低于实施较高环境标准的发达国家和新兴工业化国家。因此这些国家的外商在向中国投资，输出资金、技术进行加工贸易时，会倾向于选择将资源消耗高、环境污染重等具有外部负效应的产业转移至中国，在获得廉价资源和劳动力的同时，也获得了环境标准低的优势，使其产品获得更加明显的价格优势。1999 年中国外商投资企业中，污染密集型企业占总数的 30% 左右。在污染密集型企业中，严重污染密集型企业占40%。另有数据显示，在流入中国的外商直接投资中，有近 1/4 的资金是投向了污染型企业。其次，外商通过加工贸易，向中国输出洋垃圾。一些外商将母国淘汰的、严重污染环境的、禁止使用的产品以及有害技术、工艺、设备甚至废弃物等"洋垃圾"，通过贸易与投资转移到中国继续使用，一些外商以次充好、以旧顶新，结果严重影响了进口地的空气、水源等生态环境。

　　与这种污染转移相对应的状况是，环保产业在世界上普遍被认为是高新技术产业之一，发达国家的环保技术和环保产业起步早，发展水平高。在这些发达国家看来，与其在本国采用先进的环保技术，从而提高成本，不如选择绕过本国环境管制的规定，将污染产业转移到发展中国家。而发展中国家（包括中国），环保产业与其他行业相比尚属幼稚工业。中国的环保产业的技术水平在整体上落后于发达国家近 20 年。例如，发达国家 80% 以上的城市污水已纳入公共净化处理装置系统，污水处理率达到 80% 以上，而中国的城市污水处理率在 2000 年才达到 20% 的水平。因此，在招商引资中应从长远角度看待承接这种污染密集型产业转移的后果，不给发达国家的污染转移提供机会。

（六）绿色贸易壁垒体系建设滞后影响贸易发展可持续

　　目前国外的绿色贸易壁垒，已经对中国的外贸出口造成了严重影响，据国家环保总局和中国质量检测协会提供的资料，中国出口产品每年因遭受各种"绿色贸易壁垒"封杀造成的损失高达 2000 亿美元，仅农副产品因农药超标而造成的直接经济损失就达 70 多亿美元。作为全球最大的发展中国家，中国出口产品正面临着各种形式的来自发达国家绿色贸易壁垒的挑战。目前发达国家采用的绿色贸易壁垒主要有六种形式，分别为：绿色关税制度、绿色技术标准、绿色环境标志、绿色卫生检疫适度、绿色包装制度和绿色补贴与反补贴。相对于研究如何应对国外绿色贸易壁垒，中国在建立自己的绿色壁垒体系上严重滞后。

　　目前中国进出口技术性贸易壁垒尤其是绿色贸易壁垒建设中存在的问题主要有：①在出口方面。一是出口企业对 WTO/TBT 相关规则的信息不灵，缺乏有效的应对解决手段；二是产品技术水平低，缺乏自主知识产权，导致国内现行标准低，不能满足出口国际市场的需要；三是发达国家出于本国垄断竞争利益的考虑，会不断加强贸易保护主义，制定的技术标准日趋苛刻；四是应对 TBT 基础设施建设滞后，政府相关法律、法规及社会中介服务职能缺失。②在进口方面。一是对进口技术性贸易措施的重视程度不够，技术标准战略意识不强。没有从国家战略的高度对进口技术性贸易措施进行全面考虑和规划，缺乏对技术标准战略的系统研究，国家技术标准发展战略在中国尚属空白。二是国家技术法规体系不完善，缺乏规范性，制定程序和管理工作存在很多问题。三是技术标准总体水平不高，合格评定制度不健全，环境、卫生和动植物检验方面几乎无壁垒可言。如与技术标准相配套的合格评定程序和认证制度不健全；在绿色壁垒方面，环保意识淡薄，环境标准偏低，环境标志和绿色包装要求几乎处于不设防状态；动植物检验检疫方面也存在检疫审批不严，检疫技术人员缺乏，检疫技术水平有待提高，对进口植物病害及所携带疫情不够了解等问题。

第三节 贸易可持续发展相关国际规则及国际经验

国际社会和有关国际经贸组织越来越关注环境与贸易问题，目前国际上已经签订了 200 多个多边环保公约和协定，其中将近 20 个含有贸易条款（李振刚，2004）。各国也纷纷制定一些政策法规来加强对环境的保护，尽管目前在全球范围内还没有哪个国家提出系统的可持续贸易发展政策，但学者已进行了一系列有益于保障贸易可持续发展的相关探索，而一些国际组织达成的共识也影响到了各国政府层面的决策。目前不管在理论上还是在实践上，发达国家都走在世界发展的前列，有些成功经验值得借鉴。

一 与贸易相关的旨在保护环境的国际法律、规则和公约

（一）WTO 若干协定中对环境与贸易问题的规定

从 WTO 对环境和可持续发展的关注来看，WTO 框架下的贸易不仅仅是自由贸易，也是可持续发展的贸易，即可持续贸易。《WTO 协定》序言在阐述 WTO 的目标时指出，在处理成员各方之间贸易和经济关系时，除以提高生活水平、保证充分就业、保证实际收入和有效需求的大幅稳定增长以及扩大货物和服务的生产和贸易为目的外，同时应依照可持续发展的目标，考虑对世界资源的最佳利用，并寻求保护和维护环境的途径。

1. 1994 年《关税与贸易总协定》中的规定

GATT 允许一个国家采取任何行动来保护环境，GATT 对一国保护环境、防止受到国内生产的或者进口产品的消费对环境的伤害几乎没有限制。通常，一个国家可以使用适用于本国产品的规则来针对进口产品，也可以采取自认为是必要的行动来保证本国的生产加工过程不伤害环境。

根据 GATT1994 的第 1 条最惠国待遇、第 3 条国民待遇以及第 11 条普

遍取消数量限制。据此，WTO 成员不得对来自其他成员的同类产品给予歧视性待遇，也不得对进口的外国同类产品给予歧视性待遇，不得对任何其他缔约方领土产品的进口或向任何其他缔约方领土出口或销售供出口的产品设立或维持除关税、国内税或其他费用外的禁止措施或限制，无论此类禁止或限制是否通过配额、进出口许可证或其他措施实施。但是，GATT1994 第 20 条（b）款和（g）款允许基于环境保护的目的背离上述条款而维持或采取某些贸易限制措施。因此，一个包含了数量限制的多边或单边环境保护措施即使违反了 GATT1994 的第 1 条和第 3 条，也有可能根据 20 条（b）款和（g）款获得正当性实施。另外，环境关税制度方面，GATT 1994 第 2 条规定：缔约方可以在国民待遇的基础上，按照自己的环境计划自行决定对进口产品征收以保护环境为目的的环境税，该规定可以被理解为保护环境的环境关税制度。

2. 乌拉圭回合"最后文件"中涉及环境问题的规定

《建立世界贸易组织协议》的序言中明确将可持续发展与环境保护确定为新的多边贸易体制的基本原则与宗旨之一。《技术性贸易壁垒协议》（TBT）的前言规定：只要是为了保护人类、动植物的生命健康和环境，只要不构成有意的、不公平的歧视，不成为隐蔽性的限制国际贸易的措施，缔约方可制定技术性的规定。《补贴与反补贴措施协议》规定若有助于消除严重的环境压力，且采取最合适的环境手段，可考虑接受环境补贴。如果这些补贴符合不可申诉的标准，就不受解决争端行动的约束。《应用卫生与植物检验措施协议》大部分内容与生态环境保护密切相关。协定规定对动植物携带疾病的传播或者输入，对添加剂、污染物、毒素、食物、饮料、饲料中导致疾病的有害物的含量，缔约方有权选择它认为是合适的程序来保护其管辖的人民、动植物的生命或健康，只要不是有意或不公平地对待国外相同或类似的产品。《农业协定》中直接涉及环境保护的是"国内扶持部分"，提出了"绿箱政策"的概念，即与环境规划项目有关的国内支持措施，包括政府对与环境规则项目有关的研究和基础工程建设所给予的服务和支持，以及按照环境规划给予农业生产者的直接支付，不在协定规定的削减之列，以降低现代农业对环境的危害。《服务贸易总协定》（GATS）中与环境保护有关的是第 6 条（国内规定）和第 7 条（承认）。第 14 条类似于第 20 条为一般例外条款，其中（b）条款允许成员方采取或加强"保护人类和动物生命和健康所需的措施"，只要这类措施"不对情况相同的成员方造成武断的或不合理的歧视，或不对国际服务贸易构成隐蔽的限制"。《与贸易有关的知识产权协议》（TRIPs）订有专门的环保条款，第 27 条第（2）、（3）款规定了可以出于环保等方面的考虑而不授予专利权的情况，目的是为了鼓励更多的研究、创新和国家的技术转让（傅京燕，2002）。

（二）与贸易有关的旨在保护环境的 MEAs

多边环境条约（Multilateral Environmental Agreements，MEAs），即国际环境条约，是基于环境问题的全球性条约。它是国际社会普遍认识到任何国家都不可能单独在本国范围内解决全球性问题，而需要各国间的紧密合作以便共同寻求新的解决方案的产物，据此，为形成多边环境条约的磋商已经成为大多数国家环境政策中日益重要的一环。

依据 WTO 官方网站所提供的资料，截至 2001 年 6 月 14 日，全世界共有 30 项 MEAs 包含与贸易有关的旨在保护环境的措施。这些 MEAs 大致可分为以下三类（刘勇，2003）：一是保护大气环境，主要有保护臭氧层和防止二氧化碳引起的气候变化、防止二氧化硫等气体引起的酸雨三个方面的 MEAs，如《保护臭氧层的维也纳公约》、《蒙特利尔关于消耗臭氧层物质议定书》（简称《蒙特利尔议定书》），以及《气候变化框架公约》等。二是保护濒危物种、候鸟、动物、鱼和海洋动物协定，主要有保护生物多样性公约、保护自然文化遗产的国际公约等，如《濒危野生动植物物种国际贸易公约》、《鲸类国际公约》等。三是控制危险产品和物质生产与贸易的协定，防止危险废物越境污染、核污染、化学制品污染，如《控制危险物品跨国界移动的巴塞尔协定》（简称《巴塞尔协定》）、《国际贸易化学品信息交流的伦敦规则》、《关于在国际贸易中对某些危险化学品和农药采用事先知情同意程序公约》等。这些 MEAs 包含与贸易有关的旨在保护环境措施的主要目的是：①控制那些本身被认为是威胁环境的国际贸易行为（如危险废弃物和野生生物的国际贸易等）。②控制环境有害物质的运输，借以保护进口国的环境。③控制与包含特别目的的环境协定的非当事方进行贸易，防止对条约的"免费搭车"。为促进国际条约缔结和实施的绩效，1985 年《保护臭氧层维也纳公约》和 1987 年《蒙特利尔议定书》都明确规定，禁止缔约国从非缔约国进口或向其出口受控物质及含有这些物质的产品，除非该缔约国遵守有关规定。④确保实施 MEAs 的实质规则。在多数情况下，贸易并不是造成环境问题的主要原因，但是贸易能够把国际性需求与供给联系起来，直接或间接地对环境造成正面或负面的影响。例如，危险废弃物的越境转移在很大程度上是通过国际贸易来实现的,有的企业专门通过进出口废弃物来赚钱;珍稀濒危物种的贸易显然是造成生物多样性丧失的主因之一。MEAs之中如不包括贸易管制措施,实施其他实质规则恐怕也达不到人们期待的结果。

(三) 国际贸易中的绿色壁垒制度

绿色贸易壁垒,简称"绿色壁垒" (Green Barrier),又称环境贸易壁垒,是一种新型的非关税壁垒,指在国际贸易中,某些国家尤其是发达国家及其主导下的国际组织以环境保护为名,凭借其在经济及技术上的优势,通过立法或制定严格的强制性技术标准或设置与本国环境标准相区别的双重标准,对可能造成环境污染和生态破坏的国际贸易活动加以管制,以相应举措限制或阻止外国产品进入该国市场的一种贸易保护措施。其形式归纳起来有6种:绿色关税制度、绿色技术标准、绿色环境标志、绿色卫生检疫制度、绿色包装制度以及绿色补贴和反补贴。

绿色贸易壁垒具有其自身显著的特点,概括起来主要有以下几点:①保护方式的广泛性。其内容涉及与资源环境及人类健康有关的产品的生产、加工、包装、运输、销售、消费和回收的全过程,并对一些产品在安全、卫生、防污等设置一系列标准。②保护方式的隐蔽性。国际组织和其他个体只看到了绿色壁垒在环境保护方面的积极作用,却忽视了它对国际贸易造成的巨大障碍。③实施效果的二重性。一方面绿色贸易壁垒的产生有其进步意义,它是全球可持续发展的需要;另一方面,它在一定程度上被发达国家所利用,进而成为其实施贸易保护主义的工具。④运用结果的歧视性。由于关于绿色贸易壁垒的一些措施,在国际上还没有完全统一的标准,因此,发达国家常常设置有利于本国利益的绿色技术标准,甚至采取双重标准,大大地损害了发展中国家或工业化落后国家的利益。⑤技术规则的发展性。绿色贸易壁垒的实施是与技术进步及国际贸易的发展息息相关的,再加上绿色壁垒内容上的递增性及实施形式的灵活性,其技术要求随着科学技术的发展而不断提高。

二　发达国家保障贸易可持续发展的经验

(一) 日本保障贸易可持续发展的有关节能的法律

日本是世界上节能工作开展最好和节能技术最先进的国家之一,其节能工作之所以能有效地开展并取得巨大成效,与其科学完善的节能法规是分不开的。

1974 年 6 月，日本通产省便颁布了旨在开发新能源、减少石油使用量的"阳光计划"。1978 年第二次能源危机时，制订了"节能技术开发计划"。1979 年夏季。编制了《长期能源需求预测》，提出了节能的目标。1979 年 8 月 1 日开始实施《有关合理使用能源的法律》（简称《节能法》），其目的是为了谋求国民生活的稳定发展，一方面保证日本对外经济贸易的长期发展不受影响，另一方面集中全体国民的智慧和办法，尽可能使能源的消费在每一阶段都达到有效和合理。该法律是根据工业、运输、建筑、人民生活等能源消费领域的特点制定的实现能源使用最佳化的基本法律，并以此为中心，建立了综合能源政策体系、节能措施体系、促进节能设备的资助措施等。随着日本经济、社会的发展，特别是能源消费的增长及能源消费对环境的严重影响，通产省于 1993 年 3 月颁布了《节能法》修改案，旨在建立一个稳固而又合理的能源供应与需求结构，进一步提高能源的合理利用率，以适应经济、社会和环境的协调发展。修改后的《节能法》，特别强调了新能源及工业技术的开发、应用，以及资助新能源技术的推广、应用，倡导建立全国性的新能源信息资讯网。

日本的《节能法》之所以是一部很成功的法律并对日本的节能工作产生了巨大的作用，主要在于对法律良好的宣传工作，以及它不是一部空洞的法律，而是在完善的法律框架指导下，有一系列具体的配套政策措施作为支撑，因此具有很强的操作性。

（二）美国保障贸易可持续发展的排污权交易制度

美国是最早实践排污权交易的国家。从 20 世纪 70 年代开始，美国环保局尝试将排污权交易用于大气污染源和水污染源管理，逐步建立起以补偿、储存和容量结余等为核心内容的排污权交易政策体系。在 30 多年的实践中，这一政策取得了巨大的经济效益和社会效益。

排污权交易是科斯定理在环境问题上最典型的应用。排污权交易制度是指根据污染控制目标发放排污许可证并允许排污许可证在各污染源之间交易的制度。排污权交易的具体实施步骤一般是：首先，由政府部门确定一定区域的环境质量目标，据此评估该区域的环境容量以及污染物的最大允许排放量。其次，通过发放许可证的办法将这一排放量在不系统的污染源之间进行分配。再次，通过建立排污权交易市场使这种由许可证代表的排污权能合理地买卖和流通。这一制度设置需考虑的主要变量有：系统的目标和基本特征，如排污许可的物质基础、可使用排污权的内容、排污权交易的条件、排污权的法律依据以及如何选择参与者；排污权的初始分配，如免费分配的标准、如何选择定价和拍卖方式；各种弹性选择，如排污权储蓄和借贷等；如何组织排污权交易，是采用企业内部交易，还是通过中间商、交易所或者环境管理部门组织企业之间进行交易；建立有效的排污监测系统，如绩效跟踪系统；激励排污企业遵守环境质量规定和不超标排污的措施，如惩罚和罚款制度的设计；排污权交易制度和其他环境政策的协调等。这种交易活动的实质可以归纳为三点：①排污交易是环境资源商品化的表现；②排污权交易是排污许可制度的市场化形式；③排污权交易是环境总量控制的一种措施。

在美国已经实施和正在实施的排污权交易计划中，EPA（美国国家环保局）的排污权交易计划、酸雨计划和加州南部的 RECLAIM 计划较为典型。

（三）欧盟保障贸易可持续发展的排污收费制度

排污收费是指国家有关部门根据国家有关法律、法规及政策规定，依法对造成一国境内环境污染的生产单位和个人收取费用。有两种做法：一是超标收费，即只对超过国家规定排污标准的企业收费。具体的排污标准可以按照污染物在环境中残留时间的长短、在生物体内积累的高低和对环境、人体的毒害程度等因素，分类确定收费的高低；也可以按照排放污染物的数量和浓度，视排放污染物的超标倍数确定收费等级。二是不论排污大小，采取排污即收费的办法。排污收费对于同一企业可以有不同的标准可供选择。

排污收费，一方面从外部给企业以一定的压力，促进企业积极治理污染，加强企业的经营管理，实现资源和能量的综合利用；另一方面，排污收费通常被用于污染治理，因此，也为企业治理污染开辟了一条资金渠道。例如，欧洲荷兰等国从 20 世纪 70 年代中期开始对企业征收排污费，以后逐步提高重金属排放的收费标准，结果到 1991 年荷兰工业废弃物中的铅、汞、铬等有毒金属排放量比 1976 年减少了 83%～97%。当然，排污收费不管是根据污染物浓度征收还是按总量控制，都需要对有关指标逐一测定，因而征收成本相当高。另外，收费作为政府行为，虽具有一定的强制性，却基本上没有相关法律作保障，容易使污染者产生承担政府某种"摊派"的抵触心理。因此，大多数税收制度相对完善的工业化国家较少采用排污收费制度。

（四） 欧盟保障贸易可持续发展的环境税的征收

环境税是指对开发、保护和使用环境资源的单位和个人，按其对环境资源的开发利用、污染破坏程度进行征税，以提高环境污染的成本，促使污染者减少污染。征收环境税的主要目的是通过对环境资源的定价，改变市场信号，降低生产和消费过程中的污染排放，同时鼓励有利于环境的生产和销售行为。

气候变化税是英国于 2001 年开始征收的，是英国气候变化总体战略中的核心部分。它针对非民用的工业、商业和公共部门，向为这些部门提供能源产品的供应商征税，应缴税额根据能源产品的供应量和相应税率计算，不设起征点。

二氧化硫税是西方国家环境税中的主要税种，按照各国对课税对象的选择不同，可以分为直接环境税和间接环境税。直接环境税是对矿物燃料（主要是煤）燃烧产生的二氧化硫征税，即对单位排放物征收的环境税；间接环境税是对燃烧过程中产生二氧化硫的矿物燃料征税，即对产生污染物的投入物征收的环境税。有的国家对大排放源征收直接环境税，对小排放源征收间接环境税。

（五） 发达国家保障贸易可持续发展的相关财政税收优惠

为了使一些具有很好节能效果并且投资也较多的节能设备和技术能顺利地推广、使用，减轻企业的顾虑和负担，一些国家政府对重要的节能技术和设备投资在财政和税收上也会制定一定优惠政策。如日本企业进行节能投资时，可根据其规模、性质、节能设备类型向日本开发银行、中小企业供应贷款机关、人民公营贷款机关和北海道及东北地区开发银行四个政府的专业银行贷款，这些银行的节能贷款资金均来自政府收入中的特别支出。1993 年，日本的节能贷款总额达 5530 亿日元，贷款年利率较低，仅为 3.85%，还贷期可长达 15 年。在税收政策上，日本还对采用高温连铸设备、余热锅炉、热泵等 97 种节能设备和技术的企业，在节能设备安装后的第一年内申请税收优惠政策，即减免相当于节能设备采购费 7% 的公司税或所得税（最多减免不超过同期公司税或所得税的 20%），或者在提取正常的折旧费外，再提取相当于节能设备采购费的 30% 作为特别折旧费。

英国则强化投资补贴项目，包括节能技术、节水技术和低碳排放技术，通过在企业应税利润中扣除全部首期投资费用，包括购买、运输和安装费用，鼓励企业投资于节能和环保技术设备，其中节能部分由碳基金①负责管理和实施。碳基金组织制定了《能源技术清单》（ETL）和《能源技术标准清单》，目前包括 15 大类 53 细目的 9000 多种产品，且每月更新一次，产品的范围和数量不断增加。企业投资购买的节能设备如果符合清单的要求，就可以申请补贴。另外，碳基金还提供一个有 ETL 字样的特殊标志，符合清单要求的产品经过申请和认证，生产商可以在其产品上使用该标志，吸引消费者购买本企业生产的节能产品。

第四节　探索中国实现对外贸易
可持续发展的路径

要提高中国外贸出口的竞争力，使其继续发挥对中国经济增长的引擎作用，转变对外贸易的增长方式，走对外贸易的可持续发展道路既是世界贸易发展的趋势，也是中国的必然选择。

一　营造有利于中国外贸发展的良好环境

（一）坚持实行有协调的自由贸易政策

自由贸易政策在根本上有利于可持续发展。自由贸易政策固然存在一定的缺陷，但这些缺陷产生的根源不在于自由贸易方式本身，而在于忽视了贸易品生产过程中的环境成本。如果在贸易品生产和交换过程中充分考虑环境成本，即把环境成本内部化，自由贸易对可持续发展的消极影响就可以消除。因此，应该把自由贸易政策作为可持续发展贸易政策的立足点，不能因为其具有某些不利影响就完全否定自由贸易政策，更不能以保护政策来取而代之。

其次，必须采取适当的措施来消除自由贸易政策对于贸易可持续发展的消极影响，其根本措施是实行环境成本内在化，主要途径有三种：一是强制手段，制定环境标准。环境成本直接对厂商环境成本和生产成本产生

---

① 碳基金：2001 年，英国政府利用气候变化税的部分收入创立了以帮助和促进企业及公共部门减排为目的的碳公共基金，主要用于：（1）能马上产生减排效果的活动，如针对用能大户的"碳管理项目"等；（2）低碳技术开发，通过赠款、贷款、建立创新基地等不同方式和渠道，鼓励新的节能技术和低碳技术的研发和创新，开拓和培育低碳技术市场，促进长期减排；（3）通过信息传播和咨询活动，帮助企业和公共部门提高应对气候变化的能力。

影响——厂商为了达到环境标准会主动投入用以控制污染、治理环境的技术和设备，从而导致环境成本内在化。二是征收污染税费。三是产权界定。只要把环境产权明确，外部成本可以通过当事人之间的资源谈判、排污权交易而达到内在化。因此，从各国实践看，环境标准、排污税费征收、排污权交易就成为环境成本内在化的主要途径。因此，实行有协调的自由贸易政策是实现贸易可持续发展的最佳选择。

（二）完善贸易环境法规，保证对外贸易可持续发展

目前中国已颁布了6部环境法、13部资源管理法和395项环境保护标准，在法律的层面上已大体完成了贸易可持续发展的法制框架，但同时还存在很多问题，亟待进一步完善。其问题主要有以下几个方面：一是中国大部分环境法律、法规是在经济体制转轨时期建立的，随着中国经济社会的飞速发展，其中有些已经不合时宜。二是法律、法规缺乏系统性。三是政策和法规手段不配套，执法力度不够。

因此中国政府亟待完善相关贸易政策法规。首先，应加强环境保护立法，强化执法，加快环境贸易法规与国际环保法律接轨。其次，还需要一些经济政策调节手段的配合，如制定环境税收制度、财政信贷刺激制度等。再次，加强环境影响评估制度的实施力度，从生产领域保证中国对外贸易的可持续发展。在政策法规制定之后项目实施之前，对有关对外经济发展规划的资源环境的可承载能力进行科学评价，分析规划中对环境资源的需求，从而有效设定整个区域的环境容量，限定区域内的排污总量，在规划实施过程中提出相应措施。

（三）提高全民环保意识

在完善贸易可持续发展的法律、法规的同时，政府部门还要加强对贸易环境保护的宣传，使节约环保的理念真正深入人心，成为人们生活中自觉的生活习惯。①从宣传的内容上来说，除了要对中国的贸易可持续发展的相关法律、法规进行宣传外，还要宣传国外一些重要的贸易可持续发展的法律、法规，特别是日益增多的国际环保公约、协议、标准，这些是各国行使绿色贸易壁垒的法律依据，具有相当的复杂性、多变性，对中国出口企业有着巨大的影响，应着重宣传；除了要宣传环保的意识外，还要宣传环保的可行方法。②从宣传的对象上来说，一方面要重视对广大民众的宣传，使节能环保体现在人们的日常生活中；另一方面，还要重点对一些企业管理者和负责人进行宣传，因为这些人是影响企业环保投入与能否清

洁生产的重要决策人。③从宣传的方式上来说，应注重方式和媒介的多样化。如通过对儿童教育的普及，创立节能日、环保日等，通过电视、广播、网络的公益广告，以及社区的招贴画、发放的节能环保手册等。总之，通过建立一个立体式全方位的宣传体系，提高全民的环保意识，有利于整个社会对资源有效地利用以及环境的改善，也能为中国经济以及对外贸易的健康可持续发展奠定一个良好的基础。

（四）积极开展国际环境合作，创造良好的外部环境

首先，加强研究国际多边环保公约对贸易的限制与现行国际多边贸易规则的关系，注意趋利避害，一方面利用环境保护的例外，实施某些合理的贸易保护；另一方面，也应防止他国滥用绿色贸易壁垒的行径。

其次，积极参与多边贸易体制和多边环境公约的制定。目前中国贸易中的环保管理与发达国家相比还有较大差距，通过与其他国家充分交流信息和意见，可以学习先进经验，不断完善中国的环境贸易法规和管理体制。对于中国而言，积极参与关于贸易—环境问题的国际论坛讨论可以充分表达自己的利益和要求，警惕和抑制以环保为名的贸易保护主义和发达国家的不合理做法，并在多边谈判的基础上弥补现有环保条款的缺失，与发达国家成员共同制定能够客观评估发展中国家贸易可持续发展现状和要求的公平合理的环保条款。同时，可以了解世界环保发展的新动向及可能对贸易带来的新影响。

再次，积极利用 WTO 的争端解决机制解决有关贸易与环境问题的争端。在一国主权范围内，由于市场失灵而产生的环境问题可以通过政府干预和公众参与得以改善。但是在国际领域内，贸易与环境之间的争端，则要通过协商一致和多边环境合作予以解决。可以利用世界组织的争端解决机制，在与发达国家的贸易往来、贸易与环境纠纷中找到公平合理的解决方案。目前，WTO 争端解决程序和多边环境条约的争端解决程序有较多不兼容的地方，中国在今后也要积极参与修改和完善这些领域的争端解决程序，加强与他国的对话，为中国对外贸易可持续发展创造良好的国际环境。

二　促进中国贸易增长方式由环境输出型向生态修复型转变

所谓生态修复型外贸增长方式，是指把改善环境、恢复生态作为中国贸易发展的一项新使命和新任务，建设一个与科学发展观相一致的新的贸易体系。这个体系包括三个方面：一是控制和减少资源和环境消耗型产品在出口总量中的比重，缓解中国环境压力；二是增加进口能替代中国环境消耗的产品，实现"环境输入"；三是通过调整进出口结构，从绿色产品贸易、环境友好型技术贸易和其他有利于环境的贸易活动中赚取经济利益。当务之急是减少环境消耗型产品出口，其次是实现环境输入，最后是绿色贸易。

首先要将中国的对外贸易政策目标与资源环境战略结合起来，根据中国国情进一步推进对外贸易产品结构的调整，改变中国目前出口产品中"两高一资"产品出口增长过快的局面。近几年来，国家已经采取了一系列调整出口政策的措施。2006 年，财政部等 5 部委下发了《关于调整部分商品出口退税率和增补加工贸易禁止类商品目录的通知》，这是继 2004 年初出口退税全面下调之后，中国进一步抑制"两高一资"产品出口增长过快的措施。此措施实施后，2006 年前三季度中国原油、成品油、煤炭、未锻轧铝出口量分别下降了 21.8%、21.1%、11.9% 和 5.8%。其次，要实施环境输入政策，即根据中国人多地少的特殊国情，客观上需要开发利用国际资源来满足中国发展的需要。中国已经为国际市场贡献了太多的环境利益，现在是恢复和修整国土的时候。再次，中国应进一步从绿色产品和绿色服务贸易中找到更大的赢利空间。例如绿色食品是因为环境标准提高后，采用新型技术和工艺生产出来的新产品，代表了一个新兴的产业。中国过去主要靠出口传统食品来赚取贸易利益，现在则可以通过培育绿色食品产业来赚取更大的贸易利益。又比如中国过去靠采伐林木制成工业品（家具）来出口创汇，现在则可以通过养育青山来发展旅游业，把外国游客吸引到中国来消费，这是一种低环境能耗的贸易方式。

以生态修复为使命的贸易增长方式是对过去依靠输出环境资源来实现经济利益的贸易增长方式的扬弃。这种新型的贸易增长方式并不单纯强调环境保护的需要，反而特别强调通过贸易内涵的升级来获取更大的贸易利益，因此它是贸易与环境双赢的贸易增长方式。

三 建立环境经济核算体系与提高出口品资源要素价格补偿

长期以来，中国许多资源密集型产品的出口价格中未将环境成本计入在内，以低廉价格出口，不仅导致出口贸易容易受到反倾销等贸易壁垒的羁绊，而且也损害了国家的长远发展利益，造成生态环境的严重失调。因此，首先要借鉴国外经验，建立适合中国国情的环境经济分析方法和政策体系，加强环境变化对资源、人体健康、社会经济影响的定量化研究，把不可再生资源的损耗、可再生更新资源的消长、环境的破坏与修复改善、污染的治理作为社会成本列入核算体系，逐步做到资源与环境的商品化、价格的合理化和消耗资源与破坏环境的有偿化，并利用税收或收费等经济杠杆，调节资源的价格，收回环境成本，不断完善与资源开发和利用有关的税收和收费政策。

其次，加快推进资源能源价格市场化改革。在今后的价格改革中，应逐步把各种环境资源和能源直接投入市场，依靠价格规律和供需关系来调整其价格，使市场价格准确地反映环境资源和能源的真实价值，最终建立一个贸易可持续发展的环境资源和能源价格体系。由于资源能源在国民经济中的基础作用以及价格涉及面的广泛性，如果盲目推进资源市场化改革，很可能会由于资源能源价格不断上涨而引起成本推动型的通货膨胀，这也是中国政府进行资源能源价格市场化改革面临的最大的两难选择。因此，能源资源价格市场化改革必须分阶段、分步骤地进行，而不能一蹴而就。在短期内，对于资源能源及其相关产品可以从以下三个方面采取措施，逐步推进资源能源市场化改革：一是对于出口企业，可以对出口产品征收较高的出口资源税，税额以国际市场资源能源价格与中国国内资源能源价格的差额以及对弥补环境的污染治理费用为准。二是对国内生产或贸易的企业，逐步推进资源能源市场化改革，使能源资源价格逐步地上涨。三是对普通百姓的日常使用需求而言，维持现有价格水平不变或随着人们的总体收入水平变化而进行调整。这样，既可以在逐步推进资源能源价格市场化的过程中，使中国的贸易损失减少到最低，又不至于对现有的经济体系突然产生过大的影响，有利于减小改革的阻力。

再次，应制定更加合理的资源比价关系。资源比价关系合理与否关系到不同产业、不同地区之间的利益关系，直接影响了区域经济的协调发展，同时也影响到每种资源最大效率的发挥。因此，要实现经济可持续发展，必须逐步理顺中国目前资源价格的比价关系，重点是调整原油、天然气和发电用煤之间不合理的比价关系。另外，要建立健全相关行业价格联动机制，以及上下游产业之间、地区之间的利益调节机制。合理的资源比价关系，不但有利于资源结构的优化和调整，而且也有利于中国资源行业的平稳、健康发展，为中国贸易与经济的可持续发展奠定稳固的基础。

另外，要积极推行资源产权改革和资产化管理，明晰产权。市场化改革要有效率，必须要有一个责权明晰的产权制度。资源归国家所有，但在现实中，许多资源产权是模糊不清的，国有企业和地方政府代表国家长期占有资源，并有事实上的处置权和相当程度上的收益权。特别是近年来，地方政府官员为追求以 GDP 和财政收入增长为核心指标的政绩，争相以廉价资源和物价环境吸引投资者，加剧了资源价格扭曲。因而，推进资源所有权代理市场化、资源使用权市场化等"公权"市场化改革和建立资源资产基础管理体系、监督体系、营运体系等资产化管理框架，使责权利更加清晰，有效消除目前资源能源初始界定中过度国有化和行政化而造成的"政府失灵问题"，自觉地排斥资源开发及应用的短期行为，确保国家作为资源所有者享有的权益。

四 促进加工贸易升级转型与降低环境容量消耗

针对中国的出口商品结构中粗加工、低附加值的加工贸易产品仍占很大比例的状况，可以采取以下措施。

一是调整加工贸易的发展思路，抓住国际价值链模块化的机遇，重新确定中国在国际分工中的地位，推动大中型企业承接具有研发、设计功能以及营销等高附加值环节、产品的加工，使中国企业由现阶段跨国公司的 OEM（贴牌加工企业）成为 ODM（设计制造商）或 OBM（自有品牌制造商），提升其在国际分工中的地位。

二是提高外资企业的技术外溢水平，通过外资企业与国内企业产业关联的加强，提高出口商品的技术含量和出口产品附加值，促进中国的加工贸易向高端升级转移。提高出口产品的科技含量是中国对外贸易可持续发展的关键。要形成真正的竞争优势，必须将中国劳动力资源与国外先进技术结合起来，提高出口商品的科技含量，改变中国出口商品量大、质低的局面，进而增强中国出口产品的竞争能力。

三是加强各级政府政策引导与监管职责，坚决杜绝技术水平低、污染严重、能耗大而收益低的加工贸易项目的引进，杜绝跨国污染产业的转移，建立严格考核审查的政府招商绩效考核制度，限期整改或动迁环境不达标的加工贸易企业，对现存问题突出的外资企业加大征收相应的资源环境税，积极引导中国加工贸易产业从粗放型向集约型发展转变。

四是调整加工贸易内部结构，促进加工贸易协调发展。一方面政府要制定长远的、合理的产业政策，调整加工贸易的产业结构，使加工产业链进一步"上伸下延"，提高加工贸易的质量和效益。通过开展高附加值产品的深加工结转业务延伸加工贸易产业链，深化加工层次，形成产业内以及产业间相互配套的加工贸易产业集群。另一方面，大力推进中西部地区加工贸易的发展，调整加工贸易的地区结构，促进经济贸易的均衡发展。

五是积极引进技术领先、产品附加值高并附带研发机构的加工贸易外资企业，给予高新技术行业、高附加值的加工贸易企业政策上的优惠与扶持，可根据企业规模、行业特点为企业提供个性化的服务方式、便利的通关措施以及先进高效的加工贸易管理方式，为这些企业的发展营造良好的加工贸易转型升级的政策环境。

六是抓住经济一体化的机遇，鼓励加工贸易"走出去"，积极开展对外加工贸易合作。运用区位优势，发展面向中亚、南亚等出口市场的加工工业，积极开展同周边国家的经济技术合作，通过经济纽带维护中国中西部地区在周边国家的运输通道，积极推进中国境外加工贸易的发展。

五 加快产业结构调整，大力发展环保产业

与出口贸易产品结构调整相对应，中国应加快产业结构调整，大力发展高新技术产业，尤其要加快发展环保产业。因为环保产业是提供保护环境和有效利用资源、防止环境污染和资源破坏、维持和恢复生态平衡的公共产品和服务的部门，因此环保产业的发展不仅有利于环境保护，提高环保资金的利用效率，而且其本身也已经成为出口市场中很有活力的一个产业。

首先，从研发资金上积极支持中国环保企业增强其技术创新能力。激活环保产业发展的核心是技术创新，只有通过技术创新才易于克服经济活动所造成的负外部性，易于适应市场对新产品的要求。环保产业属于技术驱动型产业，其研发投入是相当高的，且风险大，企业不愿意也没能力承担技术开发带来的风险，如德国环保产业的研发投入占其总收入的3.1%，约为制造业的1.7倍，整个工业的2.4倍，因此必须建立合理的风险投资机制，开辟多元化的筹资渠道。一方面，可以通过增加政府财政收入，设立开放式绿色产业发展基金，通过发行企业债券、上市等多渠道筹集资金。另一方面，金融部门应把环保因素作为银行信贷的重要条件，审慎对待每笔贷款，拒绝高污染项目的信贷要求，对环保项目在信贷资金上给予大力支持。另外，可试办中国的"环保银行"，环保银行为国家注册资本金创立，或者在国家原有的四大政策性银行中选择一家政策性银行设立环保信贷资金，对环保投资和融资进行总量管理和监督。中国企业还可以利用环保优先的机会，积极申请环保外资，如蒙特利尔多边基金等。

其次，要积极引进国外的先进环保技术设备，并加强消化吸收和创新。在环保技术上，中国毕竟起步较晚，与发达国家尚存在几十年的差距，因此，在积极自我研发的同时，还要注意引进国外现有的先进技术设备，在前人已有的成果上消化吸收并进行进一步创新，才能使中国的环保技术早日赶超发达国家。在环保技术设备的引进上国家应大力鼓励，并提供财政税收和进口手续上的便利和优惠。

再次，培育大型环保企业集团，增强大型企业的跨国经营能力。在市场经济中，扩大企业规模，实现规模效应是企业降低成本、增强竞争力的重要途径。针对中国环保产业大型企业集团不多和大多数企业规模小、技术水平低、竞争力不强的现状，要有计划、有目的地选择一些具有规模和实力，并具有发展潜力、基础条件较好、技术水平相对较高的环保企业，从资金、技术、政策等方面给予重点扶持。同时，用公司制改组环保企业，理顺环保产业的产权关系，鼓励环保产业以资产为纽带实施跨地区、跨行业、跨所有制的联合和兼并。在此基础上，进行企业制度创新，加快环保产品和技术的开发，开拓国际市场，取得规模经济效益，增强企业的跨国经营能力和国际竞争实力。

六 进一步建立和完善中国绿色贸易壁垒体系

国际标准化组织于1996年正式颁布ISO14000系列国际环境标准，其中ISO14001被正式公认为国际贸易中的"绿色通行证"。截至2000年4月底，中国大陆通过认证的企业总数只有263家，是日本通过认证企业数的1/10，是德国的1/5，是中国台湾地区的2/5，是韩国的3/5。目前美国、英国和德国等欧洲发达国家的国际标准采用率已达到80%，日本新制定的国家标准更有90%以上是采用国际标准，而中国现行国家标准中只有40%左右采用了国际标准。中国必须在实施环境认证制度的基础上，建立和完善环境标准及环境技术法规体系，从制度上消除贸易摩擦。中国现在加工贸易在外贸中所占的比重较高，从事加工贸易的企业在进口原料时必须要求国外原料供应商提供ISO14000系列认证，以保证中国出口产品在国际市场上的环境竞争力，如美国电器产品的UL认证和水产品的HACCP认证等。中国政府还应积极参与国际组织标准的制定工作，认真研究并推广国际标准化，如国际电工委员会以及国际标准化组织的标准。促使中国国内企业加强对TBT的认识，改进生产以满足标准。同时，顺应国际潮流，开展绿色营销，强化绿色产品的生产和国际化营销理念，使中国劳动密集型产品从设计、制造、包装到消费均符合环保要求。根据比较利益原理，合理配置和利用资源，维护生态平衡，提高产品质量，以冲破国际绿色贸易壁垒。中国出口产品应争取通过 ISO14001 认证，以取得国际市场的通行证，争取达到贸易对象国的认证要求；同时，中国要以生态、社会、经济效益为中心，建立完整的绿色贸易标准体系，实现合理的进口商品结构，主要有以下几个方面内容。

（1）健全绿色关税和市场准入制度。绿色关税和市场准入制度的建立，有利于对进口商品严格把关，禁止有害有毒的废弃物向中国转移，将严重污染的产品、设备拒之门外，也对先进产品、技术的引进起到一定的指导作用。为禁止有毒有害废弃物入境，中国应征收进口产品环境附加税。根据不同情况确定高低不同的几种税率，如对用于环境保护的产品可确定较低的税率，甚至取消关税；而对于环保能力差，会带来严重污染的产品则应确定较高税率。在市场准入方面，应加强贸易管理措施，将污染重的产品、设备拒之门外。在外商投资方面，应提倡绿色投资，建立严格的审批制度，对污染程度较大的项目应严格控制，对高污染的产业应禁止设立。

（2）健全绿色技术标准。中国应通过立法程序将国际标准化组织正式公布的 ISO14000 环境管理体系国际标准转化为国家标准，在全国范围内推广。同时，对不符合该标准的商品，拒绝进口。

（3）健全绿色卫生检疫制度。基于保护生态资源和环境，确保中国人民和动植物免受污染物、毒素、微生物、添加剂的影响，中国应制定较严格的环境技术标准。例如，规定农药在各种商品中的最高残留量等。对于不符合标准的商品应坚决禁止进口。

（4）建立完善的绿色环境标志制度。由于绿色环境标志表明产品或服务从研制、开发到生产使用直至回收利用的整个过程都符合环保要求，对生态环境和人类健康均无危害或危害较小。所以，中国应通过立法要求进口商品具有绿色环境标志。鉴于中国目前并未通过立法对国内产品实行环境标志制度，因此，有必要尽快制定环境标志方面的管理法规，规范国内环境标志的管理，使其制度化。这既有利于中国产品的出口，又有利于抵制国外无绿色环境标志的产品入境。

（5）建立绿色包装制度。绿色包装意味着在包装材料上节约资源，用后易于回收再用或再生，易于自然分解，不污染环境。中国应首先通过立法规范国内产品，使其采用绿色包装。具体来说，可以立法的形式禁止某些包装材料的使用，如含汞、铅的材料等，制定强制包装物再循环、再利用的法规，建立存储返还制度，以及通过税收调节等。与此同时，通过立法杜绝不符合中国绿色包装要求的产品进口。

本章参考文献

［1］《农药企业：绿色营销抓商机》，中国农药网 http：//www. pesticide. com. cn。

［2］王正立：《外国人看中国的资源问题》，中国大地出版社，2007。

［3］王贞智：《环境时代的国际贸易与中国对策》，《山东财政学院学报》1995 年第 3 期。

［4］朱启荣：《山东省出口贸易与能源消费关系的实证分析》，《山东财政学院学报》2007 年第 3 期。

［5］刘力：《实现可持续发展的贸易政策选择》，《财贸经济》1999 年第 2 期。

［6］刘玉环、宋岭：《中国价格改革的几个问题》，《经济纵横》2007 年第 5 期。

［7］刘学文：《论国际贸易中的绿色贸易壁垒与中国的贸易策略》，《中国环境科学学会学术年会优秀论文集》，2006。

［8］刘建明：《关于中国对外贸易可持续发展若干问题的思考》，《对外经贸实务》1997 年第 12 期。

［9］刘勇：《试论 WTO 规则与多边环境条约之间的冲突及其解决》，《外国经济与管理》2003 年第 1 期。

［10］刘燕鹏：《中国进出口产品完全占用耕地资源研究》，《资源科学》2001 年第 23 卷第 2 期。

［11］许士春：《贸易与环境问题的研究现状和启示》，《国际贸易问题》2006 年第 7 期。

［12］孙琳、郭丽伟：《贸易与环境关系问题经济学分析》，《科技资讯》2007 年第 2 期。

［13］苏珊珊：《浅析中国对外贸易可持续发展问题》，《管理科学文摘》2005 年第 4 期。

［14］杨文进：《可持续发展经济学教程》，中国环境科学出版社，2005。

［15］李亚云：《资源价格与经济可持续发展的关系研究》，《资源与生态经济》2006 年第 4 期。

［16］李刚：《基于可持续发展的国家物质流分析》，《中国工业经济》2004 年第 11 期。

［17］李军：《循环经济与中国对外贸易可持续发展互动机制研究》，《经济问题》2006 年第 8 期。

［18］李细满、戴瑞姣：《中国出口贸易可持续发展面临的问题》，《经济论坛》2007 年第 10 期。

［19］李振刚：《世界贸易组织的环境保护政策》，《中南财经大学学报》2004 年第 2 期。

［20］李雪峰：《比较优势理论与中国对外贸易的可持续发展》，《前沿》2005 年第 11 期。

［21］肖乃友、吴立新、陈贵峰、杜铭华：《煤及煤制品进出口的现状与思考》，《中国煤炭》2004 年第 11 期。

［22］张思锋等：《循环经济：建设模式与推进机制》，人民出版社，2007。

［23］陆桔利：《国际贸易对中国环境保护的影响及对策》，《商业时代》2006 年第 22 期。

［24］张曙霄、王爽：《关于中国外贸增长方式与可持续发展的探讨》，《财经问题研究》2006 年第 10 期。

［25］陈立虎：《论 WTO 规则与 MEAs 贸易条款的协调》，《法制现代化研究》2002 年第 12 期。

［26］陈向东、王娜：《国际贸易框架下出口能耗——环境成本问题分析》，《国际贸易问题》2006 年第 3 期。

［27］陈建国：《维持现状——WTO 与多变环境协定》，《国际贸易》2001 年第 12 期。

［28］陈勇兵：《环境、比较优势与对外贸易的可持续发展》，《商业研究》2005 年第 4 期。

［29］陈家祥、施美芳：《日本节能政策和措施》，http：//www.cnki.net。

［30］陈德湖：《排污权交易理论及其研究综述》，《外国经济与管理》2004 年第 5 期。

［31］苗阳：《虚拟资源：国际贸易发展中值得关注的新视角》，《浙江树人大学学报》2006 年第 11 期。

［32］易路霞、刘芳：《发展循环经济，实现国际贸易与环境协调发展》，《商业经济文荟》2005 年第 6 期。

［33］赵文丁：《新型国际分工格局下中国制造业的比较优势》，《中国工业经济》2003 年第 8 期。

［34］俞会新、黄西艳：《探析环境成本内部化对国际贸易的影响》，《黑龙江对外贸易》2006 年第 10 期。

［35］俞海山：《环境成本内在化的贸易效应分析——兼论近年中国出口关税调整政

策》，http：//www. cnki. net。

［36］姜玉鹏、姜学民：《浅析国际贸易中的环境掠夺》，《齐鲁学刊》2006 年第
1 期。

［37］夏东：《中国对外贸易可持续发展理论研究述评》，《商场现代化》2007 年第
6 期。

［38］夏光：《贸易增长方式应从环境输出转向生态修复》，http：//www. eedu.
org. cn，2007，11（10）。

［39］高嵩、高小平：《浅谈环境成本内部化与国际贸易比较新视点》，http：//
www. cnki. net。

［40］彭红斌：《论中国对外贸易的可持续发展》，中共中央党校博士学位论文，
2002。

［41］喻永红：《国际贸易引起环境问题的法律对策》，《当代法学》2002 年第 8 期。

［42］傅京燕：《WTO 机制下对中国外贸与环保的挑战及对策》，《世界贸易组织动
态与研究》，2002。

［43］傅京燕：《论环境管制与产业国际竞争力的协调》，《财贸研究》2004 年第
2 期。

［44］〔美〕Thomas Anderson：《环境与贸易》，黄晶等译，清华大学出版社，1998。

［45］路卓铭、刘军：《中国资源价格改革的战略思考》，http：//www. cnki. net。

［46］Porter M.，"The Competitive Advantage of Nations"（New York：The Free Press，
1990）.

［47］Blackhurst R. A.，"Promoting Multilateral Cooperation on the Environment" in
K. Anderson，and R. Blackhurst，*The Greening of World Trade Issues*（Ann Arbor：
University of Michigan Press，1992）.

［48］Lopez R.，"Environmental Externalities in Traditional Agriculture and the Impact of
Trade Liberalization"，*Journal of Environmental Economics and Management*，53.

［49］Lenzon M.，"Primary Energy and Greenhouse Gases Embodies in Australian Final Con-
sumption：An Input-output Analysis"，*Energy Policy* 26（6）.

主要参考网站

［1］中国外资网：http：//www. chinafiw. com。

［2］中华人民共和国商务部外国投资管理司网站：http：//www. fdi. gov. cn。

［3］中华人民共和国国家统计局网站：http：//www. stats. gov. cn。

第八章
中国服务外包产业竞争力研究

随着经济全球化的加快和国际产业结构的调整，世界范围的服务贸易经历了长足发展，通信、计算机和信息服务、会计、咨询等新兴和现代服务业增长势头良好，逐渐成为当代世界主要国家服务贸易发展的重点领域。同时，伴随着跨国公司的战略调整以及计算机系统、网络、存储等信息技术的迅猛发展，服务外包正逐渐成为服务贸易的重要形式，并在全球新一轮的产业转移浪潮中，成为至关重要的推动因素。在全球金融危机的影响下，将有更多跨国公司将其非核心业务外包，以降低成本，增强竞争力，这给我国承接服务外包业务带来更多发展机会。

作为服务贸易的重要发展领域，承接服务外包将给我国带来巨大的经济和社会利益，而我国经过改革开放 30 多年的历程，进出口贸易结构与产业结构已具备了向更高层次转型升级的条件，不仅要在货物贸易发展模式上有所创新，还要把大力发展服务贸易放在更加重要的位置上，努力提高服务贸易在进出口总额中的比重。在服务贸易众多的产业类别中，服务外包首屈一指。中国已经站在了发展服务外包的起跑线上，虽然拥有许多优势，但也面临着更多的挑战，因此，本章结合国内若干城市的实际情况，分析我国是否具备发展服务外包产业的国际竞争力优势，深入剖析影响我国服务外包产业发展的各种因素，全面把握我国产业发展现状及不足之处，并探讨适合我国服务外包产业的发展模式，从而为制定相关产业鼓励政策和措施，提供切实可行的政策理论依据。

第一节　服务外包及产业竞争力理论观点综述

一　服务外包的概念及分类

（一）外包及服务外包的概念

外包的英文 Outsourcing 是 Outside Resource Using 的缩写，其字面意思是外部资源使用。"外包"这一概念最早出现在 1979 年 Journal of Royal Society of Arts 的一篇文章中，而完整的"外包"概念则是由美国管理学家 Gary Hamel 和 C. K. Praharad 于 1990 年共同提出。他们认为，外包实质是一种资源整合的管理模式，是把若干重要但却不是核心的业务交给公司外部效率较高的承包商去做，而把内部优势资源集中在具有竞争力的核心业务上。拉胡·森·沙伊杜·伊斯兰（2005）认为：外包现象就是企业战略性地运用外部资源来进行过去用本地人力、物力进行的经济活动。Loh 和 Venkatraman（1992）通过对 IT 业外包的研究对 Outsourcing 进行了定义，他们分析认为，Outsourcing 是由外部供应商所分担的实物或人力资源以及与两者相关的，或 IT 基础结构在消费者组织中的特定组成部分。从这一定义可以看出，外包可以是货物，也可以是服务，但它一定发生在企业外部。Atkinson（2004）通过研究美国 IT 服务外包，认为 Outsourcing 就是由一家公司与另一家公司签订合同去经营指定商业任务的过程，公司可以把工作外包给美国本土公司，也可以外包给其他国家公司。他们还认为，人们真正抱怨的 Outsourcing 其实是 Offshoring。"当美国公司将分支机构设在海外时，由此而将有关的工作转移到这些国家，其中包括货物和服务两类。"近年来，随着离岸外包在中国的迅速发展，中国学者也逐渐开始关注这一经济现象。章嘉林（2004）认为，外包就是指企业将其内部的若干业务和环节分离出来，承包出去，利用外界的较为低廉的劳动力来完成，从而减少公司的雇员数量，以达到节省劳工成本、提高竞争力的目的。詹晓宁、邢厚媛（2005）认为，服务外包是指作为生产经营者的业主将服务流程以商业形式发包给本企业以外的服务提供者的经济活动。

（二）服务外包的分类

通常情况下服务外包的分类方式有两种：一种是按地域划分，可分为在岸外包（Onshore Outsourcing）和离岸外包（Offshore Outsourcing），前者是指企业将自己的一部分业务外包给国内其他企业，即发包方和接包方同属一个国家；而后者是指企业将自己的一部分业务外包给境外企业来做，发包方和接包方分属于不同的国家。另一种是按业务来进行划分，可分为业务流程外包（BPO）、信息技术外包（ITO）和知识流程外包（KPO），而中国商务部在2006年发布的《关于实施服务外包"千百十工程"的通知》中，将服务外包业务分为服务外包企业向客户提供的信息技术外包服务（ITO）和业务流程外包服务，包括业务改造外包、业务流程和业务流程服务外包、应用管理和应用服务等商业应用程序外包、基础技术外包（IT、软件开发设计、技术研发、基础技术平台整合和管理整合）等（见表8-1）。

表 8 - 1 服务外包按业务领域分类

类 别	内 容	
信息技术外包（ITO）	系统操作服务	银行数据、信用卡数据、各类保险数据、税务数据、法律数据的处理和整合等
	系统应用服务	管理信息系统服务、信息工程及流程设计、远程维护等
	基础技术服务	软件开发设计、技术设计、基础技术和基础平台整合或管理整合等
业务流程外包（BPO）	内部管理服务	后勤服务、会计服务、财务中心、人力资源服务、工资福利服务、数据中心及其他内部管理服务等
	业务运作服务	技术研发服务、销售及批发服务、产品售后服务等
	供应链管理服务	采购、运输、仓库整体方案服务、第三方物流等

资料来源：根据2006年商务部《关于实施服务外包"千百十工程"的通知》中服务外包业务归类整理制表。

二 产业竞争力理论的国内外研究状况

（一）产业竞争力研究的理论

20世纪70年代初期，美国哈佛学派的谢勒在贝恩"市场结构—市场绩效"的理论基础上，提出了"市场结构—市场行为—市场绩效"三段论范式，即SCP（Structure-Conduct-Performance）模型。该模型从产业业绩分析的视角出发，将产业竞争力归纳为一个结构问题，并产生了两个研究产业竞争力的切入点，即产业结构和产业行为。

从微观层面上来看，波特的钻石理论模型（1990）即国家竞争优势理论，通过对复杂数据和资料的提炼，认为决定一个国家的某种产业竞争力的有四大因素：生产要素，包括自然和人力资源、知识资源、资本资源、基础设施等；需求条件，主要指本国市场需求的特征；相关产业和支持产业的表现，这些产业和相关上游产业是否具备国际竞争力；企业的战略、结构、竞争对手的表现。这四个要素具有双向作用，形成钻石形体系。同时，在四大要素之外还存在两大变数：政府与机会。机会无法控制，而政策的影响是不可漠视的。

亚太经合组织（1992）将竞争力区分为宏观竞争力、微观竞争力和结构竞争力。宏观竞争力是指国家法规、教育、技术层次的竞争力，微观竞争力是指与企业取得市场和增加利润相关的竞争力，结构竞争力是技术基础设施、投资结构、生产类型、外部性等相关的竞争力。

金碚（1997）致力于产业国际竞争力的研究，从经济学的基础理论角度，研究竞争力的理论框架和逻辑结构，并试图将有关经济学学科和管理理论的分析框架和分析工具应用于竞争力研究。

裴长洪（1998）的研究与金碚等人的分析框架大体类似，他主要从两个方面来评价产业竞争力，即用显示性指标来说明国际竞争力的结果，用分析性指标来解释一国某个行业具有国际竞争力的原因。

（二）产业竞争力评价体系研究

瑞士洛桑国际管理发展学院 1996 年设计的国际竞争力评价体系由八大类竞争力要素、41 个方面、224 项指标所构成。随后经过 3 年的补充、扩展和完善，至今形成的国际竞争力评价体系的八大竞争力要素是：①国内经济实力要素，包括 7 个竞争方面；②国际化程度要素，包括 8 个竞争方面；③政府作用要素，包括 6 个竞争方面；④金融环境要素，包括 4 个竞争方面；⑤基础设施要素，包括 4 个竞争方面；⑥企业管理要素，包括 5 个竞争方面；⑦科学技术开发要素，包括 5 个竞争方面；⑧国民素质要素，包括 7 个竞争方面。以上 8 个方面基本上构成了产业国际竞争力分析的指标框架，但该分析框架也存在一定程度的不足，即缺乏对典型的产业结构和产业组织特征的反映。

世界经济论坛 1997 年设计的国际竞争力评价体系包括三个评价方面和三大分析指数。其中，三大评价方面包括：国际竞争力综合水平、国际竞争力的实力水平，以及潜在国际竞争实力。而三大分析指数包括以下内容：国际竞争力指数、经济竞争力指数和市场化增长竞争力指数。1998 年，世界经济论坛又引入微观竞争力指标，主要由商业环境和企业内部管理水平与经营战略的成熟程度两个因素构成，在一定程度上，弥补了洛桑国际管理发展学院竞争力评价指标的不足。

联合国工业发展组织（UNIDO）于 2002 年在维也纳发布的《2002 ~ 2003 年工业发展报告》中，建立了一套分析各国工业竞争力的指标体系，该指标体系选择人均制造业增加值、人均制成品出口、制造业增加值中高技术产品的比重、制成品出口中高技术产品的比重四个指标测量国家或地区生产和出口制成品的竞争能力。

三　服务外包产业竞争力理论研究

在服务外包产业竞争力理论研究方面，张继彤（2005）认为，外包使得企业之间临时成立产业联盟，在形成机理和产业竞争力方面与一般意义上的产业集群存在共同之处，但又有其独特的一面。因此，其希望通过对外包和产业集群竞争力来源的比较分析来探索这两种产业组织各自的优势，以及如何利用这两种产业组织的形式来提升企业竞争力。

赵萍（2006）认为虽然中国服务外包产业发展落后于印度十几年，但是增长潜力巨大，服务外包产业竞争力优势凸显。稳定的政治环境、快速增长的国内经济、完善的交通设施、丰富且价格低廉的服务外包人力成本、优越的招商引资环境等诸多方面的客观条件，在很大程度上支撑着中国服务外包产业的竞争力。同时，她也指出制约我国服务外包产业发展的若干因素，并提出借鉴印度服务外包产业竞争力发展的先进经验，借助国内优势资源，克服产业发展"短板"，从而形成我国服务外包产业的竞争力优势。

对外经贸大学国际经济研究院课题组（2007）对全球服务外包产业发展的背景进行了详尽的阐述，分别总结了全球和中国服务外包产业发展的特点及主要的影响因素，并基于企业层面对中国服务外包产业进行了分析，得出的结论是：中国服务外包产业的竞争力优势不仅仅体现在成本上，还体现为客户互动技能、地理吸引力、广博的行业知识、流程管理与流程再造技能以及严格的交付方法等其他更为复杂的因素，而在这些因素上，中国服务外包企业缺乏明显的竞争力优势，尚需很大程度的提升。同时，课题组还提出了外资进入、寻找外资合作伙伴、借力于政府联姻、设立海外分公司等服务外包商业运作模式，供我国发展服务外包产业时进行参考。此外，课题组还预测业务流程外包将成为我国服务外包产业未来发展的趋势，本土服务外包企业投资业务流程外包业务将大有作为。

任利成、王刊良（2008）基于 ITO、BPO、劳动密集、资本密集四个方面，融合竞争力、服务外包、价值链以及产业升级等理论，构建了服务外包企业竞争力和产业附加值模型，该模型反映了服务外包产业发展中服务外包企业竞争力和产业附加值的基本规律，并深入分析了信息技术服务外包和业务流程服务外包的发展特点，探讨了劳动密集和知识密集在服务外包产业不同的发展阶段所发挥的作用，对中国服务外包产业的高端化具有极大的指导作用。

杨青、杜芸（2008）借助波特的钻石理论模型，从生产要素、需求条件、相关产业支撑及公司战略、企业结构四个方面对影响我国服务外包产业竞争力的各项因素进行了阐述，提出了通过实施人才培养、服务外包规模企业的培育、多元化市场的开拓等措施，来提升我国服务外包产业的竞争力。

鄂丽丽（2008）从发包方的角度出发，研究了服务外包竞争力的影响因素，并把这些因素归结为外生、催化及商业环境三个方面。同时，对中国服务外包产业竞争力的优势和劣势进行了分析，并提出了增强中国服务外包产业竞争力的若干政策建议。

孙晓琴（2008）采用因子分析法对影响服务外包的诸因素进行甄选，从一个新的视角得出评价服务外包承接地竞争能力的指标体系，对全国 17 个服务外包城市的外包竞争力进行评价。结果表明中国的服务外包产业的发展尚处于起步阶段，政府的宏观政策引导和资金支持是必要的。而成本优势已不再是跨国企业选择外包承接地的最主要因素，跨国企业更多关注的是企业的国际化经营程度和企业自身质量。从城市评价结果看，上海、北京、广州、杭州为服务外包综合竞争力最强的城市，天津、成都、苏州、深圳、无锡发展潜力较大，武汉、西安、南京、济南、大连具有环境优势，合肥、常州、大庆应发展特色产业。强化企业国际化经营优势、提高企业自身质量才是我国发展服务外包的根本出路。

第二节　国际服务外包产业发展趋势及竞争力特点

一　全球服务外包产业发展趋势及竞争力特征

20 世纪 90 年代以来，随着经济全球化的加速发展及国际分工的进一步细化，国家之间的经济往来更为频繁，企业之间的竞争也愈发激烈。因此，为了降低成本，提高效率，它们借助现代便利的网络、通信等设施，在全球范围内寻求可以承接非核心业务外包的合作伙伴。服务外包，特别是离岸服务外包已经成为跨国企业进行全球布局和提高国际竞争力的关键手段，服务外包产业的全球化也已成为国际经济发展的新趋势。

（一）全球服务外包市场规模不断扩大

随着跨国公司直接投资导向的转变，服务业外包已经替代了制造业外包，成为新的投资重点领域，以及拉动全球经济增长的新动力。从相关研究机构的统计数据来看，全球服务外包市场规模在逐年快速增长。联合国贸易发展委员会在《2004 年世界投资报告——转向服务业》一书中对全球服务外包发展的规模进行了估测，结果表明近几年内全球服务外包和软件市场将以 30%～40% 的速度递增。而根据 Gartner 咨询公司的数据，2004 年世界服务外包交易总额为 3040 亿美元，2005 年为 3344 亿美元，2009 年增长到 4323 亿美元（见图 8-1）。2004～2009 年间全球服务外包的年均复合增长率接近 8%。其中，全球 IPO 业务额由 2004 年的 1928 亿美元增长到 2008 年的 2442 亿美元，增速高达 26.7%。而全球 BPO 业务也从 2004 年的 1113 亿美元逐年增长至 2008 年的 1575 亿美元，增长率突破 40%，达到 41.5%。尽管新一轮的国际金融危机给世界经济带来了较大冲击，但从另一方面来看，受危机影响，欧美及日本等发达国家为了降低成本，提高国际竞争力，有意将其非核心业务外包给其他国家具备生产优势的企业，从而在一定程度上刺激了全球服务外包产业的发展。根据麦肯锡的研究报告，在全球财富 1000 强中，有超过 95% 的企业已经制定了服务外包战略，预计

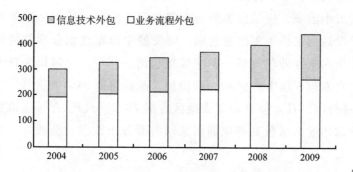

图 8-1　2004～2009 年全球服务外包市场规模

资料来源：Gartner 咨询公司。

到 2010 年，全球服务外包总的潜在市场规模将达到 6000 亿美元以上[①]。

（二）全球服务外包业务的结构趋于优化

20 世纪 90 年代，IT 产业和软件领域蓬勃兴起，计算机和网络技术逐渐成熟起来，在此基础上，IT 产品和软件服务外包也得到相应的发展，这个阶段信息技术服务外包，即信息技术外包业务成为国际服务外包的主要形式，并在随后几年内不断发展壮大。但总体上来说，本阶段国际服务外包的行业层次比较低，相应的利润和附加值也处在较低的水平。随着经济全球化和区域一体化的推进，以及科学技术的进步，国际服务外包的业务结构开始朝着高层次、高水平、高技术含量的方向转变。到现在，全球服务外包业务涉及的范围已经从传统的信息技术服务外包发展到更为宽泛的领域，而该阶段的特征表现为：相对于传统的信息技术服务外包，业务流程外包保持着更高的增长速度。根据 IDC 公司的测算，2004～2009 年全球信息技术外包市场的年均复合增长率为 6.9%，而同期业务流程外包市场年均复合增长率达到 9.1%[②]。服务外包业务的结构正在向更高的层次发展，服务外包业务对知识、技术的要求也越来也高，业务的范围已经拓展到包括金融、咨询、精算、保险在内的多个代表现代和高端服务业态的领域。

（三）全球服务外包产业竞争力发展规律

从服务外包市场分布的历史出发，可以大体分为三个阶段：第一阶段是服务外包的起源阶段，这一阶段主要发生的美国内部，服务外包的业务在美国境内完成；第二阶段出现了近岸和离岸外包，一些外包业务开始在发达国家之间进行；而近年来，随着外包模式的逐渐成熟以及新一轮产业转移浪潮的到来，众多跨国公司纷纷将其非核心业务外包给服务成本更为低廉的发展中国家，这是服务外包发展的第三阶段。从国际服务外包的主体来看，发达国家是主要的发包国，而发展中国家也积极参与到这一市场中，成为国际服务外包市场中的主要接包国。其中，美国作为服务外包的发起国，在发包市场中占据 42% 的份额，西欧占据 34% 的份额，日本占据 8% 的市场份额，日本以外的亚太地区占据 7% 的份额。在接包市场中，已初步形成以印度、以色列等亚洲国家同时服务于欧美，墨西哥、加拿大主

---

① 《全球服务外包市场规模将达 6000 亿美元》，http://finance.ifeng.com/news/hqcj/20090615/789898.shtml，2009 年 6 月 15 日。

② 徐兴锋：《服务外包国家竞争优势分析及对策研究》，对外经济贸易大学博士学位论文，2007。

要服务于美国,爱尔兰、西班牙、波兰和匈牙利等主要服务于西欧的一级承接梯队;而中国、俄罗斯、菲律宾等东南亚国家已成为二级承接梯队[①]。发展中国家在服务外包市场中受益匪浅,从图8-2中可以看出,印度在国际离岸外包市场中占有绝对优势,达到43%的份额;其次为中国,随着近年来产业结构调整的加快,以及服务业发展水平的不断提高,中国在国际服务外包市场上也占有一席之地。而包括菲律宾在内的亚洲、拉丁美洲以及东欧国家的服务外包也正发展起来,参与服务外包的国家和地区逐渐增多。

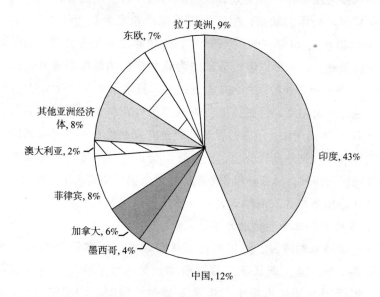

图8-2 2006年离岸外包市场份额

资料来源:Booz Allen Hamilton。

总之,全球服务外包市场的规模在不断扩大,纳入全球服务外包网络的国家、地区和企业的数量越来越多,离岸外包也渐渐成为未来的主要业务形式。降低成本是一个需要考虑的商业因素,同时也是外包的原动力。随着市场竞争的加剧,越来越多的企业已经意识到,外包除了降低成本外,还可以在很大程度上提高企业的核心竞争力。于是,包含更多技术和知识的外包业务形态开始涌现,推动服务外包朝高端化、现代化方向发展。此

---

① 江小涓、姜荣春:《全球服务外包的发展、特点和最新趋势》。见江小涓等著《服务全球化与服务外包:现状、趋势及理论分析》,人民出版社,2008,第57~95页。

外，随着国际产结构的调整和重组，生产性服务业从原来的制造业辅助环节中分离出来，成为一种新型产业。制造业生产与服务环节的分离，为服务外包产业发展提供了巨大的市场，也意味着生产性服务业将成为未来服务外包产业发展的重要推动力。

二 国际主要接包国提升服务外包产业竞争力的先进经验

(一) 印度服务外包产业发展现状及竞争力模式

作为承接国际服务外包业务最成功的国家，印度的服务外包产业比中国先行了十几年。大体上看来，印度服务外包产业发展经历了以下三个阶段：第一阶段从 20 世纪 90 年代初到 1998 年，外包的主业是为大型金融保险类企业提供后台服务，是一种以廉价劳动力为竞争要件的低端服务外包；第二阶段是 1999～2004 年，该阶段外包业务的层次和技术水平有了较大程度的提升，业务领域也有很大拓展，但整体上业务范围仍处在产业链条的中下游；第三阶段是从 2004 年到现在，印度的服务外包企业开始将业务的重点由信息技术服务外包逐渐转向业务流程外包，一些跨国公司将其业务中知识技术含量较高的环节转移到印度，服务外包业务范围也渐渐向产业链的中上游过渡。

纵观印度服务外包发展模式，可以总结出以下几点经验。

1. 合理的业务选择和精准的市场定位

印度凭借特有的语言、文化等比较优势，将美国和欧洲的软件外包业作为发展的主导产业，既认准了目标市场，又选择了合理的业务范围，因而能够在国际服务外包市场中占据重要地位。同时，印度能够与时俱进，随着科学技术及市场的变化，不断调整自身的业务层次，并以此来维持其国际市场的占有率。

2. 有利于服务外包发展的体制机制建设

印度政府十分重视服务外包产业的发展，并通过经济体制改革、电信产业改革以及构建完善的知识产权立法体系，多层次、全方位地营造有利于服务外包产业发展的制度环境。通过历届政府的经济体制改革，印度经济逐渐迈向自由化、市场化和全球化。另外，印度政府还比较重视改善服务外包产业配套基础设施的建设，并制定了《计算机软件出口、软件发展和软件培训政策》，对产业进行战略指导。

3. 高素质人力资源的培养

印度政府十分重视服务外包产业人才的培养，特别是高等教育和技术培训教育，都给予了大量财政资金的投入。在发展中国家里，印度的高等教育质量名列前茅，是高等教育发展的大国。印度国内的科技人员总数仅低于美国和俄罗斯，位列世界第三，而掌握英语的科技人才数量则仅次于美国，居世界第二位。正是由于信息技术教育的快速发展，印度的外包行业尤其是 IT 行业方显人才济济；也正是有了这些工资诉求低、业务素质高的人才队伍，印度才能产生一大批具有国际竞争力的服务外包企业。

4. 与外包产业发展相关的行业协会等中介机构的建立

作为一个非营利组织，印度国家软件与服务公司行业协会（NASSCOM）积极有效地推动了印度软件外包产业的发展。该组织通过开展论坛活动，致力于促进印度软件驱动 IT 产业的增长。特别是在推动电信产业开放和私有化、推动政府颁布反盗版法、协助警方破获盗版案件、规范软件外包业务流程，以及创建外包业务发展论坛等方面发挥着积极的作用。

（二）爱尔兰服务外包产业发展现状及竞争力模式

爱尔兰服务外包产业的发展大体上分为三个阶段，第一个阶段是在 1970～1985 年期间的起步阶段，这一时期爱尔兰大力开拓欧洲市场，利用外国的软件产品为客户提供专业化服务；第二阶段是在 1986～1995 年期间的发展阶段，跨国公司开始将先进的管理、培训等经验带入爱尔兰，爱尔兰本土员工开始建立自己的企业，并在政府的激励下逐渐壮大起来；1996年到现在是其产业高速发展阶段，该时期的特点在于，该国服务外包企业开始独立开发产品，并将市场开拓的重点由在岸转向离岸。随着多样化的投资资金进入软件行业，爱尔兰国内从事软件服务外包的公司由 1995 年的不足 400 家增加到 2003 年的 1000 多家。同时，爱尔兰的 BPO 业务也得到较快发展，形成了较强的国际竞争力。

从其发展历程看，爱尔兰服务外包产业的发展模式有以下几点特征。

一是政府导向明确，且注重加强管理和协调。爱尔兰政府十分重视科技创新，并通过制定科技发展规划、设立专项研究基金、促进产学研的结合、完善信息网络设施建设、创建技术园区等方式，强化该国的科技创新能力。此外，政府也比较注重相关部门间的协调，系统性地对软件业进行管理。

二是完善的政府支持体系。爱尔兰政府为了大力发展服务外包产业，实施了一系列政策措施。其中包括为把爱尔兰建成欧洲的电子中心，于1999 年制定出台了《电子商务法》；在知识产权、专利的保护环境建设方面，制定了严格有效的法律规范；实行税率优惠和政府补贴，大力发展服务外包产业。

三是重视高素质人才的培养。爱尔兰拥有良好的教育体系和培训系统，在教育方面投入的公共支出比重高，居于欧洲前列。爱尔兰的教育在很多方面具有独特之处，如从 20 世纪 90 年代中期起，该国就开始为欧盟成员国的学生提供免费的高等教育，并加大对本国公民的培训及再教育力度，在全国大力普及电子信息和电子商务知识；而软件专业的培养模式是前两年学习基础知识，第三年到企业进行实习，最后一年完成独立设计，这样就使得理论和实践得到较好的结合，从而在很大程度上提高了学生的业务能力。

四是先天的语言、地缘和文化优势。爱尔兰的母语是英语，再加上其是欧盟成员国，欧盟成员间的劳动力流动较为便捷，可以自由选择在爱尔兰就业，借助这一优势，爱尔兰采取多项优惠措施吸引了欧盟区内大量掌握双语或多语的高素质人才，在爱尔兰从事服务外包业务。此外，爱尔兰在美国有大量的移民，与美国有着颇为密切的关系，在一定程度上促成了两国在服务外包产业方面的业务往来。

（三）菲律宾服务外包产业发展现状及竞争力模式

菲律宾的服务外包产业及信息软件产业起步于 20 世纪 80 年代，近年来进入快速发展期，增长势头良好，成为国际上主要的服务外包接包国之一。菲律宾政府十分重视服务外包产业的发展，对服务外包产业实施了一系列的政策措施，并设立专项资金，保证本地服务外包人才的培养。根据菲律宾《马尼拉公报》的报道，菲律宾的服务外包业仅次于印度，已经成为全球第二。另根据最新出版的《2009 年全球服务业报告》，菲律宾的人口虽然只是印度的 1/10，却占据了 15% 的全球服务外包市场份额。2009 年菲律宾服务外包产业受国际金融危机的冲击较小，总体增长了 19%，总收入达到 70 亿美元，占该国 GDP 的 5%，而服务外包从业人员也达到了 44.2 万人[①]，服务外包产业蓬勃发展，正逐渐成为菲律宾经济增长的重要推动力。

从菲律宾服务外包产业的发展过程中，可以总结出以下几点特征。

---

① 《研究称菲律宾服务外包业居全球第二位》，新浪财经 http：//finance. sina. com. cn，2010 年 4 月 7 日。

一是服务外包人力资源丰富。菲律宾拥有十分庞大的技术人员队伍，他们掌握着发展服务外包产业所需要的各项技能。而且每年还新增大量的大学毕业生，源源不断地加入劳动力队伍中。重要的是，这些劳动力普遍具有较高的英语水平，且具有较强的文化理解能力，所要求的工资水平也比较低。因此，具有发展服务外包的低成本优势。

二是政府加大政策鼓励力度。菲律宾政府将服务外包产业作为优先发展的产业，启动"投资优先计划"，制定一系列优惠政策，包括税收鼓励政策，以促进服务外包企业的发展壮大。同时，设立面向服务外包企业的"应用型人才培训基金"，并加大服务外包教育培训力度。而在服务外包法制环境建设方面，则制定了《数据安全和隐私法》，构建了较为完善的知识产权保护体系，为服务外包产业的发展创造了良好的法律制度环境。

三是健全的服务外包行业管理体系。由于政府十分重视服务外包产业的发展，所以菲律宾专门设立了信息技术和电子商务委员会，由总统兼任主席，监督信息与电子商务发展战略的实施。同时，贸工部还设立了投资促进局，专门负责服务外包产业各个方面的工作。此外，还成立了菲律宾业务流程外包协会，协助政府推动服务外包产业的发展。

第三节　中国服务外包产业发展现状及竞争力特点

一　中国服务外包产业发展现状

中国服务外包产业起步较晚，总体发展水平还需要很大程度的提高，但就近几年的发展形势来看，随着中国产业结构加快升级，服务业基础不断夯实，以及国际服务外包产业的转移，中国的服务外包产业取得不错的成绩，正逐渐成为国际服务外包市场上重要的接包国。

（一）中国服务外包产业总体状况

中国的经济尚处在工业化加速发展阶段，因此服务业基础较为薄弱，服务外包产业的起步也相对较晚。但近年来，随着国内经济结构升级与产业梯度转移速度的加快，服务业发展水平得到一定程度的提升，而中国服务外包产业作为新时期中国发展外向型经济的重要突破口，也开始从无到有发展起来。业务规模和总量不断扩大，业务范围不断拓展，中国正在逐步成为一个新兴的全球外包中心。总的来说，我国服务外包起步虽晚，但发展较快，在服务外包承接国中处于第二层次。我国服务外包相对于制造业外包而言起步较晚，比印度等承接服务外包较早的国家晚了 10 年。服务外包从 20 世纪 80 年代末到现在，发展很快，取得了良好成就。

中国商务部的统计数据表明，2006 年中国服务外包产业收入总额达 118 亿美元，其中 IT 服务外包产业规模为 75.6 亿美元，业务流程外包产业规模达 42.7 亿美元。全国承接服务外包业务的企业所承接的离岸服务外包业务收入额约占整体产业收入额的 12.2%，而大部分服务外包收入来自国内业务。2007 年，中国服务外包出口合同执行金额 20.94 亿美元，比 2005 年增长 118%。根据 IDC 中国研究数据，中国离岸服务外包业发展迅速，2008 年中国的离岸外包规模达到了 67.4 亿美元，同比增长 24.4%。即使在国际金融危机的影响下，中国 2009 年服务外包的发展形势也相对较好。根据中国商务部统计，中国服务外包出口继续保持较快增长，2009 年，全国新增服务外包企业 4175 家，服务外包企业总数达到 8950 家，从业人员达到 154.7 万人，共签订服务外包合同 60247 份，同比增长 142.6%，协议金额 200.1 亿美元，同比增长 185.6%，合同执行金额 138.4 亿美元[①]。整体看来，中国服务外包产业总体规模不断扩大，业务层次不断提升，离岸业务和业务流程外包增长迅速。借助国内外市场和国内高素质的人力资源，我国服务外包产业发展前景颇为乐观。

（二）中国服务外包产业分布现状

近年来，凭借巨大的市场规模、高素质的人才储备、较为低廉的生产成本以及完备的基础设施建设，中国已经成为众多跨国公司海外研发活动的首选地，同时也成为跨国公司外包服务的主要承接地。就目前看来，我国服务外包承接的业务主要集中在信息技术外包中的软件服务外包和业务流程外包中的客户服务方面。

中国 IT 服务外包市场结构主要由软件服务外包、硬件服务外包、IT 培训和 IT 咨询四项组成。其中，软件服务外包所占比重较高，大概在 60% 左右，且增长速度较快。如表 8 - 2 所示，软件服务外包市场规模由 2006 年的

---

① 《中国 2009 年签订服务外包合同增长 142.6%》，腾讯网 http://finance.qq.com/a/20100309/006116.htm，2010 年 3 月 9 日。

14.3亿美元增长到2008年的31.8亿美元，规模上翻了一番，增长速度也保持在45%以上。而从离岸软件外包的具体业务类型来看，大体上包括应用系统开发服务、软件测试与全球化服务以及软件产品研发外包。

表8-2 中国软件外包市场规模及增长率

年 份	软件服务外包市场规模（亿美元）	增长率（%）
2006	14.3	—
2007	21.7	51.7
2008	31.8	46.5

资料来源：CCID数据统计。

其中，应用系统开发服务外包占软件外包总收入的比重最高，而技术含量和附加值较高的软件产品研发外包所占比重较小，亟须今后重点发展。另外，从市场分布来看，中国软件服务外包的最主要的发包国来自与中国文化相近的日本和韩国，其次是欧美国家。而从接包方式来看，中国企业大部分从日、韩市场的二、三级分包商手中接单，利率较低；对于欧美市场，由于这些国家的跨国公司在中国建立离岸中心或子公司，往往需要招聘掌握高级技能的中国工作人员，从事技术含量较高的工作，从而具备比日、韩业务更高的利率。

业务流程外包对中国的外包企业来说，是竞争力相对较弱的业务类型，目前还属于发展的起步期。但近些年，随着生产性服务业逐渐从制造业中分离，与此相关的业务流程外包也快速发展起来，业界对业务流程外包业务的重视程度也开始有所提高，中国的业务流程外包产业已经进入较快发展的时期，来自美国、法国、英国、印度等国的知名业务流程外包企业纷纷在中国建立合资机构或业务流程外包基地。中国的业务流程外包业务主要由客户服务、金融财会、人力资源、培训和采购等多项业务组成，其中，客户服务所占比重最高、业务规模最大，主要接收来自电信、离散制造及金融行业的业务，提供客户分析、客户关怀及订单履行等服务。但整体而言，中国企业承接离岸业务流程外包的能力较弱，且因为存在法规不明确、语言文化、合约风险等方面的障碍，中国业务流程外包业务的发展任重道远。

（三） 中国服务外包产业区域布局

服务外包产业同服务业一样，具有显著的规模经济效应和高度产业集聚的特征。随着政府对服务外包产业的政策支持和扶持力度的不断加大，截至目前，我国基本上形成了以重点示范城市为基础的区域分布格局。其中，华北地区以北京为主，华东以上海为主，华南以深圳和广州为主，东北以大连和沈阳为主，华中以长沙一带为主，西南以成都为主，西北以西安为主①。这种分布格局随着服务外包"千百十"工程的推进，不断进行完善和补充。2009 年，为了促进服务外包产业的发展，国务院办公厅在《关于促进服务外包产业发展问题的复函》中对商务部关于促进服务外包产业发展若干政策建议的请示进行了批复，同意将北京、天津、上海、重庆、大连、深圳、广州、武汉、哈尔滨、成都、南京、西安、济南、杭州、合肥、南昌、长沙、大庆、苏州、无锡 20 个城市确定为中国服务外包示范城市，深入开展承接服务外包业务，并给予一系列的政策优惠。这也使得中国服务外包产业由原来的一线城市开始分布到二线城市，并最终形成东西中部全面发展的格局。

当然这 20 个试点城市服务外包产业的发展水平和发展重点存在着一定程度的差异。作为第一批中国服务外包基地城市，大连是首个被授牌的城市，其软件与信息服务外包特别发达，对日外包业务优势尤为显著；西安着力打造"中国西部服务外包城市之都"，凭借当地丰富的人力资源优势，形成了服务产业的规模化发展态势；成都将信息技术外包业务和业务流程外包业务轻重结合、统筹兼顾，形成了 IT、金融、物流和医药等重点外包业务领域；深圳则依托区位优势，大打港澳牌；而上海以总部经济基地和研发中心作为努力的方向，并且在信息技术外包业务方面取得了较大的成就。

作为第二批中国服务外包基地城市，北京采取以信息基础外包为主，业务流程外包为辅的发展模式；天津将服务外包产业的发展重点集中在金融服务外包、生物医药服务外包和嵌入式软件及产品设计服务外包业务上；南京和济南大力发展软件服务外包；武汉依托雄厚的制造业基础来拉动服务外包产业的发展；杭州则重在产品创新，通过自主创新与设计能力的提

---

① 江小涓等：《服务全球化与服务外包：现状、趋势及理论分析》，人民出版社，2008，第131~147 页。

高来带动整个服务外包产业的发展壮大。

而在最新一批的 9 个全国服务外包产业示范城市中，合肥将数据加工处理、软件分包、人力资源管理、金融证券、物流等多项业务作为服务外包产业的发展重点；长沙的动漫游戏产业已成为其发展服务外包的特色产业，并有望在今后打造成为中国的"卡通外包基地"；广州同深圳一样，依托港澳，凭借区位优势发展服务外包产业；哈尔滨外包业务重点在于为其医药行业提供研发服务；大庆将其发展重点放在石油工程技术服务、软件开发与信息处理服务以及专业服务三个方面；苏州的服务外包产业以苏州软件园为载体，重点发展以嵌入式软件为主的软件外包；无锡依托其雄厚的制造业基础，大力发展服务外包产业；而重庆和南昌的服务外包产业规模较小，主要以软件外包为主。

二　中国服务外包产业竞争力的发展特点

纵观我国服务外包产业的发展历程，主要呈现以下几个方面的特点。

（一）中国服务外包产业增速快，但总体规模偏小

尽管我国服务外包产业起步较晚，但发展却极为迅猛。研究表明，未来几年全球服务外包市场将以 7% 左右的年均复合增长率增长，而同期中国服务外包市场将以远高于全球平均水平的 19% 的年均复合增长率增长，同时服务外包产业的收入也将以高达 22% 的年均复合增长率实现增长[1]。随着国际服务外包产业转移浪潮的来临，国内和离岸服务外包需求的增加，以及政府对 20 个试点城市发展进程的进一步推动，未来几年中国服务外包产业将进入高速增长阶段。但同时也要看到，中国服务外包的总体规模占全球的比重较低。与国际上其他主要的服务外包接包国如印度、菲律宾、爱尔兰等国家相比存在一定差距。截至 2007 年，印度服务外包收入在 10 年间增长了 10 倍，后起之秀菲律宾 2007 年外包收入达 50 亿美元，根据菲律宾商业流程协会公布的数据，2009 年菲律宾服务外包业收入同比增长 19%，达到 72 亿美元，2010 年基本上同比增长 25% 左右，达到 90 亿美元，而欧洲外包市场则基本上被爱尔兰垄断。

（二）人力资源丰富，但发展服务外包产业所需的复合型人才匮乏

发展现代高端服务业或者承接国际服务外包产业，关键需要一大批既

---

① 江小涓等：《服务全球化与服务外包：现状、趋势及理论分析》，人民出版社，2008，第 131～147 页。

有过硬业务技能，又熟练掌握外语的复合型人才和高层次人才。说到底，服务外包产业毕竟是一种知识密集型产业，只有具备了人力资源优势，才有可能在国际服务外包市场上占有一席之地，获得较大的利润分成，而这一点也成为中国实现产业转型升级，发展服务外包产业的关键。不过，根据研究发现，中国发展服务外包产业的瓶颈之一就是缺乏这种复合型人才。尽管中国拥有为数众多的高校，仅 2010 年就有 600 万～700 万大学毕业生走向就业岗位，数量庞大，具有十分丰富的人才储备。但是，由于中国高等教育、职业教育等人才培养模式存在诸多的缺陷与不足，人才市场也呈现一些不合理的因素，如人力结构欠合理、服务外包中高层技术人才的短缺等。就目前来看，中国既缺乏具有丰富经验的服务外包项目经理及系统构架师等中层软件外包人才，又缺少熟悉国外客户语言和国际文化背景、精通国际外包行业规则、具有国外市场开拓能力的高级管理人才。另外，中国的人才激励机制还不够完善，特别是在高级人才的引进上缺乏吸引力。

（三）服务外包层次低，业务范围狭小，且以在岸外包为主

服务外包产业的发展是一个循序渐进的过程，总体而言，我国服务外包产业起步较晚，再加之服务业基础薄弱，因此承接服务外包业务的层次较低。业务基本上集中在软件和信息服务领域，业务范围狭小。在软件和信息服务外包产业内部，业务也主要处在产业链的低端，多属于劳动密集型的工作。而知识密集型的业务在中国尚处于起步阶段，一些高附加值和高技术含量的业务较少。就中国目前服务外包的发展阶段来看，大部分业务还属于劳动密集型的，尽管有实力雄厚的企业也可以承接高知识、高技术含量的业务，但毕竟不占多数，总体上中国服务外包的层次还有待进一步提高。同时，相比软件信息外包业务的迅速发展，业务流程服务外包的产业尚未形成规模。此外，中国的服务外包的大部分业务集中在国内市场，而真正意义上的离岸外包业务规模同世界其他主要接包国相比，存有较大差距。

（四）中国服务外包区域分布均匀，但竞争力发展并不平衡

中国服务外包产业在华北、东北、西北、华南、华东、西南、华中等多个区域均有分布，并且能够通过服务外包中心城市对周边其他区域或城市形成辐射。但是，同时要看到，各个区域和各中心城市的发展水平存在差异。整体看来，中国服务外包产业发展较为良好的城市多为北京、上海、深圳、广州等一线城市。但是近几年，随着软件信息外包产业的迅速发展，上述几个一线城市的人力资源成本上升，已经很难提供可以满足整个产业发展所需的人力资源，于是，服务外包产业便开始向富有竞争力的二线城市转移。这些城市基础设施完备，人力资源丰富且流动性相对比较弱，完全有能力承接服务外包业务。因此，二线城市的服务外包业务量也在逐年增加，不过同一线城市相比仍存在一定差距。就以深圳为例，2009 年，深圳软件业务收入超过 900 亿元，比 2008 年增长 33%；软件出口达 56 亿多美元，比 2008 年增长 69%[①]。这些一线城市因为起步较早，服务业基础较好，所以服务外包业务全国占比较大，而西安、武汉、长沙、成都等二线城市，尽管增长势头良好，但在规模和收入上仍与一线城市存在差距，中国服务外包产业地区分布虽然相对均衡，但从经济规模和产业收入及效益方面考察，其竞争力发展尚不平衡。

第四节　国内若干城市服务外包产业
竞争力的发展状况

日前，国务院办公厅下发了《关于促进服务外包产业发展问题的复函》，批复了商务部会同有关部委共同制定的促进服务外包发展的政策措施，批准北京、大连、西安、深圳、广州等 20 个城市为中国服务外包示范城市，并在 20 个试点城市实行一系列鼓励和支持措施，加快我国服务外包产业发展。同时，商务部也制定了相应的评价指标体系，引入试点城市的末位淘汰制，以加强各城市间的有效竞争，促进服务外包产业的良性发展。此外，一些未被列入服务外包试点城市的经济发达省市也加快了服务外包产业的发展步伐，积极争取在试点城市的末位淘汰制下，抓住有利时机，挤入全国服务外包重点示范城市的行列。研究发现，若干重点城市在发展服务外包产业过程中，积累了先进经验，并在过去的几年中取得了不错的成绩，具有一定的示范意义。但同时也要看到，服务外包产业的发展过程中也存在较多制约因素，需要各城市在发展中结合自身实际情况，探寻解决问题的途径与方法，保障城市服务外包产业竞争力的提高。

[①]　李晶：《中国服务外包发展现状和对策研究》，吉林大学硕士学位论文，2009。

一 部分试点城市服务外包产业竞争力发展状况

(一) 北京市服务外包产业竞争力发展状况

北京市服务业基础较好，服务外包产业起步早，并始终处在国内领先地位。北京的服务外包产业主要以信息传输、计算机服务和软件业为主，2009 年的产值为 1107.5 亿元，同比增长 14.5%，比 2003 年增长了近 3 倍（见图 8－3）。2008 年北京国际服务外包业务收入达到 6.35 亿美元，占全国的 40%，其中离岸业务额 5.4 亿美元，同比增长 30%。而从北京软件外包的出口市场分布来看，仍以日本业务为主，基本上占到总业务额的 57%；第二是中国香港，占 17%；美国作为北京软件外包业务的第三大发包国，占业务总额的 16%。目前，北京已经形成了以重点企业为核心的服务外包产业集群，随着北京总部经济的加速发展，越来越多的服务外包跨国企业在北京落户。截至 2009 年底，中国服务外包十强企业中有六家企业的总部设在北京，全球五百强企业中有 207 家在京设立分支机构，而以发展中心为主业务的跨国分支机构已达到 317 家①。北京服务外包的业务范围在不断拓宽，逐渐由信息技术外包向生物医药、金融电信、呼叫中心等领域拓展。

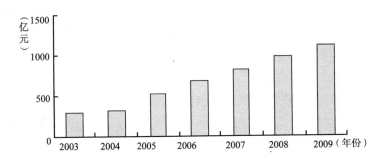

图 8－3 北京市信息传输、计算机服务和软件业发展情况
资料来源：根据北京市统计信息网、中国服务外包网数据整理制图。

总体看来，北京服务外包产业发展势头良好，处于国内同行业领先水平。凭借人才成本优势、区位优势、通畅的国际交流渠道及文化等优势在

---

① 《北京服务外包发展迅猛离岸业务规模达五亿美元》，中国服务外包网 http：//china-sour-cing. mofcom. gov. cn，2009 年 12 月 14 日。

对日软件外包市场中抢得先机，并随着国际化都市建设的推进，逐渐在欧美服务外包市场开拓中占有一席之地。经过多年的发展，北京的服务外包产业取得了不俗的成就：服务外包产值逐年上升，服务外包企业的规模不断扩大，服务模式向高端发展，服务外包企业的管理模式与国际接轨，培养了一大批软件外包人员，等等。但同时也要看到制约北京服务外包产业发展的一些问题：缺乏协助政府共同推进服务外包产业发展的中介机构，缺乏软件外包产业所需的高级技术人员和管理人员，缺乏促进产业发展的区域金融配套体系，缺乏服务外包行业标准规范，缺乏具有国际知名度的品牌，知识产权保护力度不足，等等。这些问题都需要在今后服务外包产业的发展中不断克服，尽快实现北京打造离岸外包交易中心的目标。

（二）大连市服务外包产业竞争力发展状况

大连是中国服务外包产业发展最早也是发展最好的城市之一。大连的服务外包产业以软件外包业务为核心，并伴以呼叫中心、教育培训业务及其他业务流程外包共同发展。2008 年，大连市软件收入达到 306 亿元，比 2007 年增长 68.2%。截至 2009 年，实现软件服务业销售收入 400 亿元，比 2008 年增长 30.7%（见图 8-4）。目前，大连市的 IT 企业达到 750 多家，从业人员 7.5 万人。世界 500 强企业中有惠普、松下、Intel、IBM 等 40 多家企业落户大连，全球前十大信息技术外包和业务流程外包服务提供商中，

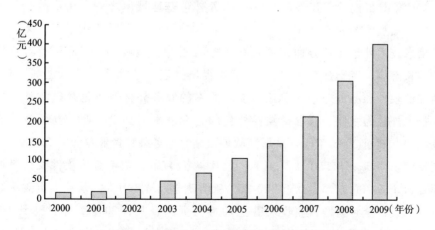

图 8-4 2000~2009 年大连市软件与信息服务销售额

资料来源：根据大连市外经贸局公布数据整理制图。

有 6 家在大连开展服务外包业务。大连市长期以来都积极推动企业参加国际认证，其中通过 CMM5 级评估的企业有 11 家，占全国的 1/3。大连市政府重点推进服务外包产业发展，并计划在 2012 年达到 780 亿元人民币的销售额、32 亿美元的出口额，实现服务外包就业 21 万人。亚太区全球交付指数数据显示，大连的软件交付指数在全球位居第五，在中国城市中位居第一。而大连软件外包出口市场主要是日本，其对日业务占到大连市服务外包业务总量的 80% 左右。

大连的服务外包产业经过多年的发展，已初步形成以软件信息外包、业务流程外包和研发中心为核心的产业体系，并凭借良好的通信交通基础设施、优美的环境、独特的区位优势和丰富的人才储备，吸引了大量的服务外包业务，并建成了较为完整的服务外包产业链。随着大连建设"全球软件和服务外包新领军城市"目标的推进，大连市的服务外包产业将在未来取得更大的成就。不过，要将大连建设成为全球软件和服务外包新领军城市，还面临着十分严峻的挑战。其中包括：市场结构单一，除日本市场外，美国和欧洲的市场开发不足；缺乏服务外包的超大规模企业，特别是万人以上的大公司，难以实现规模效应；缺乏高端软件开发人员；知识产权保护和个人信息安全等法律制度环境建设还有待继续加强。这些问题都是制约大连服务外包产业发展的瓶颈，需要在今后的发展中认真对待，并通过研究探索，找到解决的途径。

（三）西安市服务外包产业竞争力发展状况

西安是被商务部授牌的第一批服务外包基地城市之一，在我国西部市场中占据重要的战略地位。就西安的服务外包产业发展现状而言，无论是在信息技术外包业务方面，还是在业务流程外包领域，一直都保持着良好的增长态势，特别是 2006 年西安正式提出打造"中国服务外包之都"后，西安的软件和服务外包业快速发展。西安的服务外包产业也是以软件和信息技术外包为主体，而承接软件外包的企业基本上集中在西安高新技术开发区内。截至 2008 年西安高新区软件及信息服务外包产业总收入 227 亿元，同比增长 46%；出口 1.1 亿美元，同比增长 47%；全年新增软件及信息服务外包企业 200 家，累计近 800 家；新增就业人员 2 万人，从业人员规模超过 7 万人；全年新增营业收入超过 1000 万元的企业有 20 家，累计达到 100 家。在西安落户的知名跨国企业有 Intel、微软、IBM、英飞凌、Sybase、SPSS、理诺、Platform、艾默生等，而其服务外包来源地主要是日本。西安将对日服务外包作为其发展该产业的突破口，并采取差异化发展战略，Gartner研究报告显示，西安服务外包产业方面形成了五个方面的形态：从事BPO服务的企业（如炎兴、神州数码等），软件加工企业（如用友、富士通等），跨国企业研发中心（如Intel、SPSS、Sybase等），人力资源派遣企业（如汉唐、金叶等）和工程外包企业（如西翼、神州石油、新生代等）。此外，Intel、微软、IBM、艾默生等20多家全球领先的欧美IT企业在西安建立了全球研发中心，提升了西安软件产业的知名度，也提升了西安软件产业的技术能力。

与北京、大连、深圳等服务外包试点城市相比，西安在人力资源成本方面具有明显的比较优势。根据IDC2007年公布的信息，在计算机服务和软件业职工平均工资中，西安市仅为大连的82.1%、广州的80.1%和北京的70.4%，在这几个城市中，西安计算机和软件外包业劳动力成本最具有竞争优势。此外，西安的科技创新能力较强，其综合科技能力排在全国城市前三名，并为西安软件外包的高端化进程提供着有力支撑。经济发展水平、人才储备、基础设施与环境及政策支持共同推动了西安服务外包产业的快速发展，并使其成为拉动中国西部经济增长的重要一环。但同时也要看到，西安服务外包产业的发展也存在一系列问题，如西安现有软件及服务外包人才结构则呈"橄榄形"，位于产业上层的具有国际运营经验和管理能力的高端人才、软件架构师、系统设计师严重短缺，属于产业基础的软件蓝领也比较少，而处于中层的系统工程师相对过剩，人才资源结构不尽合理；而与其他服务外包基地城市相比，西安的投资规模及力度远远比不上大连、天津、成都等城市，从基础设施建设来看，无论是从电力供应的稳定性、网络安全性等具象方面来说，还是从科研基地环境优化等表象方面来说，西安与其他服务外包试点城市之间还是有相当大的差距的；此外，西安服务外包产业总体规模偏小，企业难以分享到行业规模效应所带来的好处，尽管高新技术开发区等科研基地近年来飞速发展，但是仍然没有具有国际规模的大型主导企业，陷于"群龙无首"的境地。上述问题都是制约西安服务外包产业发展的主要因素，需要在今后的发展中寻求解决对策。

（四）深圳市服务外包产业竞争力发展状况

作为我国第一批被授牌的服务外包基地之一，深圳市政府向来比较重视服务外包产业的发展。2007年，深圳还将服务外包列为重点扶持的八大高端服务业之一。深圳市的服务外包产业主要是以研发、运营和维护为主的信息技术外包及以物流、供应链管理、金融服务为主的业务流程外包。根据深圳市科技工贸和信息化委员会的信息，2009 年，深圳市承接的离岸服务外包业务合同额 12.8 亿美元，执行金额 8.8 亿美元，成为深圳市发展最快的行业之一。据统计，2009 年，深圳市软件业务收入达到 1190.64 亿元，比 2008 年增长 25.2%；全年软件业务出口 96 亿美元，位列全国第一①。截至 2009 年底，深圳共有服务外包企业 200 多家，从业人员 6 万余人。其中规模较大的中国企业有华为、中兴和腾讯，而 IBM 在深圳设立的"IBM 全球服务执行中心"，也一直在进行业务扩张。从具体行业来看，深圳市服务外包业务中有一半属于传统信息技术外包，离岸服务外包业务中只有 13% 的高端业务流程外包。而从其业务来源看，56% 的外包合同来自中国香港，而来自欧、美、日、韩等国家的合同只有 36%。从企业性质来看，深圳市从事服务外包业务的企业有 71% 属于外资企业。因此，深圳市服务外包产业要想成为该市的支柱产业，尚需进一步的提升。

深圳市服务外包产业的发展得益于香港市场的需求，凭借雄厚的制造业基础、开放的外向型经济、完备的交通基础设施和优越的区位优势，深圳的服务外包产业得到了较快发展，并形成包括金融、物流、保险、电信、信息技术服务、生物医药、动漫设计等领域在内的服务外包体系。特别是 CEPA 实施后，香港与深圳企业合作的规模和层次得到进一步提升，CEPA 的实施正在加速深圳与香港的经济整合，增强深港服务贸易发展的互动性，使深圳面临第二次对外开放，而深圳也积极与香港、新加坡展开合作，优势互补，建立香港接单、深圳交单的业务模式，共同开拓国际服务外包市场。不过，深圳市服务外包产业的发展除了存在高端技术人才缺乏、知识产权保护不力等问题外，还存在一些结构性问题，如传统服务外包业务所占比重较高，不利于产业层次的提升；从事服务外包业务的主体多为外资企业，不利于本土企业的发展壮大；业务发包方主要来自中国香港，服务外包的市场结构单一，进一步开拓欧美和日韩市场才是长久之计。

（五）广州市服务外包产业竞争力发展状况

广州市充分发挥珠三角区域中心城市和毗邻港澳的优势，以穗港合作为重点，抓住国际服务业转移的机遇，大力发展服务外包产业，取得较好的成绩。广州已成为中国服务外包产业发展迅速、产业集聚度高及最富竞

---

① 《深圳服务外包超 50 亿美元　软件出口全国第一》，新华网 2010 年 3 月 23 日。

争力的地区之一。2008 年全年，广州市共有 75 家企业在服务外包业务管理系统登记注册，离岸业务接包合同额累计 4.43 亿美元，执行金额 4 亿美元。全年纯软件出口合同登记额 1.46 亿美元，位居国内大城市前列。同时，还有 8 家服务外包企业实现了"走出去"，在境外积极谋求发展壮大。2009 年 1～6 月，广州服务外包合同登记金额 2.57 亿美元，执行金额 1.61 亿美元，分别超过或达到了 2008 年同期水平，位居国内服务外包试点城市前列。广州市共有服务外包企业 900 多家，吸纳就业约 2.5 万人。国内外一大批服务外包企业在广州投资建厂或设立分支机构，微软、IBM、Intel、惠普、汇丰、凯基等知名跨国企业纷纷在广州投资落户。广州服务外包的快速发展，离不开一批龙头企业的带动和产业群体的集聚发展。目前广州已经形成一批以承接系统软件设计、数据处理、系统应用和基础技术服务、企业内部管理、供应链管理等为主要业务的服务外包企业群体。如以广东华智科技公司、汇丰电子资料处理（广东）公司、东亚电子资料处理（广州）有限公司、广州盛华信息服务公司、Intel 为主体的数据管理服务企业群；以汇丰软件开发公司、广州网易公司、广州杰赛科技股份有限公司、广州大宇宙软件技术有限公司、新华南方为龙头的系统开发和应用服务团队；以广东超干软件发展有限公司、广东省信息工程有限公司、宝供物流等为主体的供应链管理服务团队；以广州奔步电脑公司、广东华际友天信息科技有限公司、广州电讯盈科公司等为龙头的企业内部管理和运作服务的外包团队。在带动广州服务外包迅速发展的这些龙头企业中，汇丰、东亚、新华、电讯盈科等港资企业的作用十分明显。

经过多年的培育，广州打造了一批服务外包集聚发展的特色园区。广州经济技术开发区初步形成了以现代物流、信息服务、科技研发与服务、商品检验检测、文化创意、金融保险和中介服务等为主的知识和技术密集型生产性服务外包发展聚集区。南沙经济技术开发区开展了数字生活、无线通信、应用基因研究、纳米材料、复合材料等工业领域应用研究来开发外包业务。广州天河软件园是国家软件产业基地和网络游戏动漫产业基地，培育了一批以国际化软件外包为核心业务的企业。黄花岗科技信息园培育了以现代信息服务业为主导的通信内容提供商、服务提供商、网络运营商、技术开发商等企业群，动漫创意、数字内容和网络增值服务产业发展迅速。荔湾创意产业基地（广州设计港）集聚了软件、工艺品、时装、环境艺术、灯光艺术、建筑设计电影、音乐、出版、电视广播、广告、艺术等门类设计企业。

广州市服务外包产业的发展有以下特点：立足于服务外包的高端领域，积极引导外资向技术含量高、知识密集型的现代服务业集聚；通过引导大项目，使得一大批服务外包项目群在广州聚集或落户；形成穗港服务业新型"前店后厂"合作模式；在信息技术外包和业务流程外包领域全面发展；人才培养的大力推进，为服务外包产业的发展提供强有力的智力支撑①。毗邻港澳区位优势明显，高校人力资源储备丰富，珠三角地区发达制造业基地对服务外包的需求巨大，交通通信基础设施便利以及外向型经济等因素均在一定程度上推动了广州服务外包产业的发展。而在制约广州服务外包产业发展的因素中，高端技术人才的短缺及知识产权保护环境的构建都是其需要正视的问题。

二 非试点城市服务外包产业竞争力发展状况——以宁波市为例

2009年2月国务院办公厅在下发的《关于促进服务外包产业发展问题的复函》中，批准北京、天津、上海、重庆等20个城市为中国服务外包示范城市，宁波未能名列其中。但是，在全国着力推动服务贸易发展的大环境下，宁波借助历史性机遇，依托自身的产业优势、港口区位优势，大力发展服务外包产业，成为推进产业结构调整、转变经济发展方式的重要抓手，并成为新时期大力发展开放型经济、转变外贸增长方式的重要途径，继而变为扩大社会就业、加快知识型人才聚集的重要举措。

（一）宁波服务外包产业发展的必要性分析

首先，发展服务外包是优化宁波产业结构的必然要求。目前，宁波的产业结构中，服务业只占40.5%，这与宁波打造现代化国际港口城市发展战略的要求还不相适应。以信息技术服务和业务流程服务为主的服务外包产业是一个新型的面向国内外市场的现代高端服务业，目前，加速发展服务外包产业，能够迅速地扩大宁波服务业规模，提升服务业的档次，从而加速推进宁波产业结构调整和优化的进程，实现从"宁波制造"到"宁波服务"的转变。

其次，发展服务外包是打造宁波先进制造业基地的必然要求。目前，宁波的传统制造业在全市经济中所占比重较大，但存在规模较小、技术装

---

① 《穗上半年外包合同2.5亿美元超去年全年》，2009年9月3日《信息时报》。

备较为落后、产业技术含量较低、市场竞争较弱等突出问题，面临产业改造升级的迫切要求。大力发展宁波服务外包产业，通过培育一批成熟度较高的服务外包企业，不仅能够承接离岸外包业务，也能够为本地制造业提供配套的软件和信息化以及行业管理解决方案等方面的服务支撑，从而提升宁波传统制造业的竞争能力，促进宁波传统制造业的转型升级。

再次，发展服务外包是提升宁波利用外资质量和水平的必然要求。20世纪80年代以来，宁波抓住了以制造业为核心的国际产业转移的机遇，利用外资实现了快速发展，外资企业的大量进入带动了宁波货物加工贸易的发展。这种粗放型增长模式短期内促进了宁波外向型经济的快速发展，带来了一定的经济、社会效益，但同时，这种发展模式也带来了一系列问题，如资源占用多、能源消耗大、环境和生态成本逐渐增加等。大力发展服务外包产业，抓住以服务业为核心的国际产业转移的新机遇，促进宁波外贸发展方式由货物加工贸易向服务贸易的转变，走出当前宁波利用外资面临的困境，扩大服务业利用外资规模，打开吸引外资的新局面，从而切实提升利用外资的质量和水平。

最后，发展服务外包是提高宁波自主创新能力的必然要求。技术、人才和创新主体的发展对创新型城市的建设起着至关重要的作用。通过发展服务外包，一方面能够更多地集聚信息技术、项目管理、设计研发等方面的人才；另一方面，还能够增加国际合作和交流的渠道，尽快学到跨国公司先进的管理经验和技术诀窍，增强企业自主创新能力。

（二）宁波发展服务外包产业竞争力的经济基础

改革开放30多年来，作为中国长三角南翼的经济中心和东南沿海的重要港口城市，宁波的经济取得了举世瞩目的成就。根据宁波统计部门提供的数据，2009年宁波市GDP为4214.6亿元，同比增长8.6%，人均GDP超过1万美元，而三大产业占GDP的比重分别是4.2%、55.4%和40.4%。从整体上来看，宁波的经济总量同国内其他城市相比处在较为领先的位置，但经济结构仍以第二产业为主。尽管第三产业占比略高于国内平均水平，却低于浙江全省46%的平均水平，尚有较大的提升空间。宁波是一个以制造业为重心的城市，凭借其独特的区位条件以及得天独厚的优良港口，在传统贸易领域如纺织、服装、日用家电、模具和汽配等行业具有较大优势。宁波的经济具有三大特点，即外向型经济、港口经济和民营经济，正是基于这三大特点，宁波才能在改革开放前沿阵地获得一席之地。但同时需要看到的是，宁波的产业结构存在失衡问题，服务业基础还较为薄弱。随着国际金融危机对传统出口产业冲击的加剧，宁波也面临着加快产业结构调整和优化升级的艰巨任务，如何实现从"宁波制造"到"宁波服务"的经济转型，便成为今后该市保持其可持续发展能力的关键问题。随着跨国公司的战略调整以及系统、网络、存储等信息技术的迅猛发展，由服务贸易中的业务流程外包、信息技术外包和知识流程外包等组成的服务外包正逐渐成为服务贸易的重要形式，并在全球新一轮产业转移的浪潮中，成为至关重要的推动因素。在当前金融危机的影响下，将有更多跨国公司将其非核心业务外包，以降低成本、增强竞争力，这给我国承接服务外包业务带来更多发展机会。未来30年内，中国将迎来全球服务产业的转移，而宁波如何以积极的姿态承接全球服务业转移，主动参与新一轮国际分工与竞争，是新时期宁波对外开放面临的一个崭新的课题。

（三）宁波服务外包产业竞争力发展现状

宁波市服务外包工作领导小组办公室统计数据显示，2009年服务外包业务总额42.03亿元，比2008年增长34.7%；其中离岸业务1.34亿美元，增长31.4%。至2009年底，全市共有服务外包企业394家，服务外包从业人员1.72万人。宁波的服务外包产业起步较晚，2007年市政府才开始重视这一产业，但整体发展较快。根据宁波市2008年服务外包统计数据，自5月份启动服务外包统计体系以来，全市服务外包业务额月增长幅度均保持在20%以上。仅2008年下半年，全市服务外包业务额相比上半年增长超过28亿元，服务外包企业数、从业人员数等也均比上半年增长两倍多。2009年全市信息技术外包业务额17.16亿元，业务流程外包业务额24.87亿元，分别占全市服务外包业务总额的40.8%和59.2%。相比2008年，信息技术外包业务同比增长近27%，业务流程外包业务则同比增速超过40%，信息技术外包、业务流程外包业务发展相对比较均衡。

从承接服务外包的企业规模来看，2008年全市314家服务外包企业中，注册资本超过千万元的非嵌入式软件生产型服务外包企业仅25家，从业人员数量超过百人的企业仅31家，年服务外包业务额超千万的企业占比不到20%。2009年，全市共新增服务外包企业80家，新增从业人员近3000人，新增企业的平均从业人员数量不及50人，且业务实际规模亦较小。尤其离岸业务发展相对缓慢，2009年全市外包离岸业务额1.34亿美元，仅占全市外包业务总额的22.3%。

另外，根据全市服务外包统计数据，服务外包的各种业务形态呈区域化集中态势。其中，物流服务外包业务主要集中在宁波经济技术开发区、江东区和江北区；行业应用软件技术服务和客户定制软件研发服务等业务相对集中在宁波高新区和鄞州区；嵌入式软件业务则主要集中在余姚和慈溪；此外，动漫外包产业作为该市新兴的外包业态，业务主要集中在宁波市经济技术开发区。目前，宁波服务外包重点产业主要定位在六大领域，即物流外包、应用管理（主要是行业解决方案）、定制应用程序开发（主要是嵌入式软件）、工程研发（包括工业设计、动漫研发外包）、托管应用管理（主要是 SaaS 软件）以及客户管理（主要是呼叫中心外包）。

（四）宁波服务外包产业竞争力发展的优势分析

1. 经济实力雄厚且外向型经济显著，具备承接服务外包产业的良好基础

宁波是长三角南翼经济中心城市，制造业尤为发达，并形成一批配套程度较高的产业集群，在承接与发展生产性服务外包方面具有较大优势。同时，宁波的开放程度很高，这为该市未来发展服务贸易以及服务外包产业，特别是离岸服务外包奠定了良好的基础。一方面，传统产业结构的转型升级必然会促进服务业与服务外包产业的发展；另一方面，制造业非核心业务的剥离也为服务外包产业带来了巨大的发展契机。此外，宁波市相关管理部门对该市现有软件园区进行了重新规划，初步形成了以高新区为核心发展区域，保税区国际软件园和 5 个县市区的软件孵化器为特色发展区域的"一园多点"分布格局的宁波软件园，而现有的嵌入式软件园、宁波研发园区、工业设计创意街区等其他众多高新科技园区也粗具规模，在一定程度上奠定了发展服务外包产业的基础。

2. 区位优势明显，且基础设施较为完备

宁波港自然条件优良，内外辐射力强。向外直接面向东亚及整个环太平洋地区，目前和 200 多个国际港口相连；向内通过江海联运，可沟通长江、京杭大运河，直接覆盖整个华东地区及经济发达的长江流域，是中国沿海向北美洲、南美洲和大洋洲等港口辐射的理想集散地。口岸内从事进出口贸易的企业多达 4500 家，进出口总量占全省 90% 以上。港口吞吐量巨大，居中国内地港口第二位，全球第五位，具备国际化港口城市的潜质。同时，这也为宁波市发展业务流程服务外包中的供应链管理服务提供了绝佳的条件，从而使得宁波能够以现代物流外包作为其一项重要的差异化优势，同长三角其他重点城市服务外包产业进行有力竞争。

另外，宁波拥有强大而健全的基础设施，其中电信设施具有国际水准，网络基础设施建设发展迅速，且资费在全国处于较低水平。宁波还为主要的软件园区提供稳定的不间断双电源供电，拥有连接国内大部分一、二级城市的民用机场以及环境状况良好的居住设施以及畅通的道路交通。上海—杭州—宁波北仑高速公路、杭州—南京高速公路、宁波—台州—温州高速公路、宁波—金华高速公路环绕宁波周围；目前，杭州湾跨海大桥已全线通车，宁波至上海仅需2小时车程，对充分发挥北仑港区的深水优势，接受上海的外溢效应，实现甬沪之间的优势互补和良性互动具有重要意义。

3. 软件学历教育发展迅速，生源丰富，人力成本相对较低

经过多年的发展以及持续大量的投资，宁波已经成为除省会城市杭州以外浙江省最主要的软件产业集聚城市，同时也培养出了一批优秀的软件企业和大量的软件人才。目前，全市有2所国家示范软件学院、16所大专学院，每年为社会提供6000多名大专及以上相关专业毕业生。同时，一批专业软件培训机构在宁波迅速兴起，其主要办学方式是通过特许经营或者通过社会资本进入，与软件跨国公司合作开展办学。目前，以银河培训学校等为代表的近10家规模较大、较为规范的社会培训机构开始着力培养软件人才。另外，与上海、深圳等国内城市相比，宁波的相关软件人员工资水平相对较低。

4. 政府对服务外包产业发展比较重视，并加大扶持性财政投入

宁波市政府高度重视信息化建设，并且在"十一五"规划中明确提出了以可持续发展观统领全市信息化建设，以党的"十六大"报告中提出的"以信息化带动工业化，以工业化促进信息化"、"走新型工业化道路"的战略方针为指导，大力实施"信息化战略"。而对于服务外包产业的发展，市领导也多次作出批示，并专门成立了由市长担任组长的服务外包工作领导小组，并出台《关于加快宁波市服务外包发展的若干意见》等多项扶持政策。全市各地也纷纷制定服务外包发展三年行动计划纲要，有效促进了宁波服务外包产业的后发崛起。与此同时，宁波政府在财政政策上也针对服务外包产业的需求予以支持，积极与商务部服务外包"千百十工程"人才培养计划接轨，对国家资金支持的服务外包培训项目给予一定比例的配套资金支持，并安排1000万专项资金，用于国家服务外包基地城市补助资金的配套和市级高端服务外包产业基地的支持。

（五）宁波发展服务外包产业竞争力面临的问题

以"服务外包"为标志的第三次全球化浪潮，对国内许多城市而言是难得的发展机遇。在这一轮新的经济竞争中，宁波还有五道发展"门槛"需要跨越，即认知、主体、人才、载体和环境问题。

1. 服务外包产业起步较晚，且战略意识需加强

宁波的经济主要是靠制造业的增长来拉动，相比之下，服务业较为落后，服务外包产业发展也就滞后于长三角经济带的上海、杭州及苏州等城市。根据统计数据，宁波服务贸易额与货物贸易额比例为 1 : 16，而该比例的全国平均水平是 1 : 10，服务贸易远远低于货物贸易的比重。2001～2005年，服务贸易持续逆差，直到 2006 年才开始扭转，但顺差额较小。通过近些年 TC 和 RCA 指标的测算，可以发现宁波服务品出口竞争力较弱，且服务贸易产品结构极端不平衡，运输业和其他商业服务占整个服务贸易额的95%。其中，其他商业服务又占服务贸易总额的 65% 左右。宁波市中小企业数量众多，传统产业层次较低，大多处在微笑曲线的低端。不得已只能承接跨国服务外包产业中的低端业务，在全球服务外包市场的激烈竞争中并未形成明显的比较优势。加之我国不完善的知识产权保护环境，使得大部分民营企业家存有偏见，认为将部分业务外包会使公司的业务信息外泄，从而给公司带来不必要的损失，最终导致我国在企业家层面上服务外包意识的相对缺乏。

2. 现有的服务外包企业规模较小，行业中缺少具有较强带动力的领军企业

宁波全市现有的 394 家服务外包企业中，粗具规模的公司数量较少，目前仅有 10 家左右企业从事信息技术外包和业务流程外包业务，且企业规模都不大。大多数企业的雇员数量在 50～100 人，并不具备持续开发项目所需的规模和技术支持能力。大多数服务外包承接企业对信息技术外包和业务流程外包市场缺乏深入了解，对该行业的国际规范也知之甚少。在国际营销和商务谈判能力方面，基本上也处在缺失状态。主要表现在企业不清楚业务接包流程的关键环节，包括营销对象、相关的材料准备以及具体的营销过程。同时，服务外包企业软件成熟度较低，且对 CMM/CMMI 标准的认证重视不够。在宁波，通过该标准认证的公司极少，目前只有 1 家获得了CMMI3 级认证，而该标准认证在获取欧美离岸外包项目中发挥着非常重要的作用。另外，宁波缺少行业领军企业。一个好的领军企业，可以在技术外溢、承启中下游配套环节等方面体现出积极的正面效应，并在该行业中发挥示范效应，引领整个行业健康持续发展。行业内领军企业的缺失，无疑是宁波发展服务外包产业的另一个软肋。

3. 发展服务外包产业所需的复合型人才十分匮乏

发展现代高端服务业或者承接国际服务外包产业，关键需要一大批既有过硬业务功底，又熟练掌握外语的复合型人才和高层次人才。说到底，服务外包产业毕竟是一种知识密集型产业，只有具备了人力资源优势，才有可能在国际服务外包市场上占有一席之地，获得较大的利润分成，而这一点也成为宁波实现产业转型升级、发展服务外包产业的关键。根据调研发现，宁波发展服务外包产业的最大瓶颈就是这种复合型人才的匮乏。尽管，宁波经过多年的发展，也在一定程度上培养了大量软件人才，并且较多院校的专业设置和招生具有按市场需求制定人才计划的灵活性。但是，由于宁波距离上海较近，所受到的吸附效应也较为明显，大量的人才都流向了更能实现个人价值的上海。就目前来看，宁波既缺乏项目经理及系统构架师等中层软件人才，又缺少熟悉客户语言和文化背景、精通国际外包行业规则、具有国外市场开拓能力的高级管理人才。另外，宁波吸引人才的机制还不够完善，生活环境方面尚需进一步的改善。

4. 政府公共服务存在一定程度的缺位，配套政策的执行与落实力度有待加大

尽管宁波市政府对承接国际服务外包产业表现出了高度的重视，出台了相关扶持政策，同时也给予一定程度的财政扶持。但是，政府公共服务职能仍然存在一定欠缺。首先，在服务外包范围的界定上，政府并没有给出明确的意见。其次，承接服务外包的众多中小企业融资困难，一方面政府的优惠政策宣传推广不到位，中小企业难以获得相应的财政补贴；另一方面，政府也没有为第三方评价机构作必要的认可和担保，以至于当地银行等金融机构不承认其评估机构的结论，而使得中小企业不能从银行取得贷款。再次，在人才引进方面，政府的工作力度也不够。比较与宁波实际情况差不多的无锡，后者之所以能够入选全国 20 个服务外包试点城市，很大程度上依赖于其推行的引进高端人才的"530 计划"。该计划经过两年的实践，已成为无锡吸引海外留学精英归国自主创新创业的独特品牌。三年来，越来越多的海外精英聚集在无锡，创业在无锡，使得无锡成为一个高端技术人才的聚集地，而政府在其中发挥了举足轻重的作用。最后，在知

识产权保护环境建设方面，也需要政府加大工作力度。因此，宁波要想在服务外包产业方面实现较大突破，关键还在于政府公共服务的推进。

5. 文化底蕴和氛围也在某种意义上阻碍了服务外包产业的发展

宁波是一座富含文化底蕴的城市，"经世致用"的思想便是这一文化的代名词。因此，在整个宁波，无论是政府还是企业，都比较务实。文化底蕴与务实同样是一把双刃剑，一方面，正是秉承这种文化精髓和思想火花，宁波才会取得如此瞩目的经济成就，民营经济活跃，市场经济较为发达；而在另一方面，这种务实的指导思想也在一定程度上阻碍了新兴事物的发展，容易产生短视的经济行为。就如同服务外包产业，因为企业家们较少接触这一行业，对风险的敏感度较强，从而更愿意把有限的资金投入自己熟悉的传统行业，以获得预期利润，而不会循着政府的引导，投入服务外包产业。另外，在人才培养和使用方面，企业家也是只看到了雇员所能创造的眼前利润，而没有注意到人力资本的可持续增值。因此，同上海和杭州相比，宁波的人力资本增值效益呈递减趋势，很难形成人才集聚。

（六）宁波发展服务外包的重点产业定位及对策研究

1. 把握港口地域优势，以传统制造业带动服务外包产业的发展

宁波具有显著的区位优势，并且制造业极其发达。在服务外包产业发展的起步阶段，就需要制造业与服务业有效地结合起来，制造业要为服务外包产业提供尽可能多的机会。服务外包产业的发展是一个循序渐进的过程，宁波应该立足于本地市场，在积极扩大拥有自主知识产权品牌的高新技术产品出口的同时，做好重点产品的研发和设计工作，促进行业技术进步和产品更新换代，从而带动软件、技术、工业设计、咨询等相关的高附加值外包服务产业的发展。而作为一个开放型的城市，宁波需要通过与外资公司合资合作的方式，来利用外资公司雄厚的技术实力、强大的品牌优势以及丰富的国际市场资源和经验，开拓服务外包的国际市场。

此外，作为一个港口城市，宁波的确应该把发展服务外包产业的差异化竞争优势的重点放在物流外包领域。但是，首先需要对物流外包，特别是现代物流业的发展有一个清晰的战略定位，将其与运输行业等传统物流业明确区分开来，从而使得未来的发展方向更加明确。具体实践中，宁波可依托临港优势，即北仑港物流园区和正在建设中的梅山岛保税港区的优势，以打造电子口岸为目标，形成网上物流市场，通过引进国际上有代表性的物流公司，组成第三方物流，从而引进先进的工业链解决方案，进一步形成专业化分工，提升临港物流产业的国际竞争力。

2. 积极发挥政府的公共服务职能，实现政府工作的高效性

宁波服务外包产业能否取得较大发展，归根到底还要看当地政府的公共服务是否到位。首先，政府要解决的是服务外包以及物流外包等行业的范围界定，进而设计出科学的统计评价标准，作为创立激励机制的先决条件。其次，要充分发挥政府的孵化、激励作用，审慎地建立服务外包产业救济与保护机制。再次，在高端人才与行业领军企业引进方面，政府的工作也是重要的，如无锡之所以能够形成人才集聚，主要在于政府做了大量的工作。这就要求宁波市政府将一些引进人才和企业的政策落到实处，并且实现"一条龙"、全方位式的服务，以达到预期效果。最后，在中小服务外包企业筹融资方面，政府也要服务到位，既要为符合条件且具有增长潜力的企业提供必要担保，也要在政策配套资金的使用上，加强宣传推广力度，扩大受益面。另外，宁波市众多制造企业，特别是中小企业业务环节的剥离，无疑形成了一个较大的服务外包市场。假如政府设立服务外包业务专项基金，对中小企业业务环节外包所需费用进行一定比例的补贴，可能会取得较佳的激励效果。

第五节　中国服务外包产业竞争力
发展的 SWOT 分析

根据中国服务外包产业发展的特点和对未来前景的判断，借助 SWOT 模型的分析框架，综合中国服务外包产业发展的优势、劣势、机遇与威胁多方面的因素，以抓住中国服务外包产业发展的关键性问题，从而就此提出有利于该产业发展的政策建议及发展模式安排。

一　优势（Strength）因素分析

（一）社会稳定，经济环境良好

从 1978 年至今，中国的改革开放已经走过 30 多个年头。这期间中国发生了翻天覆地的变化，经济发展成就举世瞩目，国际地位也大幅提升。从国内生产总值来看，2003～2007 年中国 GDP 增速连续 5 年保持在 10% 以上，分别达到了 10%、10.1%、11.3%、12.7%、14.2%。2008 年在全球金融危机的影响下，中国的 GDP 增速有所放缓，为 9.6%。根据国际货币基金组织公布的数据，2008 年世界经济增速为 3.4%。其中发达经济体增长 1.0%，新兴和发展中经济体增长 6.3%。在发达经济体中，美国增长 1.1%，欧元区增长 1.0%，日本下降 0.3%。在新兴和发展中经济体中，俄罗斯增长 6.2%，印度增长 7.3%，巴西增长 5.8%。在全球经济不景气的情况下，中国经济发展仍可谓一枝独秀。初步测算，2008 年中国经济对世界经济增长的贡献率超过 20%。2009 年中国在 4 万亿元投资和十大产业振兴计划等一揽子计划的刺激下，经济呈现 V 形反弹，GDP 增速也达到了 8.7%，2010 年 GDP 达到 10.3%，经济总量超越日本成为全球第二大经济体。中国经济的迅速发展增添了全世界对中国的信心，也为中国服务产业竞争力的增强提供了良好的经济支撑。同时，中国继续深化改革开放，不断完善有利于科学发展的体制与机制，国内社会政治稳定。近年来，中国注重改善民生，社会事业发展也在不断加快。就业、社会保障、教育、医疗等关系民生的各个方面都得到了切实加强，促进了社会和谐稳定。良好的社会政治环境为中国树立了良好的形象，也为服务外包的发展提供了良好氛围。

（二）我国政府的大力支持和推进

作为现代服务业的一部分，服务外包的地位很早就得到了国家的高度重视，不断出台政策支持和鼓励服务外包产业的发展。如为了加快我国软件产业的发展，增强信息产业的创新能力和国际竞争力，2000 年国务院就制定了《鼓励软件产业和集成电路产业发展的若干政策》，从投融资、税收、产业技术、出口、收入分配、人才吸引与培养、采购等多个方面制定了优惠政策鼓励，促进服务外包产业基础的发展。2005 年制定的《国家规划布局内重点软件企业认定管理办法》中规定，经认定的年度国家规划布局内重点软件企业，当年未享受免税优惠的，减按 10% 的税率征收企业所得税。2006 年《商务部关于实施服务外包"千百十工程"的通知》中确立了在全国建设 10 个具有一定国际竞争力的服务外包基地城市、推动 100 家世界著名跨国公司将其服务外包业务转移到中国、培育 1000 家取得国际资质的大中型服务外包企业等目标。2007 年《国务院关于加快发展服务业的若干意见》中强调要着力提高服务业对外开放水平，把承接国际服务外包作为扩大服务贸易的重点，发挥我国人力资源丰富的优势，积极承接信息管理、数据处理、财会核算、技术研发、工业设计等国际服务外包业务。2009 年党中央国务院在《关于促进服务外包产业发展问题的复函》中将北京、天津、上海等 20 个城市确定为"中国服务外包示范城市"。同时，各地也出台了很多政策支持当地服务外包产业的发展。如苏州《关于促进苏州工业园区服务外包发展的若干意见》暂行细则中对税费优惠、引导资金预算、资金扶持、载体建设、人才引进、员工培训、特殊工时、知识产权、认证补贴、技术改造、市场开拓等方面作了详细规定，促进了苏州工业园区服务外包产业的发展。《大连市人民政府印发〈关于促进大连服务外包发展实施意见〉的通知》中明确提出以业务流程外包、嵌入式软件、动漫游产业、集成电路设计等为发展服务外包的重点领域，并从产业园区建设、企业做大做强、人才引进和培养以及配套设施完善方面作了相关规定，以实现大连服务外包突破性发展。

（三）完善的基础设施建设

随着中国经济的快速发展，基础设施一直占据着较大的投资比重。通信设施、交通网络、能源供应等现代基础设施不断强化，为服务外包产业的发展提供了良好的硬件基础。以通信设施为例，根据中国互联网络发展状况统计调查，截至 2008 年 12 月 31 日，中国网民规模达到 2.98 亿人，普及率达到 22.6%，超过全球平均水平。中国网民规模依然保持快速增长之势，其中宽带网民规模达到 2.7 亿人，占全部网民的 90.6%。中国的互联网基础资源一直保持快速增长，如 2008 年中国网络国际出口带宽[1]达到640287 Mbps，较 2007 年增长 73.6%，增速超过了网民增速[2]（见图 8-5）。2010 年温家宝总理在国务院常务会议中提出推进电信网、广播电视网和互联网融合发展，实现三网互联互通、资源共享，为用户提供话音、数据和广播电视等多种服务。三网融合对于促进信息和文化产业发展，提高国民经济和社会信息化水平有着重要意义，对服务外包产业的发展无疑是重大利好。此外正在推进中的 3G 网络建设、光纤宽带网络建设、物联网建设也会对服务外包基础设施建设产生重大而深远的影响。而中国的交通网络也尤为发达，铁路干支线四通八达，目前城际高铁的建设，又缩短了城市之间的距离。而民航近些年也取得了较快的发展，国内各主要城市之间均有航班往来，并与世界主要城市实行直航。此外，近年来，中国也兴起了众

---

① 注：出口这里指的是国家之间的互联网交换中心的连接带，所以出口带宽指的是国际信息交换的负载能力。如利用互联网登录国际网站，必须通过海底光缆，卫星通信系统等进行信息数据交换，这就是一种出口带宽的组成形式。

② 中国互联网络信息中心：《中国互联网络发展状况统计报告》，2009，第 3 页。

多地理位置优越、人文环境良好、基础设施完备的高科技园区，为服务外包产业的发展提供了优良的投资环境。

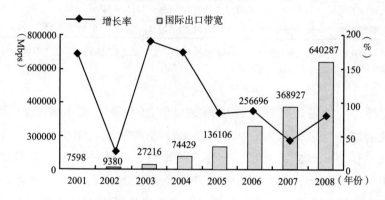

图 8 - 5　2001 ~ 2008 年中国国际出口带宽变化

资料来源：中国互联网络信息中心（CNNIC）。

（四）人力资源丰富，劳动力工资水平较低

目前中国处于经济转型阶段，随着城市化加速，大量农村人口涌入城市，经过再培训，有很多劳动者掌握了服务外包所需的业务知识。再加上中国高等教育的快速发展，每年都有大量毕业生走出校门，进入人才市场，这就为服务外包业的发展提供了大量的人力资源。同时，改革开放以来，中国的第二产业已经发展得相当成熟，已经被全球誉为"世界工厂"。这为中国发展服务外包创造了良好的条件，增强了国外投资者的信心。当然，服务外包的发展也可以促进第二产业的发展，特别是对于技术能力的提升、员工技能的提高等具有促进作用，有利于中国第二产业从劳动密集型向知识、技术密集型转变，而第二产业的升级和优化，又能反过来进一步为服务外包提供坚实的基础，促进服务外包业的发展。就目前实际情况来看，中国的人力资源十分丰富，特别是大学毕业生人数较多，其就业形势也相当严峻，中国承接服务外包产业正好能在一定程度上缓解这一压力。尽管2003 年以后高校毕业生人数增长速度下降，但是毕业生人数绝对值在逐年增加（见表 8 - 3）。据统计，2008 年中国普通高校大学生和研究生招生规模分别达到 570 万人和 42.4 万人，普通高等教育在校生达 1738.8 万人，研究生 110.5 万人，在学人数位居世界第一，高等教育毛入学率达到 22%，已跨入国际公认的高等教育大众化阶段。

表 8 – 3   2001～2010 年高校毕业生人数及增长率

项 目＼年 份	2001	2002	2003	2004	2005	2006	2007	2008	2009	2010
毕业生人数（万人）	110.41	141.82	212.2	280	338	413	495	570	592	652
毕业生人数增长率（％）	9.48	28.45	49.63	31.95	20.71	22.19	19.85	15.15	11.29	10.14

资料来源：转引自瞿振元：《"十一五"期间高校毕业生就业趋势及对策》，《中国高等教育研究》。2006～2010 年数据来自教育部网站。

此外，麦肯锡研究报告称中国是世界上劳动力成本最低的国家之一，比起服务外包劳动力薪酬水平不断上涨的印度，中国具备较大的劳动力成本优势。虽然，北京、上海等一线城市的软件外包和工程技术人员的工资涨幅较大，但在服务外包产业逐渐兴起的武汉、济南等二线城市仍拥有较便宜的劳动力，从而能够以成本优势吸引大量业务向二线城市转移。

（五）我国作为东亚服务外包市场的主要接包国，具有比较优势

随着国际贸易的长足发展，中国国内通晓国际贸易规则的人才也形成了相当的规模，这为发展服务外包业提供了良好的基础。相对于日、韩两国而言，中国在区位上占有优势，经过多年的经济合作往来，三国之间的经济联系较为密切。同时，由于历史原因，三国在文化上有共通之处，所以对于承接日、韩两国的服务外包业务，中国具备印度、爱尔兰等国所没有的优势。近年来，懂日语和韩语的中国人越来越多，这就使得中国在承接日、韩两国服务外包时具备了天然优势，随着国际服务外包近岸化趋势的加强，中国理所当然地成为日本和韩国发包业务的主要承接者。如目前，日本和韩国的跨国公司在与其地理位置相近的大连设立了众多软件研发中心和客服中心，并形成了初步的产业集聚态势。随着今后中、日、韩三国经贸联系的进一步加强，中国对日、韩服务外包的规模也会不断扩大。

二 劣势（Weakness）因素分析

（一）服务外包产业起步较晚，且意识淡薄

中国的经济主要是靠制造业的增长来拉动，相比之下，服务业较为落后，服务业增长速度及其对国民经济增长的贡献率相对较低，而服务外包产业的起步也比较晚，尽管发展速度良好，但整体规模和收入却远小于国际服务外包市场上其他强国。在中国从事服务外包的企业多为中小企业，且主要从事传统行业，层次较低，大多处在微笑曲线的低端。因此，只能承接低端业务，在国际服务外包市场竞争中尚未形成明显的优势。再加上不完善的知识产权保护环境，使得大部分民营企业家有一种模糊认识，认为将部分业务外包会使公司的业务信息外泄，会给公司带来不必要的损失，结果就导致企业家层面上服务外包意识的相对缺乏。

（二）从事服务外包业务的公司规模较小

目前中国服务外包企业规模普遍较小，企业雇佣员工通常在 50～100 人，竞争力还很羸弱，不具备重大项目的承接能力及项目研发的技能。当前，中国的外包厂商主要有东软、中讯、上海启明、上海畅想、大连海辉、中软、山东中创、文思创新和博彦科技、深圳易思博等。其中规模最大的企业——东软集团员工规模为 1 万余人，而其他一般的公司规模都在几千人左右，与印度等服务外包强国的大型外包公司相比，还有较大的差距，中国缺乏具有国际竞争力的承接服务外包的大型企业。公司规模小则不具备持续开发项目所需的规模和手段，从而难以同国际服务外包市场上的大公司进行有力竞争。

（三）人才结构欠合理，缺乏中高端专业技术人才

尽管中国拥有丰富的人力资源，但是基本上只能满足服务外包产业低端市场的需求。整体上看，中国的人才结构还存在很大的问题。经过实地考察得出调研结论，服务外包企业发展的关键障碍之一就是中高端专业技术人才的短缺，能够真正符合公司发展要求的劳动力供给严重不足。项目管理人才、技术研发人员、数据库管理员、系统开发员及高级设计人才极为短缺。究其原因，一方面是由于国内教育结构不合理，导致人才结构不合理，服务外包产业人才供应不足；另一方面是因为实力雄厚的跨国服务外包公司通过优厚的待遇，将大量的海内外优秀人才吸引过去，只留给国内企业一些二三流的人才。人才的短缺势必会影响到中国服务外包企业的做大做强，进而影响到国内整个服务外包产业的发展。

（四）语言水平有待提高，沟通能力尚需改善

与印度、爱尔兰和菲律宾等主要竞争国家相比，中国人英语听说读写的能力较弱。尽管近些年来，国内英语普及范围较广，懂英语的人数也越来越多，但是由于很多大学生和在职人员在国内的大语境下，很少用英语交流，甚至在较长的时间里不再接触英语，使用英语的机会少，所以使得英语水平出现了一定程度的下降。一旦出现需要使用英语的情况，往往会发现自己掌握的英语难以满足业务的要求，从而成为工作中的一大障碍。另外，由于中国与欧美等国在文化上存在显著的差异，所以中国员工在承接欧美业务时，往往不能从客户方的思维出发，存在沟通上的误区，也不能够用西方的思维去思考，并且深刻理解西方行为模式，所以西方的公司也不愿意将信息技术外包和业务流程外包业务外包给中国企业。正是由于中国在语言和沟通上劣于印度等国，因此，在市场竞争中处于不利的地位。

（五）知识产权保障措施存在漏洞

知识产权保护是发展服务外包产业首先要解决的问题，但这个问题也是我国法律制度上的一个难题。长期以来，知识产权问题一直制约着中国服务外包产业的发展。因为服务外包业务中所包含的商业秘密、技术专利和版权一直都是发包企业关注的重点，如果接包国的法律制度环境能将这一问题圆满解决，那么它们就会对这个接包市场国充满信心，从而会源源不断地将业务发包给该接包国。但就我国知识产权保护的现状来看，并不乐观，盗版、伪造等侵犯知识产权的现象层出不穷，尽管国家相关管理部门也加大监管和处罚力度，可由于知识产权保护相关法律法规的不完善及其他原因，这种现象并没有得到有效的遏制，侵犯知识产权的行为仍然存在。中国的知识产权保护意识薄弱、措施不完善、保护度低等在一定程度上影响了服务外包发包方的信心，从而制约了我国服务外包离岸业务规模的扩大。

（六）缺乏国际知名品牌，全球服务外包营销经验有限

在中国众多的信息技术外包和业务流程外包企业中，并未形成享誉国际的知名品牌，缺乏国际市场的认同。企业品牌作为其发展的无形资产，在推动企业壮大的过程中发挥着极其重要的作用。品牌是实力、价值、文化和个性等内涵的结合体，具有较高的承载力。而中国企业在国际竞争中，往往欠缺品牌的塑造，不能借助品牌效应在激烈的市场竞争中谋得一席之地。此外，中国的服务外包企业并没有深刻了解国际市场的操作规范，也不懂得在国际市场上进行自我宣传和推广。由于中国传统的商业价值模式和运营模式，难以同国际上惯用的模式接轨，因此，在一定程度上成了制约中国服务外包企业规模扩大的瓶颈。

三　机会（Opportunity）因素分析

（一）中国日益增长的庞大内需市场和积极扩大内需的政策

目前，由于传统的"大而全、小而全"思想，国内大部分的发包企业通常会自己经营运作，多数不会把非核心业务外包给专业服务提供商。但是，这种状况随着服务经济时代的来临，以及企业家思维方式的进一步转变而得到改变，国内服务外包的潜在市场将日益显示其巨大能量。同时，为摆脱国际金融危机，中国政府出台了包括 4 万亿元投资在内的一系列政策来扩大内需。国家已经将经济发展的重点放在国内，通过刺激国内需求来拉动经济的持续增长。因此，庞大的内需市场加上政策支持，为服务外包行业提供了千载难逢的发展机遇。政府政策的支持将使未来几年来自政府和国内大中型企业的发包量增多，非常有利于中国服务外包企业在全球经济趋缓的大背景下保持稳定发展。

（二）后危机时代给中国发展服务外包产业提供了契机

危机的另一面是机遇，尽管新一轮的国际金融危机冲击了世界经济，使得国际上大多数国家的经济放缓，甚至下滑。但是，这场危机也使得中国认识到了调整产业结构、进行经济转型的重要性，并大力发展服务外包产业。同时，国际服务外包市场也出现了一些变化，自 2008 年美国次贷危机以来，因为美国国内消费能力的下降，印度劳动力成本上升和卢比升值等多种因素影响，印度的服务外包产业受到了严重影响，服务外包产业增速下降，主要服务外包企业的利润也大幅下滑，而印度服务外包产业受到的重创给正处于服务外包业加速发展时期的中国一个良好的追赶和发展的机遇。此外，印度第三大信息技术外包和业务流程外包公司于 2009 年出现了财务风波，使得世界主要发包国对印度的投资信心大打折扣，大量原先投资于印度服务外包产业的资金纷纷转向包括中国在内的其他国家，这也在一定程度上为中国服务外包产业的发展提供了有利时机。

（三）奥运会和世博会在华举办快速提升中国的国际形象，带来巨大商机

2008 年第 29 届奥运会在中国北京成功举办，奥运会后中国的世界地位得到很大程度的提高，中国的影响力和国际号召力也得到了增强，这都为中国经济的发展提供了有利的外部环境。同时，奥运会为中国经济注入了新动力，中国作为一个充满无限商机的市场展现给世界，让世界对中国有了更进一步的了解和认识，这在很大程度上增强了跨国企业投资中国的信

心，今后势必有大量服务业国际资本流入中国，这也必将促进中国服务外包产业的发展。2010年上海世博会的成功举办也将相关产品和产业推出国门，这将有利于促进中国信息技术外包和业务流程外包产业的发展和品牌的塑造。

四 威胁（Threat）因素分析

（一）次贷危机使得全球经济放缓

发源于美国的国际金融危机使得全球的经济放缓，尽管各主要国家采取了一系列政策措施，但是世界经济仍处在恢复期。作为受此次危机冲击较为严重的国家之一，美国经济下滑，失业率增加，国内市场出现萎缩，消费者的购买能力受到削弱。美国作为国际服务外包市场主要的发包国，其国内经济的放缓，严重影响到国际服务外包产业的发展，如印度的服务外包产业就遭受较大冲击，出现增速下滑，利润减少的趋势。尽管欧美服务外包市场对中国外包业的影响有限，但是作为今后中国服务外包开拓的重要市场领域，欧美市场的萎缩对中国服务外包产业的发展壮大极为不利。再加上欧美国家经济放缓，使得来自这些国家的对外投资不断减少，这也使得中国服务外包产业引进国际资本的形势不容乐观，影响中国服务外包产业未来的大发展。

（二）人民币升值等汇率风险及劳动力成本上升

自从人民币汇改以来，人民币相对美元不断升值。2005～2008年7月，人民币累计升值21%。而2008年7月以后，人民币兑美元汇率基本维持在6.83的水平，没有太大的变动。截至2009年底，人民币兑美元汇率中间价报6.827。两者比较，人民币兑美元略微升值0.15%。但是，自2009年9月以来，以美国为首的七国集团依次向中国施压，要求人民币升值；同时，我国利率水平相对较高，人民币升值预期有所增强。2010年最后一个交易日，人民币兑美元汇率中间价报6.6227，创汇改以来新高，2010年人民币对美元升值3.09%。而人民币的升值则会在很大程度上削弱我国服务外包业务的竞争力：人民币持续升值，劳动力成本也会随之上升，这在增加服务外包成本的同时，也造成了以美元结算的外包收入减少，直接影响到服务外包企业的收益，给刚进入快速发展阶段的中国服务外包产业所带来的压力将不容小觑。而我国服务外包企业所提供服务的国际价格也会随着人民币的升值而持续上升，从而与国外同类业务相比，国内业务就不具有价格优势，这不利于中国服务外包产业在国际市场中的竞争。此外，中国服务外包从业人员的平均工资水平在不断上升，劳动力成本优势在逐渐削弱。成本低是服务外包产业的驱动力之一，人民币升值和劳动力成本的上升使得中国承接业务的成本上升，从而失去了价格优势，并缩小了利润空间。长此下去，中国服务外包的市场就会被价格优势明显的其他国家所争夺。

（三）新兴服务外包接包国的竞争

随着国际服务外包产业的发展，越来越多的国家或地区参与进来，国家之间的竞争也会越来越激烈。就目前看来，中国在国际市场上面临着众多有实力的竞争者。中国的服务外包产业同印度相比还存在一定程度的差距，中国在服务外包企业的国际市场竞争力、工程师素质和团队协作能力、知识产权和数据隐私保护的软环境建设等方面都较为逊色，有很大的提升空间。此外，菲律宾和爱尔兰等国家在承接服务外包产业的能力方面也有着许多中国所不具备的优势资源。随着拉美国家和中东欧国家服务外包产业的兴起，国际服务外包市场将会被重新划分，中国服务外包产业面临巨大挑战。

第六节　加快提高我国服务外包产业竞争力的对策

一　对中国服务外包产业竞争力的基本判断及主要影响因素分析

（一）对中国服务外包产业竞争力的基本判断

总体看来，中国服务外包产业经过多年的发展，已初步形成规模，并培养了一批颇具市场竞争力的本土服务外包企业，如东软、中软等。但是，从对国内外服务外包市场状况以及中国部分城市服务外包产业发展情况的研究中可以看到，中国的服务外包产业尚处在起步阶段，尽管增速较快，但规模并不大，其中离岸服务外包的业务额更小。从业务类型来看，传统的软件与信息技术服务外包占据主导位置，业务流程外包的发展还较为滞后。从发包市场来看，日本是中国服务外包业务最主要的市场国，相比之下，中国服务外包企业承接美国和欧洲国家的业务额较小。而从服务外包企业的构成来看，国内已形成了外资企业、国有企业和民营企业共同发展的格局。随着国内服务外包产业的蓬勃发展，本土服务外包企业的数量已经超过外资企业，但由于技术水平、管理能力及品牌营销等方面明显落后于外资企业，国内服务外包市场中的主导地位实际上由外资企业占据。同时，中国服务外包产业的发展还存在一些其他问题，如缺乏服务外包的航母级规模企业、缺乏高端专业技术人才、缺乏品牌效应、缺乏有效的服务外包行业中介组织、缺乏知识产权保护的制度环境建设等。面对这些问题，中国应认真对待，并积极借鉴国外服务外包先进国家的经验，立足于中国服务外包产业发展的实际情况，探索服务外包产业发展的中国模式。而发展服务外包产业的主要城市除了存在上述共性问题以外，还存在着如何进行市场定位、实现错位竞争的考虑。各城市应该认清自身产业发展的优劣势，充分利用优势资源，重点完善不足之处，制定适合本地区的服务外包发展战略。

同时，要清楚中国服务外包产业的竞争力主要体现在本土服务外包企业核心竞争力的打造上，无论是服务外包示范城市，还是将服务外包产业作为重点规划的其他城市，若想提高本地区服务外包产业的综合竞争力，都应该通过政策引导和激励机制来增强当地服务外包企业的核心竞争力。这就需要各级政府提高公共服务能力，为服务外包企业营造良好的投融资氛围；通过国际交流宣传中国服务外包产业，努力开拓多元化市场；加大知识产权和数据隐私保护力度，为服务外包业构建完善的法律制度环境；加强人才培训，实施一系列引进中高端技术人才的优惠措施。当然，最重要的还是培养本土服务外包龙头企业，打造企业的国际化经营品牌，通过中国服务外包领军企业的集聚效应，提升中国服务外包产业的整体竞争力。

（二）中国服务外包产业竞争力的主要影响因素分析

通过分析可以看到，影响中国服务外包产业竞争力的主要因素有三个：人力资源、龙头企业和制度环境。人力资源是发展服务外包产业的基础，低廉的劳动力成本是服务外包发展的原动力，合理的人才结构是服务外包产业竞争力提升的有力支撑。服务外包行业内龙头企业的带动作用十分显著，如大连正是以东软为主体，承接国际大项目后，再分包给其他配套中小服务外包企业，从而呈现一定程度的产业集聚，形成整个软件服务外包上中下游产业链的互动发展。中国服务外包产业竞争力的提升需要有一批实力雄厚的大型企业作为龙头，引领大量中小企业配套生产，以实现规模经济效益。好的制度环境可以吸引国内外企业投资服务外包产业，从事外包业务，为增强服务外包产业竞争力提供有效的制度支持。从目前来看，中国拥有大量较为低廉的劳动力成本，但是能够满足高端服务外包业务需求的综合型人才欠缺；而龙头企业的缺失使得服务外包示范城市很难形成以大型企业为龙头、中小企业配套生产的规模经济，服务外包企业整体竞争力不强；同时，有关服务外包竞争力发展的制度环境建设还不够健全，知识产权保护体系还不够完善，亟待进一步的改善。

（三）结合对外发包方的实际需求，制定服务外包产业发展规划，是有效提高服务外包产业竞争力的基本思路

服务外包发包商在选择服务外包提供商的过程中主要考虑两项因素：一是服务成本，主要是指服务外包发包商将内部 IT 硬件维护、软件开发或职能管理等委托给专业服务外包提供商管理，服务外包提供商根据需求提供合格服务后向发包商收取的所有服务及相关费用。二是服务能力，主要是指服务外包提供商在提供服务的过程中对服务过程和质量保障的能力。能否吸引到服务外包业务或者引进承接服务外包的优质企业，关键在于接包地的上述条件是否迎合了发包方和服务外包企业的需求。为建立长期合作，接包方需要与发包方有更多的信息交流、更紧密的协调与合作关系，通过外包服务实现双赢。因此，这就要求各重点城市的政府服务外包产业主管部门以及其他研究机构，从外方的角度出发，通过对国际上有代表性的发包商以及有较强接包能力的企业进行调研，并根据自身的实际情况，尽可能创造出可满足上述企业需求的投资生活环境，并在产业定位、布局以及长期发展规划中体现出来。同时，在引进外包企业的时候，要注重产业关联程度较强的企业的引入，通过产业链条的延伸，带动上下游相关环节的发展，从而获取更大的地域分工产业效益。

二　中国促进服务外包产业竞争力发展的政策措施

（一）深化对服务外包的认识，从战略高度重视发展服务外包业

要解放思想，转变观念，提高政府对服务外包的认识和领导能力，将发展服务外包放在加快转变经济发展方式、推进产业结构战略性调整的战略高度上去考虑，充分认识发展服务外包的重要性和紧迫性，将加快服务外包发展作为一项重要工作来抓。一是要引导政府部门决策者、广大地方经济领导者正确认识发展服务外包业在促进经济增长、推动产业结构优化升级、缓解就业压力等方面的重要意义。积极推广先进地区发展服务业的成功经验，形成互动发展、优势互补、错位竞争的良性发展格局。二是深化领导干部、企业家和社会各界对服务外包发展特征和规律的认识。进入新世纪以来，经济全球化向纵深方向发展，社会分工更为细致，市场竞争也更加激烈，服务外包的发展呈现一些新特征和新趋势，主要体现在：服务外包市场规模快速扩张，服务外包产业国际转移加速，现代制造业与生产性服务业之间的产业融合日益深入，现代科学技术催生新兴服务外包业务，服务外包空间载体呈现集群化，服务外包企业实现规模化、全球化发展。把握服务外包的产业发展趋势，对推动我国服务外包的持续健康发展具有重要意义。今后要通过举办学习讲座、组织调研、开展研讨、进行培训等形式多样的活动，深化大家对服务外包的认识，学习并掌握服务外包发展的特征和规律。三是重视服务外包的新业态进展，解放思想，创造宽松的发展环境，推出针对性强、有实效的支持政策。认真对待服务外包发展过程中出现的新情况、新问题，帮助企业解决实际困难，引导企业顺应产业发展趋势，提高市场竞争力。四是广泛运用广播、电视、报刊、网络等媒介，全方位报道服务外包发展理论、国际发展动态、国家服务业发展政策、先进省市和地区发展服务外包的成功经验等，树立和推广发展服务外包的典型，营造推动服务外包发展的有利的舆论和社会环境。

（二）积极有序承接国际服务外包产业转移，延长利用外资产业链

抓住金融危机后国际服务外包产业加速转移的契机，充分发挥我国的比较优势，加强对国外高端服务产业的招商引资工作，积极有序承接服务外包产业国际转移，大力吸引跨国公司地区总部、研发中心、设计中心、采购中心落户我国。一是要借鉴印度等国家在发展服务外包产业方面取得的成功经验，大力发展信息数据处理、金融后台服务、人力资源服务、呼叫中心等业务流程外包，积极承接软件开发及设计、技术研发、工业设计等研发流程外包，培育服务外包产业集群。加快"软件与信息服务外包公共支撑平台"项目建设，推动基地园区平台间的互联互通、资源共享，提高为基地园区中小企业提供公共支撑服务的能力，培育一批具备国际资质的服务外包企业。支持服务外包企业加强市场营销，参加国内外重大展博会，开拓市场。完善相关支持政策，为服务外包示范城市的网络接入和国际线路租赁提供便利，提升服务外包基地的承接能力和服务水平，增强外包基地的孵化和辐射功能。优化对外贸易渠道，对软件和服务外包等高附加值服务产品开辟进出境通关"绿色通道"。二是要提升与国外高端服务供应商的合资合作水平，促进我国服务外包产业的技术引进、管理创新，提高开放质量。支持国内生产性服务企业与世界著名大企业、大集团组建战略联盟，鼓励国际知名软件企业与国内企业合作建立研发基地。三是要积极参与国际经济合作与竞争，充分利用国内和国外两种资源、两个市场。要完善我国服务外包产业发展促进体系，研究适用于服务外包发展的税收、金融激励政策，深度挖掘具有传统优势的服务外包产业的潜力，重点培育通信、金融、保险、信息服务、咨询等新的服务外包业务增长点，大力发展具有中国特色的服务外包产业，不断提高离岸服务外包在我国服务外包业务中所占的比重。

（三）调整和完善服务外包税收制度，强化服务外包统计体系建设

当前，服务外包企业的税收负担相对较重，存在一些不合理的现象。从长远来看，为促进服务外包的发展，我国政府应改革税制，建立适应服务外包发展、促进服务外包发展的税收体系。一是对服务业各个领域征税对象进行全面摸底，研究制定具体办法，消除对服务外包、科研服务、商务服务、物流、人力资源服务等服务中间环节的重复征税，实行差额征税，降低企业的税收负担。对符合条件的服务企业，由总部统一缴纳企业所得税。二是可以将研发、设计、创意等科技服务外包企业认定为高新技术企业，享受相应的高新技术企业优惠政策。鼓励服务外包企业进行技术改造，使用国产设备，经主管税务机关审核后，按规定抵免企业所得税。三是对新创办的服务外包企业，在工商登记注册、税收等方面采取扶持政策。四是通过税收政策推进工业企业分离发展服务外包业。充分发挥税收政策的杠杆作用和政策引导作用，使企业充分了解发展服务业的经济、社会效益，鼓励制造企业在生产的上游、下游环节剥离出生产性服务业，为服务外包产业创造更为广阔的国内市场。此外，还要加强服务外包统计体系建设，参照服务外包产业发达国家的经验，并按照国家现行的行业标准，从我国服务外包业发展的实际出发，加大对服务外包统计工作的人、财、物投入，改进服务外包统计调查制度，完善统计指标体系，制定服务外包统计报表制度和方案，加强对服务外包发展状况的经常性调查，提高统计数据的时效性和准确性。建立健全服务外包产业发展的监测体系，及时反映服务外包业的最新动态和发展趋势。服务外包业主管部门、统计部门和相关政府部门要建立通畅的信息沟通机制，及时高效地做好服务外包发展的形势分析及预测、预警和信息发布工作。

（四）加大对服务外包产业的投融资支持力度

目前看来，我国服务外包企业多为中小型企业，整体规模较小，普遍存在融资困难问题，严重制约了产业的发展。今后应加大对服务外包企业的投融资支持力度，积极推进制度创新，帮助发展潜力大、市场前景好的服务外包企业解决融资难的问题。2009年，国内各大商业银行已初步建立起专门针对小企业贷款的专营性机构，采取有别于传统形式的授信审批流程和独立的考核问责机制，符合中小企业信贷融资"短、频、急"的特点；银监会还将尝试允许企业把专有技术、许可专利以及版权等用来做质押，弥补担保和抵押品的不足，帮助小企业取得融资。这对解决服务企业，特别是小型、微型服务外包企业融资难的问题具有重要的现实意义。鉴于此，一是要充分利用这些有利条件，促进金融机构与服务外包项目的对接，增加金融机构对服务外包企业的贷款，切实增强中小服务外包企业的融资能力，克服产业发展的资金瓶颈，为服务外包企业的成长创造支撑条件。积极与金融监管部门和各大商业银行、信托公司、租赁公司协调，探索以收费权等未来现金流收益、知识产权等为质押的融资业务，加大对有发展潜力、符合条件的服务外包企业和项目的信贷支持力度。二是要积极发展中小金融机构，积极组建多层次的中小企业贷款担保基金和担保机构，引导金融机构支持中小服务外包企业的发展。落实对中小企业的融资担保、贴息等扶持政策，通过资本注入、风险补偿等多种方式增加对信用担保公司的支持，提高商业银行、证券公司等金融机构对服务外包企业的支持力度。鼓励风险投资公司进入服务外包产业，有效拓展服务外包的投融资渠道。加大对服务外包产业基础设施的投资力度，改善服务外包产业投资环境。创造多种所有制经济公平竞争的宽松环境，吸引民间资本投入服务外包业领域。三是要支持服务外包企业利用资本市场进行直接融资，加大利用债务融资和股权融资工具的力度，积极推动中小企业的集合债券发行工作，多渠道筹措发展资金。支持设立专门支持服务外包企业发展的小额贷款公司，扩大小额贷款公司的资金来源，提高小额担保贷款的单笔额度，完善监管制度，在风险可控的前提下充分发挥其作用。

（五）加大知识产权保护力度，完善相关法律法规

发展服务外包产业，关键要促进知识产权创新、保护和运用。只有保

护好知识产权，打造健康、有序的发展环境，服务外包产业才能有大的发展。这就需要我国政府及相关部门在保护知识产权方面统一认识，加强协调性，完善知识产权保护机制，提高实施知识产权制度的效率。可以采取的措施主要有：全面实施专利与知识产权战略，加大知识产权创新、保护和运用的力度，培育良好的信用环境和市场经济秩序。鼓励服务外包企业加大研究开发投入，开展自主创新，处理好鼓励创新与引进技术消化吸收、保护知识产权与促进技术利用与扩散、权利人利益与公共利益、国内与国外权利人之间的关系，有效发挥知识产权制度在促进创新、技术扩散和公平竞争等方面的作用。加大对重点行业和领域的专利申请资助力度，促进知识产权的推广和交易，建立健全各类知识产权交易市场，发展版权贸易。根据知识产权创造、运用、保护和管理各环节的特点，制定配套政策，提高政府和企事业单位运用知识产权制度的能力。引导企业加强知识产权管理，从版权、商标、专利的申请，到商业秘密的控制、信息安全的控制、知识产权保障能力等方面，整体提高企业的知识产权控制能力。积极开展国际合作，消除假冒和盗版的境外源头，保护国内优势企业。同时，要完善相关法律法规。包括服务外包业在内的服务业对法律法规的敏感度比制造业更高，今后我国要进一步完善相关法律法规体系，做好立法和法律修订工作，加强法规政策的透明度，为服务外包产业的发展奠定法制基础。建议重视以下几个方面的立法工作：适应人力资源服务业改革与发展的新形势，研究起草《人力资源市场条例》等法律法规，完善人力资源服务业的法律体系；建议国家尽快修订并出台《征信管理条例》，在掌握公众贷款信用信息基础上，进一步提高现有信贷征信系统中个人信息录入的及时性、准确性和完整性，建立有效的失信惩戒机制；适时修订《贷款通则》和出台《放贷人条例》，从法律上明确界定非法定吸收公众存款、非法集资和正常民间借贷的界限，使民间金融合法化，促进中小企业和民营经济的发展。

（六）大力培养满足服务外包产业需求的人才

我国劳动力资源丰富，但高素质服务外包人才仍短缺。要多层次、多渠道培养和引进各类服务外包产业所需人才，构建强有力的人才支持体系。要拓宽人才培养途径，积极吸引和聘用国外高层次服务外包人才，鼓励海外留学人员回国创业，健全人才奖励与保障制度，为服务外包产业人才提供良好的创业和发展环境。针对不同类型服务外包从业人员的特点，开展多层次、多形式的岗位职业培训，提高职业资格培训和岗前培训补贴标准，提高服务外包从业人员的职业道德素质、服务意识和业务水平。引导高等院校、职业学校和培训机构增设服务外包紧缺专业，加强人才培养，发展服务外包高等职业教育和高级技工教育，完善服务业人才培养机制。推进生产性服务业技能型紧缺人才示范性培养培训基地建设，支持高等院校、中等职业技术学校等与企业共建实习、实训基地。充分利用中国丰富的教育资源，针对服务外包产业所急需的人力资源，进行重点培养、培训。一是要依托高等院校、科研院所，将其作为平台，对大学毕业生进行实地训练，并加强科研成果的转化能力；二是要根据中国服务外包主要市场的要求，对在校生加强英语、日语或其他语言的培训，大力培养具有较高外语水平、文化交流能力及熟练业务技能的复合型人才；三是借鉴爱尔兰服务外包人才的培养模式，提高学生理论与实践相结合的能力，在普及基础理论知识的同时，更要重视学生的动手操作能力，并尽可能提供实习基地，便于学生在最短时间内熟悉实际业务；进而也为服务外包企业提供更多符合其标准的合格业务人才。

（七）重点培育国内服务外包试点城市，发挥示范效应

2009 年，国务院在全国范围内批准北京、上海、深圳、大连等 20 个城市为我国服务外包产业试点城市，并通过实施一系列的优惠措施，促进服务外包产业的发展。为了使 20 个试点城市的服务外包产业良好发展，商务部还构建了一套服务外包示范城市评价体系，通过评估优胜劣汰，以期取得好的效果。尽管这 20 个试点城市的经济实力和服务业基础各不相同，但是在发展服务外包产业方面，也存在着一些共性特征。在试点城市服务外包产业的培养过程中，一是要优化产业结构，增强服务业的竞争力，通过服务业基础实力的提升，来支持服务外包产业的进一步发展壮大。许多试点城市已经面临经济转型的问题，并且也开始将服务业作为今后经济工作的重点，大力发展生产性服务业，并以此来优化和夯实制造业基础，同时也为服务外包产业创造了巨大的市场，通过将一些非核心环节外包给专业公司，既提高了自身的工作效率，又有助于培养新兴的服务外包产业，有效地整合了资源。二是各试点城市在发展服务外包产业的同时，要注意合理定位，实现错位竞争。因为各城市在发展服务外包产业时，经济基础和优势资源各不相同，所以应事前根据自身情况因地制宜，制定适合当地发展的服务外包战略，明确定位，合理规划，以实现最好发展。三是要加强各城市之间的交流和协作，对服务外包产业发展的先进经验和良好模式要

注意推广，最大限度地发挥示范和带动效应。如无锡在引进高端人才方面所推行的"530 计划"。该计划经过两年的实践，已成为无锡吸引海外留学精英来锡创新创业的独特品牌。这种好的经验就应该被其他发展服务外包产业的城市学习，并根据本地实际情况进行创新。四是发挥试点城市的区域辐射作用，随着试点城市服务外包产业的聚集和发展，尽可能与周边城市或地区形成互动，通过密切的业务往来，加强地区之间的经济联系，形成相互配套、相互服务的经济区。

（八）扩大服务外包业务规模，打造服务外包知名品牌

我国服务外包企业的规模比较小，多为中小型企业，这种类型的企业往往承接不了涉及多方面内容的大订单。与此形成对照的是，印度国内的软件公司则规模较大，能够通过规模经济最大限度地降低业务成本，并且具有较强的抗风险能力。鉴于此，我国的服务外包企业就应该向做大做强的方向努力，一些有条件的优势企业更应该从长远出发制定大的发展战略，充分整合内部资源和国内外巨大的服务外包市场，塑造大企业。一是要加强公司治理结构管控，提高管理层的综合素质，高瞻远瞩地为公司今后的发展进行整体规划；二是要继续发展传统服务外包业务市场，在保持原有竞争力的基础上，不断延伸业务的产业链，实现资源的优化配置；三是要放眼国际市场，与时俱进，时时把握国际服务外包市场的最新动态，重点关注新出现的服务业态，并积极设计新的业务种类，更好地服务于世界；四是要构建有效的激励机制，在吸引大量高素质服务外包人才的同时，更能够激发员工工作和创新的积极性，要注重通过职工的上岗再培训来满足服务外包市场对人才的需求。此外，作为微笑曲线的另一端，品牌效应也已经成为企业在激烈的市场竞争中立于不败之地的关键。从中国经济发展本身的教训中可以看到，正是因为制造业缺乏高端品牌，才导致中国只能称得上是"制造大国"而非"制造强国"。因此，企业在发展服务外包时应该特别注意品牌的打造，勇于自我创新，拥有具备自主知识产权的产品，从而在国际服务外包市场中形成核心竞争力。打造知名品牌，一是要在与跨国公司和国际投资机构进行合作的过程中，借鉴其发展服务外包品牌营销的先进经验，并依托国际知名中介机构，打造适合自身发展的品牌战略；二是建立中国服务外包权威性论坛，并逐步上升到国家级别，为服务外包品牌的打造提供良好的平台，并通过大力宣传，建设成为国内外业界知晓的名牌论坛；三是要效仿广交会，通过会展的方式，举办中国服务外包产品展销会，组织安排国外发包商来华参会，进行洽商交易，并以此作为服务外包产业对外展示的契机，加强与国际上主要发包方的联系。

（九）积极开拓国际市场，加强与周边国家或地区的经济合作

目前，中国离岸服务外包额占世界总服务外包额的比重较低，而发展服务外包只依托国内市场是远远不够的，因此，我国迫切需要开拓国际服务外包市场。通过加强国际合作，将更多的服务外包产业引入中国。近年来服务外包业务发展迅猛的印度，其政府在促进服务外包企业发展的举措之一，就是借助中介机构牵线搭桥，与国际上主要发包方美国、欧洲等国家进行商务往来，开拓服务外包业务。我国政府也应该借鉴印度的这一先进经验，对具备一定国际竞争力的服务外包企业进行扶持，为服务外包企业的发展创造好的外部环境和条件，通过有关部门协调和沟通，将这些有实力的服务外部企业进行整体规划，然后推向世界，加大中国服务外包业务能力的对外宣传力度，树立中国服务外包产业的国际形象。此外，要大力发展服务贸易自由化，加强与中国周边国家或地区的合作。服务贸易自由化可以削弱服务贸易壁垒的负面影响，降低服务贸易成本，从而提升服务产业的竞争力，使得服务产品的消费者能够享受到高质量低价格的服务。全球性和区域性服务贸易自由化的深入势必会使中国与其周边国家进入新的合作领域，通过区域间服务外包业务的交易，使各国从中受惠。另外，随着国际经济一体化的加深，区域之间的经贸联系越来越紧密，相邻经济体之间的共同利益和合作机会越来越多。中国应该同周边国家和地区建立密切的经贸联系，设立自由贸易区，包括台海贸易区，以扩大中国大陆与台湾地区的机电产品贸易。积极促进东盟与中国自由贸易区的建立，进行对外经济合作，优化资源配置。企业应该利用自由贸易区所提供的机遇"走出去"，自由贸易伙伴国或地区之间除了减少和消除货物贸易壁垒以外，还会减少和消除服务贸易及投资壁垒。这样，我们的服务外包企业就可以更自由、更便利地到自由贸易伙伴国或地区的市场去投资，整合闲置的资金、设备、劳动力，迎合产业结构梯度转移趋势，共同合作开发资源，实现资源的有效配置。目前，东盟各成员国与中国应积极促进自由贸易区的建立，进行对外经济合作，优化资源配置。据研究，中国与东盟国家虽然在服务产业基础、要素资源、服务贸易发展、吸引外资和承接服务外包等方面存在竞争，但双方在服务贸易的发展基础、产业格局、发展速度和发展阶段方面存在较大差异性，呈现多层次阶梯状态，使双方的服务贸易形

成了较强的互补性，为双方服务贸易的扩大和合作发展奠定了基础并提供了发展的空间①。随着中国—东盟自贸区的建设，区域内投资与交易规模不断扩大，自贸区内的服务贸易也将获得良好发展。同时，我们也可以向自由贸易区的伙伴学习，吸收它们在服务外包产业发展方面的一些经验，取长补短，形成具备自身优势的服务外包业务，从而在贸易区内占据较大市场份额。

（十）扶植龙头企业，真正实现服务外包产业化

大部分城市在发展服务外包产业时欠缺行业内领军企业，如果能够结合当地实际情况，选出一两个行业内领军企业，并在较大程度上满足这些企业的需求，最终达到引进该企业的目的，这将对该城市服务外包产业的未来发展产生至关重要的作用。首先，选择和锁定一批规模效益好、自主创新能力强、管理技术水平高、产品优势明显、市场潜力巨大的本地外包企业，集中市场资源、技术资源和资金资源等，实施重点扶持；建立健全重点扶持软件和外包企业机制，对重点企业给予政策、资金、发展机会等方面的优先支持。其次，重视服务外包的"工厂化"趋势，大力推广和实施严格的项目过程标准化管理体系，尽快使服务外包产业进入"大工业化"阶段。注重培育大型骨干龙头企业，尽快实现服务外包产业的规模经济。再次，真正要把服务外包业务产业化，不但要多培养几个像东软和中软这样的大型综合服务外包企业，还要把小外包公司集中起来，先规模化，再规范化，最后产业化，形成地区和城市服务外包产业化。最后的局面应该是既有专门做外包的大型服务商，也有综合的独立外包企业，将服务外包业有秩序地推向国际市场。

本章参考文献

［1］江小涓等：《服务全球化与服务外包：现状、趋势及理论分析》，人民出版社，2008。

［2］裴长洪：《利用外资与产业竞争力》，社会科学文献出版社，1998。

---

① 王娟：《中国与东盟国家服务贸易现状、结构与竞争力研究》，《亚太经济》2008年第2期，第57～58页。

［3］杨圣明：《关于服务外包问题》，《中国社会科学院研究生院学报》2006 年第
6 期。

［4］联合国贸发会议：《2004 年世界投资报告——转向服务业》，2005。

［5］林毅夫、蔡颖义、吴庆堂：《外包与不确定环境下的最优资本投资》，《经济
学》（季刊）2004 年第四卷。

［6］刘华文：《服务外包竞争战略——基于中国跨国公司的研究》，《广东商学院学
报》2006 年第 2 期。

［7］中国国际投资促进会、中欧国际工商学院、中国服务外包研究中心：《2007 年
中国服务外包发展报告》，上海交通大学出版社，2007。

［8］〔美〕迈克尔·波特：《国家竞争优势》，李明轩、邱如美译，华夏出版社，
2002，第 1 版。

［9］商务部亚洲司：《关于印度利用外资政策的调研报告》，2005。

［10］谭力文、田毕飞：《美日欧跨国公司离岸服务外包模式的比较研究及启示》，
《中国软科学》2006 年第 5 期。

［11］王根索：《国际服务外包转移与我国承接的对策》，《经济纵横》2005 年第
4 期。

［12］王贻志：《上海发展 BPO 产业的可行性分析及政策建议》，《现代服务业发展
研究》2005 年第 4 期。

［13］杨明、张诚：《服务业跨国公司对东道国产业竞争力作用分析》，《生产力研
究》2005 年第 10 期。

［14］詹晓宁、邢厚媛：《服务外包发展趋势与承接战略》，《国际经济合作》2005
年第 4 期。

［15］张金昌：《波特的国家竞争优势理论剖析》，《中国工业经济》2001 年第 9 期。

［16］张磊、徐琳：《服务外包（BPO）的兴起及其在中国的发展》，《世界经济研
究》2006 年第 5 期。

［17］赵萍：《中国服务外包竞争方略》，《中国外资》2006 年第 10 期。

［18］郑吉昌、夏晴：《服务业发展与产业集群竞争优势》，《财贸经济》2005 年第
7 期。

［19］对外经贸大学国际经济研究院课题组：《国际服务外包发展趋势与中国服务外
包业竞争力》，《国际贸易》2007 年第 8 期。

［20］金碚：《中国工业国际竞争力——理论、方法与实证研究》，经济管理出版
社，1997。

［21］张继彤：《产业集群、外包的竞争力差异及利用》，《农村经济》2005 年第
9 期。

［22］任利成、王刊良：《服务外包竞争力和产业附加值整合模型研究》，《现代管

理科学》2008 年第 9 期。

[23] 杨青、杜芸:《服务外包竞争力分析及政策选择》,《宏观经济管理》2008 年第 6 期。

[24] 鄂丽丽:《服务外包竞争力影响因素研究:基于中国的分析》,《经济问题探索》2008 年第 3 期。

[25] 孙晓琴:《我国服务外包城市竞争力评价研究》,《国际经贸探索》2008 年第 7 期。

[26] 王娟:《中国与东盟国家服务贸易现状、结构与竞争力研究》,《亚太经济》2008 年第 2 期。

[27] 李晶:《中国服务外包发展现状和对策研究》,吉林大学硕士学位论文,2009。

[28] 徐兴锋:《服务外包国家竞争优势分析及对策研究》,对外经济贸易大学博士学位论文,2007。

[29] 拉胡·森·沙伊杜·伊斯兰、刘雪芹:《全球外包浪潮中的东南亚:趋势、机遇与挑战》,《东南亚纵横》2005 年第 4 期。

[30] 章嘉林、浦美:《美国关于外包的争论及对中国的影响》,《社会观察》2004 年第 9 期。

[31] Alien, S. and Chandrashekar, A., "Outsourcing Services: the Contract is just the Beginning", *Business Horizons*, 2000, March – April.

[32] Ang, S. and Straub, D., "Production and Transaction Economies and Outsourcing: a Study of the US Banking Industry", *MIS Quarterly*, 1998, December.

[33] Argyres, N. and liebeskind, J. P., "Contractual Commitments, Bargaining Power and Governance Inseparability: Incorporating History into Transaction Cost Theory", *Academy of Management Review*, 24 (1), 1999.

[34] Arnett, K. P. and Jones, M. C., "Firms that Choose Outsourcing: a Profile", *Information and Management*, 26 (1994).

[35] Aubert, B., Rivard, S. and Patry, M., "A Transaction cost Approach to Outsourcing Behavior: Some Empirical Evidence", *Information & Management*, 1996.

[36] Azoulay, P., *The Many Faces of Outsourcing*: *Adjustment Costs*, *Transaction Costs*, *and Governance Spillovers*, Mimeo, Colombia University, 2000.

[37] Loh and Venkatraman, "Determines of Information Technology Outsourcing a Cross Setion Analysis", *Journal of Management Information System* 9 (1), 1992.

[38] Atkinson, "Understanding the Offshoring Challenge", *Policy Report*, 2004 (1).

第九章

区域经济合作与构建中国
自由贸易区战略

第一节 区域经济合作理论的演变

随着多边贸易体制、区域经济合作理论的日渐成熟，以及国际实践经验的不断丰富，积极参与和推动周边国家和地区的经济合作，实现区域经济与自由贸易区战略的协调发展，是中国开放型经济在 21 世纪必须面对的一个战略抉择问题，也是一个不可回避的深化开放的理论问题。因此，对区域经济合作理论进行梳理和分析，将会为国际经济合作实践提供一个更为理性的指导框架。

一般而言，区域经济合作理论分为以完全竞争模型为核心的传统区域经济合作理论、以不完全竞争为核心的修正的区域经济合作理论，以及 20 世纪 90 年代以来与区域经济合作有关的一些新理论。

一 理论分析的起点：概念的引出与界定

（一）区域概念的引出

区域（region）的定义可以是多角度的，但无论如何划分和界定，区域的内在基本属性还是比较确定的。正像美国著名的区域经济学家埃德明·M. 胡佛所说，"所有的定义都把区域概括为一个整体的地理范畴，因而可以从整体上对其进行分析"(Edgarm Hoover, Frank Giarratani, 1992)。作为整体的地理范畴,标准的区域属性是建立在区域共同利益的一般认识之上的,即区域内必定有某组事物具有同类性或联系性,而在区域间,则表现为差异性(曾坤生,1998)。因此,"区域"的概念,是相对意义上的,它既可以指几个相邻的国家或地区所组成的经济地带,也可以指一国内部相邻的经济地带。本书在不特别指明的情况下,通常是指前一种含义。

(二)区域经济合作概念的界定

冷战结束后,区域经济合作呈现加速发展的趋势,但迄今为止实现经济一体化的只有欧盟。经济合作不同于经济一体化,它们之间既有质的不同,也有量的差异。经济合作是指国与国之间在经济的各个方面或某些方面减少有差别的行为,而经济一体化是指消除形式上所说的一切差别。从这个意义上说,经济合作比经济一体化范围更广,更易实行。因此,广泛使用的"区域经济一体化"或"区域集团化"并不准确,而用"区域经济组织"或"区域经济合作"的概念比较合适。本书在一般情况下使用"区域经济合作"这一术语。

学术界虽然对区域经济合作存在着不同的解释和定义,但对其特定的内涵已经形成一定共识:区域经济合作是指地理位置相邻近的两个或两个以上的国家(地区),以获取区域内国家(地区)间的经济集聚效应和互补效应为宗旨,为促使产品和生产要素在一定区域内的自由流动和有效配置而建立跨国性经济区域组织的活动。

区域经济合作包含两层含义:一是指消除各种贸易壁垒以及阻碍生产要素自由流动的歧视性经济政策,形成经济实体扩大的客观融合;二是指要求参与国将部分国家主权让渡给通过签订条约共同建立起的超国家机构的主观协调。前者被学术界称为功能性区域经济合作,后者被称为制度性区域经济合作。

(三)区域经济合作形式的内涵与外延

1. 区域经济合作形式的内涵

按照关税以及贸易壁垒的设立、生产要素的流动、经济政策和政治政策的统一程度,区域经济合作一般可以划分为优惠贸易安排、自由贸易区、关税同盟、共同市场、经济同盟、完全的经济政治一体化六种形式。其合作特征如表9-1所示。

(1)优惠贸易安排(Preferential Trade Arrangements)。这是区域经济合

作最初级和最松散的形式，在优惠贸易安排中，成员通过协定和其他方式，对全部商品或一部分商品规定特别的关税。

表9-1　区域经济合作形式特征一览

合作特征	优惠贸易安排	自由贸易区	关税同盟	共同市场	经济同盟	政治同盟
全部取消关税	否	是	是	是	是	是
设立共同壁垒	否	否	是	是	是	是
不限制要素流动	否	否	否	是	是	是
统一经济政策	否	否	否	否	是	是
统一政治政策	否	否	否	否	否	是

资料来源：薛荣久：《经贸竞争与合作》，中国经济出版社，1997，第94页。

（2）自由贸易区（Free Trade Zone）。区内各方取消内部关税和非关税贸易堡垒，成员对外贸易等各项经济政策仍保持独立。

（3）关税同盟（Customs Union）。在自由贸易区的基础上，进一步建立统一的对外关税，从而在对外贸易政策上取得某种程度的一致。

（4）共同市场（Common Market）。除了统一的贸易政策外，各国间还实行各种生产要素（劳动力、资本、技术等）的自由流动。

（5）经济同盟（Economic Union）。它将协调机制延伸至成员国国民经济的几乎所有领域，在财政政策、金融政策、贸易政策、产业政策、区域发展政策和社会保障政策等方面达成一致，并谋求建立基于成员国部分主权让渡的超国家协调管理机制。

（6）完全的经济政治一体化（Full Economic Politic Integration）。这是区域经济合作的最高形式，它最终形成一套放大至区域范围的"国民经济体制"，超国家的管理机构享有相当充分的超国家主权，从而拥有区域内各国认可的经济、政治、社会诸领域的立法、行政和司法权。

2. 区域经济合作形式的外延

在区域经济合作的实践过程中，除了以上各种谋求不同层次的制度性安排的合作形式外，还出现了一类更关注功能性目标的所谓"开放的地区主义"的合作方式，以及其他的合作方式。

（1）开放性的区域经济合作。"开放的地区主义"突破了传统的区域经济合作模式，其本质特征在于它的开放性、非制度性、软约束性和它特有的经济合作机制。其开放性是指它要求其内部成员和区外成员彼此间相互开放和非歧视，以便减少经济交往中的障碍。它的非制度性表现在，它不是通过成员间签署条约和协议而成立并运作的合作组织，而是在自愿的基础上协商一致，通过成员间的一系列会议，以声明、宣言的方式作出承诺，推进合作进程的区域经济合作组织。它不是一个超国家的实体，不要求建立超国家的行政和决策机构，各成员拥有经济和管理的决策权，但需要建立成员间的协调和协商机构，这些机构只提出建议、行动方案或一般原则，以供参考。它坚持自愿联合、协商一致、不进行多边谈判的原则。

（2）次区域经济合作及单一目标的地区性经济合作。次区域经济合作是指地缘经济关系非常紧密的相邻国家之间，以整个国家或以局部地区，参与小范围然而更紧密的国际经济合作。在某种程度上，这是整个区域经济合作遇到阻碍后的次优选择。这类合作模式的特点是区域经济合作参与主体既可以是主权国家也可以是主权国家的某一地区，跨国性经济协作是其基本特征，这种合作的地理范围一般较小，但区域经济合作的程度往往更高、更深。例如，"图们江三角洲开发"、"新柔廖成长三角"都属此类。另外，还有单一目标的地区经济合作，例如"欧佩克"等能源或原材料产销地区性经济合作、"湄公河联合开发"性质的地区性资源开发合作等。

二　完全竞争模型——传统区域经济合作理论及其局限

国际经济学界对区域经济合作的研究，主要集中在两个方面，一是研究关税同盟对贸易的静态效应，二是研究关税同盟对贸易及经济增长的动态效应。虽然，区域经济合作的形式并不只局限于关税同盟，但从对关税同盟的研究中概括出的区域经济合作经济效应的一般理论可以适用于其他区域经济合作的形式，所以关税同盟理论被认为是区域经济合作理论的核心。

传统区域经济合作理论是以完全竞争为其核心假设条件的关税同盟理论，常被称作完全竞争模型。受到制度经济学派的"对内自由、对外保护"观点的影响，该理论重点分析区域内部取消关税和对外采取统一关税所引起的贸易流量和社会福利的变化。

传统区域经济合作理论的假设条件是完全竞争、生产成本不变、运输成本为零、一种商品的世界市场价格等于成本最低国家的生产成本。它以"贸易创造"和"贸易转移"效应为基础，对"生产效应"、"消费效应"

进行了分析，对"贸易条件效应"也进行了一定的探讨。它蕴涵了一些动态的因素，但主要以静态分析为主。

（一）关税同盟对贸易流量的影响：贸易创造和贸易转移效应

维纳（Jacob Viner）1950 年最早提出了分析关税同盟的局部均衡框架，他认为关税同盟的建立，会产生贸易创造（trade creation）和贸易转移（trade diversion）两种效应。

贸易创造效应是指在关税同盟内部取消关税堡垒后，某些成员国的一些国内生产成本较高的商品被其他成员国生产的成本较低的商品所替代，产生了新的贸易。贸易创造效应使规模效益提高，竞争加强，促进了区域内各方经济发展，进而带动了整体对外贸易的发展。

贸易转移效应是指关税同盟对外实行统一的保护关税，使得原来从非成员国进口的廉价商品被同盟内成员生产的较昂贵的商品取代，贸易从外部转移到关税同盟内的一种效应。

贸易创造增加福利，而贸易转移往往会减少福利。具体分析，如图 9 - 1 和图 9 - 2 所示。

图 9 - 1 中的 Sa 和 Da 分别表示 A 国的供求曲线，Sb 和 Sc 分别代表 B 国和 C 国的出口供给曲线。P_1P_3 为关税同盟成立以前，A 国的进口关税，当时 A 国国内所需的某种产品全部由国内供给，国内均衡点为 A，价格为 P_1，供求量为 Q_1。当 A、B 两国成立关税同盟后，B 国产品可以进入 A 国市场，但 C 国依然被排除在外，这时，价格降为 P_2，国内需求从 Q_1 增至 Q_2，其中 A 国供给为 Q_3，从 B 国进口 Q_3Q_2。

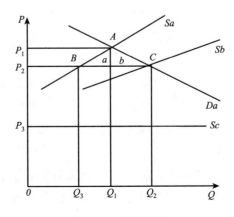

图 9 - 1　贸易创造

贸易创造给 A 国带来多方面的利益：首先，由于同盟国低成本产品部分地替代了国内高成本的产品供给（Q_3Q_1），使 A 国节约了相当于 a 面积的生产成本。但国内生产者的剩余减少了相当于 ABP_2P_1 的面积。其次，由于消费规模的扩大，增加了相当于 ACP_2P_1 面积的消费者剩余。从分配的角度看，生产者损失的剩余转变成了消费者的剩余，关税同盟使 A 国国民总体福利得到了相当于 $a+b$ 面积的增加。

图 9-2 中，忽略掉 A 国供给，A 国的国内需求依靠 B 国和 C 国的供给。A 国的进口关税为 P_1P_3。A 国全部需求都依赖 C 国，A 国的国内市场价格为 P_1，进口量为 Q_1。当 A 国、B 国成立关税同盟后，A 国的国内价格为 P_2，进口量为 Q_2。

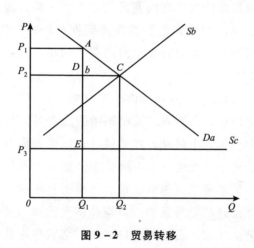

图 9-2　贸易转移

这样，A 国为了保持原来的进口规模，必须增加相当于 P_2P_3ED 面积的出口产品，消费者剩余为 ACP_2P_1，同时损失了相当于 AEP_3P_1 面积的关税收入，从总的国民福利来看，关税同盟使 A 国增加了相当于 b 面积的消费者剩余，但损失了相当于 P_2P_3ED 面积的国内资源。如果 $P_2P_3ED > b$，A 国就会出现国民净损失。

贸易创造效应符合自由贸易的原则，而贸易转移效应则相反，所以关税同盟的净效应取决于贸易创造效应和贸易转移效应的相对性。对世界经济而言，贸易转移是一种福利损失，贸易创造是一种福利增加。不过，贸易转移对区内国家来说，是一种福利增加。对成员内部来说，关税同盟对成员的福利和经济发展的影响一般是积极的。

（二）关税同盟对世界福利的影响：生产效应、消费效应和贸易条件效应

生产效应（Production Effects）是指由关税同盟的形成所引起的生产成本的节约或增加。如果关税同盟的形成使一国能从同盟国进口比较低廉的商品来替代国内较为昂贵的商品的话，这种效应就称为正生产效应；反之，如果某种商品的供应由生产成本较低的第三国转向成本较高的同盟国时，造成生产成本增加，就称为负生产效应。在生产成本不变的情况下，关税同盟所引起的正、负生产效应均由成员国来承担。

消费效应（Consumption Effects）是指在假定关税同盟国的消费模式不变的条件下，关税对消费的影响。进口关税常常限制本国消费者对进口商品的需求，而关税的降低或取消则往往促使本国消费者购买更多的进口商品，并减少对本国相对质次价高的商品的需求。这样，即使生产效率没有提高，实际收入也会因交换和消费的改善而提高。有关学者的研究表明，关税同盟取消内部关税所增加的成员国消费者的福利，超过其负生产效应对世界福利的消极影响。

贸易条件效应（Terms-of-trade Effects）是指关税同盟所引起的一系列效应对贸易条件的短期和长期影响。关税同盟的成立可能导致有关国家的净商品贸易条件发生变化，在贸易转移条件下，如果非成员国出口商品的供给弹性小、供给量又充分大时，由于同盟成员进口需求的大量下降会造成供给过剩，所以在新市场没有形成之前，价格必然下跌，这样非关税同盟成员的进口国会有较好的贸易条件。但当经济大国参与关税同盟后，往往会导致区域内成员从区域外成员的进口减少，区域外成员的出口商品价格趋于下跌，贸易条件恶化。

一般认为，若关税同盟太小，不能影响世界市场价格时，其出口需求弹性和进口供应弹性均可视为无限大，该同盟的形成不影响整个同盟的贸易条件；反之，较大的经济同盟对区域外商品的需求弹性较大，而区域外对同盟商品的需求弹性较小，关税同盟越大，越可能改善同盟贸易条件。阿德特（Arndt，1968，1969）曾专门对此作过详细分析，阿德特在一个包括3~4个国家的一般均衡分析模型中，证明了如果关税同盟所包含的国家数目足够大，那么关税同盟会改善其成员的贸易条件。肯普和万（Kemp & Wan，1976）证明组成关税同盟之后，同盟外的国家的福利不会受损，同盟内的国家的福利将会得到改善。

（三）传统区域经济合作理论的局限

传统区域经济合作理论，基本上是指 20 世纪 70 年代以前的关税同盟理论。70 年代以后，国际经济学界认为传统区域经济合作理论存在以下缺陷。

首先，偏重静态效应分析，忽略了关税同盟的动态效应分析。通常来说，静态分析可以作为理论分析的起点，但它往往不能作为理论分析的终点。传统的关税同盟理论对贸易创造与贸易转移效应以及贸易条件效应的分析都是静态的，仅仅涉及资源的重新配置，没有进一步分析关税同盟的动态效应，即关税同盟对成员国就业、产出、国民收入、国际收支和物价水平造成的影响。传统关税同盟理论最起码忽略了两个比较重要的动态效应：规模经济和国际分工促进。虽然，关税同盟的动态效应就其本质而言是模糊不清的，很难加以度量，但它可能比静态效应更重要。

其次，偏重于对福利影响的分析，忽略了对经济增长影响的分析。传统区域经济合作理论的静态分析方法，使它自然而然地偏重于分析关税同盟对福利的影响，而忽略了对经济增长的动态性分析。这突出表现在：它假定技术条件不变、忽略生产要素流动和假定国际收支自动平衡等方面。

再次，偏重于总量分析，忽略单个分析。传统区域经济合作理论假定在剔除运输成本、税收差异后，区域内贸易商品的价格在各国市场上相等，所以它注重研究总量问题，而忽略市场结构、企业行为和制度因素，不能解释关税同盟对贸易的全部效应。

最后，传统区域经济合作理论适用范围有限。由于以静态、一般均衡分析为工具，传统区域经济合作理论无论在解释现实还是在规范行为方面都存在种种缺陷，这使它的适用范围受到限制。另外，它注重于发达经济忽略发展中经济，因此，不适用于发展中国家和地区。

三　不完全竞争模型——修正的区域经济合作理论

动态效应分析的欠缺是传统区域经济合作理论的最大缺陷，所以，强化动态效应的分析是对传统理论创新的一个重要突破点。由于动态效应的基础主要在于结成关税同盟的各个国家的市场存在着不完全竞争的情形，而这一点又与现实生活十分接近，因此，对传统关税同盟的假设条件"完全竞争"和"规模报酬不变"的质疑形成了对传统理论最有力的冲击。循着这一思路，20 世纪 80 年代以来，区域经济合作理论已从传统的完全竞争模型扩展到不完全竞争模型，下面就是对修正的区域经济合作理论的简要介绍。

（一）规模经济效应与大市场理论

新的国际贸易理论是在"规模经济"和"不完全竞争"两个假设的基础上发展而来的。区域经济合作理论作为国际贸易理论的组成部分，也充分吸收并借鉴了新国际贸易理论的精髓，引入了"规模经济"和"不完全竞争"的概念，并将理论引向了动态分析的角度，对规模经济效应、竞争促进效应和投资刺激效应进行动态分析。

规模经济效应是指关税同盟建立后，由于成员生产规模扩大而产生的效应。在相互隔离的市场中，厂商生产规模受到市场的限制，如果市场是静止的，或只是在缓慢地扩张，单个厂商为扩大生产规模必须从竞争者手中争夺市场，由此所付出的巨大销售成本，可能会使其无利可图。但是，如果原来分离的几个市场实现统一，整个市场的扩展足以允许厂商扩大生产规模而且不必为争夺市场而战斗，那么就可以比较顺利地实现规模经济。关税同盟的建立还可以为成员之间进行高度的专业化分工、协作提供便利，同时，市场扩大可能导致的大规模生产也有利于降低生产成本和研究开发费用，提高劳动力和生产设备的使用效率，使成员国企业从规模生产中受益。

大市场理论是建立在规模效应基础上的，它主要阐述共同市场的性质和作用，并重点分析了欧共体的经济贸易发展状况。这一理论认为要利用制度性安排把被保护主义分割的孤立市场统一成大市场，然后通过大市场的激烈竞争，产生规模效益，并使生产要素实现更为有效的组合，进而使成员国从中受益。盖思里克（Gasiorek）等人1992年利用收益递增模型，对区域经济合作与生产率之间的相关性进行了论证，在考察了欧共体的建立对制造业的影响后，他们发现区域经济合作与生产率之间存在较高的相关性，欧共体一体化所产生的利益占其GDP总量的百分之一。

（二）关税同盟的其他动态效应：竞争促进效应与投资刺激效应

竞争促进效应是指关税同盟成员相互间取消关税后，迫使企业参与竞争而产生的效应。随着关税同盟的形成和区域内关税的废除，使原本彼此隔绝的各国市场上的厂商之间有可能迅速兴起竞争之风。首先，统一市场的形成使竞争者数目大大增加，加剧了竞争程度，同时关税的取消，使原本被保护的企业为了生存，就必须革新技术，提高生产经营效益，增强竞争力。由于创新与发明可以增强大厂商的垄断势力，所以在随市场扩张实现规模经济的产业中，较大的厂商很可能会凭借自身的规模优势，投入大量的资金用于研究与开发活动，以扩大它们在市场中的影响。从这一点上讲，关税同盟的建立有助于技术进步和生产效率的提高，而且使区域内部保持着旺盛的市场活力和创新机制。

投资刺激效应是指关税同盟建立后引起的投资增长所产生的效应。关税同盟的建立，将导致企业专业化生产和企业生产规模的扩大；同时，增加企业之间的竞争程度，加快技术改进和技术更新的速度。另外，资本、劳动等生产要素的流动，将会进一步促进生产要素的合理有效配置。上述因素将会加快区域内成员增加投资、吸引投资的进程。关税同盟的形成，将使区域内资本为提高投资回报率而进行重新配置；同时，区域外资本也会因区域内较高的收益率而流入区域内，这样区域合作就为刺激区域内投资、吸引区域外投资提供了更大的可能性。

（三）关税同盟理论的现实性思考：对较成功的关税同盟组建条件的概括

一般来说，关税同盟在以下条件下，更有利于实现贸易创造，增加成员福利，可能取得较好的效果。首先，组成关税同盟前成员国之间的关税壁垒越高，同盟成立后，成员相互之间贸易创造的可能性就越大；关税同盟与同盟外国家的贸易壁垒越低，贸易转移的损失就越小。其次，关税同盟的规模越大，低成本的生产者越多，成员国之间的地理位置越近，运输成本越低，成员之间贸易创造的障碍就越小，贸易创造的可能性就越大。再次，组建关税同盟前，成员之间的经贸关系越密切，就越可能使福利明显增加。最后，成员之间的竞争性越大，同盟形成后，内部专业化分工就越容易进一步深化发展，贸易创造的机会就会越大。因此，形成关税同盟的成员一般都是经济发展水平相近的国家，而非互补性的国家。

四　20世纪90年代以来区域经济合作理论的新进展

20世纪90年代以来，围绕区域经济合作这一主题，又出现了一些新的理论与模型，比较重要的有：关税同盟的非合作博弈模型、克鲁格曼的贸易集团模型、地区经济主义贸易保护理论和地区主义的多米诺理论。

（一）博弈方法的引进：关税同盟的非合作博弈模型

近年来，区域经济合作理论在研究关税同盟的政策选择方面，出现了新的突破，产生了"内生的一体化理论"。这个理论主要被用于关税同盟对最佳共同关税的选择问题。

1991 年盖兹斯（Gatsios）和卡普（Karp）提出的关税同盟的非合作博弈模型，是"内生的一体化理论"中比较有代表性的一个模型。该模型引入了博弈论的一些分析方法，对共同关税的选择进行初步的探讨（薛敬孝等，1998）。

该模型的假设条件如下：①关税同盟中只有两个成员，A 国和 B 国，关税同盟对外关税的制定权可以给任意一成员；②在制定共同对外关税时，政策制定者（A 国或 B 国）的行为是策略性的，即政策制定者会考虑世界上其他国家的反应；③关税同盟的关税为 T，世界其他国家的关税为 t，关税同盟内成员的福利为 $Wi(T, t)$（$i = A, B$），世界其他国家的福利为 $W'(T, t)$。

当关税同盟的成员 i 是关税同盟对外关税政策的制定者时，对应于任意一个给定的世界其他国家的关税 t，成员 i 都会选择一个使自己福利最大化的共同对外关税，这个关税是世界其他国家关税 t 的反应函数，表示为 $Ti(t)$。如果关税同盟内的两个成员各方面水平比较相似但不完全相同，那么它们的反应函数也会比较接近但不完全相同。与之相对应，世界其他国家的反应函数可表示为 $t(T)$。

在图 9 - 3 中，A 和 B 分别是 A 国为政策制定者时的均衡状态和 B 国为政策者时的均衡状态。曲线 W 是通过 A 点、福利水平为 W 的 A 国的等福利曲线（W 越接近横轴，福利水平越高）。T_1，T_2 与 t_1，t_2 是最佳关税水平。

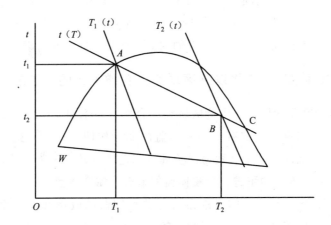

图 9 - 3　两成员关税同盟的非合作博弈模型

从图9-3中可以看出，由于通过 B 点的 A 国的等福利曲线位于 W 的下方，所以对于 A 国来说，当 B 国为关税同盟的关税政策制定者时，A 国的福利会更高，为此，A 国会选择把关税同盟政策的制定权给 B 国。由此可见，关税同盟的最佳共同政策的选择不仅取决于同盟与世界其他国家的策略行为，还取决于同盟内部成员对于对外政策制定的选择。

（二）克鲁格曼的贸易集团模型

克鲁格曼（Krugerman）作为新贸易理论的代表人物，开创了国际贸易理论研究的新领域，他在区域经济合作的研究中也颇有建树。近年来，随着区域经济合作的蓬勃发展，区域经济合作对多边贸易体制产生了一定的影响。它一方面消除了区域内贸易障碍，推进了贸易自由化进程；另一方面，又可能会对非成员国采取与多边体制相违背的歧视性政策。同时，区域合作安排无法在改善成员福利的同时，保证不降低世界其他国家的福利。为此，区域经济合作对多边体制或全球化贸易自由化是有利还是有弊，成为理论界争论的焦点。目前区域经济合作的研究重心也已从传统的区域经济合作对内部的影响转向对整个世界经济的影响。

在"区域主义和多边主义"（Regional Vs. Multilateralism）的讨论中，克鲁格曼1991年认为，当世界上区域经济合作组织的数目减少时，每个区域经济合作组织在其他组织内的市场份额将会有所上升，区域经济合作组织在世界经济中的垄断程度会有所加强。按照盖兹斯和卡普的非合作博弈模型，每个区域经济合作组织的最佳对外关税将会提高，由此会引发贸易转移因共同对外关税的上升而加重的现象，最终区域经济合作会导致世界福利下降，并造成福利损失中来自贸易转移的部分要远远大于来自最佳关税上升的部分。但1993年克鲁格曼通过贸易集团模型证明情况并非一直如此，世界福利与贸易集团数量之间的关系是一种 U 形关系（薛敬孝等，1998）。

克鲁格曼为研究贸易集团数量对世界福利影响，建立了贸易集团模型，模型的基本假设如下：①世界上存在 N 个完全相同的国家，被分成 B（$B \le N$）个贸易集团。当 $B = N$ 时，每个国家都是一个贸易集团，也就是不存在区域一体化安排；当 $B = 1$ 时，所有国家组成一个贸易集团，即全球经济一体化。②在每个贸易集团内部，取消成员间贸易壁垒，遵循集团福利最大化原则对非成员国实施共同关税。③假设每个国家专门生产一种产品，并且与其他国家的产品不完全替代，所有国家的偏好均相同。

模型中的假设条件可用下列效用函数表示：

$$U = \left[\sum_{i=1}^{n} Ci \right]^{\frac{1}{\theta}}, \quad 0 < \theta < 1 \tag{9-1}$$

其中，Ci 是 i 产品的消费量，i 产品的替代弹性为 $\sigma = 1/(1-\theta)$，经变换，式（9-1）可写为：

$$U = \{B/[(1+t)^{\sigma} + B - 1]\}[1 - B(1+t)^{\sigma\theta}]^{\frac{1}{\theta}} \tag{9-2}$$

由于关税是 B 的函数，可得出最佳关税 t' 与集团出口份额 S 分别为：

$$t' = 1/[(1-S)(\sigma - 1)] \tag{9-3}$$

$$S = [(1+t)^{\sigma} + B - 1]^{-1} \tag{9-4}$$

由式（9-3）和式（9-4），可以确定 B 对关税与福利的影响。

图 9-4 表明，共同关税随着 B 的增加而下降。图 9-5 显示，世界福利在 $B=1$ 时，即全球自由贸易情况下达到最大，世界福利与贸易集团的数量之间呈现出 U 形关系。也就是说，在区域经济合作浪潮的初期，区域一体化安排会使世界福利恶化，少数国家之间的贸易自由化所带来的福利无法弥补它们因共同对外政策导致的贸易转移所造成的福利损失。随着 B 下降到 B_0，世界福利达到最小，但当区域经济合作发展程度超过这一界限后，由于大多数国家参加了贸易集团，世界范围内贸易保护程度大大降低，全球自由化进程得到了加速。这时，贸易集团数量下降导致关税上升，但关税上升所造成的贸易转移效应，要低于贸易创造效应，世界福利会随着区域经济合作的发展而改善。当 $B=1$，实现全球自由化时，世界福利达到最大。

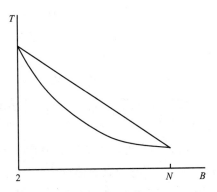

图 9-4　共同关税与贸易集团数量的关系

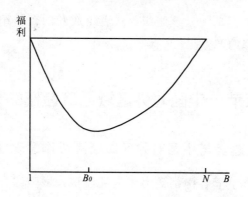

图 9 - 5　世界福利与贸易集团数量的关系

（三）其他与区域经济合作相关的理论探讨

蒂姆·郎（Tim Lang）和科林·海兹（Colin Hines）提出的地区经济主义贸易保护理论是 20 世纪 90 年代以来，最具广泛影响力的新贸易保护理论之一。该理论认为自由贸易政策存在着自身固有的缺陷，在目前的情况下，实行自由贸易弊大于利。地区经济主义者认为实现经济发展、公平贸易和环境的持续协调发展的重要途径是加强地区间的经济合作。实行地区经济主义的贸易保护政策不但可以充分利用本国或本地区的经济资源，增加当地就业，推动传统产业进行技术创新，减少过度竞争，促进本国或本地区的经济增长，而且有利于改善资源出口型发展中国家的经济结构，缩小与发达国家的经济差距。同时，由于地区经济独立性的提高，国际贸易比重的下降，使得任何对环境不利的影响都将在当地变为现实，这会使人们增加环保措施，不再简单地将污染产业转移到国外，从而有利于世界环境的保护和改善。所以，地区主义者认为地区间的合作应优先于全球范围的自由贸易。同时为了使地区经济优先发展，实现贸易平衡和保护世界环境，必须制定一套新的贸易规则来确保这些目标的实现。

瑞士日内瓦国际研究院的理查·鲍德温教授 1993 年提出的"地区主义的多米诺理论"（Domino Theory of Regionalism）从另一种角度，解释了 20 世纪 80 年代以来区域经济合作发展和形成的原因。其基本观点是具有特异性质的地区主义事件会引发多重影响，有可能会推倒一系列的国家间双边贸易壁垒。当某一区域经济合作组织在加深原有组织的一体化程度时，必然产生贸易和投资转向，而这种转向会对非成员国产生经济压力，压力的大小与该区域经济合作组织的规模密切相关，非成员国为避免自身经济利益受到损失，或者谋求加入该组织，或者组成新的合作组织，进而导致一系列区域合作组织的产生。

第二节 中国对外区域经济合作的现状

一 全球化趋势与中国对外区域经济合作的现状

冷战结束后，世界各国都致力于发展经济，增强综合国力。为了占有更多的国际市场份额，发达国家重新掀起了在亚非拉划分势力范围的高潮，发展中国家为了加快经济发展，赶上世界经济发展的步伐，也纷纷与邻近的发展水平相近的国家结成区域经济合作组织，或与发展水平较高的发达国家建立自由贸易区。区域经济合作对整个世界的经济增长和国际贸易的发展产生了深刻而复杂的巨大影响。

（一）大势所趋：世界范围内区域经济合作的蓬勃发展

出现于 20 世纪 50 年代末期的区域经济合作，到 80 年代逐渐形成一种不可抗拒的潮流。据日本贸易振兴会统计，世界上现有地区贸易协定 194 个，其中已经生效的有 107 个，其中 1/3 是 1990～1994 年间建立的，绝大多数国家都参加了一个或几个经济合作组织（山襄，1999）。

随着区域经济合作组织规模的扩大和结构的变化，它对国际贸易和世界经济的影响也日趋明显，逐步成为一股不可忽视的力量。实现区域经济合作以后，成员经济优势能够进一步发挥，区域内生产布局更趋合理，劳动分工进一步加深，新技术成果从研制到生产的周期大大缩短，劳动生产率得到极大提高。据估计，欧盟建成统一市场后的经济总效益是：国内生产总值增长率提高 4.5～7 个百分点，通货膨胀率下降 4.5～6 个百分点，额外创造 180 万～500 万个就业机会（杨成绪，1999）。20 世纪 90 年代中期，仅欧盟、北美和亚太三大区域经济合作组织就涵盖了全球 48.4% 的人口、81.2% 的国内生产总值和 83.6% 的贸易额。

不仅如此，区域经济合作组织的整体贸易实力也得到了迅速提升。20 世纪 80～90 年代，主要区域经济合作组织中，除了部分因主要成员的经济衰退，出口增长率低于世界平均水平外，绝大多数的年均出口增长率都高于世界平均水平。欧盟出口占世界总出口的比重由 1985 年的 37.80% 上升到 2008 年的 51.01%；亚太经合组织出口占世界总出口的比重由 1985 年的

38.90%上升到 2008 年的 44.90%；北美自由贸易区出口占世界总出口的比重从 1985 年的 17.40% 提高到 2008 年 23.50%；东盟也由 1985 年的 3.90% 增加到 2008 年的 6.08%；南方共同市场比重则有所下降，从 1985 年的 1.90% 下降到 2008 年的 1.32% （见表 9 - 2）。

表 9 - 2　主要区域经济合作组织出口额占世界出口总额的比重

单位：%

年　份 组织名称	1985	1990	1995	1998	2000	2008
亚太经合组织	38.90	38.90	46.30	45.30	45.20	44.90
欧洲联盟	37.80	44.10	39.80	35.50	34.70	51.01
北美自由贸易区	17.40	16.20	16.80	18.40	18.90	23.50
东盟	3.90	4.30	6.30	6.10	6.60	6.08
南方共同市场	1.90	1.40	1.40	1.50	1.30	1.32

注：出口值只包括货物出口，不包括服务贸易。由于对出口的计算一直回溯到 20 世纪 80 年代，而绝大多数区域合作组织是在此之后才成立的，其成员也一直变化，因此，以现有成员为基础的统计是一种估算。

资料来源：WTO 官方网站，《世界银行 2000 世界发展指标》，中国财政经济出版社，2000，第 329 页。

与此同时，区域经济合作组织的区域内贸易的优先发展是区域经济合作的典型特征。表 9 - 3 说明，1990 ~ 2008 年，各区域经济合作组织区域内贸易占出口总额的比重或者维持较高的水平，或者有明显提高。其中亚太经合组织、欧盟都维持在一个较高的水平上，如亚太经合组织在 20 世纪 90 年代大致保持在 70% 左右的水平；欧盟由于 90 年代经济较为萧条，内部贸易发展有所减慢，比重略微下降，但自欧盟成立和欧洲统一大市场形成之后，欧盟的贸易呈现迅速回升之势，总体水平一直保持上升态势。北美自由贸易区、南方共同市场和东盟都呈现比重上升之势。其中，南方共同市场尤为明显，从 1990 年 8.90% 上升到 2008 年 14.95%，提高了 6.05 个百分点，提高幅度为 68%；东盟则从 1990 年的 18.90% 上升到 2008 年的 25.47%，提高了 6.57 个百分点，提高幅度为 34.76%；北美自由贸易区的增幅也较为明显，从 1990 年 41.40% 增加到 2008 年的 49.75%，增加了 8.35 个百分点，提高幅度为 20.2%。

表 9 - 3 1990～2008 年部分区域经济合作组织区内贸易额占出口总额的比重

单位：%

年份 组织	1990	1995	1998	2000	2008	1990～2008 年增加 百分点数
亚太经合组织	68.50	72.00	69.70	72.60	69.00	0.50
欧洲联盟	65.90	62.40	55.20	61.80	67.37	1.47
北美自由贸易区	41.40	46.20	51.70	56.00	49.75	8.35
东盟	18.90	24.30	20.40	23.70	25.47	6.57
南方共同市场	8.90	20.30	25.10	21.20	14.95	6.05

注：出口值只包括货物出口，不包括服务贸易。

资料来源：WTO 官方网站 www.wto.orc。

区域经济合作组织的迅速发展使得区域经济合作组织的整体实力得到加强，区域内成员之间关税和非关税壁垒的相互削减甚至取消使内部贸易比重日益加大。随着区域性经济合作组织整体经济实力的增强和贸易量的增加，与非成员的贸易交往也必然增多。当然，区域性经济合作组织内部的优惠措施具有排他性，这将增加成员国与非成员国进行贸易交往的难度。为了绕过区域经济合作组织的关税和非关税障碍，区域外成员纷纷通过加强投资的方法，来保持和扩大其在区域经济合作组织内部的市场。而且区域外国家为了进入区域内部的市场，达到区域内市场对产品技术规格的需求，就必然会努力提高自身产品的国际竞争力，从而把国际贸易的水平提高一个台阶。

（二）从全球视角看中国对外区域经济合作的现状

中国、日本和韩国是世界上仅有的几个参与主要制度性区域经济合作组织较晚的、有较强经济实力的国家。如表 9 - 4 所示，世界银行的统计资料显示，2009 年在世界 GDP 前 20 位的国家和地区中，有 17 个是区域性的自由贸易协定或关税同盟的成员，只有 3 个国家游离于全球主要的制度性区域经济合作组织之外，分别是日本、中国、韩国，其 GDP 世界排名分别为第 2 位、第 3 位和第 15 位。虽然，中、日、韩都是亚太经合组织的成员，但亚太经合组织是一个开放性的非制度化组织，成员之间不缔结自由贸易协定。

值得注意的是，几个主要的区域经济合作组织的成员的 GDP 排名都比较靠前，北美自由贸易区的三名成员美国、加拿大、墨西哥分别位居第 1 位、第 10 位和第 14 位；欧盟的核心成员有 8 位位居全球 GDP 排名前 20

位。可以说，上述国家强大的经济规模和实力，或多或少得益于区域经济合作组织的形成与发展。

表 9 – 4 2009 年世界 GDP 前 20 位的国家和地区及其加盟的地区贸易协定

排 名	国 别	GDP（亿美元）	占世界比重（%）	所加盟的主要地区贸易协定
1	美 国	142563	24.05	NAFTA
2	日 本	50653	8.55	—
3	中 国	49092	8.28	—
4	德 国	33576	5.66	EU
5	法 国	26798	4.52	EU
6	英 国	21861	3.69	EU
7	意 大 利	21213	3.58	EU
8	巴 西	15769	2.66	南方共同市场
9	西 班 牙	14661	2.47	EU
10	加 拿 大	13394	2.26	NAFTA
11	印 度	12329	2.08	南亚特惠贸易协定（SAPTA）
12	俄 罗 斯	12282	2.07	CIS（独联体）经济同盟
13	澳 大 利 亚	9892	1.67	经济合作紧密化协定（CER）
14	墨 西 哥	8759	1.48	NAFTA
15	韩 国	8329	1.41	—
16	荷 兰	7942	1.34	EU
17	土 耳 其	6176	1.04	欧洲自由贸易联盟（EFTA）
18	印度尼西亚	5419	0.91	EU
19	瑞 士	4932	0.83	欧洲自由贸易联盟（EFTA）
20	比 利 时	4711	0.79	EU
20 国合计		470351	79.35	—
世界总计		592771	100.00	—

注：2010 年 1 月 1 日，中国—东盟自贸区全面建成。

资料来源：根据世界银行网站 www.worldbank.com 的有关数据统计计算。

中国作为发展中国家，在融入世界经济过程中，需要依靠区域经济合作组织的力量，维护自身利益，增强经济实力，参与全球规则的制定。游离于区域经济合作组织之外的状况使中国不仅不能得到区域合作的利益，而且还可能受到不同程度的排斥。所以，无论是从维护本国利益出发，还是从顺应世界经济发展趋势的角度出发，中国都有必要参与或倡导成立区域经济合作组织，并将其作为中国发展对外贸易、促进经济增长的主要措施之一。

二 特殊背景：从自身角度看中国对外区域经济合作的现状

从中国自身的角度看，随着对外开放与经济的发展，中国对外区域经济合作取得很大进展，如已经参与了开放性的区域经济合作组织 APEC，并在近几年着力推进与东盟的"10 + 1"进程，并于 2010 年初全面建成中国—东盟自由贸易区。同时利用地缘优势积极与周边国家进行区域与次区域经济合作。总体看来，以中国内地与港澳台为核心、以参与合作程度较高的次区域经济合作和参与合作层次较高的功能性区域经济合作组织为手段、以积极倡导与建立新的区域经济合作组织为导向的中国对外区域经济合作框架正在逐步形成。

（一）中国内地与港澳台：由缺乏正式机制的区域经济合作到 CEPA 和 ECFA 的签订

由中国内地、香港、澳门和台湾组成的大中国经济区，是一个没有正式贸易协议，但颇具实质性意义的区域经济合作地域，其显著特点是大规模的区域内贸易与投资。据统计，1979 ~ 1990 年该地区区域内贸易占总贸易的比重由 10% 上升到 35%（Randall Jones, Robert King & Michael Klein, 1992）。大陆的廉价劳动力和资源，台湾的资金、技术和管理经验，以及香港作为贸易、融资中心的媒介作用，都为这个区域的贸易高速发展奠定了坚实的基础。

20 世纪 80 年代以来，香港将制造业基地北移到华南地区，在推动中国内地产品出口，引进国外的资金、技术、管理经验方面发挥了积极的作用。台湾以间接贸易的方式使两岸经贸关系快速成长，随后，又通过民间、单向、间接的方式，将部分产业向中国内地转移，不仅解决了台湾产业转型困难的问题，也支持了大陆的经济建设。

内地与港澳台地域相连，文化相通，从贸易中彼此受惠颇多，已经形成了一个稳固的、以加工贸易为主的"大南部中国"贸易模式。这种贸易模式，加速了商品市场一体化的进程。同时，制造业生产的国际化密切了相互之间的经济联系，香港和台湾对内地的直接投资使它们对内地的依赖性越来越强。

在这种合作基础上，2003 年，中国政府先后同香港、澳门签订了《内地与香港关于建立更紧密经贸关系安排》（CEPA）及《内地与澳门关于建立更紧密经贸关系的安排》，并根据实际合作情况，对协议内容加以补充完善。以逐步取消货物贸易的关税和非关税壁垒，逐步实现服务贸易自由化，促进贸易投资便利化，提高内地和香港之间的经贸合作水平，最终实现共同发展。

2010 年 6 月，海峡两岸关系协会会长陈云林与台湾海峡交流基金会董事长江丙坤在重庆签署了《海峡两岸经济合作框架协议》（ECFA），开启了大陆与台湾经贸合作的新局面。该协议的签订有利于推动两岸经贸关系发展，促进彼此之间的经贸往来。

（二）中国与东亚：在互动中推进的区域经济合作

中国一直与东亚各国保持着良好的经济互动关系，可以说，中国被纳入世界经济和国际分工体系是从同东亚的经济互动开始的。在中国的进出口贸易、外国直接投资总额中，东亚所占的比重均在50%以上，由此可以看出东亚对中国经贸发展的重要性。在一定意义上，东亚是中国的立足之地，但目前东亚地区没有形成一个整体性的区域经济合作组织，现有的东盟的范围没有完全涵盖整个东亚，而亚太经合组织的区域范围又过大，而且组织功能和调整力度十分有限。

20 世纪90 年代以来，中日、中韩、中国与东盟的经贸关系有了突飞猛进的发展。日本成为中国的第二大投资国，而且是中国对外经贸关系增长最快的国家之一，90 年代中日双边贸易以年均20%的速度递增。韩国、东盟是中国的近邻和日益重要的贸易伙伴。中韩关系自70 年代以来，从无到有，发展迅速。虽然，东盟与中国因出口结构趋同而一度出现出口非同步增长，但总趋势是向互补性更强、依存度更高的方向发展，特别是在1994 年以后，双方经过结构调整，贸易量以20%以上的速度递增。

从中国和东盟合作的历史进程来看，1994 年中国与东盟经贸联委会成立，它启动了双边在经贸领域的全面合作机制。进入20 世纪90 年代以来，除了因1990 年中国经济紧缩和1998 年亚洲金融风暴的冲击，双方贸易出现较大滑坡外，其余年份中国和东盟国家之间的贸易额基本保持着25%以上的年均增幅，特别是1993 年中国大力推行市场经济和1997 年中国经济实现软着陆这两个年头，中国和东盟国家的贸易额分别同比增长71%和50%。统计资料显示，中国和东盟之间的贸易额近年来大幅飙升，2000 ~ 2008 年间，东盟和中国双边贸易以26.7%的年增长率递增，2008 年中国与东盟贸易总额达 2311.2 亿美元，同比增长 13.9%。目前，中国已经是仅次于日本和欧盟的东盟第三大贸易伙伴。特别是在 2010 年 1 月 1 日，中国—东盟自由贸易区全面启动，为区域经济大合作大发展带来无限机遇。

（三）中国与亚太经合组织：功能性区域经济合作的实践

成立于 1989 年的亚太经济合作组织（APEC）是一个论坛性质的、开放的非制度化区域经济合作组织。现有 21 个成员，总人口占世界人口的 45%，GDP 占世界 GDP 的 55%，贸易额占全球贸易额的 46%，在全球经济活动中具有举足轻重的地位。1991 年，中国内地作为主权国家，中国香港和中国台北作为地区经济体同时加入 APEC。

2009 年中国与 APEC 其他成员的贸易额达 1.43 万亿美元，占中国贸易总额的 64.7%。在中国十大贸易伙伴中，APEC 组织成员占了 7 个。从吸引外资的情况看，2009 年中国实际利用外资中的 70% 来自亚太地区，达到 634 亿美元。

加入 APEC 后，中国一直以积极、负责和合作的态度参与 APEC 的各项活动，在 APEC 中的地位也日趋重要。通过参与 APEC 的活动，中国不但和其他成员建立起联系和信任机制，而且通过 APEC 提供的舞台，提出和倡导了自己的主张，为自身发展创造了一个有利的外部环境。因此，积极参与 APEC 的经济协作，对中国经济的繁荣和发展，以及加强中国在亚太地区的地位都至关重要。可以说 APEC 是 WTO 之外的中国走向世界经济的另一个途径。

（四）中国参与次区域经济合作的现状

目前，中国与周边国家的次区域经济合作中规模较大、发展较成熟的主要有三个：一是西南地区的澜沧江—湄公河流域次区域经济合作，二是西北地区的次区域经济合作，三是东北地区的图们江地区开发合作。

1. 西南地区的澜沧江—湄公河流域次区域经济合作

澜沧江—湄公河是连接中国西南与东南亚国家的一条重要国际河流，澜沧江流域是中国对东南亚、南亚发展经贸科技合作的通道和前沿。这一地区经济合作的发展有利于大西南和中国全方位的对外开放。澜沧江—湄公河流域国际开发包括交通、能源、通信、旅游、贸易投资、人力资源开发和环境保护 7 大合作领域，其中以中路突破、水陆双通为起点的公路、铁路、航运及航空等交通基础设施合作开发项目最为重要。近来，随着各国逐渐步出危机和各方援助资金的回流，澜沧江—湄公河流域国际合作在调整完善的基础上进一步全面展开，正积极致力于"从交通走廊到经济走廊"的多边合作，即沿交通走廊拓展，将基础设施和生产、投资、贸易有机地作为整体加以开发。这将加快中国西部尤其是大西南地区的交通、能源、环境、旅游、通信、人力资源和贸易投资等领域的发展进程，为中国西南地区乃至整个西部地区参与国际合作带来新的机遇。

2. 西北地区的次区域经济合作

中亚五国次区域经济合作是由亚洲开发银行于 1996 年倡导形成的，目前涉及中国（新疆）、哈萨克斯坦、吉尔吉斯斯坦、乌兹别克斯坦和塔吉克斯坦五国。西北与中亚由于先天的地缘和人文优势以及原有经济类型的相似性和较强的经济互补性，彼此之间发展国际经济合作的条件得天独厚。中亚地区哈萨克斯坦、土库曼斯坦和乌兹别克斯坦拥有丰富的石油和天然气资源，而中国自 1993 年以来已成为石油净进口国，并且能源缺口还在迅速扩大，因此，积极参与中亚的能源开发对中国的国家安全和经济建设均有极其重要的战略意义，西部地区应充分利用近几年来与中亚诸国良好合作的基础，抓住机遇积极投身于开发中亚能源的国际热潮中去，为西部的能源、基础设施建设和西部经济腾飞创造有利的条件。

中亚区域经济合作目前处于起步阶段，没有形成固定的合作机制，同时中亚各国市场化发育程度低，没有形成与国际接轨的经济运行机制和宏观政策环境，基础设施建设依然薄弱，不过，五国正在致力于改进区域内的交通网，为人员和货物的流动提供便利。今后一段时期，随着中国沿边地区对外开放的深入发展，中亚地区的区域经济合作将得到进一步推动。

3. 东北的图们江地区开发合作

图们江地区的区域经济合作前景广阔，原因有以下三点：首先，区域内各国经济合作互补性很强，并且这种互补性在短期内不会改变。其次，东北亚是世界经济版图上没有建立制度性经济合作机制的一个重要空白点，随着经济全球化和区域经济合作的推进，东北亚地区的区域经济合作势在必行。图们江地区是东北亚区域经济合作的示范项目，它必将成为东北亚区域发展的先行领域。再次，东北亚地区政治局势的日趋稳定和各国经济的日渐好转有利于图们江地区开发的顺利进行。

简而言之，中国目前次区域经济合作既没有达到区域经济合作组织形式中的最低层次，也不像经济特区。从合作方式来看，既有水平型，又有垂直型。图们江地区基本上属于混合型，新疆中亚地区偏重垂直型，而澜沧江—湄公河区域偏重水平型，但这些地区都未达到"优惠贸易安排"的经济合作水平，只是一体化的准备阶段。这种合作形式是低层次的合作发展安排，成员间的利害关系可以由市场来调节，在合作中，大家有共同的目标，但不规定法定的责任义务，不具有强制性。

从整体上看，中国对外区域经济合作的现状有较大改善，但近期内要实现较大突破还需要积极参与多边贸易体制，加强对外区域经济合作。

第三节　中国开展区域经济合作的动因分析

进入 21 世纪，中国对外经贸领域所面临的几大主题是：外贸增长空间的拓展，入世后的制度变迁所引起的变革，"走出去"战略的实施和西部开发的深入，而这些看似独立的问题，却可以通过对外区域经济合作这一线索有机地结合在一起。目前，全球范围内区域经济合作的蓬勃发展将全球经济划分为几大板块，由于区域内贸易交易成本的下降，中国进一步开拓外贸空间的难度将增大。因此，在提高国际竞争力的同时，积极建立具有地缘关系的区域经济合作组织，抢占周边市场显得具有较强的战略意义。WTO 所代表的多边贸易体制是全球经济发展的趋势。加入 WTO 对中国而言，是融入多边贸易体制和全球化的方式，而区域经济合作可以对现阶段的全球化起到补充和过渡的作用。"走出去"战略、西部开发战略与对外区域经济合作之间存在着共存共荣、良好互动的关系。

一　区域经济合作组织形成的一般性动因

区域经济合作组织的形成和发展表明，一个有着合作机制的区域本身就是一个有效的经济成长带，其合作机制不仅有利于区域内人力、物力、财力等生产要素的流动，而且也有利于区域内国际分工体制的确立和市场的扩大。它将有效地发挥区域内各国资源互补、市场互补的优势，加速区域内各国经济的发展，增强对外的市场竞争能力。通常来说，形成区域经济合作的一般性动因主要有如下几点。

（一）生产要素在国家（地区）间分布的不平衡性是区域经济合作的主要动因

区域经济合作源于不同的区域分工，而区域分工则是由于普遍存在的区域内部的不平衡所引起的。这种不平衡性不仅包括资源禀赋的差异，而且还包括诸多自然和非自然的因素所造成的差异。生产要素在国家间、地区间分布的不平衡性，决定了生产要素在国家间、地区间是流动的而不是静止的。随着经济的发展和统一大市场的建立，以资本、人员、技术为主体的生产要素的相对自由流动便成为一种自发的内在性要求。"一个国内市场同一个既是国内又是国外的市场相比是有限的，而后者和世界市场相比也是有限的"（马克思）。生产要素的跨国流动是实现区域经济合作、形成跨国经济合作的客观基础。区域经济合作的目的是为了促进产品和要素的流动，将阻碍经济有效运行的人为因素加以消除，通过相互协作，创造最适宜的国际经济结构，保证产品和生产要素最大限度的自由流动。

（二）地缘优势是区域经济合作的有利条件

地理上的相互接近使区域内国家之间在通信、交通运输方面具有较好的通达性。在某些情况下，地域相邻是与经济水平的相近联系在一起的，所以，经济发达国家为了竞争，经济不发达国家为了生存，会联合在地理上相邻而政治、经济利益相同的国家组成区域经济合作组织，以适应生产力的发展和国际竞争的要求。从生产力发展推动市场经济规模和范围的扩大来看，国家之间的经济融合在空间上也是先发生于地区，然后延伸到国际，再扩大到全球。因此，经济合作的演进首先起源于一国国内的各地区间，然后，出现在跨国的地区或国家之间，随后扩展至全球。为了更好地融入世界经济，许多国家会发挥地缘优势和传统的联系，寻求和建立稳定的市场范围，进行区域经济合作。这也是区域经济合作蓬勃兴起的一个重要原因。

（三）区域经济合作可以实现规模经济，提高经济效益，增强国际竞争力

任何国家生产力发展到一定程度时，都会有冲破国界的要求。无论区域经济合作采取封闭性的竞争方式还是采取开放性的竞争方式，都有助于在区域内消除市场障碍，节约劳动力和资本，并使资源能够在更大范围内得到更合理的分配和利用。区域经济合作使各国的贸易壁垒逐渐降低甚至消除，各成员国之间的贸易可以进一步扩大。同时市场障碍的消除会为成员方的企业之间进行强强联合提供方便。区域经济合作加强了竞争机制，通过相互投资和贸易，增强了整个经济和企业的活力。区域经济合作通过取消相互间的各项贸易壁垒，促使要素配置，生产分工更趋合理，从而全面提高区域内的经济运行效率和社会福利。同时它增强了成员的整体实力，使其在国际竞争中居于有利地位，使得竞争呈现开放性。

（四）防御战略和追随效应是部分区域经济合作组织形成的原因

建立区域性经济组织已成为发达国家进行竞争、抗衡和划分世界势力范围的重要手段和方式。为了争夺世界市场，世界各国都积极建立或希望建立区域经济组织，当然，在相当长的时间内，国际竞争与协调还是以主权国家为主。但从发展的眼光看，今后国际经济关系将由国家之间的较量转向区域经济组织之间的角逐，由国家之间的谈判、协商逐步转变为区域组织之间的经济协调。另外，由于区域经济合作实行内外区别待遇，因此具有排他性。虽然，区域经济合作组织的对外贸易壁垒一般是相对提高，而不是绝对提高，区域经济合作的发展并不一定意味着贸易保护主义的抬头。但是，部分先期成立的区域经济合作组织内部贸易比重的增加和竞争力的加强，使区域外国家面对的国际市场日益狭小、国际竞争日益激烈，在客观上迫使一些区域外国家建立自己的区域组织。所以，一些后起的区域经济合作组织组建动机中的被动成分多于主动成分。欧洲自由贸易联盟的组建和北美自由贸易区的形成在很大程度上就是这一动因的写照。

二 中国开展区域经济合作的影响因素

在当前的背景下，中国进行对外区域经济合作除了一般性动因外，还有着自身特有的具体动因。区域化造成贸易保护主义势力有所抬头，多边贸易体制与区域经济合作将在长期内并驾齐驱，区域经济合作作为开拓海外市场的有效手段将是大势所趋，上述因素是中国进行对外区域经济合作的时代背景。而"走出去"战略和西部开发战略的实施则是中国进行对外区域经济合作所面临的特有的内部动因。

（一）影响中国对外区域经济合作的外部因素

影响中国对外区域经济合作的外部因素众多，头绪纷繁复杂，对其进行分析和梳理，有三个较为重要的因素。

1. 全球范围内区域经济合作的对内相容性与对外排他性效果凸显

近期，国家间的经济竞争将突出表现在各国竞相扩大自己的势力范围，纷纷组建各种合作程度不同的区域经济合作组织。随着这些区域组织从初级向高级的全面一体化发展，以及成员范围的不断扩大，贸易保护主义有再度抬头的趋势。

欧盟目前包括27个成员国，并且仍在不断吸纳新的成员国，欧元区也将从目前的12国扩大到15国。2005年北美自由贸易区基本实现投资贸易自由化，在美、加、墨三国范围内完全取消关税和非关税壁垒。与此同时，南美其他国家如巴西、阿根廷、智利等有可能加入泛北美自由贸易区，进而形成一个能够与欧盟相抗衡的美洲自由贸易区。亚太经合组织在经过一段时期的调整、磨合后在 21 世纪可能会有新的进展，有望在投资贸易自由化和加强成员经济、技术合作方面建立一个能为各成员所接受的框架结构。主要的区域经济合作组织的新进展将对世界经济、政治格局产生重大影响。

区域经济合作的蓬勃发展，使它的对内相容性得以充分体现。具体体现在以下几点：扩大区内贸易；创造贸易转移；降低贸易品价格；扩大市场规模，形成规模经济；加剧企业竞争，提高生产效率。而且发展层次较高的区域经济合作组织特有的政策协调功能往往加快区域内成员经济增长或复苏的进程。如欧盟从关税同盟、统一大市场，到经济同盟的发展进程，在相当程度上推动着欧洲经济的持续繁荣，使失业率有所下降，相互贸易比率高达 61%。同样，北美自由贸易区也取得类似成效，据统计，随着相互关税的降低，相互贸易比率由 1993 年的 33% 提高到 1996 年的 44%，加拿大和墨西哥的就业机会有明显增加。

值得关注的是，区域经济合作也可能造成对区外经济体的排他性。如北美自由贸易区成立后，墨西哥取代了中国成为美国纺织品进口第一大国；欧共体建立统一大市场后，挤掉了东盟 11% 的贸易机会。20 世纪，中国在国际经济领域中的对手基本上是各自独立的国家；而在 21 世纪，竞争对手将是为数众多的区域经济合作组织。在世界经济多极化发展的状态下，各国要取得更大的竞争优势，仅靠一国本身的力量是不够的，而需要组织排他性国际组织，以此为依托，扩大国际贸易，争夺国际市场。

2. 世界多边贸易体制（WTO）与区域经济合作并驾齐驱

进入 20 世纪 90 年代，世界经济中的多边贸易体制空前加强和区域经济合作发展势头强劲的现象共存，二者的共存共荣说明，它们都具有较强的生命力，并且具有一定的互补性，彼此之间不能相互替代。

从性质上看，WTO 几乎包括了除了汇率制度外的所有国际经济关系规则，它是经济全球化的一个主要载体。而区域经济合作从某种意义上是经济全球化或世界多边贸易体制在空间范围内的局部性实践，以及在时间意义上的阶段性探索，二者在根本发展方向上是一致的，即追求各自范围内经济活动的自由化和统一性。差别只在于所涉及的空间范围不同，前者注重更宽泛意义上的全球经济的融合，而后者注重特定区域多边经济的融合。

经验证明，直接通过世界多边谈判实现制度层面的经济全球化是不现实的。在这方面，不仅世界贸易组织及其前身 GATT 曾作过不懈的努力，而且国际货币基金组织、世界银行甚至联合国也曾就全球的金融秩序、经济发展等问题进行过种种努力。它们的努力及挫折使人们认识到经济全球化是一个从局部到整体、由低级到高级、由排他到开放的不断发展的过程。局部性的区域经济合作作为一个阶段性产物，其实践的成功及其推广有助于经济全球化的全面形成。

当然，区域经济合作组织的形成会增强其成员的向心力，使区域经济合作组织呈现一定程度的排他性，但是这并不否定区域经济合作组织对经济全球化的贡献。因此，WTO 作为全球自由贸易的代表，在倡导自由经济原则的同时，也对区域经济合作组织给予了相当灵活的规定，具体内容如下：在满足一定标准的情况下，允许以关税同盟或自由贸易区形式建立区域经济合作组织；允许区域经济合作组织偏离最惠国待遇原则，给予区域内成员特殊贸易优惠；在区域经济合作组织促进区域内部经济一体化时，仅要求其不对区域外国家形成新的贸易壁垒（张幼文，2001）。

世界多边贸易体制是经济全球化发展趋势的具体体现，它不仅有利于发达国家寻求新的投资空间和贸易市场，也有利于欠发达国家寻求投资伙伴，增加发展机遇。伴随着世界多边贸易体制的发展，区域经济合作的空间会不断拓展，合作的层次会不断深化。反过来，区域经济合作可以实现区域内的规模经济和国际分工，使资金、技术、劳动力和自然资源得到合理的配置和使用，区域内国际分工将为全球性国际分工创造条件，区域内贸易自由化将进一步活跃全球性的国际贸易，最终加快世界经济全球化的进程。

中国要加速与世界经济的接轨，由单项开放的经济外向化转向全面开放的经济国际化，由国际化的初始阶段迈向国际化的高级阶段，除了要继续拓展双边贸易关系外，还应积极参与多边贸易和区域经济合作组织，以便从外部获得更多的推动中国全面改革和开放的动力。由于区域贸易自由化是全球贸易自由化的初级阶段，并且区域贸易自由化在今后较长时期内仍将是贸易自由化的主导因素。因此，更为有效地利用多个市场、多种资源和资金，多方向、多渠道、多形式、多层次地积极开展对外经济合作，更多地参与区域、次区域经济合作组织，对中国的经贸发展至关重要。

3. 进行区域经济合作是今后开辟海外市场、拓展外贸空间的关键所在

中国现在正处于发展中国家经济起飞的过程中，潜在或现实的生产力非常可观。从日本、东亚"四小龙"以及其他国家的发展历程中可以看出，中国目前仅靠本国市场是不够的，现有的生产能力过剩的状态使中国在开发国内市场的同时，还必须要加大力度开拓国际市场，而后者才是长久发展的关键所在。

近年来，世界经济进入低速增长时期，国际市场上传统产品呈现供大于求的局面，同时区域性贸易保护主义增强。以欧元为纽带的欧洲统一大市场将在今后几年全面发挥作用，美洲自由贸易区也将在这一期间启动。这两个区域经济合作组织的贸易转移效应，将会在一定程度上抵消中国加入 WTO 带来的好处。今后，中国将面临国际市场的激烈竞争，现有的区域经济合作组织将对中国出口商品设置诸如关税壁垒、非关税壁垒、技术壁垒、绿色壁垒等形形色色的限制，使中国的出口形势更加严峻。

过去 20 多年，中国主要依靠欧美市场积累了一些进入该市场的经验，而目前这一市场已经相当饱和，要保证每年 10% ~ 15% 的出口增长目标，需要进一步开拓发展中国家市场。由于发展中国家现实购买力有限，所以开拓其市场的手段与开拓发达国家的手段有所不同，它需要依靠各种手段，特别是通过投资来带动。在目前情况下，要把对外投资的相对重点放在周边国家，并对这些投资给予重点保护和扶持。总之，通过发展与周边国家的经济合作，开拓新的海外市场，是今后拓展外贸空间的一个重要方式。

（二）影响中国对外区域经济合作的内部因素

"走出去"战略和西部开发战略是当前中国外经贸领域和整个宏观经济的重要战略。加强区域经济合作，有利于推动中国融入全球经济体系，加速全方位开放的进程，可以为"走出去"战略和西部开发创造良好的外部环境，提供新的发展机会，从容应对经济全球化趋势。

1. "走出去"战略的需要

随着中国经济发展水平不断提高，中国参与国际分工的方式呈现两种不同的趋势，对发达国家正由垂直分工向水平分工发展，而对发展中国家则由水平分工向垂直分工发展。目前，中国的经济总量位居世界第二，20世纪 90 年代中期东部发达地区人均 GDP 就已超过 800 美元，现在一些地区已达 8000 ~ 10000 美元，具备"走出去"的实力。"九五"期间，中国明确提出沿边对外经济开放的战略部署，"走出去"战略已初见端倪。面对中国

加入 WTO 这一历史机遇，积极实施"走出去"战略，更好地利用国内国外两种资源、两个市场，是中国面临的一个战略性问题。

目前世界经济已形成区域化、集团化格局，中国在与世界经济接轨、充分融入世界经济之前，有必要首先与周边国家融为一体，建立消除贸易壁垒、生产要素自由流动的区域经济合作组织，享受到区内贸易增加的好处以便迅速提高生产力。21 世纪中国要想实现自己的经济目标，必须积极参与区域经济合作，以之为依托，占有较大的经济份额和国际发言权。对中国来说，作好东南亚、南亚、东北亚、中亚的地区贸易投资在目前看来显得尤为重要，并且也与中国现阶段的经济发展水平相适应。建立大型跨国企业，扩大对外直接投资，不仅可以绕过区域组织对外设置的贸易壁垒，开辟出口通道，还有助于获得国内必需的原材料，缓和国内原材料紧张的局面，降低企业生产成本，提高产品的国际竞争能力。为此，应鼓励有条件的企业实行跨国经营，到境外投资设厂，发展带料加工贸易，扩大商品和技术输出，重点支持家电、轻纺等技术和管理成熟、能发挥中国比较优势的境外加工贸易项目和资源开发项目，以便最终实现"引进来—走出去—再引进来—走出去"的双向良性循环。

2. 从区域经济合作视角，对西部开发进行重新定位

西部开发如果仅仅局限在国内视角，西部的定位就只能是边远地区、经济死角，但如果把西部跟周边国家联系起来，通过跨国区域合作，西部的区位优势就可以得到充分发挥，从而成为一个具有战略意义的大通道。作为中国经济发展的世纪战略，西部开发不仅要与解决中国的贫困和内部发展不平衡等问题联系在一起，还应该与区域经济合作联系在一起，从而实现开拓海外市场，进行经济互补的目的。

将西部开发置于区域经济合作的条件下，其战略意义不仅仅在于西部自身的资源、市场，更在于国内外投资者可以将西部作为跳板，取得进入与西部接壤的周边国家市场的先机。西部地区靠近中亚、中东、欧洲等地区，历史上就有与这些地区进行经济往来的传统。新亚欧大陆桥的建成将为该地区的区域经济合作提供良好的机会。通过大陆桥，西部地区向西可以扩大与其他国家的经贸合作，向东可以加强同中部、东部的经济联合，并能出海走向国际大市场。大陆桥的贯通明显增强了中国西部地区的区位优势，使西部从深居内陆、远离东部出海口岸的腹地，变为通向欧洲和西亚及其他周边国家的经济开放前沿。

新的大陆桥横贯亚欧两大洲中部地带，全长 10900 公里。东西两端连接着太平洋和大西洋两大经济中心，经济发达，但空间容量小，资源短缺；其辽阔狭长的中间地带除少数国家外，基本上都属于欠发达国家和地区，特别是中国的中西部、中亚、西亚、中东、南亚地区。这些地区虽然交通不够便利，自然环境较差，但空间容量大，资源富集，依存性和互补性强，蕴藏着非常好的合作前景。因此，西部地区要以陆桥沿线地带为发展轴心区，以沿桥大中城市为增长核心，利用陆桥整体优势，搞好东西双向开放，扩大区域合作，使西部成为中国陆桥经济带最有发展活力的地区。

新亚欧大陆桥的贯通、现代丝绸之路和大西南出海通道的建设，将使西部地区由开放腹地变为前沿，进而成为沿边一线的对外开放地域。从这个角度来看，中国将面向太平洋的开放战略调整为面向内陆省区的西向开放战略，可以扭转沿海开放 20 年只顾解放生产力，而不顾发展与生产力相适应的市场空间，从而造成大量产品积压的被动局面。

可以说，西部开发在一定程度上是中国向西、南、北部邻国进行大开放的过程。这一重大举措会有效促进亚洲区域经济的整合，推动中国与周边国家的信任合作和共同进步。西部开发与对外区域经济合作可以同时发展，相互促进。

可以考虑建设从聂拉木、亚东、瑞丽、孟腊通往缅甸、不丹、尼泊尔、印度南亚各国的大陆桥。另外，从水路打通西南边境的通道即云南瑞丽—八莫港—缅甸仰光的全长 1393 公里的国际大动脉。从新加坡、马来西亚、泰国、老挝、缅甸至中国云南、四川、陕西并入兰新至阿拉山口铁路，以及进入中亚、西欧的大铁路，一旦全部竣工，中国西部地区从南到北就可以连通东南亚十国、南亚七国、中亚五国以及其他远东地区。

第四节　区域经济合作模式的比较与借鉴

区域经济合作组织通常以循序渐进的方式，推进经济合作的发展。在区域经济合作的过程中，首先是以西欧发达国家水平分工为基础的区域经济合作取得成效，接着是发展中国家简单移植低层次水平分工的失败。20世纪 80 年代后期，发达国家与发展中国家共同开创了垂直分工的"南北型合作"（北美自由贸易区），取得初步成效。90 年代区域经济合作出现了新特点，即突破了成员经济发展水平大多相似的旧有模式，出现了合纵连横，出现了集团与集团之间、发达国家与发展中国家之间，以及社会制度不同的国家之间组成的合作组织的新型模式。亚太地区主张自由贸易的国家以功能性垂直分工为基础创立了开放性、非体制安排的区域经济合作模式。同时，以欧盟为代表的"北北型"区域合作一方面追求具有排他性质的体制安排，另一方面吸收功能主义区域合作思想，加强了同区域外国家甚至其他区域组织的联系协作。

一 区域经济合作模式简析

（一）欧盟模式的经济条件基础分析

欧洲是区域经济合作发展最早、最快的地区。欧盟模式表现为纵向的深化，欧共体从《罗马条约》的关税同盟，到1985年《单一欧洲文件》的共同市场，再到1993年欧洲联盟（European Union，简称欧盟）正式成立，现在欧盟正由经济联盟走向政治联盟。

一般而言，区域经济合作组织内成员之间的差距越小，就越容易实现区域经济合作层次的升级。欧盟模式是"北北型"水平分工模式，其成员间的经济、政治、文化差距较小，区域经济合作进程发展较快。据统计，欧盟各成员国收入水平比较接近，人均最高收入和最低收入之比是4∶1，而北美自由贸易区成员国的最高与最低收入之比约是10∶1；APEC成员的最高与最低人均收入之比在20∶1左右；东盟的成员国最高与最低收入之比是18∶1，柬埔寨加入之后，其收入水平的差距更大。而且欧盟成员国之间的政治制度接近，文化和其他社会价值观念差异不大，使得其成员国之间的主权让渡较为容易，压力较小。

另外，从欧盟的发展历史可以看出，它不仅从创建伊始（可以追溯到1944年的比荷卢经济联盟）就采取了较高程度的关税同盟形式，而且还在欧共体成立之初，就建立了具有超国家职能的执委会，执委会在欧盟的发展过程中起到了不可替代的推动作用。

欧盟是当今世界上经济一体化程度最深、发展最顺利的区域经济合作组织，有着极强的生命力。在国际政治、经济事务中的作用和地位日趋重要。

从表9-5可以看出，1960~2008年欧盟内部成员之间的贸易比重呈现比较平稳的上升趋势，区域内贸易比重有很大提高，呈现比较明显的贸易内向化倾向。具体来说，欧盟区域内贸易额在1960~1970年间增幅较大，70年代到80年代中期区域内比重基本保持不变，90年代一直维持在60%以上的水平。从进出口总额占比来看，1960年欧共体6国区内贸易占进出口总额的34.6%，1970年该比重上升为48.9%。欧共体扩展到9国后，其区内贸易比重上升为52.8%，1990年已超过60%。从出口看，2008年区域内出口额为3974亿欧元，是1960年的168倍，区域内出口的比重也由1960年的49.40%上升到2008年的67.37%。进口的情况与出口类似，区域内进口规模有很大增加，比重也由1960年45.90%提高到2008年的63.52%。这充分显示出欧盟市场的内向性。欧盟成员之间经济水平相当，需求相似，各成员之间的专业化分工水平较高，产业结构的互补和统一大市场的形成，是欧盟区域内贸易的比重居高不下的主要原因。

表9-5 欧洲联盟1960~2008年内部贸易的发展

单位:%

年 份	内部出口比重	内部进口比重
1960	49.40	45.90
1970	59.70	56.50
1980	61.00	54.00
1985	59.90	58.30
1990	66.80	64.20
1995	62.90	63.60
2000	61.80	59.10
2008	67.37	63.52

资料来源:佟家栋:《欧盟经济一体化及其深化的动力探讨》,《南开经济研究》2000年第1期;《2009年世界贸易报告》。

尽管有人因此认为欧盟是一个"封闭性的经济集团"，但数据显示，在区域内贸易比重持续上升的同时，欧盟同区域外的贸易量也呈现绝对增长的态势。表9-6说明，1990~2008年间，欧盟对区域外的进出口增长速度保持在7%以上，与同期区域内的进出口增速基本接近。可见，欧盟在发展区域内贸易的同时，并不排斥外部市场的扩大。从理论上讲，这是因为欧盟成员在国际分工中的位次接近、产业结构趋同，需要其他不同的经济结构进行有效的互补。欧盟一方面需要外部的资源性产品和其他发达国家的创新产品、先进技术，以及各种差异化产品；另一方面，欧盟也需要在外部为自己的产品寻找和扩大市场。

表 9 – 6　欧盟 1990～2008 年区域内外贸易的比重和增速

单位：十亿美元，%

年份 项目	1990	1995	2000	2008	1990～2008 年均 增速（%）
区域内出口	980	1295	1392	3985	8.10
区域外出口	529	756	859	1925	7.44
区域内出口比重	64.90	63.10	61.80	67.37	—
区域内进口	982	1299	1396	3974	8.09
区域外进口	577	735	966	2282	7.96
区域内进口比重	63.00	63.80	59.10	63.52	—

资料来源：根据 WTO 官方网站整理计算。

欧盟模式的成功标志着西欧发达国家以水平分工为基础的合作模式取得了明显的成效。目前，欧盟经济合作的进程正在不断深化，向着谋求共同发展的方向运行。应该说，比较接近的社会政治、法律制度、经济发展水平、意识形态和文化传统为欧洲一体化提供了良好的合作基础，而欧盟一体化也为欧洲国家谋求发展开辟了一条崭新的道路。目前已有 100 多个国家向欧盟派驻代表。由于欧洲工业发达国家的经济是建立在与世界其他地区紧密联系的基础上的，所以欧盟的发展并没有使欧盟变成排他性、内向性的"欧洲堡垒"。

（二）北美模式的垂直分工成效评估

从理论上说，区域性经济合作的成员之间经济水平越接近、消除市场障碍和实行专业化分工而带来的经济利益越均匀，就越能产生共同的经济需求，相互之间的矛盾就越易协调。因此，在区域经济合作的早期，通常是发达国家之间或发展中国家之间结成区域经济合作组织，如欧共体、欧洲自由贸易组织、南方共同市场、东盟等。

但 20 世纪 90 年代以后，国际市场竞争的加剧和贸易保护主义的升级，使区域经济组织改变了仅在经济水平相近的国家间形成的传统，出现了由经济发展水平悬殊的发达国家与发展中国家共同建立的新趋势。发达国家为了抢占市场、扩大势力范围、提高产品的竞争力，极力笼络和控制地理位置相邻近、经济相对落后的发展中国家；而发展中国家希望借助发达国家的经济实力和影响，促进自身经济发展，所以也采取积极配合的态度。

"南北型"垂直分工的区域经济合作模式，使发达国家和发展中国家可以共享国际分工和规模经济带来的收益。垂直分工型合作不但有利于商品的流通和市场容量的扩大，而且有利于产品质量的提高、生产成本的降低，最终可以增强商品的国际竞争能力。同时，发展中国家还可以利用发达国家转移的生产设备、销售网络以及资金和技术，推动本国经济的发展。

虽然这种模式有着互补性较强的优势，但是由于成员经济发展水平悬殊，政治、法律等社会环境不同，这类区域经济合作组织内部的矛盾较多，协调难度较大。而自由贸易区形式由于不涉及主权让渡的问题，各成员的经济利益较易协调，所以常常被"南北型"垂直分工合作的地区所采纳。

1994 年成立的北美自由贸易区（NAFTA）就是这种区域经济合作的典型，它起源于美、加集团，在吸收墨西哥的基础上形成，计划在 21 世纪初扩展到整个美洲，形成美洲自由贸易区。NAFTA 成员在经济、贸易上有很强的互补性。美国和加拿大在货物、资本以及技术上具有优势，而墨西哥则在劳动力和资源上拥有优势，NAFTA 的诞生使区域内货物、资本、人员、技术和资源得以重新组合，产生规模效益。同时，NAFTA 的形成所造成的贸易壁垒的拆除，产生了贸易创造和贸易转移效应，促进了厂商之间的潜在竞争。

由表 9 - 7 可以看出，NAFTA 成立后，区域内贸易规模有所扩大，三国间的贸易额呈现上升趋势，尤其是美国从加拿大的进口额，从 1994 年的 1296 亿美元上升到 2008 年的 3533 亿美元，增加了 2237 亿美元；美国从墨西哥的进口也从 1994 年的 511 亿美元，上升到 2008 年的 1513.4 亿美元，净增 1002.4 亿美元。同时，美国对加拿大的出口增幅也较大，增加了 1041 亿美元。从相对增幅看，三国 2008 年相对于 1994 年的进出口增幅都在 90 个百分点以上，而墨西哥对美国和加拿大的出口增幅均达到了 190% 以上。可见，NAFTA 使三国实现了共赢，其中墨西哥的受益相对来说是最大的，它不但成功地把较多的自由化放在后期执行，而且使美、加的重点部门开放较快。

表 9 - 7　1994 ~ 2008 年 NAFTA 区内贸易统计

单位：亿美元

项　目　＼　年　份	1994	1995	1998	2000	2008	1994 ~ 2008 年平均增速（%）
美国对加拿大的出口	1150	1260	1542	1789	2191	4.71
美国对墨西哥的出口	599	547	790	1113	2345.5	10.24
加拿大对墨西哥的出口	8*	8	10	14	55	14.76*
加拿大对美国的出口	1296	1502	1819	2416	3533	7.42
墨西哥对美国的出口	511	667	1019	1490	1513.4	8.06
墨西哥对加拿大的出口	14	18	17	34	173	19.67

注：因资料数据矛盾，* 为估算。
资料来源：根据国际货币基金组织、世界贸易组织有关数据整理。

虽然 1994 年实施关税减让以来，NAFTA 自由化成效并不十分显著，也未能有效地解决比索危机等结构性问题，但不可否认的是 NAFTA 的成立提高了成员国间的贸易集中度，并使各国都有所受益。其积极效果不仅体现在三个国家之间以及美国出口的增加上，而且还体现在其对经济发展的带动作用和竞争力的增强上，甚至体现在具体部门上，如服务部门和采购部门。此外，NAFTA 不仅达成了关税减让，还在与投资有关的措施方面取得了成效。

当然，NAFTA 的发展进程也非一帆风顺，1994 年底的墨西哥比索危机，在一定程度上是墨西哥为加盟 NAFTA 而付出的代价。危机迅速波及全美股票市场，冲击了整个美洲，最终依赖美国和国际货币基金组织的大量输血，才稳定了局面。美国为此提供了 200 多亿美元的贷款，还出面发动国际货币基金组织筹集了 300 多亿美元的贷款，加拿大也承诺提供 10 亿美元的贷款。

不过，NAFTA 的发展表明，尽管发达国家和发展中国家，或者不同规模的发达国家之间进行一体化，要比经济发展水平大体相近的国家之间进行一体化更为艰难，但是前者与后者相比却更有意义。在合作的过程中，只要坚持分阶段推进，以互惠合作为宗旨，落后国家量力而行，发达国家有所让步，垂直分工的模式也会取得较好的成效，成为双赢而非零和的关系。

（三）亚太非体制合作模式的剖析

亚太地区各国用近30年的时间，对是否建立一个像欧盟那样的"排他性的制度性一体化区域"进行了抉择。其结果是亚太各国共同认识到了排他性的合作模式并不适用于本地区经济。因此，在市场力量的推动下，亚太地区自发地进行了以功能性垂直分工为基础的、开放的非体制性经济合作的实践。

成立于1989年的亚太经济合作组织（APEC）是这一实践的成果。APEC现有21个成员，是一个横跨洲际、由南北国家和地区共同组成的区域经济合作组织。由于亚太地区经济、社会制度差异大，文化背景明显不同，民族、宗教多样化，以及各国经济发展水平悬殊等原因，APEC目前只能是功能性区域经济合作，而非保守结盟。功能性区域经济合作的基本特征就是由市场力量推动而自发形成，无官方协调，无制度约束或引导，经济合作注意功能性，讲究实际效果，其行动准则为平等互利、协商一致、开放的区域主义及渐进方式。

功能性区域经济合作组织的内部贸易、投资状况的进展最能反映其合作成效。图9-6表明，在内部贸易方面，APEC区内贸易的比重一直呈现上升趋势。APEC成立前，其现有成员间的出口占其总出口的比重1979年为56.9%，1985年升至67.7%，1989年APEC成立后，这一比重又有所增长，到2000年达到72.6%，2008年虽有所下降，但也接近70%。与此同时，国际货币基金组织和联合国的报告表明，目前APEC成员间的经济相互依赖性很强。以贸易为例，2007年，APEC成员间彼此的贸易依存度已经直逼甚至超越若干自由贸易协定的贸易情形。从公布的资料分析，APEC成员间的对外直接投资和引进外资规模不断扩大，投资依赖也在增强。

APEC成员间生产要素、自然禀赋乃至经济水平、政治制度、文化传统的差异性，是它们各取所长、相互促进的基础，但同时也使成员间的相互认同十分艰难，由此所造成的APEC的松散性、灵活性和非内向性、非排他性使亚太经济合作的前景不容乐观。

一般的区域经济合作组织往往要借助一定的制度性措施，来保证和维护合作目标的实现和合作秩序的存在。欧盟和北美自由贸易区都是通过制度性措施来协调各方利益关系，约束各方经济政策，规范各方经济行为，以此维护合作各国的共同利益，而 APEC 却依靠承诺和申明来维护合作。这使得 APEC 在经济摩擦、冲突以及经济危机中的稳定性受到了质疑。

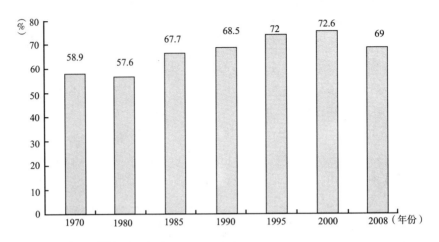

图 9－6　1970～2008 年 APEC 内部出口占总出口比重

　　另外，区域经济合作所需要的内向性和凝聚性，不可避免地会导致对区域外成员产生排他性和歧视性。而 APEC 所倡导的非排他性、非内向性、非歧视性原则，增加了区域经济合作的不确定性，使区域合作可能会随着经济形势和利益关系的转换而有所变化。同时，在经济发展过程中，作为亚太经济合作赖以存在的重要基础之一的比较利益会呈现递减趋势，而差别利益会有所增长，差别利益的增长将造成经济贸易的竞争增强、摩擦增多，进而威胁 APEC 的稳定和持久。

　　总之，经济合作所要求的规范性、约束性与亚太经济合作的松散性、灵活性，发达国家谋求经济优势的独占性、长久性与发展中国家追求经济发展机遇的公平性、经济发展进程的集约性之间存在着难以克服的内在矛盾。

　　在区域经济合作面临重重障碍的情况下，亚太地区又以次区域经济合作方式开辟了另一条探索之路。在 APEC 范围内，成效最为明显的是东盟的柔新廖成长三角，和此后相继组建的一批次区域合作组织，即北美自由贸易区（NAFTA）、澳大利亚、新西兰密切经济联系贸易协定（CER）以及东南亚国家联盟（ASEAN）。

　　APEC 在开放和非歧视原则下推进贸易和投资自由化，其速度和范围在一定程度上受到次区域贸易协定的影响。在 APEC 范围内的次区域合作组织中，有些组织对 APEC 贸易与投资自由化进程起到了推动和示范作用，有些组织如果有选择地吸收成员，采取狭隘和自行其是的有条件的互惠方式，就不利于 APEC 实现与 GATT/WTO 相一致的多边贸易自由化的目标，进而影响 APEC 贸易和投资自由化进程。

（四）南南低层次水平分工模式的探索

与"北北型"经济合作组织进展形成鲜明对比的是，60～80 年代中期，大多数发展中国家组成的"南南型"区域经济合作出现了迅速产生但普遍停滞不前的局面。

这一时期，发展中国家之间成立的"南南型"经济合作组织至少有 28 个，而真正称得上"北北型"的区域经济合作组织只有欧洲自由贸易联盟。但欧共体和欧洲自由贸易联盟的成效相当显著，而"南南型"区域合作却并未取得与其数量增长相对应的经济成效，尤其在拉美和非洲，绝大多数一体化方案未能达到既定目标，甚至根本无法维持。

根据国际货币基金组织的统计，1990 年，主要发展中国家区域经济合作组织的内部贸易额占区域贸易总额的比重一般都小于 15%，而欧共体国家的这一指标 1990 年就已超过了 60%。由于贸易创造效应是衡量区域经济合作是否成功的最基本的标志，所以与同期的欧共体相比，"南南型"的区域经济合作整体效果不佳。

实践证明，区域经济合作的发展程度与各国的经济发展水平有关，在缺乏有效合作基础的条件下，简单模仿发达国家的封闭性区域经济合作模式并不能取得预想的效果。

其本质原因在于发展中国家进行区域经济合作面临着一系列不可回避的问题。第一，由于发展中国家普遍国内市场狭小，收入水平低，所以在成员国的贸易由区域外转向区域内之后，便发生严重的贸易转移效应。第二，发展中国家的经济发展水平相近，产业结构相似，难以形成紧密的垂直分工和水平分工，无法通过发展区域内贸易达到促进本国技术进步和提升本国产业结构的目的。而且由于来自区域外的贸易品在区域内没有适当的替代品，贸易转移效应也无法全面实现，强行实施一体化，只能造成福利的损失。第三，由于分配方面，甚至政治方面的分歧使得区域经济合作组织难以达到充分协作，发展中国家自然也就无法形成旨在分享规模效益的协议分工。第四，关税是大多数发展中国家财政收入的重要甚至主要来源，所以在"南南型"区域组织内，降低关税就显得困难重重。第五，尽管组成经济合作组织的发展中国家之间一般经济发展水平差别不大，但贸易政策、经济政策乃至文化传统和政治体制的差别却很大。这种差别阻碍了经济组织内部贸易和经济政策的协调，往往使区域内部贸易和经济自由化的措施无法实施或不能按时实施。

与排斥任何国际分工的发展模式相比，南南合作无疑更有利于发展中国家的经济发展。这种合作在增强发展中国家整体实力、推动南北谈判等方面发挥了一定的作用。

不过，随着发展中国家经济水平的提高和融入世界经济步伐的加快，发展中国家将会朝着更高层次的区域经济合作迈进，而且前景较为美好，但在发展的过程中，经济结构的相似性、经济发展的不平衡、成员国间的纷争和国内政局的不稳、经济发展状况欠佳，以及成员国国家主权意识的过分膨胀等障碍仍将阻碍南南合作的进程，使南南合作的道路显得曲折坎坷。

二 区域经济合作的发展趋势与模式的比较

（一）区域经济合作的发展趋势

区域经济合作的发展趋势是：①区域性经济合作组织将遍布全球，区域合作的空间将不断拓展，合作的层次将不断深化，并进一步推动世界经济的多极化发展。②特大型区域经济合作逐渐形成，欧盟、NAFTA、APEC等组织都会进一步突破疆域的限制，继续扩大其合作的空间。欧盟将继续东扩，NAFTA 计划建立由 30 多个国家参加、覆盖整个美洲的美洲自由贸易区。③跨区域、跨洲的区域经济组织将得到进一步发展，由松散联合走向深层次联合，即各国经济不仅在商品和服务方面进行交易，而且还在生产要素方面进行流动。21 世纪初，一些经济联合可能会成为机制化的经济组织。④区域经济合作组织纵横交错，既有一个区域经济合作组织涵盖若干次区域经济合作的现象，如亚太经合组织、环印度洋地区合作组织，又有一个国家加入多个区域经济集团的情况，如新加坡，既是东南亚国家联盟的成员，也是 APEC 的成员，还是环印度洋地区合作组织的成员。

与此同时，各区域经济合作组织之间的相互联系将进一步加强，合作的领域和范围进一步拓展，区域经济合作组织的发展也将在更大范围内推动生产要素的自由流动，加速资本的相互渗透，深化成员国之间的相互依存和国际分工，促进区域生产的一体化进程，进而推动全球范围内贸易、投资、金融的自由化和国际化。区域经济合作将继续推动冷战以后逐步形成的北美、欧盟、东亚经济圈进一步向世界多极化经济格局发展，这将有助于缓和发达国家与发展中国家的矛盾，促进南北关系的新发展。

今后组建区域经济合作组织仍将以发展水平相近的国家为主。"南北型"区域经济合作将会谨慎地推进，南北合作在一定时期内会以组建自由贸易区为主；"南南型"区域、次区域经济合作组织的改组、合并将有明显进展，"增长三角"将成为南南合作的一种有效方式，同时，发展中国家将加强洲际经济联系和合作，进一步推动南北对话，改善自身发展的外部环境。

由于主权是个敏感问题，超国家的经济机构难以在近期内建立，一般的区域经济合作仍是非机制化的，通常没有常设机构，成员国不承担特定的义务。各经济组织的目标仍以实现自由贸易为主。随着欧元示范效应的充分显现，一些区域经济组织的货币统一进程将加快。

区域性经济合作虽有排他性，但是这种性质有一定的限度，"排而有限，封而不闭"将是区域经济合作的时代特点；区域经济合作与全球化相辅相成、平行发展将长期存在，并对国际经济关系产生重大的影响。

（二）四种区域经济合作模式的比较

纵观40余年的区域经济合作进程，欧盟无疑是最为成功的。它代表的是一种强强组合的北北模式，参加的成员都是发达的工业化国家，它们通过商品、资本、技术、劳动力四大要素的部分和全部自由流动，形成了更趋合理的产业结构，促进了更高层次的技术创新，提高了生产效率，增强了国际竞争力。相似的外在条件为欧盟的宏观协调奠定了良好的基础，也为合作向更高层次发展铺平了道路。

20世纪90年代以后，区域经济合作组织的发展打破了其仅在经济水平相近的国家间形成的传统，出现了由经济发展水平悬殊的发达国家与发展中国家共同建立并实现区域贸易自由化的新模式。以北美自由贸易区为代表的南北合作模式，突破了原有的合作模式。它通过发达国家与发展中国家的区域内垂直分工，同样实现了规模经济，不但有利于解决发达国家资金相对过剩和市场狭窄的问题，而且有利于解决发展中国家就业和经济增长的问题。

以APEC为代表的采取开放的区域主义的跨区域、洲际区域经济合作组织，既具有南北合作的特征，又抛弃了原有南北合作的援助特色，采取了平等互利的原则。这种模式有着自身的特点，它承认多样性以及合作范围和进程的多层次性，强调渐进性、松散性和开放性；遵循相互尊重、平等互利、协商一致、自主自愿的原则；采取单边行动和集体行动相结合的方式。其中，合作范围和进程的多层次性以及合作形式的松散性和开放性，是 APEC 的两个基本特点。从 1989 年成立至今，APEC 的发展很快，在贸易和投资自由化以及经济技术合作方面取得了一定的成效，而其特有的合作模式更是为区域经济合作开辟了一条新的道路。

发展中国家的区域经济合作虽然困难重重，但近年来部分发展中国家，尤其是东亚、东南亚和南美部分国家，整体经济实力有所增强，为南南合作提供了更为可靠的经济合作基础。而且发展中国家在经济上依然存在较强的互补性，这为它们在平等互利的基础上进行合作、互通有无、取长补短提供了前提条件。

三　对中国选择区域经济合作模式的启示

区域经济合作越来越成为世界经济发展的主要趋势，现有模式也为中国选择区域经济合作模式带来一些有益的启示。

（一）区域经济合作有利于地区经贸的发展

由于区域经济合作降低了关税和非关税壁垒，减少了要素流动的障碍，所以无论是发达国家之间的"强强联合"，还是发达国家与发展中国家的"互补联合"，或者是发展中国家之间的"南南合作"，组织的成员都可能通过扩大产品出口、增大生产规模、降低生产成本等方式，发展民族经济，增强国际竞争力。

同时，区域经济合作组织也为成员的经济发展提供了一个有利的外部环境，特别是在区域化趋势和贸易保护主义倾向增强的情况下，推进区域经济合作，可以为一国或地区建立一个较为巩固可靠的阵地。在 1994 年的墨西哥金融危机中，墨西哥从美国获得 120 亿美元的援助，有效地抑制了比索的不断贬值；20 世纪 90 年代初，芬兰经济连续 4 年负增长，1995 年加入欧盟后，经济恢复了增长；在世界经济普遍不景气的情况下，拉美南锥共同体成员国的经济却稳定增长，内部贸易额 1993 年比 1985 年翻了三番，达 80 亿美元。这都说明区域经济合作对一国或地区经贸发展的重要性。

目前，区域经济合作组织呈现扩大的趋势，这一趋势加剧了国际竞争的程度，使国家之间的经贸竞争演化成区域组织之间的竞争，竞争的层次更高，手段更高明，内容更复杂。随着中国对外开放的深入，中国经济的国际化程度将不断提高，会面临越来越复杂的竞争与挑战。在国际竞争力较弱的情况下，中国要发展经济，增强整体竞争实力，就必须走区域经济合作的道路。

（二）区域经济合作是一个渐进的过程

区域经济合作是一个复杂的、庞大的工程，涉及面广，参与成员的数量较多，要想取得较好的效果，不能急于求成，要在充分论证的基础上，有步骤、有层次、由低到高逐步推进。在这方面，欧盟的经验值得借鉴。由于欧盟成员国都是在自愿的基础上加入的，相互间的地位是平等的，并采取相应的措施对此加以保证，所以其成员在发生利益冲突时，倾向于在共同利益的基础上达成妥协。这使欧盟的一体化极为审慎，它的每一项协议、每一步推进都是各成员反复协商达成共识的结果。APEC 的推进方式，也充分体现了渐进性原则，《茂物宣言》为贸易投资自由化的完成规定了15～20 年的时间，使各成员有时间和机会逐步调整自己的经济政策和产业结构。《大阪行动议程》要求各成员同时启动 APEC 贸易投资自由化进程，并以自愿的方式确定各自的进度。

（三）"增长三角"是一种有效的合作途径

由于历史原因和政治、经济、社会、文化背景的差异，一些地区难以在近期内组建大范围的区域经济合作组织。由此，一些相邻的国家提出了在三国或四国的交界地带建立经济开发区，利用各自的优势，取长补短，提高当地的国际竞争力，这些经济开发区被称为"增长三角"。20 世纪 90年代的亚太地区先后出现了若干"增长三角"，取得了较好的成效。目前，存在的"增长三角"有：新加坡、马来西亚的柔拂州和印尼廖内省的巴淡岛组成的"新柔廖经济增长三角"、东盟北三角经济区、东盟东四角经济区。正在筹备的有由泰国北部、中国西南部、缅甸东部和老挝西部组成的"黄金四角"经济区。图们江流域开发计划、湄公河区域开发计划，以及无形的中国广东、福建与香港、台湾的"华南三角区"也属于此类，拉美也出现了类似的增长区。

就现实条件看，中国既要重视大范围的区域经济合作及其发展，又要珍惜小的、局部的合作机会，充分利用各种条件，发展壮大自己。局部的、部门的、民间的、地方政府间的经济合作对中国经济的发展和对外开放有一定的推动作用。因此，中国应实行多样性原则，开展各种形式、各个领域、各种渠道的经济合作，并充分利用自己身处"黄金四角"和湄公河经济开发区的优势，积极发展次区域经济合作。

（四）经济发展水平及区域经济融合度与区域经济合作的成效有直接联系

西欧国家作为区域经济合作的先行者，之所以起点较高、进展相对顺利，最根本原因是其成员经济发展水平的相近和区域经济融合度高。而其他国家和地区很难有如此好的合作条件，这是其他地区长期处于自由贸易区等初始合作阶段的本质原因所在。

区域经济合作由低到高的发展与区域经济融合程度相适应，这反映了生产关系对生产力发展的不同程度的调整。在激烈的国际竞争中，各国为了自身的经济利益而寻求某种程度的合作与协调，但合作的目的依然是提高自身的竞争力。

要达到区域经济合作的较高阶段，政府和超国家机构在区域经济合作中必须发挥应有的作用。政府和超国家机构的存在使民族国家的利益冲突在长期市场利益的基础上得以协调，提高了区域经济合作组织成员间的经济融合程度，从而确保了合作进程的不断深化。

（五）由单一重心的模式向多元重心的模式过渡是未来发展的趋势

进行区域经济合作应该突出重点，建立在地缘经济关系上的重点区域既可以是多元的，也可以是单一的。美国是实施多元重心区域经济合作模式的一个典型范例。就目前来看，只有美国凭借了多元的地缘优势，实施了多元重心的区域经济合作战略（见图9-7）。

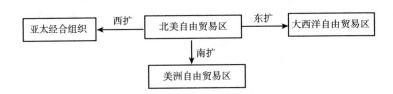

图9-7 美国多元重心模式

由于美国把经济结盟看做提高国家竞争力的一个重要手段，所以近年来，美国凭借较好的地缘优势，一直积极推进多元重心的区域经济合作模式。它以1994年开始运转的北美自由贸易区为核心，力图在2005年向南扩张，建立美洲自由贸易区，向西建立大西洋自由贸易区，向东主导亚太经合组织机制化。总之，它一方面通过世界贸易组织，提高其他国家市场的开放度，另一方面通过各种区域经济合作组织，把世界上经济实力比较强大、经济增长比较快或市场容量比较大的地区都控制起来。而中国的地缘经济重心基本上是单一的，重心在亚太地区，这一局面与全球化的发展趋势相背离，所以应借鉴美国的经验对此加以改变。

第五节　中国参与区域经济合作的
战略目标和模式选择

在全球经济一体化的趋势下，任何一个国家想要完全独立地发展是不可能的。在当前区域经济合作组织迅猛发展和多边贸易体制日益加强的背景下，中国面临被区域组织边缘化的危险。为了今后中国经济的长远发展，中国要加快研究和探索对外区域经济合作的新途径，提出中国对外区域经济合作的总体思路与具体步骤，要在参与对外区域经济合作中迈出新的实质性步伐。

一　中国参与区域经济合作的战略目标

只有加强国际经济合作，才能在国际经济领域享有更大的发言权，巩固中国的大国地位。在综合分析各种情况之后，笔者认为，中国的区域经济合作的战略目标应该是：根植本土，加快内地与港澳台的合作进程；立足亚洲，谋求与周边国家形成区域或次区域经济合作组织；突破疆界，跨越洲际，构筑全球合作网络。

具体而言，"入世"为中国获得非歧视性的正常贸易待遇扫清了障碍，以此为契机，中国应逐步创造条件首先在内地、港、澳、台之间做出类似自由贸易区的安排，实现优势互补，牵制东盟和日本，增加与欧盟、北美自由贸易区讨价还价的筹码；参与和推进与东亚地区的合作进程，加强"10＋3"和"10＋1"对话机制，支持在"10＋3"框架下建立双边货币互换机制；根据中国产品具有一定技术优势的结构特点，还应争取与发展水平略低于中国、但又拥有原材料和初级产品出口能力的周边国家签订自由贸易协定；借助 APEC 和亚欧会议，争取以优惠条件分别与欧盟、北美自由贸易区达成互惠安排；争取同配额限制较少的国家形成出口加工的优惠安排，以便使中国的产品能绕过配额和反倾销限制。

（一）根植本土，加快大中国经济区的合作进程

由于国际贸易保护主义的外在压力、优势互补和利益共享的内在动力，以及地缘、血缘的聚合力和中国的改革开放等因素，中国内地与港澳台及时构建机制性区域经济合作，不仅是中国内地与港澳台经贸关系日趋紧密、依赖程度不断递增、互补合作区域进一步扩大的客观反映，也是在严峻的国际经济环境及全球区域经济合作发展形势之下，大中国经济区经济发展的内在要求。

大中国经济区内的区域经济合作可以实现中国的制造业基地和市场腹地优势与港澳台的信息、技术与国际销售网络优势的有效结合。经济融合过程中的资源重新配置，会使四地产品的比较优势更加突出，而且可以产生较强的贸易创造和贸易转移效应，减少港澳台对美、欧、日市场的过分依赖。以中国台湾为例，1984 年对美国的出口占其出口的 48%，而 1995 年则下降到 23.6%，1998 年进一步下降到 20.1%，内地已经取代美国成为港澳台的最大出口市场。

目前，由于两岸之间的某些壁垒尚未拆除，所以两岸的贸易并未真正反映各自的比较优势，无法彻底实现"资源优化效应"，贸易创造效应也未充分发挥。因此，今后大中国经济区要继续推进 CEPA 和 ECFA 框架下的区域经济合作，以市场机制和外向型经济为导向，充分发挥比较优势，提高大中国经济区在国际市场分工体系中的地位与竞争力，并为一国两制在海峡两岸的顺利实施和祖国和平统一大业的彻底完成奠定基础。

（二）立足亚洲，谋求与周边国家形成区域或次区域经济合作组织

亚洲是 21 世纪最具经济活力的大陆板块和经济实体，也是中国进行对外经济交往最重要和最有地缘优势的地区。因此，亚洲将成为中国进行区域经济合作的重心。

但是由于亚洲国家的社会制度不同，意识形态差异，经济发展悬殊，历史因素复杂，所以亚洲不大可能像欧盟和北美自由贸易区那样很快形成一个统一的区域经济合作组织，目前只有东南亚国家联盟、南亚区域合作联盟和一些"增长三角"性质的次区域合作组织。

不过，随着世界竞争的加剧和亚洲各国对区域合作模式的不懈探索，亚洲国家最终会走上联合之路。从目前的客观情况看，有着地缘、文化和经济便利条件的部分亚洲国家率先组成区域或次区域经济合作组织是比较

现实的选择。

今后，在参与和倡导组建亚洲区域经济合作组织的过程中，中国应发挥积极作用，并着重注意以下几个方面。

1. 重中之重——东亚区域合作

东亚是处在中国周边的世界市场，也是中国经济通往全球的重要而便利的通道。积极倡导和参与东亚区域经济合作，可以形成对美、欧的战略制衡，有利于中国构筑对外区域经济合作的整体框架。东亚的区域经济合作是中国对外进行区域经济合作的立足点。

目前东亚诸国虽未建立东亚区域经济合作组织，但主要国家和地区的经济和贸易发展已经纳入东亚区域经济的轨道。近几年，东亚各国的经贸互补性加大，依存度提高，各国间的经贸往来频繁，相互投资增加，区域内的经济总量扩大，活力增强，正在形成以新兴工业化国家和地区为中心的内部循环结构，这是东亚建立区域经济合作组织的重要前提。

但东亚国家之间经济、政治、文化的巨大差异性和多样性，决定了东亚区域合作任重道远，必须结合自身特点选择合作的方式和道路，不能照搬其他区域经济合作组织的发展模式。与其他区域组织从贸易合作入手，逐步扩大合作范围不同，东亚地区的合作可以先从东亚各国具有共识的金融领域开始，逐步建立金融、贸易和投资的全面合作关系。而区域金融和经济合作的进展将有利于本地区各个国家巩固和扩大共识，消除分歧，增强各国支持和参与区域经济合作的政治决心和意愿。同时，还可以增强东亚国家整体抵御和防范金融危机的能力，促进本地区的金融稳定和经济发展，使东亚各国更好地参与全球经济合作，促进全球化的有序发展。

从现有的情况看，借助东亚"10＋3"（东盟十国加上中、日、韩）框架建立东亚区域经济合作组织，是东亚进行区域经济合作的一条可行道路。东亚国家之间的合作应从各方较易达成共识的领域入手，巩固合作基础，然后逐步扩大。中国可以"10＋1"或"10＋3"方式来推动和融入东亚区域经济合作。具体而言，中国应积极倡导在东亚地区建立区域经济合作组织，率先提出一整套区域经济整合的方案，以起到引导作用，为进一步建立组织打下基础。同时，中国要处理好与大国的关系，尤其是中日关系，要明确日本在未来相当长一段时间内仍将是东亚经济的主导力量，近期内，相互依存是两国关系的主流。

2. 最具潜力的次区域经济合作——东北亚经济合作

20 世纪 90 年代以来，亚太地区在世界政治、经济格局中的地位不断提高。东北亚作为亚太最活跃的次区域，发展潜力巨大，有专家预测，在未来 15 年内，东北亚将成为世界经济发展最快的地区之一，而且是近期内具有形成区域经济合作组织倾向的一个热点地区。

（1）东北亚地区进行区域经济合作的潜力巨大

东北亚具有重要的战略地位，它可以为中、日、韩等国提供一条通往欧洲的经济通道。从全球贸易结构来看，东北亚地区拥有中、俄两个世界上最具潜力和活力的新兴大市场，拥有中、俄、朝丰富的自然资源和中、朝丰富的劳动力资源，以及拥有日本、韩国和中国台湾强劲的对外投资能力和技术优势。东北亚地区这种经济的互补性和转口贸易及与之相关的工业潜力，使东北亚地区具有广阔的发展前景。尽快实现与中国息息相关的东北亚区域经济合作是中国对外区域经济合作和经济发展所面临的一个重要问题。

东北亚地区的经济合作属于次区域经济合作，即不是以完全主权国家的形式参与合作，而是以一国局部地区参与国际合作的形式进行。同时由于东北亚区域经济合作各方分属不同社会制度、经济体制和发展层次的国家，因此，在这种情况下要找到较为理想的合作切入点和较为有效的合作形式，就需要一个不断磨合与认同的过程。

20 世纪 90 年代由于俄罗斯政局动荡、亚洲金融危机和多边次区域经济合作前期工作的复杂性等因素的影响，东北亚合作并未达到预期目标，东北亚经济圈迟迟没有形成。图们江经济开发区是东北亚目前唯一的多边合作项目，早在 1991 年就由联合国牵头开始兴办，中、俄、朝、韩、日参与，但这一项目由于资金不足而进展缓慢。

21 世纪东北亚区域经济合作将会取得实质性的突破，成为全球区域经济合作的新热点。这一方面源于东北亚地区内部的动力，东北亚各方基本上都属于资源丰富、经济相对落后、需要进一步开发的地区，这些地区对合作开发和开展经济技术合作既有实际需求，又有很高积极性。经济要素的强互补性和地域文化的相近性、各方相继出台的有利的引资和对外投资政策，以及近些年环日本海、黄海、渤海、图们江流域等次区域的合作建立起的合作基础和沟通渠道都为东北亚地区加强区域经济合作，最终实现东北亚地区的经济一体化创造了条件。

另一方面是因为外部条件的变化。首先，欧美市场竞争的激烈性和东南亚市场的脆弱性，使中、俄这两个最具有潜力的新兴大市场的吸引力凸显，这有力地推动着东北亚区域合作的进程。其次，随着中国加入 WTO 和俄罗斯入世进程的推进，两国市场的开放度和经济贸易自由化的程度无疑会大幅度提高。这种趋势将使中、俄、日、韩在经济体制层面的摩擦与障碍减小到最低程度。再次，东北亚各国将逐步走出目前的经济困境，整个地区的经济形势将趋于好转。经济的好转会使东北亚区域经济合作有较为理想、有效的合作切入点与合作形式。最后，东北亚地区的政治关系将向着积极方向发展，这会为区域经济合作提供更宽松的政治环境。

（2）东北亚地区重点合作领域

由于俄罗斯拥有资源但不具有独立开发的实力，日、韩资源贫乏但拥有很强的资金与技术实力，中国对能源、电力资源存在需求缺口，加之合作开发能降低风险，所以合作开发将成为东北亚区域经济合作的重要方式。近期，东北亚地区的合作开发领域将主要集中在石油、天然气、电力、煤炭、林业和农业领域，开发的主体将由双边逐步转向多边合作开发。东北亚各方技术领域合作潜力巨大，各方既有加强科技合作的内在需求，又有进行合作的有利条件，具有较强的互补性和利益共享性。今后，东北亚地区的科技合作将主要以大项目开发合作、技术贸易以及合作建立高新技术企业的方式实现。

中国应为推进东北亚合作进程做好充分准备。在发展与东北亚各国双边经贸的基础上，中国应进一步调整经贸关系，拓宽合作领域，加快图们江三角洲的区域开发，并以此带动和促进东北亚经济圈的繁荣。中国应与主要参与方积极展开对话，探索在东北亚建立多层次、多形式的经济合作体制，倡导逐步建立起符合国际规范的合作机制。中国作为东北亚地区合作组织的倡导者，要积极主动地参与游戏规则的制定，使区域合作更符合自身利益，并力求建立公正合理的东北亚经济新秩序。

3. 凭借西部地区地缘、族缘优势，同中亚、南亚等周边国家开展区域经济合作

随着国家间政治关系的日渐改善和西部开发的实施，西部目前的地缘优势增强，成为中国西向开放、进行区域经济合作的门户所在。尽管与中国西部接壤的周边国家经济并不发达，但中国西部地区与中亚、南亚国家有着天然的文化联系，并且语言文字相通，风俗习惯相近，资源结构和经济技术有明显互补性。近几年，中国与周边国家政治关系的明显改善，以及趋同的对外开放政策，为中国的边境贸易及西部同周边各国的区域经济合作提供了便利的条件（陈栋生等，1996）。

西北地区与中亚五国、蒙古、巴基斯坦相邻，中国的轻纺工业相对发达，而且劳动力资源丰富，可以弥补中亚及蒙古诸国在这些方面的不足，虽然中亚和蒙古总体经济水平不高，但它们在木材、钢铁、水泥、化肥、重型机械等行业具有相对优势。同时，西北地区与中亚哈萨克斯坦、吉尔吉斯斯坦、塔吉克斯坦三国有 3306 公里的共同边界，其中对中亚开放的各类口岸有十余个，并有铁路与公路相连，中亚是中国西出亚洲至欧洲的最便捷的陆路通道，中国则是中亚国家进入太平洋并跻身于国际市场的出海口，双方可以在此基础上进行经济技术交流与合作。

中国西南地区连接着南亚和东南亚市场，西南 5 省区可以与印度东北部和东部、缅甸全境、孟加拉全境进行次区域经济合作。西南地区可以和南亚、东南亚的印度、缅甸、尼泊尔、锡金、不丹、老挝和越南等国进行资源型的互补余缺。如以西南地区的蚕茧、丝绸、名酒、中药材同东南亚国家的橡胶、玉石、石油、木材、椰油、贵金属进行交换，同时西南地区在电子、航天、机械制造等方面具有优势，而东南亚国家的轻纺工业则更具潜力，双方可以在这些领域进行互补。

西部地区与周边国家进行区域经济合作不但可以改变中国单一的沿海开放格局，拓宽合作领域，为实施多元化的对外开放战略提供便利，而且能促进与东亚、中亚、南亚等潜在市场的经贸往来，创造数个充满活力和生机的区域市场，使资源在更大范围内得到优化配置，也为中国经济发展创造出巨大的市场空间。

通过与周边国家的合作，可以扩大市场空间和商品流通领域，产生规模经济效益，充分发挥西部作为通道和桥梁的区位优势；可以创造投资需求和投资热点，以区域为整体来吸引外资；可以降低基础设施的投资成本，充分发挥能源、交通和通信网络化的经济效益；可以通过国际分工的深化和生产要素的跨境流动，推动产业结构的调整。

当然，目前该地区还存在着各国政治经济体制不同，经济、科技发展水平差异，地形结构复杂，基础设施建设难度高、成本大、见效慢等不利因素。但近年来，该地区经济、政治、安全及国际环境正朝着有利于区域经济合作的方向发展，区域经贸合作条件已基本成熟。目前，中国西北与中亚、中国西南与东盟国家之间的次区域经济合作已经起步，这将成为中国有效参与国际分工合作的不容低估的经济增长极。

在同周边国家进行区域经济合作时，中国应注意以下几点：①通道建设是重中之重。形成现代化的交通运输网络，才能实现货尽其流，物达其主，互为市场，互惠互利，共同发展。②联合建立次区域经济合作区，进行小范围内的国际经济合作，然后，通过通道建设，连接沿线各大城市，逐步形成由点而轴、由轴而面的经济地域推进态势，最终形成具有内部统一性和外部相对独立性的经济增长地带。③共同建立区域经济合作新机制，争取国际组织的资金、技术、物资支持，并进行组织协调，使区域经济合作得以有序进行。

（三）　突破疆界，跨越洲际，构筑全球合作网络

短期内，经济全球化与经济区域化两种趋势将并行不悖。但从长期看，经济全球化是不可逆转的大趋势。现有国际区域组织的逐步扩大和跨区域、跨洲合作的进一步发展，将为经济全球化铺平道路。因此，突破疆界、洲际的区域经济合作将成为今后区域经济合作发展的重要方向。

当前，各大洲之间以及最主要的区域性经济组织之间的跨疆域合作不断加强。北美与西欧以西方七国首脑会议为纽带，东亚与北美以 APEC 为桥梁，西欧与东亚以亚欧会议为渠道，形成了东亚、北美和西欧三大地区之间的相互交织的国际经济关系网络。此外，建立跨大西洋自由贸易区的呼声也越来越高。

因此，从经济发展全局考虑，中国制定对外区域经济合作的规划时要具有全球性的战略眼光，在重点发展周边地区区域合作组织的同时，也要注重借助各种国际性组织、非正式会议和现有的区域组织，构筑中国全球性的经济合作网络。这不仅符合当今区域经济合作的发展潮流，也符合中国的经济利益。

从长期看，世界经济南弱北强的局面可能会进一步发展，因此，在选择中国全球性区域经济合作重点对象时，要把拥有资金、技术、管理、人才等优势并在世界经济中居主导地位的发达国家放在一个重要的位置。美国、欧盟和日本不仅符合上述条件，而且也是中国现在和未来相当长一段时期内最重要的经贸伙伴，所以处理好与它们的合作关系对中国至关重要。

中美经济合作有很大的潜力，双方比较优势互补、产业产品互补的可能性很大，进一步发展经济合作符合双方的共同利益，2010 年中美双边贸

易额 3853.4 亿美元，比 1979 年增加了 150 多倍。截至 2010 年底，累计有 59000 个美国机构在中国进行投资，实际投资额达 652.2 亿美元，都取得了良好的回报。目前美国已是中国第二大出口市场和主要投资来源地。当然，由于社会制度、价值观念和竞争战略的不同，两者之间的摩擦、竞争甚至斗争不可避免。将扩大合作、减少摩擦作为今后发展的方向，可以考虑利用 APEC 加强中美之间的联系。

加强中日经济合作具有深远意义。中日双方具有地缘优势和较强的经济互补性，从现实的贸易、投资和其他经济技术合作的规模看，中日经贸关系是中国最重要的对外经贸关系之一。加强中日经济合作有利于日本经济的复苏和中国经济的持续高速增长，也有利于东亚地区的繁荣。可以考虑通过东北亚、"10 + 3"以及 APEC 等区域经济合作组织来加强中日合作。

发展中欧关系前景广阔。欧盟是中国的第三大贸易伙伴、外国政府贷款的主要来源地、最大的先进技术和设备的供应者。近年来，中欧贸易额逐年增长，双方在培训、科技、发展援助等领域也开展了广泛的合作。但从总体上看，中欧之间的经济联系仍然比较薄弱，与两者的经济地位不符，也不能满足双方在经济发展上的需要。欧盟的对外贸易规模远远超过美国和日本，但欧盟对中国的贸易规模却一直小于美国和日本。双方在货物贸易、服务贸易和经济技术合作方面仍存在巨大的潜力，有着非常广阔的前景。加强二者的联系，不仅可以为双方带来经济实惠，而且还将为相互间建立平等互利的伙伴关系增添实质性内容。

为此，双方都采取了较为积极的态度，借助每两年举行一次的亚欧会议（成员包括欧盟及东盟加中、日、韩三国），中欧关系正朝着纵深方向发展。加强中欧关系有助于中国推进国际关系多极化，实施市场多元化战略，拓宽中国在对外交往中的回旋余地。

二 模式选择与具体措施

由于受到历史、经济发展水平的影响，不同时期、不同地域的区域经济合作模式可以根据自身条件的不同而有所不同。可以选择水平模式，也可以选择垂直模式；可以选择制度性合作模式，也可以选择功能性合作模式；可以选择单一重心模式，也可以选择多元重心模式。

综合考虑当前的宏、微观因素，中国对外区域经济合作的总体战略可以"合纵连横，多头并进，突出重点，优先发展"为指导，在三个层次上齐头并进，并由现有的单一重心模式向多元重心模式转变，同时积极组建开放模式的区域经济合作组织。

（一）采取不同层次的经济合作同时并举、齐头并进的发展模式

经济合作发生在全球范围内，就是经济全球化；发生在区域范围内，就是区域经济合作；发生在更小范围内，就是区域经济合作的衍生物——次区域经济合作。一般来说，区域经济合作的范围与其内部成员的差异性成正比，范围越广泛，成员越多，差异性越大，利益协调越困难，区域经济合作的程度越难以提高；反之，则越容易。

由于区域经济合作具有三个不同的层次，所以中国的区域经济合作战略可以采取次区域、区域和全球范围内经济合作三个层次同时并举、齐头并进的发展模式（见表9-8）。

表9-8　中国不同层次区域经济合作的发展构想

类　型	特　性	可利用的组织
跨区域经济合作	全面性	WTO、IMF、世界银行和洲际区域经济合作组织
区域经济合作	重点性	东盟、APEC等
次区域经济合作	现实性	图们江、湄公河流域项目合作等

（1）强调经济合作的全面性。这要求中国积极发展同世界各类国家、各个地区的经济关系，以顺应全球化趋势和中国经济发展的需要。事实上，中国也已通过双边或多边关系同世界上绝大多数国家和地区进行了经贸合作，并且通过世界贸易组织、世界银行、国际货币基金组织等国际性组织以及跨区域合作组织进一步强化相互间的合作。

（2）突出区域合作重点。从地缘经济的角度和实际情况来看，中国对外区域经济合作的重心在亚太地区，因此，今后中国在全面发展区域经济合作时，要更多地把着眼点放在亚太地区，积极发挥中国的自主性，从中更多地分享区域经济合作带来的利益。

（3）照顾经济合作的现实性。在积极参与和推动亚太区域经济合作的同时，对于进行区域经济合作暂不成熟，但可以在较小范围内强化经济合作的地区，应进行次区域经济合作，如中国西南的湄公河流域项目合作、东北的图们江合作开发等。

（二）顺应时代潮流，实现由单一重心模式向多元重心模式的转变

任何国家都是依据本国的具体条件，选择自己的对外区域经济合作模式。这些条件不仅包括自然资源禀赋、人文及社会特征，还包括现有的经济基础、政治体制等。由于各国的条件不同，所以各国选择的模式也有所不同。

除了全面的经济合作外，进行区域经济合作应该有区域重点，这些重点大多数建立在地缘经济关系上，既可以是多元的，也可以是单一的。正如前文所述，由于美国具有较好的地缘优势和较强的经济实力，目前只有美国实施了多元重心模式的区域经济合作战略。虽然中国的地缘经济重心在较长一段时期内是比较单一的，但这并不意味着中国在发展多元重心模式的区域经济合作方面就无能为力了。

在生产力水平比较低的情况下，地缘优势起着主导作用，但随着生产力水平的迅速提高、科技的日新月异，以及通信运输方式的革新，地缘优势的重要性将有所下降，而商品经济的外向发展的本质使其具有外向发展、摆脱疆界限制的内在冲动。世界经济生活的国际化、全球化是商品经济发展无法抗拒的一个客观趋势。

这样的国际背景为中国发展多元重心的区域经济合作提供了物质基础和便利条件，因此，中国对外区域经济合作应向多元化方向努力，形成多层次、多渠道、全方位的格局，并为此投入人力、物力和财力，开展政府间、民间等多种形式的合作。

当然，多元化战略的实施并不意味着各个重心的重要程度完全相同，而是有着轻重缓急之分。为此，有必要将进行区域经济合作的区域分为核心区、准核心区和边缘区三重结构，对不同区域采取不同的政策。以中国内地与港澳台为核心区，重点发展，密切合作，加强制度性合作的进程，将合作层次提升到力所能及的高度。准核心区以周边国家和美、欧为重心，根据现实情况，积极发展各种水平的区域经济合作，着力推动已具备雏形的区域经济合作组织的发展。力争充当区域经济合作组织的积极参与者，在条件允许的条件下，要承担起倡导者的角色。以中国—东盟自由贸易区（"10＋3"）及中国—东盟自由贸易区、中亚五国、东北亚以及湄公河等次区域经济合作组织为基础，构筑具有地缘优势的区域经济合作网络；借助APEC和亚欧会议等非制度化的组织，推动中国与欧美的洲际经济合作。边缘区是指一些不具备明显的地缘优势，而且经济贸易关系不太紧密的地区，对这些地区，中国应进行一些基础性的准备工作，积极扩大经贸往来，进行市场调研，捕捉商机，为开拓全球市场、参与全球分工打下良好的基础。

总体来说，如图9-8所示，中国应以内地与港澳台为核心，向东通过推动 APEC 的贸易与投资自由化进程，加强与 APEC 成员间的经济合作，同时，通过"10+1"或"10+3"的深化，构建东亚区域合作的框架；向北进一步推动中亚五国和东北亚区域合作的进程，由优惠贸易安排和项目开发向更高层次过渡；向西借助亚欧会议加强中欧合作；向南凭借西部地区的地缘优势和西部大开发的进程，谋求与南亚地区合作协定的成员建立较为密切的经贸关系，为今后的合作奠定基础。

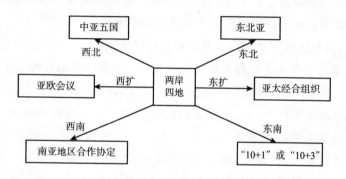

图9-8　中国多元模式的构想

（三）推动开放模式的区域经济合作组织的形成，探寻共同利益的结合点

资源配置的空间范围越大，可以利用的资源种类越多，各国资源配置的效率就越高，共同利益的结合点就越多。除了共同经济利益以外，开放性、非排他性的合作也与世界政治多极化、经济全球化发展趋势相适应，所以中国应积极推动开放模式的区域经济合作组织的形成。

按照 APEC 和 WTO 的经验，组建任何层次的区域经济合作组织的总体思路都是相互开放市场，相互融合经济，共同发展，共同受益。其成员方之间总要经历漫长复杂的磋商过程和过渡期，才能达到目标。发达国家的市场开放程度一般比发展中国家高，但也并非完全放开。因此，中国应该根据自己的国情制定开放进程，掌握市场开放的主动权，既适当保护自己又适当引进竞争，使中国产业充分利用过渡期孕育成长，进而在竞争中发展壮大。因此，必须处理好"以我为主"和"合作共赢"的关系。区域经济合作需要成员方在经济和其他有关政策方面进行协调，合作开发必须共享利益，共负责任，共担风险。

在合作过程中，"平等互利，相互开放，注重实效，长期合作，共同发展"是所应遵守的基本原则。"相互尊重，协商一致；循序渐进，稳步发展；相互开放，不搞排他；广泛合作，互利互惠；缩小差距，共同繁荣"是中国的基本立场。

坚持开放模式的区域经济合作，就应推动区域经济合作组织成员间及组织内成员与组织外国家（地区）之间的相互开放，摒弃经贸关系中的歧视性做法；应充分考虑各成员不同的经济发展水平和具体情况，坚持自主自愿、灵活性和协商一致等基本原则，保持适当的速度；大力开展经济技术合作，以缩小成员间的差距，达到共同繁荣的目的。

（四）对外区域经济合作应采取的具体措施

1. 在宏观层面上，发挥政府在制定区域经济合作框架时的主导作用

目前，中国的经济综合实力位居世界前列，发展潜力巨大。中国不仅是最大的新兴市场之一，也是亚太地区的重要一极，在东亚地区经济实力仅仅位居日本之后，与东盟或亚洲"四小龙"相当，以中国的经济实力，完全有能力在亚太地区的区域经济合作中争取到一定的发言权，并且具有一定的影响力，可以在制定自由贸易区的区域经济合作规则、市场开放目标、选择合作项目上发挥更重要的作用。

区域经济组织的建立和发展离不开区域主导国家的推动，如法、德是推动欧盟的主要力量，美国是北美自由贸易区形成的决定性因素。因此，中国可以考虑与其他国家联合共同推动区域经济合作或单独成为区域主导国家。例如，在东亚地区，可以与日本联手推动东亚区域经济合作，实现区域经济合作优势互补、共同发展和共同受益的目标。

为此，中国有必要加强多边或双边政府间往来，进一步完善政府间交流会晤和协商机制，发挥政府在构建区域经济合作组织框架时的主导作用。通过谈判改善外部贸易环境将是政府促进对外区域经济合作的主要任务。

政府要承担以下任务：支持政策对话，加强行动协调，促进信息交流，推动区域经济合作规则的制定，与他国共同确定经济技术合作的优先领域和具体项目，共同落实资金来源，共同制定相应的多边鼓励措施，使区域经济合作尽快步入机制化轨道；鼓励优势互补、联合投资和共同开发，支持在"自愿互利，互通有无，互为市场"原则基础上的双边、多边和区域

性经济技术合作，保证区域内成员生产要素更自由地流动、更合理地配置；支持工商企业积极参与区域经济合作组织的经济技术合作项目，选拔和培养一批经营管理素质高、战略意识强、外语好、懂外交的工商企业领导人，参与有关商业论坛的政策咨询和对话，以维护中国的利益；加强中小企业经济技术合作，倡导以中国为主的大型合作项目，确保参与合作的所有成员从中受益；推动市场化改革进程，为对外区域经济合作创造一个良好的体制环境，积极融入多边贸易体制，改善投资、贸易政策和法规框架，加强信息交流与共享，为企业投资提供便利。

2. 在微观层面上，通过跨国经营发挥企业的微观主体作用

自由贸易区与区域经济合作的基本动力是市场力量，而企业是进行经济技术开发与合作的微观主体。

在区域经济合作中，政府间的协商对话和共同政策是区域经济合作的指导力量，政府的作用将仅限于制定平等竞争的规则，营造一个良好的投资环境和经营环境，而无法左右区域经济的发展方向。真正左右经济发展并进行实力较量的主体将是企业。企业通过对资源进行优化配置，可以实现区域内的生产发展、社会进步和文化繁荣。企业是区域内外贸易和投资活动的载体，它们之间的紧密联系和互动是地区经济合作的基础和经济增长的源泉。

企业主要是依靠跨国经营来推动区域经济合作进程。因此，加快推动跨国经营是区域经济合作战略中企业发展战略的基本点。对于中国企业来说，参与跨国经营的途径主要有两种：一是中国企业作为母国公司的进取型参与，另一种是中国企业作为东道国公司的配合型参与。前者是指中国企业通过跨国经营努力拓展自身的国际经营体系。在投资方向上，应特别注重向其他国家新兴市场投资，这些国家和地区的环境与中国相似，中国企业更容易取得成功；在成功的基础上，再向发达国家拓展，这将是大部分中国企业可选择的发展之道。后者指其他国家的公司通过在中国建立子公司或分支机构，或通过与中国企业进行合资和合作等方式进入中国，将中国企业的国际经营体系向国外延伸。

企业的跨国经营，可以加快国家或地区间的经济联系，可以改善中国的经贸环境，使其占有更多的市场份额，增强企业的国际竞争力。这同时也意味着中国企业将在更大的范围内直接参与国际市场竞争，竞争会更加激烈。所以企业必须做好战略上的调整以适应区域经济合作的要求，必须按照国际企业的管理规范、国际标准体系、市场需求和经销惯例来组织生产经营活动，更加广泛地参与国际经济，全面系统地按国际规律办事。

3. 以循序渐进的方式推进对外区域经济合作的进程

一般而言，区域经济合作是一个渐进的过程，其渐进性既体现在时间上，也体现在空间。由于区域经济合作涉及的资源在不同地域之间的合理流动，所以它的发展受到各种因素的制约。同时，由于各国在发展水平上存在巨大差异，经济合作进程不可能同步推进。因此，一些地域相邻、发展水平相近的国家与地区相互提供贸易与投资便利，在全球范围内率先形成区域性经济组织。这些跨越国界的区域组织具有促进经贸利益实现的独特优势，如天时（资源禀赋、市场自然联合）、地利（地缘政治、周边关系）与人和（政治制度、文化习俗相近）的有利条件。

中国周边地区情况比较复杂，区域经济合作短期内难以整体推进，所以应该突出重点，以点带面。在具体操作中本着由易到难、由小到大、逐步推动、循序渐进的工作方式，既要符合当地实际，又要适应长远发展的过渡性要求。可以考虑先组建区域性合作论坛和非正式会议，然后逐步从优惠贸易安排、自由贸易区等向更深层次的区域经济合作过渡。合作论坛和非正式会议的平等和机制化，可以加深相互了解，尽量避免不必要的争执，把对话集中于各方共同关注的问题上。同时，参与经济合作开发的管理部门，必须把握新世纪国际关系中经济政治化、政治经济化的特点，把区域合作既看做经济合作又看做政治合作；要从自由贸易区战略高度寻求区域经济合作中的依靠力量，形成全球战略布局的制衡。

4. 与国际惯例接轨，按市场经济规则办事，舍近利而求远利

区域经济合作组织的创建和顺利运行需要按国际惯例和市场经济规则进行。20 世纪 90 年代以来，中国对外开放和参与国际经济合作还不适应国际通行规则。体制性的摩擦在改革开放的过程中一再出现，随着中国入世和改革开放进程的深入，中国更需要一个稳定的、开放的外部环境。现在制度化的环境对中国更为有益，因此，中国有必要从政策性开放转向制度性开放。加入世贸组织是把对外开放推进到体制性阶段的有利契机，在这一过程中，国内外贸体制和经济管理体制将实现与国际规则的全面接轨，中国与世界的经贸关系将更加密切，这会为对外区域经济合作提供一个很好的发展机遇。

在与国际规则接轨的开放过程中，中国目前面临着要在承受一定风险

的条件下尽可能地加快开放速度的外部约束。开放速度的加快，可能会带来较大的风险，这些潜在的风险一旦变为现实难免会给经济造成震荡，使中国的某些产业受到冲击，一些企业可能会破产，在一段时期内某些部门的失业会增加。总之，短期内可能会对中国经济造成不利影响。不过，从长期来看，中国除了获得更稳定的国际市场外，还可真正融入世界经济并获得经济全球化体制建设的决策参与权，这会为国内经济改革创造新的动力。如果能够及时有效地进行结构调整，就能创造更多的就业机会，在未来的国际分工中获得更大的利益。

本章参考文献

［1］马克思：《马克思恩格斯全集》第 26 卷。

［2］于立新：《国际金融学》，经济科学出版社，1999。

［3］于立新：《"九五"中国对周边国家跨境投资建立区域市场的思考》，《国际商务》1995 年第 6 期。

［4］于立新：《美国应对全球化的应对战略》，2000 年 7 月 27 日《国际商报》第 6 版。

［5］于立新：《走出去理论模式与目标选择》，2000 年 3 月 18 日《中国财经报》第 1 版。

［6］〔日〕山襄：《自由贸易协定和日本》，《贸易和关税》1999 年第 8 期。

［7］乌杰：《经济全球化与国家整体发展》，华文出版社，1999。

［8］王鹤：《经济全球化和区域经济一体化》，《世界经济》1999 年第 3 期。

［9］王佳佳：《WTO 贸易政策审议机制的内容与运行》，《经济研究参考》2000 年第 93 期。

［10］世界银行：《2000 世界发展报告》，中国财政经济出版社，2000。

［11］世界贸易组织官方网站 www.wto.org，世界银行网站 www.worldbank.com。

［12］叶卫平：《"入世"与多元化国际市场》，北京出版社，2001。

［13］刘友法主编《世界经济与中国》，社会科学文献出版社，1998。

［14］刘美平：《黑龙江流域中、俄、蒙三国软环境与经济合作》，《东北亚论坛》2000 年第 2 期。

［15］朱以青主编《在动荡中发展》，经济科学出版社，1999。

［16］佟家栋：《欧盟经济一体化及其深化的动力探讨》，《南开经济研究》2000 年第 1 期。

［17］吴克烈：《世界经济区域一体化与中国区域经济理想模式》，《世界经济研究》2000 年第 1 期。

［18］张幼文等：《世界经济一体化进程》，学林出版社，1999。

［19］张伯里：《世界经济趋势与中国》，中共中央党校出版社，2000。

［20］张荐华：《国际贸易理论与政策》，经济科学出版社，1998。

［21］张蕴岭主编《亚太地区发展报告》，社会科学文献出版社，2001。

［22］李元旭：《新兴市场》，经济管理出版社，2001。

［23］李坤望等：《经济全球化：过程、趋势与对策》，经济科学出版社，2000。

［24］李琮等主编《经济全球化地区化与中国》，中共中央党校出版社，2000。

［25］杨长春：《中西部地区的对外开放》，对外经济贸易大学出版社，2000。

［26］杨成绪：《大变革：走向 21 世纪的世界经济》，首都经济贸易大学出版社，1999。

［27］汪斌：《国际区域产业结构分析导论》，上海人民出版社，2001。

［28］陈建国：《经济合作中的次区域贸易协定：亚太地区的分析》，《亚太经济》1998 年第 6 期。

［29］陈栋生等：《西部经济崛起之路》，上海远东出版社，1996。

［30］陈昭方：《战后世界经济发展不平衡研究》，武汉大学出版社，2000。

［31］陈家勤、于立新：《沿边开放：跨世纪的战略》，经济科学出版社，1995。

［32］周八骏：《迈向新世纪的国际经济一体化》，上海人民出版社，1999。

［33］周水根：《21 世纪全球经济格局展望》，中国经济出版社，2000。

［34］周圣葵主编《21 世纪与南北经济区域集团化》，社会科学文献出版社，1998。

［35］范云芳：《从区域经济一体化看国际经济中的竞争与合作》，《经济改革》1998 年第 1 期。

［36］姜键：《论东亚区域经济合作面临的问题与前景》，《世界经济》1997 年第 3 期。

［37］宫占奎：《区域经济组织研究》，经济科学出版社，2000。

［38］胡正豪：《中国与东盟关系国际贸易的视角》，《国际观察》2002 年第 1 期。

［39］钟昌标：《国际贸易与区域发展》，经济管理出版社，2001。

［40］倪月菊：《争夺全球市场》，经济科学出版社，2000。

［41］桑百川：《区域开放战略论》，中国青年出版社，1996。

［42］曹沛争、徐栩：《中国"入世"与"中国经济一体化"的发展》，《安徽大学学报》（哲社版）2000 年第 6 期。

［43］综合开发研究院课题组：《21 世纪的前 20 年中国在国际经济中的战略选择》，《开放导报》2000 年第 2 期。

［44］黄卫平等：《走向全球化》，法律出版社，2000。

［45］曾坤生：《区域经济论》，湖南人民出版社，1998。

［46］曾培炎主编《2001 年中国国民经济和社会发展报告》，中国计划出版社，2001。

［47］裴长洪等：《欧盟与中国：经贸前景的估量》，社会科学文献出版社，1998。

［48］薛荣久：《经贸竞争与合作》，中国经济出版社，1997。

［49］薛荣久：《国际管理贸易的兴起、影响与对策》，《国际贸易问题》1996 年第 2 期。

［50］薛敬孝等编《APEC 研究——方式、运行、效果》，山西经济出版社，1998。

［51］〔美〕道格拉斯·C. 诺思：《经济史中的结构与变迁》，陈郁等译，上海三联书店，1991。

［52］〔美〕约翰·奈斯比特：《亚洲大趋势》，蔚文译，外文出版社，1996。

［53］Edgar M. Hoover, Frank Giarratani：《区域经济学导论》，郭万青等译，上海远东出版社，1992。

［54］Arndt, S. W., "On Discriminatory Vs. Non-preferential Tariff Policy", *The Economic Journal* Vol. 78, No. 312, 1968.

［55］Arndt, S. W., "Customs Union and the Theory of Tariffs", *The American Economic Review* Vol. 59, No. 1, 1969.

［56］Hazard, H. A. and Yoffie, D. B., New Theories of International Trade, *Harvard Business School Case* 9_390_001, 1989.

［57］Kemp, M. and Wan, H., "An Elementary Proposition Concerning the Formation of Customs Unions", *Journal of International Economics* Vol. 6, 1979.

［58］Krugman, P., *Strategic Trade Policy and the New International Economics* (Cambridge MA: MIT Press, 1986).

［59］McDonald, B., *The World Trading System* (Macmilian Press Ltd, 1998).

［60］Randall Jones, *The Chinese Economic Area: Economic Integration Without a Free Trade Agreement*, OECD Economics Department Work Paper, 1992.

［61］Robertson, D., *East Asian Trade After the Uruguay Round* (Cambridge University Press, 1997).

［62］Yoffie, D. B. *Beyond Free Trade* (Harvard Business School Press, 1993).

第十章

中日韩区域经济一体化发展的探讨

第一节 区域产业结构关联的相关
理论和影响机制

一 相关理论综述

有关产业结构以及产业结构调整方面的理论和实证研究是战后兴起的产业经济学和公共政策制定者长期关注的重点内容。自西方学者科林·克拉克（C. Clark）1940 年和霍夫曼（W. G. Hoffmann）1931 年对现代产业结构理论作出开拓性贡献以来，产业结构理论与经济增长理论、国际直接投资理论、国际贸易理论、国际分工理论和竞争优势理论相互融合，并得以不断丰富和发展。从产业结构研究发展的轨迹来看，国际上对产业结构及国家间产业结构调整相互影响理论的研究主要由以下几个方面：①欧美学者对产业结构的内部构造及其一般演化趋势的研究（科林·克拉克，1940；霍夫曼，1931；库兹涅茨，1966、1971；钱纳里，1975、1986）；②日本学者对一国产业结构变动与周边国家或世界产业结构变动相关联的研究（筱原三代平，1955；赤松要，1936、1957、1965；小岛清，1973；关满博，1993）；③20 世纪 90 年代以来，在经济全球化和区域一体化、集团化的大背景下，对产业结构的国际性波及和结构关联互动的研究。由于本书关注的重点在于区域内各国（地区）经济体产业结构调整的相互影响和互动机制，以下仅就相关理论进行梳理和阐述。

（一）产业结构理论的演进及国家间产业结构变动的相互影响观点的提出

产业结构是一个国家或地区的产业构成和产业资源的配置状态（方甲，1997）。产业结构和整个经济结构反映着一个国家（地区）经济发展的方向和发展的总水平，制约着一个国家或地区经济的兴衰和经济发展的后劲。由于经济和科技的发展，产业关系不断整合，既延长了产业链条，又优化了链条中的各个环节，从而使传统、落后的地区产业体系逐渐融入广泛的社会化体系和国际分工体系。

古典产业结构理论的理论渊源，可以上溯到英国古典经济学的创始人威廉·配第。配第通过对不同产业的供求关系及各产业就业者收入的比较得出结论：比起农业来，工业的收入高，商业收入又比工业多，从而最早注意到经济增长与结构变化之间存在的某种关联和基本方向，揭示了生产要素由低生产率产业向高生产率产业转移的趋向及其对经济发展的意义，奠定了经济发展与产业结构相关研究的基础。

对古典产业结构理论作出重要贡献的另一位科学家是费希尔（A. G. B. Fisher）。他在《物质进步的经济含义》中，首次提出三次产业的概念（宫泽健一，1975）。此后对产业结构的研究大致以三次产业的划分为依据展开。

对现代产业结构研究从理论上作出开拓性贡献的是英国经济学家科林·克拉克和德国经济学家霍夫曼。20 世纪 40 年代，克拉克受到配第等人有关思想的启发，根据一些国家的统计资料，研究了人均国民收入增长与劳动力在三次产业间转移趋向的内在联系。认为劳动力就业结构随着人均国民收入水平的提高和产业结构的转变而改变。克拉克还从处于不同发展水平的国家和地区在同一时点上的截面的比较中得出结论，认为人均收入水平较高的国家和地区，农业劳动力所占比重相对较小，第二、第三产业劳动力所占比重相对较大（陈恩，2003）。霍夫曼则对产业结构中工业结构的演变规律和发展的阶段性作了开拓性研究。

克拉克和霍夫曼的研究开了现代产业结构理论研究的先河，但是理论模型过于简单，仅粗线条地描述了产业结构的宏观变动趋向，为此，西蒙·库兹涅茨（S. Kuznets）分别于 1966 年、1971 年，霍利斯·钱纳里（H. Chenery）分别于 1975 年、1986 年进一步提出了发展的理论模型。库兹涅茨从经济增长总量出发，对 50 多个国家的截面数据和长期历史数据作了统计回归，考察了结构变动在不同总量增长时点上的状态。此后，钱纳里等人则更多地采用投入—产出分析方法、一般均衡分析方法和经济计量模型，将分析样本进一步拓展到低收入发展中国家，形成了用途较为广泛的结构转变分析方法。总的来说，库兹涅茨和钱纳里等人的研究，无论从内涵还是外延以及方法上都大大推进了产业结构的理论研究，使得产业结构的分析方法和得出的结论更具一般意义。

库兹涅茨关于产业结构变动的研究首次突破了国别经济的限制，涉及产业结构变动的"国际扩散"。库兹涅茨等人研究了影响产业结构变动的三组因素，即国内需求、对外贸易和生产技术水平及其变量；同时，在对发达国家和发展中国家结构变动差异的分析中，初步提出了经济增长与结构变动的国际性传播（西蒙·库兹涅茨，1989）。库兹涅茨指出，各个国家并不是孤立地生存，而是互相联系的。所以，一个国家的经济增长会影响其他国家；反过来，它也受到这些国家的影响。他从现代经济增长的历史发展中已经看到发达国家与发展中国家相互依赖的趋势及其不同地位，并且初步探讨了国家间产业结构相互依赖的若干机制，如资源和商品的国际流动，包括人口流动、对外贸易以及国际资本流动。上述问题的研究因受研究角度和时代背景的局限，库兹涅茨并没有展开仔细的研究，但是却提出了新的思路，成为产业结构理论的突破，他重点关注了产业内部构造及其演化规律，进而拓展到考察国际产业结构调整的相互影响。此后，曾提出经济成长阶段和主导产业理论的罗斯托也提出产业结构的研究单位应由国家改为相互关联的贸易地区，并放到世界经济整体中去考察。

（二）以"雁行模式"理论为代表的对区域产业结构联动的研究

第二次世界大战之后，一些日本学者立足于本国国情，将产品生命周期理论与比较优势学说纳入产业结构的研究领域，逐步发展形成一套描述后起国家内部产业发展次序以及走向高度化的具体途径和过程的理论假说及模型，即著名的"雁行模式"理论。

"雁行模式"的基本模型最初由日本经济学家赤松要（Kaname Akamatsu，1936、1957、1965）提出并完善。通过对日本特定产业产品的进口、国内生产和出口的实证研究，赤松要指出从进口替代向出口转换是日本经济发展的原动力。最早的"雁行模式"理论包括三个层面的雁行发展：第一，后起国可以通过经贸关系学习先行国的经验，并吸收其资本和技术，以建立现代工业，实现本国产业结构的升级换代；第二，通过产业的国家间转移和传递实现区域经济的雁行发展；第三，世界经济的兴衰交替也是雁行发展的一种形式（赤松要，1936、1943、1957）。

20 世纪 70 年代，小岛清（Kojima Kiyoshi）等人进一步拓展和深化了该理论假说，提出对外直接投资应该从本国已处于或将处于比较劣势的产业开始依次进行，并以"边际产业转移"来概括具体产业比较优势的动态变化，解释产业转移以及产业转移引起的产业结构的国际性变动。具体而言，小岛清的"雁行模式"主要涉及后起国特定产业的生命周期模型，描述了后起国某一特定产业产生、发展和趋向衰退的生命周期或过程；说明一国国内产业结构的内在变动及不同产业的兴衰变化过程。尤其值得指出的是，"雁行模式"在上述模型基础上被进一步拓展，用以研究东亚国家和地区依次相继起飞的客观历程，即随着比较优势的动态变化，通过直接投资等方式在国家间出现产业转移，东亚的后起国追赶先行国的进程具有"雁行模式"的典型特征。

20 世纪 80 年代中期以来，随着日美贸易摩擦加剧和日元升值，迫使日本企业大量向海外转移，使日本的基础性技术产业（如机械工业）出现"塌方式"危机，这实际上意味着面向新世纪，日本的产业结构又面临新一轮的重大调整。在此背景下，关满博 1993 年通过对日本东京附近大田工业区及东亚有关国家和地区大量企业的实地调研考察，提出了产业的"技术群体结构"概念，同时构建了一个三角形模型，并用该模型对日本与东亚各国和地区的产业技术结构作了比较研究。其核心思想和主张是：日本应放弃从明治维新后经百余年奋斗形成的"齐全型产业结构"。东亚各国和地区各具特色的产业结构，必然促使东亚形成网络型国际分工，而日本只有在参与东亚国际分工和国际合作中对其产业结构进行调整才能保持领先地位。

上述日本学者的产业结构研究，实际上触及东亚区域产业结构的循环演进问题，并已明确意识到一国产业结构变动与所在国际区域的周边国家或世界相关联，但上述理论仍以单个国家为立足点，并没有将国际区域内各国或地区产业结构的相互影响上升为一般理论。

（三）国际投资理论和国际贸易理论对产业结构理论的拓展

国际投资理论和国际贸易理论对产业结构理论的拓展主要从资本、技术等生产要素在国家间流动所引致的国际产业转移和升级的角度展开研究，最为经典的理论包括维农的产品生命周期理论和邓宁的国际生产折中理论。

美国经济学家维农（Raymond Vernon）于 1966 年提出产品周期模型（Product Cycle Model，PCM）（R. Vernon，1966）。此后经过其他经济学家的扩展和检验，逐渐发展成为贸易和投资领域最具深远影响的理论之一。模型从比较优势的动态转移角度将国际贸易和国际投资作为整体，考察企业的跨国产业结构调整过程。维农认为，产品生命周期可以分为三个阶段，即创新阶段、成熟阶段和标准化阶段，跨国企业产业结构的调整过程是遵循产品生命周期的一个必然步骤。产品生命周期理论的基本结论是：首先，随着产品生命周期的演变，比较优势表现为动态转移的过程，贸易格局和投资格局也随着比较优势的转移而发生变化；其次，每个国家都可以根据自己的资源条件生产具有比较优势的、处于某一生命周期阶段的产品，并通过交换获得利益；再次，对外直接投资的动因和基础不但取决于企业拥有的特殊优势，而且还取决于企业在特定东道国所获得的区位优势，只有两个方面的优势结合，才能最终产生直接投资，并给投资者带来利益。产品生命周期理论中已经包含国际贸易和投资影响产业结构变动的思想。

英国著名跨国公司教授邓宁（John Harry Dunning）1977 年在其论文《贸易、经济活动的区位与多国企业：折中方法探索》中提出国际生产折中理论。国际生产折中理论认为，一个企业要从事对外直接投资必须同时具备三个优势，即所有权优势、内部化优势和区位优势。三种优势的不同组合，决定了对外直接投资的部门结构和国际生产类型。在此理论基础上，邓宁于 1982 年进一步提出投资发展阶段论，该理论将一国的投资流量与该国的经济发展水平联系起来，把一国经济发展和参与国际竞争的演变过程分为四个阶段：第一阶段，本国利用外资很少，几乎没有所有权优势和内部化优势，外国的区位优势本国不能利用，本国的区位优势对外资又缺乏吸引力，因此没有资本输出，只有少量的资本流入。第二阶段，利用外资增多，国内市场得到扩大，购买力相应提高，市场交易成本也下降，开始有少量资本对外投资。第三阶段，国内经济水平有较大幅度提高，利用外资与对外投资的增长速度都在加快，因为前阶段引进技术对本国资源的开发，使内部化优势和外国市场区位优势有较大吸引力。第四阶段，对外投资大致等于或超过利用外资，此时本国经济高速发展，具有所有权优势、内部化优势并能利用外国的区位优势（于立新，1999）。邓宁的理论并没有直接论述国家间的产业转移和产业升级，但他的理论对新兴工业化国家产业转移的动因给出了一个较全面的介绍，特别是他把经济发展阶段和对外直接投资联系起来，为后来的学者研究产业转移开辟了新的视野。

（四）区域经济合作理论对区域内贸易和产业结构影响的探讨

冷战结束后，区域经济合作呈现加速发展的趋势，区域经济合作的浪潮对世界经济增长和国际贸易的发展都产生了巨大的影响，对于区域经济合作的理论研究也成为学界关注的一个热点。

传统区域经济合作理论主要集中在研究关税同盟对贸易及经济增长的静态和动态效应方面。维纳（Jacob Viner）1950 年最早提出了分析关税同盟的局部均衡框架，他认为关税同盟的建立会产生贸易创造（Trade Crea-tion）和贸易转移（Trade Diversion）两种效应。贸易创造效应指在关税同盟内部取消关税壁垒后，成员国的一些国内生产成本较高的商品被其他成员国生产的成本较低的商品所替代，产生了新的贸易。贸易创造效应使规模效益提高，竞争加强，促进区域内各方经济发展，进而带动整体对外贸易的发展。贸易转移效应是指关税同盟对外实行统一的保护关税，使得原来从非成员国进口的廉价商品被同盟内成员较昂贵的商品取代，贸易从外部转移到关税同盟内的一种效应。传统的关税同盟理论建立在严格的假设条件基础之上，偏重于对静态效应和福利影响的分析，忽略了对经济增长和产业结构影响的分析，存在很大的局限性和缺陷。但是，它关注到区域经济合作对国际贸易区域倾向的影响。区域经济合作的形式并不只局限于关税同盟，但从对关税同盟的研究中概括出的区域经济合作经济效应的一般理论可以适用于其他区域经济合作的形式。

区域经济合作理论在发展中吸收借鉴了新国际贸易理论的精髓，引入规模经济和不完全竞争的概念，对规模经济效应、竞争促进效应和投资刺激效应进行动态分析。认为区域市场实现统一可以为成员之间进行高度的专业化分工、协作提供便利，同时市场的扩大可能导致的大规模生产也有利于降低企业的生产与研发成本，提高资源与技术的利用效率。而且区域经济合作所产生的竞争促进效应和投资刺激效应可以增强区域内的资本、劳动等生产要素的流动，使区域内的资源配置更为有效合理。

（五）新时代背景下对产业结构的国际性波及和关联互动的研究

20 世纪 90 年代以来，经济全球化和区域一体化、集团化的浪潮势不可当，国家间产业结构变动的相互波及和互动关联日趋密切，特别是同一区域内各国产业结构间的整合和资源配置重组的步伐加快。因此，学术界在对当代产业结构的研究中，也逐步将国家间产业关联作为一个重要问题来探索。这方面比较有代表性的是汪斌的国际区域产业结构的整体性演进理论。

汪斌的国际区域产业结构的整体性演进理论从全球的视角，以当代经济全球化和区域化为分析背景，通过考察全球化条件下国际区域间各经济体产业结构关联互动的传导机制，比较了不同类型国际区域产业结构体系的演化模式及其特征，分析了与当代产业结构国际化相关联的当代国际分工的变化，以及当代产业结构国际化引起的当代产业政策的转型，得出国际区域产业结构的变动相互影响、相互制约并形成整体演进的结论。由此构建了当代产业结构国际化的一般理论框架，提出国际区域产业结构整体性演进的分析模型（汪斌，2004）。

国际区域产业结构的整体性演进的含义或内涵中包括两个方面的统一，即同一国际区域内各民族国家产业结构既独立演化，又相互关联，形成整体的演进。在当代国际区域经济一体化、集团化的背景下，随着区域内各国经济相互依存的不断加深和对外开放度的日益提高，各国经济增长和结构变动越来越受到各种国际因素的影响和制约。区域内以跨国公司为载体的相互贸易和相互投资以及国际技术、信息转让等经济交流，改变了区域内各国间原有的要素禀赋、技术状况乃至产业结构的静态格局，使各种生产要素从其相对丰裕或收益较低的国家流入相对短缺而收益较高的国家，进而使各国生产要素投入量和要素生产率均得到提高，各国经济增长和结构转换、升级得以实现。在这一过程中各经济体的产业结构相互关联日益密切，由此实现国际区域产业结构的整体性演进。

此后，唐志红对汪斌的理论做了有益的补充（唐志红，2004），认为经济全球化的背景下，一国产业发展的突出特征就是产业结构的开放性以及产业结构的调整受制于世界产业发展波动的影响。在长期的研究中，常常从单一国家视角研究产业结构，而经济全球化要求从全球市场的角度研究一国产业结构形成及演变。国际贸易、国际资本流动、跨国公司及世界性经济组织是经济全球化下一国产业结构开放及互动的主要作用机制。

与单纯立足于国别角度的产业结构研究相比，国际区域产业结构整体演进理论为产业结构的研究提供了一个更符合世界经济发展新趋势的切入点，将国际直接投资、贸易、跨国公司、金融和经济周期等多种形式的关联机制和关联渠道纳入区域间产业结构的整体演进研究当中，形成了一个较为完整的反映时代特征的理论体系。但是，上述研究还存在如下不足：第一，作为一种理论研究，该模型将较为典型的三大国际区域即东亚、北美和西欧作为考察对象，得出国际区域产业结构整体性演进的结论。对于已经建立制度性区域经济合作的区域，北美和西欧无疑是目前世界上一体化程度最高的地区，该理论过多地关注区域经济一体化程度较高的区域产业结构整体演进的特性，而事实上尚未形成制度性区域合作的国家和地区之间，各经济体的结构调整也是相互关联和影响的。第二，东亚各国家和地区在20世纪60～90年代，呈现产业梯次转移的"雁行"特征也比较具有代表性。进入21世纪以来，东亚的具体情况已经发生改变，上述实证研究未考虑这个情况。目前东亚明显分为以中、日、韩为核心的东北亚和以东盟为主体的东南亚，而东盟的迅速发展又使得东南亚经济具有很大的独立性，因而把中、日、韩单独作为一个整体进行研究无疑具有更大的现实意义。

二　产业结构变动的影响因素和区域产业结构互动的关联机制

（一）产业结构变动的主要影响因素

1. 产业结构演化的初始条件

影响和制约一国产业结构演化和发展程度的因素非常广泛，一般而言，主要起作用的因素包括：一国或地区的人均收入水平、产业结构的初始状况、生产要素和自然资源禀赋，以及国家规模、政治社会环境和国际环境等。这些因素构成产业结构演化的初始条件。各国产业结构的初始条件不同，并且在演化过程中所起作用不同，导致各国产业结构演化的差异性，而这种差异性也构成国际产业结构关联互动的基础。初始条件涉及的各方面因素影响到产业结构以后的演化，其范围极为广泛、复杂，如产业结构初始状态和起点往往制约着经济发展阶段，由经济发展阶段所制约的收入水平将影响到需求结构，生产要素和资源禀赋将影响到供给结构，而社会因素方面如体制、组织将决定一国（地区）产业结构的运行模式等。总之，初始条件将会影响其他决定和制约产业结构的一些因素，以及这些因素的相互作用方式和过程的展开，这就必然使区域内各产业结构体呈现显著的多样性。

2. 需求结构和供给结构变动对一国产业结构变动的影响

需求结构和供给结构是决定一国产业结构自发、有序演化的本质变量。由于需求具有引导生产的作用，因而需求结构的变动对产业结构的有序演进具有直接拉动的作用。一国（地区）的人均收入水平决定着需求结构状况，通过需求结构的变化，进而影响到产业结构的变动。从现实中的某个国际区域来看，由于区域内的各国（地区）人均收入水平差异很大，因而决定了其需求结构处在不同阶段。比如，区域内的发达国家可能早已进入"追求时尚与个性"的需求阶段，而其中的发展中国家还处在"生理性需求占统治地位"的阶段或正向"追求便利与机能"的需求阶段过渡。显然，区域内不同国家的产业结构演化和发育因需求结构的不同而处在不同的阶段，同时有差异的需求结构也导致国家间产业结构演化的相互影响。从供给方面对产业结构变动产生影响的因素，包括资源和生产要素供给、技术因素等。从供给角度看，一国拥有自然资源的状况以及地理位置通常是其产业结构演化的基础或出发点；一国的劳动力和资本的拥有状况，关系到产业结构的演化和产业类型的选择；而技术进步则是产业结构变动升级的决定性因素。供给结构对产业结构的有序演进既有约束，也有推动作用。

3. 自觉调整因素

自觉调整因素主要包括一国的经济发展战略、产业政策和经济体制。现实中产业结构演化和升级的过程，不仅仅是产业结构本身遵循一定规律自发演化的过程，同时也是社会与人自觉控制的结果，也就是经济发展战略、政策措施和体制安排等对其自觉调整的结果。实践已经证明，在经济发展和结构演化的过程中仅靠市场机制来配置资源是有缺陷的。一国根据一定的经济发展阶段的具体国情、国际环境、特定的经济发展目标来制定经济发展的长期战略和产业政策会对产业结构的演化产生影响和制约。一般而言，自觉调整因素对产业结构演化的影响可能出现两种效应：即积极影响和消极影响。在产业发展战略和产业政策符合一国经济发展阶段和产业结构演变规律的条件下，自觉调整因素会对产业结构的有序演化产生促进作用，从而不断推进产业结构走向高度化；反之，如果产业政策违背经济发展阶段和产业结构演变规律，虽然它也会对产业结构的变动产生影响，但往往可能是消极的影响，导致产业结构的扭曲和畸形发展。

（二）区域产业结构调整升级的互动机制①

1. 区域内国际贸易

生产要素和产业结构之间存在着差异与互补的客观事实，使区域内各

---

① 根据产业结构理论和国际投资理论，一般而言，影响不同国家产业结构调整的关联机制除国际贸易、国际投资外还包括国家间的技术流动因素。在经济的现实运行中，技术流动对产业结构的影响是间接的，一般以跨国企业为载体伴随企业的国际直接投资行为发生，故本书没有将技术流动作为单独的关联机制列出，而包含在对国际直接投资的分析中。

国发挥比较优势，争取最大的比较利益，从而促进了国际贸易的增长。在世界经济区域化的背景下，国际区域内的相互贸易不断增加，无论数量和质量都在发生变化。这种相互贸易的不断增加成为区域内各国产业结构内在联系紧密化并在演进中相互影响制约的基本联结机制之一。国际贸易对产业结构的影响，主要是通过国际比较利益机制来实现的。国际比较利益是建立在各国生产要素禀赋差异的基础上的。从国际区域来看，不但各国生产要素禀赋有差异，而且比较利益在各国的分布呈动态变化。比较利益优势的格局受多种因素影响而改变。各国产业结构的变动引起比较优势改变，并通过进出口影响他国的产业结构，同时加强了产业结构间的关联或相互依存关系。因为各国生产具有相对优势的产品，实际上是在从事相对成本较低的专业化生产，由此促进了区域内各国专业化分工水平的不断提高（孔淑红，2001）。然后通过交换实现比较利益，这一交换事实上密切了各国产业结构之间的关系。从现实情况来看，发达国家一般在其国内首先开发新产品形成国内市场，以促进该产业发展；当国内市场趋于饱和，便大量出口该产品，开拓国外市场；其出口的对象中一部分是发展中国家，当发展中国家形成生产能力后，再以更低价格将这种产品返销该国市场；由此促使该国收缩这一产业，为进一步开发新产品、发展新产业腾出空间。区域内发展中国家则以从发达国家进口某一产品为起点，利用进口产品来开拓国内市场，引起该产业在本国的发展；当发展到一定程度，成本显著下降，再利用本国在某些生产要素禀赋方面的比较优势，向发达国家出口该产品，当然并非全部出口到发达国家；通过这种出口开拓国际市场，进一步促进该产业发展。这就是发展中国家为发挥"后发优势"而采用的方式（孔淑红，2001）。从上述对两种不同方式的描述可以看出，在一定程度上两者是对接的。通过相互贸易，带动了各自国内产业结构的变动，而这种相互联系的进出口结构的不断变动，也使两类国家产业结构之间的相互关系密切化，从而实际上成为促进区域产业结构调整升级的联动机制之一。

2. 区域内国际投资

一般认为，通过直接投资，外国投资者会带来资本、技术与信息、管理技能、市场营销经验等资源（王俊宜、李权，2003）。直接投资对区域内发达国家的产业结构调整和升级的促进作用，主要是通过以下机制来实现的：从历史发展来看，发达国家的产业结构演化轨迹是由农业向传统工业，进而由传统工业向高技术工业转换，整个国民经济的重心是由物质生产部门向非物质生产部门、第三产业转移。在这一演化过程中，国际竞争对发达国家的挑战首先从传统工业开始，然后沿着技术阶梯逐渐上升。面对这种国际竞争，发达国家为了充分利用本国和其他国家的比较优势，通常以直接投资形式把劳动密集型、低技术、低附加价值工序转移到其他国家，而将高技术、高附加价值工序留在本国，以便腾出发展新兴产业的空间，同时摆脱了相对劣势的产业或环节，使本国产业结构不断高级化。直接投资对发展中国家产业结构演化的影响一般通过以下两种途径实现：直接途径和间接途径。直接途径即通过外资投向引起生产资源和要素的移动，进而改变一国的需求结构和资源的供给结构，由此影响其产业结构的变化；间接途径即通过直接投资办企业，不仅构成东道国产业结构的新生部分，还会刺激当地形成一种新的经济环境，刺激和促进当地改变产品结构和进行企业技术改造，促进当地产业和企业与国际市场和国际经济的联系，提高当地产业结构的竞争力。

与国际贸易相比，直接投资区域内发达国家与发展中国家产业结构之间的关联由"贸易联系"上升为"生产联系"，直接深入不同国家的产业结构内部，它不但强化了原有的相互关系，而且进一步加深了国家间产业结构的内在关联。特别是以跨国公司为行为主体的直接投资包含着国际贸易和产业转移的内容（孔淑红，2001），由跨国公司充当主角的直接投资，将与发展中国家相类似的重叠产业转移到发展中国家，这种产业转移实际上把发达国家和发展中国家的产业调整与产业演进从其结构内部紧紧地拴在一根产业调整的链条上，形成了一条有序、严密的传递和跟进链条。区域内直接投资是比相互贸易更为有利、更为重要的促进区域内产业结构调整升级的联动机制。

第二节　中、日、韩三国产业结构演进过程及相互影响

一　中、日、韩三国的产业结构发展概况

（一）中、日、韩三国的经济发展概况

地处东北亚的中国、日本和韩国是东亚地区的主要经济体，同时也是

世界经济的重要组成部分。中国是世界上最大的发展中国家，也是第一人口大国，并拥有世界第三大的国土面积；日本是亚洲最大的发达国家，经济总量世界排名第二；同中国和日本相比，韩国的经济总量虽然偏小，但是在过去30年里韩国经济的发展速度和规模引起世界瞩目，被列为亚洲新兴工业化国家（地区）"四小龙"之一。

中国经过30多年的改革开放经济发展取得了巨大的成就，是当今世界最富活力的经济体。1979~2009年中国的国内生产总值（GDP）增长了约16.74倍，年均增长率达到9.6%，人均GDP的年增长率超过8.4%。现在中国的人均GDP已经达到3670美元。在一般的经济发展规律中，这象征着中国经济进入了"一个新的发展阶段"。

日本经济经过1945~1955年10年的艰苦努力，从"二战"后一片废墟中恢复到战前水平。20世纪60年代，日本经济以10%的速度迅猛发展，经济进入高速增长时期。70~80年代，日本经济进入稳定增长期，经济平均增长速度为5%，经济取得了飞跃发展，迅速跨入世界先进国家行列，并一跃成为仅次于美国的世界第二大经济强国。80年代末至90年代初，日本出现"泡沫经济"，经济过热。90年代初"泡沫经济"崩溃，经济进入持续衰退期。但是，从2003年开始，日本GDP比上年增加了8%，经济复苏露出了一线曙光。特别是近年来日本的对外贸易也开始呈现复苏趋势，总进口和总出口都有显著增加。据世界银行统计，2009年日本的名义GDP达到50728.90亿美元，始终保持着世界经济大国的地位。

韩国经济自20世纪50年代开始从崩溃的边缘走向复苏，60年代韩国成功地推行了外向型经济发展战略，开始实施第一个五年经济发展计划，70年代跻身于新兴工业化国家（地区）行列，80年代发展成为国际市场上一个具有竞争力的国家，90年代开始把进入发达国家行列作为努力目标。韩国经济实力雄厚，钢铁、汽车、造船、电子、纺织等是其支柱产业。2009年韩国GDP达到8200亿美元，比20年前增加了3.6倍，相比10年前增加了1.84倍，其经济发展的速度和规模引起世界关注（董向荣，2005）。

（二）中、日、韩三国的产业结构概况

表10-1和表10-2列出了中、日、韩三国三次产业的产出在GDP中所占的比重和三次产业的就业人口比例。从中可以看出中、日、韩三国处于不同的经济发展阶段，以及三国不同时期的产业结构分布和升级调整趋势。

表 10 - 1　中、日、韩三国三次产业的产出结构比较

单位：%

国家	1980 年				1998 年				2008 年			
	农业	工业	制造业	服务业	农业	工业	制造业	服务业	农业	工业	制造业	服务业
日本	4	42	29	54	2	37	24	61	6.3	30.2	20	68.1
韩国	14	40	28	46	5	43	31	52	7.0	37.2	23	55.8
中国	30	49	41	21	18	49	37	33	6.5	50.6	40.1	42.9

　　注：此表中，三次产业按照农业、工业和服务业分类，由于中、日、韩三国制造业产出在 GDP 中所占比重的变化比较具有代表性，所以也一并列出。

　　资料来源：1980、1998 年数据来自世界银行编《2000 年世界发展指标》，中国财政经济出版社，2000，第 184～186 页。2008 年数据来自世界银行网站，经计算得到。

表 10 - 2　2006 年中、日、韩三国三次产业的就业人口比例

单位：%

国　　家	第一产业	第二产业	第三产业
日　　本	4.3	28.0	66.6
韩　　国	7.7	26.3	65.9
中　　国	42.6	25.2	32.2

　　资料来源：《中国统计年鉴 2009》；《国际统计年鉴 2009》；世界银行：《2001 年世界发展指标》，中译本，中国财政经济出版社，2002。

　　通过中、日、韩三国产业结构中三次产业的产出在 GDP 中所占的比重可以看出，发达国家日本与新兴工业化国家韩国的产业结构在逐步接近，向第三产业倾斜现象十分显著。第一产业（农业）在 GDP 中所占比重都很低，日本在 1980 年就降到了 4%，1998 年时进一步降到 2%，同期韩国则由 14%降到 5%。第三产业（服务业）在 GDP 中所占的比重在 1998 年时韩国已超过了 50%。韩国和日本的产出结构在 20 世纪末已具有相似特点，即由高到低依次为"三、二、一"这样的产业发展序列。中国的产出结构与日、韩两国有比较明显的不同，其中最突出的方面是工业，尤其是产业结构中制造业比重非常高。中国目前第二产业在 GDP 中所占的比重接近 50%，第三产业和第一产业的比重分别在 42%左右和 10%左右。明显偏高的工业结构表明中国正处于工业化进程的中段，尤其是随着近年世界制造业大量向中国转移，中国的第二产业产出在 GDP 中所占的比重还略有上升。同时，中国第一产业就业人口的比例明显偏高，第三产业的产出比重很低，这也是一个明显的特点。这些说明中国第一产业和第三产业发展滞后。总体上反映了中国工业化水平虽然已有了很大的提高，但与日本和韩国相比，仍是一个处在工业化扩张阶段的发展中国家。

总体上，中、日、韩三国三次产业的产出比重和就业人口比例反映了三国的产业结构状况处于不同的发展层次，并具有一定的互补性特征。

二　中、日、韩产业结构演进的相互影响

（一）中、日、韩三国不同时期的产业政策与主导产业

1. 中国经济发展不同阶段产业政策与产业结构的演进过程

中国的产业结构调整始于 20 世纪 50 年代中期，主要是解决产业供给结构的"短缺"问题，此后，又先后经过工业主导型发展、加工工业发展以及三次产业协调发展阶段。

1953～1980 年，是工业主导型结构形成阶段。国家采取对第二产业倾斜的政策来实现。到 1980 年，第二产业的国民收入比重已经从 1953 年的 25.95% 提高到 53.93%。在第二产业内部，重工业呈快速发展的态势，而加工工业的比重上升最快。1981～1995 年，是由投资推动与需求拉动共同作用下的加工工业发展阶段。在此期间，第一产业的产值比重由 1982 年的 33.3% 下降为 1995 年的 20.5%，下降了 12.8 个百分点；第二产业的产值比重由 1981 年的 46.4% 下降为 1990 年的 41.6%；第三产业的产值比重由 1981 年的 21.8% 上升至 1995 年的 30.7%，上升了 8.9 个百分点。整个 80 年代是第一、第二、第三产业协调发展的时期，其中第三产业发展速度相对更快，产业结构的演变基本上属于"调整中升级"。1996 年以来，是市场相对过剩条件下的产业结构调整时期，从"九五"到"十一五"期间的连续变化上观察，三次产业增加值在 GDP 中所占比重的变动规律互不相同：第一产业比重呈稳步下降趋势；第二产业比重基本稳定，波动较小；第三产业比重持续上升。产业结构调整与转换基本上依靠投资推动。

2. 日本经济发展不同阶段产业政策与主导产业的演进过程

第二次世界大战后的 20 年时间，日本经济持续高速增长，经济实力跃居世界第二位。从 20 世纪 50 年代至 60 年代上半期，日本优先恢复农业和轻工业，大力发展出口导向型轻纺工业，并积极扶植进口替代重化工业，这一阶段日本的主导产业是以面向出口为主的劳动密集型轻工业和进口替代的资本密集型重化工业。进入 20 世纪 60 年代初，日本的产业政策转向以

实现重化学工业化为结构调整方向，也重视发展部分资本、技术密集型进口替代产业。与之相对应，日本这一阶段的面向出口的主导工业演进为资本密集型重化工业，进口替代的主导产业则演变为资本技术密集型工业，实现了以需求弹性大、产品附加值高的重工业为主导产业，并以此带动其他产业发展。1970 年日本制造业中有 62.3% 为重化工业，出口产品中约 77% 为重化工产品。

20 世纪 70 年代开始，日本经历了 3 次经济震荡，对其产业结构的调整产生了重大影响。70 年代后，日本的产业结构调整大致可以划分为三个阶段。

（1）由资本密集型向技术密集型转化阶段（1973 年至 80 年代中期），日本经济的高速发展是建立在以战后兴起的中东石油大发展为背景的大量进口石油能源的基础上的。1973 年和 1979 年两次石油危机对日本的经济冲击巨大，特别是作为出口贸易拳头产业的重化学工业遭受了严重的打击。日本经济开始由资本密集型向技术密集型转化。这一阶段日本产业发展的特点是以技术尖端行业为核心，以低能耗、高效益、高科技为方向，发挥强大的国际竞争能力，带动整个日本经济持续发展。具体表现在：一是大力降低能耗，改变产业结构和能源结构。二是提出"科技立国"战略，加大科技投入。政府通过加大研究开发、设计、管理等的投入，发展知识高度密集型工业，带动相关产业发展，以促进产业结构由重化学工业化转为高度知识密集化。结果，以个人用电子计算机为核心的电子信息产业发展迅速，到 1986 年，日本的电子工业产值首次超过日本的汽车制造业，电子工业成为日本的第一大产业。

（2）发展知识密集型产业和现代服务业阶段（20 世纪 80 年代中期至 1997 年），20 世纪 80 年代前半期，美元急剧升值，美国经济出现了"三高"局面。为了遏制这种局面，1985 年的五国财长会议决定强制日元大幅度升值。日元汇率的急剧变化使日本政府被迫再次进行产业结构调整。这次产业结构调整的目标是逐步确立知识密集型产业和以服务业为代表的第三产业的主导地位。为此日本的制造业加速向海外转移，同时加快第三产业发展。80 年代以来，日本的主导产业可以归纳为电气机械（通信设备）、一般机械、运输机械（轿车）、化学。但进入 90 年代，这些主导产业的产值仅有微小变化，增长势头呈萎缩态势，加上日元升值，使得主导产业在国际市场上的竞争优势迅速丧失。为了扭转这种局面，日本制造业进行海外转移，寻求成本节约，形成研制、开发在日本，生产在海外的分工格局。日元升值后，电力、煤气等服务产业得到了发展，尤其是 90 年代第三产业的增长率明显高于第一、第二产业，第三产业的 GDP 构成比提高。

（3）经济衰退期后大力发展信息产业阶段（1998 年至今），日本经济于 1996 年开始衰退，到 1998 年达到最严重的境地，国内经济陷入严重的金融危机。始于 1997 年下半年的亚洲金融、经济危机又对日本经济、日元产生了消极影响，削弱了日本对外贸易的竞争力。加之 1999 年欧元启动，日本经济受到了巨大震动，新一轮产业政策调整势在必行。这一时期，日本政府的任务是：继续在前一阶段第三产业和知识密集型产业的发展基础上加快推进其发展、壮大，并最终使信息产业成为新时期的主导产业，成为拉动经济增长的巨大力量。日本信息产业主要是由于政府宏观调控，采取倾斜性产业政策，加之多种经济手段的扶植才得以迅速发展的。早在 1994年，通产省和邮政省就提出了建设全国范围的信息通信基础设施计划，即信息高速公路。90 年代后期，日本更加意识到信息产业的重要性，出台了各种政策措施加速信息产业的发展，还通过政府在财政、信贷、税收、价格、贸易等方面所制定的一系列优惠政策，赋予日本信息产业发展以雄厚的经济基础和极大的推动力。

3. 韩国经济发展不同阶段的产业政策与主导产业的演进过程

20 世纪 60 年代以来，韩国产业结构调整大体经历了进口替代、出口导向、重化工业结构高度化和技术密集型产业发展的不同阶段，主要是通过政府支持大企业发展完成的。

第一阶段（1962～1971 年），当时的韩国政府基于本国劳动力资源的优势，实行出口导向的外向型发展战略，重点发展轻工等劳动密集型产业。韩国抓住美、日等发达国家 60 年代大力发展资本密集型产业，将劳动密集型产业转移到发展中国家的有利时机，发展以轻纺工业为主的劳动密集型产业，凭借其劳动力资源丰富、工资水平低、劳动力素质高等优势，成为劳动密集型产业转移的重要承接地，使韩国经济在短时间内迅速成长起来。

第二阶段（1972～1981 年）为重化工业发展阶段，20 世纪 70 年代是韩国产业结构向重化工业转变和不断深化的阶段，重化工业取得迅速发展。韩国重化工业发展之初是为了实现资本设备的进口替代，但随着劳动密集型出口导向产业迅速发展导致的劳动力短缺和工资上涨，以及 70 年代中后期西方主要发达国家经济衰退和贸易保护加强，发展中国家价格竞争使韩国劳动密集型轻纺工业产品出口受限，韩国急需改变以劳动密集型产品为主的出口导向局面。韩国利用发达国家资本密集型重化工业向新兴发展中国家转移的机遇，开始由劳动密集型产业向资本密集型产业升级。韩国政府主导的重化工业发展到1980年完成了预定目标，重化工业在制造业中比重上升到50%以上。

第三阶段（1982～1991年），韩国的产业结构开始向技术密集型产业调整，进入20世纪80年代后，韩国出口面临三大挑战：发达国家的贸易保护主义高涨，与新兴工业化国家和地区的竞争日趋激烈，与发展中国家在劳动密集型产品上的差距缩小。因此，韩国政府对传统重化产业进行技术升级，形成出口主力产业。同时对精细化工、精密仪器、计算机、电子机械、航空航天等战略产业予以重点扶持，并将信息、新材料、生物工程等新兴产业作为未来积极发展的产业。

以上回顾了中、日、韩三国产业结构的调整历程和不同阶段的产业政策以及由此形成的主导产业。可以看出，一国产业结构的发展受到多方面因素的影响和制约。在客观因素之外，政府通过产业政策对产业结构的发展进行的自觉调整起了相当大的作用。在三国产业结构调整、主导产业演变的历程中，也反映出三国产业结构调整的相互关联与影响，将在下面具体分析。

（二）中、日、韩三国产业结构调整升级的相互影响

第二次世界大战后，东亚经济经历了一个高速增长的阶段。从东亚经济发展的历史进程来看，战后至90年代前期，国际上曾掀起四次产业结构调整与传递的浪潮。由于每次参与的国家（地区）和传递、调整的内容不同，自然地形成了整体范围不断扩大，并呈现多层次追赶的整体性演进态势（见图10-1）。中、日、韩三国的产业结构演进从形式上看也服从于东亚各个国家和地区间的产业分工机制的演变过程。

从20世纪50年代开始，作为在东亚诸国（地区）中现代产业基础最雄厚的国家，日本迅速接受了美国的产业转移，积极扶持钢铁、化工等资本密集型产业，率先实现了工业化，逐步进行产业升级。进入60年代，韩国等东亚新兴工业化国家（地区）通过在50年代积累的产业基础和劳动力优势，吸收了日本因产业升级而转移出的纺织、服装、食品、杂货等劳动密集型产业。此外，韩国还在这一时期积极扶持了钢铁、化工、民用机械

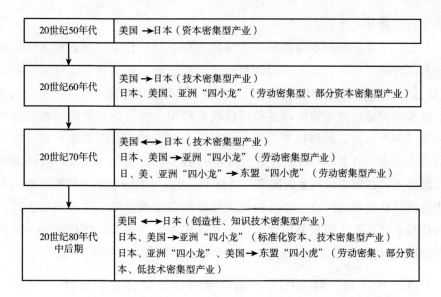

图 10 - 1 战后东亚国家（地区）卷入国际性产业调整与传递浪潮示意图

资料来源：转自汪斌《全球化浪潮中当代产业结构的国际化研究：以国际区域为新切入点》，中国社会科学出版社，2004，第 71 页。

和家电等进口替代重化工业的发展。80 年代开始，东亚"四小龙"（NIES）[①] 因经济迅猛发展而弱化了廉价劳动力的优势，比之更具劳动力比较优势的东盟国家"四小虎"（ASEAN）[②] 和中国逐渐接过了劳动密集型产业转移的接力棒，中国的东部沿海地区在这一阶段开始加入东亚产业结构调整的序列。东亚"四小龙"则通过产业调整，大力承接和引进美、日等发达国家转移出的部分资本密集型产业，如造船、钢铁等。80 年代之后，日本作为东亚产业转移的源头，在开发和普及创造性技术和知识、技术密集型工业的同时，进一步将失去比较优势的资本、劳动密集型产业和一部分低附加值的技术密集型产业转移到东亚"四小龙"和东盟、中国等国家（地区）。东亚其他国家（地区）根据各自比较优势和工业发展水平，在东亚区域内部实现了国际产业资本的合理流动。这样，勾勒出一幅以日本为"领头雁"的东亚经济发展和产业结构调整升级的雁行图景，在它们之间形成了技术密集与高附加值产业→资本技术密集型产业→劳动密集型产业的

[①] 东亚"四小龙"：是指韩国、中国香港、中国台湾、新加坡。

[②] 东盟"四小虎"：是指泰国、马来西亚、印度尼西亚、菲律宾。

阶梯式产业分工体系。

通过上述东亚产业调整和传递过程可以看出，日本一直是东亚结构调整和传递的发源地，并在结构调整和传递的过程中充当主角，对东亚各国（地区）的结构调整及其连锁型变动发挥了重要作用。同时也应指出，在战后掀起的国际性产业结构调整和传递的浪潮中，各个国家和地区在区域内充当的角色和所起的作用并非孤立的，而是相互作用、互为条件的。在作为调整源头的日本不断进行产业升级的过程中，必须存在能及时吸纳其历次调整中转移出来的产业的国家（地区），否则难以顺利实现结构升级；而先行国转移出来的产业所造成的该产业国际市场的空缺，又成为后进国产业结构走向高度化的重要因素。正是在这种相互作用中，处在不同发展阶段的国家（地区）的产业结构才得以形成相互依存的整体性演进。

三　中、日、韩三国产业结构发展的衔接性与竞争性

中、日、韩国土所涵盖的地区幅员辽阔，资源丰富，人口众多，语言文化相近，不仅具备经济发展所需要的各种资源，本身也是一个相当大的市场。中、日、韩三国经济上有很强的互补性。20 世纪 80 年代以前，三国基本上是一种单一的垂直型国际分工格局，即主要是由日本提供技术和生产工业制成品，中国和韩国提供原料与初级产品。80 年代中后期，随着中国改革开放步伐加快和经济的迅速发展和新兴工业化国家韩国的崛起，不仅使中、韩两国的市场化水平提高，同样也使区域内产业分工日益细化，整体水平提高，联系更加密切。日本是发达国家，拥有资金、技术等优势，韩国是新兴工业化国家，也具有一定的资金及技术优势，而中国与日、韩相比是一个资源大国，拥有劳动力和市场的巨大优势。这种经济结构使它们之间存在很强的依赖关系。

从以上的分析可以看出，中、日、韩三国的产业结构发展具有相互补充、相互衔接的特征。与此同时，随着中、韩经济的发展，产业结构调整升级的速度加快，三国的产业发展也呈现一定程度的竞争性，以下将从显性比较优势角度对三国产业的竞争性进行分析。

显性比较优势是由巴拉萨（B. Balassa）1965 年提出来的。它表达了一国总出口中某类商品的出口所占比例相对于世界贸易总额中该商品贸易所占比例的大小。它可用公式表示为：$RCAik = (Xik/Xi) / (Wk/W)$。式中，$RCAik$ 代表 i 国在 k 类商品上的显性比较优势指数，Xik 为 i 国 k 类商品的出

口额，Xi 表示 i 国所有商品的出口额，Wk 表示 k 类商品的世界出口总额，W 表示所有商品的世界出口总额。$RCAik$ 大于 1，说明该国该类商品的出口相对集中，该国在这类产品上具有一定的比较优势；$RCAik$ 小于 1，则相反。

根据 2009 年 WTO 国际贸易统计数据计算的中国与日本、韩国的比较优势指数如表 10 - 3 所示。

表 10 - 3　中、日、韩各主要行业比较优势指数

项　　目	2003 年			2006 年		
	中　国	日　本	韩　国	中　国	日　本	韩　国
农产品	0.45	0.10	0.20	0.33	0.11	0.19
水产品	1.49	0.24	0.63	1.32	0.31	0.40
钢　铁	0.44	1.53	1.62	1.05	1.45	1.52
化　工	0.41	0.75	0.80	0.43	0.84	0.92
电　子	2.08	1.47	2.54	2.41	1.25	2.09
汽　车	0.08	2.19	1.20	0.17	2.50	1.54
机　械	0.96	1.59	0.88	1.07	1.73	1.05
纺　织	2.61	0.58	2.37	2.64	0.56	1.63
服　装	3.75	0.03	0.59	3.79	0.03	0.26

资料来源：根据 WTO *International Trade Statistics* 2009 的数据计算制表。

从计算结果可以看出，中、日、韩三国之间的比较优势存在很大差异。中国的比较优势集中在劳动密集型产品，从 2003 ~ 2006 年，以纺织品、服装为代表的劳动密集型产品的比较优势指数都在 2.5 以上，廉价的劳动力是中国出口产品优势的主要来源。研究发现，中国的资源密集型产品在经历了改革开放之初外贸发展最初的上升期后，从 1990 年以后就逐步下降，说明以农产品、矿产品为代表的初级产品出口已经不是中国最主要的外贸收入来源。与此相对应的是，随着中国制造业的不断发展，制造业产品成为中国外贸出口的支柱。但是从数据分析中发现，近年来，劳动密集型产品的比较优势有所下降，而技术密集型产品的比较优势有一定增长。如2003 ~ 2006 年，中国电子行业的比较优势指数保持在 2 以上，并呈现一定程度的上升，从理论上讲具备了一定的比较优势。但从近年来中国出口产品的构成看，大多是利用廉价劳动力进行加工组装，依靠的是高技术产品中的劳动力资源，而非自主创新的高技术比较优势的体现。从总体看，中国的要素比较优势仍是劳动力。

日本的比较优势集中在技术密集型产品。从技术含量看，以钢铁、轮船、汽车、机械为代表的低、中级技术密集型产品的比较优势更为显著，而通信、飞机制造、高级化妆品等高技术密集型产品的优势与前两种产品相比略显不足。这与日本的科研优势主要在于应用型技术而非研究型技术有关。日本的资源密集型产品和劳动密集型产品的比较优势较小，如农产品的比较优势指数变化幅度小，基本保持在 0.1 的水平，而纺织、服装等劳动密集型产品的比较优势指数逐年下降。从资本技术要素分析，日本的资本技术要素具有较大的比较优势，是推动本国经济发展的主要动力来源。

同中、日相比，总体上看，韩国的资源密集型产品不具备比较优势，这充分说明韩国已经进入了中级工业化时期。劳动密集型产品曾是韩国的优势产品。在 1990 年以前，韩国劳动密集型产品的比较优势甚至高于中国。但是，随着韩国国内劳动力价格上升，本国的劳动密集型产业开始外迁。90 年代的韩国对外直接投资主要以服装、纺织品等劳动密集型产业为主。以钢铁为代表的低技术密集型产品，韩国具备一定比较优势。从具体产业看，韩国的比较优势产业是以手机、液晶面板、数码相机为代表的电子通信产业。以三星、LG 为代表的通信企业已经成为韩国通信产业的中流砥柱，其先进的研发制造技术及产品推新速度为各国所称道。从以上分析可知，韩国通过承接七八十年代日本产业转移，在雁行模式的发展中积蓄了力量。通过发挥各自的比较优势实现产业升级，在一定领域内具备了世界级的产业发展水平。与中国相比，韩国在国际分工中处于更高层次。中国与韩国产业互补性很强，但与日本相比，总体技术研发能力仍有欠缺，技术要素的运用程度偏低。可以认为，中、日、韩三国分别处于不同的国际分工地位。

第三节　中、日、韩三国产业结构调整升级互动机制分析

一　区域内相互贸易发展对产业结构关联互动的促进作用

（一）相互贸易的发展对产业结构关联互动的作用机制

国际贸易对一国（地区）产业结构的影响，主要是通过国际比较利益机

制实现的。比较利益在各国（地区）的分布是存在明显差异而且发生动态性变化的。当相关国家（地区）资源禀赋状况发生变化，市场状况发生变化或劳动价格变动，或生产本身的技术状况发生变化等，都会改变国际比较利益优势的格局，进而通过进出口结构的变动影响一国（地区）的产业结构。

国际比较利益是建立在各国（地区）生产要素禀赋基础上的。当一国（地区）密集地使用其比别国丰富因而价格相对便宜的生产要素时，由于其成本相对便宜，一方面将引导该国在产业结构选择上倾向于某类型的要素组合方式（如劳动密集型，或资本、资金密集型或其他类型）；另一方面，这种成本相对较低的专业化生产，在国际贸易中处于比较有利的地位，从而反过来有利于国内产业结构的变动和调整。国际贸易通过国际比较利益机制促进国家（地区）产业结构的变动大致主要有如下两种方式：一是在发展中国家，主要是以某一种或几种产品的进口为开端来开拓国内市场，引进该产业在国内发展。当该产业发展到一定程度，规模经济得到充分体现，生产成本显著下降时，再利用后起发展中国家的劳动力价格相对较低的优势，生产和出口该产品，获取比较利益，并通过国际市场的开拓，进一步促进该产业的发展。二是与后起国家（地区）不同，先行国（地区）的产业结构是在结构关系比较平衡的基础上进行的。先行国（地区）大多借助于先进的生产能力，在国际贸易中处于有利地位，以此来促进国内产业结构的转换和升级。在进出口贸易方面，先行国大多在国内开发新产品，形成国内市场以促进该产业的发展。当国内市场趋于饱和时，便开拓国际市场，实施出口外销。随着国外市场的形成，进一步出口有关技术和输出资本。当国外生产能力形成后，再把这种产品以更低价格转输到国内市场，以此促使国内同一产业的收缩和迫使国内产业转向其他新产品的开发。通过这样一个周而复始的循环过程，推动该国（地区）产业结构不断转换和升级。

（二）区域内相互贸易的发展加深了中、日、韩三国产业的相互依存关系

中、日、韩三国在进入 20 世纪 80 年代以后，特别是 80 年代中期以来，在对外贸易发展方面的一个重要变化就是区域内相互贸易不断扩大和区域内各国间贸易依存度迅速提高，由此促进了区域内各产业结构整体演化中的相互依存关系。

中、日、韩三国在世界进出口中扮演着重要角色，大约 15% 的世界总出口和 13% 的世界总进口在这里实现。同时，三国也是相互间重要的贸易伙伴，尤其是进入 20 世纪 80 年代以来，中、日、韩区域内相互贸易不断发展。2007 年，中国超越美国，成为日本第一大贸易国；2009 年中国又成为韩国第一大贸易伙伴、第一大出口目的地和最大的进口来源地。

图 10 - 2 反映了 20 世纪 80 年代中期以来中、日、韩三国相互贸易的发展情况。三国经贸关系的迅速发展，一方面与三国经济发展和世界经济区域化浪潮的大背景有关，另一方面也存在日本和韩国的劳动密集型产业加速向中国内地转移的因素。众所周知，美国作为亚太地区的发达国家，在第二次世界大战后特殊的历史背景下，与东亚建立了密切的政治经济关系，使包括日、韩在内的东亚各国（地区）在战后相当长的时期内依赖于美国的市场。中国改革开放以来，随着出口能力的增强，美国也成为中国的主要出口市场。但是，随着东北亚经济的发展，对美贸易顺差不断累积，形成了美国对外贸易的巨额赤字。在这一背景下，美国不再容忍日本和紧跟其后的亚洲新兴国家的经济扩张，通过迫使日元升值，取消韩国的一般特惠关税制度和设置贸易壁垒的手段调节贸易逆差。结果从 1986 年以来，日本与韩国对美出口的增长速度放慢，对美贸易比重下降。与此同时，日、韩除开拓美国以外的国际市场外，在区域内积极开拓市场，使区域内相互贸易迅速扩大。从表 10 - 4 可以看出，1985～2005 年，中、日、韩区域内的贸易额从 663.9 亿美元增长到 2196.8 亿美元，区域内贸易在三国总的贸易额中所占的比重也有显著增加，与此同时，三国对美贸易在总贸易额中所占的比重则呈上升趋势。

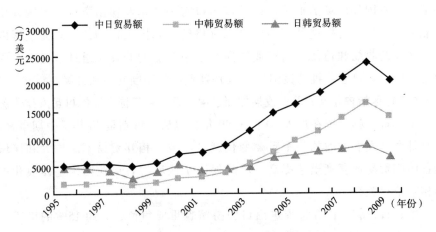

图 10 - 2   1995～2009 年中日韩贸易变化情况

资料来源：根据历年《中国统计年鉴》整理。

表 10 – 4 　中、日、韩区域内贸易的发展及对美贸易的现状

项　　目	1985 年		2005 年	
	出　口	进　口	出　口	进　口
三国合计（亿美元）	2348. 1	2040. 6	16413	14361
三国对美贸易额（亿美元）	289. 1	378. 3	3408. 225	1432. 255
三国对美贸易比重（%）	33. 6	18. 5	58. 9	31. 7
区域内贸易额（亿美元）	316. 2	347. 7	1016. 4	1180. 4
区域内贸易比重（%）	13. 5	17	13. 7	21. 1

注：其中区域内贸易额和区域内贸易比重是 1998 年数据。

资料来源：根据韩国统计资料计算，Direction of Trade，KOTIS，2000；《国际统计年鉴》，2009。

（三）区域内贸易倾向指数①的提高表明区域内市场的机制性联合程度加深

中、日、韩三国区域内贸易的发展和贸易依存度的增加，可以被看做由于三国经济发展，特别是拥有巨大市场的中国的经济增长所导致的必然结果，但是通过考察影响区域内贸易动向的因素可以发现，中、日、韩区域内贸易的增长率不是正比于经济增长的同步增加，而是呈现比经济增长率影响更大的地域倾向性，即区域内市场的机制性联合。区域内贸易比重逐渐增大时，贸易倾向指数就会增大。如表 10 – 5 所示，中、日、韩三国的贸易倾向指数从 1988 年的 0. 12 到 1998 年的 0. 20，再到 2008 年的 0. 26，呈现上升趋势。如果将经中国香港与台湾的转口贸易计算在内，同期的区域内贸易倾向性指数则会由 0. 25 增大到 0. 45。与其他区域比较，20 世纪 90 年代以后，中、日、韩三国的区域内贸易倾向指数的增长比 EU（0. 34 ~ 0. 49）及 NAFTA（0. 15 ~ 0. 22）更为快速。这表明中、日、韩对区域内市场的贸易依存度比其他区域提升得更为迅速，因此其市场机制性联合也在迅速发展。

---

① 区域内贸易倾向指数：$P_{ij} = T_{ij}/M_j$，是衡量区域内贸易倾向的指标（注：Anderson and Norheim，1993）。T_{ij} 是 i 对 j 的出口占 i 国 GDP 比例，M_j 是 j 国在世界贸易中的比例。区域内贸易倾向指数数值越大，区域内贸易的倾向越强。

表 10 - 5　中日韩区域内贸易倾向性指数变化与其他贸易区的比较

经济体	1988 年	1993 年	1998 年	2008 年
中日韩	0.12	0.12	0.20	0.26
日、韩 + 中国内地、香港、台湾	0.25	0.24	0.36	0.45
EU（15 国）	0.34	0.35	0.42	0.49
NAFTA3	0.15	0.18	0.23	0.22

资料来源：根据 IMP，DOT 及 IFS 各年度数据计算。

（四）区域内各国产业结构调整在贸易结构变化上的反映

中、日、韩三国区域贸易的发展，不仅表现在上述区域内相互贸易的扩大和贸易倾向性指数的提高上，更为重要的是表现在贸易结构的变化上。由于国际贸易交流是建立在国际比较利益基础之上的，一国出口自己具有比较优势的产品，进口满足国内生产和消费所需的且在国际市场上的价格低于本国生产成本的商品。中、日、韩三国国内的产业结构变化通过国际贸易相互影响，同时也通过国际贸易中商品结构的变化反映出来。

1. 中、日、韩相互贸易中商品结构的变化

表 10 -6 列出了中日贸易中贸易额排名前 10 位的商品在 2008 年和 2009 年的排序情况以及每一类产品的贸易额在中日总贸易额中所占的比重。2008 年和 2009 年，排在中日贸易首位的产品都是机电产品。其中，2009 年中国的出口方面，同 2008 年比较，家具、玩具及杂项制品的出口总量和在总出口中所占的比重有了明显上升，而贱金属及制品出口略有下降，矿产品的出口在 1 年间排位大幅下降，与此同时食品、饮料、烟酒和皮革箱包的出口排位快速上升。2009 年日本向中国的出口方面，同 2008 年相比，2009 年的排位基本保持一致，但细微方面仍有差别，比如纺织品及原料与矿产品出口换了一下排位，中国从日本进口矿产品的比重从 2008 年的 4.0% 下降到 2009 年的 1.9%。

中韩贸易中商品结构（见表 10 -7）的变化更为显著，中国向韩国出口的主要商品中，除了贱金属及制品、矿产品的出口比重下降以外，几乎所有类别的商品所占的比重都有所上升；在韩国向中国的出口中，2009 年，机电产品、光学、医疗设备及化工产品仍然排在前列，而矿产品、皮革制品及箱包的排位下降，与此同时，家具、玩具及杂项制品的排位上升。

由于 2005 年的资料无法查到，表 10 -8 中列出了 1995 年与 2000 年日韩商品结构的变化。按照 2000 年韩国贸易协会统计，在所有大类商品中，

韩日贸易额最大的商品就是机械设备，占全部双边贸易额的 46.95%。然后依次是金属及其制品、化学工业品、矿产品、光学计量仪器等。与 1995 年相比，2000 年韩国对日出口比重提高幅度最大的商品依次是矿物燃料及其制品、机械器具、塑料及其制品等；在进口方面，最主要的变化是电机电气设备的份额提升幅度较大，其他品类变化不大。

表 10 - 6 中日贸易前 10 位主要商品结构的变化

单位：%

中国向日本出口				中国从日本进口			
2008 年		2009 年		2008 年		2009 年	
品 种	占比	品 种	占比	品 种	占比	品 种	占比
机电产品	37.2	机电产品	37.6	机电产品	42.8	机电产品	41.1
纺织品及原料	17.0	纺织品及原料	20.0	贱金属及制品	13.3	贱金属及制品	13.2
贱金属及制品	6.8	家具、玩具及杂项制品	7.2	化工产品	8.4	化工产品	9.4
家具、玩具及杂项制品	6.6	贱金属及制品	4.7	运输设备	7.4	运输设备	9.3
化工产品	5.3	化工产品	4.1	塑料和橡胶	5.8	塑料和橡胶	6.5
矿产品	3.7	食品、饮料、烟草	3.5	光学、钟表、医疗设备	5.6	光学、钟表、医疗设备	6.0
光学、钟表、医疗设备	3.3	鞋靴、伞等轻工制品	3.2	矿产品	4.0	纺织品及原料	2.7
塑胶和橡胶	3.0	塑料和橡胶	3.2	纺织品及原料	2.7	矿产品	1.9
食品、饮料、烟草	2.9	光学、钟表、医疗设备	3.1	纤维素浆、纸张	1.3	纤维素浆、纸张	1.4
鞋靴、伞等轻工制品	2.8	皮革制品、箱包	2.4	陶瓷、玻璃	1.0	陶瓷、玻璃	1.1

资料来源：商务部国际贸易经济合作研究院：《国别贸易报告——日本》2009 年第一期、2010 年第一期。

表 10 - 7 中韩贸易前 10 位主要商品结构的变化

单位：%

中国向韩国出口				中国从韩国进口			
2008 年		2009 年		2008 年		2009 年	
品 种	占比	品 种	占比	品 种	占比	品 种	占比
机电产品	35.9	机电产品	44.1	机电产品	38.9	机电产品	39.2
贱金属及制品	26.6	贱金属及制品	15.5	光学、钟表、医疗设备	13.5	光学、钟表、医疗设备	17.2
纺织品及原料	6.7	纺织品及原料	7.2	化工产品	12.3	化工产品	11.2

中国向韩国出口				中国从韩国进口			
2008 年		2009 年		2008 年		2009 年	
品　种	占比	品　种	占比	品　种	占比	品　种	占比
矿产品	6.3	化工产品	6.8	矿产品	9.9	塑料和橡胶	9.0
化工产品	6.0	矿产品	3.7	贱金属及制品	8.4	贱金属及制品	8.5
光学、钟表、医疗设备	2.8	光学、钟表、医疗设备	3.5	塑料和橡胶	7.9	矿产品	5.9
家具、玩具及杂项制品	2.5	陶瓷、玻璃	3.0	运输设备	3.8	运输设备	4.0
陶瓷、玻璃	2.4	运输设备	2.9	纺织品及原料	2.8	纺织品及原料	2.6
运输设备	2.0	家具、玩具及杂项制品	2.9	纤维素浆、纸张	0.5	纤维素浆、纸张	0.5
塑料和橡胶	1.8	塑料和橡胶	2.1	皮革制品、箱包	0.4	家具、玩具及杂项制品	0.4

资料来源：商务部国际贸易经济合作研究院：《国别贸易报告——韩国》2009 年第一期、2010 年第一期。

表 10 - 8　韩日贸易前 10 位主要商品结构的变化

单位：%

韩国向日本出口				韩国从日本进口			
1995 年		2000 年		1995 年		2000 年	
品　种	占比	品　种	占比	品　种	占比	品　种	占比
电机电气设备	27.30	电机电气设备	22.4	核反应堆机械器具	27.70	电机电气设备	31.1
钢铁	9.40	矿物燃料及其制品	17.9	电机电气设备	23.60	核反应堆机械器具	20.6
针织钩编服装	6.70	核反应堆机械器具	17.0	光学照相设备及零件	8.90	光学照相设备及零件	8.9
矿物燃料及其制品	5.40	钢铁	5.6	钢铁	6.60	钢铁	8.3
鱼及水生动物	5.33	鱼及水生动物	4.0	有机化学品	5.40	有机化学品	4.8
核反应堆机械器具	5.20	针织钩编服装	3.4	塑料及其制品	3.20	塑料及其制品	3.6
非针织钩编服装	3.00	塑料及其制品	3.4	车辆及零附件	2.40	杂项化学品	2.5
钢铁制品	2.90	有机化学品	1.9	矿物燃料及其制品	1.90	车辆零附件	2.0
皮革制品	2.60	钢铁制品	1.9	杂项化学产品	1.70	铜及其制品	1.3
塑料及其制品	2.20	光学照相设备及零件	1.2	钢铁制品	1.70	照相及电影用品	1.3

资料来源：根据韩国贸易协会 KOITS 数据（2003）整理。

2. 中、日、韩相互贸易中商品结构的特点及原因分析

在横向比较中、日、韩三国的商品贸易结构，会发现三国的商品贸易具有如下特征：第一，无论进口还是出口，电机电气设备在全部贸易中所占的比重都是最大的；第二，在三国相互贸易中比重排在前10位的产品种类基本相同，可以明显地看出三国相互贸易的主要内容；第三，产业内贸易成为三国贸易发展的主流；第四，中日、中韩贸易结构表现出由垂直贸易向水平贸易发展的迹象，而日韩之间的贸易结构具有更多的水平贸易的特点。这里的垂直贸易是指传统意义上的先进国对后进国出口工业制品及关键零部件，从后进国进口原材料或燃料；所谓水平贸易是指发展水平大体相同的国家之间的贸易，包括发展水平相当的产业间和产业内贸易。

中、日、韩三国产品贸易的结构呈现上述特征，一方面，是由于三国处于不同的经济发展层次，具备不同的禀赋优势，国内市场的生产和消费的需求导致了进出口商品种类的差异。比如1995~2005年，中国对生产设备进口增加的主要原因在于中国进行产业调整，整合社会资本所引起的建设投资的扩大。另一方面，三国贸易的主要品类趋同、产业内贸易比重的显著增加都与三国之间相互投资的扩大有直接关系，日本、韩国国内产业结构调整需要失去竞争优势的产业向国外转移，或者说将处于产业链的低端的生产过程放在成本相对较低的中国。从总体上看，三国在产业内贸易领域存在着较大的重合，也是国际分工更为细化的体现。在此需要指出的是产业内贸易的兴起，表明一国贸易竞争实力的提升。从这个意义上讲，中国的贸易竞争力已经有了较大的提升。同时，值得关注的是在当代国际贸易中，通过产业内贸易来调整一国的产业结构所付出的代价较产业间贸易的调整成本要低，对国内劳动力市场造成的冲击也较小。中国可以利用这样有利的国际条件，通过扩大产业内贸易的范围、进一步挖掘其深度以实现国家产业结构的良性调整，推进国家对外贸易发展。

中、日、韩三国区域内相互贸易扩大和贸易依存度的提高，既反映了区域内国与国之间经贸联系的日趋紧密，也表明了区域内各国产业结构演化中相互影响、相互依存的关系在不断加深。而从国际贸易作为各国产业结构相互影响的关联纽带来看，特别是从相互贸易的内容来看，中间产品贸易在不断增加，贸易结构在不断变动，这意味着通过贸易关系传导的结构互动作用在增强，各国产业结构调整对他国的影响程度也在提高。

二 区域内直接投资和产业转移对产业结构互动的作用分析

(一) 区域内直接投资对产业结构互动的作用机制

国际直接投资作为联结区域内各国间产业结构关联互动的另一基本机制，对产业结构变动的传导作用具有复合性，往往是有形和无形作用联系在一起。现实运行中，国际直接投资以跨国公司为载体，在国际分工的基础上直接利用他国的比较优势，并且直接深入他国产业结构内部。直接投资可以带动投资国资本货物的出口，这不仅推动了贸易的发展，同时也深深影响着东道国的经济增长和结构变动。此外，国际直接投资又是人力资本国际流动和国际技术转让的载体，它能够促进接受投资国家的劳动力素质、管理水平和生产技术水平的提高，从而间接促进东道国的经济增长和结构变动。正是在这些意义上，直接投资使各国产业结构间的联系更为紧密，互动影响也更为深化。

此外，应该看到国际直接投资的流向范围并非平面的而是立体交叉的，并非单向的而是双向、多向的。一国既向外直接投资，又接受投资。其传导作用也呈现立体、多向辐射、多边反馈的形式（王斌，2004）。因此，同国际贸易相比，直接投资对结构变动的影响更为深入、广泛。例如，通过直接投资形成的国际产业转移，虽然对投资国是一种提升产业结构的手段，但是为东道国客观上移植、培养了与投资国类似的产业。在东道国结构变动后，也会向投资国反馈制导，表现为东道国类似产业竞争力的提高，成为投资国类似产业的强有力竞争对手，引起投资国同类产业的收缩。正是这在这种传导与反馈制导过程中，使国家间产业结构的互动影响不断深化，相互关联在一起，形成多层次联动关系。

(二) 中、日、韩三国相互投资的发展使三国产业结构相互依存、互动的关系不断加深

从中、日、韩三国相互投资的发展状况看，日本对中、韩两国的投资在其对外投资中占有相当比例。特别是进入20世纪80年代以来，投资数额急剧增加。同期，韩国利用日本扩大对外直接投资并加速向海外转移失去比较优势产业的有利时机，一方面，大规模吸收日本的投资，并且将吸引外资的重点从劳动、资本密集型产业转向技术、知识密集型产业；另一方面，把已失去比较优势的劳动密集型产业转移到劳动力成本和原材料价格更低的东南亚国家和中国内地。而且对外直接投资的增长速度很快，已赶

上日本。因此，以日本和韩国的跨国企业为载体的直接投资，使区域内各国在产业结构演化中的相互依存、互动的关系不断加深。

日本对中国的直接投资始于20世纪80年代，进入90年代以后，日本对华投资开始出现高潮。面对这种情况，日本政府采取了鼓励夕阳产业对中国投资的政策，政府在办理手续、保险方面给予企业很多支持。对于高新技术产业对中国的投资，则采取既不鼓励也不限制的政策。这导致日本企业对华直接投资热情高涨，1997年日本对华直接投资出现了一个高峰，达到43.3亿美元。1997年以后，由于受到亚洲金融危机的影响，日本政府担心其亚洲领头羊地位受到中国挑战，便开始对一些高新技术产业到中国投资进行限制。其后日本企业对华直接投资有所下降，到2000年减少到29亿美元，占当年中国利用外资的7.2%。进入21世纪后，随着中国经济的高速发展和市场消费规模的不断扩大，日本企业对华投资又出现新一轮的热潮，中国在日本对外直接投资中所占比重迅速增加，由2000年的2.2%上升到2003年的8.7%。根据中国商务部外资司的统计数据，2005年日本企业对华投资急速增长，投资额高达65.29亿美元，比2004年增长20%，占当年中国吸引外商直接投资总额的10.82%，时隔8年再次刷新日本对华投资历史纪录。在2006年，日本对华直接投资却出现了明显下降，与2005年相比下降29.6%。一般来说，上一年出现大的下降之后，第二年应当出现反弹，但这种结果并未出现。2007年日本对华投资项目数为1974个，同比下降23.8%；实际到位金额35.9亿美元，同比下降22.0%。2008年为1.7%的微弱正增长，直到2009年，日本对华投资总额达到41.17亿美元，同比增长15%，出现了恢复的好势头。

韩国对华投资虽然起步较晚，但是发展迅速，1998年中国已成为韩国最大的海外投资对象国。韩国对华实际投资额在2004年达到顶峰，高达62.48亿美元，其投资金额首次超过日本，为当时亚洲在华投资第一大国。2005年、2006年韩国的对华投资略有回落，分别为51.68亿美元和38.94亿美元，在对中国直接投资的国家和地区中名列第四。值得注意的是，韩对华投资近年来持续减少，从2007年的70.6亿美元分别减至2008年的48.6亿美元和2009年的26.2亿美元，2008年和2009年两年分别比上年下降31.2%和46%，尤其是对我国制造业投资持续减少。韩国官方分析认为，主要原因在于中国政府加大了投资限制，如新劳动法规定连续工作10年以上或订立劳动合同3次以上的工人企业须终身雇用，并在环保方面实行环境污染总量控制等。

（三）投资领域、投资地域分布及投资战略呈现产业整合的特点

中、日、韩三国间的国际资本流动，具有明显的扩大和充分利用比较优势，调整并整合区域内产业结构的特征。

1. 投资行业相对集中于制造业，投资领域呈现较强的互补性

韩国和日本的对华投资均主要集中于制造业，国务院发展研究中心（DRC）数据库的资料显示，韩、日两国2008年在中国投资于制造业的资金比例分别达83.19%和61.71%（见表10－9）。相比较而言，韩国所投资的企业具有劳动密集型特点，而日资企业的资本密集度水平较高。从行业看，日本对华投资主要集中在制造业，制造业对华投资占全部投资的70%以上。在中国累计吸收的外商制造业投资中，日资企业占有12.1%的比重，超过其对华投资占外商全部投资的相应水平。日本对华投资的产业结构分布，体现了日本的制造业加速向中国转移的趋势。近年来，日本对华直接投资领域日趋多样化，中国加入世贸组织后，国内服务业领域进一步对外开放，北京奥运会、上海世博会的巨大商机，使住宅和下水道等城市基础设施建设、物流、环保、教育、出版、零售消费等成为日本企业投资的新热点。随着中国高新技术产业的快速发展，日本企业对中国通信、电子、生物制药等高科技领域的投资也不断增加。

表 10－9　韩国对华投资行业所占比重的变化

单位：%

行　业 ＼ 年　份	1992	2001	2005	2008
制造业	93.40	87.10	84.90	61.71
农林渔业	2.90	1.70	0.40	0.21
矿业	1.50	0.50	0.30	3.77
批发零售业	0.70	3.10	4.30	14.18
运输仓储业	0.40	0.70	0.80	1.35
房地产及服务业	0.40	3.30	3.80	6.07
建筑业	0.00	0.00	2.30	3.58
通信业	0.00	0.20	0.70	0.66
金融保险业	0.00	0.00	0.10	6.89
酒店餐饮业	0.00	2.60	2.30	1.55
其他	0.00	0.00	0.10	0.03

资料来源：根据韩国输出入银行资料整理 http：//www.koreaexim.go.kr。

韩国对华投资的主要领域为：玩具、制鞋、皮革、纺织、服装、电子电器组装、石油化工等制造业和饮食服务行业。20世纪90年代后期，韩国大企业对华投资的重点在汽车、轮胎、水泥、家电、半导体（组装）、钢铁等制造业。近年来，韩国企业对IT行业、生物技术、通信、流通业、金融服务业等领域给予了更多关注。总体来看投资行业趋向多样化。表10-9反映了韩国对华投资行业的变化。

2. 日、韩在华投资地域分布中体现了形成一定程度的产业集聚的特点

日本在中国的投资地区已经由20世纪90年代的以沿海地区为主逐渐向中西部转移。90年代早期，日本企业主要在毗邻香港的深圳、珠海等华南地区的经济特区投资，并逐步转向东北和华北等沿海城市，投资最多的依次是江苏、辽宁、上海、广东和山东。在华沿海地区的投资比重达九成以上，并且多集中于大城市。到90年代后期，中国为了缩小沿海与内陆地区的差距，开始实行中西部地区经济开发的新战略，并与此对应，实施鼓励外商投资中西部的政策。因此，日本也开始重视对中国中西部的投资。日本国际贸易促进协会于1997年3月成立了"中国内陆中西部投资推进委员会"，积极促进日本企业对中国中西部地区的投资。

韩国对华直接投资主要集中于中国的东北和山东半岛及环渤海一带，这是因为这些地区靠近韩国，交通发达，运输方便。更重要的是，在这些地区生活着许多中国朝鲜族居民，他们与韩国语言相通，习俗相近，是韩国进行企业管理的有利因素。因此，韩国集中在环渤海地区和东北地区的投资，约占韩国在华投资项目的84.3%，在华投资金额的68.5%。虽然近年来韩资有向华南地区扩展的趋势，且多为资本与技术密集型的投资项目。但东北和渤海湾地区仍然是韩国企业投资的首选地区，其中，山东和辽宁是中国韩资企业最多的省份。

进入21世纪以后，从建设生产基地到拓展市场，日、韩企业开始调整对华投资的目标，整合已经在中国建立的各种制造业资源。日、韩大型知名企业投资中国，有效带动了中国国内相关配套产业的发展，以地域集中为特点，上、中、下游关联产业互动发展，使东北亚区域产业合作日趋深化。

3. 跨国投资由建设组装加工基地向本土化转变，使国内的分工与生产体制向海外延伸，最终形成突破国界的系列产业链

在20世纪90年代对华投资初期，日、韩大企业主要是把中国作为组装生产的出口加工基地进行投资，向中国出口设备和零部件，在中国投资建厂进行组装加工，再将产品返销到投资国或向第三国出口，其结果是在华企业成为投资国母公司的组装车间和向其他国家出口的加工厂。但从1999年中国"入世"前后开始，情况发生了变化，呈现向本土化转变的资本运营模式，即通过对华直接投资在华设立企业，并在中国采购中间品和零部件，生产的产品也主要在中国市场上销售。由外资企业进行的部分中间品和零部件的生产当地化，使原有的公司内贸易、产业内贸易以及企业内关联交易比较完整地转移到中国，加快了跨国公司生产与当地经济发展的融合。日本学者关满博认为，20世纪80年代，日本投资亚洲的主要目的是"获取廉价的劳动力"。进入90年代，日本直接投资亚洲各国的特点发生了性质变化，即为"出口加工基地"提供配套的"原材料及二次加工部门"的企业，开始直接到这些国家去投资设厂。现在中国珠江三角洲的东莞、深圳等地，以及长江三角洲的上海周边等地，已经形成了一批有相当特色和实力的配套加工生产基地。形成母公司、系列公司以及分包公司金字塔形的企业关系，长期稳定的交易在企业体系内被制度化。这种制度化的长期交易体系，不仅能带来交易成本的削减，而且也便于企业控制生产质量和交货期。因此，企业在向充满不确定性因素的海外市场投资时，基于与上下游关联厂商稳定交易的考虑，偏好与系列企业联合投资，或由大企业带动关联企业特别是零部件中小企业向海外投资，并在海外构建分工体系，使国内的分工与生产体制在海外进一步延伸，并将最终形成超越国界的系列产业链（裴长洪，2005）。

4. 投资企业和投资项目的技术构成不断提高，投资结构的升级，使产业分工呈现由传统的垂直一体化向水平一体化转变的趋势

20世纪90年代中后期以前，日、韩对中国的投资遵循"边际产业转移论"，即对外直接投资从本国已处于或已经陷于比较劣势的产业依次开始，日、韩对中国的直接投资就首先从劳动密集型产业开始，产业分工表现出垂直分布的状态。但是，随着中国工业化的发展，产业结构不断优化升级，技术水平也不断提高。同时亚洲特别是东亚地区市场规模也有所扩大，中国的市场地位日趋重要，日、韩对中国的投资也向生产与市场并重扩大的方向转变，倾向于提高投资企业和项目的技术构成，也就是以技术来换市场。产业分工向水平一体化发展的趋势越来越明显。目前，中、日、韩三国之间在基础技术和特殊技术领域的差距不是很大，但在连接二者的中间技术方面如生产技术、组装技术、各种标准模块产品的制造技术方面存在较大差距，这方面的差距给日、韩对华投资的结构升级提供了空间。根据日本经济产业省的调查，由于日本企业技术的先进性，日本企业的劳动生产率是中国企业的 6.5 倍，由于存在较大的技术差距，日本企业对华投资的技术结构升级还有很大的空间和潜力。随着日、韩企业对华投资技术水平的升级，与中国的技术合作无论在交流层次还是交流形式上都将更为深入。投资企业技术结构的升级，中、日、韩三国技术合作的开展，也将带动区域内技术贸易和服务贸易的发展。

从前述分析可以看出，中、日、韩区域内的直接投资推进区域内分工格局的调整，使区域内产业得到有效的整合。随着区域内产业结构的整合与升级，必然要求东北亚各国在贸易与投资领域的合作更为紧密，并进一步开放金融与资本市场，形成一个紧密的经济体。

第四节　中国参与东北亚区域内新一轮
产业结构调整的对策

一　中、日、韩三国产业结构升级所面临的不同选择

20 世纪中后叶以来，以信息技术革命为核心的新技术革命的兴起，催生了知识经济时代，加快了世界范围内产业结构的全方位变革。随着高新技术产业的迅速发展和经济全球化、区域经济一体化进程的加快，世界范围的新一轮产业结构调整正在迅速展开。新一轮产业结构调整最显著的特征是在新科技革命的推动下，产业结构的重心逐渐向信息产业和知识产业等所谓"第四产业"偏移，产业结构高科技化的趋势日益突出，并逐渐建立起以知识为核心的各产业之间的新关联关系。中、日、韩三国基于各自产业结构发展状态的差异，所面临的产业结构调整战略和产业政策选择也会有所不同。目前中国正处于产业结构调整的关键时期，从当前中国宏观经济运行的背景和基本国情出发，应充分考虑到东北亚区域内各国产业结构调整的相互影响和关联互动机制，在扶植高新技术产业发展，提升核心产业竞争力的同时，也要注意理顺国际产业转移承接关系，积极推进区域经济合作进程，利用新一轮国际产业结构调整的机遇，推动国内产业结构的优化升级。

日本最近一次的产业结构调整始于 20 世纪 80 年代中期，此次以服务化和信息化为明显特征的产业结构调整至今仍在进行之中（薛敬孝，2000）。产业结构的信息化、服务化发展趋势，不仅表现为信息产业和服务产业自身占 GDP 的比例上升，也表现在其他产业的产出中信息和服务作为中间投入的比重上升。物质生产部门在产品的生产过程中投入更多的信息和服务已经成为一种必然趋势。进入 21 世纪，日本产业结构调整正在经历深刻变化。2000 年通商产业省发表《21 世纪经济产业政策的课题与展望》，认为支撑日本半个世纪发展的"自给自足式"经济模式已经不适应新时代的要求，而应当建立一个"更开放的、相互联系的模式"，将未来可持续发展产业的重点放在技术创新、信息产业、老龄化社会服务和环保产业上。

20 世纪 80 年代末以后，韩国经济开始慢慢脱离了以前的工业化时期，结合世界经济形势的新发展和韩国自身产业结构的演化，韩国政府开始将产业政策的重点转向发展以知识和技术为立足点的"新一代有希望的产业"。特别是亚洲金融危机后金大中政府吸取了金融危机的教训，开始对产业政策进行全面而深刻的反省，对"金融、企业、劳动力市场和公共部门"进行大幅度的改革。在企业经济结构调整方面，把通过提高企业的效益来提高产品的国际竞争力作为产业政策的中心环节，全面改革大企业，制定政策推动中小企业发展。通过取消财阀间以及财阀企业间的债务担保、控制财阀企业的过大贷款、进行产业交换建立核心企业以及降低负债比率等手段对产业结构进行重组。制订了发展计算机、半导体、精细化工和生命科学等高科技产业的实施计划，把培育和发展高科技产业作为保持经济持续稳定增长的战略措施。

从上述日本、韩国产业结构调整的方向和产业政策的调整趋势中可以看出，21 世纪日、韩两国都将发展以知识和技术为立足点的高新技术产业作为产业结构升级调整的重点。与此同时，在国内丧失比较优势的产业将进一步向国外转移，以便为国内产业结构升级调整腾出空间。

根据中国国民经济和社会发展"十二五"规划，中国将在全面扩大对外开放的总体背景下，基本完成经济体制与经济结构在工业化中期阶段的全面转轨，向更为完善的市场经济体制和工业化中后期阶段过渡。由此可以推断，在经济全球化加速推进的大背景下，在更广领域、更高层次、更大范围全面融入世界经济是未来中国参与国际分工与合作的基本趋势。在未来十年左右的时间内，中国将继续充分利用全球化进程中国际产业结构加快转移带来的机遇，以独特的优势和有利的条件吸引全球制造业及其相关的生产性服务业资源，以沿海发达地区重要城市和产业带为主要依托，建设成为世界最大的加工制造基地和服务贸易快速发展的"高地"。经济全球化进程的快速推进和产业转移的新变化将为此创造外部条件，中国经济发展进入新阶段后的诸多变迁将为此提供内在依据。

二　中国参与东北亚区域经济合作，提升产业竞争力的对策建议

（一）立足区域经济视野，将产业结构互动机制纳入产业结构调整战略

经济全球化、区域化的发展必然要求世界各国以更加积极、开放的姿态和方式参与国际分工和国际竞争，全方位地加入经济全球化的进程。同时，中国自身的经济发展也到了与国际市场发展空间联系更为紧密、受区域内各国经济结构调整影响更为显著的阶段，客观上要求未来的产业发展突破国界，把视野和调整战略由国内拓展到中、日、韩区域内，进而拓展到全球，建立一个在全球化环境中具有强大竞争力的产业体系。"中国当前所要进行的产业结构大调整，是在经历了三十多年的经济高速增长之后，各种商品比较丰富的条件下，并在新技术革命的带动下，面对全球产业结构大调整的大趋势进行的主动、积极的调整，因而带有'未雨绸缪'的预谋和预防性质"（汪斌，2004）。如前所述，区域内各国产业结构的调整以贸易和投资作为主要互动机制呈现相互依存、互动演进的趋势，一国产业结构的演进和升级必然受到区域内其他国家产业结构调整的影响，同时也依赖于与区域内其他国家产业结构调整的互动才能实现。因此，中国在制定新世纪产业结构调整战略时，应在以全球资源为基点、以世界市场为导向的前提下，顺应产业结构国际化的发展趋势，充分考虑到区域产业结构互动机制的影响，将中国产业结构的战略型调整与日、韩两国的经济战略有效结合起来，推进与日、韩两国合理的国际分工。同时也应充分考虑日、韩两国产业结构调整有可能在资源与市场方面给中国的产业结构升级带来的不利影响，加强预测、防范措施。

（二）顺应知识经济发展潮流，提升高新技术产业竞争力，促进国内产业结构升级

如前所述，世界已步入知识经济时代，在以信息产业为核心的高新技术产业的推动下，世界范围内产业结构的重心正在向信息产业和知识产业

偏移，并逐渐建立起以知识为核心的各产业之间的新关联关系。科技创新正在成为 21 世纪经济与社会发展的主导力量，成为各国经济综合实力竞争的制高点。面对日益激烈的全球经济、科技竞争，为了在产业结构的战略性调整中着力增强中国产业的创新能力和提高中国产业在国际分工的地位，中国应顺应知识经济发展潮流，优先发展高新技术产业，利用技术进步促进产业结构升级。

（1）应在国家层面上优化科技力量和科技资源的分布与配置，对高新技术产业进行扶植。首先，应投入大量的财力、物力，发挥其在基础设施，特别是基础性研究与开发活动中的主导作用。通过新兴产业的建立和发展中科研开发的溢出效应，减少新兴产业的进入壁垒。其次，应实施开放型科技模式，推动科技社会化和科研成果产业化。加强技术创新链与产业链的衔接，建立紧密的科研和生产合作关系，建立便于科技人才合理流动的体制和政策环境。再次，为了激发技术创新的积极性，应建立和完善技术创新的激励机制，完善中国的专利保护制度。

（2）优先发展高新技术和高附加值产业的同时，用科技改造具有比较优势的劳动密集型产业，提高其知识、技术密集度，使其比较优势变为真正的竞争优势。国家应调整传统产业的产品结构，淘汰过时的生产能力，减少重复建设和过度竞争。加大传统产业技术改造力度，还应建立以企业为主体的企业技术创新体系。在关键产业和行业以及技术领域，发挥政府投资的引导、带动作用，将高新技术扩散和渗透到传统产业中去，推动传统技术体系高级化。

（3）加强与区域内其他国家的合作与交流，把引进人才和技术作为利用外资的优先领域。应提高技术引进的有效性。引进技术的最终目的是进行技术创新，包括进行技术改造使之适合中国的国情，提高中国的技术水平和国际竞争力。中国应从自身实际情况出发，有选择地吸纳来自国外的先进技术和装备，加强对具有后发优势的产业的确认和选择，用比发达国家更少的时间，有效形成一批技术含量高、具有较强国际竞争力的产业部门，同时与产业结构升级有机联系，使高新技术产业成为新一轮产业结构调整的巨大推动力。

（三）利用国际贸易、国际投资等互动机制，围绕结构升级理顺产业承接关系

国际产业转移是各国产业结构升级和开放经济的必然结果，前述分析已经证明，在经济全球化深入发展的背景下，区域内各国产业结构变动的相互影响和关联互动日趋强化，区域内国际贸易和投资的发展，必然使中国越来越深地融入区域内国际产业转移的序列中来。因此，强化外贸、外资和多种形式的产业合作对中国的产业结构调整升级具有积极的促进作用。

1. 在对外贸易方面，应进一步扩大区域内贸易的发展，优化进出口商品结构

促进对外贸易的发展，应从全球视野出发，在全面参与国际贸易和拓展外贸市场的过程中，进一步优化进出口商品结构。进出口商品结构的变动，受制于产业结构的变动。对于中国的产业结构调整而言，应立足于自身比较优势的充分发挥，在贸易结构调整中，积极培育竞争优势。劳动力成本低仍然是中国目前以及今后相当一段时期的最大比较优势，这也决定了劳动密集型产业仍将在中国的出口贸易中占有重要地位。需要强调的是，比较优势只是潜在优势，竞争优势才是现实的优势。对于国家贸易发展而言，国家贸易实力增强的根本在于在国际市场中取得竞争优势。信息化和全球化时代所带来的新的生产组织方式和跨国公司在全球范围内配置生产和销售，已改变了传统国际贸易分工模式。一国出于效率、成本尤其是结构升级的考虑，已不能像过去那样单纯追求完整地占领一个产业，而是应根据自身的比较优势和综合实力，在全球范围内抢占某一产业链的高技术和高附加值生产环节，把劳动密集和低附加值的生产环节留给他国，由此形成新的国际贸易分工体系。在这种新的国际贸易格局下，需要从全新的视野来看待出口商品结构的"优化"，中国提升商品贸易竞争优势的着眼点应该在于主导产业竞争优势的提升，因此，必须结合特定商品的比较优势，动态地规划中国各产业的长远发展。

2. 在国际直接投资方面，应致力于提升区域内产业合作的层次和深度，围绕结构调整的需要理顺产业承接关系

国际产业转移主要是通过国际直接投资来实现的，国际产业转移有利于发展中国家学习工艺和产品创新技能，逐步升级其制造能力，促进产业快速成长。中、日、韩三国国际投资的发展是三国产业结构调整和产业转移需要的直接反映，当前，中国正面临着通过进一步承接国际产业转移实现跨越式发展的机遇。抓住这一机遇，在更大范围、更高程度上参与区域内资源的优化配置，不但可以加快传统产业的改造升级，而且将有力地促进中国高新技术产业和技术创新的发展。为此，一是应进一步培育承接国际产业转移的综合竞争优势，包括高度重视制度建设，大力改善知识产权保护、行政、法律等软环境，以及加快市场化取向的改革，特别是要增强政府的服务意识，强化对市场主体的服务；二是应提高利用外资的质量和水平，合理引导外资流向，使利用外资结构与产业结构调整方向相一致；三是要注意将参与国际分工与加强国内地区间合作相结合，从国际区域产业整合、技术跨国转移和参与国际分工的广阔视角来研究缩小国内地区间差距和解决国内地区结构不合理的方式，加强国内地区间的经济合作，实现产业由东向西形成联动式的演进和升级。

3. 将"引进来"和"走出去"战略协调起来，发展跨国经营，实现双向转移

从产业梯度转移的角度来看，一个国家要想实现产业升级，必然要在接纳国际产业转移的同时，对外转移部分产业，以实现产业的升级换代。面对产业结构失衡、加工工业生产能力过剩、高新技术产业增长势头不足等情况，转移过剩生产能力，发展跨国经营不失为一种良策。因此，不论从长远还是从现实来看，中国都必须大力发展跨国经营，实现产业的输入与输出协调发展。在"引进来"的同时加快实施"走出去"战略，积极推动有条件的企业到境外搞跨国经营，为国家中长期产业结构的不断升级提供技术和产业上的准备。

（四）立足东北亚，积极参与区域经济合作，推进区域经济一体化进程

全球范围内的区域经济合作迅猛发展，对任何一个国家来说，游离于主要区域经济合作组织之外，不仅难以分享区域经济合作的利益，而且还可能受到不同程度的排斥。因此，无论从维护本国利益的的角度出发，还是从顺应世界经济发展潮流的角度出发，积极参与和推动区域经济合作都是中国经济战略选择上必须面对的一个重大课题。

区域经济一体化对成员国经济发展的促进作用已经得到广泛的认同。首先，缔结区域自由贸易协定可以废除或降低成员国间的关税及非关税壁垒，市场不断扩大，各国按比较优势形成产业分工，提高了资源分配效率，减少了垄断带来的低效率，提高了相关产业的竞争力，增加了国家福利。其次，区域经济一体化能够促进有竞争力的产业的发展，扩大了区域内成员国和区域外国家的投资。建立自由贸易区可加强区域内商品、劳务、技术和资本等生产要素的自由流动，加深成员国在经济上的相互依赖程度，同时区域内的国际分工使销售渠道稳定，将推动区域内贸易的发展，区域内贸易在成员国对外贸易总额中所占比重显著提高，在全球自由贸易难以实行的情况下，自由贸易区无疑为小范围内资源的合理利用和配置提供可能。由于成员国之间生产要素能更大程度地自由流动，这就为区域内企业实现规模经济提供了条件。企业规模经济的取得，使得国民收入水平提高，从而直接增加了市场容量，带动了区域一体化成员国贸易规模的扩大。如果中、日、韩三国建成自由贸易区，将拥有由 15 亿消费者、10 万多亿美元的 GDP、6.5 万亿美元的贸易总额组成的人口最多的发展中国家和发达国家联合起来的区域性统一市场。遗憾的是，从中、日、韩三国经济合作的历史与现状来看，主要的推动力量一直是市场。在区域经济一体化日益发展的今天，中、日、韩以及亚洲地区尚缺乏一种较为合理与周全的区域经济合作制度。

中、日、韩三国互为对方重要的贸易合作伙伴，相互间的贸易依存度不断提高，三国的国内经济已经通过贸易和投资的纽带紧紧联系在一起。虽然在区域经济一体化进程中还存在一定的阻力，中、日、韩三国很难在短期内缔结正式的制度安排。但是，由于各国经济发展的需要，同时经济结构上客观存在的互补性以及经济联系的日益紧密，三国也在不同程度地谋求相互之间的合作。三国不仅早已着手探讨东北亚地区的经济合作问题，而且在 2002 年 11 月中国又向日、韩两国提出了建立自由贸易区的建议，2003 年 10 月，中、日、韩三国签署了《中日韩推进三方合作联合宣言》（于立新，2006）。

在推动区域经济合作方面可以采取一系列措施。首先，在宏观层面上，应发挥政府在构建区域经济合作组织框架中的主导作用。区域经济组织的建立和发展离不开区域主导国家政府层面的交流和协商，政府主要承担如下任务：支持政策对话，加强行动协调；促进信息交流，鼓励联合投资和共同开发；推动区域市场化建设，为对外区域经济合作创造一个良好的体制环境等。其次，在微观层面上，要通过跨国经营发挥企业的微观主体作用。区域经济合作的基本动力还是市场力量，而企业则是进行经济技术开发与合作的微观主体，在区域经济合作中真正左右经济发展、进行实力较量的主体是企业，因此，加快推动企业的跨国经营是区域经济合作战略中企业发展战略的基本点。再次，结合中、日、韩经贸合作的现实情况，应以循序渐进的方式推进区域经济合作进程。区域经济合作主要是为了推动区域内各经济实体之间的经济技术合作和贸易投资自由化、便利化。在无法达成制度性区域合作的情况下，中、日、韩三国可以考虑先从某些地区、某些行业进行合作。首先建立次区域经济合作组织，同时加强三国在汽车、家电、通信产业的合作，在产业合作过程中协调三方关系，力求在产业合作基础上推进区域经济一体化的进程。也可以考虑先开展区域性合作论坛和非正式会议，然后逐步从优惠贸易安排、自由贸易区等向更深层次的区域经济合作过渡。

从长期来看，中国积极参与东北亚区域经济合作，协调与日、韩两国的经济关系，除了获得更稳定的市场之外，也有利于三国产业结构的协调发展，从而更有效地实行结构调整，在国际分工中获得更大的利益。

本章参考文献

［1］于立新、杨婧、李小元：《中日韩要素流动对东北亚经济影响的战略思考》，李成勋主编《中国经济发展战略 2006》，社会科学文献出版社，2006。

［2］于立新、王军主编《国际金融学》，经济管理出版社，1999。

［3］于立新、王佳佳：《中国参与区域经济合作的进程、动因、趋势》，载裴长洪主编《中国对外经贸理论前沿 IV》，社会科学文献出版社，2006。

［4］孔淑红、梁明编《国际投资学》，对外经济贸易大学出版社，2001。

［5］方甲主编《产业结构问题研究》，中国人民大学出版社，1997。

［6］王俊宜、李权：《国际贸易》，中国发展出版社，2003。

［7］王颖群：《东北亚区域经济合作及其发展趋势研究》，东北师范大学出版社，2004。

［8］冯雷等：《经济全球化与中国贸易政策》，经济管理出版社，2004。

［9］江小涓、杨圣明、冯雷主编《中国对外经贸理论前沿 II》，社会科学文献出版社，2001。

［10］宋泓明：《中国产业结构高级化分析》，中国社会科学出版社，2004。

［11］张宏：《日本产业政策的演进与中日贸易的发展》，《当代经济研究》2004 年第 8 期。

［12］张淑英：《后追赶时代的日本经济》，《现代国际关系》2003 年第 10 期。

［13］张鸿：《区域经济一体化与东亚经济合作》，人民出版社，2006。

［14］张蕴岭主编《东北亚区域经济合作》，世界经济出版社，2004。

［15］张曙霄：《中国对外贸易结构论》，中国经济出版社，2003。

[16] 李加玉：《国际产业转移趋势和中国的对策》，《研究与探索》2005 年第 8 期。

[17] 李永、刘娟等：《贸易自由化、产业结构升级域经济发展》，立信会计出版社，2005。

[18] 李俊慧：《中日贸易摩擦与中日两国产业结构的关系》，《国际贸易问题》2003 年第 8 期。

[19] 杨公朴、夏大慰主编《产业经济学教程》（第二版），上海财经大学出版社，2005。

[20] 杨学坤、裴子英、韩丽珠：《日本新一轮产业结构调整对中国的启示》，《当代财经》2003 年第 11 期。

[21] 杨贵言：《中日韩自由贸易区研究》，中国社会科学出版社，2005。

[22] 汪斌、邓艳梅：《中日贸易中工业制成品比较优势及国际分工类型》，《世界经济》2003 年第 4 期。

[23] 汪斌：《全球化浪潮中当代产业结构的国际化研究：以国际区域为新切入点》，中国社会科学出版社，2004。

[24] 〔日〕赤松要：《中国产业发展的雁行形态》，《一桥论丛》第 38 卷，1957。

[25] 〔日〕赤松要：《中国羊毛工业品的贸易趋势》，《商业经济论丛》第 13 卷，1936。

[26] 〔日〕赤松要：《新兴过产业发展的雁行形态》，《人口与东亚经济研究》1943。

[27] 陈恩：《台湾地区经济结构分析——从产业结构角度切入》，经济科学出版社，2003。

[28] 周冯琦：《中国产业结构调整的关键因素》，上海人民出版社，2003。

[29] 范从来、沈坤荣等：《转型中的结构变迁与经济增长》，经济科学出版社，2005。

[30] 〔美〕威廉·配第：《政治算数》，陈冬野译，商务印书馆，1978。

[31] 唐志红：《基于全球视角下的产业结构开放与互动》，《财经科学》，2004 年第 3 期。

[32] 贾晓峰：《中国产业结构研究》，南京师范大学出版社，2004。

[33] 〔日〕宫泽健一：《产业经济学》，东京东洋经济新报社，1975。

[34] 〔韩〕黄义珏、郭荣星：《转型中的韩国经济：兼论与中国的合作》，中国期刊网 http://www.cnki.net。

[35] 董向荣：《列国志：韩国》，社会科学文献出版社，2005。

[36] 臧辛、崔岩、董蓉蓉：《日韩对外直接投资及其与产业结构调整关系的实证比较》，《世界经济研究》2006 年第 9 期。

[37] 蔡兵：《日本对中国技术转移的模式转换及后果分析》，《南方经济》2003 年

第 10 期。

[38] 裴长洪：《日本对华直接投资与贸易增长变化分析》，《宏观经济研究》2005年第 7 期。

[39] 裴长洪主编《中国对外经贸理论前沿 IV》，社会科学文献出版社，2006。

[40] 薛敬孝、白雪洁：《日本产业结构调整的趋向》，《现代日本经济》2000 年第 6 期。

[41] 霍建国：《中国外贸与国家竞争优势》，中国商务出版社，2004。

[42] 〔美〕西蒙·库兹涅茨：《现代经济增长：发现与思考》，戴睿、易诚译，北京经济学院出版社，1989。

[43] 〔美〕保罗·克鲁格曼：《国际经济学》（第四版），海闻等校译，中国人民大学出版社，2002。

[44] Byung-nak Song, *The Rise of the Korean Economy* (Oxford University Press, 2003).

[45] Chang-Soo Lee, "The Linkage between FDI and Trade (Focusing on Korea's FDI into China and Japan's FDI into Korea)", Korea Institute for International Economic Policy, 2002. 12.

[46] Frankel, Jeffrey A., David Romer, Teresa Cyurs, *Trade and Growth in East Asian Countries: Cause and Effect*? NBER Working Paper W5732, 1996.

[47] Francis Ng and Alexander Yeats, *Major Trade Trends in East Asia*, World Bank Policy Research Working Paper, No. 3084. June 2003.

主要参考网站·

〔1〕中华人民共和国商务部网站：http：//www. mofcom. gov. cn。

〔2〕中华人民共和国国家统计局网站：http：//www. stats. gov. cn。

〔3〕中国期刊网：http：//www. cnki. net。

〔4〕世界银行网站：http：//www. worldbank. org。

〔5〕联合国贸易和发展委员会网站：http：//www. unctad. org。

〔6〕韩国贸易协会网站：http：//kosis. nso. go. kr。

第十一章

中国对非洲直接投资的战略规划

中国对外直接投资起步于改革开放初期，经过 20 多年的发展，现已形成一定的规模。据商务部、国家统计局、国家外汇管理局联合发布的《2009 年度中国对外直接投资统计公报》，2009 年中国对外直接投资净额为 565.3 亿美元，其中中国对非洲直接投资额仅占中国对外直接投资总额的 2.6%。截至 2009 年末，中国对外直接投资存量为 2457.5 亿美元，其中在亚洲和拉丁美洲地区的投资存量占到近九成，中国在非洲地区的投资存量仅占到 3.8%，中国对非洲直接投资还有很大的增长空间。

根据经合组织（OECD）的研究报告，非洲外国直接投资的回报率为全球最高，20 世纪 90 年代平均为 29%，2005 年达到 40%。2010 年《麦肯锡季刊》的最新报告显示，投资非洲国家的资本回报率比投资中国、印度、越南等亚洲国家的回报率平均要高出 60%。非洲已经成为全球投资回报率最高的地区之一。近年来，中国企业对非洲直接投资在取得较高经济效益的同时，也增加了当地就业，提高了当地技术、管理水平和人力资本素质，带动了非洲国家的经济发展。在 2007 年非洲开发银行集团理事会年会开幕式上，中国国务院总理温家宝在致辞中指出，"加强中非合作，要创新合作思路，提高合作水平，实现互利共赢"。作为中非合作的重要组成部分，中国对非洲直接投资也要继续实现互利共赢的发展目标。为此，有必要制定中国对非洲直接投资的战略性规划，明确非洲当前经济和社会发展状况，科学选择投资的国别、领域、模式、策略等，力争在促进中国对非直接投资长远发展的同时，也帮助非洲国家实现工业化发展目标，摆脱贫困落后的现状。

第一节　中国对非洲直接投资的
发展历程与现状

中国对非洲直接投资起步于改革开放初期，在最初的 20 年间发展比较缓慢。进入 21 世纪以来，特别是中非合作论坛机制的形成和"中非新型战略伙伴关系"的确立，使得中国和非洲从政府到民间都进一步增强了深化投资合作的意愿，加之非洲国家经济改革取得明显的成效，政治稳定性也逐渐增强，尤其是在发达国家经济增速日趋放缓的今天，非洲的投资前景引起中国乃至世界的关注。目前，中国对非洲直接投资发展迅速，业已形成互利共赢的格局。

一　中国对非洲直接投资的发展历程

改革开放前，中国对非洲的直接投资仅限于企业为了执行特定的政府项目而兴办的企业，如中坦航运合资公司。从 20 世纪 80 年代初开始，借助改革开放的顺利展开，中国与非洲经贸合作的形式由单纯的商品贸易和向非洲国家提供援助，转向工程承包、劳务合作、咨询设计、合资、合营等多种形式的互利经济合作形式。在这一时期，中国对非直接投资既服务于政治目的，同时也是带动工程设备、原材料以及其他中国产品出口到非洲的重要手段。这一时期，中国对非洲的直接投资属于起步阶段，中国企业对非洲的投资规模一般都较小。1979 ~ 1990 年底，中国在非洲共投资 102 个项目，投资总额 5119 万美元，每个项目平均投资约 50 万美元，投资规模比较小。其中也有一些大中型项目，如在刚果（金）建立的金沙萨木材加工厂，投资额就超过了 500 万美元（《中非经贸白皮书——未来五年发展规划》，2003）。

20 世纪 90 年代初，中国开始探讨如何把对非洲的援助转化为双边企业之间的合资合作。为此，从 1995 年下半年开始中国政府对援外方式进行了改革，将中国与非洲国家合作的主体从政府转向企业，实行援外方式和资金的多样化，促进中非企业间的直接合作。中国积极推行政府贴息优惠贷款及援外项目合资合作方式，帮助受援国建立生产项目，将援外与直接投资、工程承包、劳务合作及外贸出口紧密结合起来。中国政府自 1995 年起，还相继在非洲国家设立了 11 个"投资开发贸易促进中心"①，其目的是促进中非企业间的交流，为双边投资和贸易提供信息和服务，主要是提供保税仓储、经贸洽谈、商品展示以及法律和经贸咨询等服务。1995～1999 年底，中国政府与 23 个非洲国家签订了 39 个政府间贴息优惠贷款框架协议，从资金方面帮助中国企业到非洲投资办实业。中国企业只要在这些非洲国家找到了合适的项目，便可以申请这种贴息优惠贷款。这期间，中国企业在非洲国家创办了 46 个合资合作项目。

从 2000 年起，中国政府开始实施"走出去"开放战略。2002～2006 年，政府又提出继续大力实施"走出去"战略。"走出去"开放战略的实施，推动了中国企业对非洲直接投资的迅速发展。2000 年中国在非洲新设立投资企业 57 家，中方投资额 2.16 亿美元，约占中国当年对外投资总额的 39.2%。2002 年，中国在非洲新设立的企业有 36 家，协议总投资额为 0.73 亿美元，其中中方投资额为 0.63 亿美元。2002 年以后中国对非洲的直接投资逐年快速增加（见表 11 - 1）。截至 2009 年末，中国与非洲 31 个国家签订了《双边鼓励和保障投资协定》，与 10 个国家签订了《避免双重征税协定》。

表 11 - 1　1996～2009 年中国对非洲直接投资额

单位：百万美元

年　份	1996	1997	1998	1999	2000	2001	2002
投资额	56	82	88	65	216	67	63
年　份	2003	2004	2005	2006	2007	2008	2009
投资额	75	317	392	520	1574	5491	1439

资料来源：商务部统计数据。

二　中国对非洲直接投资的发展现状

（一）中国对非投资额增长迅速，投资领域不断扩大

2003 年中国对非直接投资额为 0.75 亿美元，到 2004 年猛增为 3.17 亿美元，增长了 3.2 倍，主要源于对苏丹石油领域的大规模投资。2005 年中

---

① 包括埃及、几内亚、马里、科特迪瓦、尼日利亚、喀麦隆、加蓬、坦桑尼亚、赞比亚、莫桑比克和南非 11 个国家。

国对非洲直接投资又增长了 23.7%，达到 3.92 亿美元，其中较大规模的投资集中在阿尔及利亚、尼日利亚、苏丹和南非等国。2006 年，中国对非洲直接投资额为 5.2 亿美元，比 2005 年又增长了 32.7%，当年主要投资国为阿尔及利亚、赞比亚、尼日利亚、苏丹和南非等国。2007 年，中国对非洲直接投资为 15.7 亿美元，比 2006 年增长了 202.7%，主要投资国为南非、尼日利亚、阿尔及利亚、赞比亚、尼日尔（见表 11 - 2）（《2007 年度中国对外直接投资统计公报》）。2008 年，中国工商银行收购南非标准银行 20%的股权，是当年中国企业对非洲最大宗的跨国并购案，促使当年中国对非洲直接投资额猛增到 54.9 亿美元。2009 年，中国对非洲直接投资额为 14.39 亿美元，同比下降了 73.8%，但若剔除中国工商银行收购南非标准银行的因素，中国对非洲非金融类投资则较 2008 年增长了 55.4%。截至 2009 年末，中国对非直接投资额累计为 93.3 亿美元，在非洲共兴办了各类企业 1600 多家（《2009 年度中国对外直接投资统计公报》）。从投资领域来说，1979～2000 年间，中国对非洲的直接投资中，流向制造业、资源产业、服务业和农业领域的比例分别为 46%、28%、18% 和 1%（UNDP, 2007）。当前中国对非洲投资合作项目接近 8000 个，除了涉及农业及农产品开发、纺织服装、家电、基础设施、资源开发等传统领域，还在电信、金融、医药、汽车制造、信息、新能源开发与利用等多个新兴领域深度扩展。

表 11 - 2 2003～2009 年中国对非洲各国直接投资流量

单位：万美元

国家 （地区） \ 年份	2003	2004	2005	2006	2007	2008	2009
非　　洲	7481	31743	39168	51986	157431	549055	143887
阿尔及利亚	247	1121	8487	9893	14592	4225	22876
赞 比 亚	553	223	1009	8744	11934	21397	11180
尼日利亚	2440	4552	5330	6779	39035	16256	17186
苏　　丹	—	14670	9113	5079	6540	-6314	1930
南　　非	886	1781	4747	4074	45441	480786	4159
刚果（金）	6	1191	507	3673	5727	2399	22716
埃塞俄比亚	98	43	493	2395	1328	971	7429
安 哥 拉	19	18	47	2239	4119	-957	831

续表

年份 国家 （地区）	2003	2004	2005	2006	2007	2008	2009
毛里求斯	1027	44	204	1659	1558	3444	1412
刚果（布）	—	51	811	1324	250	979	2807
坦桑尼亚	—	162	31	1254	−382	1822	2158
赤道几内亚	48	169	635	1019	1282	−486	2088
埃　及	210	572	1331	885	2498	1457	13386
尼日尔	—	153	576	794	10083	−1	3987
加　蓬	—	560	208	553	331	3205	1188
毛里塔尼亚	170	9	36	478	−498	−65	653
多　哥	3	185	31	458	270	420	891
塞拉利昂	—	592	49	371	285	1142	90
津巴布韦	3	71	147	342	1257	−72	1124
卢旺达	—	—	142	299	−41	1288	862
博茨瓦纳	80	27	369	276	187	1406	1844
马　里	541	—	—	260	672	−128	799
摩洛哥	19	180	85	178	264	688	1642
突尼斯	—	22	—	173	−34	—	−130
乍　得	—	—	271	161	75	947	5121
马达加斯加	68	1364	14	117	1324	6116	4256
纳米比亚	62	—	18	85	91	759	1162
几内亚	120	1444	1634	75	1320	832	2698
喀麦隆	28	37	19	73	205	169	82
加　纳	289	34	257	50	185	1099	4935
乌干达	100	15	17	23	401	−670	129
佛得角	—	—	32	23	9	48	—
肯尼亚	74	268	205	18	890	2323	2812
塞舌尔	—	—	5	6	9	5	36
厄立特里亚	—	—	—	1	45	−49	23
莫桑比克	—	66	288	—	1003	585	1585
贝宁	209	1377	131	—	632	1456	9
莱索托	—	3	60	—	—	62	10
塞内加尔	65	—	—	—	24	—	—
冈比亚	4	—	—	—	—	—	—

续表

年份 国家 （地区）	2003	2004	2005	2006	2007	2008	2009
科特迪瓦	62	675	874	−291	174	−702	151
利比里亚	40	58	865	−703		256	112
利 比 亚	10	6	25	−851	4226	1054	−3855
吉 布 提	—	—	—	—	100	—	340
马 拉 维	—	—	—	—	20	544	—
布 隆 迪	—	—	—	—	—	—	69

资料来源：商务部、国家统计局、国家外汇管理局：《2009 年度中国对外直接投资统计公报》，商务部网站。

（二）民营企业成为投资非洲的重要主体

据中国国际经济交流中心秘书长魏建国称，中国在非洲的投资企业主要有三类：第一类是大型国企和大型民企（如华为公司），以承接大型项目、工程为主；第二类是出于对税率、劳动力成本及避开诸如配额之类的非关税壁垒等因素的考虑，把工厂转移到非洲的制造业企业；第三类是各种贸易商。20 世纪 80～90 年代，中国到非洲投资的多为国有大中型企业，但近年来民营企业加大了投资非洲的力度。根据中国进出口银行的统计，目前在非洲的投资的中国企业中大部分都是民营企业。2006 年，民营经济大省浙江省在非洲投资额达到 5600 万美元，居全国各省之首。国内各省也积极推动民营企业投资非洲，如江苏省连续 7 年在尼日利亚举办经贸洽谈会，并借鉴苏州工业园的模式在当地建设经贸合作区。山东省设立专项资金，鼓励纺织企业到非洲投资建厂。

（三）中国对非洲投资的规模逐渐加大

2000 年以来，中国对非洲投资的项目中，中方投资额在千万美元以上的大中型项目逐步增多，主要有：中国石油工程建设集团公司在苏丹的石油项目、中国有色金属建设股份有限公司在赞比亚建设的谦比西铜矿、中国钢铁工贸集团在南非投资的铬矿资源开发项目、中国建材对外公司签署的佛得角水泥厂项目、中国土木工程集团公司在利比亚的沿海铁路和南北铁路项目等。目前，中国企业在非洲设立的赞比亚中国经贸合作区、毛里求斯天利经贸合作区、尼日利亚广东经贸合作区、埃及苏伊士经贸合作区、尼日利亚莱基自由贸易区、埃塞俄比亚东方工业园相继开工建设，部分合作区已初具规模。值得关注的是，中非发展基金自 2007 年 6 月成立至 2010 年初，已经在 40 个非洲国家先后投资 30 多个项目，累计金额达 8 亿美元，带动中国企业对非洲投资 30 多亿美元。其中，中非发展基金在埃塞俄比亚投资 4 个项目，投资总额达 1.5 亿美元，居所有非洲国家之首。

（四）中国对非洲投资项目运营效益良好

目前许多中国企业在非洲的投资项目取得了良好的经济效益和社会效益。近年来，非洲已经成为全球移动通信业务增长最快的地区。中非在信息通信产业的合作也日趋紧密。中国最大的民营电讯网络技术商华为技术有限公司是中国科技企业投资非洲的成功范例。华为公司从 1998 年开始拓展非洲市场，至 2010 年初累计投资额达到 15 亿美元，产品和服务进入了 40 多个非洲国家，成为非洲地区前三名的通信设备供应商之一。目前华为公司在南非、尼日利亚、肯尼亚等十多个国家设立了代表处，并在南部非洲设立了南非、东非和西非三个地区部，提高对客户需求和服务的响应速度。此外，中国投资的苏丹喀土穆炼油厂、中赞友谊农场、毛里求斯天利纺纱厂、海信南非有限公司、莫桑比克信达水产公司、多哥同美药厂等多家企业已经在非洲稳步发展，这些企业除了获得可观的利润外，还对当地经济发展起到了促进作用（姚淑梅，2008）。

第二节　促进中国对非洲直接投资发展的因素分析

跨入 21 世纪以来，经济全球化日益成为世界经济发展的最根本特征。中国政府顺应时代发展，适时提出实施"走出去"开放战略，大力支持中国企业到海外投资建厂，而非洲越来越成为中国企业海外投资的重要选择。这主要是因为中非双方政府在宏观政策上的大力推动、非洲大陆本身具备的资源优势和市场潜力、非洲大陆经济形势和政治局势趋好，以及非洲与中国长期以来的友好合作关系等积极因素的影响。

一　中国政府鼓励企业开拓非洲投资市场

（一）"走出去"开放战略推动中国企业走向非洲，投资创业

随着中国改革开放的渐趋深入，国内市场开放程度的加深，中国企业面临着日趋激烈的国际竞争压力。国内企业要想求得长久的生存和发展，

就必须找到自己的竞争优势所在。而加快经济结构调整是企业应对国际竞争的根本性措施，也是促进中国经济迈上新台阶的战略性举措。中国经济结构的战略性调整主要是在国内通过产业优化与升级来进行，但未来的趋势是在国际市场空间内进行调整。为此，中国政府决定从 2000 年起实施"走出去"开放战略，目的是积极应对当前经济全球化的挑战，努力掌握国际竞争的主动权。实施"走出去"战略不仅可以使中国企业在国际市场上获取国内短缺的自然资源，还可以使国内一些生产技术水平成熟、生产能力过剩的产业向经济发展水平较低的国家梯度转移。

中国与非洲在经济结构上具有较强的互补性。如中国企业在纺织、家电、农业、食品加工等行业具有成熟的技术，中国制造的产品质高价廉，在非洲当地市场具有竞争优势；非洲国家拥有中国工业发展急需的能源、原材料等资源优势。这种现实存在的互补性是中国对非洲国家进行海外投资的重要前提。而且中国企业投资非洲除了享受当地的优惠政策外，还可利用欧美等发达国家对非洲国家的优惠政策，为中国产品出口欧美等发达国家开辟了新渠道。因此，大力开拓非洲市场是中国企业拓展国际市场空间、缓解国内市场压力的现实选择，非洲市场也是中国实施"走出去"战略、开拓海外投资市场的重点地区之一。中国政府不失时机地大力推动国内具有竞争优势的企业以现有设备和成熟技术到非洲国家投资设厂。

2002 年 11 月，党的"十六大"报告提出，"实施'走出去'战略是对外开放新阶段的重要举措，鼓励和支持有比较优势的各种所有制企业对外投资"。为配合"走出去"战略的实施，中国政府对企业到海外设厂提供优惠政策。中国政府适当放宽了企业境外投资的限制，大幅度提高境外带件、带设备组装生产和加工制造的出口比重，鼓励企业到非洲投资建厂。为鼓励企业"走出去"，国家先后出台了建厂投资的中长期贷款，流动资金贷款，贷款贴息补助，设备、零件、原材料享受出口退税等一系列优惠政策。

2003 年 10 月，十六届三中全会提出继续实施"走出去"战略，完善对外投资服务体系，赋予企业更大的境外经营管理自主权，健全对境外投资企业的监管机制，促进中国跨国公司的发展。2005 年，在《中华人民共和国国民经济和社会发展第十一个五年规划纲要》中，中国政府提出要实施"互利共赢开放战略"。"互利共赢开放战略"的一个重要组成部分就是继续实施"走出去"战略，支持有条件的企业对外直接投资和跨国经营。2006年，中国继续大力实施"走出去"战略，并推动中国有信誉、有实力、有比较优势的各类企业积极参与中非各个领域的经济技术合作。从 2006 年起，中国政府继续致力于为企业"走出去"建立稳定、有效的政策、法律环境，加大财政、税收、融资等方面的支持力度，提高对外投资的便利化程度，规范和保护中国企业在境外的合法经营活动。这些政策趋向将进一步鼓励中国企业投资非洲。同时，中国政府还要求企业在非洲的投资和生产过程中要努力为当地增加就业和税收，注意环境保护，积极参与当地公益事业，真正带动非洲经济、社会的发展，实现互利共赢。

（二）中非合作论坛和中非新型战略伙伴关系的确立，促进了中国对非洲投资的纵深发展

为加强中非在新世纪、新形势下的友好合作，应对经济全球化的挑战，实现共同发展，根据中国和非洲国家的共同倡议，中国政府于 2000 年 10 月在北京组织召开了首届"中非合作论坛部长级会议"，标志着每隔两年召开一届的"中非合作论坛"机制的确立。至今，中非合作论坛已经成为中国同非洲国家开展全方位务实合作的重要平台和有效机制。

在第一届中非合作论坛部长级会议上，双方通过了《中非合作论坛北京宣言》和《中非经济和社会发展合作纲领》两个历史性文件，确立了"平等互利，形式多样，注重实效，共同发展"的中非经贸合作原则。2003 年 12 月，第二届中非合作论坛部长级会议在埃塞俄比亚的首都亚的斯亚贝巴举行。会议审议通过了《中非合作论坛——亚的斯亚贝巴行动计划（2004～2006 年）》，为中国与非洲国家在政治、经贸、社会发展等领域的合作提出了新思路、新举措。中国和非洲国家表示将进一步鼓励和支持有实力的中国企业到非洲投资，双方同意采取促进投资的措施，简化对到非洲投资的中国公司的审批程序，鼓励非洲各国同中方签署双边投资保护协定和避免双重征税协定。第二届部长级会议期间，首届"中非企业家大会"召开。500 多名中非企业家出席大会并进行商务洽谈，签订了 21 项合作协议，总金额达 10 亿美元。

2006 年 11 月，中非合作论坛北京峰会暨第三届部长级会议在北京召开。会议通过了《中非合作论坛北京峰会宣言》和《中非合作论坛——北京行动计划（2007～2009 年）》。北京峰会的一个核心成果是中非双方领导人在《中非合作论坛北京峰会宣言》中郑重宣布，中非将建立和发展"政治上平等互信、经济上合作共赢、文化上交流互鉴的新型战略伙伴关系"。其实早在 2006 年 1 月中国政府出台的《中国对非洲政策文件》中，中国政府除了明确规定中国对非政策的总体原则和目标"真诚友好，平等相待；相互支持，密切配合；相互学习，共谋发展"外，还在文件中提出要建立"中非新型战略伙伴关系"，其内涵主要包括政治、经济、文化、安全及国际事务的五个合作方面。《中非合作论坛北京峰会宣言》是将文件中的提议变成中非双方都拥护和贯彻的现实选择。正是在建立"中非新型战略伙伴关系"的背景下，中国政府大力支持中国国有和民营企业扩大对非洲的投资，提出要鼓励有实力、有信誉的企业到非洲投资设厂，帮助非洲国家增强自主发展的能力，加快经济建设步伐。

为进一步加强中非投资合作，在北京峰会上中国政府决定设立中非发展基金，并将推动和支持有实力的中国企业，在有条件的非洲国家建立经济贸易合作区，提高投资水平。北京峰会期间，第二届"中非企业家大会"召开，非洲国家的政府和企业与11家中方企业签署了14项总金额约19亿美元的商务合同和协议。项目涵盖基础设施建设、通信和技术设备出口、资源开发、金融保险等领域，涉及埃塞俄比亚、埃及、南非、尼日利亚、肯尼亚、加纳、赞比亚、乌干达、塞舌尔、莱索托、佛得角共11个非洲国家。签约项目包括中国土木工程集团公司与尼日利亚签署的高速公路改造项目合同、华为公司与加纳签署的加纳国家农村电话网项目合同，以及国家开发银行与埃及社会发展基金签署的金融国际合作谅解备忘录等。

2009年11月，中非合作论坛第四届部长级会议在埃及召开，会议本着"深化中非新型战略伙伴关系，谋求可持续发展"的宗旨，通过了《沙姆沙伊赫行动计划（2010～2012年)》。中国政府提出要扩大与非洲合作的互利共赢效果，提升中非务实合作水平。其中包括要鼓励和促进中国和非洲国家之间的相互贸易和投资，促进合作方式多样化，加强在减贫、环境保护、人力资源培训与能力建设、信息和通信技术等重点领域的合作，特别是在基础设施建设、农业与粮食安全等关键领域的合作。2009年11月，第三届"中非企业家大会"召开。中国企业与埃及、埃塞俄比亚、马里、尼日利亚、乌干达等国的企业签署了10个投资和工程承包合作项目，总金额达28.5亿美元。

随着中非合作论坛部长级会议和北京峰会的召开，以及"中非新型战略伙伴关系"的确立，步入21世纪的中非经贸合作被推向崭新的战略高度，也带动了中非经贸合作的迅猛发展，取得了世人瞩目的巨大成就。目前中非经贸合作机制日趋完善，并确立了互利、共赢、开放的发展格局。中非投资合作也正朝着更加务实的方向发展，中国政府也更加注重对非投资的互利共赢效应。中国政府表示今后将进一步简化审批手续，加强信息服务，推动更多中国企业走进非洲，增加互利合作的机会。继续与非洲国家签订投资保护协定和避免双重征税协定，与非洲国家共同营造良好的投资合作环境，保护双方投资者的合法权益。目前，商务部、财政部、发改委、国家开发银行、国家进出口银行、保险公司等相关单位正加紧制定对非投资的积极政策和扶植措施，规划未来一段时期内的中非务实合作，努力创新合作形式，扩大投资规模，提升合作层次，提供优质服务，促进中国与非洲国家共同发展。

二　非洲国家鼓励外国直接投资的流入

（一）非洲国家吸引外国直接投资的动因

1. 外国直接投资有助于弥补非洲各国建设资金不足的状况

为了实现到 2015 年贫困人口减半的联合国"千年发展目标"，非洲每年需要 640 亿美元的发展资金，大约占非洲 GDP 的 12%（Elizabeth Asiedu，2003）。而目前非洲国家的公共投资和私人投资仍然面临着资金短缺的问题，这种状况限制了非洲经济的快速增长。这种资金短缺来自出口与进口的不平衡、资金流入和外债偿付的不平衡，以及国内储蓄和投资的不平衡（见图 11 - 1）。国内资金的短缺制约了非洲国家政府在基础设施建设、社会保障和服务体系方面的公共支出，而这种政府支出的增加可以带动国内需求的提高，增加私人部门参与国内经济的积极性，以维持国内经济高水平的增长（Economic Commission for Africa，2006）。为了弥补发展资金的不足，非洲国家需要外部的资金支持，包括援助、贷款以及外国直接投资等。

根据美国发展经济学家钱纳里和斯特劳特 1966 年提出的"双缺口"模型，当发展中国家实现经济发展目标所需的资源数量与其国内的有效供给之间存在缺口时，利用外资可以有效地填补这些缺口。钱纳里等人认为，发展中国家在其经济发展中主要受到三种形式的约束，即技术约束、储蓄约束、外汇约束。发展中国家只有克服这些约束，才能顺利地实现发展。"双缺口"模型主要考察了储蓄约束（主要是国内储蓄不能满足投资的扩大）和外汇约束（有限的外汇不能满足进口的需要）。

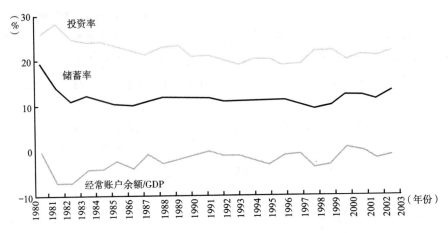

图 11 - 1　1980~2003 年 36 个非洲国家资金短缺状况

资料来源：Economic Commission for Africa, *Economic Report on Africa 2006-Capital Flows and Development Financing in Africa*, December (2006)：1。

从国民经济核算的基本恒等式——总收入等于总支出中可以得出：

总收入 $Y = C + S + T$，其中 Y 为国民生产总值（GNP）或国内生产总值（GDP），C 为消费，S 为储蓄，T 为政府收入。

总支出 $Y = C + I + G +$ （$X - M$），其中 I 为投资，G 为政府支出，X 为出口，M 为进口，（$X - M$）为净出口。

假设政府收支相抵，即预算平衡，$T = G$，则总收入等于总支出可以简化为：

$$S = I + （X - M），即 I - S = M - X$$

（$I - S$）是投资与储蓄的差额，即储蓄缺口，（$M - X$）是进口与出口的差额，即外汇缺口。根据经济均衡发展的要求，储蓄缺口必须等于外汇缺口，但是由于储蓄、投资、进口和出口都是独立变动的变量，两个缺口不一定相等，这就需要对两个缺口进行适当的调整，以促成两个缺口的平衡。利用外资来平衡这两个缺口，既能解决国内资金不足的问题，又能减轻外汇不足的压力，从而满足国内经济增长对投资和进口的需求（张培刚，2001）。

由于非洲国家普遍存在储蓄率低、建设资金不足的情况，外国直接投资被认为是增加资本的重要方法，尤其是在资本水平低的国家更是如此。外国资本的流入可以弥补国内投资的缺口以及经常项目的赤字。

2. 通过跨国公司对外直接投资的外溢效应，实现先进技术、管理经验向东道国扩散

近年来，对于跨国公司对外直接投资对东道国外溢效应的研究很多。其中 Blomstrom（1989，1991）、Kokko（1992）对跨国公司的外溢效应作了详细的分类，他们认为外溢效应可以分为以下几种形式：①与竞争相关的技术外溢（competition-related spillovers），即跨国公司的进入增加了本地企业的竞争压力，本地企业不得不提高技术水平和生产效率，以维护自己原有的市场份额。②跨国公司的子公司或分支机构与当地企业之间在技术与管理方面的合作所产生的外溢效应。③人力资本外溢（human capital spillovers）。跨国公司对其在东道国当地的员工进行的培训提高了他们的技术和管理水平，如果这些员工后来受雇于本地公司，就可以提高本地公司的技术和管理水平。④示范效应（demonstration-type spillovers）或模仿效应（imitation-type spillovers）。前者指跨国公司在东道国的运作与活动所产生的示范效应，后者指本地公司主动学习或模仿跨国公司的先进技术和管理知识（江小娟，2004）。

虽然许多研究对于外国直接投资的外溢效应给予积极的评价，但也有研究指出，外国直接投资并不总是能促进东道国的技术进步和生产率的提高。如1991年和1993年，Haddad 和 Harrison 两度考察了1985～1989年摩洛哥制造业中外国直接投资的外溢效应，他们认为外资进入的确有利于提高部门的生产效率，但并非所有产业都存在外溢效应，在技术相对简单或东道国当地企业的能力足以掌握该技术的情况下，外国直接投资容易促进当地企业大幅提高生产率，但如果外资带来的是最先进的、东道国难以掌握的技术，则这种外国直接投资不会对当地企业产生太大的技术和生产效率的促进作用（庄芮，2005）。越来越多的研究证明，东道国企业与跨国公司间的技术差距越小，跨国公司的外溢效应就越大。大多数外国直接投资都趋向于提高东道国的生产率和技术水平，正如 De Mello 所说，在大多数国家，外国直接投资流入对经济增长都表现出正的促进作用，而且东道国的开放程度越高、出口促进政策越好、发展程度越高，这种促进作用就越大（庄芮，2005）。

综上所述，非洲国家政府希望通过外国直接投资的流入，实现先进技术、管理经验从跨国公司的转移，带动非洲东道国技术和管理经验的提高。

3. 外国直接投资有助于提高非洲出口产品的竞争力

过去30多年来，非洲国家的传统出口产品在世界市场上的份额有下降的趋势。目前非洲国家出口的产品多为附加价值低的初级产品，还有一些低水平的加工产品，出口竞争力普遍低下。为了增加出口产品的竞争力，非洲国家需要外资的介入以延长传统出口产品的加工链条，提高出口产品的技术含量，并扩展非传统产品的出口，实现出口结构的多样化。通过吸引外国直接投资，能够促进非洲国家更好地打开国际市场，增加产品出口。一般来说，跨国公司有能力提高东道国与国际市场的联系，因为许多公司在金融市场、消费者认可和交通网络方面都有全球的联系，因此跨国公司可以作为"催化剂"促进东道国出口企业扩大出口（OECD，2001）。非洲国内公司可以利用跨国公司了解外国市场、外国消费者和外国技术，可以通过这些非洲国内公司出口更多的商品到国际市场，并通过出口获得的外汇收入弥补进口和还债的支出。

4. 外国直接投资有助于非洲国家实现减贫

目前的研究表明，对于摆脱贫困来说最重要的途径就是增加就业，特别是正规部门的就业。而外国直接投资对于东道国社会发展的一项重要贡献就是创造就业，尤其是妇女的就业（妇女就业的增加对减贫的贡献更大，因为妇女和儿童是贫困的主要人群）（Carolyn Jenkins and Lynne Thomas，2002）。大量的关于南部非洲国家的研究都认为，南部非洲的就业机会不足就是因为国内和外国投资的不足。因此非洲国家政府期望通过引入外国直接投资，创造新的就业机会，达到减少贫困的目的。除此之外，外国直接投资还可以通过直接技术转让、技术和管理的溢出效应、人力资本形成、国际贸易一体化、竞争的商业环境、促进企业的发展，达到促进非洲国家经济增长的目标，最终达到减少贫困的目标（见图 11-2）。

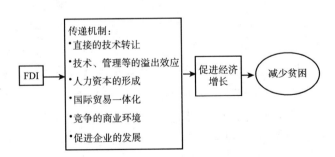

图 11-2　FDI 与非洲国家减少贫困的传递机制

资料来源：Moses M. Ikiara, *Foreign Direct Investment*, *Technology Transfer*, *and Poverty Alleviation*：*Africa's Hopes and Dilemma*（2003）：10。

（二）非洲国家吸引外国直接投资的政策措施

正因为意识到吸引外资可能给非洲带来发展机遇，非洲国家政府纷纷采取了多种政策措施来吸引外国直接投资，主要有：降低税率，免征进口税，对外国直接投资和再投资实行税收减免，对贷款实行担保等财政，金融方面的鼓励政策，签订双边和多边的投资协定，建立投资促进机构来专门从事吸引外国直接投资的工作，等等。莫桑比克、加纳、乌干达等国比较重视推动国内经济私有化和自由化的进程，以吸引外国直接投资的流入。目前在南非投资无需政府的特别批准，外国投资几乎不受限制，同时南非政府还制定了许多激励政策来促进外国投资的流入。如南非出台了外国投资补贴政策，对投资于制造、旅游等行业的企业，提供相当于约300万元人民币的费用补贴。坦桑尼亚、民主刚果等国对一定金额以上的外国投资项目，实施前5年免税的优惠政策。佛得角在外资企业营业的前两年，免征企业用于生产其产品的原材料、成品、半成品和其他原料的关税、消费税和服务税。

2004年，埃及、阿尔及利亚、毛里求斯、加纳、坦桑尼亚、乌干达、马达加斯加等国纷纷简化了外国直接投资法规，建立了更加透明的立法程序。尼日利亚政府允许外国银行兼并当地的商业银行。坦桑尼亚和民主刚果削减了税率和矿区使用费等（UTCD，2005）。2007年塞内加尔颁布了新投资法，以增加外资流入，促进本国社会经济发展，实现到2015年进入"新兴国家"行列的战略目标。塞内加尔新投资法规定的投资重点为农业、渔业和牧业以及与之相关的加工、储存和包装企业，生产和加工制造业、矿产勘探、开采和加工业，旅游和相关行业等。2007年有10个非洲国家修订了关于外国直接投资的法律法规，以提供更加便利的投资环境。如佛得角简化了批准外国投资的程序，并且所有的工业领域都对外国投资开放，其中重点领域为轻工业、旅游和渔业。埃及简化了建立特别投资区的程序。毛里求斯将企业所得税从22.5%下降到15%。苏丹允许外国投资者拥有100%的所有权（UTCD，2008）。目前非洲国家对外国直接投资的政策趋势是更加开放，并确保从中得到更大的利益，可见非洲国家政府期待通过吸引外国直接投资取得互利共赢的经济利益。

（三）非洲国家期待更多的中国投资流入

近年来由于中国经济取得了举世瞩目的巨大成就，许多非洲国家都渴望从中国的崛起中汲取适合本国发展的有利经验，并期待中国投资能给非洲带来生机，改变长期以来工业化水平低的窘境。美国高盛集团发布的报告中称，中国可能会在 2030 年超过美国成为世界第一经济大国。随着世界经济增长的重心越来越转向亚洲，"向东看"开始成为一些非洲国家对外政策的战略性选择。在 2007 年上海非洲开发银行集团理事会年会上，非洲开发银行行长唐纳德·卡贝鲁卡提出，非洲希望包括中国在内的亚洲国家帮助其实现工业化目标。尤其在当前国际金融危机导致发达国家经济增长放缓的背景下，中国因素在非洲国家经济发展中的驱动力量就更加显著。也正是因为如此，非洲国家纷纷期待更多的中国企业到非洲投资，促进非洲国家经济和社会的发展。

三 非洲宏观环境与投资前景趋好

2010 年 3 月，非洲联盟的成立为非洲大陆实现经济可持续发展带来了新的机遇，并成为非洲振兴的新起点。作为非洲联盟经济和社会发展纲领的《非洲发展新伙伴计划》，启动实施以来，由于制定了正确的发展战略，实行了谨慎的宏观经济政策并推进经济结构调整，近年来非洲经济状况持续好转，困扰非洲大陆的地区冲突和战乱也在逐渐平息，政治民主化进程也在加快。目前，非洲国家积极应对经济全球化的挑战，加快了经济改革和地区一体化的步伐，努力改善投资环境，特别是改善基础设施和金融服务业的落后状况。非洲国家正在通过逐步缩小国家之间、地区之间的发展差距和加强地区间的协调与合作来推动经济一体化。经济一体化可以促进非洲大陆优化其资源、人力、资金和技术的配置，加快非洲经济的发展，增强在国际市场上的竞争能力。

联合国报告《2008 年世界经济形势与展望》中指出，2003～2007 年非洲经济连续 5 年实现了超过 5% 的强劲增长，同时通货膨胀率也控制在 7% 以下。非洲大陆的财政状况也明显改善。2000～2004 年间，非洲国家财政收支一直出现赤字状况，2003 年财政赤字占 GDP 比重达到 -2%，2004 年迅速下降到 -0.1%。2005 年起非洲实现财政盈余，当年财政盈余占 GDP 的比重就达到了 2.8%，2006 年更是增至 4.2%，2007 年有所下降，为 2.8%（ADB，2008）。联合国非经委《2010 年非洲经济报告》中称，2008 年非洲经济增长率达到了 4.9%。综合起来，非洲经济快速增长主要受以下因素的带动：一是许多国家政府完善了宏观经济管理，宏观经济稳定性提高；二是国际市场对于非洲主要出口商品的强劲需求带动了出口价格的走高，特别是原油、金属和矿产品价格的不断攀升，改善了非洲国家的贸易条件；

三是大部分非洲国家的政治稳定性提高，地区冲突和战乱有所平息；四是非洲国家的商业环境有所改善，私人资本流入增加。

受国际金融危机的影响，2009 年非洲经济增长率下降为 1.6%，但随着世界经济的逐步复苏，预计 2010 年非洲经济实现 4.3% 的增长。根据国际货币基金组织在 2010 年 7 月份的最新预测，2010 年撒哈拉以南非洲的经济增速将达到 5%。随着世界经济恢复性增长，非洲经济增长的外部驱动力有所加强，带动了非洲经济的快速回升。预计 2010 年非洲经济增速将超过世界和发达国家的平均增长水平，其中，撒哈拉以南非洲的石油出口国的增速将达到 6.5%。从次区域经济增长来看，预计 2010 年东部非洲经济增长率最高，为 5.3%，其次是西部非洲（4.7%）、北部非洲和南部非洲（4.1%），最后是中部非洲（3.8%）。综合而言，非洲经济的回升将取决于国际和国内因素的综合作用：其一，全球经济的复苏会推动非洲商品需求和出口价格的上涨（特别是矿产品、煤、天然气等），带动旅游业的增长及资本流入的增加；其二，随着世界经济的逐步繁荣，非洲基础设施、矿业和制造业的投资将会显著增加；其三，随着发达国家的经济活动逐渐向好，非洲的侨汇收入将会增加，这会给一些非洲国家的私人消费和投资带来积极的影响。总之，外部经济的变化趋势与非洲经济的未来走向关系密切。随着世界经济的回升向好，非洲经济的发展前景仍然很乐观。

除了宏观经济指标的改善外，许多非洲国家的经济体制改革和经济自由化、私有化进程也在加快，商业和投资环境逐步改观。2007 年，利比亚国内的私有企业比例由制裁时的 1% 提高至 30%，私有企业增长主要涉及卫生、教育、旅游、食品进口、汽车、建筑、信息技术、银行等领域。阿尔及利亚执行了 2005～2009 年的"五年经济社会发展规划"，加快经济结构调整，国家计划投资 1000 亿美元用于国企改造和基础设施建设，同时加大对中小企业的扶持力度及扩大经济的对外开放度。佛得角、莫桑比克、尼日利亚、塞内加尔、坦桑尼亚和乌干达在国际货币基金组织的政策支持工具（PSI）① 指导下，成功实行经济改革，国家经济得到快速发展。据世界

---

① PSI 是指国际货币基金组织在不提供任何资金的情况下，针对低收入国家制定的新型政策支持工具，它通过为这些国家提供技术援助和经济政策监控，从而帮助受援国强化政府支出政策及公共支出管理系统，让政府支出更有效率和透明化及提升政府治理效能等。该项政策工具所要实现目标包括宏观经济稳定、债务可持续承受、金融部门深化改革和改善公共部门金融管理等。

银行《2008 年全球商业环境》报告，2007 年非洲地区商业改革前 5 位的国家是：肯尼亚（排名从 82 位上升到 72 位）、加纳（排名从 109 位上升到 87 位）、莫桑比克（排名从 140 位上升到 134 位）、马达加斯加（排名从 160 位上升到 149 位）和布基纳法索（排名从 165 位上升到 161 位）。根据《华尔街日报》发布的 2007 年经济自由指数，毛里求斯、博茨瓦纳、南非、纳米比亚和乌干达是撒哈拉以南非洲地区中经济最自由的五个国家。目前，一些经济发展较快的非洲国家已经成为重要的新兴市场。联合国贸易与发展会议（UNCTAD）发布的"世界投资展望调查 2010 ~ 2012"中，将南非列为"外国直接投资优先考虑经济体"中的第 19 位。这项年度调查报告是在对 236 家跨国公司和 116 家投资促进机构进行问卷调查的基础上完成的。这是南非首次进入外国直接投资首选目的地的前 20 位，表明南非对外国投资者的吸引力在不断增强。这主要是由于全球金融危机之后，发达国家市场的安全性在下降，投资者正在重新评估其他地区，而非洲潜在的 10 亿消费群体激发了外国投资者的兴趣。南非作为非洲最大的经济体，加之南非世界杯足球赛的宣传效应，使得更多的外国投资者将南非视为进入非洲市场的跳板，加大了投资力度。据南非媒体报道，世界最大的零售企业沃尔玛公司计划出资 320 亿兰特（约合 45.7 亿美元）全面收购南非第二大上市零售企业马斯玛公司，这将是近 10 年来沃尔玛公司收购金额最大的一笔交易，也表明了外国投资者对南非零售业和非洲经济发展前景充满信心。可以预见，随着非洲大陆整体政治、经济形势的日益改善，中国企业对非洲的投资前景将更加广阔。

四 中非长期以来的友好合作关系，有助于中国企业开展对非投资

中国与非洲虽远隔千山万水，但双方的友好往来却已有千年的历史。早在公元 9 ~ 10 世纪的唐、宋时期，中国与非洲之间就有了贸易往来。15 世纪，明朝郑和下西洋的船队曾三次到达非洲东海岸。新中国成立以来，中国政府十分重视发展与非洲国家的友好合作关系。中国坚定地支持非洲国家进行反对西方殖民统治的民族独立斗争；并在非洲国家独立后，坚决支持非洲国家自主地选择本国的政治、经济制度及发展道路。非洲国家也坚决支持"一个中国"的政治主张，并且在中国重回联合国的过程中起到了举足轻重的作用。进入 21 世纪以来，中非政治往来更加频繁，"中非新

型战略伙伴关系"的确立使得中非传统友好关系得到进一步的巩固和加强。

中国政府长期以来对非洲国家的无私援助也使得中非友谊基础愈加深厚。中国自 20 世纪 50 年代末期就开始了对非洲国家的援助,最初的受援国是独立后与中国建交最早的非洲国家如几内亚、马里、加纳等。在中非峰会上,中国政府承诺到 2009 年使中国对非洲国家的援助规模比 2006 年增加1 倍;为支持非洲国家联合自强和一体化进程,将援助建设非洲联盟会议中心;为非洲援助 30 所医院,并提供 3 亿元人民币的无偿援款帮助非洲防治疟疾,用于提供青蒿素药品及设立 30 个抗疟中心等。2009 年,尽管国际金融危机使得中国经济受到冲击,但是中国政府依然信守承诺,实现了对非洲援助的各项举措。截至 2009 年底,中国已与非洲 48 个国家签署了双边援助协议,援建项目涉及农牧渔业、水利电力、交通电信、文教体卫、食品加工等诸多领域。2010 年正值新中国开展对外援助 60 周年,中国商务部表示在 2010 年内与有关非洲国家签署免债协议,并且免除与中国建交的重债穷国和最不发达国家截至 2009 年底到期未还的政府无息贷款债务。总之,中国与非洲国家长期以来的友好、互信关系,无疑是中国企业开展对非洲投资合作的坚实基础。

第三节　制约中国对非洲直接投资发展的因素分析

尽管近年来非洲大陆的经济增长状况良好,非洲国家政府也重视吸引外资,采取了多种措施来吸引外国直接投资,但流入非洲的外国直接投资额仍然远远落后于其他发展中国家(见表 11 - 3)。据联合国贸发会发布的《世界投资报告》,2006 年流入非洲的外国直接投资为 355.4 亿美元,比2005 年增长了 17.4%;2007 年进一步增加到 529.8 亿美元,比 2006 年增长了 49.1%。外国直接投资占非洲总固定资本构成的比重由 2005 年的 18%,增至 2006 年的 20% 和 2007 年的 21%。2008 年,流入非洲的外国直接投资额达到了 721.8 亿美元,比 2007 年增长了 36.2%。非洲外国直接投资流入量增加的主要原因是全球对自然资源的需求增加、投资赢利前景改善和非洲整体投资环境改善。一直以来,非洲外国直接投资主要流入石油、天然气和采矿等初级部门,近年来流入服务业的外国投资也逐渐增多,主要集中在金融、电力、运输、仓储和通信等行业。2009 年受国际金融危机的影响，非洲外国直接投资流入量下降到585.7亿美元，尽管比2008年有较大幅度的下滑，但仍高于2007年的流入量。而且由于世界外国直接投资流入总额下降幅度较大，非洲占世界外国直接投资流入量的比重有所上升，提高到5.3%，为1988年以来的最高值。

表11-3　1988～2009年世界外国直接投资流入格局

单位：%

年份 项目	1988～1990	1998～2000	2003～2005	2006	2007	2008	2009
发达国家	82.50	77.30	59.40	66.70	68.80	57.50	50.80
发展中国家	17.50	21.70	35.90	29.30	26.90	35.60	42.90
非洲地区	1.90	1.00	3.00	3.20	3.00	4.1	5.3
拉美和加勒比地区	5.00	9.70	11.50	6.60	7.80	10.30	10.50
亚洲和大洋洲地区	10.50	11.00	21.40	19.40	16.00	21.00	27.00
东南欧、独联体	0.02	0.90	4.70	4.10	4.30	6.90	6.30
世界	100	100	100	100	100	100	100

资料来源：UNCTAD，*World Investment Report 2006*；UNCTAD，*World Investment Report 2008*；UNCTAD，*World Investment Report 2010*。

即便如此，非洲占世界外国直接投资的比重还是远不及其他发展中地区的平均水平，这也反映了非洲国家在提高生产能力、经济多样化以及创造更大的地区市场方面还需更多的努力。非洲仍然存在制约外国直接投资流入的诸多因素，中国企业在决定开拓非洲投资市场之前，有必要充分了解投资非洲可能面临的诸多风险与挑战，制定相应的策略。

一　中国企业投资非洲的制约因素分析

（一）非洲国家的宏观经济、政治和安全形势不稳定增加了中国企业的投资风险

尽管非洲经济正保持快速稳定增长的势头，但许多非洲国家的经济依然脆弱，容易受到外部因素变化的冲击。由于大部分非洲国家的经济结构单一，出口产品多为初级产品，存在巨大的"无力抵御外部冲击"的风险。全球经济的下行风险会导致非洲出口需求的削减，并引起出口价格下降，这会直接影响非洲经济的增长。石油价格的波动在石油进口国和出口国都

会产生一定的经济波动。国际石油价格攀升将使非洲石油出口国改善其财政和国际收支状况的压力，而石油价格下跌又会降低非洲石油出口国的出口收入，导致财政状况恶化。许多非洲国家的农业为支柱产业，不可预期的气候变化和灾害也会对经济的发展造成影响。一些非洲国家的高通货膨胀率、过度的财政赤字、融资状况不佳以及频繁出现的货币冲击都使得宏观经济的不稳定性增加。

许多非洲国家的市场经济体制不健全、法律体系不完善、宏观政策变动频繁且缺乏透明度都增加了外国投资者的交易成本，增加了投资风险。一些非洲国家的官僚主义普遍，政府效率低下，腐败问题严重，某些地方存在严重的地方保护主义，影响和阻碍了外国企业的投资经营活动。在许多非洲国家，设立外资企业的手续繁多，耗费的时间和费用多，缺乏便利的投资环境。以上这些因素均增加了中国企业在非洲投资的风险。

除了宏观经济形势不稳定外，非洲地区政治发展也不平衡，许多国家都存在部族、宗教矛盾，很难在短期内消除，非洲地区发生战争的可能性远大于亚洲等发展中国家。因此政治上的不稳定性将对中国企业投资非洲产生负面影响。一些非洲国家的恐怖活动、犯罪活动还很频繁，中国企业对非洲投资的安全形势也不容乐观。例如，阿尔及利亚的恐怖活动尚未彻底根除，虽然政府也采取了严格的措施，并投入较多警力用于防范恐怖活动，但中国企业在阿尔及利亚的员工安全仍然面临威胁。尼日利亚国内的局部性武装冲突、恐怖主义、分裂主义、宗教矛盾、武装抢劫、敲诈勒索等现象时有发生。此外，由于许多非洲国家的失业率较高，一些失业人员将失业归咎于外国投资者抢走了其生计，因此心怀愤怒，抢劫等治安问题时有发生。中国企业投资非洲需要注意防范可能的安全风险。

（二）贫困和市场狭小增加了中国企业投资非洲的市场风险

20 世纪 80 年代以来，撒哈拉以南非洲地区不但是世界上贫困状况最严重的地区，而且减轻贫困的步伐也很缓慢。据世界银行《2007 年世界发展指标》可知，2004 年撒哈拉以南非洲地区大约有 2.98 亿人口（约占总人口的 41%）生活在贫困线以下（每日生活费用不足 1 美元），而这一数字在 1990 年为 2.4 亿人。大多数非洲国家距联合国"千年发展目标"还相差甚远。据估计，要实现这个目标，非洲国家年均经济增长率必须保持在 7% 以上。但据联合国非经委的统计，1998~2006 年间，只有 5 个国家的实际 GDP 的年均增长率超过了 7%，2007 年非洲国家中经济增长率达到或超过 7% 的国家仅为 10 个。2009

年，受国际金融危机的影响，29 个非洲国家的增长率在 3% 或以下，17 个国家为 3% ~5% ，只有埃塞俄比亚和刚果（布）两个国家的经济增长率超过 7% 。可见，非洲国家距离真正实现脱贫目标还有很大差距。

一项关于英国、瑞士和德国的 81 个企业为何投资南部非洲发展共同体的研究表明，有 84% 的企业的投资缘于对当地市场容量的考虑，40% 的企业是为了获取当地的原材料，21% 的企业缘于全球战略上的考虑，19% 的企业缘于当地的私有化，还有 26% 的企业是出于个人原因（Labour Resource and Research Institute，2003）。对于中国和印度来说，吸引外国直接投资的主要原因就是国内市场容量大。而一些非洲国家之所以无法吸引到更多的外国直接投资，主要的原因就是国内市场容量有限。非洲有 31 个国家总人口低于 1000 万，其中很多国家的人口还低于 500 万。可见，地理上的市场狭窄和贫困人口众多造成的购买力低下，使得中国企业投资非洲面临较大的市场风险。

（三）基础设施落后增加了中国企业投资非洲的运营成本

非洲国家的基础设施状况普遍落后。由于交通和通信设施不发达，在非洲运输货物和获取重要信息的成本很高。在非洲大陆内部以及到非洲以外的运输费用都非常高昂，这种运输的平均成本高于关税，其对贸易的限制作用比非关税壁垒还大。高额的内部运输费用也妨碍了非洲国家国内市场的形成（赖纳·特茨拉夫，2001）。而且非洲的能源、电力和水资源供应状况落后。非洲人口占世界总人口的 13.1% ，能源消费却只占世界总量的 5.5% ，目前仅有 34.3% 的非洲人口用上了电。2005 年的《人类发展报告》中指出，在撒哈拉以南非洲地区，许多地方交通、教育及医疗卫生设施落后，有 42% 的居民得不到清洁饮用水。根据世界银行 2005 年的《世界发展报告》，尼日利亚供电不足造成的商业损失极其严重，小型、中型和大型企业因此而遭受的损失分别占其产出收入的 24% 、14% 和 17% 。非洲基础设施落后的现状使得中国企业在非洲的运营成本加大。但可喜的是，目前许多非洲国家高度重视发展基础设施建设，预计在未来几年里，非洲国家的基础设施投资力度将加大，投资环境有望改善。例如，南非政府将发展基础设施建设作为第一要务，并计划在未来三年（2011 ~2013 年）新增投资 8460 亿兰特（约合 1128 亿美元）进行基础设施建设以促进经济发展。在未来三年（2011~2013 年）里，南非将投入超过 145 亿兰特（约合 19.3 亿美元）的资金，兴建综合快速公共交通网，还将出资 250 亿兰特（约合 33.3 亿美元）用于发展和改进铁路客运系统。南非有望成为非洲第一个拥有综合快速公共交通网的国家。尼日利亚政府也越来越重视基础设施建设。尼日利亚政府在 2010 年财政预算中计划拨款近 60 亿美元用于基础设施建设。为应对电力短缺的痼疾，2010 年 8 月 10 日，尼日利亚总统乔纳森已经批准建设新的国家超级电网。预计 700KV 新电网总造价为 35 亿美元，工期四年，比 330/132KV 现有电网具备更强、更远、更稳定的输送能力，可大幅减少传输过程中的电力损耗，进一步改善尼日利亚的供电水平。预计在未来六年（2011～2016 年）中尼日利亚将投入 150 亿美元进行基础设施建设。

（四）人力资本发展滞后制约了中国企业对非洲技术密集型产业的投资

非洲人口识字率是全世界最低的。非洲劳动力素质低下，缺乏熟练的技术工人，而且高素质人才外流状况严重，这些都阻碍了非洲经济的良性发展，也使得非洲吸引外国直接投资的劳动力优势降低。近来的研究表明，人力资本状况在吸引制造业和服务业领域的外国直接投资中起着至关重要的作用，而非洲人力资本落后的状况使得其在制造业和服务业上吸引的外国直接投资较少。许多跨国公司投资东道国的标准，是能够利用东道国的人力资本优势创建外向型企业，生产的产品直接出口。这样跨国公司会根据自己全球发展战略选择所需国家进行直接投资，所选择的国家担负不同的作用，互为补充（OECD，2006）。如中国最大的外资企业，主要从事信息和通信技术产品的生产，这是出于中国具有人力资本的技术优势。而撒哈拉以南非洲国家的人力资本落后，制成品加工业基础非常薄弱，这种状况制约了中国资本投向技术含量较高产品的生产加工领域。

（五）中国政府对企业开拓非洲的战略规划和宏观调控有待加强

目前中国在非洲投资的企业存在各自为战、分散经营、重复经营的状况。为求得短期利益，许多企业采取低价竞销的手段来扩大自己产品在非洲的市场份额，影响了中国产品和中国企业在非洲人民心目中的良好信誉。还有一些个体经营者的经营手段不规范，甚至相互拆台，销售假冒伪劣产品，直接影响了中国产品在非洲市场上的声誉。随着中国企业对非洲投资的日益频繁和深入，政府有必要加强对企业投资非洲的战略规划，进一步规范企业投资行为，促进良性竞争，树立中国企业的良好形象。此外，中国政府对企业在非洲的投资还存在对投资领域及目标市场的可行性论证不够深入，投资的产业导向、投资规模等方面的宏观调控不够等许多问题；在非洲的各中国企业间也缺少应有的支持与配合。因此，加强政府对企业开拓非洲市场的有效管理和调控，实现中国对非洲投资的持续、健康发展，将是一项长期的任务。

二　非洲国家外国直接投资流入的制约因素调查

通过对多家外国公司的调查问卷进行综合汇总的方法，来研究外国直接投资进入非洲的限制因素，可以得到更加贴近现实的结论。这样的调查研究主要有四个：①世界商业环境（World Business Environment，WBE）调查，是世界银行在 1999/2000 年作的调查。包括在撒哈拉以南非洲 16 个国家的 413 家外国公司，用四个级别来代表所问及的因素限制外国直接投资的水平（1 = 没有限制，4 = 极度限制）。②世界发展报告（World Development Report，WDR）调查，是世界银行在 1996/1997 年作的调查。选取了在撒哈拉以南非洲 22 个国家的 540 家外国公司，用六个级别来代表所问及的因素限制外国直接投资的水平（1 = 没有限制，6 = 极度限制）。③世界投资报告（World Investment Report，WIR）调查，是联合国贸发会在 1999/2000 年作的调查。包括世界前 100 个跨国公司。④南部非洲经济和金融研究中心（The Center for Research into Economics and Finance in Southern Africa，CREF-SA）的调查。包括南部非洲发展共同体的 81 个跨国公司（Elizabeth Asiedu，2005）。综合以上的调查结果（见表 11 - 4、表 11 - 5），腐败、基础设施薄弱、犯罪、政治经济形势不稳定是撒哈拉以南非洲国家吸引外国直接投资的主要限制因素。

表 11 - 4　撒哈拉以南非洲国家吸引 FDI 的限制因素分级

WBE（1 = 没有限制，4 = 极度限制）		WDR（1 = 没有限制，6 = 极度限制）	
腐　　败	2.80	税收和法规	4.50
基础设施薄弱	2.75	腐　　败	4.47
街道犯罪	2.70	基础设施薄弱	4.28
通货膨胀	2.67	犯　　罪	4.25
融　　资	2.64	通货膨胀	4.11
有组织犯罪	2.57	缺乏融资渠道	3.95
政治不稳定	2.43	政治不稳定	3.88
税收和法规	2.24	成本不确定	3.75
汇　　率	2.15	外贸法规	3.64

资料来源：Elizabeth Asiedu，*Foreign Direct Investment in Africa：The Role of Natural Recourses，Market Size，Government Policy，Institutions and Political Instability*，June（2005）：31。

表 11 - 5　FDI 流入撒哈拉以南非洲国家的制约因素

单位: %

WIR 调查中认为以下因素为 FDI 流入 制约因素的公司所占比重		CREFSA 调查中认为以下因素为 FDI 流入 制约因素的公司所占比重	
腐　　败	49	政策的不确定性	47
缺乏进入国际市场的途径	38	宏观经济不稳定	42
政治经济的预期	28	犯　　罪	35
开设公司的成本	28	腐　　败	35
缺乏融资渠道	28	基础设施薄弱	30
基础设施薄弱	27	FDI 法规	24
税收法规	24	战　　争	19
非熟练劳动力	23	劳动力不稳定	17
FDI 法规体系	21		

资料来源: Elizabeth Asiedu, *Foreign Direct Investment in Africa: The Role of Natural Recourses, Market Size, Government Policy, Institutions and Political Instability*, June (2005): 31。

第四节　中国对非洲直接投资的战略规划

由于在非洲大陆投资面临政治、经济、安全等诸多方面的风险和挑战，中国对非洲投资的战略规划必然要更加慎重，需要谨慎地选择投资国别、领域、进入模式、企业应对投资风险与国际竞争的策略，以及政府鼓励企业投资非洲的政策措施等。

一　谨慎选择中国对非洲直接投资的国别

莫塞斯·意凯拉将 2000～2003 年各研究人员及国际机构对非洲的外国直接投资决定因素的调查结果综合起来并得出结论: 具有国内市场容量大、经济增长率高、投资回报高、贸易开放程度高、进入地区市场的潜力大、政治经济形势预期良好等特点的非洲国家具有较高的投资前景 (Moses M. Ikiara, 2003)。具体来说，可以作如下的投资选择。

(一) 优先选择经济发展、商业环境和全球竞争力位居非洲前列的国家

1. 非洲经济发展的引擎

非洲开发银行发展研究部在 2007 年非洲开发银行集团年会上提出"清

醒四国（SANE）"概念，代表南非、阿尔及利亚、尼日利亚和埃及四个非洲国家，并将其称为非洲发展的引擎。SANE由南非（South Africa）、阿尔及利亚（Algeria）、尼日利亚（Nigeria）、埃及（Egypt）四个国家英文名字的首写字母组成。

南非是非洲经济最发达、工业化水平最高的国家，国内有6100万人口，市场容量大。2008年南非GDP总额为2768.274亿美元，占非洲大陆总量的18.0%。由于建筑业和采矿业的扩张，以及国内公司增加投资等因素驱动，2008年南非实际GDP增长率为3.7%，人均GDP为4538美元。南非的法律体系透明度和稳定性好、效率高，基础设施完善，腐败和恐怖主义给企业带来的成本低，金融市场比较成熟。埃及、阿尔及利亚也是非洲经济发展状况良好、工业化水平较高的国家，人口分别为8150万人和3440万人，市场容量大。2008年埃及和阿尔及利亚的GDP总额占非洲大陆总量的21.7%，实际GDP增长率分别为7.2%和2.4%，人均GDP分别为2023美元和4887美元。埃及经济的增长主要是由于经济改革刺激了国内投资和旅游业的发展，阿尔及利亚经济的增长主要是由于增加了公共投资，此外两国的经济增长还受石油、天然气增产和油价上扬的积极影响。尼日利亚是非洲人口最多的国家，有1.51亿人，国内市场容量很大，但其国内对石油工业依赖性较强，工业多样性较差。近年来，因为尼日尔三角洲的社会骚乱导致尼日利亚的经济增长率出现波动，从2005年的7.2%下降到2006年的5.6%和2007年的3.2%（ADB，2008）。2008年，尼日利亚社会动荡趋于平稳，石油产量随之增加，经济增长也趋于稳定，实际GDP增长率达到6.0%。2008年尼日利亚GDP总额为2011.26亿美元，占非洲GDP总额的13.1%，人均GDP为1330美元（ADB，2010）。在资源储备方面，南非是非洲最大的矿产资源国，尼日利亚是非洲最大的产油国，埃及和阿尔及利亚的石油和天然气储量都很大。这四个国家分别位于为非洲北部、西部和南部地区，对周边国家的经济辐射能力强，进入国际市场的渠道通畅；政治局势都比较稳定；对外资都采取了积极的政策，外国投资对当地技术转移的溢出效应都很明显。

2. 非洲商业环境较好的国家

在世界银行《2008年全球商业环境》报告中，毛里求斯名列全球第27位，是非洲商业环境最好的国家；其次是南非（第35位）、纳米比亚（第43位）、博茨瓦纳（第51位）和肯尼亚（第72位）。在《2010年全球商业环境》报告中，毛里求斯又提升到第 17 名，南非、纳米比亚、博茨瓦纳和肯尼亚分别为第 34、66、45、95 名。毛里求斯是联系欧、亚、非、大洋洲的海空交通要冲，战略地位十分重要，国内的旅游业、金融业非常发达，是一个国际商务中心。博茨瓦纳、纳米比亚是矿产储量丰富的资源型国家。肯尼亚是非洲东部地区经济较发达、工业化水平较高的国家，人口有 3880 万，国内市场容量较大。2008 年，由于国内总统选举导致政治骚乱，肯尼亚实际 GDP 增长率仅为 1.7%，人均 GDP 为 782 美元。随着国内政局的逐渐稳定和国际金融危机负面影响的减轻，预计 2010 年经济增速将达到 4.1%。肯尼亚虽然鼓励外国直接投资的流入，但国内的腐败和恐怖主义给企业带来的成本较大，限制了大规模外资的流入。

毛里求斯、博茨瓦纳、纳米比亚三个国家的国内政局稳定，不存在种族和地区冲突，治安状况良好，是非洲大陆政治、安全风险较低的国家；并且法律体系、金融体系都比较健全，基础设施比较完善，对外国投资都采取促进和鼓励的政策。毛里求斯、博茨瓦纳、纳米比亚三国的人口不多，都在 200 万人左右，但人均收入较高，消费能力强。2008 年，毛里求斯、博茨瓦纳、纳米比亚的人均 GDP 分别为 7174 美元、7072 美元和 4220 美元，实际 GDP 增长率分别为 5.1%、2.9% 和 3.3%。毛里求斯、博茨瓦纳、纳米比亚和肯尼亚是许多国际和地区组织的成员国，可享受多种进入非洲区域组织成员国和西方发达国家市场的优惠政策，开拓国际市场的潜力很大。

3. 非洲全球竞争力较强的国家

全球竞争力指数提供了对驱动生产力和竞争力都至关重要的那些因素的全面概括，并将其分为九个支柱，即制度、基础设施、宏观经济、健康与基础教育、高等教育与培训、市场效率、技术准备、企业成熟度、创新。世界经济论坛《2006~2007 全球竞争力报告》中，对世界 125 个国家的全球竞争力指数排名中，位于非洲国家前列的有：突尼斯（第 30 位），南非（第 45 位）、毛里求斯（第 55 位）、埃及（第 63 位）、摩洛哥（第 69 位）、阿尔及利亚（第 78 位）、博茨瓦纳（第 81 位）、纳米比亚（第 84 位）。在世界经济论坛《2010~2011 全球竞争力报告》中，对世界 139 个国家的全球竞争力指数进行排名，其中纳米比亚、博茨瓦纳分别提升到第 74 和第 76 位；毛里求斯仍为第 55 位；其余国家均有不同程度的下降，突尼斯降到第 32 位，摩洛哥下降到第 75 位，阿尔及利亚降为第 86 位，南非下降到第 54 位，埃及下降到第 81 位。

总体来说，突尼斯国内法律体系较为健全、透明度较好，基础设施较完备，金融体系较完善，腐败和恐怖主义给企业带来的运营成本不高，是非洲竞争力较强的国家。突尼斯和摩洛哥均为北非地区经济发展状况良好、工业门类比较多样的国家，人口分别为1020万人和3160万人，市场容量较大。2008年突尼斯的经济发展得益于工业和服务业的扩张，加速了经济多样化进程，实际 GDP 增长率为4.6%，通货膨胀率为5.1%，人均 GDP 为3996美元。摩洛哥由于恶劣的天气条件导致农业产量的下降，实际 GDP 增长率从2006年的7.8%下降到2007年的2.2%，通货膨胀率为2%，人均 GDP 为2382美元，2008年摩洛哥的经济增长率为5.6%（ADB，2010）（见表11-6）。突尼斯和摩洛哥两国经济发展稳定，劳资关系较融洽，对外国直接投资采取鼓励的政策，外国投资对当地技术转移的溢出效应明显，并且进入国际市场的渠道也比较便利。

表11-6 2008年非洲十国的宏观经济指标

国 别	GDP总额（亿美元）	实际GDP增长率（%）	人均GDP（美元）	通货膨胀率（%）	外债总额/GDP（%）	经常项目余额/GDP（%）	国际储备/月进口付汇（月）（%）	FDI流入（亿美元）	FDI流入/GDP（%）
突尼斯	407.63	4.60	3996	5.10	50.60	-4.20	2.70	27.58	6.77
南非	2768.27	3.70	4538	11.50	25.90	-6.60	2.30	90.06	3.25
纳米比亚	88.63	3.30	4220	10.30	22.60	22.40	2.40	7.20	8.12
毛里求斯	93.26	5.10	7174	9.70	20.80	-10.40	2.20	3.83	4.11
博茨瓦纳	133.60	2.90	7032	12.60	9.30	6.30	12.60	5.21	3.90
肯尼亚	303.55	1.70	782	18.50	20.80	-6.50	1.80	0.96	0.32
阿尔及利亚	1681.14	2.40	4887	3.90	2.60	17.60	23.50	26.46	1.57
尼日利亚	2011.26	6.00	1330	11.60	2.20	18.50	8.10	68.14	3.39
埃及	1648.41	7.20	2023	11.70	20.60	0.80	4.00	94.95	5.76
摩洛哥	888.79	5.60	2813	3.90	20.60	-4.90	3.80	24.87	2.80

资料来源：ADB，*ADB Statistics Pocketbook* 2010；UNCTAD，*World Investment Report* 2010。

综合来说，南非、埃及、阿尔及利亚、尼日利亚、突尼斯、毛里求斯、摩洛哥、博茨瓦纳、纳米比亚、肯尼亚是非洲投资环境较好的10个国家（见表11-7、表11-8）。2008年，尼日利亚、埃及、南非、摩洛哥、突尼斯、阿尔及利亚均是位居非洲外国直接投资流入量前十名的国家。纳米比亚的外国直接投资占 GDP 的比重最大，为 8.12%，其次是突尼斯（6.77%）、埃及（5.76%）和毛里求斯（4.11%）。

这 10 个国家的宏观经济指标如表 11 - 6 所示，从中可以看出有些国家宏观经济存在一些问题。突尼斯的负债率（即外债总额/GDP）远远超出了 20% ~ 25% 的国际警戒线，而且由于商品进口大于出口，经常项目出现赤字。南非的负债率略高于国际警戒线，通货膨胀率超过 10%，而且经常项目的赤字较大。毛里求斯经常项目赤字较大，通货膨胀率也较高。尼日利亚和埃及的经济增长率较高，但是通货膨胀率也达到 11% 以上。肯尼亚和摩洛哥的经常项目出现赤字。

表 11 - 7　非洲十国的投资环境 I

国　别	法律的透明度和稳定性 1 = 模糊且不定期地进行强化 7 = 稳定且前后一致，公正地进行强化	调节 FDI 的法规所起的作用 1 = 破坏和阻碍 FDI 7 = 促进和鼓励 FDI	FDI 流入对技术转移的作用 1 = 带来的新技术极少 7 = 是新技术的一种重要来源	国内生产过程使用的技术 1 = 劳动密集型的方法或是上一代的加工技术 7 = 世界上最好的、最有效的技术	金融市场的成熟性 1 = 低于国际标准 7 = 高于国际标准
突尼斯	5.20	5.70	5.30	4.40	4.10
南　非	4.50	5.00	5.30	4.10	5.70
纳米比亚	4.20	4.70	5.10	2.80	4.10
毛里求斯	4.00	5.10	4.80	3.90	4.40
博茨瓦纳	3.80	5.10	4.70	3.10	3.60
肯尼亚	3.60	4.60	5.40	2.70	3.80
阿尔及利亚	3.30	4.60	4.20	3.10	2.00
尼日利亚	3.20	5.30	5.20	2.90	3.20
埃　及	3.10	4.40	5.10	3.30	3.60
摩洛哥	3.10	5.20	5.20	3.20	3.20

资料来源：世界经济论坛：《2006 ~ 2007 全球竞争力报告——创建良好的企业环境》，经济管理出版社，2007。

除了宏观经济指标存在一些不利因素外，这 10 个国家也都存在制约外国投资流入的诸多因素。对在这些国家投资的企业活动最受困扰的因素调查中，投资阿尔及利亚最受困扰的三大因素是：融资渠道不畅、低效率的政府机构、腐败；埃及、博茨瓦纳是融资渠道不畅、低效率的政府机构、缺乏受教育的劳动力；肯尼亚是腐败、不完善的基础设施、融资渠道不畅；毛里求斯是低效率的政府机构、限制性的劳动法规、融资渠道不畅；摩洛哥是融资渠道不畅、税率高、腐败；纳米比亚是缺乏受教育的劳动力、融资渠道不畅、低效率的政府机构；南非是缺乏受教育的劳动力、限制性的劳动法规、犯罪与偷窃；突尼斯是融资渠道不畅、限制性的劳动法规、低效率的政府机构；尼日利亚是融资渠道不畅、不完善的基础设施、腐败（世界经济论坛，2007）。这也说明在非洲国家投资需要多方权衡，综合考虑当地市场的投资优势、劣势以及经济、政治、国际关系等方面的发展趋势，最终作出正确的投资决策。

表 11-8　非洲十国的投资环境 Ⅱ

国　别	恐怖主义导致的企业成本 1 = 给企业造成很高成本 7 = 未给企业造成很高成本	腐败导致的企业成本 1 = 扭曲竞争的巨大影响 7 = 未对竞争产生影响	基础设施的总体质量 1 = 欠发达 7 = 设施覆盖面和质量是世界上最好的	法律体系的效率 1 = 是低效率且受操纵的 7 = 有效率且遵循一个明确、中立的程序	劳资关系中的合作性质 1 = 总体上是对抗性的 7 = 总体上是合作性的
突尼斯	5.90	5.10	4.70	5.00	5.10
南　非	5.40	5.20	4.60	5.60	3.80
纳米比亚	5.40	4.10	4.80	4.60	4.10
毛里求斯	5.90	4.20	4.50	4.90	4.60
博茨瓦纳	5.70	4.70	4.00	4.90	4.90
肯尼亚	3.60	3.40	2.30	3.00	4.10
阿尔及利亚	3.70	3.70	3.10	4.10	4.60
尼日利亚	3.70	3.20	2.60	3.20	3.80
埃　及	4.30	4.40	3.80	4.10	4.50
摩洛哥	4.70	3.60	3.70	4.00	4.40

资料来源：世界经济论坛：《2006~2007 全球竞争力报告——创建良好的企业环境》，经济管理出版社，2007。

（二）按照企业对非洲直接投资的动机选择相应的国家

外国直接投资是以跨国公司为主体实现的。跨国公司对外直接投资的动机概括地说就是获取更高的收益。具体来说有以下几个动机：一是市场追求型动机，目的在于巩固、扩大原有市场，开辟新市场，避开各类贸易保护壁垒，直接或间接进入当地市场；二是要素追求型动机，就是通过对稀缺性生产要素在全球范围内的最优配置，获取长远的综合利益最大化；三是全球发展战略型动机，指跨国公司在建立起自己的国际生产体系后，开始以全球市场为目标，依据资源和市场的分布状况在世界范围内进行灵活、有效和统一的经营，获得全球范围内最大限度的利润（陈继勇，2004）。中国企业可以根据不同的投资动机选择目标国家。

第一，对于市场追求型投资动机，可以选择国内市场容量较大、对周边国家的市场辐射能力强、进入国际市场较容易的国家，如南非、埃及、尼日利亚、突尼斯、摩洛哥、加纳、赞比亚等国。加纳被称为"西非门户"，政局稳定，经济持续发展，投资环境在西非地区为良好国家。赞比亚位于非洲的南部，是非洲区域组织"东部和南部非洲共同市场"（COME-SA）的总部所在地，对周边国家的辐射能力较强。2009年加纳的外国直接投资流入量为16.85亿美元，是西部非洲地区除了尼日利亚以外的第二大外国直接投资流入国；赞比亚的外国直接投资流入量为9.59亿美元，是南部非洲地区除了南非和安哥拉以外的第三大外国直接投资流入国（UNCTAD，2010）。

第二，对于要素追求型投资动机，可以选择资源丰富的国家，如苏丹、安哥拉、尼日利亚、喀麦隆、加蓬、赤道几内亚等国家；或者是劳动力成本低的经济发展较落后的低收入国家（见表11-9）。例如，位于东部非洲的埃塞俄比亚拥有较丰富的尚未开采的自然资源和原材料，并且人口众多，劳动力价格低廉，近现代工业和商业服务几乎是一片空白，而且政府为投资者提供了各种优惠和便利，为中国投资者提供了广阔的发展空间。西部非洲多数国家工业化水平低，许多国家没有工业和加工业，更没有重工业，日用品、办公用品、工业产品、成品、半成品大都依赖进口，而且大部分国家都实行自由贸易，只要缴纳相关税费就可以进口。为降低成本，中国企业可以在西非国家投资建厂，将工业半成品、零件、散件、原料出口到西非进行深加工，并将成品销售到当地市场或再出口到国际市场，其经济效益是相当可观的。当然由于大多数西部非洲国家正处于向经济自由化和私有化的转轨过程之中，经济政策、投资政策、市场法规等都有待完善，中国企业投资非洲会遇到种种困难，甚至遭遇风险。因此，到西部非洲国家开拓市场，既要有灵活的经营头脑，又要有防范风险的意识。

第三，对于全球发展战略型投资动机，可以选择非洲经济发展状况较好、商业环境佳、人力资本素质较高，并且鼓励中国企业投资的国家，如埃及、南非、毛里求斯等国。

（三）尽量避开撒哈拉以南非洲地区经济脆弱的国家

根据国际货币基金组织 2008 年 4 月发表的《撒哈拉以南非洲地区经济展望》中对撒哈拉以南非洲国家的分类，有 14 个经济脆弱的国家（fragile countries）（见表 11 - 9）。这些国家的政治局势不稳定，宏观经济体系脆弱，经济增长缓慢并且容易受到外部冲击的影响。例如，2007年厄立特里亚由于国内政治不稳定和中央政府对经济的过度掌控，经济增长率仅为 2%。科摩罗的香草出口价格下滑和旅游收入下降导致经济只有 1% 的经济增长。津巴布韦国内政治不稳定导致经济出现 - 2.5% 的负增长。科特迪瓦和几内亚是西非经济增长最慢的国家，2007 年经济增长率分别为 2% 和 1.5%。科特迪瓦政治不稳定、基础设施不足、经济体系脆弱影响了投资和生产，特别是在可可和石油部门。几内亚除了政治不稳定外，落后的农业生产、基础设施和高油价的负担都导致经济增长滞后（UNECA，2008）。

表 11 - 9　撒哈拉以南非洲国家分类 I

国家分类	个　数	国　　名
石油出口国	7	安哥拉、喀麦隆、乍得、刚果（布）、赤道几内亚、加蓬、尼日利亚
中等收入国家	8	博茨瓦纳、佛得角、莱索托、毛里求斯、纳米比亚、塞舌尔、南非、斯威士兰
低收入国家	14	贝宁、布基纳法索、埃塞俄比亚、加纳、马拉维、马达加斯加、马里、莫桑比克、尼日尔、卢旺达、塞内加尔、坦桑尼亚、乌干达、赞比亚
经济脆弱国家	14	布隆迪、中非、科摩罗、刚果（金）、科特迪瓦、厄立特里亚、冈比亚、几内亚、几内亚比绍、利比里亚、圣多美普林西比、塞拉利昂、多哥、津巴布韦

资料来源：IMF, *Regional Economic Outlook-Sub-Saharan Africa*，April（2008）：23。

由于这些国家的宏观经济和商业环境均不理想，中国企业投资非洲应尽量避开这些国家，尤其是其中的非资源型内陆国家（见表 11 - 10），如布隆迪、中非和津巴布韦。

表 11 - 10　撒哈拉以南非洲国家分类 II

国家分类		个数	国　　名
资源型国家	石油资源型	7	安哥拉、喀麦隆、乍得、刚果（布）、赤道几内亚、加蓬、尼日利亚
	非石油资源型	7	博茨瓦纳、科特迪瓦、几内亚、纳米比亚、圣多美普林西比、塞拉利昂、赞比亚
非资源型国家	沿海国家	15	贝宁、佛得角、科摩罗、冈比亚、加纳、几内亚比绍、肯尼亚、多哥、塞内加尔、马达加斯加、毛里求斯、莫桑比克、塞舌尔、南非、坦桑尼亚
	内陆国家	13	布基纳法索、布隆迪、中非、刚果（金）、埃塞俄比亚、莱索托、马拉维、马里、尼日尔、卢旺达、斯威士兰、乌干达、津巴布韦

资料来源：IMF，*Regional Economic Outlook-Sub-Saharan Africa*，April（2008）：94。

二　重点选择中国对非洲直接投资的优先领域

根据英国经济学家邓宁的国际生产折中理论，企业从事海外直接投资是由该企业本身所拥有的所有权优势、内部化优势和区位优势三大基本因素共同决定的。其中所有权优势主要指企业拥有或能够得到的外国企业没有或难以得到的无形资产和规模经济优势，包括技术优势、企业规模优势、组织管理优势和金融与货币优势。内部化优势指企业为避免市场的非完善性而将企业所有权优势保持在企业内部所获得的优势[①]，主要表现在节约市场交易成本，回避特殊技术和商标的使用成本、买方的不确定性及政府的干预措施；确保商品品质并有利于实施市场差别价格；有效控制投入物（包括技术）的供给及销售的条件；企业内相互补助可使市场中缺乏之物从内部弥补等。区位优势是国内外生产区位的相对禀赋对跨国公司海外直接投资的吸引与推动力量，主要取决于劳动力成本、市场购销因素、贸易壁垒、政府政策和心理距离。一个企业只有同时具备这三种优势时，才会选择对外直接投资的方式（陈继勇，2004）。

---

① 邓宁所说的市场非完善性既包括结构性非完善性（如竞争壁垒、政府干预等），也包括自然性市场非完善性（如知识性市场上的信息不对称及高交易成本等）。

近年来，随着中国经济的快速发展，国内涌现出一大批具有竞争优势和规模经济的企业。这些企业以现有设备和成熟技术到非洲国家投资设厂，不但可以扩大中国产品对这些国家的出口，而且可以避开关税及非关税壁垒，实现国内国外多渠道出口。具体来说，中国企业对非洲直接投资应优先选择双方优势互补的领域，以实现共赢发展的目标。

（一）农业及资源领域

1. 农业领域

非洲大多数国家是农业国，农业在国民经济中所占比重超过60%，具有举足轻重的地位。许多非洲国家的农业基础十分薄弱，农业生产力低下，基本上是靠天吃饭。由于非洲大陆有着丰富的农业资源和广阔的市场，中国拥有比较丰富的农业技术和管理经验，双方在农业领域合作潜力巨大，前景广阔。

首先，中国企业可以在非洲当地投资建厂，从事农产品加工业。非洲的农产品很丰富，盛产可可、咖啡、腰果、棉花、芝麻、花生等经济作物。但许多国家的农产品加工业非常落后。例如科特迪瓦盛产可可、咖啡等热带经济作物，可可出口量世界第一、咖啡世界第四、腰果世界第五。但是由于科特迪瓦缺乏资金、技术和管理经验，许多大有可为的领域，如可可的深加工、大豆的种植和加工，以及棕榈油、椰子、竹业加工造纸等均发展缓慢。中国企业可以利用非洲丰富的农业资源在当地投资建厂，从事农产品深加工、精加工，并将最终产品供应非洲或国际市场。

其次，中国企业可以在非洲建立农业技术推广站，提高农业生产率。在非洲，农业生产的机械化率和化肥的使用率均很低，农产品加工水平很低。非洲国家急需提高农业生产率，实现农产品的深加工、精加工，开发新品种，以提高农产品在国际市场上的竞争力。作为农业大国的中国，农业是一个比较成熟的产业。中国企业可以将国内较先进的农业技术用于非洲种植业，通过在非洲国家建立农业技术推广站，指导当地农民使用农机设备、合理施肥、选育优良品种和使用农药等。

再次，中国企业可以在非洲投资建立农场。近年来许多非洲国家开始把发展农业放在国民经济的重要位置，非常希望引进中国的农业发展经验和技术。为了吸引外资进入农业领域，许多非洲国家相继制定了优惠的土地租赁制度以及农业税收、进口农机具税收减免或退税等政策。非洲土地非常便宜，以赞比亚为例，其购买价（拥有产权后可以使用近百年）只相当于国内的年租金。另外，主要农业生产资料、劳动力和电的价格只有国内的一半。因此中国企业可以在非洲国家建立农场，发展粮食作物和经济作物的生产。

2. 资源开发领域

非洲大陆有着极其丰富的能源、矿产资源以及农业、林业资源。其中作为战略能源的石油储量很大，占世界总储量的12%左右。在非洲大陆可以勘探到世界上所有的矿产品，其中铂、锰、铬等有色金属的储量占世界总储量的80%左右，黄金、钻石、钴和钒等矿产品的储量占世界总储量的50%以上。而中国许多关系国计民生的重要资源严重匮乏，需要从非洲国家大量进口。其中，以石油进口量最大。随着中国进口石油的不断增加，开拓国际石油市场将关乎中国未来的经济发展及能源安全。

目前中国除了大量进口非洲石油外，与当地关于石油开采、油田服务和油田设备供应等方面的合作还未普遍展开。展望未来，中国企业应加强与产油国多种形式的合作，将商品贸易、直接投资、技术、劳务输出与资源合作有机地结合起来，更好地为中国的石油需求服务。此外，中国有许多重要资源，如木材、铁、铜、锰等的进口量日益增多，而这些自然资源在非洲许多国家的储量及产量均很丰富。未来中国企业应加强与非洲国家在资源类产品领域的投资合作，以保证中国国民经济的长远发展。

（二）制造业领域

1. 家电产业

非洲国家的家电工业基础薄弱，产品无法实现自给，大部分设备、配套部件和原材料需要进口。近年来，非洲各国对家电产品的需求量以年均5.5%的速度增长，其中对电视机需求量正在以每年16%以上的速度增长。目前除了埃及、南非、尼日利亚等少数国家外，其余众多非洲国家的家电市场发展几乎是空白，市场空间巨大。但由于非洲市场上的家电产品以韩国、日本和美国等国家的品牌为主，中国的家电企业在非洲还没有形成规模，中国家电品牌的推广还有待深入。

目前中国家电企业在非洲投资的主要有海信在南非建立的生产基地、海尔在突尼斯和尼日利亚建立的家电工业园、新科空调通过合作方式在尼日利亚建厂等。更多的国内家电企业还停留在贸易出口的阶段，以直接向非洲国家出口产品为主，没有在当地直接投资建厂，进行品牌的推广。由于近年来非洲家电产品的需求量大幅增加，中国家电产品对非洲的出口量以每年15%的速度递增，中国家电企业也越来越有热情到非洲国家直接投资建立生产基地，以扩大市场占有率。

2. 纺织产业

非洲国家的纺织业普遍不发达，大多数国家面临着生产技术落后、设备陈旧、技术工人和高质量原料缺乏等问题，不得不依靠大量进口纺织品来满足国内的消费需求。中国企业可以利用在纺织品加工中的技术优势与非洲国家开展纺织业的投资合作。作为纺织工业主要原料的棉花在非洲种植非常广泛，但许多产棉国的棉花加工非常落后。为此，中国纺织企业可以通过在非洲产棉国建立棉花加工基地，生产的棉布、服装等在当地销售或出口到周边国家，以获得较大的投资收益。如西非的马里生产优质棉花，而且马里的投资法给外国投资者提供了众多优惠，如创建新的经营性企业，只要是经过审批同意的企业，在创办过程中为完成经过批准的计划而进口机械、设备、工具、配件、建材，3年免除税费，并且前8年经营期内免交公司税、工商利润税和营业税等。这些优惠措施对中国投资者很有吸引力。

3. 汽车产业

近年来，北非国家的汽车市场发展迅速。2000年以来，北非国家每年的汽车销售额都以两位数增长，埃及、利比亚、突尼斯、阿尔及利亚和摩洛哥加起来平均每年的汽车销量为60万辆。南非是非洲最大的汽车市场，目前市场规模接近70万辆，预计2010年将达到100万辆。除南非以外撒哈拉以南非洲国家的汽车销量都很少，如尼日利亚的汽车销量大约是每年3万辆，肯尼亚、加蓬、科特迪瓦和塞内加尔每年的汽车销量都是5000辆左右，其余的国家就更少了。

目前在非洲汽车市场上展开竞争的有发达国家的汽车巨头，如法国雷诺和日本尼桑公司等，还有一些新兴国家的汽车公司，如伊朗的科德罗公司等。随着中国汽车制造业的迅猛发展，长城、奇瑞、江陵、斯泰尔、黄河等国产汽车对非洲市场的出口数量也不断增加。目前中国汽车公司不但向非洲出口汽车，而且开始尝试在非洲国家投资设厂，以求降低汽车的运输和关税成本。中国汽车已经在坦桑尼亚和乌干达等国建成了几家重型车组装厂。中国还在安哥拉首都罗安达郊外建设制造中国汽车的"安哥拉汽车工业园"。该园区总规划建筑面积约4万平方米，主要包括客车联合车间和皮卡（小轿车）总装车间，年生产能力为客车1000辆和SUV型汽车及皮卡 3 万辆。可见，中国企业已经逐渐认识到非洲汽车市场潜力巨大，正在加大对非洲投资的力度。

（三）服务业领域

1. 金融服务业

由于中国经济实力大大增强，外汇储备数额巨大，对于缺乏资金并急于吸引外国直接投资的非洲国家来说，中国是一个重要的资金来源国。随着中非投资合作的深入开展，从前较少涉及的金融领域合作也开始展开。中国人民银行与非洲开发银行设立了 200 万美元的双边技术合作基金。中国国家开发银行在非洲设立了 18 个国别组，与东非开发银行、东南非贸发银行签订了框架合作协议。中国国内的金融机构也将在非洲设立分支机构或代表处，为非洲企业提供信贷支持，进一步为非洲国家减少债务负担提供援助（张锐，2007）。2008 年 3 月 18 日，中国工商银行股份有限公司与南非标准银行集团有限公司在北京召开了战略合作启动会议，标志着双方将在贸易融资、国际结算、投资基金、大宗商品、全球市场、投资银行等方面开展深度合作。2008 年 12 月，中国国家开发银行与赞比亚发展银行签署协议，正式建立开发性金融合作伙伴关系。中国进出口银行已与非洲进出口银行建立了稳固的合作关系，双方签署了旨在推动中非贸易发展的框架合作协议，并在该协议项下达成一些信贷合作协议。例如，为推动中非经贸投资合作，两行于 2009 年签署了贸易融资信贷额度协议。非洲进出口银行利用双方签署的信贷额度协议项下的资金为毛里求斯客户在津巴布韦和布隆迪的电信项目安排融资，以支持其从中国的中兴通讯公司进口电信设备。

2. 电信服务业

近年来，非洲不少国家电信业取得了长足发展，孕育着巨大商机。相对于其他地区而言，非洲电信服务的普及率还比较低，且分布不平衡。以手机的普及率为例，突尼斯为 84%，阿尔及利亚为 88%，南非为 92%，但埃塞俄比亚仅为 1%，津巴布韦和马拉维的普及率仅为 8% 和 13%。目前非洲互联网的普及率只有 5.4%，而全球的平均水平是 21.9%，非洲电信市场具有巨大的发展潜力（2009 年 5 月 31 日《人民日报》）。如今，移动通信和互联网宽带等行业已经成为继传统的自然资源领域后新的投资热点，2009年，电信和服务业是非洲吸收外国直接投资最多的产业。据世界银行预测，非洲电信业在未来几年仍将高速发展，电信业的投资也将增加。

非洲电信市场最发达、最成熟的国家当属南非。埃及的电信业发展也很迅速。此外，西非的喀麦隆、多哥、科特迪瓦，东非的肯尼亚、乌干达以及南部非洲的博茨瓦纳等国近几年电信业也发展迅速。非洲电信业的发展为中国企业提供了机遇。目前中国在非洲开展电信业务的企业主要有两家——华为技术有限公司和中兴通讯公司，这两家企业在非洲的电信领域已基本站稳脚跟，正在逐步扩大市场规模。

（四）医药领域

非洲医药工业基础薄弱，除了南非和埃及等少数国家医药工业基础相对好一些，其他非洲国家制造药品的原料和包装材料等均依赖进口。由于非洲大陆各种流行疾病比较多，对药品的需求量较大，许多国家生产的药品无法满足本国消费，都依靠进口解决国内需求。目前非洲每年的医药消费额大约60亿美元，其中85%是进口药品，主要进口来源是欧美国家和印度。

由于西方国家的药品价格高，中国的药品在价格上大大低于西方国家，更适合非洲大多数低收入的人群。近年来，非洲已经成为中国医药企业"走出去"的首选地之一。中国医药集团、上海复星集团的桂林南药、重庆华立集团的昆明制药、北京华立科泰医药有限责任公司等先后在非洲投资建厂，设立营销办事处。疟疾是困扰非洲的第二大疾病，中国拥有自主知识产权的药品——青蒿素复方制剂，不仅作为世界卫生组织推荐的抗疟一线用药已成为中国药品在非洲的金字招牌，而且抗疟药生产企业也成为非洲市场的探路者。目前，上海复星医药集团的桂林南药生产的青蒿琥酯片已经在非洲38个国家进行注册，青蒿琥酯的联合用药在12个国家注册；重庆华立集团的抗疟药双氢青蒿素——科泰新和科泰复也在40多个国家进行了注册，并在东非市场份额中位居第二。

尽管非洲医药市场潜力巨大，但是中国目前除了青蒿产品和一些原料药外，在非洲市场的投资和出口制剂数量都非常小。中国的药品具有价格低、质量高的优势，非常符合非洲市场的需求，具有很强竞争力。中国企业应该认识到，非洲是一个长期的市场，企业应该抱着长期合作的心态来进行市场开发。

三 中国企业对非洲直接投资的路径选择

（一）理论依据

1. 企业国际化阶段理论

20世纪70年代中期，一批北欧学者（Carlson，Johanson，Vahlne等人）

以企业行为理论研究方法为基础，提出了企业国际化阶段理论。这一理论认为企业国际化经营是遵循"由易而难，逐步升级"的渐进发展过程。企业国际化的渐进性主要体现在两个方面。

一是企业市场范围扩大的地理顺序，通常是本地市场→地区市场→全国市场→海外相邻市场→全球市场。

二是企业跨国经营方式的演变，最常见的类型是纯国内经营→通过中间商间接出口→直接出口→设立海外销售分部→海外生产。

北欧学派用"市场知识"来解释企业国际化的渐进特征。市场知识分为两部分，一部分是一般的企业经营和技术，即客观知识，可以从教育过程、书本中学到；另一类是关于具体市场的知识和经验，即经验知识，只能通过亲身的工作实践来积累。当企业经营者缺乏对市场信息的了解时，减少风险的本能使其把海外市场的投入降到最低点，由此而来的企业决策也处于试探阶段。经过一段时间的海外经营活动，企业家获得并积累了对该市场的认识和经验，海外经营活动增加了决策者的市场知识，从而推动企业把更多的资源投向海外市场。

在特定条件下，企业海外经营也会出现跳跃式发展。当企业拥有足够雄厚的资产，其海外投资相对于其资产来说微不足道时，海外经营阶段的飞跃就可能出现。另外，在海外市场条件相近的情况下，企业在其他市场获得的经验也会使其跨过某些阶段而直接从事生产活动。

2. 企业国际化四要素模型

1998 年，丹麦学者托宾·佩德森和本特·比特森提出了国际化四要素模型。这一理论也认为企业的国际成长是一个逐渐发展的渐进过程。他们认为企业国际化的渐进发展受企业内部资源因素（包括市场知识和生产要素的数量）和企业外部资源因素（包括市场规模和市场结构）的共同影响。具体来说，这一模型有四个基本观点：一是一个企业的海外市场扩张与其对特定海外市场知识的积累是同步发展的；二是企业的海外扩张是随着其所掌握资源的增加而扩大的；三是企业的海外市场扩张是与其产品销售量或市场占有份额的扩大而同步发展的；四是企业的海外扩张受该企业所处产业竞争程度的影响。产业内竞争程度的加剧，促进企业加紧对全球市场的争夺（鲁桐，2000）。

（二）现实选择

中国企业对非洲直接投资应采取循序渐进的策略，渐次地进入非洲市场，具体来说应遵循以下路径进行。

首先，选择"先贸易后投资"模式。由于非洲的政治形势复杂，宏观经济存在不确定性，而且风俗习惯、人文特征都与中国差异甚大，投资非洲的风险相对较大。如果企业对投资非洲的前期市场调研不够深入和准确，就可能直接导致投资决策的失败。例如，中国一家企业在 1998 年到有着"黄金海岸"之称的加纳投资，与当地一家企业共同投资 1000 多万美元开采金矿。但由于企业前期准备不足，缺乏流动资金，金矿试生产仅半年多就被迫停产（艾华，2007）。为避免企业投资决策的失误，可以考虑"先贸易后投资"的方式，逐步进入非洲市场。这样既可以使企业有充分的时间熟悉当地的投资环境，还可以扩大企业出口产品的市场占有率和知名度，为将来投资设厂、就地生产销售打下基础。

其次，选择与当地企业合资、合作的模式。当中国企业对非洲市场的了解还不够深入，自身的竞争实力还不够强时，可以选择与具有一定合作基础的当地企业联手开拓当地市场，以便有效地规避风险；还可以在当地选择合适的合作伙伴，一同开拓市场，以便更快地进入生产经营轨道，减少投资风险。通过与当地企业合资、合作，中国企业可以获取合作伙伴的关系网，顺利打开当地市场。例如，浙江哈杉集团在尼日利亚曾被扣留一批半成品，由于该企业在当地与许多企业都有合作关系，因此通过联合尼日利亚国内 20 多家鞋业企业临时成立制鞋工业协会，就鞋类产品进口政策对尼日利亚政府进行联合游说，最终顺利解决了贸易摩擦。此外，非洲国家的工会力量很强，如果没有当地合作者帮助与之交涉，中资企业在非洲当地的劳资关系可能比较紧张（石凤娟，2007）。

最后，实行本地化经营的模式。当中国企业的资本、技术实力雄厚，海外经营管理经验丰富时，可以考虑实行"本地化经营"战略。本地化经营是企业跨国经营的最高层次，就是企业完全或尽可能地像非洲当地企业那样开展经营，以便更好地融入当地市场。这就需要做到人才、管理、市场渠道的本地化，并且着重生产和提供针对当地消费者特殊需求的产品和服务，积极打造符合当地消费习惯的自主品牌。这一经营模式有利于增强当地居民的认同感，减少利益摩擦，既有助于中国企业在非洲的成长壮大，又能够促进非洲当地经济的发展。目前，华为技术有限公司在非洲"本地化经营"方面很突出，公司在非洲的 2500 多名员工中，有 60% 为本地雇员，为当地提供了不少就业机会，同时还在尼日利亚、肯尼亚、埃及和突尼斯建立了本土培训中心。

四　中国企业对非洲直接投资的策略选择

（一）企业内部经营管理层面

随着非洲国家市场开放程度加深，宏观商业环境改善，加之投资非洲国家的回报率很高，世界各国的跨国公司将加大力度开拓非洲市场，中国企业投资非洲将面临越来越激烈的市场竞争。为此，中国企业必须努力提高自身的国际竞争力，力求在竞争中取胜。所谓企业国际竞争力，是指企业在产品开发、生产、营销及售后服务诸方面与国际市场上的竞争对手进行综合比较，所具有的竞争能力。美国学者加里·哈梅尔在1994年出版的《竞争大未来》一书中，提出获得国际市场竞争优势的基础是企业拥有在某一领域的核心专长（core competencies）。核心专长的培植取决于企业知识与服务的创新能力，企业的核心专长是能够长期产生独特竞争优势的能力。具体来说，中国企业要在非洲市场中获得竞争优势，需要具备如下几方面的核心专长。

第一，获取研究与开发的长久竞争优势。面临当前日趋激烈的全球性竞争，中国企业要想求得长久的生存和发展，就必须寻求自己的竞争优势。美国管理学家迈克尔·波特曾指出："在所有改变竞争规则的因素中，技术变革是最显著的一种。"企业的研究与开发活动与竞争战略之间是一个双向的作用过程，一方面，当企业的竞争战略确定之后，就会要求相应的研发职能；另一方面，研发活动作为重要的战略资源，又会成为企业制定竞争战略的依据，并依此形成以企业技术战略为主导的整体竞争战略。可见，企业的研发水平是其获得竞争优势的根本源泉。因此，中国企业应加大对产品研究与开发的投入，以获得长久的竞争优势。

第二，重视品牌在市场竞争中的作用。一般而言，品牌是产品的识别标志，指的是产品的商标，尤其是产品的注册商标。但当人们论及产品的品牌时，所指多为产品的质量、性能、满足效用的程度，以及产品品牌的市场定位、文化内涵、消费者对品牌的认知程度等，此时品牌所代表的是产品的市场形象。产品及生产产品的企业的竞争力，最终均在产品的品牌竞争力上体现出来。品牌具有溢价效应和规模效应，这是品牌战略产生效益的直接来源。溢价效应是指品牌商品的价格超过一般商品价格水平所产生的效益，规模效应是指通过品牌的规模经营和扩大市场销量所获取的经济效益。用品牌来扩大产品的影响力，提高产品在国际市场上的占有率，增强企业的国际竞争力，是跨国公司实现全球战略的重要武器。一种品牌甚至可以直接代表某一企业所生产的产品的国际市场优势。中国企业应充分重视品牌在国际竞争中的作用，积极采取品牌竞争的策略，加大对创立名牌产品的投入，将品牌优势作为未来市场竞争中不可忽视的手段。

第三，积极开展国际市场营销。彼得·德鲁克认为，营销所涵盖的范围远远超过单纯的销售，因此营销不应该被视为一种特定的活动。他认为真正的营销应该是公司整体的努力，是从顾客观点出发的全方位事业。美国西北大学教授舒尔兹等专家学者提出的整合营销理论认为，整合营销是经营有利品牌关系的一种交互作用过程，通过带领人们与企业共同学习来保持品牌沟通策略上的一致性，加强公司与顾客、其他关系利益人之间的积极对话，以及推动增进品牌信赖度的企业任务（汤姆·邓肯，2000）。当前，开展国际市场营销已成为企业拓展国际市场的必由之路。为适应这种国内营销国际化发展趋势的客观要求，中国企业应建立以客户为中心的营销网络，加大宣传力度，扩大企业知名度，努力为客户提供全方位的服务；注意市场信息的收集和市场调研，正确为产品进行市场定位，做出正确的经营决策；积极推进新型的营销方式；掌握现代营销手段，重视现代科学技术、经营观念和方式在国际市场营销中的作用。

（二）企业外部投资决策层面

中国企业"走出去"开拓非洲投资市场时，要综合权衡企业自身的竞争优势和投资对象国的资源、技术或劳动力等方面的优势，选择适合企业发展的投资决策。因而从单个企业的投资决策来说，可以是千差万别，但从广义上来说，企业可以考虑采取以下几方面策略。

第一，投资决策前做好充分的市场调研和实地考察。非洲有53个国家，各国在政治、经济、社会、文化等方面的发展状况千差万别，中国企业在做出投资非洲的决策之前，有必要对当地的政治环境、宏观经济形势、商业环境、外资政策、市场需求和潜力、劳动力成本、购买力、资源优势等各种因素进行综合分析和研究，并进行实地考察和详细了解，真正掌握市场环境和消费者需求，选择投资回报率相对较高、风险相对较小的国家和项目进行投资。

第二，依托中非经贸合作区进行投资，有效利用优惠政策。中国政府支持有实力的中国企业赴具备条件的国家建设境外经济贸易合作区，以带动更多的中国企业到东道国投资办厂，形成集群效应，为东道国增加就业和税收，扩大出口创汇，提高技术水平，促进经济发展。同时也有利于中国企业自身提高国际化能力，实现互利共赢。合作区将本着"以企业为主体，以商业运作为基础，以互利共赢为目的"的原则来运作，主要由企业根据市场情况、东道国投资环境和和引资政策等多方面因素进行决策。目前，中国政府批准在赞比亚、毛里求斯、尼日利亚和埃及建立的经济贸易合作区项目已经启动。中国企业如果选择在中非经贸合作区内进行投资，不仅可以借助双方政府提供的优惠政策扩大业务规模，还可以促进非洲的经济发展，达到互利共赢的效果。

第三，利用中非发展基金的资金支持，开拓非洲市场。中非发展基金经中国国务院批准，于2007年6月成立，首期资金10亿美元，由国家开发银行投资，最后将增至50亿美元，它被认为是目前世界上规模最大的致力于非洲发展的基金。中非发展基金采取自主经营、市场运作、自担风险的方式，选聘专业化团队进行运作和管理，引导和支持中国企业扩大对非洲的直接投资。中国商务部表示中非发展基金将重点支持投资非洲的农业、制造业、基础设施、资源开发等领域，以及中国企业在非洲开办的工业园区等。中国企业可以充分利用中非发展基金的资金支持，积极开拓非洲的投资市场。

第四，借助发达国家对非洲的优惠政策，发展出口导向型加工企业。目前，发达国家对非洲的贸易优惠政策逐渐增多，如美国的《非洲增长与机会法案》（Africa Growth and Opportunity Act，AGOA）放宽了多数撒哈拉以南非洲国家纺织品服装的市场准入条件，超过7000种商品在进入美国市场时享受零关税和无配额限制的优惠待遇。欧盟的《除武器外一切都行》对于非洲最不发达国家出口到欧盟的除武器以外的所有商品均免关税及配额。中国投资者可以利用这些贸易优惠政策，在非洲发展出口导向型加工企业，更好地开拓发达国家市场。

五　中国政府推动企业对非洲投资的策略选择

为推动企业对非洲投资的深入发展，中国政府应努力提供一个公平竞争和完善的市场体系，最基本的条件就是在国内建立相应的法律制度，同时要树立为企业服务的意识，加强对企业投资非洲的金融、信息、咨询、风险防范等方面的政策支持。

第一，加强企业对非洲直接投资的宏观规划与管理。中国企业"走出去"进行海外投资需要法律保护和支持，但是目前中国还没有出台《海外投资法》等相关法律，只有法律效力较低的部委规章和政府有关主管部门的内部政策，尚未上升到法律的高度。这也导致中国政府对企业投资非洲缺乏统一的宏观协调管理机构，缺乏统一的规划和布局，难免出现对非投资企业各自为政、盲目竞争、无序竞争的混乱局面。为此中国政府应尽快制定相关法律，建立起与国际惯例相接轨的涉外法律体系，减少不合理的行政干预，对中国企业投资非洲制定统一的管理体制和行业规范，并加强对在非洲投资的中资企业的监管，促进中国企业对非洲投资的顺利发展。

第二，建立企业对非洲投资的风险预警机制及保险体系。中国企业投资非洲面临较大的风险，主要分为政治性风险、经营性风险和自然灾害风险等。其中自然灾害风险无法评估，但是政治性风险和经营性风险可以通过建立海外投资风险预警机制来有效地防范。海外投资风险预警就是对那些可能出现的不正常情况和风险的时空范围和危害程度进行识别、预报，以及提出防范或化解措施的前馈控制系统。通过建立海外投资风险识别—风险评估—风险排除的境外投资风险预警机制，可以实现对企业海外投资风险的跟踪、监控、报警并及时采取排警措施，从而大大降低中国企业海外投资的风险（衣长军，2008）。中国对非洲投资的高风险性决定了建立对非投资的风险预警机制的必要性。此外，由于中国还没有建立海外投资的风险保障制度，这也不利于保护国内企业的投资安全。可以借鉴美国、日本等发达国家建立的海外投资保险制度，为本国跨国公司在海外直接投资活动中可能面临的国家征收或国有化、战争或内乱、本利汇回管制等风险提供担保（何龙斌，2008）。中国也可以创立海外投资保险制度，成立海外投资保险机构，以降低企业投资非洲的风险成本。

第三，加强对企业投资非洲的金融支持。目前，中国企业对非洲投资的融资渠道仍然比较狭窄，由于体制和管理制度的原因，中国至今仍无为境外投资服务的融资机制，很多企业既没有对外担保权和对外融资权，也没有自己的财务公司。没有强大的金融政策支持，企业海外投资就无法顺利拓展，因此金融支持是决定中国企业投资海外市场，包括非洲市场取得成功的重要因素。为此，中国政府应适当放宽对企业的金融控制和外汇管制，对符合条件的跨国企业赋予必要的境外融资权，允许这些企业通过在国际市场上发行股票和债券筹措资金，还应允许从事对外投资的企业在国外成立财务公司，逐步强化企业的金融自我扶持功能（胡江芳，2008）。

第四，建立企业对非洲投资的政府公共服务体系。首先，建立专门的投资促进机构，为企业提供有关海外投资的政策信息，并从事海外投资政策的制定工作。其次，为国内企业提供海外投资决策所需的信息和咨询服务。建立专门的境外投资信息咨询服务体系，作出投资评估报告。依靠驻外使馆、商务机构获得各国有关外国投资的政策法规及其变动的最新信息，提供给投资者（陈立泰，2008）。再次，积极发挥中非民间商会的中介作用，完善对企业投资非洲的中介服务。建立在非洲的中资企业商会的行业自律机制，协调企业投资行为，避免盲目投资、无序竞争。

本章参考文献

［1］《中东非洲发展报告》，社会科学文献出版社，1998～2006。

［2］中国非洲问题研究会：《新时期中非关系发展与前景》，2006。

［3］世界经济论坛：《2006～2007全球竞争力报告——创建良好的企业环境》，经济管理出版社，2007。

［4］石凤娟、翟彩琴：《投资非洲：中国企业应练哪些基本功》，《中国高新区》2007年第11期。

［5］艾华：《规避非洲投资风险》，《大经贸》2007年第5期。

［6］孙玉琴：《中国对非洲投资的发展及问题》，《管理现代化》2007年第5期。

［7］庄芮：《FDI流入的贸易条件效应：发展中国家视角》，对外经济贸易大学出版社，2005。

［8］江小娟等：《全球化中的科技资源重组与中国产业技术竞争力提升》，中国社会科学出版社，2004。

［9］〔美〕汤姆·邓肯、桑德拉·莫里亚蒂：《品牌至尊——利用整合营销创造终极价值》，廖宜怡译，华夏出版社，2000。

［10］衣长军、胡日东：《中国企业海外投资风险预警与防范》，《商业时代》2008年第32期。

［11］何龙斌：《发达国家促进企业海外投资的经验及启示》，《商业时代》2008年第17期。

［12］张杰：《进军非洲纺织品服装市场》，《环球市场》2007年第11期。

［13］张培刚主编《发展经济学教程》，经济科学出版社，2001。

［14］张锐：《投资非洲：中国企业海外市场新选择》，《大趋势》2007年第8期。

［15］李智彪主编《非洲经济圈与中国企业》，北京出版社，2001。

［16］杨丹辉：《全球竞争——FDI与中国产业国际竞争力》，中国社会科学出版社，2004。

［17］陈立泰：《中国企业海外直接投资的风险管理策略研究》，《中国流通经济》2008年第7期。

［18］陈继勇等：《国际直接投资的新发展与外商对华直接投资研究》，人民出版社，2004。

［19］姚淑梅、庄成红：《中非经贸合作现状及前景展望》，《国际经济合作》2008年第7期。

［20］胡江芳：《中国对外投资现状及展望》，《科技和产业》2008年第6期。

［21］舒运国：《失败的改革——20世纪末撒哈拉以南非洲国家结构调整评述》，吉林人民出版社，2004。

［22］鲁桐：《WTO与中国企业国际化》，中共中央党校出版社，2000年。

［23］〔德〕赖纳·特茨拉夫主编《全球化压力下的世界文化》，吴志成、韦苏等译，江西人民出版社，2001。

［24］魏浩：《中国对外直接投资战略及相关问题》，《国际经济合作》2008年第6期。

［25］ADB, *Selected Statistics on African Countries*, 2008.

［26］African Development Bank, *International Investment in Africa*: *Trends and Opportunities*, August（2001）.

［27］Carolyn Jenkins and Lynne Thomas, *Foreign Direct Investment in Southern Africa*: *Determinants*, *Characteristics and Implications for Economic Growth and Poverty Alleviation*, October（2002）.

［28］Economic Commission for Africa, *Economic Report on Africa 2006-Capital Flows and Development Financing in Africa*, December（2006）.

［29］Elizabeth Asiedu, *Direct Foreign Investment to Africa*: *The Role of Government Policy*, *Governance and Political Instability*, July（2003）.

［30］Elizabeth Asiedu, *Foreign Direct Investment in Africa*: *The Role of Natural Recourses*, *Market Size*, *Government Policy*, *Institutions and Political Instability*, June（2005）.

［31］IMF, *World Economic Outlook*, April（2008）.

［32］Labour Resource and Research Institute, *Characteristics Extent and Impact of Foreign Direct Investment on African Local Economic Development*, December（2003）.

［33］Moses M. Ikiara, *Foreign Direct Investment*, *Technology Transfer*, *and Poverty*

Alleviation: *Africa' Hopes and Dilemma*, 2003.

[34] OECD Development Center, *FDI in Sub-Saharan Africa*, March（2001）.

[35] OECD, *The Rise of China and India*: *What's in it for Africa?* 2006.

[36] UNCTAD, *Economic Development in Africa-Rethinking the Role of Foreign Direct Investment* 2005, Geneva, 2005

[37] UNCTAD, *World Investment Report*, 2010, New York and Geneva, 2010.

[38] UNECA, *Economic Report on Africa 2007-Accelerating Africa's Development through Diversification*, April（2007）.

[39] UNECA, *Economic Report on Africa 2008-Africa and the Monterrey Consensus Tracking Performance and Progress*, April（2008）.

[40] United Nations Development Programme（UNDP）, *Asian Foreign Direct Investment in Africa*: *Towards a New Era of Cooperation among Developing Countries*, New York and Geneva, 2007.

[41] World Bank, *Africa Development Indicators*, 2007.

[42] World Bank, *Doing Business*, 2008.

第十二章

推进海峡两岸机电产品贸易与产业整合的对策

在全球经济结构加快调整的今天，生产要素在相邻区域范围内的迅速流动使得资本、技术、信息、劳动力等资源突破了地域限制，实现跨区域的优化配置，区域经济的相互依存正在日益加深。互补型地区经济合作既是每个经济体求得进一步发展，提升产业竞争力的必然选择，同时也是自身产业结构调整的必然要求。中国海峡两岸作为分别设置的单独关税区，其快速发展的机电产业也在 ECFA 的贸易与投资区域经济合作的推动下，呈现日益明显的整合态势。

第一节　海峡两岸机电产品贸易现状

一　两岸机电产品贸易增速与中国机电产品出口保持同步增长

（一）两岸机电产品贸易规模不断扩大

改革开放以来，中国海峡两岸经贸往来和台商对祖国大陆的投资已经走过近 20 年的发展历程。其中，两岸机电产品贸易增速加快和规模的不断扩大，对祖国大陆扩大机电产品出口乃至拉动整个出口贸易增长都起到至关重要的推动作用。

两岸机电产品的相互贸易主要涵盖电子、机械、交通工具三大项约 25

大类产品。2000年两岸机电产品贸易额只有142.74亿美元，其中大陆从台湾进口119.11亿美元，出口23.63亿美元。2006年，海峡两岸机电产品贸易额达到730.05亿美元，比2005年的594.19亿美元增长了23%。2006年从台进口605.97亿美元，出口124.08亿美元，分别比2005年增加了110.26亿美元和25.6亿美元。2007年机电产品贸易额834.7亿美元，占两岸贸易额的比重为67%，同比增长14.3%。其中，进口695.7亿美元，出口139亿美元，逆差556.7亿美元。但在2008年受国际金融危机影响，由于海峡两岸缺乏制度性合作机制，机电产品贸易额有所下滑，达到599.84亿美元，比2007年下降了28.14%。不过，两岸机电产品贸易品种却有所扩大。在所有类别的产品中，祖国大陆向台湾出口的前五类机电产品（按金额排序）依次为：电子元器件、自动数据处理设备及其部件和零附件、电工器材、通信设备及零件、家电及消费类电子产品；台湾向大陆出口的前五类机电产品为：电子元器件、自动数据处理设备及其部件和零附件、电工器材、金属加工机床、通信设备及零件。现实表明，两岸机电产品贸易主要集中在电子元器件、自动数据处理设备及其零部件、电工器材等行业领域，并显示出机电产业内贸易活跃，且专业化生产分工和产业整合有不断扩大的趋势。两岸机电产品的产业内贸易之所以会呈现这种特征，主要源于两岸机电产品贸易额不断扩大的背后，是台商在大陆进行的机电产业投资占全部投资比重呈连年上升趋势。这不仅拉动了两岸机电产品贸易，同时对推动大陆出口的机电产品更加适应国际机电产品市场的需求，起到了积极作用。

（二）两岸机电产品贸易与总出口呈正相关增长趋势

分析近20年来中国出口变动趋势可以看出，机电产品的出口增长率与中国总出口增长率相辅相成，并一直保持着略高于总出口增长率的速度，这表明机电产品的出口增长一直为中国总出口的增长提供强劲动力。1995年机电产品出口额占中国总出口额的比重从1985年的6.1%跃升到29.5%，成为中国第一大类出口产品（见图12-1）。此后，机电产品出口额占中国总出口额的比重一直保持在30%以上，在2003年达到51.9%以后更是占据了出口总额的"半壁江山"。虽然海峡两岸2000年以前没有正式编制机电产品贸易统计数据，但事实上台商在20世纪80~90年代通过在香港注册的台资公司大举进入珠三角和长三角地区投资设厂，利用大陆廉价的劳动力实施"三来一补"和"前店后厂"的加工贸易模式，对加快大陆机电产品升级乃至整个出口增长起到了不可替代的作用。根据中国商务部机电产业司统计，2000 年两岸机电产品贸易额为 142.74 亿美元，此后一直保持着两位数的增长率，其中 2002 年、2003 年两年增长最为显著，机电产品贸易额的增长率分别达到 57.9% 和 41.8%。客观分析 2000 年以后两岸机电产品贸易额的增长趋势可以看出，除个别年份以外，两岸机电产品贸易增长率均与中国机电产品出口保持同步增长（见图 12－1）。这一增长走势从一个侧面可以验证，进入新世纪以来，随着两岸之间机电产品贸易增速加快，中国机电产品出口和总出口的增速也在同步加快，这种正相关的同步增长趋势明显。与此同时，中国机电产品出口占全部出口产品的比重继续保持上升态势。

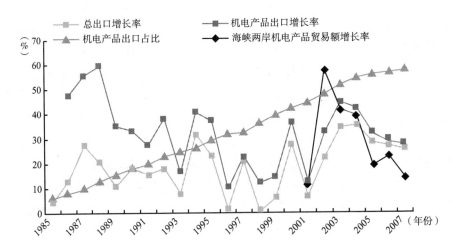

图 12－1　海峡两岸机电产品贸易与机电产品总出口增长

资料来源：根据历年《中国统计年鉴》、中国商务部机电产业司、港澳台司网站公布统计数据计算。

二　两岸机电产品贸易不平衡与双方产业结构的互补性分析

（一）两岸机电产品贸易不平衡

20 世纪 90 年代以来，大陆与台湾的贸易增长步伐明显加快，两岸全部商品贸易额从 1990 年的 40.4 亿美元增加到 2006 年的 1078.4 亿美元，年均增长率为 21.1%，2006 年两岸贸易总额比 2005 年增长了 18.2%。2008 年两岸贸易总额 1292.15 亿美元，比 2007 年增长 15.4%，其中，进口 1033.4 亿美元，出口 258.8 亿美元，逆差 774.6 亿美元。近年来，大陆与台湾的机电产品贸易一直保持稳步增长态势，成为双方进出口贸易的主要组成部分。2006 年海峡两岸机电产品进出口总额超过 730 亿美元，同比增长 22.9%，占双方贸易总额的 67.7%。2007 年海峡两岸机电产品进出口总额更是达到 834.7 亿美元，但在 2008 年因受国际金融危机影响出现下滑。表 12-1 反映了 9 年来海峡两岸机电产品贸易的增长情况。机电产业作为两岸贸易的主导产业，其产业内贸易的发展要比产业间贸易呈现更迅猛的扩张势头。

表 12-1 2000～2008 年两岸机电产品贸易概况

年 份	两岸机电产品贸易总额		大陆从台湾进口		大陆向台湾出口		大陆贸易逆差	
	金 额（亿美元）	增长率（%）	金 额（亿美元）	增长率（%）	金 额（亿美元）	增长率（%）	金 额（亿美元）	增长率（%）
2000	142.74	—	119.11	—	23.63	—	95.48	—
2001	159.91	12.00	134.04	12.50	25.87	9.50	108.18	13.30
2002	252.55	57.90	214.65	60.10	37.90	46.50	176.75	63.40
2003	358.06	41.80	303.35	41.30	54.71	44.40	248.64	40.70
2004	498.91	39.30	421.68	39.00	77.23	41.10	344.45	38.50
2005	594.19	19.10	495.71	17.60	98.48	27.50	397.23	15.30
2006	730.05	22.90	605.97	22.20	124.08	26.00	481.89	21.30
2007	834.70	14.20	695.70	14.80	139.00	12.00	556.70	15.50
2008	599.84	-28.14	482.53	-30.64	116.31	-16.32	336.22	-39.60

资料来源：根据商务部机电和科技产业司统计数据以及《中国贸易外经统计年鉴 2009》整理。

从表 12-1 还可看出，大陆对台湾的机电产品贸易一直以来都存在严重的逆差，这与海峡两岸目前的机电产业发展阶段和分工格局相对应，同时也跟台湾当局对大陆产品进口的限制政策有关联。台湾当局长期以来对大陆实行"进口严，出口松"的贸易政策，严格控制大陆的工业制成品出口到台湾，从而使大陆对台贸易始终处在逆差地位。尤其是在两岸机电产品贸易方面，不平衡状况日益加剧。2000 年大陆从台湾进口机电产品 119.11 亿美元，出口机电产品 23.63 亿美元，大陆对台机电产品贸易逆差 95.48 亿美元；到 2006 年大陆从台湾进口机电产品 605.97 亿美元，出口机电产品 124.08 亿美元，大陆对台机电产品贸易逆差达 481.89 亿美元。2007 年贸易逆差继续扩大到 556.70 亿美元，但在 2008 年，两岸机电产品贸易逆差开始有所减小。总体上，两岸机电产品贸易规模 9 年来增长了 3.2 倍，而贸易逆差也相应增长 2.5 倍。

（二）机电产品贸易不平衡与两岸产业结构互补性相悖

进一步联系到两岸目前的产业结构现状看，除了资源方面存在互补性以外，两岸在不同的产业方面也存在着广泛的关联性和互补性。据国家统计局 2009 年对 GDP 的普查数据看，大陆第一、第二、第三次产业占 GDP 比重分别为 10.3%、46.3%、43.4%。这是典型的以第二产业为主的发展中国家的结构特征，大陆虽有一定高新技术产业发展，但仍以劳动密集型加工工业为主。而台湾在 20 世纪 80 年代完成第三阶段大规模产业结构升级后，已明显出现后工业化社会的产业结构倾向。台湾第一、第二、第三次产业占 GDP 的比重分别是 2.1%、32.4%、65.5%，已呈现以服务业为主的结构发展趋势。两岸现存的产业结构互补性对双方机电产品贸易的影响，体现出贸易不平衡的状况不应是两岸机电产业发展的常态。这种现状说明，两岸在机电产业领域具有广阔的合作空间，尚有许多产业互补优势的潜力没有发挥出来。最突出的问题是，台湾高科技产业主要集中在电子信息硬件产业，表面上看是全球电子信息产品供应链的一环，其实至今尚未摆脱关键技术与零组件受制于美、日等国，台湾实质上仍处于国际产业分工核心的边缘，对大陆输出的技术资本密集型产品许多并不具有自主知识产权。因此，台湾如能从大陆扩大进口含有一定智力劳动的技术密集型电子信息软件产品，进一步升级研发电子信息硬件产品以共同面对国际市场，那么两岸产业结构互补的优势就能得到很好发挥，并能扭转两岸目前机电产品贸易不平衡与产业结构互补性相悖的被动局面。

第二节　海峡两岸机电产业整合与投资特点

一　两岸机电产业整合重点在电子信息制造业分工与合作

（一）电子信息制造业居台商对大陆投资首位

在当代机电产业前沿领域，电子信息技术作为第五代核心技术，在全球近 30 年的时间里得到了长足发展。由于中国电子信息产业技术起步晚，因此截至目前仍处在国际分工的被动从属地位。台湾作为大陆电子信息技术产业与核心技术拥有国之间的关键纽带，在实现技术转移和两岸信息化技术产业整合方面，具有不可忽略的作用。

20世纪80年代中期以来，台湾当局采取了以工业升级为核心的高科技产业政策，对发展制造业、促进岛内产业升级起到了积极作用。尤其是岛内电子信息产业连续10多年出现超高速增长，1986~2000年的平均增长率高达26%，成为台湾经济的支柱产业。但是台湾自身的市场狭小，同时生产成本又在不断攀升，因此一大批台湾的电子信息及电器制造业以及高科技制造产业向大陆转移。根据台湾方面统计，台商在大陆的投资行业中，电子信息制造业投资比重占总金额的33.82%，呈现单一行业的投资比重超过1/3且居首位的结构性变化特征。此外，机电产业中除电子信息及电器制造业外还涵盖机械制造业、精密机械制造业和运输工具制造业，上述行业的合计在台商对大陆投资中所占比重更是达到了46.32%（见表12-2）。

表 12-2　台商对大陆投资的产业构成（1991~2004年8月）

行　　业	件数（件）	金额（亿美元）	比重（%）
电子信息及电器制造业	5885	130.92	33.82
机械制造业	1290	12.82	3.31
精密机械制造业	2961	20.50	5.30
运输工具制造业	1039	15.04	3.89
化学品制造业	1994	25.54	6.60
基本金属制品制造业	2799	33.65	8.69
非金属及矿产品制造业	1422	19.98	5.16
食品及饮料制造业	2457	18.98	4.90
纺织业	1176	13.97	3.61
农林及渔牧业	532	2.07	0.53
服务业	1778	13.26	3.43
塑胶制品制造业	2667	25.11	6.49
其他产业	6625	55.21	14.27
合　　计	32625	387.05	100.00

　　资料来源：根据台湾"经济部投资审议委员会"统计数据整理，《海峡两岸直接"三通"与区域产业整合研究》，中国经济出版社，2004。

（二）两岸电子信息产业分工整合与投资发展特点

从台商投资大陆开始到20世纪90年代初期，由于两岸电子信息相关产业发展层次存在差异，使得两岸分工合作中台商在机电制造业的投资主要集中于产业中下游附加值较低的加工环节。台资企业的主要设备、原材料甚至半成品等都直接从台湾地区采购，台资企业与台湾母厂及关联厂商维持着极密切的贸易联系。台商在大陆的投资与台湾的产业呈现一种垂直分工形态。90 年代中后期，由于大陆经济长期保持高增长的势头，世界制造业纷纷在中国大陆设立生产基地。台商也改变过去主要机器设备、原材料及半成品等直接从台湾地区采购，利用大陆低廉劳动力及土地等要素进行简单加工装配的做法，开始尝试把产品生产的中、高端环节迁移至大陆，甚至把整个产业链都跨海峡西移至大陆进行生产。台湾电脑业在大陆投资的分工与合作历程，就充分反映出台湾机电产业在大陆投资的趋势。从纵向来看，两岸电子信息产业分工整合呈现以下阶段性发展特点：台湾电脑制造业到大陆投资经历了三个阶段——第一阶段是向福建省进行试探性的产业结构调整转移，把一些附加值较低的 IT 硬件产品转移到福建生产；第二阶段开始把附加值较高的 IT 硬件、软件产品转移到珠江三角洲地区生产；第三阶段即现在，把包括 IT 行业在内的台湾岛内年产销负增长的机电产品全部转移到江、浙、沪、鲁等地。这次转移的产业许多都是台湾的优势产业，比如微机的鼠标和键盘，台湾产品占据全球 90% 以上的市场份额；LCD（液晶显示器）产业，占全球市场份额的 50%；笔记本电脑，占全球市场份额的 52%；此外还有半导体、材料制造业等。目前台湾在国际市场上占极大比重的滑鼠已有九成转移至祖国大陆生产，扫描仪、显示器、机壳等有六成至八成在祖国大陆生产。据台湾报道，已有 86% 的台商在祖国大陆建立了生产基地。

二　台商投资大陆区位选择重在整合区域机电产业优势资源

（一）珠江、长江三角洲是台商投资整合大陆机电产业的首选区域

台商进入大陆投资是从 1987 年台湾开放大陆探亲开始的。根据商务部统计，截至 2009 年底，累计批准台资项目 80061 个，累计实际使用台资金额达 495.4 亿美元，中国台湾是继中国香港、英属维尔京群岛、日本、美国之后大陆地区以外的第五大资金来源地。分析台资机电企业投资大陆的主要区域分布可以看出，重点在珠三角、长三角。台商之所以看重上述地区，除了交通便捷、经济腹地纵深及市场潜力大以外，更重要的因素是看到能整合当地适宜发展机电产业的优势资源。比如珠三角地区在目前两岸机电产业投资整合过程中虽然历经 20 年高增长，但仍具有一定优势。主要是两岸未开放直接"三通"前，毗邻港澳的交通基础设施优势能为机电产业链

提供配套服务，对台湾以外销为主的中小型机电产业仍有一定吸引力。加之台商在港设立子公司，手上握有世界各地订单，虽然近年来劳工短缺带来一定困扰，但是劳动密集型的加工装配类机电企业仍不愿远离珠三角，而外移到粤北、赣南、湘南等邻近地区。再比如长三角在 20 世纪 90 年代后期，日渐成为台商机电产业投资大陆的热点地区。主要是该区域科技资源雄厚，内外销网络通畅，产业集群发展的配套能力强，上海及周边城市群交通物流设施相对完善，这对重视产业供应链管理的台资机电企业无疑是理想区域。长三角地区机电产业链最完整的工业园有三个：张家港南丰镇的"台湾省精密机械工业园"、萧山的"台湾省机械工业城"以及无锡的"锡山开发区"。台湾高科技产业不断聚集长三角地区，在苏州、昆山、吴江和上海形成了 IT 产业的综合配套协作体系。苏州和昆山是两大笔记本电脑生产基地，吴江是电脑整机和电脑配套企业的聚集地。目前，苏州是全球最大的笔记本电脑生产基地，台湾前 10 强笔记本电脑生产厂家已有 9 家进驻苏州。苏州聚集的整机企业较多，产品多以电脑整机、笔记本电脑、手机、电脑主板、扫描仪和液晶显示器为主。如台湾第一大手机制造商、全球第二大液晶显示器制造商——明基在苏州设厂，为苏州陆续带来上百家供货厂。台湾力捷在苏州建立了全球最大的电脑扫描仪生产基地，其产量占全球总产量的 20%；台湾国巨电子晶片电阻的产量占世界总产量的 27% 左右；台湾最大的 DRAM 模块厂、第三大的 FLASH 闪存厂——威刚科技在苏州设厂，并建立了完整的销售网络。随着台湾大型液晶电子制造企业在华东地区的聚集，为适应客户生产的需要，液晶面板的上游制造商——印刷电路板厂商在无锡锡山形成华东最大的生产聚集地，台湾的健鼎科技、十美、统盟电子等企业加盟入驻，进行配套生产。

（二）广东 IT 产业呈现两岸机电产业优势互补、良性互动的发展格局

改革开放以来，台商对大陆投资经历了从无到有、从小到大的发展历程，迄今已掀起了三波投资热潮。从 1987 年开始掀起了第一波传统产业投资大陆的热潮，到 1993 年达到顶峰。1995 年前后，在两岸频繁活动的推动下，台湾的资金密集型、技术密集型机电产业在大陆的投资日益高涨。2000年又掀起了以 IT 产业为代表的高新技术产业在大陆投资的热潮。尤其值得关注的是随着台湾电子信息产业对大陆投资的不断扩大，广东 IT 产业的发展呈现两岸优势互补、产业分工合作关系愈加密切的地良性互动趋势。目前，广东电子信息制造业的产业结构和产品结构在近 10 年台商投资企业的推动下，整体技术水平得到很大优化和提高。2005 年广东投资类、消费类和元件类三大类在电子信息产品产值中的占比分别为 47%、26% 和 27%，投资类产品已成为广东目前电子信息产品制造业的主导产品。数字程控交换机、电话单机、彩色电视机等许多电子产品产量位居全国第一，微型计算机、激光（音）视盘机等产品产量居全国第二，移动电话、彩显示器、集成电路、半导体分离器、片式电阻电容、磁性材料、电感变压器等产品产量也居全国前列。在广州至深圳的沿珠江东岸现已形成了一条以台商投资为主导的"信息产品制造走廊"，包括东莞、惠州一批中小城市在台商投资带动下，形成了具有一定规模和国际竞争力的电子信息产品制造业经济。这里集中了数以千计的制造企业和数以万计的电子信息技术研发机构、电子信息产品经销商、电子信息设备供应商，在企业之间形成了从事信息产品元器件制造、信息设备供应及安装的企业联盟和产业链。由于台湾电子信息产业比大陆起步早，许多产品门类是承接了美国、日本电子信息产业转移过来的技术，因此台商对广东珠三角地区扩大电子信息产业的投资，有利于整合当地的优势资源，提高当地电子信息产业的区域集中度。实践也证明，珠三角地区的 IT 产业已经从起步时的作坊式小厂，发展到今天把生产性经营向下延伸至销售渠道和客户，从侧面扩展到辅助性产品的制造商，并形成了具有相当规模、产业联系紧密、上中下游有机一体的电子信息产业集群。一些专业生产小镇几乎都与大学、科研院所建立了研发、技术培训关系，深圳、东莞都建立了提供智力支持的大学城。一些大企业如惠州 TCL、深圳华为、康佳等还在美国、印度等 IT 产业和科研资源集中地建立了自己的研发基地，形成了良性互动发展。

第三节　扩大两岸机电产品贸易与产业整合的制约因素分析

一　互信不足导致两岸合作及投资受限

（一）中国台湾目前虽然深处经济一体化滞后困境，但仍严格控制高端机电技术项目向大陆投资

台湾是典型的外向型海岛经济，其海外贸易在经济发展中起着不可替

代的作用。近 20 年来，两岸经贸关系快速发展，台湾的对外出口贸易在地区结构上发生了巨大的变化。贸易重心已由美国、欧洲逐渐转移到亚洲，尤其是转移到祖国大陆。2001 年 10 月份开始，大陆第一次取代美国，成为台湾最大的出口市场。与此同时，台湾对外投资进一步向大陆集中，台商对大陆的投资已经成为台湾对外投资的主要目的地。台湾"经济部投审会"统计资料显示，对大陆的投资在台湾所有海外投资中占 67.24%。特别是对大陆制造业的投资更是占制造业所有对外投资的 77.7%。由此可见，台湾经济对大陆的依存度日益提高。大陆已成为台湾最大的互动发展与最佳输出型岛外制造基地。面对全球区域经济一体化的潮流，台湾本应反应敏感，采取积极措施与周边具有经贸联系的经济体广泛合作，但是台湾前当局根本不顾两岸机电产业内贸易快速发展的客观现实，人为地在高端 IT 行业技术外溢项目上设限。不顾岛内产业与大陆整合实际需要，听命于岛外的干扰，阻止处于高端系列的机电产业技术项目向大陆投资。比如在芯片产业转移项目上，台湾当局明文规定了 12 英寸的芯片项目禁止投资到大陆，8 英寸芯片项目则进行为保证不用于军事目的的限量投资，并要出示"最终使用者证明"，以此作为允许向大陆投资的技术转让的依据。

（二）对台商投资大陆规模设限，成为两岸机电产业整合的最大障碍

前几年，台湾经济增长相当乏力，GDP 总值与人均 GDP 仅相当于 20 世纪 90 年代中期的水平，若无与大陆之间巨额贸易顺差的支撑，台湾的经济增长率就将为负。台湾限于岛内能源及原材料禀赋不足、市场容量小、劳动力成本高昂等因素，其经济发展必须融入区域经济合作。而且正在进行中的东盟与中、日、韩三国的自由贸易区计划，加大了台湾经济竞争力进一步减弱的可能性，在东亚地区"10＋1"或"10＋3"的区域经济合作发展中，如果台湾地区被排斥在外，无法享受到相互减免关税、提供优惠、提供投资贸易的便利，无疑台湾经济的"边缘化"将更加明显。海峡两岸经过二十几年的经贸发展，台湾经济与大陆经济的联系日益紧密。在全球经济一体化的大背景下，台湾经济只有融入祖国大陆经济协同发展才有出路。但是，在 20 世纪末期台湾曾针对台商赴祖国大陆进行机电产业投资设置大量障碍，并明确规定了投资限额，规定台商投资祖国大陆的单个项目规模不得超过 5000 万美元。这种限额对于资本技术密集型的机电产业来说，远远达不到规模经济的最低限额。后来，出于政治方面的考虑，台湾对投入大陆的单笔资金由报备制转为核准制，制止了台资大规模投入大陆。台商投资大陆的资金分为两种，一是私人手中大量的现金，二是在台注册的企业资金。前面一种可以通过第三地自由输出转移到大陆，后者则要被层层设卡，并在行业流出资本额度上实行总量控制。

二 前期两岸"三通"受限阻碍了机电产业整合优势的发挥

（一）前期"三通"受阻，影响到两岸机电产业的进一步整合

两岸直接"三通"问题解决之前，台商对大陆机电产业投资热度不减的主要原因有两点：一是寻求大陆质优价廉的生产基地，以低价格的要素投入，降低生产成本；二是台商看中了大陆广阔且具有巨大增长潜力的市场，通过产业整合，扩张生产能力，进而扩大销售市场。相关研究发现随着台商赴大陆投资的日渐增加，机电产品制造业在两岸之间的合作与分工也日趋紧密。台商到大陆投资已由初期的垂直分工结构（即把低附加值产品移往大陆生产，以保持台湾在国际产业供应链的竞争力），逐步发展到目前，一方面采用以开发大陆市场商机为主的成长策略，另一方面则逐渐走向水平分工结构，做到优势互补，以实现全球更大的市场份额与战略目标。可以预见，目前随着两岸实现"三通"，将大大促进两岸经济合作的深层次发展，尤其是有利于台商在全球化布局中，充分利用大陆优质资源与市场腹地的经济战略安排。

（二）两岸直接"三通"解决之前，大大阻碍了两岸机电产业整合优势的发挥

前期两岸直接"三通"久拖不决，严重阻碍了海峡两岸机电产业优势的发挥。从厂商的投资形态来分析，目前两岸的机电产业分工形成了按不同地域优势进行安排的格局，台湾在机电产业方面的优势是完整的全球售后服务体系及严格的供应链管理能力，而大陆的优势在于廉价的土地及高素质的技术人力资源队伍，因此两岸的机电产业重新整合布局，其实质是台湾厂商在全球实施机电产业战略布局的重要一环。前期由于两岸直接"三通"未能实现突破，由此造成绝大多数台湾厂商虽然视大陆为制造业基地，并看中以降低成本为核心的来料加工形式。但是两岸机电产业仅局限于朝供应链垂直整合方向发展，管理、运筹、营销、产品研发等活动则仍以台湾为主要基地，不能实施两岸深层次的水平分工。尤其是台湾厂商在区域性分支机构的设置方面，出于水平分工性质的销售及提供顾客服务中心，大多在美欧设立分支机构，且多半还包括技

术信息的收集及研发功能。对大陆来讲，没有做好海峡两岸铁路、公路运输网络的重新规划设计，这从另一个侧面说明，海峡两岸尚未形成前期对台直接"三通"的强大市场需求压力，客观上不利于两岸整合机电产业优势的发挥。

三 尚未形成制度性的互利合作机制，大大阻碍了两岸机电产品贸易规模扩大

（一）缺乏制度性互利合作机制，阻碍了两岸机电产品贸易规模的扩大

目前，作为台湾经济重要基础的中小企业，在对祖国大陆贸易份额与投资金额方面都起主导作用。虽然中小企业市场反应高度灵活，且业务拓展具有持久韧性，对开拓祖国大陆机电产品市场发挥了关键性作用。但是，台湾中小企业在大陆世界著名跨国公司的强大竞争压力下，必然感到产业规模偏小，供应链经营状况不佳以及劳工成本不断抬升的竞争困境。然而，台湾岛内少数人士出于狭隘偏见，认为祖国大陆经济实力强大后，两岸的竞争性日趋明显，必将抵消两岸之间经济的互补性。在这一思潮的误导下，由于缺乏制度性互利合作机制，无形中就制约了两岸机电产品贸易规模的扩大。其实，尽快把有实力的台湾大企业推向祖国大陆投资与贸易的前沿，将是海峡两岸机电产业界共同期盼的事情。改革开放以来，大陆进口替代能力增强是大陆经济体制市场化改革和生产力提高的发展结果，大陆机电产品在美欧和日本市场份额扩大，则是大陆产业升级和技术进步的必然结局。这里不排除大陆出口产品中有相当一部分是台资企业与大陆企业合作生产的产品，最终的结果是台商完全能从大陆日益增长的巨额机电产品贸易份额中获得实惠，加快台湾岛内传统机电产业转移，提升岛内高新技术机电产品及知识密集型产业的水平。

（二）海峡西岸对台湾机电产品贸易的吞吐作用受阻，使得两岸贸易规模扩大的物流潜力尚未充分发挥

现代物流业在国际上被普遍视为继资源、劳动力之后的"第三个利润源泉"。随着两岸经贸合作日益深入，两地物流市场的潜力更加凸显出来。本来闽台之间通过区位、距离、时间各方面的优势，可以形成两岸物流的最佳路线。但是，时至今日福建作为地处海峡西岸物流中心地位的优势尚未充分发挥。20世纪90年代中期，台湾曾设想建设"亚太运营中心"，借助优惠政策吸引跨区域大型物流企业到岛内设立据点，另外推动岛内物流

企业介入国际业务。但是，由于当时海峡两岸"直航"未能实现，这一计划也就落空了。目前两岸机电产品贸易额已突破700亿美元，岛内笔记本电脑外移比重提高到46%，其中43%集中在祖国大陆；台式电脑外移比重高达94%，在大陆投资就占了52%；液晶屏幕外移比重达72%，在大陆生产的占69.4%。两岸大规模机电产品商贸流通必然带来物流需求扩大，随着时间的推移，两岸的物流需求将会越来越大。然而海峡西岸福建省作为连接大陆与台湾的最重要的物流门户，其吞吐两岸机电产品的作用远没有充分发挥。这不仅使福建省作为对台经贸往来的桥头堡的这一效应大打折扣，而且也大大削弱了两岸机电产品贸易规模增长的势头。

四 两岸技术与人才优势未能在机电产业整合中得到良好发挥

（一）台湾适用型技术优势产品可以弥补大陆机电产业竞争力不足

截至目前，大陆占主导的传统机电产业仍以劳动、资源密集型为主，产品系列少，产品结构不合理，许多产品仍然技术标准差、档次低、高耗能、低附加值，无法迎合国际市场向中、高档商品转变的需求变化。机电产品的出口结构仍然呈现为以低附加值的劳动密集型机电产品为主，主要凭借廉价的劳动力和原材料为基础的价格竞争优势来推动出口增长。出口产品大量分布在低价位市场区间，而这一区间的市场容量不大，发展空间较小。当前影响大陆机电产品出口竞争力提高的突出问题是，许多机电生产企业和产业将比较优势转化为竞争优势的能力较差，在国际竞争中仍然依靠传统价格竞争手段。而且机电生产企业的技术创新能力低，非价格竞争手段薄弱，不能适应知识经济时代国际机电产品市场需求变化快的特点。

台湾的机电产业经过40多年的发展，适用型技术优势产品取得了巨大的成功。尤其是电子信息产业部门，部分产品的设计、生产、制造水平已经达到世界先进水平。特别是20世纪90年代以后，台湾已经成为世界彩色显示器、计算机主板、终端扫描仪、鼠标等产品的最大生产基地。表12-3列举了台湾生产能力在世界排名前两位的部分产品。由于两岸尚未形成以高度政治互信为基础的紧密型制度化合作机制，因此，台湾适用型技术优势产品无法在两岸机电产业整合中，快速提高大陆机电产业国际竞争力方面发挥更大效用。

表 12 - 3 台湾机电业具有国际地位的产品

单位：%

全球市场排名第一名		全球市场排名第二名	
品 名	世界市场占有率	品 名	世界市场占有率
主 机 板	*61.0	笔记本电脑	*32.0
监 视 器	*54.0	IC 设 计	16.1
晶 圆 代 工	44.9	网 路 卡	*41.5
扫 描 器	*69.0	变速自行车	10.0
数 据 机	*51.1	绘 图 卡	*33.0

注：*表示以产量计算，统计资料时间为 1998 年。

资料来源：台湾"公研院"ITIS 计划。

（二）大陆在基础研究和科研领域的人才储备，可以为两岸机电产品向高技术、高附加值发展提供支撑

台湾的高附加值机电产业虽然发展得比较迅速，但是其出口产品一直以代工生产为主，虽然有些机电产品的生产量已跨入世界先进行列，但是核心技术基本仍然为美、日等发达国家所掌握。因此，台湾机电产业的科技附加值从产业属性的角度看，仍然处于低端供应链发展阶段。缺乏原创技术是制造业产品附加值不高的一个重要原因，长期以来台湾机电产业一直存在"重应用研究轻基础研究"的积弊，以致其科学创新水平大大落后于发达国家或地区。科学研究是科技发展的基础，科技发展才能带动整个产业向高附加值方向升级。台湾经过产业集聚，创造了优良的代工制造，已经将投资型经济的优势充分发挥到极致，创造了台湾经济的繁荣阶段。但是最艰难的阶段就是技术进口与效率导向过渡到创新导向（蔡秀玲、陈萍，2004）。目前台湾的机电产业正面临这样一个瓶颈。台湾岛内的教育发展未能适应产业发展的需求，与高科技产业相关的工程师及技术人才严重缺乏。科技创新的自主技术开发不够，没有开发出属于自己的关键技术，高科技产业的基础技术多受制于其他国家的专利。单纯依靠台湾自己的力量很难突破基础研究不足和人才短缺这一瓶颈。

比较而言，祖国大陆具有较强的科学研究实力，通过多年的科学研究积累，在高科技和尖端科学的某些领域已经达到了相当高的水平。但是，由于过去科研管理体制上存在缺陷，致使科技成果产业化过程障碍重重。大陆机

491

电产业目前存在科技投入偏低、科技研发机制僵化、科研成果商品化、市场化的能力不足等问题。两岸机电产业各自发展尤其在科技研究和市场开发方面的分离，导致了这样一种现象：在大陆，历年都出现大量的科研成果、专利等或被束之高阁，或因缺乏商品化、市场化开发经验的专业高级管理人才，而使科研成果转化为产品的过程困难重重。在台湾，每年却都要花费巨额资金购买技术。从近 5 年两岸在研发活动的费用构成来看，大陆主要侧重于基础研究和应用研究，而台湾主要侧重于应用研究和技术发展。在科技基础研究方面，大陆相对较强；而在商品开发方面，台湾相对较强。因此两岸技术要素的互补性是很大的。但是，囿于两岸机电产业整合缺乏制度化合作机制，大陆的人才优势和基础研究优势不能与台湾的产品开发和营销优势结合得更紧密，因此不能形成有力的产业整合效应，两岸合作也大打折扣。

第四节　促进两岸机电产品贸易与产业整合的思路

应该看到，海峡两岸经贸往来经过 20 多年的迅速发展，台湾的机电产业与祖国大陆的机电产业关联日益密切，许多机电产品生产包含了两岸厂商各自不同的成本优势。正在悄然形成的东亚区域一体化进程中，迫切要求海峡两岸打破固有的分工格局，加快机电产业整合步伐，否则将大大削弱台湾机电产品竞争力，也不利于两岸共同提高在全球机电产品市场上的份额，抢占世界机电产品战略制高点。为此，在 ECFA 区域经济合作框架协议下，加紧制定促进两岸机电产品贸易扩大与产业整合的对策，就显得十分重要。

一　构建扩大两岸机电产品贸易的物流示范区

（一）确立先易后难的海峡两岸机电产业整合的总体战略目标原则

根据当前台湾机电产品对外贸易地区结构发生重大变化的客观现实，即"脱美入亚"的机电产品贸易趋势，适时调整祖国大陆对台商的优惠经贸政策。本着先易后难的总体战略目标原则，紧紧抓住台湾机电产业加快向大陆转移的战略机遇期，积极谋划功能各异、彼此分工明确，有利于整合两岸机电产业的区域合作示范区。争取用 3～5 年的时间构建海峡两岸从南到北有利于机电产业整合的产业带，形成顺应世界发展潮流、促进区域合作大势所趋的高压态势。把一切阻碍两岸扩大机电产品贸易的因素，用互利双赢的政策措施一一化解。从可操作性来看，近期海峡两岸机电产品贸易扩大与产业整合区域合作目标，应定位于采取某种不同于自由贸易区形式的"关税优惠区"的制度性安排。通过两岸机电产业整合规模的不断扩大，壮大推动两岸经济一体化的民间力量，最终起到近期遏制"台独"分裂势力，中远期加速形成"一国两制"框架下的自由贸易区的战略目标。

（二）构建以物流为先导的闽台海峡经济合作枢纽港，以扩大两岸机电产品贸易规模

从全国现实的四大经济区域总体经济实力来看，闽台两岸的海峡经济区无论是经济总量，还是人均各项经济指标都位居全国之首（见表12－4），因此促进两岸机电产品贸易规模扩大和加快产业整合，都应将这一区域作为重点突破的政策覆盖区。

表12－4　中国四大经济区总量经济指标及人均经济指标比较

经济区	面积（万平方公里）	人口（万人）	GDP（亿元）	占全国（含台湾）比重（%）	进出口总额（亿美元）	人均GDP（元）	人均进出口额（美元）	人均实际利用外资（美元）
海峡经济区	15.64	4619.50	28593.10	22.64	2784.26	61897	6027	—
长三角经济区	10.02	7570.58	19124.90	15.14	1752.17	25262	2314	236
珠三角经济区	2.21	2624.92	9565.30	7.57	2118.65	36440	8071	572
环渤海经济区	3.26	2762.34	6552.60	5.19	820.03	23720	1969	334

资料来源：《台湾农业探索》2005年第2期，第12页。

根据该区域的区位优势，应以建设两岸现代物流业、促进机电产品贸易扩大为主要先导目标。具体思路：一是规划先行，按照"流通据点集中化"战略，把海峡西岸的福州、泉州、厦门、温州、汕头与台湾岛的高雄、基隆等重要港口统一连接起来，动用民间力量制定有利于机电产品贸易规模扩大的海峡经济区现代物流规划。二是积极争取台湾大荣货运与东源物流等龙头物流企业参与闽台海峡经济区物流合作枢纽港的建设。台湾在20世纪80年代基本完成工业化之后，积极推进物流现代化，在以优惠政策促进现代物流业发展方面积累了许多宝贵经验，大陆可以将台湾作为亚太地区营运基地为优惠条件，实行对等的差别优惠关税税率，以利于两岸物流业务延伸至对方港口，并形成仓储、接单、采购、配送等大范围宽领域的物流市场。三是以闽台海峡经济区物流枢纽港为平台，创造条件为此后整合两岸珠三角、长三角经济区机电产业打下坚实的物流基础。因为两岸机电厂商通过与物流服务商签订合同，可以放心地将货物集运、库存管理、分拣挑拣、条码标签等业务，以及售后退货、修理更换、因特网订单执行、电脑配送等销售渠道，完全交给物流合作方来完成。这对海峡两岸增加机电产品生产加工链条两端价值增值环节的利润，都是有百利而无一害。四是加快中国东部沿海高速铁路运输网络的建设，修建福州至厦门之间的高速铁路线，并向北延伸至浙江温州、宁波、上海，向南延伸至广东汕头、深圳，向西延伸至江西赣州、湖南郴州。要以此高速铁路网作为海峡经济区物流枢纽港的基础通道，彻底打通珠三角与长三角之间的交通瓶颈。通过扩大两岸机电产品贸易规模，来更好地发挥闽台海峡经济区在全国经济增长中的关键作用。

二 构建两岸机电产业整合及主导产品分工明确的合作区域

（一）打造以精密机械与新型信息产品为主导的长三角两岸机电产业整合核心区域

根据对大陆机电产业投资的区域选择来看，随着大陆区域经济发展与开发中心的转移，台商对长三角地区的投资近年来持续升温。这主要缘于该区域的经济腹地广阔，产业设施配套齐全，加之上海与周边城市内陆运输网密且成本低，并形成有力的依托和辐射关系，非常符合台商兼顾内外销市场的产业整合需求。据目前发展态势看，台商有意向把以精密机械以及半导体产品为主导的信息产业投向长三角。国家应针对台商投资动向，统筹并选择长三角最佳适合台商精密机械及信息产业发展的区域，作为两岸机电产业整合的专属经济区。一是出台研发用地、智力支持、税收、金融服务等优惠政策，在目前已吸收 IC 设计、封装和测试等专业投资的基础上，利用当地智力密集的优势，把 IC 晶片制造，内存 IC、微组件、逻辑IC、模拟 IC 等知识、技术密集性更高的完整信息产业链，吸收到长三角扎根落户。二是协调长三角周边各城市群的信息产业分工协作，提高产业整合能力与产品配套能力，在精密机械行业随着大陆与之配套的相关产业供应链的逐步形成，台商在大陆投资带动精加工零配件外销，并带动工业设计、半成品销往大陆。三是加速杭州湾外线跨海铁路桥的建设，并加快上海经宁波至福州的铁路大动脉建设，缩短长三角与闽台海峡经济区的运距，改善两岸产业整合的交通基础设施条件与协作关系。经过台湾母公司上下游产业整合及价值链延长，最终把产品销回台湾或销往国外。在这一过程中，长三角将整合成为以两岸新兴微电子技术为龙头、精密机械与信息产业分工明确、产业内贸易密切的核心区域。

（二）完善以家电通信类电子产品为主导的珠三角两岸机电产业整合重点区域

20世纪90年代以来，台湾电子产业在大陆的投资主要集中在珠江三角洲的深圳、东莞、顺德、番禺、广州、佛山等城市。经过十几年的发展，造就了台湾厂商在大陆电子零组件（如板卡、键盘、鼠标、电脑机壳、电源供应器等）的重要加工出口基地。目前广东投资类、消费类和元器件类三大电子产品产值在全国占有重要地位，其中投资类通信设备业的数字程控交换机产量为3528线，居全国第一；消费类彩色电视机产量为1594.91万台，也居全国第一；元器件类的大规模集成电路、片式电容电阻、磁性材料等产量都居全国前列。但是近年来由于受区域市场狭窄、产业配套能力有限及劳动力成本上升等因素影响，台湾对珠三角地区投资趋缓。对此，国家应针对珠三角与台湾机电产业整合过程中累积的突出矛盾，出台相应对策来促进电子产品在珠三角又好又快地发展。一是加快深圳北上连接厦门的铁路建设，完成海峡西岸、福建与珠三角的交通大通道的连接，降低电子产品物流运营成本，以利于两岸产业内贸易规模扩大；二是鼓励台商在香港子公司把目前联系客户、承接订单及财务操作等实际运营优势，辐射到泛珠江三角洲的粤北、湘南、桂东南等地区，走出劳工短缺及劳动力密集型电子产业萎缩的困境；三是加强珠江三角区的产业联系，在传统的垂直分工与水平分工并存的状态下，通过整合竞争形成以珠三角为中心的华南电子元器件及硬件生产基地，为日后两岸在家用电子类产品上形成软硬件功能性分工格局打下基础。

三 提高两岸机电产品竞争力的结构调整

（一）以提高竞争力为导向的结构调整政策，将促使两岸机电产业优势互补

两岸经贸发展现实表明，在经济全球化竞争日益激烈的条件下，作为同根、同宗、同祖的海峡两岸民族机电产业，合则两利，分则两害。尤其是在当今高新技术飞速发展的时代，大量台商蜂拥到大陆投资，对两岸机电产业的产品、技术及供应链结构进行调整重组，这是市场利益和客观经济规律使然，而绝不以少数"台独分子"主观意志为转移。因此，实施以提高竞争力为导向的两岸机电产业结构调整政策，既能促使两岸机电产业优势互补，又能深得台商民心。建议出台政策措施：一是确立两岸机电产业竞合战略政策导向目标，主要是两岸机电企业为了共同拓展市场或降低成本以提升自身竞争力，所采取的在某些领域如研发活动合作，而在其他领域如营销则采取竞争的交叉合作方式。这种既竞争又合作的政策取向内涵是建立在两岸互惠互利、共同应对全球激烈竞争基础之上的，并把这种两岸共识，放到制定寻求两岸贸易利益平衡发展，逐步走向互利双赢的合作机制框架政策层面上。二是鼓励台商来大陆进行产业基地型项目的组团投资，以改变过去单个台商分散来大陆投资的传统模式，这种数家产业关联的台商组团联合投资，往往有利于大陆某一机电产业上、中、下游相关配套产业链的形成。比如电子信息技术产业，就可以在台商来大陆整合两岸电子信息技术产业，提升产业竞争力，优化产品结构的目标导向上，在土地、税收、金融、财税等商务成本环境方面出台更多优惠政策，促使两岸各自具有的产业优势得到互补。三是改变传统的单纯引进制造业领域的产业资本模式，转变为配套引进台商金融资本、服务业资本以满足两岸机电产业结构升级的实际需求。在制定引进台商的优惠政策方面，要顺应台商由单纯的生产制造，扩大到采购、工艺流程管理、技术专利研发、销售和售后服务的发展趋势，因势利导大量吸引台资企业涉足大陆现代服务业中的物流、批发零售、营销网络运营等大陆机电产业生产性辅助系统的改组、改造，高效服务于两岸机电产业结构调整。四是两岸可以在电子信息产业的软硬件领域采取分工合作的模式，以加快两岸信息技术产业结构升级。信息产业的核心技术是芯片的制造和加工技术，由于大陆软件产业开发只有不到 20 年的时间，虽有长足进步但与美、日等发达国家仍有不小差距。可以出台政策鼓励大陆企业与台资企业签订互惠的核心技术研发合作协议，充分利用北京、上海、杭州等城市软件人才优势，发挥台商对市场营销信息反应敏锐的优势，共同研发适合市场消费需求的产品，利益与风险同担。最终实现两岸在电子信息技术产业优势互补，软硬件生产领域分工合作明确，共同研发的产品中所拥有的自主知识产权是"你中有我，我中有你"的统一的中国品牌分工合作格局。

（二）明确技术交流合作政策目标，促进两岸机电产业结构升级

整合两岸资源有利于促进大陆与台湾的现有机电产业结构升级，但关键环节在于高效的技术交流合作政策目标。因此，根据当前两岸技术与智力优势未能在机电产业整合中得到优化配置的现实，建议出台的政策措施有：一是因地制宜地调整两岸互动技术引进的对象和规模，以促进大陆机电产业技术实力的提高。主要是把从台湾引进的技术标准，定位于适用型技术项目，并把技术改造和技术升级的决定权下放到与台商合作的大陆企业手中，企业可根据成本和收益来决定采用何种技术。要发挥职能部门对技术引进的调节作用，注重技术引进政策和产业结构调整政策的衔接，保障企业在与台商合作的技术进步进程中，避免重复引进，降低技术引进成本。二是灵活变通采用适宜的技术交流方式，以满足大陆在机电产业结构升级的实际需要。主要措施是把对台技术交流引进方式建立在促进大陆技术发展的基础上，这就需要根据各行业技术特点，灵活掌握引进方式。可以考虑在机电产业的一些关键技术中，不断缩减实物引进，扩大专利引进。按照大陆现有机电技术的实际状况，吸收台湾的技术长处，并与台湾联手发展适合中国国情的民族自主技术体系。三是为了加快实现大陆企业自身的积累性技术创新能力，保障从台湾引进技术的消化吸收，可采取建立国家级、区域中心城市级机电产业共性技术合作交流研发平台，要充分发挥政府的政策引导作用，要由政府牵头搭台组织协调，两岸企业、高校、科研院所共同参与，着力进行当前两岸生产第一线的机电产业共性技术的研发创新。四是建立对台技术互动和完善技术引进的各项配套措施，包括社会奖励、技术扶持、经济优惠等方面的政策支持力度要进一步加大。政府应根据两岸技术交流合作进展状况，重新修订两岸机电产业技术交流合作项目的政策激励机制，从政策层面上予以保障和支持。可以设立政府的两岸机电技术交流合作奖，并且通过税收杠杆调节，凡属两岸技术交流合作研发项目的进口设备一律免征海关关税，研发成功的设备在投入市场后，可在企业所得税、营业税中予以减税政策支持。

四　借助 ECFA 签署的有利时机，促进两岸机电产业合作发展

在两岸经济合作框架协议（ECFA）的推动下，两岸经济合作进入崭新阶段。按照 ECFA 相关规定，两岸双方于 2011 年 1 月 1 日起，全面实施货物贸易与服务贸易早期收获计划。在货物贸易方面，大陆将针对台湾中小

企业、传统产业产品及 18 项农产品实施降税，而其中机电产品方面的降税将提高台湾该产业在大陆的竞争力；在服务贸易方面，新增的专业设计、医院服务、民用航空器维修、银行、证券、保险 6 个服务部门的开放，有利于用软实力的服务助推台湾机电产业生产及为销售商拓展在大陆市场的发展空间，为两岸同胞特别是大陆的台胞台商提供更多更好的服务。

在 ECFA 中，大陆对台湾 539 项产品的降税是分三个阶段完成的，并最终在第三阶段实现零关税，其中进口税率均以 2009 年进口税率为参照标准。第一阶段（早期收获计划的第一年），是针对 539 项产品中进口税率大于 0、小于或等于 5% 的这部分产品，这部分产品有 72 项，占降税总数的13% ~ 36%；第二阶段（早期收获计划的第二年），是针对 539 项产品中进口税率大于 2.5%、小于或等于 7.5% 的这部分产品，这部分产品有 437 项，占降税总数的 81.08%；第三阶段（早期收获计划的第三年），是针对 539 项产品中进口税率大于 15% 的这部分产品，这部分产品有 30 项，占降税总数的 5.57%。第三个阶段实施后，539 项产品全部成为零关税产品。

此外，投资保障协议的签署，有利于机电产业产品整合。在惠及台湾机电企业的同时，也有利于大陆机电产业升级转型，从而惠及大陆机电企业。而台资银行在大陆设立分行，有利于资产整合，从而为机电产业整合提供配套服务。

本章参考文献

［1］刘克辉：《区域经济整合与台湾海峡经济区构建》，《台湾农业探索》2005 年第 2 期。

［2］严正：《"两岸一中"与台湾海峡经济区》，《福建师大学报》（哲社版）2005 年第 5 期。

［3］苏文：《制约中国机电产品出口增长的主要障碍与基本因素》，《特区经济》2004 年第 7 期。

［4］李非：《海峡两岸经济一体论》，台湾博扬文化事业有限公司，2003。

［5］林卿、郑胜利、黎元生：《两岸"三通"与闽台经贸合作》，中国经济出版社，2005。

［6］林建雄：《信息产业分工、海峡两岸分布及大陆的对策探讨》，《科技管理研究》2005 年第 5 期。

［7］ 段小梅：《台商投资大陆的规模结构演变分析》，《改革与战略》2006 年第
　　 3 期。

［8］ 曹琼：《长三角地区台资企业产业链状况研究》，《江苏商论》2005 年第 10 期。

［9］ 鲍永正：《出口退税比率调整对台资企业的影响与因应之道》，《两岸关系》
　　 2004 年第 3 期。

［10］ 蔡秀玲，陈萍：《海峡两岸直接"三通"与区域产业整合研究》，中国经济出
　　　 版社，2004。

［11］《ECFA 最快明年 1 月实施，将分三阶段降至零关税》，http：//www. fishfirst. cn/
　　　 thread - 1579 - 1 - 1. html，2010 年 7 月 29 日。

第十三章

我国汇率制度、资本账户开放与货币政策有效性研究

第一节 汇率制度、资本账户开放与货币政策有效性的理论

一 汇率制度与资本账户开放概述

（一）汇率制度的分类

汇率制度又称汇率安排，是指一国货币当局对本国汇率变动的基本方式所作的一系列安排或规定，它是一国在经济开放条件下为实现经济持续增长，人民福利不断提高的政策选择。汇率制度的具体内容主要包括：①确定汇率的原则和依据，例如是以货币本身的价值为依据，还是以法定代表的价值为依据；由市场决定，还是由官方决定；对汇率水平高低和汇率种类如何确定；等等。②维持与调整的办法，例如采用公开法定升值或贬值的办法，还是采取任其浮动或官方有限度干预的办法，是长期稳定不变偶尔大幅度调整，还是爬行蠕动管理。③法令体制和政策等，例如各国外汇管制中有关汇率及其适用范围的规定。④设置维持与管理汇率的机构，如中央银行、外汇平准基金委员会等。

传统意义上，根据汇率决定及其调节的方式将汇率制度划分为两类，即固定汇率制度和浮动汇率制度。固定汇率制度是指两国货币比价基本固

定，并且政府把两国货币比价的波动幅度控制在一定的范围之内的汇率制度。浮动汇率制是指汇率水平完全由外汇市场上的供求决定，政府不作任何干预的汇率制度。事实上，各国政府都会或多或少地对汇率进行干预和管理。

到目前为止，对汇率制度分类的标准，国际上还存有较大的争议。主流的分类法有国际货币基金组织的法定分类法和事实分类法（以 LYS 分类法为代表）。前者主要是依据成员国宣称的汇率制度进行分类，而后者是通过度量各国汇率实际表现，并利用聚类的统计方法归类。

（1）1999 年 4 月，国际货币基金组织对成员国的汇率安排的统计方法进行了较大的调整，将汇率安排按"汇率制度"和"货币政策框架"两重标准进行了分类，汇率制度分为八类。

①放弃独立法定货币的汇率制度。一国不发行自己的货币，而是使用他国货币作为本国唯一法定货币；或者一个货币联盟中，各成员国使用共同的法定货币。

②货币局制度。货币当局作出明确的、法律上的承诺，以一固定的汇率在本国（地区）货币与指定外币间进行兑换，并且对货币发行当局确保其法定义务的履行施加限制。

③通常的固定盯住汇率制度。一国将其货币以一固定的汇率盯住某一外国货币或外国货币篮子，汇率在 1% 的狭窄区间内波动。

④水平波幅内的盯住汇率制度。与第 3 类的区别在于，波动的幅度宽于 1% 的区间。

⑤爬行盯住汇率制度。一国货币当局以固定的、事先宣布的值对汇率不时进行小幅调整或根据多指标对汇率进行小幅调整。

⑥爬行波幅汇率制度。一国货币汇率保持在围绕中心汇率的波动区间内，但该中心汇率以固定的、事先宣布的值，或根据多指标，不时地进行调整。

⑦不事先宣布汇率轨迹的管理浮动汇率制度。一国货币当局在外汇市场进行积极干预以影响汇率，但不事先承诺或宣布汇率的轨迹。

⑧独立浮动汇率制度。需要指出的是，尽管中国政府宣布实行的是管理浮动汇率制（第 7 类），但国际货币基金组织根据人民币汇率的实际表现，将中国（这里仅指中国内地）的汇率制度归为第 3 类，也就是固定盯住汇率制度。

货币政策目标是 1999 年 4 月以后新增的栏目。在开放经济下，一国选择汇率制度，必须考虑相关的经济政策配合。因此，在对一国汇率制度分类时，国际货币基金组织以各国的货币政策目标为依据将货币政策框架分为五类：汇率目标制、货币总量目标制、通胀目标制、国际货币基金组织支持实施的货币目标、其他。

可见，国际货币基金组织在新的分类框架下，并非孤立地研究汇率制度，而是将汇率制度作为货币政策框架的一部分来理解。

（2）LYS 分类法和 R － R 分类法。Levy-Yeyati 和 Federico Sturzenegger（2002），Reinhart 和 Rogoff（2002）等经济学家对国际货币基金组织所提供的法定分类法进行了批判，并根据汇率实际行为提出了 LYS 分类法、R － R 分类法。LYS 分类法是一种事实分类法，它所依据的三种分类变量是汇率月波动率（名义汇率的月变动百分比的年平均数）、汇率月波动率的标准差、国际储备的月波动率（国际储备改变量相对于基础货币的月相对改变率）。按此划分标准分为五类：浮动汇率制、管理浮动汇率制、爬行盯住汇率制、固定汇率制和不能确定的汇率制。

（二）资本账户开放的含义

资本账户又称资本项目，属国际收支账户范畴。按照 1993 年以前国际货币基金组织《国际收支手册》的分类，国际收支账户的两个基本大类名称为"经常账户"和"资本账户"。1993 年，国际货币基金组织在《国际收支手册》（第五版）中，将传统的"资本项目"改为"资本与金融项目"，主要包括以下内容。

资本项目：只涉及资本转移与非生产、非金融领域资产的收买与放弃。

金融项目：

（1）直接投资是指为获得长期利益向一个并非在投资者经济体内经营的企业进行投资，投资者的目的是取得被投资企业管理机构中的有效发言权。这种发言权给直接投资者带来的利益不同于对企业经营权没多大影响的证券投资者预期取得的利益。

（2）证券投资包括投资于股票、债券、货币市场工具、金融衍生工具等。

（3）其他投资。这是一个剩余项目，包括在直接投资、证券投资、储备资产变动中没有包括的一切资本交易。

（4）储备资产是指被当局控制的可用来弥补国际收支逆差或用来干预

影响本国货币汇率，从而控制这种逆差规模或者用于应付其他目的的那些国外资产。

在"二战"后几十年的进程中，"资本账户"一词已为人们所广泛接受。1993 年以后，除在一些特别正式的场合需要准确地使用"资本与金融账户"一词外，在绝大多数场合，人们依然用"资本账户"来表述"资本与金融账户"的内容，并且在一般情况下不会发生歧义。所以，本书也使用"资本账户"来表示"资本与金融账户"。

迄今为止，对于"资本账户开放"的含义，国内外有着各种不同的认识和界定。例如，"对国际资本交易不进行跨国界的控制或者征收相应的税收或者实行补贴"（IMF 专家 Peter J. Quirk），"解除资本账户下资本流动的管制"又可以分为两个层面：一是指取消跨境资本交易本身的管制，二是取消与资本交易相关的外汇包括资金跨境转移及本外币兑换的管制（易宪容，2001），或"解除对资本账户交易施加的货币兑换、对外支付和交易的各种限制，基本实现资本自由流动"（姜波克，2002），"不对资本跨国界交易进行直接限制或对其采取可能影响其交易成本的相关措施"（张礼卿，2004）。

但是，还没有一个清晰且获得多数人一致同意的定义。我们认为可以从四个方面来把握资本账户开放的含义。

第一，资本账户开放主要是指放松或取消对国际收支账户中的"资本与金融账户"项下各子账户的管制，其中包括放松或取消对跨境资本转移、直接投资、证券投资及其他投资等的管制。因此，开放资本账户绝不仅仅意味着放松或取消对跨境证券投资、资本交易的管制。从中国实践情况来说，自 20 世纪 80 年代末开始实施引进外资政策开始，资本账户实际上就已经处于逐步放松管制的过程中。鉴于此，从严格意义上说，目前所强调的开放资本账户是指放松或取消资本账户项下尚未放松或取消管制的子项。对资本交易项的外汇管制主要表现在两个方面：一是对本外币兑换的管制，二是对资本跨境流动的管制。

第二，资本账户的开放不完全等同于资本账户的汇兑自由。虽然随着资本账户的开放，跨境资本交易对资本账户下的自由汇兑的要求也会不断提高。可兑换指可以自由按照给定的汇率使用或兑换外汇。如果一种货币的任何持有者都能够自由按照市场汇率（无论是固定的或可变的）将该货币兑换为世界主要国际货币，则该货币被认为是"完全可兑换的"。

可兑换的限制与交易的限制是两个不同的范畴，可兑换的限制是对国际性经常账户或者资本账户汇兑交易的管制，并不意味着对经常账户或者资本账户交易本身的限制。此外，这两种限制在方式、对象上也不尽相同。

资本账户的开放主要是着眼于取消对资本交易的限制，并不一定要求资本账户下的汇兑自由，而资本账户可兑换通常意味着在资本交易中，同时取消本外币兑换与交易的限制措施。此外，资本账户可兑换实行意愿原则，不仅对国际资本交易产生的实际支付和转移需求要承担兑换义务，还必须对没有发生国际资本交易而产生的支付和转移需求承担可兑换义务。也就是说，只要存在合法的需求，就必须保证兑换。

在实践中，资本账户开放与资本账户的可兑换常常融合在一起，难以区分，许多资本交易本身就是汇兑，例如本币与外汇的远期外汇交易在到期交割时就是完成兑换的过程。随着资本账户的开放，跨境资本交易的发展对资本账户可兑换的要求也会不断提高，但在各国取消限制与管制措施的过程中，资本账户开放与资本账户可兑换是两个既有联系又有区别的过程，两者既可以同时进行，也可以先后进行。

第三，资本账户开放不等于资本完全自由流动。资本完全自由流动只是一种理想的状态，资本账户开放并不意味着资本完全自由流动，并不排除对资本交易的管理，各国在此处的差别主要体现在程度的不同，而不是绝对的有与无。许多国家出于包括国家安全利益在内的各种各样的需要，都会实行不同程度的资本管制，在取消或放松资本账户中一些主要子项管制的情况下，一国货币当局可以对资本账户中另一些子项实施管制。因此，在资本账户开放的条件下，一国货币当局仍然可以维持对部分资本账户子项的管制。

在国际社会中，迄今尚无一个国家真正实现了资本账户的完全开放。例如，美国是公认的资本账户自由化程度最高的国家之一，但是，按照国际货币基金组织的界定，美国仍然存在一些限制性条款，其中包括对外国共同基金在境内出售和发行股票等的限制、对非居民购买证券存在一定的行业限制、对居民对外直接投资存在国别限制等。因此，所谓资本账户开放，不是指资本账户下任何子项都不受限制的完全开放，而是指资本账户的基本开放，即大部分或绝大部分子项已充分开放而少部分或个别子项依然有所管制的状态。

第四，资本账户开放过程并不是单向的。在取消或放松资本账户中一些子项管制的情况下，当国内外各种条件发生了变化，一国货币当局也可以对已经取消管制的资本账户子项再度实行管制。也就是说，资本账户的总走向是对外开放，但同时也可以视具体情况的变化对某些子项有放有收。某种程度上，资本账户开放可以理解为资本账户由较低的开放度向较高的开放度的提升，并能够基本加以维持。总之，对"资本账户开放"不应作绝对化的理解。

二 货币政策有效性的理论

（一）货币政策有效性的含义

"货币政策有效性"概念来自西方经济学及金融经济学中的货币理论。货币政策有效性的概念有三种含义。

第一种含义是定性意义上的，这种概念与"货币中性"含义大致相同。"货币中性"概念是指货币政策能否系统地影响真实产出、价格、就业等真实经济变量，倘若货币政策能系统地影响产出、价格、就业等真实经济变量，则表明货币非中性，这也表明货币政策具有有效性；反之，倘若货币政策不能系统地影响产出、物价、就业等真实经济变量，则表明"货币中性"，这也表明货币政策缺乏有效性，或者说货币政策无效。因此，这种意义的"货币政策有效性"概念，可以用"货币中性"概念来代表。"货币中性"是西方货币数量论的一个基本命题的简述，即流通中的货币数量仅影响经济中的价格水平，而不影响实际的产出水平。当代绝大多数西方经济学家认为，货币政策短期非中性，这一认识已经得到大量实证分析数据的支持。但对于长期货币政策是否中性，经济学家们之间则意见分歧较大。

第二种含义是定量意义上的。它是在承认货币政策有效性的基础上，讨论货币政策在定量方面对这些经济变量影响的效果大小问题。在这方面，当代西方经济学家较为公认的结果是：反映商品市场均衡的 IS 曲线越平缓，反映货币市场均衡的 LM 曲线越陡直，那么货币政策效果越大。

第三种含义是考察货币政策作用于经济运行的时间长短，即货币政策时滞。所谓时滞是指从政策制定到获得主要或全部的效果所必须经历的一段时间。时滞分内部时滞和外部时滞，内部时滞是从政策制定到货币当局采取行动这段时间，内部时滞的长短取决于货币当局对经济形势发展的预见能力、制定政策的效率和行动的决心。外部时滞又称为影响时滞，是指从货币当局采取行动直到对政策目标产生影响为止这段过程，它主要由客观的经济条件和金融条件决定。西方经济学理论认为货币政策的时滞一般在半年以上。

（二）蒙代尔—弗莱明模型对货币政策有效性的理论分析

蒙代尔—弗莱明模型是研究开放经济环境下财政政策和货币政策有效性的经典模型之一，是一个至今仍被广泛运用的开放经济模型。它运用凯恩斯主义的分析范式，为开放经济下货币政策有效性分析提供了分析的理论基础。

1. 蒙代尔—弗莱明模型的内容

（1）假设前提

蒙代尔—弗莱明模型研究的对象是一个开放的小国，即这个国家的经济规模非常小，其国内的经济形势、政策的任何变化都不会影响到世界经济的状况。它的分析前提有如下几方面。

①资源未充分利用，总供给曲线具有完全弹性，即该国经济的总供给可以随着总需求的变化而迅速作出调整，因而该国的总产出完全由需求方面决定。

②资本在国家间完全自由流动，使地区间利率差别不存在。因为任何利率的差异，都会导致资本大量和迅速地从低利率地区向高利率地区流动，从而迅速地消除不同地区的利率差别。

③利率是内生的，由商品市场和货币市场的共同均衡决定。

④静态的汇率预期，即预期的汇率变动等于零。

⑤无论短期或长期，不存在购买力平价。因此，浮动汇率制下的汇率完全依据国际收支状况进行调整。

⑥货币供给 M 是国内信贷 D 与外汇储备 F 之和。

该假定是指，在不同的汇率制度下，货币供给具有不同的性质。在完全浮动汇率下，政府不需要动用外汇储备来干预汇率，因而货币供给取决于国内信贷，是外生变量；在固定汇率下，货币供给同时受国内信贷和外汇储备的影响，而本国政府无法控制外汇储备，所以货币供给具有内生的性质。

⑦国际收支 BP 是贸易差额 CA 和资本流动 K 之和。

（2）基本的蒙代尔—弗莱明模型

根据前提①，由于产出能够作积极的调整，所以就只需要考察决定总需求的 IS – LM 结构。而基本蒙代尔—弗莱明模型是对封闭经济条件下 IS – LM模型的扩展，这些扩展主要表现在如下几方面。

①把净出口看做构成总需求的另一个正要素

加上净出口后，商品市场的均衡变为：

$$Y = C + I + G + X - M \qquad (13 - 1)$$

其中，$C = cY$，$I = I$ (i)，$M = mY$。c 和 m 分别代表边际消费倾向和边际进口倾向。

由于商品总供给弹性无穷大的假设条件，因而商品国内价格和国外价格之比是固定的，可以认为净出口直接决定于名义汇率 e。

通过代换得：

$$\Delta Y = \{\Delta I\ (i) + \Delta G + \Delta X\}\ /\ (1 - c + m) \qquad (13 - 2)$$

由式（13 – 2）可知，i 和 Y 之间的关系与封闭经济下 IS 曲线的一般形式相同。但是，开放经济下的 IS 曲线有如下特征：

A. 当 I 和 G 一定时，如果 X 增加，曲线会向右移动。

B. 它比封闭经济条件下的 IS 曲线更陡峭，因为一些需求变为对外国商品的需求，使得乘数变小。

②加入国际收支市场

国际收支市场是开放经济所特有的，BP 曲线就是反映国际收支均衡的曲线，其方程为：

$$BP = CA + K = X - M + K = X(e) - M(Y) + K(i, i^*) \qquad (13 - 3)$$

因此，这一曲线的形状是由资本流动的变化决定的。

当资本完全不流动时，这一曲线代表着经常账户的平衡。对于某一汇率水平 e，存在着与之相对应的能使经常账户平衡的收入水平 Y_0，BP 曲线在坐标空间内就是与这一收入水平垂直的直线，汇率的贬值会使之右移。

当资本完全流动时，资本流动情况决定了国际收支平衡与否。因为假定风险中立和对汇率不变的预期，所以当该小国的利率水平与世界利率水平一致时，资本的流动将弥补任何形式的经常账户收支不平衡，该国国际收支处于均衡状态。此时，BP 曲线是一条水平线，汇率的贬值对此没有影响。

当资本不完全流动时，资本账户和经常账户对国际收支都有影响。此时 BP 曲线是一条斜率为正的曲线，这是由于对于既定的利率水平，收入增加引起的经常账户逆差需要提高利率来吸引资金流入加以弥补。资本流动性越大，利率比较小的增加就能吸引较多的资本流入，该曲线就越平缓。

2. 蒙代尔—弗莱明模型对货币政策有效性的分析

对任何国家而言，在开放经济下都要面对两种新的制度环境：一是国际资本流动，二是汇率制度。在上述两种环境下，货币政策的有效性是不同的。这里将以扩张性货币政策为例介绍这一模型的结论。

（1）固定汇率下货币政策的有效性

①资本完全流动时货币政策有效性

如图 13 - 1 所示，在资本完全流动的条件下，BP 是一条水平线。如果采取扩张性的货币政策，会引起利率下降，但在资本完全流动的情况下，本国利率的微小下降都会导致资本的迅速流出，这会立即减少外汇储备，抵消扩张性货币政策的影响。也就是说，在采取扩张性货币政策时，LM 曲线移至 LM′，但资本流动使 LM′很快重新回到 LM，国民收入没有发生变化。这说明，在固定汇率下，当资本完全流动时，货币政策是无效的。

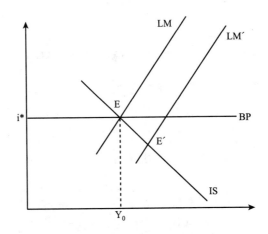

**图 13 - 1　固定汇率下、资本完全流动时的
货币政策有效性**

②资本不完全流动时货币政策有效性

如图 13－2 所示，当采取扩张性货币政策时，LM 曲线向右移动至 LM′，LM′与 IS 曲线的交点 E′就是短期经济均衡点。在 E′上，收入增加，利率下降。E′点在 BP 曲线的右方，表示此时的国际收支为赤字状态。其原因一是收入增加引起进口增加，恶化了经常项目 CA；二是利率下降导致资本账户 K 恶化。

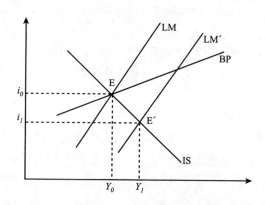

图 13－2　固定汇率下、资本不完全流动时的
货币政策有效性

从长期看，国际收支的赤字会减少外汇储备，从而导致国内基础货币供给的减少，LM′向左移动直至恢复到原来的 LM 为止，这时利率、国际收支、收入、货币供应量都恢复到原来的水平。

从上面的分析可以得出以下结论：

A. 短期内，采取扩张性货币政策时，利率下降，收入上升，国际收支恶化。

B. 长期内，利率、收入、国际收支恢复原状，即货币政策无效。

（2）浮动汇率下货币政策的有效性

①资本完全流动时货币政策有效性

如图 13－3 所示，当采取扩张性货币政策时，LM 曲线向右移动至 LM′。这时，利率下降，资本外流，在浮动汇率下，导致本国货币贬值，使 IS 曲线右移至 IS′，达到新的均衡点 E′。此时收入增加，利率不变。这说明在浮动汇率下，当资本完全流动时，货币政策有效。

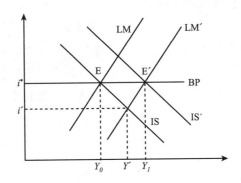

图 13 - 3　浮动汇率下、资本完全流动时
货币政策有效性

②资本不完全流动时货币政策有效性

如图 13 - 4 所示，扩张性货币政策使 LM 曲线右移至 LM′，导致收入上升，利率下降。对于外部均衡而言，收入上升使得经常账户恶化，同时，利率下降导致资本账户恶化。在浮动汇率下必然造成本币贬值，而本币贬值使 IS 曲线、BP 曲线都向右移动，直到三条线交于新的均衡点 E′。在 E′点，收入上升，本币贬值。但对利率的影响比较难以确定，这取决于各条曲线的相对弹性。通过以上分析，可以看出在浮动汇率下，当资本不完全流动时，货币政策是比较有效的。

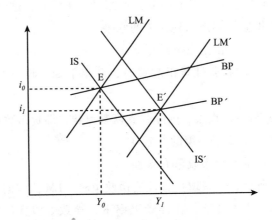

图 13 - 4　浮动汇率下、资本不完全流动时
货币政策有效性

三 蒙代尔—弗莱明模型对我国货币政策有效性分析的适用

（一） 蒙代尔—弗莱明模型适合分析我国宏观经济的理由

蒙代尔—弗莱明模型是根据发达国家的现实抽象出来的，但从总体上看，蒙代尔—弗莱明模型能够适用于我国宏观经济分析，其理由如下。

1. 我国目前已属于开放型经济

改革开放以来，我国经济与世界经济的交融日益深入，对外开放取得了举世瞩目的成就，有效地提高了国民经济运行效率，我国经济从总体上已经属于开放型经济。

2. 我国目前属于发展中经济体

虽然我国在经济上取得了巨大的成就，经济实力不断增强，甚至在国际市场上也已成为影响某些商品供求和价格的重要经济体，但我国经济的总体规模在世界经济中所占的比例还不是最大，还不能完全影响全球利率、汇率等重要经济变量的走势，仍然是利率的接受者，这说明我国经济是属于蒙代尔—弗莱明模型意义上的发展中经济体。

3. 我国的总供给曲线比较平

我国经济属于转型经济，经济体中还存在大量低效配置和尚未利用的资源，因而可以假定我国的总供给曲线是比较平的。

4. 我国利率具有一定的市场特征

我国利率尽管是由货币管理当局决定的，但也不是纯外生的：其一，货币管理当局会根据市场的变化调整利率及金融机构存贷款利率浮动权，并且这种浮动权在逐步加大；其二，民间借贷行为也很活跃，其利率则是反映民间资金供求变化的市场利率；其三，国内外利率之间的差异也会引起资本的流动。因此，目前我国以管制为主的利率是具有一定市场特征的，并且这种特征将随着我国利率市场化改革的深入而不断加强。

（二） 我国的 IS、LM、BP 曲线的形状

对于我国 IS、LM、BP 曲线的形状，理论界有两种方法，一种使用模型来分析，一种是通过计算投资的利率弹性和货币需求的利率弹性来推断。学者孙文基采取第二种方法对我国 IS、LM、BP 曲线的形状进行了探讨。根据他的结论，由于我国投资与利率总体上呈负相关，故 IS 曲线在正常区间内自左向右倾斜，而且由于弹性值仅为 -0.19，所以较为陡峭。同时，由于我国货币需求在 20 世纪 90 年代以来的大部分年份也具有负的利率弹性，而

且货币需求的平均利率弹性仅为 - 0.06，这说明 LM 曲线比 IS 曲线更加陡峭。由于我国实行较为严格的外汇管制，利率不是决定资本流动的主要因素，长期资本的流动主要取决于投资收益预期，所以 BP 曲线弹性极小。

第二节　我国现行汇率制度与资本账户开放情况

一　我国人民币汇率制度的历史与现状分析

从新中国成立到今天，人民币汇率制度经历了不同的发展阶段，各个阶段有着不同的特点。

改革开放之前，我国实行高度集中的计划经济，对外贸易由国家垄断，统一平衡，国内价格长期保持稳定水平。与之相适应，当时人民币汇率是官方制定的固定汇率，作为编制计划和经济核算的标准，保持了稳定的方针，只在外国货币贬值或升值时作相应调整，人民币汇率与对外贸易联系并不密切。

（一）改革开放以后，我国人民币汇率改革的前四个发展阶段

1. 第一阶段（1979～1984 年）

1979 年我国的外贸管理体制开始进行改革，对外贸易由国营外贸部门一家经营改为多家经营。由于我国的物价一直由国家计划规定，长期没有变动，许多商品价格偏低且比价失调，形成了国内外市场价格相差悬殊且出口亏损的状况，这就使人民币汇价不能同时照顾到贸易和非贸易两个方面。为了加强经济核算并适应外贸体制改革的需要，国务院决定从 1981 年起实行两种汇价制度，即另外制定贸易外汇内部结算价，并继续保留官方牌价用作非贸易外汇结算价。这就是所谓的"双重汇率制"或"汇率双轨制"。

随着美元在 20 世纪 80 年代初期的逐步升值，我国相应调低了公布的人民币外汇牌价，使之同贸易外汇内部结算价相接近。

2. 第二阶段（1985～1990 年）

在人民币双重汇率制度下，外贸企业政策性亏损，加重了财政补贴的负担，而且国际货币基金组织和外国生产厂商对双重汇率提出异议。1985 年 1 月 1 日，我国又取消了贸易外汇内部结算价，重新恢复单一汇率制。

事实上，1986 年随着全国性外汇调剂业务的全面展开，又形成了统一的官方牌价与千差万别的市场调剂汇价并存的新双轨制，而且当时全国各

地的外汇调剂市场在每一时点上，市场汇率水平不尽相同。这种官方汇率与市场汇率并存的多重汇率制一直延续到 1993 年底。其间，外汇调剂市场的汇率形成机制，经历了从开始试办时的人为定价到由市场供求关系决定的过程。

20 世纪 80 年代中期以后，我国物价上涨速度加快，而西方国家控制通货膨胀取得一定成效。在此情况下，我国政府有意识地运用汇率政策调节经济与外贸，对人民币汇率作了相应持续下调。

从 1986 年 1 月 1 日起，人民币放弃盯住一篮子货币的做法，改为管理浮动。其目的是要使人民币汇率适应国际价值的要求，且能在一段时间内保持相对稳定。

从改革开放初期至 1991 年 4 月 9 日的十余年间，人民币汇率制度的特点表现为以下几个方面：一是分别实施过贸易外汇内部结算价与公布牌价并存的双重汇率体制，以及官方汇率与市场汇率并存的多重汇率体制；二是公布的人民币官方汇率按市场情况调整，且呈大幅贬值趋势，这与同期人民币对内实际价值大幅贬值以及我国的国际收支状况基本上是相适应的；三是在人民币官方汇率的调整机制上，作过多种有益的尝试，如盯住一篮子货币的小幅逐步调整方式以及一次性大幅调整的方式，这些为以后实施人民币有管理的浮动汇率制度奠定了基础；四是市场汇率机制逐步完善；五是市场汇率的调节作用在我国显得越来越大。

3. 第三阶段（1991～1993 年）

自 1991 年 4 月 9 日起，我国开始对人民币官方汇率实施有管理的浮动汇率制。国家对人民币官方汇率进行适时适度、机动灵活、有升有降的浮动调整，改变了以往阶段性大幅度调整汇率的做法。实际上，人民币汇率实行公布的官方汇率与市场汇率（即外汇调剂价格）并存的多重汇率制度。

我国人民币有管理的浮动汇率制度主要指人民币官方汇率的有管理的浮动，其基本特点是，我国的外汇管理机关即国家外汇管理局根据我国改革开放与发展的状况，特别是对外经济活动的要求，参照国际金融市场主要货币汇率的变动情况，对公布的人民币官方汇率进行适时适度、机动灵活、有升有降的浮动调整。在两年多的时间里，官方汇率数十次小幅调低，但仍赶不上水涨船高的出口换汇成本和外汇调剂价。

4. 第四阶段（1994～2005 年）

从 1994 年 1 月 1 日起，我国实行人民币汇率并轨，实行单一汇率制度。

同时，取消外汇收支的指令性计划，取消外汇留成和上缴，实行银行结汇、售汇制度，禁止外币在境内计价、结算和流通，建立银行间外汇交易市场，改革汇率形成机制。这次汇率并轨后，我国建立的是以市场供求为基础的、单一的、有管理的浮动汇率制度。

（二）人民币汇率改革的新阶段

2005 年 7 月 21 日，中国人民银行发布〔2005〕第 16 号文《关于完善人民币汇率形成机制改革的相关事宜公告》，其主要内容如下。

（1）自 2005 年 7 月 21 日起，我国开始实行以市场供求为基础、参考一篮子货币进行调节、有管理的浮动汇率制度。人民币汇率不再盯住单一美元，形成更富弹性的人民币汇率机制。

（2）中国人民银行于每个工作日闭市后公布当日银行间外汇市场美元等交易货币对人民币汇率的收盘价，作为下一个工作日该货币对人民币交易的中间价格。

（3）2005 年 7 月 21 日 19：00 时，美元对人民币交易价格调整为 1 美元兑 8.11 元人民币，作为次日银行间外汇市场上外汇指定银行之间交易的中间价，外汇指定银行可自此时起调整对客户的挂牌汇价。

（4）现阶段，每日银行间外汇市场美元对人民币的交易价仍在中国人民银行公布的美元交易中间价上下 3‰ 的幅度内浮动，非美元货币对人民币的交易价在中国人民银行公布的该货币交易中间价上下一定幅度内浮动。

（5）中国人民银行将根据市场发育状况和经济金融形势，适时调整汇率浮动区间。同时，中国人民银行负责根据国内外经济金融形势，以市场供求为基础，参考一篮子货币汇率变动，对人民币汇率进行管理和调节，维护人民币汇率的正常浮动，保持人民币汇率在合理、均衡水平上的基本稳定，促进国际收支基本平衡，维护宏观经济和金融市场的稳定。

2006 年 1 月 3 日，我国再次对汇率中间价形成方式进行调整：中国外汇交易中心于每日银行间外汇市场开盘前向所有银行间外汇市场做市商询价，并将全部做市商报价作为人民币兑美元汇率中间价的计算样本，去掉最高和最低报价后加权平均，得到当日人民币兑美元中间价，权重由中国外汇交易中心根据报价方在银行间外汇市场的交易量及报价情况等指标综合确定。各外汇指定银行在此价格基础上，按照规定的浮动范围制定本行各币种现钞及现汇的买入、卖出价。人民币汇率中间价的进一步完善反映了市场在决定人民币汇率中的基础性作用进一步提高。

（三）此轮汇率改革主要评判

1. 回归真正的有管理的浮动汇率制度

1994年中国外汇管理体制改革确立了以市场供求为基础的有管理的浮动汇率制度。为了阻断1997年亚洲金融危机的蔓延和传染，中国政府承诺人民币不贬值，并大幅收窄汇率波幅，从1998年到此轮改革前夕美元基准汇率一直保持在8.2760～8.2800，人民币汇率事实上盯住单一美元，这导致随后的广泛争论。实践证明，有管理的浮动适合中国国情，应当长期坚持不变。此次改革重申回归有管理的浮动，但不是简单的回归，而是强调市场供求在汇率决定中的作用，发挥市场机制在资源配置中的基础性作用，通过市场机制发现人民币汇率的合理、均衡水平，这决定了随后改革的市场化取向。

2. 引入参考一篮子货币

不再盯住单一美元后，为了保持人民币汇率的基本稳定，提出参考一篮子货币进行调节。与盯住单一美元相比，引入参考一篮子货币不但扩大了汇率形成机制的弹性，而且改变了汇率政策目标，即从过去稳定人民币兑美元的双边汇率转向稳定多边的名义有效汇率。

3. 一次性小幅调整人民币汇率水平

2002年以来人民币汇率面临升值压力，其中既有经济基本面的因素，也有来自国际社会的人为因素。总的来说，经济基本面因素是基础，国际因素则发挥了放大效应。因此，人民币兑美元基准汇率从8.2765一次性调整到8.11，升值大约2%。这一幅度与市场预期以及国际社会的要求有一定的差距，只是部分释放了人民币升值压力，成为汇改后争论的焦点之一。尽管如此，这一谨慎做法保证了随后人民币汇率稳中有升，有利于进一步推进改革和增强市场信心，这和1994年人民币汇率并轨有相同之处。

在此后的3年时间里，人民币走上了渐进式升值之路，到目前为止，人民币兑美元已累计升值22%。但同时中国的外汇储备也从2005年底的8千亿美元上涨至2009年底的2.6万亿美元。

二 我国资本账户管制与开放的实践情况

（一）中国目前资本项目开放状况

实现包括经常项目可兑换与资本项目可兑换在内的人民币完全可兑换是中国外汇管理体制改革的长远目标。1994年中国外汇体制改革实行人民币经常项目有条件可兑换，1996 年 12 月 1 日正式接受《国际货币基金组织协定》第八条款，实行人民币经常项目可兑换。下一步就是要逐步推进资本项目可兑换，进而实现人民币的完全可兑换。中共十六届三中全会通过的《关于完善社会主义市场经济体制若干问题的决定》明确提出，要在有效防范风险的前提下，有选择、分步骤地放宽对跨境资本交易活动的限制，逐步实现资本项目可兑换。

从开放的进程看，中国资本账户开放根据先流入后流出、先长期后短期的顺序和外商直接投资、债务融资、证券融资等主要项目逐步开放的原则，走了一条渐进式开放的道路。目前在国际货币基金组织划分的 7 大类43 个资本交易项目中，我国已有 12 个项目完全可兑换，有 16 个项目部分开放。因此，我国已经实现了人民币资本项下的部分可兑换。就吸收外商直接投资而言，我们的开放程度甚至高于一些发达国家，没有苛刻的经济安全审核要求。

除国务院另有规定外，资本项目外汇收入均须调回境内。境内机构（包括外商投资企业）的资本项目下外汇收入均应向注册地的外汇管理局申请，在外汇指定银行开立外汇专用账户进行保留。外商投资项下外汇资本金结汇可持相应材料直接到外汇局授权的外汇指定银行办理，其他资本项下外汇收入经外汇管理部门批准后才能卖给外汇指定银行。除外汇指定银行部分项目外，资本项目下的购汇和对外支付，均须经过外汇管理部门的核准，持核准件方可在银行办理售付汇。

1. 直接投资

我国对外商直接投资的外汇管理一直比较宽松。近几年，不断放宽境内企业对外直接投资的外汇管理，支持企业"走出去"。

外商直接投资管理：外商投资企业的资本金、投资资金等需开立专项账户保留；外商投资项下外汇资本金结汇可持相应材料直接到外汇局授权的外汇指定银行办理，其他资本项下外汇收入经外汇局批准后可以结汇；外商投资企业资本项下的支出经批准后可以从其外汇账户中汇出或者购汇汇出；为进行监督和管理，对外商投资企业实行外汇登记和年检制度。

境外投资管理：国家外汇管理局是境外投资的外汇管理机关。境内机构进行境外投资，需购汇及汇出外汇的，须事先报所辖地外汇分局（外汇管理部）进行投资外汇资金来源审查；全部以实物投资项目、援外项目和经国务院批准的战略性投资项目免除该项审查；境外投资项目获得批准后，境内投资者应到外汇管理部门办理境外投资外汇登记和投资外汇资金购汇汇出核准手续。国家对境外投资实行联合年检制度。

2. 证券投资

在证券资金流入环节，境外投资者可直接进入境内 B 股市场，无需审批；境外资本可以通过合格境外机构投资者（QFII）间接投资境内 A 股市场，买卖股票、债券等，但合格境外机构投资者的境内证券投资必须在批准的额度内；境内企业经批准可以通过境外上市（H 股），或者发行债券，到境外募集资金调回使用。

证券资金流出管理严格，渠道有限。外汇指定银行可以买卖境外非股票类证券，经批准的保险公司的外汇资金可以自身资金开展境外运用。目前，已批准个别保险公司外汇资金境外运用，投资境外证券市场。2006 年，基金管理公司获准在一定额度范围内办理境外证券投资业务。另外，批准中国国际金融有限公司进行金融创新试点，开办外汇资产管理业务，允许其通过专用账户受托管理其境内客户的外汇资产并进行境外运作，国际开发机构在中国境内发行人民币债券也已开始试点。

3. 其他投资

外债管理：中国对外债实行计划管理，金融机构和中资企业借用 1 年期以上的中长期外债须纳入国家利用外资计划，1 年期以内（含 1 年）的短期外债由国家外汇管理局管理。外商投资企业借用国际商业贷款不需事先批准，但其短期外债余额和中长期外债累计发生额之和要严格控制在其投资总额与注册资本额的差额内。所有的境内机构（包括外商投资企业）借用外债后，均须及时到外汇局定期或者逐笔办理外债登记。实行逐笔登记的外债，其还本付息都须经外汇管理局核准（银行除外）。地方政府不得对外举债。境内机构发行商业票据由国家外汇管理局审批，并占用其短贷指标。

另外，境内机构 180 天（含）以上、等值 20 万美元（含）以上延期付款纳入外债登记管理；境内注册的跨国公司进行资金集中运营的，其吸收的境外关联公司资金如在岸使用，纳入外债管理；境内贷款项下境外担保按履约额纳入外债管理，并且企业中长期外债累计发生额、短期外债余额以及境外机构和个人担保履约额之和，不得超过其投资总额与注册资本的差额。

对外担保管理：对外担保属于或有债务，其管理参照外债管理，仅限于经批准的有权经营对外担保业务的金融机构和具有代位清偿债务能力的非金融企业法人。除经国务院批准为使用外国政府贷款或者国际金融组织贷款进行转贷外，国家机关和事业单位不得对外出具担保。除财政部出具担保和外汇指定银行出具非融资项下对外担保外，外汇指定银行出具融资项下担保实行年度余额管理，其他境内机构出具对外担保须经外汇局逐笔审批。对外担保须向外汇局登记，对外担保履约时须经外汇局核准。

自 2007 年 2 月 1 日起，实行新的个人外汇管理政策，主要包括：①对个人贸易外汇收支给予充分便利。②明确了个人可进行的资本项目交易。③对个人结汇和境内个人购汇实行年度总额管理。④不再区分现钞和现汇账户，对个人非经营性外汇收付统一通过外汇储蓄账户进行管理。

同时，目前已批准中国银行进行全球授信的试点，为境外企业发展提供后续融资支持；允许境内居民（包括法人和自然人）以特殊目的公司的形式设立境外融资平台，通过反向并购、股权置换、可转债等资本运作方式在国际资本市场上从事各类股权融资活动；允许跨国公司在集团内部开展外汇资金运营；允许个人合法财产对外转移。

2008 年以来，以贸易便利化和促进对外投资为目的的资本项目开放先试先行，资本项目开放步伐已经在逐步加快。

（二）我国资本项目对热钱的实际管制效果分析

尽管我国的外汇管制名义上相当严格，但在实践中我国的资本项目管制"名紧实松"。从大量热钱的流入可以看出我国资本项目管制的实际效果。

热钱，也称游资，或称投机性短期资本，也有称为"逃避资本"的，是指充斥在世界上、无特定用途的流动资金。它是为追求最高报酬及最低风险，在国际金融市场上迅速流动的短期投机性资金。国际上短期资金的投机性移动主要是逃避政治风险，追求汇率变动、重要商品价格变动或国际有价证券价格变动的利益，而热钱流动即为追求汇率变动利益的投机性行为。它的最大特点就是短期、套利和投机。在外汇市场上，由于此种投机性资金经常从有贬值倾向的货币转换成有升值倾向的货币，故增加了外汇市场的不稳定性。热钱并非一成不变，一些长期资本在一定情况下也可以转化为短期资本，短期资本可以转化为热钱，关键在于经济和金融环境是否会导致资金从投资走向投机，从投机走向逃离。而我国目前实际上比较稳定的汇率制度和人民币仍旧存在升值空间的金融环境，造就了热钱进出的套利机会。

境外热钱能够通过各种方式流入中国。主要有：①某些投资性公司或生产企业，以企业注册资本金或增资以及预收货款的形式，从境外收取外汇办理结汇；②境内有些企业借道中资外汇指定银行的离岸贷款，即由中资外汇指定银行离岸部对国内外商投资企业的外方发放短期外汇贷款后，外方再转借给境内企业，办理结汇，从而避开中资外汇指定银行不能结汇的政策规定，并规避可能发生的汇率风险；③进口少付汇、出口多收汇、进口不付汇以及无真实货物出口的贸易收汇等，以及部分贸易及资本项目下资金以个人名义流入境内，非贸易形式下的居民、非居民收入以及非法地下钱庄等。

另外，外资银行进入中国内地享有的可结汇的"超国民待遇"使外资银行可能通过举外债，即通过境外借款、境外同业拆借、境外同业存款、境外联行和附属机构往来（负债方）、非居民存款和其他形式的对外负债，获得贷款资金对在华企业进行结汇，即出现外债资金结汇，就是客户从外资银行得到外汇贷款后，将其转化成人民币。

自2006年起，我国热钱流动的情况可以大致分成三个阶段。第一阶段：2006年1月至2008年9月，呈现为净流入。第二阶段：2008年10月至2009年2月，呈现为净流出。2008年9月金融危机爆发以来近半年时间里，中国面临持续的、大规模热钱净流出。第三阶段：2009年3月至今，呈现为净流入。随着欧美经济复苏态势愈加明朗，热钱流向发生逆转，开始重新由发达国家流向新兴经济体国家，中国面临持续的、渐次扩大的热钱净流入。

对于热钱的规模，经济学界目前猜测的最高数字是1500亿美元，而且认为这个数字还有持续上升的趋势。

目前我国境内存在大量热钱，从而也可以看出我国资本项目管制的实际效果是比较宽松的。

第三节　汇率制度与资本账户管理对我国货币政策有效性影响的分析

一　1998～2002年货币政策及蒙代尔—弗莱明模型有效性分析

（一）1998～2002年货币政策内容

1998～2002年，中国人民银行采取以下货币政策措施，刺激国内需求，遏制消费物价指数持续负增长和企业开工不足、失业人口不断增长的势头。

1. 大幅度降低利率，扩大贷款利率浮动区间

包括下调中央银行再贷款利率和存款准备金率，下调金融机构法定存贷款利率，改革再贴现率及贴现率的生成机制，放开贴现和转贴现利率，逐步扩大金融机构贷款利率浮动区间，探索贷款利率改革途径。

2. 加大公开市场操作力度，灵活调控基础货币

中国人民银行于1996年4月首次开展公开市场业务，当时的操作对象是我国1996年发行的短期国债，交易规模小，对商业银行流动性影响不大，只做了几笔就停止了。1998年恢复后，公开市场业务日益成为货币政策操作的重要工具。1998年共进行公开市场业务操作36次，向商业银行融资1761亿元，净投放基础货币701亿元；1999年公开市场业务债券操作成交7076亿元，净投放基础货币1920亿元；2000年为控制商业银行流动性，稳定货币增长率，中国人民银行于当年8月启动正回购业务，净回笼基础货币822亿元；2001年加大了公开市场操作力度，全年共进行54次交易，净投放基础货币276亿元；2002年，为保证基础货币的稳定增长，2002年6月25日至12月10日，中国人民银行正回购操作24次，累计回笼基础货币2467.5亿元。

3. 取消贷款限额控制，灵活运用信贷政策，调整贷款结构

中国人民银行从1998年1月1日起取消了对商业银行的贷款限额控制；1999年是信贷政策调整举措较多的一年，在消费信贷、农村信贷、对外贸易融资、中小企业贷款、住房贷款、助学贷款等方面发布了一系列政策规章；2000年，中国人民银行继续改善金融机构资产结构，特别是消费信贷政策执行条件放宽；2001年中国人民银行先后下发《关于规范个人住房贷款管理有关问题的通知》、《关于严禁发放无指定用途个人消费贷款的通知》等，及时对我国消费信贷政策、农村信贷政策、国家助学贷款政策进行了调整；2002年中国人民银行发布了开展信贷创新等10条指导意见，鼓励商业银行提高金融服务水平，支持中小企业，特别是小企业发展。

4. 加强对商业银行的"窗口指导"

从1998年3月开始，中国人民银行坚持每月召开经济金融形势分析会，通报全国金融情况，同时根据形势发展预测货币政策趋势；各综合经济部门介绍各部门的经济运行情况；各商业银行介绍各行情况，同时向中央银行提出货币信贷政策要求。"窗口指导"发挥了沟通信息、统一认识的作用，对研究、制定货币政策，观测货币政策意图，具有重要意义。

5. 提高商业银行的竞争力

中国人民银行支持和配合财政部发行了 2700 亿元特种国债，补充国有独资商业银行资本金，提高其资本充足率。组建了四家金融资产管理公司，收购从国有独资商业银行剥离出来的 10000 多亿元的银行不良资产，并对 4200 多亿元的贷款实行"债转股"。降低了国有独资商业银行的不良资产，有助于提高其竞争力和积极开展贷款业务。

（二）用蒙代尔—弗莱明模型分析 1998～2002 年货币政策的有效性

根据图 13-5，在 1998 年，我国经济处于 IS 曲线和 LM 曲线的交点 E 处，在这一点，国民收入低于潜在的国民收入，国际收支处于顺差，有少量盈余但低于政府的意愿水平，即从我国政府的角度看，国际收支是赤字，所以 E 点位于 BP 曲线的下方。为了拉动内需、刺激经济增长，中央银行实行了一系列扩张性稳健货币政策，希望使 LM 曲线移动到 LM'，并由此带动 IS 曲线和 BP 曲线的移动。LM 曲线移动到 LM'，与 IS 曲线相交与 E' 点，这时，$i' < i_0$。但是这些措施的效果并不理想，其原因除了信贷萎缩及货币政策要经过市场等因素外，汇率制度及资本账户开放状况对货币政策的效力起了很大的制约作用，这种制约主要表现在资本外逃上。

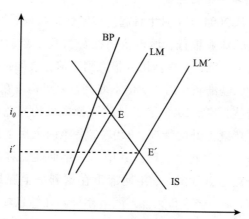

图 13-5 1998～2002 年货币政策的有效性

在 2001 年以前，经过多次降息，我国的国内利率已经低于美国国内利率（1998 年，我国的国内利率为 3.78%，美国为 5.47%，1999 年一季度美国 1 年期存款利率为 4.9%，我国于 1999 年 6 月 10 日后降为 2.25%）。又因为我国人民币汇率是盯住美元的，根据利率平价理论，人民应该贬值，但我国承诺汇率稳定，从而汇率表面上保持了稳定，但却存在下降压力，且汇率预期贬值必然导致资本外逃，即使存在资本管制，在经常项目已经自由兑换的情况下，资本外逃依然不可避免。据测算，从总的规模上看，中国的资本外逃额从 20 世纪 90 年代开始围绕着 100 亿美元总体呈上升趋势，分别在 1995 年、1998 年和 2001 年形成三个高峰，于 1998 年达到最大值，15 年总资本外逃额达到 1913.57 亿美元，年均 127 亿美元。

资本外逃会减少央行的外汇占款，从而使基础货币减少，货币供应量减少，LM′曲线会向其初始位置复归，影响货币政策的效果。在资本外逃的情况下，原本已经向外扩张的 LM′曲线会向其初始位置移动，从而使货币政策基本无效。

二 2003～2007 年货币政策及蒙代尔—弗莱明模型有效性分析

（一） 2003～2007 年货币政策内容

2003～2007 年，针对经济中出现货币信贷增长偏快、部分行业和地区盲目投资和低水平扩张倾向明显加剧等问题，中国人民银行实行紧缩性稳健货币政策，具体政策措施有如下几条。

1. 稳步推进利率市场化进程

中国人民银行从 2004 年 1 月 1 日起扩大了金融机构贷款利率浮动区间。在基准利率基础上，商业银行、城市信用社贷款利率浮动区间的上限扩大到贷款基准利率的 1.7 倍，农村信用社扩大到 2 倍，金融机构贷款利率浮动区间的下限保持贷款基准利率的 0.9 倍不变。金融机构可在规定区间内按市场原则自主确定贷款利率。2005 年 3 月放开金融机构同业存款利率。针对国际金融市场利率持续上升的情况，2005 年一年内五次上调境内商业银行美元、港币小额外币存款利率上限。其中，一年期美元存款利率上限累计提高 2.125 个百分点达到 3%，一年期港币存款利率上限累计提高 1.8125 个百分点达到 2.625%。修改和完善人民币存贷款计结息规则，允许金融机构自行确定除活期和定期整存整取存款外的其他存款种类的计结息规则。2006 年，为抑制过度投资，引导投资和货币信贷的合理增长，中国人民银行两次上调金融机构存贷款基准利率。第一次是自 4 月 28 日起上调金融机构贷款基准利率。其中，金融机构一年期贷款基准利率上调 0.27 个百分点，由 5.58% 提高到 5.85%。第二次是自 8 月 19 日起上调金融机构人民币存贷款基准利率。其中，金融机构一年期存款基准利率上调 0.27 个百分点，由 2.25% 提高到 2.52%；一年期贷款基准利率上调 0.27 个百分点，由 5.85% 提高到 6.12%。在 2006 年还启动了中国货币市场基准利率体系建设。上海银行间同业拆放利率于 2006 年 10～12 月进行试运行，从 2007 年 1 月 4 日起正式运行，尝试为金融市场提供 1 年以内产品的定价基准。2006 年 8 月 19 日将商业性个人住房贷款利率下限由法定贷款利率的 0.9 倍扩大到 0.85 倍，扩大了个人住房贷款的定价空间。

2. 加强通过公开市场业务操作调控基础货币的能力

首先，从 2003 年 2 月 25 日起将公开市场业务交易日由每周二一个交易日调整为每周二、周四两个交易日，加大了公开市场操作力度；其次，在债券工具不足的情况下，2003 年 4 月，中国人民银行创造性地启动中央银行票据发行的公开市场操作。另外，经国务院提请第十届全国人大常务委员会第五次会议审议通过，将 1995 年《中国人民银行法》颁布以前发生的中央财政向中国人民银行借款和透支额，转换为标准的、可用于公开市场业务操作的国债。2005 年配合汇率形成机制改革，出台了一系列货币政策，适当调整了公开市场操作力度，引导货币市场利率适度下行。9～12 月，鉴于新的人民币汇率形成机制总体运行平稳，美联储连续加息后中美利差进一步扩大，中国人民银行适时加大公开市场操作力度，控制货币供应量增长速度，促进货币市场利率合理回升。2006 年，在国际收支顺差导致的流动性过剩压力持续存在的局面下，中国人民银行加大公开市场对冲操作力度，全年累计发行央行票据 3.65 万亿元，同比多发行 8600 亿元，年底央行票据余额 3.03 万亿元。

3. 上调存款准备金率，实行差别存款准备金率制度

针对货币信贷增长过快的情况，中国人民银行规定从 2003 年 9 月 21 日起，将存款准备金率由 6% 调高至 7%，城市信用社和农村信用社暂时执行 6% 的存款准备金率不变。2004 年，经国务院批准，中国人民银行决定从 2004 年 4 月 25 日起实行差别存款准备金率制度，主要内容是：金融机构适用的存款准备金率与其资本充足率、资产质量状况等指标挂钩。实行差别存款准备金率制度可以制约资本充足率不足且资产质量不高的金融机构的贷款扩张。2006 年 7 月 5 日、8 月 15 日、11 月 15 日及 2007 年 1 月 15 日小幅上调金融机构存款准备金率各 0.5 个百分点。此外，为加强外汇信贷管理，从 2006 年 9 月 15 日起提高外汇存款准备金率 1 个百分点。

4. 加快推进国有商业银行股份制改造

国有商业银行综合改革，是整个金融改革的重点。2004 年 1 月，国务院决定中国银行和中国建设银行实施股份制改造试点，并动用 450 亿美元国家外汇储备等为其补充资本金。2005 年 10 月中国建设银行以每股 2.35 港元的价格发行 305 亿股新股（含超额配售部分，相当于发行后总股本的 13.5%）筹资 715.8 亿港元（折合 92.3 亿美元），在香港联交所成功上市。

中国银行于 2006 年 6 月 1 日和 7 月 5 日分别成功发行 H 股和 A 股，分别筹集资金 867 亿港元和 200 亿元人民币，实现了香港和上海两地上市；中国工商银行于 2006 年 10 月 27 日以 A＋H 股同步发行、同步上市的方式，成功在香港和上海两地同时上市。中国建设银行于 9 月 11 日成为恒生指数成分股，是第一个选入恒生指数成分股的 H 股公司。中国银行在上市后，也先后成为上证 50、H 股指数等多种重要指数的指标股。

（二）用蒙代尔－弗莱明模型分析 2003～2007 年货币政策的有效性

从蒙代尔－弗莱明模型来看，我国的紧缩性货币政策使 LM 线左移至 LM′并与 IS 曲线交于短期均衡点 E′（见图 13 - 6）。在这点上，利率上升（主要指民间利率）、收入下降。由于 E′位于 BP 线的左侧，也就意味着此时国际收支为盈余状态，其原因是利率的上升使资本项目得以改善（包括大量热钱的涌入），收入的下降引起进口下降使经常项目也得以改善，人民币升值压力变得更大。

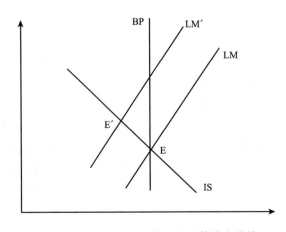

图 13 - 6　2003～2007 年货币政策的有效性

为了维持汇率稳定，外汇管理当局必将对外汇市场进行干预，通过买入外币卖出本币以保持稳定的汇率。但是如果这一操作不辅以其他手段，则必将会使通过外汇占款形式投放的基础货币增加，抵消紧缩性货币政策的预期效果。2005年7月汇改后，人民币汇率具备了一定弹性，人民币小幅升值，这在一定程度上有助于提高货币政策的有效性。实际上，在我国国债市场规模狭小的现实情况下，央行选择了采用发行短期票据的形式回笼由于外汇占款过多而投放的基础货币，以保持 LM′ 线不向 LM 线回移，其操作策略在短期内可以很好地起到平抑效果，控制基础货币的投放量，并结合信贷导向和信贷结构的调整抑制部分行业的过热投资，遏制通货膨胀，最终实现货币政策目标，实现经济的对内均衡。

在对外均衡方面，政府由固守人民币汇率稳定到保持汇率基本稳定并实施比较严格的外汇管制政策，抵御热钱的过多流入，使对外的双顺差规模控制在政府的意愿内以实现经济的对外均衡，进而实现政府所期望的双重均衡。但这种均衡毕竟是暂时的均衡，并不稳定，而且由于内外因素错综复杂，这种暂时性的均衡也难以达成。而对于中长期，则会由于升值幅度不够，人民币仍然面临升值压力，热钱流入难以控制，央行票据对基础货币的吸收能力日渐捉襟见肘，最终会使本次紧缩性货币政策成为未来经济波动的扰动源，中国的货币政策在追求内外均衡中似乎陷入了困境，货币政策的独立性和有效性受到质疑。

三 我国汇率制度及资本账户开放状况对货币政策有效性的制约

在现行汇率制度和资本账户管理状况下，我国货币政策主要受到以下几个方面制约。

（一）迅速增加的外汇储备导致执行货币政策时存在一定难度

在我国现行汇率制度下，外汇储备内生于国际收支，外汇储备的增减是国际收支的结果和差项，外汇储备的变化是货币政策和汇率政策的一个重要结合点。储备的增加和减少已经成为影响基础货币投放和收缩的重要渠道。更重要的是，外汇储备的内生性增加了制定货币政策的难度。因为央行在进行货币供应量的调控时，必须特别注意对外汇储备的变动进行预测，并尽可能按月预测，避免外汇储备波动带来基础货币投放的不稳定。外汇储备量的波动使人民币汇率出现贬值或升值压力，客观上也为货币政策的实施增加了难度。

如表 13－1 所示，2003 年以来，我国外汇储备持续增长。到 2006 年末，超过了 1 万亿美元，位居世界第一；2009 年超过 2 万亿美元，截至 2010 年 6 月，外汇储备达到 2.45 万亿美元，人民币面临巨大的升值压力，这又与当前从紧的货币政策相左。在当前的汇率制度下，央行大量持有外汇储备的同时承受很大的汇率风险。我国的外汇储备以持有美元资产为主。实际上，从近几年我国对外汇资产的运用情况可知，外汇资产的运用仍然以购买美元债券为主，在美元可能持续贬值、主要国家货币汇率日益动荡的情况下，外汇储备的保值和增值格外值得关注。外汇储备的汇率风险同时也加大了货币政策执行难度，中国人民银行在进行货币供应量的调控时，除了要关注外汇储备运用中美元资产和其他资产的比例问题，更要关注美元和其他货币之间的汇率波动问题，避免美元汇率和其他主要货币的波动（如欧元）带来人民币基础货币投放的不稳定。

表 13－1　2002～2009 年我国外汇储备的年末存量

项　目 ＼ 年　份	2002	2003	2004	2005	2006	2007	2008	2009
外汇储备（亿美元）	2864	4033	6069	8189	10663	15282	19460	22108
比上年增长（亿美元）	742	1169	2036	2120	2474	4619	4178	2648
比上年增长（％）	25.9	29	33.3	25.9	30.2	43.3	27.3	13.6

资料来源：中国人民银行网站 http：//www.pbc.gov.cn/。

央行为持有的大量外汇储备付出了相当大的代价。一方面，近几年我国对外汇储备的运用仍然以购买美国政府债券等为主，而与此同时，每年为引进外资出台的优惠政策却使得我国必须以更高的代价来利用境外资金，其间产生的资金使用效率的巨大损失显而易见。我国的财政负担相当于我国接受外部资本的融资成本与储备资产间收益的价差再乘以储备总额。另一方面，巨额的外汇储备带来的管理成本也在不断增加，而它对汇率稳定的边际效用却在下降。随着我国加入 WTO 与开放金融市场，放松资本项目管制，要维持现行汇率制度将会使我国为之付出更大的代价。2003 年 3 月以来，外国政府不断向我国施压以促使人民币升值，人们对人民币升值的预期增大，例如 2004 年 12 月底摩根大通的研究报告就认为 2005 年人民币兑美元可能升值 7%。尽管从 2005 年 7 月起，人民币有所升值，但是幅度远远没有达到国内外的预期，所以人民币仍然承受着巨大的升值压力，我国要维持汇率的相对稳定，外汇储备的规模会更大，成本还会更高。

（二）加强货币供给的内生性，货币政策独立性降低

1996 年中国人民银行正式将货币供应量列为中介目标。中央银行希望通过对货币供应量的调控来达到预期的政策效果。而外汇占款在基础货币供应中占很大比重，这说明外汇占款对基础货币供应的影响很大，调整货币供给的货币政策在很大程度上受到外汇占款的影响。在我国，汇率市场失衡是必然的和经常的，央行必须被动参与买卖。这个过程实际上也就是基础货币投放与回收的过程。但是目前我国稳定的汇率使货币供给的内生性加强，中央银行控制货币供应量的主动性降低。随着对外开放程度的不断提高，货币供应越来越内生于国民经济运行。对外开放的程度越高，与对外经济活动相关的货币供应所占的比重越大，内生性越强，中央银行控制货币供应量的主动性就越弱，货币政策在控制货币供应方面的有效性也就越差。国际收支的失衡会促使货币供给发生变化，货币供给受到维护稳定汇率的官方干预影响。因此目前的汇率制度极大地限制了我国执行货币政策的能力，削弱了货币政策的独立性。

虽然中央银行在运用货币政策维护稳定汇率时能够执行冲销性货币政策，但由于冲销干预的效果与公开市场业务规模、财政赤字承受能力、资本管制程度、微观经济主体的资产调整有很大的相关性，加上我国外汇市场失衡的经常性和方向的不确定性，使央行冲销干预十分困难。另外，我国国债市场规模不大，也不能完成大规模的冲销干预。当然，商品市场与货币市场机制仍不够完善，存在诸多障碍，政府难以采用市场手段调控经济。

（三）货币政策目标双重化，增加了实现政策目标的难度

《中国人民银行法》规定了我国货币政策的单一目标，即"保持货币币值的稳定，并以此促进经济增长"。但在现行汇率制度下，货币政策实际上有着维持币值对内对外稳定的双重目标，即对内维持物价的稳定，对外维持汇率的相对稳定。物价是一国货币对内价值的体现，任何物价的变动都会带来实际汇率的变动，从而对外部经济与内部经济的运行产生影响。人为地固定汇率最终只能是固定名义汇率，但是影响经济运行的是一些实际变量，而非名义变量。如当中央银行试图采取扩张性货币政策拉动消费以刺激经济增长时，物价的上升与名义汇率的不变，使本币的实际汇率相对

升值，本国出口产品竞争力下降，出口减少，进口增加，结果国内商品市场供大于求，物价又趋于下降。同时，外国的通货膨胀率不可能为零，在这种情况下，如果保证名义汇率的不变，则外国通货膨胀率的变化必然相对改变本币的实际汇率水平，本币实际汇率水平的变化又会引致本国物价波动，最终导致本国物价随外国物价的变化而变化，破坏国内均衡。

（四）货币政策利率传导机制削弱

利率既是我国货币政策的重要工具，又是货币政策影响经济的主要传导机制渠道，中央银行货币政策的变化往往首先表现为利率水平的变化。目前，我国利率市场化程度较低，银行存贷款利率基本上由央行直接制定。央行根据货币政策的需要，通过直接调整利率水平来影响金融机构可贷放资金量和企业借款量，进而影响企业投资规模和经济总量。在目前仍然比较稳定的汇率制度下，利率影响经济的效力大为降低。如当央行企图通过降低利率放松银根，以扩大企业投资和居民消费时，套利资金就会千方百计将人民币兑换成外汇资金并流往国外，引起外汇需求增大、汇率波动。为了维持汇率的稳定，央行往往会抛出美元买进人民币，从而减缓了降低利率所带来的信用扩张作用。虽然目前资本项目下人民币尚不能自由兑换，但由于我国资本项目管制的"名紧实松"状况，国内外短期资金往往通过种种违规甚至违法手段混入经常项目进行套汇，流进流出。2003年3月以来，人民币升值预期强烈，大量套利资金流进我国，外汇储备大幅增加，为维持汇率的稳定，央行购买外汇，导致人民币货币供应量增长过快，从而在一定程度上减弱了中央银行的信用紧缩作用。

（五）资本项目管制的不断放松对货币政策运用提出更高的挑战

目前，我国正在逐步放开资本项目管制，而且我国的资本项目管制处于"名紧实松"的状态，很多所谓"管制"实际上是真实性审核。加入WTO后，外资银行逐步享受业务上的"国民待遇"，资本流动的障碍进一步减少，对利率、汇率信号异常敏感的跨境资金的流动规模和频率都会增加。随着资本流动自由化程度的提高，利率、汇率通过利率平价机制产生的联系日益紧密，最终会使独立于货币政策的汇率政策范围越来越受到限制。资本管制的实际程度不同于法律规定的程度，研究表明，资本管制的实际程度往往要比法定程度低（Doolcy，1997）。

在国际资本流动性日益增强的情况下，由于人民币汇率的非均衡是必然的和经常的，因此不能形成市场均衡汇率（陈平，2002），中央银行对外汇交易的干预也必然是频繁的（实践中，几乎每日干预）。因此，随着资本流动障碍的不断减少，我国的货币政策将经受更大的挑战。

（六）基础货币投放渠道的变化引起社会资金分配结构的变化

涉外企业收到外汇以后，可以通过结汇即刻获得人民币资金，从货币创造和货币供应角度看，全部企业和个人的结售汇行为最终反映在结售汇顺差上，由银行卖给中央银行，中央银行的基础货币（外汇占款）流向商业银行在中央银行的准备金账户，引起商业银行的准备金增加，引起货币供应量的多倍扩张。由于内向型企业和涉外企业在资金、技术、管理水平上存在先天差距，内向型企业和涉外企业并不能实现资金在相互之间的自由流动，资金充裕和资金匮乏企业并不能在相同的成本收益水平下使用资金，客观上造成了社会资金分配结构不合理的问题。货币政策在维持国内物价水平的前提约束下，使得出口企业资金相对充裕，分配给内向型企业的资金只能缩减。

第四节　提高我国货币政策有效性的汇率制度改革和资本账户开放对策

在蒙代尔—弗莱明模型的基础上，克鲁格曼（Krugman，1999）进一步提出了所谓"三元悖论"，即固定汇率制度、资本自由流动和独立的货币政策是三个不可调和的目标，各国充其量只能实现这三个目标中的两个。即实行固定汇率制，并完全开放资本市场，货币政策将趋于无效；或在固定汇率制下追求货币政策的独立有效，对资本严格管制；或追求货币政策的独立有效并允许资本自由流动，实行浮动汇率制。目前我国采取的办法是在固定汇率和资本自由流动上都放松一点，来提高货币政策的有效性。但是根据蒙代尔—弗莱明模型的理论和对我国 1998～2007 年的货币政策有效性的分析，可以看出，在我国汇率制度和资本账户开放的现状下，货币政策很难充分发挥作用。因此要想保证货币政策的独立性和有效性，改革我国汇率制度和资本账户开放状况势在必行。

一　进一步改革，完善有管理的浮动汇率制

2005 年 7 月我国实施了外汇形成机制的改革，改革坚持"自主、可控、渐进"三原则，是我国汇率制度改革的关键一步，是我国汇率制度从有管

理的浮动汇率制度向自由浮动汇率制度转变的起点。由于条件尚不成熟，我国近期不能实行完全的浮动汇率制，以避免人民币汇率制度的跳跃性改革使经济陷入混乱。目前的改革可以先从现行汇率制度所存在的问题入手，完善有管理的浮动汇率制度，再逐步走向完全的浮动汇率制。

（一）现行汇率制度面临的新问题

1. 货币篮子的币种选择及其权重的确定相当困难

把人民币汇率从盯住单一美元转为"参考一篮子货币进行调节"，似乎增加了人民币汇率的弹性。但是，货币篮子的币种选择及其权重的确定在操作上存在着难以精准的问题，并且货币篮子的币种选择及其权重始终受到来自市场的质疑，受到西方国家和国际货币基金组织的追问，货币篮子的币种选择及其权重得出的汇率水平在操作上就如同"黑箱"。货币当局就此问题的回答也十分含糊，只是在原则上阐述测算方法，但不能准确地定出篮子货币的币种及每种篮子货币的权重。虽然央行可以利用信息优势进场干预，但不利于市场参与主体预期的形成，维护成本将相对加大。

2. 产生升值预期

人民币对美元小幅升值，在我国经济的对外平衡等方面可能是比较好的选择，可以暂时缓解升值压力。但是，由于汇率涉及的问题很复杂，小幅度升值在与市场预期存在较大差异的情况下，必然会导致进一步升值预期的产生，从而引发国际游资以不同的方式涌入。另外，我国的外汇储备达到2.6万亿美元（截至2010年9月底），人民币升值将意味着外汇储备缩水，政府将要为这一损失"埋单"。同时，我国的外汇储备主要用于购买低息的短期政府债券，而外国企业在我国的投资大多是高收益的长期投资，二者的差价实际是国民财富的变相流失。

3. 来自国外的进一步改革汇率机制的要求

这次人民币汇率形成机制改革之后，根据人民币兑美元、欧元以及日元等主要货币汇率变动的实际情况，如果人民币汇率事实上仍旧采取某种形式的"固定汇率机制"，美国等西方国家必将提出进一步改革人民币汇率机制的要求。

（二）进一步改革，形成真正有管理的浮动汇率制度

由于牵涉面广，形成真正有管理的浮动汇率制度是一个长期的过程。这里针对当前汇率形成机制本身存在的问题，以及制约汇率形成机制进一步改革和发挥作用的外部因素，包括认识误区以及运行环境，提出进一步

改革的措施建议。

1. 进一步释放人民币升值压力

从升值预期的成因来看，经济基本面是基础，包括中国经济稳定快速增长，国际收支持续双顺差，外汇储备规模迅速膨胀等，国际压力则放大了升值压力。持续存在的升值预期已经影响到经济和市场的正常运行，加剧了国际经济摩擦，使我们在与贸易伙伴及竞争对手进行的国际经贸谈判中处于不利地位，有必要采取积极稳妥的办法加以解决。汇率改革应坚持自主性原则，不能因为外部压力而动，但也要防止因为有外部压力就不动或缓动，从而丧失改革良机。当前要进一步完善外汇市场设施建设，明确汇率政策目标，增强央行外汇市场干预手段的有效性，在此基础上通过市场机制实现汇率向均衡水平的调整，从根本上解决升值压力问题。

2. 扩大人民币兑美元汇率的弹性空间

尽管在现有框架下汇率弹性之间没有构成制约，但其中存在潜在的冲突可能。银行间市场上非美元汇率的日波幅为 ±3%，是美元的 10 倍。如果美元在货币篮子中的比重不足 50%，那么一旦货币篮子中非美元货币对美元升值超过 6‰，人民币兑美元汇率就可能偏离货币篮子确定的水平，造成汇率形成机制和市场的扭曲。要解决潜在的冲突，有必要协调有关汇率安排的关系，选择适当时机，提高美元汇率的日波幅。

3. 深化基准汇率生成方式

通过集中询价确定基准价格是金融市场如黄金市场通行的做法，但是在我国外汇市场的特殊背景下，引入这种方法可能造成汇率偏离均衡水平。目前，中国人民银行是银行间市场的主要甚至可以说是唯一的美元买家，做市商银行几乎清一色是卖家，这些银行在利益驱动下会高价沽出美元。假设它们认为均衡汇率在 6.8，市场汇率在 7，中国人民银行被动接盘使它们不用担心卖不出去的问题，因此报出的价格肯定是 7 而不是 6.8，从而造成有升值预期时人民币的系统低估，预期很难反映在现实的汇率上，汇率失衡出现自我固化，均衡汇率难以实现。相反，有贬值预期时人民币会被高估。要解决这一问题，可以对做市商报价作出约束性规定，中国外汇交易中心可以根据询价自主买卖一定数量的外汇，从而制约做市商的行为。从长远看，中国人民银行要逐渐减少被动接盘。

4. 调整外汇市场干预方式

中国人民银行外汇市场被动接盘造成外汇市场干预日常化和持久化，

带来的问题也是显而易见的，特别是汇率决定的市场化问题。中国人民银行要减少被动入市干预，转向货币政策操作和口头干预等更为灵活和市场化的手段。在过渡期，中国人民银行有必要通过灵活的操作，综合使用各种交易方式，如掉期等，来实现干预目标；可以考虑规定中国人民银行最多可以买入外汇的数量，如每月不超过100亿美元，让市场通过增仓和升值消化一部分美元。这需要同时放宽银行外汇头寸限制，首先是大幅度提高外汇指定银行的结售汇头寸，在条件成熟时转向比例管理，将银行本外币头寸转化规模与其资本或资产挂钩。通过汇率制度安排设计实现汇率管理也是一种变相的外汇市场干预，如在确定基准汇率时赋予外汇交易中心确定权重的权力。这种做法有操纵汇率的嫌疑，需要逐步淡出，让银行在汇率形成中发挥主导作用。

5. 提高汇率安排的信息透明度

信息不透明、不对称是造成市场认识误区和风波的重要原因。有关部门要加大宣传力度，提高市场对新汇率制度的理解和接受程度，更重要的是提高信息透明度。在新制度运行一段时间后，可以公布一些关于参考一篮子货币的规则性基础信息，包括实施的汇率目标、外汇市场干预方式、货币篮子构成规则及其调整等。在市场层面上，增加有关外汇交易的信息，包括滞后一段时间公布入市干预情况，使市场参与者可以获得尽可能完整的信息，并据此作出交易决策。

6. 稳步推进相关配套改革措施

（1）加快推进利率市场化进程，疏通利率—汇率的传导机制。在汇率政策和利率政策相互配合、相得益彰的政策组合中，利率市场化是前提。如果利率不完全放开，利率僵化，则外资注入国内所引起的货币供应量的上升和通货膨胀的压力增大，无法通过利率的变动得以缓解。目前我国利率市场化程度不高，由市场决定的利率较少，从而造成投资增长、消费增长、进出口增长的利率弹性很小，利率调节经济的作用有限，利率—汇率之间的传导受阻，利率市场化势在必行。为了适应经济体制改革的要求和步骤，我国的利率改革在渐进的方式下适度迈开步伐，在"先贷款后存款，先大额固定后小额浮动，先外币后本币"等原则下进行操作是稳妥的。

（2）改革结售汇制度。现有的结售汇制度不但使风险集中在中央银行，而且增加了企业成本，阻碍了外汇市场的发展。企业是市场经济中的主角，强制的结售汇制度使得企业利润的一部分转移给外汇银行，这是不公平且没必要的。改革结售汇制度，扩大企业用汇的自主权，由自愿性结售汇制度过渡到最终取消结售汇制度，这在汇率改革过程中是可行的。根据我国实际情况，经营对外贸易业务的企业可以在外汇银行开设一个特殊外汇账户，企业可以自由地进行正常的外汇存取，在非大规模支取的情况下央行不要加以过问，同时企业也可以对外汇进行技术性操作进而避免外汇风险。

二 循序渐进，逐步开放资本账户

资本账户开放是提高和充分发挥货币政策效果的重要条件。我国已经逐步放松了对资本项目的管制，但是还远远没有达到开放资本账户的标准。这就要求我国在充分认识开放资本账户将会带来风险的基础上，循序渐进、逐步地开放资本账户。

（一）资本账户开放的风险

资本账户开放是把双刃剑，既能给我国经济带来好的影响，同时也会带来风险。

1. 引发逆向选择，增加道德风险

逆向选择的存在是因为债权人对债务人的品质没有充分的认识而不能正确评价后者的资信状况。这种信息不对称导致投资最终流向那些质量低下的企业，因为它们提供了较高的回报率。正是因为国际资本寻求高收益的特性，可能在资本账户开放后出现资本的投机性流动：大量资本流向一些风险高的企业与项目以博取更多的补偿，从而导致这些产业与项目的过度投资，增加了整个国民经济的风险。另外，目前中国的许多金融机构经营不善、效益低下，它们与国外的同行相比缺乏竞争力。一旦资本账户开放，为了避免破产给社会带来不良影响，中国会提供政府担保以吸引更多资本流向这些金融机构，这必然会引发道德风险，增大投资风险。

2. 可能导致银行不良资产的增加和证券市场的动荡

资本自由流动后外国资本以直接或间接的方式进入银行体系，从而增加银行的可贷资金，在没有有效金融监管的情况下，银行将会放松风险约束，大举涉足高风险行业或部门，将贷款大量投入房地产和有价证券等高收益率的领域，使这些部门的资产价格迅速膨胀，这就造成一国经济的泡沫成分迅速放大。当泡沫破灭时，就会产生大量不良资产。另外，资本账

户的开放会使流入的外国证券资本大量增加，从而加大金融体系的风险。一方面，国外投资者对本国证券市场的参与会使国内证券市场与发达国家证券市场之间的联系增强。当发达国家的证券市场价格发生波动时，即使国内经济状况良好，国内证券市场价格也会出现相应的波动，甚至波动更为剧烈。而且，在资本自由流动的情况下，国外投资基金的突发性大规模撤资会造成一国证券市场的流动性困难，从而引起上市公司危机甚至金融危机，一国的宏观经济也会受到冲击，货币大幅贬值。

3. 资本账户开放后引起的大规模资本流出入导致实际汇率的变化，直接和间接地影响国际收支状况

资本账户开放后，如果发生大规模的资本流出，对社会经济产生的巨大冲击是不言而喻的。但是，如果发生大规模资本流入（实际利率差异等因素），无论实行的是固定汇率制还是浮动汇率制，都将导致本国货币实际汇率升值。影响实际经济部门，危及经常账户的稳定。如果流入资金的目的是短期套利，则在遇到突发事件外资大量抽离时，爆发金融危机的可能大大增加。1994 年的墨西哥危机和 1997 年的东南亚危机都证明了这一点。

（二）开放资本账户应掌握的原则

对于任何国家而言，开放资本账户都是一项重要的经济决策，对我国来说也不例外，开放资本账户应持慎重的态度，把握下面的原则。

1. 掌握资本账户开放的主动权

开放资本账户属于一国主权的范畴，我国有权权衡利弊对资本账户开放作出自主安排。在实施过程中，需要始终坚持一个基本原则：必须有利于我国经济、金融的发展，必须有利于维护我国经济、金融的安全。要防止为了迎合境外投资者的要求而忽视我国主权利益的错误倾向。我国不能将国民经济的运行和发展建立在国际流动资本随意冲击我国经济的基础上，也不能将经济的稳定建立在由其他国家厂商控制甚至垄断我国市场的基础上。

2. 从中国的实际出发，选择适当的开放模式

坚持"国家主权经济安全"，要求进行资本项目开放的国家必须选择一条适合本国的发展模式或途径。但是，始于 20 世纪七八十年代、历经 20 多年发展的资本项目开放的实践中，各国并没有形成统一的标准模式。开放模式大致可以分为四种类型：①循序渐进型，以美国、日本、韩国为代表；

②全面激进型，以澳大利亚和新西兰为代表；③激渐交替型，以智利等发展中国家为代表；④突破口带动型，以德国和英国等欧洲国家为代表。实践经验表明，资本项目开放在国际上没有通行的模式可以遵循，各国只有从本国的实际出发，选择适合自己的开放模式或途径。

资本账户开放的顺利、安全进行，需要足够的前提条件。这些前提条件不仅涉及宏观经济层面和微观经济层面，还涉及国际经济金融环境，主要包括：良好的宏观经济环境、稳定开放的国内金融体系、基本平衡的经常项目、基本均衡的汇率水平及足够的汇率弹性、审慎有效的宏观金融监督能力、良好的法律框架、透明的信息披露、相对充裕的外汇储备、充满生机活力的微观经济基础、有效的国际金融监管合作和危机救援机制的改革等。

很明显，我国尚没有完全具备上述条件。我国宏观经济存在着很多矛盾，微观机制不够健全，金融体系脆弱，金融监管也比较薄弱，国际环境严峻。距达到资本项目开放所要求的前提条件还有很大距离，因此，循序渐进、逐步开放资本账户成为必然选择。

3. 借鉴其他国家的经验和教训

从各国资本账户开放的经验和教训来看，世界大多数国家都对开放资本项目持非常谨慎的态度。绝大多数新兴工业化国家和地区都是在20世纪90年代以后才实现资本账户开放的。历史经验表明，以资本项目开放为特征的金融自由化是许多国家发生金融危机或陷入金融困境的重要原因。亚洲金融危机的一个突出特征就是资本项目危机，而不同于传统的经常项目危机，表现为资本流向突然逆转，资本大量外流，导致政局不稳，国内社会和政治动荡。一些新兴工业化国家和地区或发展中国家因为过于简单地实现资本项目开放，没有能力防范国际资本流动给国内经济金融带来的严重冲击而使经济金融陷入危机困境，给我们留下了深刻的教训。

（三）循序渐进、逐步开放资本账户

开放资本账户要承受相当的风险，为了能够规避这些经济金融风险，必须循序渐进、逐步开放资本账户。

1. 合理确定并灵活调整资本项目开放顺序

根据国际经验和我国的实际情况，放开资本账户时应该按一定的顺序进行，采取渐进的、审慎的步骤：①先放开对长期资本项目的限制。也就是说长期资本交易的自由化应当先于证券投资和短期资本的自由化。②证券投资的自由化应当先于短期投资的自由化，尤其是先于短期投机性交易的自由化。③与实物资产相关的交易（如直接投资、贸易融资）的开放应先于与实物资产无关的交易（如证券投资、金融信贷）的开放。④对短期资本流入的开放应当先于对短期资本流出的开放。⑤本国居民进行海外交易的自由化应当先于非居民参与本国金融市场的自由化。

需要指出的是，我国开放资本账户的顺序只是原则性的，绝不能将其模式化或固定化，而要根据我国经济发展实际情况以及国际金融环境的变化对顺序进行灵活的调整。

2. 逐步实现开放的主要内容

我国目前继续进行管制的资本项目交易主要表现在三个方面，这三个方面的内容正是资本账户开放的难点和重点，也是逐步实现资本项目开放的主要内容。第一，境外直接投资领域。进一步放松境内机构对外直接投资限制，支持企业"走出去"。第二，股权类投资领域。探索利用外资新方式，逐步放宽对合格境外机构投资者投资于境内的限制。第三，债务证券投资领域。拓宽境内外汇资金投资渠道，允许合格境内机构投资者投资境外证券市场；放松境外机构和企业在境内资本市场上的融资限制，优化国内资本市场结构，允许合格的境外机构在境内发行人民币债券和中国存托凭证；可研究、借鉴国际经验，分阶段、分步骤地开放国内证券市场，并不断总结经验和教训，在风险可控的前提下推动证券市场的有序开放。

3. 积极推进配套改革

资本账户开放不仅仅是改革外汇管理体制的问题，还需要与其他改革相互配套、循序渐进，其中主要包括如下几点。

（1）灵活的人民币汇率形成机制。开放经济中要想在资本管制放开的条件下，保持货币政策的自主性，必须实行浮动的汇率制度。对于中国而言，其特殊的经济结构和经济体制决定了资本项目开放后货币政策作为宏观调控手段仍具有重要意义，所以现实的选择也是实行浮动的汇率制度。目前中国的汇率制度虽然是有管理的浮动汇率制度，但汇率自主变动的空间极小，汇率的变动某种意义上是由政府决定的。资本项目开放后，必然要提高汇率的浮动幅度。从近期看，可以适当扩大汇率的弹性，在一个中长期的时间里，则需完善汇率的市场形成机制，在不否定有管理的前提下，增加市场在汇率形成中的分量。

（2）市场化的利率形成机制。资本项目开放后，利率将是调节资本流出入的重要手段。与汇率的扩大浮动范围相对应，利率也应该扩大其浮动范围，实现利率的市场化。如果利率僵化，不能够反映真实的资金供求，并随之上下波动，在资本项目开放后，当国内利率低于国际利率时，很容易引起资本的外逃；而当国内利率高于国际利率时又可能引发资本的套利行为。这两者都有可能加大资本项目开放的风险。最近几年，我国在利率市场化改革方面取得了较大的进展，但并未实现利率的市场化。利率市场化应按照"先外币后本币，先贷款后存款，先农村后城市，先大额后小额，先长期后短期"的大致顺序稳步推进。当然，放松对利率的管制并不意味着政府对宏观金融调控的放松，而是说政府要提供高效的市场监管，政府应对名义货币供给量进行有效调节，以保持市场价格的稳定，并以此促进经济增长。

4. 完善金融监管体系

健全的金融监管体系是资本账户开放的先决条件。在金融监管不完善的情况下，过量的资本流入得不到应有的监控和筛选，就会鼓励银行涉足高风险部门和行业，如房地产、股票市场等，使这些部门的资产价格迅速膨胀，从而将经济推向泡沫化，并以巨额不良贷款的生成而告终，使国家经济陷入重大危机。根据《巴塞尔协议》，金融监管措施至少应当包括严格的银行部门的市场准入制度、对银行投向某一部门或行业的贷款比例的限制、银行的信贷程序和财务状况的审查与监管、及时制止各种违规操作等。同时，还要加强证券市场监管，包括健全各种交易法规、上市标准和程序，完善信息公开披露制度，积极培育会计、评估、审计、法律等中介机构，并使其公正地提供服务等。

三 合理安排汇率制度改革与资本账户开放的时序

对于推进汇率制度改革，完善有管理的浮动汇率制度与开放资本账户的时序安排，一直存在着争论。我们认为不能单纯争论两者的时序问题，而应该根据我国的汇率制度和资本账户开放的实际情况相机抉择。

"十一五"建议中提出"稳步推进利率市场化改革，完善有管理的浮动汇率制度，逐步实现人民币资本项目可兑换"，这表明完善有管理的浮动汇率制度，逐步实现人民币资本项目可兑换二者之间相辅相成，是一个有机的整体。

（一）弹性汇率制度是资本账户开放的重要前提

从拉美和东南亚等国家发生金融危机的教训可以看出，僵化的汇率安排与资本自由流动会带来巨大的金融风险。由于汇率的长期稳定相当于政府提供了一种隐性的汇率担保，因此会吸引套利资本的大量流动。在没有汇率风险的情况下，如果国内利率高于境外，则国内企业会大量借入外债特别是借入短期外债，而且不会进行套期保值，这就埋下了巨大隐患。一旦市场环境变化引起资金集中流出，就会引发货币危机和债务危机。

这几年来我国国际收支持续保持较大顺差，其中也蕴藏着资金大量流入和大量流出的风险。因为过去较长时期以来，人民币兑美元汇率近乎固定，在人民币预期升值并且人民币利率高于美元利率的情况下，境内机构和居民个人结汇和借外汇的积极性较高，而持汇和购汇的意愿降低，全社会普遍形成一种减少外币资产、增加外币负债的局面。非直接投资形式的资本在我国由前些年的净流出转为净流入就是这种状况的反映。非直接投资形式资本的大量流入，加剧了国内外汇供过于求的矛盾，进一步加大了人民币升值的压力，同时也增加了中央银行基础货币的投放，从而带来通货膨胀和资产泡沫的压力。

2005年7月汇率形成机制改革以后，人民币汇率弹性增加，上下波动的区间增大。汇率弹性的增加，有利于减少无风险套利的单边资本流动。从实际效果来看，汇改后出现了远期结汇和售汇均大幅增长的现象，远期结售汇市场上银行对客户单边结汇的状况明显改善。这显示，汇改后外汇市场供大于求的状况有所改善，央行调控压力减轻。

一直以来，我国实行的是审慎渐进、非对称的资本账户开放政策，主要包括：鼓励资本流入，限制资本流出；鼓励长期资本，限制短期资本；鼓励直接投资，限制间接投资。逐步放松人民币资本项目管制，就意味着进一步拓宽资本流出入的渠道，尤其是放宽对资本流出的限制。下一步，支持有条件的国内企业"走出去"，对外进行直接投资是放宽对资本流出限制的重要举措之一。但是，由于我国国情复杂，地区发展不平衡，国内实现产业梯度转移还有较大空间；同时，目前我国产业相对于发达国家不具有比较优势，仅对部分发展中国家具有一定优势，但是很多发展中国家政治经济环境不稳定，投资风险比较大。因此，可以预见未来我国资本账户对外开放潜力较大的主要不是在直接投资，而是在证券投资和其他投资项下。而这些非直接投资形式的资本流动对汇率、利率等信号较为敏感。汇率改革之前，国际社会曾经由于我国资本账户开放快于弹性汇率的形成，担心可能积聚金融风险。而改革后，新汇率制度运行平稳，人民币汇率弹性增加，为进一步提高汇率灵活性创造了条件，同时也为逐步开放资本账户创造了条件。

（二）逐步开放资本账户是完善汇率机制的重要内容

完善汇率形成机制不仅仅是摆脱盯住单一美元的局面，增加人民币汇率弹性，同时还要逐步发挥市场在汇率形成中的基础性作用。然而，目前人民币没有完全可兑换，我国对于外汇收入和支出还有一定限制，外汇市场反映的市场供求不全面，由此反映的市场价格信号也不尽合理。具体来讲，现在人民币还只是实现了经常项目可兑换，对货物及服务贸易进口等经常项目对外支付和转移没有限制，同时也放松了对企业保留经常项目外汇收入的限制，但对资本项目交易还有较多限制。

在成熟的市场国家中，本币资本项目完全开放，实行自由浮动汇率制度，中央银行一般不经常大规模地干预外汇市场。结果，资本项目与经常项目差额就成为一个镜子的两面：当经常项目顺差的时候，资本项目就是逆差；当经常项目逆差的时候，资本项目就顺差；国际收支总差额一直保持基本平衡。因此，资本自由流动和汇率浮动分别从数量和价格上调节国际收支，促进国际收支维持基本平衡。

目前我国实行审慎渐进的、非对称的资本账户开放政策，人民币资本项下已经实现了部分可兑换。这一策略在外汇短缺时期有利于减少资本外流，同时防范短期资本流动的冲击风险，并取得了积极成效。但是，由于资本项目管制长期以来"宽进严出"，导致近年来我国国际收支持续保持较大顺差，外汇储备连年大幅增加。这使得大量外汇资源以官方外汇储备的形式过度向国家集中，降低了货币政策的有效性，同时也加大了储备经营管理的难度；同时，私人部门分散投资、规避风险的各种合理外汇需求难以得到满足，人民币升值压力被夸大。

因此，完善人民币汇率形成机制，发挥市场在汇率形成中的决定性作用，要有选择、分步骤地放宽对跨境资本交易活动的限制，逐步实现资本项目可兑换。

综上所述，目前在我国，推进汇率制度改革，完善有管理的浮动汇率制度与资本账户开放三者之间不应该机械地决定谁先谁后，而是应该协同进行，根据具体的国内外经济金融、政治形势审时度势，稳步推进。在完善有管理的浮动汇率制度的过程中，选择必要的资本项目有步骤地放开，同时资本项目管制的不断减少，又促进形成真正有管理的浮动汇率制度。

本章参考文献

[1] 王松奇：《金融学》，中国金融出版社，2000。

[2] 于立新、王军：《国际金融学》，经济管理出版社，1999。

[3] 黄泽民：《中国金融运行研究 2002~2005》，经济科学出版社，2006。

[4] 吴文旭：《当前国际短期资本流动的监管问题研究》，西南交通大学出版社，2006。

[5] 姜波克等：《人民币自由兑换论》，复旦大学出版社，1999。

[6] 张礼卿主编《发展中国家的资本账户开放：理论、政策与经验》，经济科学出版社，2000。

[7] 张光华：《论有序的资本项目可兑换》，广东经济出版社，2004。

[8] 丁剑平：《人民币汇率与制度问题的实证研究》，上海财经大学出版社，2003。

[9] 孙文基：《开放经济下我国财政货币政策有效性研究》，经济科学出版社，2002。

[10] 巴曙松：《中国货币政策有效性的经济学分析》，经济科学出版社，2000。

[11] 樊纲：《面向新世纪的宏观经济政策》，首都经济贸易大学出版社，2000。

[12] 李扬：《中国金融发展报告》，社会科学文献出版社，2006。

[13] 储幼阳：《论汇率制度转换》，社会科学文献出版社，2006。

[14] 何德旭：《中国金融服务理论前沿（4）》，社会科学文献出版社，2006。

[15] 孟建华：《中国货币政策的选择与发展》，中国金融出版社，2006。

[16] 刘光灿、蒋国云、周汉勇：《人民币自由兑换与国际化》，中国财政经济出版社，2003。

[17] 叶永玲：《当代货币政策：理论与实践》，上海三联书店，2005。

[18] 丁一兵：《汇率制度选择》，社会科学文献出版社，2005。

[19] 冯菊平：《国际游资与汇率风险》，中国经济出版社，2006。

[20] 吴文旭：《当前国际短期资本流动的监管问题研究》，西南交通大学出版社，2006。

[21] 岳华：《固定与浮动的博弈》，中国金融出版社，2005。

［22］余维彬：《汇率稳定政策研究》，中国社会科学出版社，2003。

［23］许承明：《中国的外汇储备问题》，中国统计出版社，2003。

［24］张耀丹：《国际储备变动对货币政策的影响》，《西南金融》2003 年第 7 期。

［25］汪洋：《再论中国货币政策与汇率政策的冲突》，《国际经济评论》2005 第 1、2 期。

［26］王曦、才国伟：《完善人民币汇率形成机制的改革措施：机理与次序》，《国际金融研究》2006 年第 12 期。

［27］耿群：《人民币汇改影响广泛而深远》，《国际金融研究》2006 年第 8 期。

［28］吴文旭：《改革结售汇制度是完善汇率形成机制的关键》，《金融与保险》2006 年第 1 期。

［29］刘克、王云龙：《关于人民币资本项目可兑换的战略问题》，《国际金融研究》2006 年第 3 期。

［30］王国纲：《资本账户开放与中国金融改革》，社会科学文献出版社，2003。

［31］徐珊：《资本账户可兑换与我国外汇管制法改革》，www. Lawyers. org. cn。

［32］吴丽华，傅春：《开放经济下货币政策的困境及对策》，《金融与保险》2006 年第 9 期。

［33］张庆，王晓东：《扩展的"三元悖论"对我国政策组合的指导》，《商业研究》2004 年第 17 期。

［34］唐思索：《外汇储备变动对货币政策到底产生什么影响》，《上海金融学院学报》2005 年第 2 期。

［35］刘锦虹：《从"三元悖论"看当前货币政策与汇率政策的矛盾》，《经济评论》2004 年第 5 期。

［36］胡祖六：《资本流动、经济过热和中国名义汇率制度》，《国际金融研究》2004 年第 7 期。

［37］魏义俊：《外汇储备变动对货币供应影响的实证分析及政策建议》，《南方经济》2005 年第 5 期。

［38］曹勇：《国际资本流动对中国货币政策影响的实证研究》，《安徽商贸职业技术学院学报》2005 年第 3 期。

［39］陈华芳：《浅析我国现行外汇管理体制的困境》，《经济论坛》2005 年第 1 期。

［40］杨锦争：《外汇占款下的货币政策困境》，《黑龙江对外经贸》2005 年第 9 期。

［41］宿玉海：《我国现行汇率制度的政策效应分析》，《财经科学》2005 年第 1 期。

［42］胡杰：《资本流动对本国货币政策的影响》，《经济纵横》2005 年第 10 期。

［43］章丽群：《货币政策与汇率制度的相关性分析》，《国际商务研究》2005 年第 3 期。

［44］陆明柱：《开放经济对我国货币政策的影响》，《上海金融》2005 年第 7 期。

［45］周建中：《现行汇率制度对我国货币政策效应的制约分析》，《江西金融职工大学学报》2005 年第 3 期。

［46］陈平：《人民币汇率的非均衡分析与汇率制度的宏观效率》，《经济研究》2002 年第 6 期。

［47］Michael Dooley, "Capital Mobility and Exchange Market Intervention in Developing Countries", 1997.

主要参考网站

［1］中国人民银行网站：www. pbc. gov. cn。

［2］中国银行业监督管理委员会网站：www. cbrc. gov. cn。

［3］国家外汇管理局网站：www. safe. gov. cn。

第十四章

人民币国际化及其路径与策略选择

第一节　人民币国际化相关探讨概述

一　人民币国际化问题提出背景

改革开放 30 多年来，中国经济迅猛发展，人民币的国际地位日益提高，人民币国际化问题也越来越受到实际部门和学术界的重视。近些年来，国内对人民币是否应该国际化以及如何推进国际化进行了广泛而深入的探讨。大部分学者认为人民币国际化是中国经济发展的必然结果，是中国国际竞争力提高的反映，人民币的国际化也有助于中国步入世界经济强国。然而，针对人民币国际化所需要的条件以及路径的讨论，却出现了不同意见，产生了多种路径选择，因此，进行深入而全面的探讨，显得尤为重要。

2008 年，由美国次贷危机引发的全球金融危机爆发，在全球范围内造成经济增长的减缓，许多国家出现了经济衰退。自布雷顿森林体系解体后，美元的地位再次受到严重冲击，欧元的崛起、中国经济实力的增强、国际货币体系朝着多极化方向发展的趋势越来越明显。正是在这一背景下，人民币国际化路径选择及所带来的对国际经济格局的影响，将引人注目。

国家外汇管理局 2010 年 8 月已宣布，将"有重点、有选择地推动资本项目改革"，这标志着中国已开始加快资本项目逐步开放的进程，由此将对未来中国人民币国际化路径产生深远影响。而资本项目开放为人民币国际化路径提供了较为完备的外在条件，同时，离岸人民币结算市场、离岸人民币远期汇率市场和离岸人民币金融产品市场三个市场的建设，是人民币国际化路径选择的重要参考依据，只有将人民币国际化的路径选择同这三个市场的建设有机结合起来，才能加快推进人民币国际化进程。

在全球经济一体化加深、美元地位动摇、中国经济日益增强的背景下，人民币作为中国的法定货币，必然要获得同中国的经济实力相匹配的国际地位，也要承担同中国的国际地位相符合的责任。当前，美国国内经济恢复状况不尽如人意，由此导致了一系列国际经济再平衡困难和国际社会动荡不安的问题，为转嫁责任，美国指责中国人民币币值低估造成了国际贸易的不平衡，给人民币升值施加压力。因此，研究人民币在当前条件下如何有理有利有节地进行国际化，并在此过程中合理规避金融风险，获取人民币国际化的最大利益是非常重要的。

二 人民币国际化相关文献综述

国际学术界对于货币国际化的系统研究始于 20 世纪 60 年代，关于货币国际化的定义，鲜见统一的说法。Cohen（1971）最早从货币职能的角度定义国际货币，他认为国际货币的职能是货币国内职能在国外的扩展。当私人部门和官方机构出于各种各样的目的将一种货币的使用范围扩展到该货币发行国以外时，这种货币就发展到国际货币层次。Hartmann（1998）进一步发展了 Cohen（1971）的定义，对国际货币的不同职能进行了分类。他认为，作为支付手段，国际货币在国际贸易和资本交易中被私人用于直接的货币交换以及其他两种货币之间间接交换的媒介货币；也被官方部门用作外汇市场干预和平衡国际收支的工具。作为记账单位，国际货币被用于商品贸易和金融交易的计价，并被官方部门用于确定汇率平价（作为汇率盯住的"驻锚"）。作为价值储藏，它被私人部门在选择金融资产时运用，如表示非居民持有的债券、存款、贷款价值。官方部门拥有国际货币和以它计价的金融资产作为储备资产①。Tavlas（1997）认为上述定义太宽泛了，他认为当一种货币在没有该货币发行国参与的国际交易中充当记账单位、交换媒介和价值贮藏手段时，该货币就国际化了。日本财政部（1999）给日元国际化下的定义为：提高海外交易及国际融资中日元使用的比例，提高非居民持有的以日元计价的资产的比例，特别是增强日元在国际货币制

---

① 姜波克、张青龙：《货币国际化：条件与影响的研究综述》，《新金融》2005 年第 8 期。

度中的作用以及提高日元在经常交易、资本交易和外汇储备中的地位。蒙代尔（2003）认为当货币流通范围超出法定的流通区域，或该货币的分数或倍数被其他地区模仿时，该货币就国际化了①。

20 世纪 80 年代，国内许多学者开始研究人民币国际化的问题，从中国日益增长的经济实力出发，分析人民币国际化的潜在利益以及现实条件，提出政策建议。姜波克（1994）指出人民币输出是以换取实际资源为出发点，并初步估算了人民币国际化的潜在收益。赵海宽（2001）指出随着经济实力的迅速增长和加入世界贸易组织，中国将更深入地参与到经济全球化之中，人民币有能力成为世界货币之一，或者至少可以发挥一部分世界货币的作用。人民币成为世界货币，是一个自然发展和成熟的过程。中国政府应该采取积极的态度，采取措施加快这一进程。

钟伟（2002）对人民币国际化提出了有价值的操作性建议，指出了货币国际化的路径和应该注意的问题，提出了将人民币资本项目的可兑换和人民币国际化进程合二为一的建议。吴念鲁（2002）指出了货币可兑换与国际化的区别，分析了货币国际化的收益和风险，建议应该在国际货币体系改革的国际环境中研究如何使人民币逐步实现资本账户可兑换，为人民币国际化创造条件。

李晓、李俊久、丁一兵（2004）认为，人民币国际化应该在东亚区域货币合作的整体框架中，通过"制度性的人民币区域化"来实现。而在路径选择上，人民币的亚洲化要实现市场的自发演进和政府的制度协调相结合、次区域的货币整合与泛区域的整体协调相结合。

刘群（2005）从我国整体经济实力发展的角度研究了人民币成为世界货币的可能性和意义，认为人民币成为世界货币有利于中国充分利用世界资源。随着我国整体经济实力的不断增强，人民币在国际经济活动中的参与程度不断提高，人民币必然朝着世界货币的方向发展。

王元龙（2008）认为人民币国际化的重要前提是资本项目可兑换，提出了人民币国际化的"三步走"战略，即在地域上实现周边化、区域化、国际化以及货币职能上的人民币成为国际结算货币、国际投资货币和国际储备货币的战略。李稻葵、刘霖林（2008）认为人民币国际化利大于弊，并提出了通过双轨制实现人民币国际化。第一轨是指在中国境内实行定向

---

① 姜波克、张青龙：《货币国际化：条件与影响的研究综述》，《新金融》2005 年第 8 期。

的、有步骤的、渐进式的、与中国金融改革同步的资本项目下的可兑换；第二轨是指在境外，主要是在中国香港建立人民币外汇交易市场。

第二节　人民币国际化现状及存在的问题

一　当前人民币国际化的发展进程

20 世纪 90 年代以来，中国积极参与全球经济发展，与世界融合程度不断提高，在外汇管制方面也逐步开始改革，1996 年 12 月 1 日起正式实现了人民币经常账户下可自由兑换的初步目标。1997 年东南亚金融危机爆发后，政策制定者进一步认识到：在国家经济实力未发展到一定阶段、金融业尚不发达的时候，必要的资本项目下管制可以起到预防金融危机的"防火墙"作用。东南亚金融危机给中国的外汇管理敲响了警钟，从此，中国在外汇管理方面采取了更为审慎的态度。虽然在 2005 年开始了汇率体制改革，从盯住美元制度转变为盯住一篮子货币的有管理的浮动汇率制，但人民币资本项目仍然是管制的，何时开放并没有明确的时间表。

然而，人民币在周边国家流通，在东亚和南亚地区有"小美元"之称，这说明人民币国际化已经出现了事实上的萌芽状态。人民币在境外的流通主要是作为交易媒介，或者边境贸易的计价手段，并未成为其他国家的储备货币，这说明人民币还没有成为"货币锚"，要实现其国际化还有漫长的路要走。

在人民币资本项目尚未开放的情况下，人民币境外流通主要有两种方式，一种是合法途径，包括贸易的进出口支付、人民币对外投资、正常交往的流通（留学、探亲、旅游等）、劳务收入、银联卡以及人民币信用卡；另一种是非法途径，如走私、境外赌博以及非法洗钱等。

对于人民币境外流通的具体计算方法和规模金额，学术界一直都没有统一的核算口径。郑晓舟（2007）认为，自从银联卡在香港开通以来，人民币在港交易量激增，2004～2006 年的 3 年中，银联卡在香港地区的交易金额从 28.45 亿元增加至 123.6 亿元，人民币成为内地游客赴港旅游中的重要交易媒介[①]。对人民币在周边区域的流通状况进行了较为全面系统的分析

---

① 郑晓舟：《人民币：从"不受欢迎"到"全流通"》，2007 年 6 月 29 日《上海证券报》。

之后，钟伟（2008）认为，通过旅游渠道人民币在印尼的年流量约为 4 亿元，在新加坡通过多渠道产生的人民币跨境流量约为 50 亿元，在中越边境贸易中每年的人民币流动规模约在 50 亿～60 亿元，而通过旅游和回流渠道，香港每年的人民币流量达到 188 亿元①。卢皓（2007）指出，人民币在老挝北部南塔、丰沙里和乌多孟赛三省，缅甸掸邦东部第四特区、景栋省、大其力镇和泰国清迈府北部地区都有广泛流通和使用。而在俄罗斯，人民币的流通相对受限，一般流通领域均不能使用，人民币在俄流通的范围主要集中在从事经贸活动的中国人、俄方的边贸人员及炒汇人员中②。

由此可见，人民币在周边国家和地区的使用频率较高，接受程度也较高，但其流通范围仅限于中国的周边地区，在世界其他地区几乎不流通，影响力非常有限。据香港金融管理局统计，截至 2011 年 1 月，在港人民币存款达 3706 亿元之多，增幅明显。据估计，人民币的境外滞留量已经达到数千亿元的规模，且仍在逐年增加。这个数字相对于 16 万亿元的货币发行总量，或是与我国进出口贸易总额相比，尽管都显得非常渺小，但任何在境外流通的人民币，即使尚未成为各国官方持有的硬通货储备，只是停留在民间层面上，但也一样充当了区域性国际货币的角色，当然也会为货币发行国带来现实的经济利益。

二 人民币国际化进程中存在的问题及困难

（一）我国经济核心竞争力不明显，导致人民币国际化迟滞

从货币国际化的历史经验来看，英镑和美元国际化的前期都离不开本国核心竞争优势的确立。英国是依托纺织业和钢铁业的技术领先，一跃成为当时世界上唯一的工业化国家；而美国则是依靠新技术在钢铁、汽车和化学工业的广泛应用，以及之后在电子技术领域的一系列发展和突破，成为当今世界最强大的工业化国家。中国目前虽然在经济总量上有所突破，成为全球经济增长最快的新兴经济体，但中国经济发展人均水平较低，始终缺乏新兴战略性产业的竞争优势。因此，导致人民币国际化进程迟滞，难以依托经济核心竞争力来加快这一进程。

在制造业人均年增加值方面，国际上主要发达国家如美国是 7.8 万美

---

① 钟伟：《人民币在周边国家流通的现状、问题及对策》，《管理世界》2008 年第 1 期。
② 卢皓：《中缅、中老边境人民币流通状况调查与思考》，《时代金融》2007 年第 9 期。

元，日本是 10.8 万美元，而中国仅为 1.4 万美元，仅相当于美国的 18%，日本的 13%，与发达国家有巨大差距。同时还要看到，中国高技术产业人均增加值与制造业整体的人均增加值水平差异不大，前者比后者仅提高了 18%；而发达国家这两项指标差距则甚为明显，其中美国高技术产业人均增加值要高出制造业整体人均增加值 31 个百分点，这也说明中国高技术产业整体技术含量较低。

2009 年，受金融危机的影响，我国高技术产品进出口总额出现明显下降，降幅为 9.3%，虽然低于海关进出口商品的平均降幅，但也从一个侧面反映出该领域我国的核心竞争力明显存在差距。在我国高技术产品出口技术类别中，计算机与通信技术居于绝对主导地位，其次是电子技术；在进口的技术分布中，电子技术居首位，然后是计算机与通信技术。多年以来，这两个领域始终保持贸易顺差，其他领域均为贸易逆差。由于计算机与通信技术领域的贸易顺差巨大，使得高技术产品进出口总体上表现为贸易顺差，这说明我国高技术产品进出口的各领域发展极不平衡，存在结构性缺陷①。

（二）我国金融市场体系仍不完善，大大制约了人民币国际化进程

中国金融体系的市场化程度较低，不能为人民币国际化提供良好的国内金融环境支持，也未能形成市场化利率，特别是在开放型的金融环境下，使得货币当局应对外资流动的货币调控政策大打折扣，降低了货币政策的可操作性和有效性，如通过公开市场操作来冲销外汇占款对基础货币的影响时，由于货币市场被分割为同业拆借市场、证券交易所和银行间回购市场，货币流动并不十分通畅，因此，公开市场业务大大受限。而鉴于此，人民币国际化进程也在一定程度上放缓。

就金融市场主体情况来看，商业银行仍然是中国金融体系的核心，尤其是国有商业银行占据着绝对的主导地位。而中国资金融通渠道仍以传统信贷模式为主，股票和债券等直接融资工具近年来虽然发展迅速，但市场化程度较低，受政策影响较为明显。

目前，中国信贷市场的主力军是各类商业银行和政策性银行，非银行金融机构和外资银行所占比例非常小，仍处于发展的初级状态。完全依靠商业银行体系，尤其是垄断性的国有商业银行，导致中国的金融市场体系

---

① 数据来源：中国科学技术部网站 http：//www.most.gov.cn。

十分脆弱，无法应对复杂多变的金融局势，从而使得中国金融市场迟迟不能实现较大幅度的对外开放。对于人民币国际化而言，开放而完善的金融市场是十分必要的。

同时，股票市场不发达，融资能力较差。尽管截至 2010 年底，沪深股市总市值达到 26.54 万亿元，相当于 2005 年的 8.2 倍，但在政策集中出台的影响下，股市频繁震荡，一些监管漏洞及体制、机制弊端充分显露出来，在很大程度上体现了股市发展的不成熟及层次结构的不合理。2010 年非金融企业股票融资占银行贷款融资的比重约为 6%，中国股票市场发育仍十分迟缓，仍然无法取代商业银行成为国民经济发展的重要筹资渠道。另外，从股票筹资额与固定资产投资额的对比来看，二者之间有较大差距。而目前中国经济的高速发展很大一部分是依靠大量的固定资产投资，可见股票市场对中国经济发展的贡献仍十分微弱。

此外，从中国债券市场发行状况来看，国债和政策性银行债始终占据主导地位，并且政策性银行债发行量增长更为迅猛，2010 年全年共发行人民币债券 5.1 万亿元，其中，财政部发行记账式国债 1.7 万亿元，国家开发银行、中国进出口银行、中国农业发展银行等政策性银行发行金融债券 1.3 万亿元。而其他形式的有价证券市场发育比较缓慢，其他金融债券到 2004 年才开始发行，企业债市场虽然存在时间较长，但规模始终较小。2009 年国债、央行票据和政策性银行债三项之和占债券市场余额的比重高达 82.3%。相比之下，同期美国国债、市政债和联邦机构债券三项之和仅占 38%。三大债券垄断了中国的债券市场，而真正市场化的商业银行债券、企业债券和短期融资债券等却发展缓慢，显示了中国债券市场的较低的发育程度。因此可见，中国金融市场的相对封闭和落后，无法为人民币的国际化提供完全的充分必要条件，人民币国际化仍需要走一段相对比较漫长的道路①。

（三）美元的地位仍不可动摇，影响了人民币国际化进程

美国金融危机爆发以来，雷曼兄弟倒闭后，许多大公司如高盛、华盛顿互惠银行等金融巨头纷纷出现巨额亏损。实体经济方面，汽车行业大腕通用、克莱斯勒等相继重组，美国经济至今并未出现政府希望看到的复苏。以美元为中心的国际货币体系再一次受到质疑，国际上改革国际货币体系的呼声越来越高，中国在这场金融危机中虽然也受到影响，但经济继续保

---

① 数据来源：中国人民银行：《中国金融年鉴（2008）》。

持高速增长，并积极参与国际合作，为全球经济复苏作出了贡献，人民币的国际地位大大提高。然而，必须看到的是，美国仍然是世界上的第一强国，美元在货币体系中的霸主地位在短时间内仍难以动摇。

首先，美元作为"货币锚"的作用进一步增强。近年来，采用盯住美元汇率制度的国家的数量不断增加，到 2006 年达到 28 个。美国金融危机爆发后，这种趋势更加明显。自 2005 年中国进行汇率制度改革以来，人民币对美元持续升值，但美国金融危机爆发后，人民币兑美元汇率开始保持相对稳定，这都体现了美元的"货币锚"地位依然稳定且有进一步加强的趋势。

其次，美元仍然是国际贸易市场上的主要交易结算货币，其国际储备货币的地位仍保持稳定。世界上最重要的资源——石油是用美元定价的，欧元和日元至今都无法在石油的定价权上取得进步，美国可以通过货币贬值向世界输出通货膨胀，从而维持本国经济的发展。虽然欧元的兴起，使得美元在他国官方外汇储备中的份额有所下降，但由于美元储备对于许多新兴市场国家尤其是发展中国家有巨大吸引力，美元作为国际储备货币的地位依然不可动摇（见图 14 - 1）。本次金融危机之后，为了保持美元资产稳定，包括中国在内的拥有大量美元储备的国家，纷纷购买美国政府国债，说明美元对世界市场仍然具有巨大的控制力。

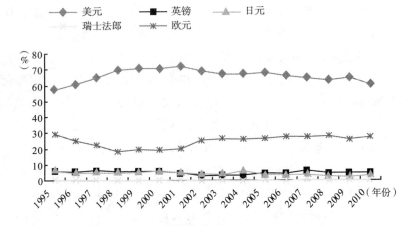

图 14 - 1　世界主要货币在国际外汇储备中的比重

注：1995 ~ 1998 年欧元问世前，其比重是由德国马克、荷兰盾、法国法郎以及其他欧元区货币单位加总而来。

资料来源：Currency Composition of Official Foreign Exchange Reserves（COFER），IMF。

再次，从另一个角度看，美元在现有国际货币体系的稳固地位，也将大大影响到人民币国际化进程的推进，这给本币国际化路径选择提出了挑战。人民币国际化路径不能照搬其他国家的传统模式，而必须根据当代国际货币格局及我国现实国情慎重抉择。

第三节　人民币国际化的成本收益分析

在全球经济一体化的今天，货币对于一国的经济发展起着至关重要的作用，而各国货币国际化的程度也反映了一国经济在全球经济中的地位。历史上，处在经济崛起阶段的大国都很重视本币国际化，比如英镑、美元、欧元，以及日元等。然而，货币国际化的过程并不是一件很轻松的过程，从经济学的角度来考察，一国货币国际化与否，应该取决于其成本和收益的对比，还要审时度势来定夺。

一　人民币国际化的成本

（一）本币国际化将导致我国外汇资产贬值

中国外汇储备额增长迅速，规模庞大（见图 14 - 2），意味着国内的外汇供大于求，形成人民币汇率升值预期；而人民币汇率升值预期的不断增加又刺激短期资本流入，套利资本千方百计流入境内结汇成人民币，从而进一步加剧了国内外汇供求的失衡。这样，就形成了一个恶性循环：外汇储备快速大幅增加——加大了人民币汇率升值的压力——投机资本大量流入国内——外汇储备进一步增加。

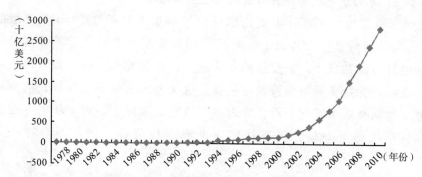

图 14 - 2　1978 年以来中国外汇储备情况

资料来源：中国国家外汇管理局：http://www.safe.gov.cn。

从人民币国际化的成本角度来考察，汇率波动将会带来外汇资产的风险效应。从 2005 年汇率改革前的人民币汇率水平来看，5 年间人民币兑美元汇率升值幅度已超过 23%。人民币升值及其升值的预期吸引着国际投机资本，导致热钱大量流入中国。汇改以来人民币升值的状况已充分表明：当我国货币当局加快人民币国际化改革进程的时，人民币升值与热钱流入是正相关关系，即人民币升值越快，人们对人民币继续升值的预期就越高，热钱流入的规模就越大、速度就越快。热钱源源不断流入，实际上是增加了货币供给而助推了通货膨胀，使宏观调控很难实现预期目标。人民币升值似乎进入了这样的一个怪圈：持续的国际收支顺差——增加人民币升值预期——国际资本大量涌入——加大货币发行量——通货膨胀压力加大——迫使人民币继续升值。如此循环往复。需要特别警惕的是，随着人民币国际化步伐加快，在巨额热钱的推波助澜下，人民币汇率可能出现被迫过度升值，导致灾难性的后果。一旦美元由弱转强，人民币升值预期到顶，可能引发国际资本流动格局的逆转，国际游资迅速套现而大规模流出，将给中国经济带来巨大的风险。

改革开放至 20 世纪 90 年代初，我国外汇储备始终处在较低水平，自从 1996 年人民币经常项目开放以来，外汇储备增加迅猛，我国现已成为世界上外汇储备最多的国家，而我国的外汇储备中美元占了 70% 左右的份额。人民币若要实现国际化，首先要使其汇率按照市场供需水平变动，中国巨额的外贸顺差和美国的大量贸易逆差使得人民币兑美元的汇率必然要出现变动预期，即人民币的大幅升值，这就使得我国以美元计价的外汇储备出现大幅贬值，大量外汇资产流失。

（二）本币国际化将使我国陷入"特里芬困境"

特里芬困境，最早是由美国耶鲁大学特里芬教授在 1960 年出版的《黄金与美元危机》中提出的。其最初的含义是指美国为世界各国提供国际结算与储备货币，需要长期贸易逆差；而美元作为国际货币的核心前提是必须保持美元币值稳定与坚挺，这又要求美国必须保持长期贸易顺差。这两个要求互相矛盾，成为一个悖论。实际上，对于任何本国货币国际化的国家来说，只要其作为世界本位货币，都会面临特里芬困境。

因此，人民币国际化后，中国向其他国家提供国际储备资产是通过国际收支地位的削弱来实现的。如果一个国家需要增加其国际储备资产，那么必须保持国际收支的顺差。若美元等其他储备资产不能满足该国的需要，而且该国愿意持有更多的人民币，中国必须通过国际收支赤字来提供人民币资产。国际收支赤字将影响中国的经济发展，进而影响到人民币的稳定性，将使持有人民币流动性资产的国家不愿意持有更多的人民币资产。相反，如果中国的国际收支顺差增大，虽然人民币的价值越高，信用越高，稳定性越强，但收支顺差却导致了人民币作为其他国家储备货币的减少，不能满足不断发展的世界经济对国际清偿力的需求。

（三）本币国际化将加大金融监管的难度

蒙代尔认为，在汇率稳定、资本自由流动和货币政策独立三者之中，只有两个目标可以实现。也就是说，一个国家不可能既维持汇率稳定，又不限制资本自由流动，同时还能独立控制货币政策。这被称为"蒙代尔三角"，也就是著名的"三元悖论"。克鲁格曼进一步将"蒙代尔三角"形象化，用三角形的三个顶点分别表示货币体系的三个目标，每一条边均代表一种类型的货币体系安排，这被克鲁格曼称为"永恒的三角"（Eternal Triangle）（见图 14 – 3）。

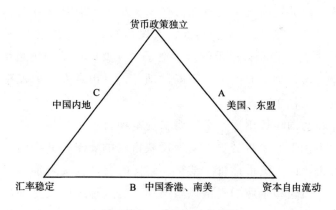

图 14 – 3　"永恒的三角"

中国现阶段处在"永恒的三角"的 C 边，即可以独立控制货币政策并保持汇率的稳定，但是资本不能自由流动。要实现人民币的国际化，资本可以自由流动是必不可少的前提，那么，在独立的货币政策和稳定的汇率之间必须要牺牲一方面。这无疑会给我国的宏观经济调控尤其是货币政策的制定和实施带来更大的困难和挑战。

人民币的国际化会使我国的货币政策对其他国家产生一定的溢出效应，此时，人民币的汇率就不是由本国的政策决定，而是由国际市场决定。由于各个国家和地区经济发展的不均衡，货币政策对这些国家和地区的影响也各不相同，因此，货币政策的制定将会受到来自各个国家和地区的压力。如何面对这些压力，平衡各个方面的压力，同时保持本国经济的稳定持续增长，制定适当的货币政策，将给我国未来带来巨大挑战。人民币成为国际货币后，人民币非法活动诸如跨境洗钱、假币等将会增加，这将加大我国中央银行反洗钱、反假币的难度，使我国金融市场面临更大的风险。另外，一旦中国国内经济出现不稳定或者逆转，市场上对人民币的信心降低，人民币持有者就会大幅抛售或者挤兑，这会使中国国内经济恶化，加大化解货币危机的成本。

（四）本币国际化将产生放大人民币汇率风险的效应

2005 年 7 月 21 日，中国人民银行公布了人民币汇率改革方案，人民币不再盯住单一美元，而是一篮子货币，从而形成了具有一定弹性的汇率制度。2008 年 10 月，金融危机已经波及全球，各国积极采取救市措施，人民币兑美元汇率开始稳定，甚至有小幅贬值现象。2009 年之后，中国经济企稳回升，人民币兑美元汇率基本保持在 6.8 左右。2010 年 4 月以来，美国不断对人民币升值施加压力，自此，人民币对美元又出现小幅升值（见图 14 - 4）。另外，由于人民币的货币篮子中主要组成部分仍是美元，而汇率改革以来，美元兑欧元的汇率不断波动，人民币兑欧元的汇率也呈现大幅度的波动（见图 14 - 5）。

人民币作为国际货币后，必然要求资本项目下可兑换并在市场上自由流动，届时人民币汇率将会更真实地反映市场的要求，并会随时在国际范围内受到冲击。以人民币计价、结算、储备的资产损失可能性加大，其交易风险、会计风险和企业的经济风险增加。但这种风险又是外汇市场上固有的风险。任何进入外汇市场自由交易的货币都存在这些风险。人民币作为国际货币，相对于管制条件下不可自由兑换时风险大大加强。这种风险在交易过程中，会通过各种规避风险的方法，以市场手段和各种金融工具去化解，这需要在人民币国际化后金融发展和金融结构相互配套，否则，人民币实现了国际化，而金融结构和金融发展不相适应，金融风险自然会扩大。

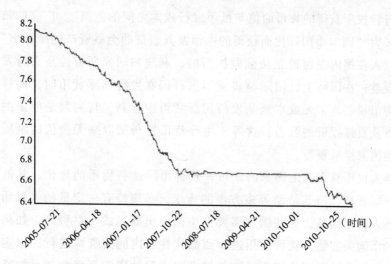

图 14 - 4　2005 年 7 月～2010 年 10 月人民币兑美元汇率中间价走势
资料来源：中国人民银行网站 http：//www. pbc. gov. cn。

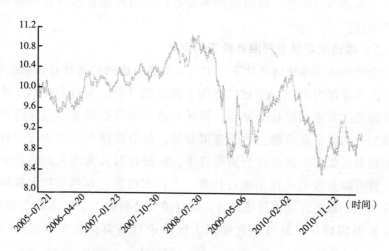

图 14 - 5　2005 年 7 月～2010 年 11 月人民币兑欧元汇率中间价走势
资料来源：中国人民银行网站 http：//www. pbc. gov. cn。

二　人民币国际化的收益

（一）获得铸币税收益

铸币税的衡量有两种口径，狭义的铸币税被定义为"货币发行者凭借其发行特权所获得的货币面值与纸币发行成本之间的差额"。广义的铸币税被定义为"因本币国际化而获得的本币及其表征的金融资产的净输出"。铸币税收入在国内是通过立法强制执行的，利润归国家所有，是央行发行货币的收益；在国际上，国际储备货币发行国在发行国际货币时，同样可以享有铸币税收入，无成本地从发行国际货币中获利，其利润是他国的商品和劳务及直接投资的收益。这等于主导货币发行国以毫无价值的纸质凭证从其他国家换取资源。

当人民币获得其他国家的认可，获得国际储备货币的地位，其他国家出于国际贸易、债务清偿等多方面的需求，必须持有一定量的人民币。为了获得人民币储备，这些国家需要向中国输出商品或金融资产。如果中国用人民币购买实物，就可以用进口商品代替国内同类资源进行的固定资产投资，不仅节约了国内资源，还能够获得丰厚的资源环境收益。如通过购买金融资产为其他国家提供人民币国际储备，则可以直接获得相应的收益。总之，其他国家为了持有人民币储备需要付出对应的成本，这就形成了人民币的国际铸币税收益。铸币税的多少可以用境外债务和贸易入超的总和来粗略估计。

（二）推动国际贸易和海外投资的发展

在全球经济一体化的条件下，中国与世界各国间的经济往来日益密切，因此，人民币作为国际货币被广泛用于国际的计价、支付和结算，实现跨国货币收支。对于国际社会来说，国际贸易中的货款结算、国际投资中的资金供给、国际金融市场上的资金借贷等，都会使得人民币成为一种全新的稀缺资源。如果人民币成为国际货币，我国在与其他国家的经济贸易往来中，就可以直接用人民币进行计价、支付和结算，有利于扩大我国的对外经济往来。以美元兑人民币为例，银行按交易额的 1.25% 收取汇兑费用，如果人民币国际化，就可以直接用人民币进行结算，从而节省这一部分费用。

人民币的国际化会给中国进出口商、投资者及消费者带来很大的方便，可以使其在国际经济交易中较多地使用本币而少受或免受外汇风险的困扰。对进出口商来说，这样做一方面能使进出口商免去了对外汇收支进行套期保值的成本支出；另一方面便于对国外进口商提供本币的出口信贷，从而进一步提升出口竞争力，扩大对外贸易和经济往来。

此外，人民币成为国际货币，我国对外投资的最大障碍——外汇资金的供给问题也就迎刃而解，国内投资商可以直接利用人民币对外投资，投资能力将大大增强，同时也降低了实施"走出去"战略时由于汇率变动而导致的投资风险，投资收益有了进一步的保证。有利于我国海外直接投资的扩大，进而推动我国企业的国际化水平，在更高的层次上参与国际竞争。

（三）优化我国外汇储备结构

一般来说，国家外汇储备管理的原则是：安全、灵活、保值。第一位是安全，只有在安全的前提下，保值才有基础。但是储备资产是支付工具，它应随时能变现，因此必须具有灵活性，这三者缺一不可。截至2010年12月，我国的外汇储备达到28473亿美元，同比增长18.7%，是世界上外汇储备最多的国家，目前我国外汇储备中美元占主导地位，欧元和日元的比例也很大。受当前金融危机的影响，我国以美元计价的外汇储备资产的安全和保值都受到很大威胁。人民币实现国际化以后，我国在进行对外贸易时就不必使用外汇储备，也不必持有大量的外汇储备来调节经济的内外平衡。同时，我国也将具有逆差融资能力，即当我国出现国际收支逆差时，可以通过增发人民币取得融资，而不必对国内经济进行较大调整。

（四）提升我国的国际地位

货币国际化意味着一国货币在国际货币体系和世界经济中地位的提高，有利于增强一国在国际事务中的话语权，提高其处理国际事务的能力。人民币的国际化，使得中国掌握了一种国际货币的发行和调节权，有利于中国更深入地掌握全球经济变动的规律，并运用自己的话语权影响国际经济形势的变化。同时，中国的经济运行情况和政策的变化也会对其他国家产生重大影响，从而改变美元"一币独大"的局面，提高中国的经济政治地位，有利于中国经济的持续增长和综合竞争力的提高。

综上所述，货币国际化是一把双刃剑，有收益也有风险，随着人民币国际化进程的推进，其收益和风险将逐步显现，通过上述分析，可以看到，人民币国际化的收益明显大于成本，因此，积极推进人民币国际化有着重要的积极意义，中国经济实力的不断增长和国际地位的迅速提升，为人民币国际化奠定了良好的经济和政治基础，一旦人民币实现了国际化，人民币的强势地位又会为中国经济的快速发展带来积极促进的效应。

第四节　人民币国际化的现实条件

一　我国经济实力的增强和本币地位提高是人民币国际化必要条件

历史上货币国际化的经验表明，一国货币若要成为国际货币，一定是以其强大的经济实力和完善的金融市场为基础的，我国总体经济实力的提高是人民币国际化的必要条件。改革开放以来，我国经济一直保持着持续快速增长的良好势头。人民币国际化，已经具有十分坚实的经济基础，并且这个基础还将不断夯实，这必将有力地推动人民币成为国际主导货币之一。

我国 2008 年 GDP 总量为 30.07 万亿元人民币，按当年汇率换算达到了 4.8 万亿美元，超过德国，位居全球第三经济大国。2008 年 9% 的 GDP 增长速度在全球金融危机的背景下是独一无二的，且对全球经济的贡献率达到 20%。2009 年，中国 GDP 为 33.535 万亿元，比 2008 年增长 8.7%，实现了经济增长率"保八"的目标。2010 年，中国 GDP 为 39.798 万亿元，增长率达到 10.3%，超过日本，成为全球第二经济大国。根据 WTO 发布的各国外贸总额数据，2008 年我国进出口总额达到 2.51 万亿美元，超过德国，成为全球第二贸易大国；2009 年，在金融危机的影响下，我国对外贸易出现负增长，但总量仍达到 2.21 万亿美元；而 2010 年，全国进出口总额为 2.97276 万亿美元，同比增长 34.7%，对外贸易的强劲势头再次成为拉动我国经济增长的重要动力。吸收外资方面，多年来我国一直处于世界前三位，每年 500 亿～600 亿美元的外国直接投资，在发展中国家中居于首位，世界排名也居前列。2008 年我国实际利用外资金额达到 923.95 亿美元，同比增长 23.58%。2009 年实际利用外资金额为 900 亿美元，下降 2.6%。2010 年，实际利用外资金额 1057.35 亿美元，同比增长 17.44%①。人民币的国际地位，也随着中国强大的经济实力和稳定的政治环境有了很大提高，这从近年来人民币的不断升值的事实中得到了很好印证。

---

① 数据来源：中国统计局统计公报：http：//www.stats.gov.cn/tjgb/。

二　稳定政局和良好国家信用是人民币国际化的坚实基础

国际货币应当是强势货币，而强势货币是在市场作用下形成的。一种货币能否成为国际货币，总的来说是市场选择的结果，市场选择的基础是货币发行国要具备雄厚的经济基础、稳定的政治基础、强大的军事力量、发达的金融市场、较稳定的货币价值。人民币国际化是中国社会生产力、综合国力、对外经济合作发展到一定阶段的必然趋势。因此，除了强大的经济实力外，稳定的政局和强大的军事力量也是人民币国际化必不可少的条件之一。一种国际货币必须为外国资金提供安全的存储，而只有政治强大、政局稳定的国家才能提供这种支撑。首先，一个国家必须在各方面尤其是在某些重要领域实现主导地位，并对其他国家使用本国货币所带来的风险做好充足的准备。其次，一国货币要成为国际货币，必须维持其国家的货币体系的稳定。

中国政局稳定，又是联合国安理会常任理事国，在许多国际事务中发挥着重要的作用，尤其是近年来，随着我国经济的快速发展，以及奥运会、世博会的成功举办，中国在国际上的地位进一步提高。中国自1994年汇率实现并轨以来，人民币币值保持稳定。特别是在1997年的东南亚金融风暴中，中国顾全大局，不惜牺牲本国的经济利益，承受着商品出口减少、经济增速减缓的压力，坚持人民币不贬值，为早日解决亚洲金融危机作出自己的贡献。中国在此期间表现出来的大国风范以及人民币不贬值对缓解亚洲金融危机所起的重要作用，为人民币赢得了良好的国际声誉。

多年来，经过反复的摸索和实践，中国货币当局已经积累了相当丰富的反通胀经验，稳定的币值和适度的货币政策保证了人民币购买力水平基本稳定，有利于增强国内外居民对人民币的信心。根据国际货币基金组织《世界经济展望》（2008年10月）提供的以2000年为基准测算的定基CPI，从1980～2006年的平均通胀率指数看，我国通胀水平的稳定程度甚至与主要发达国家大致相当。即使在金融危机蔓延的背景下，我国的通货膨胀率也一直控制在3%的水平内，而随着未来我国宏观调控经验的进一步丰富，调控理念、方法和手段的进一步成熟，未来我国国内通胀水平有望控制在合理的幅度内。

三 与周边国家紧密经贸往来及货币互换是人民币国际化的前提

近年来，东亚及南亚经济迅猛发展，与中国的经济交往也日益密切。人民币境外流通虽然并不表示人民币已经国际化，但是，人民币在周边国家的使用是人民币迈向国际化的重要开端，人民币境外使用范围的扩大会提高人民币在世界上的信用程度和接受程度，最终成为被世界人民普遍接受的国际核心货币。

20 世纪末的东南亚金融风暴，使得东南亚各国政府更加意识到了加强经济、政治，金融方面合作的必要性和紧迫性。也正是人民币在那场风暴中的出色表现，使各国看到了中国政府为稳定地区经济，作为一个大国所具备的高度责任心和超凡的危机应对能力。尤其是 2000 年，我国政府与东盟诸国在泰国签署的东盟 "10 + 3" 《清迈协议》，标志着东亚及南亚地区区域性金融合作的重要开端。

近年来中国经济已逐步取代日本而成为亚洲经济发展的 "火车头"，中国在东亚及南亚地区经济发展中的主导地位正在逐步确立。中国政治稳定，经济繁荣，人民币币值相对稳定，汇率风险自然也很小。在周边国家外汇储备不足、外币结算困难的情况下，使用人民币现钞进行结算成为双方的次优选择。

2007 年开始的美国次贷危机，后来演变成一场全球性的金融危机。在这场危机中，美国首当其冲，美元也逐渐贬值。因此，选择人民币进行结算成为亚洲地区许多国家的首选。根据相关调研的统计，截至 2007 年末，在与我国接壤的国家中，俄罗斯、朝鲜、哈萨克斯坦、蒙古共和国、越南、尼泊尔、缅甸 7 个国家在与我国开展边贸的地区银行开设人民币结算账户，2007 年边贸银行人民币结算额达 32 亿美元，占总结算额的 14%。与此同时，人民币也已成为蒙古事实上的流通货币之一，有 "第二美元" 的称号。2007 年通过蒙古国银行在我国银行账户中实现收入 35.5 亿元，支出 40.7 亿元，净支出 5.2 亿元，人民币现钞调运出境累计 14 亿元。2007 年越南境内的人民币现钞存量约为 18 亿元①。

---

① 国家外汇管理局课题组：《人民币在对外交往中计价结算问题研究》，《金融研究》2009 年第 1 期。

四 国际金融危机对美元的冲击是加快人民币国际化进程的重要契机

美国金融海啸最终演变成一场全球性的金融危机，从虚拟经济层面到实体经济都受到了巨大的冲击。从雷曼兄弟等虚拟经济层面的证券行业龙头企业，到支持美国经济增长的汽车行业巨头克莱斯勒公司以及通用公司，都没能逃出金融危机的魔掌，纷纷宣布破产或重组。美国经济的下滑导致美元的竞争力下降，美国通过美元贬值的方式转移自己的巨额债务，许多国家的外汇储备以美元为主，以美元计价的外汇储备资产由于美元的贬值而缩水，各国对美元的信心减弱，各国都希望储备信誉较好、币值较稳定的货币如欧元，因此各国纷纷减持美元储备，因此又导致了美国各大投资银行和企业资金链的短缺，美国政府为了平衡预算又进一步将美元贬值，如此恶性循环，最终导致各国对美元失去信心。

在全球经济走向复苏的后危机时代，各国也纷纷讨论全球金融危机的原因，有经济学家认为全球经济失衡主要是由于目前的国际分工不平等。但更多证据表明，同实体经济的失衡相比，国际金融和货币资源在全球范围内的配置更加失衡。主要发达国家掌握着大部分的金融和货币资源，这也是导致全球经济失衡的主要原因。当前世界实体经济格局正在呈现多极化趋势，包括中国、印度在内的"金砖四国"等新兴市场经济国家迅速发展，美欧日等占世界经济较大比重的经济体地位逐渐下降。当前实体经济格局发生了变化，国际虚拟经济格局也已经出现明显的失衡，而在重新平衡实体经济和虚拟经济的过程中，最核心的问题当属国际货币体系的重构。因此，我国应该以金融危机为契机，稳定本国经济的增长，保持人民币币值的稳定，增强人民币的竞争力，为人民币国际化奠定坚实的经济基础。

五 经济一体化和国际货币体系改革是人民币国际化的外部条件

自从英镑成为国际金汇兑本位制下的本位货币之后，在国际货币体系一百多年的演变史中，经历了从金汇兑本位到美元本位，再到以美元为主的货币多极化，汇率制度也从盯住到浮动，再到无序。国际货币体系的演变实质上是各国经济实力较量的结果，是世界各国争夺国际经济霸权的产物。各国对于构建国际货币体系的纷争，反映了世界对于一个有序的国际货币体系的渴求，但布雷顿森林体系崩溃之后并未出现统一的意见，说明各国之间利益的冲突，以及美元无法作为单一的霸主货币操控世界货币体系。

2008 年 11 月 15 日，在美国华盛顿召开的 G20 金融峰会上，美国、欧盟以及"金砖四国"等纷纷提出重建国际货币体系的构想，《G20 峰会宣言》指出，要"实现全球金融体系的必要改革"。这标志着今后的世界将进入重建和完善国际货币金融体系的新时期。

当前，国际上对于如何改革国际货币体系众说纷纭。首先，在通货本位问题上存在着很大的分歧，有人认为应该恢复金本位，有人认为应该恢复金银本位，有人认为应该维持美元本位，有人认为应该建立新的本位，比如周小川提出的建立超主权货币。其次，在改革的目标方面，关于加强对美元的监管、彻底改组世界银行和国际货币基金组织的呼声最为强烈。再次，就改革的方法和路径而言，也有不同的主张，一种观点是恢复固定汇率制，另一种观点是保持浮动汇率制，还有一部分人提出在固定汇率制和浮动汇率制的结合中寻找一种混合本位折中汇率制。关于国际货币体系改革争论的本质是发达国家的既得利益和发展中国家寻求更多话语权的博弈。

美元是当今世界上最有实力的国际货币，欧元和日元也正在崛起。金融危机的爆发，使得美元的国际地位发生动摇，欧元成为仅次于美元的国际货币，欧盟的一些国家，尤其是法国把金融危机对美元的冲击看做欧元挑战美元霸权的最佳时机，各国纷纷谋求本国货币的地位的提升，要求摆脱对美元的依赖。从美元"一币独大"的现状向多种货币主导国际货币体系的发展是历史的必然。在"群雄纷争"的背景下，人民币国际化的路径和策略选择显得尤为谨慎和重要。

第五节　人民币国际化的路径安排

在国际货币发展史上，英镑、美元、日元以及欧元都曾经演变成为国际主要货币。纵观历史，英国自工业革命以后成为世界资本主义头号强国，在金本位制下，英镑凭借其良好的信用及强大的国家实力自然成为国际硬通货；美元的国际化是建立在两次世界大战以后美国强权经济的基础上，布雷顿森林协议为美元的垄断地位提供了强有力的国际货币体系制度保证，这种历史机遇已不复存在；日元的国际化带给我们的启示是：脱离区域合作而单纯依靠贸易优势的货币国际化必定是有局限的；欧元是在德国马克和法国法郎主导的基础上，以欧洲一体化为目标版图，实现其国际化，欧元的成功提供了一种货币国际化的新模式。由此可见，任何一国货币国际化都有其不可复制的历史背景以及深层次的政治、经济原因，但其共同点是：这些货币的国际化过程无一不是以本国强大的经济实力为基础，并伴随着政府积极的路径政策推动；同时，这些过程也不是一蹴而就的，而是经历了漫长的数十年甚至百年的推进。因此，人民币国际化的路径既不可照抄照搬任何国家货币国际化的经验，又要吸取经验教训，扬长避短，找到一条符合中国国情的人民币国际化路径，即以渐进可兑换为原则，通过区域货币合作，走一条周边国际化—区域国际化—全球国际化的路径。

一　加快实现以人民币周边贸易结算为基础的人民币周边国际化

人民币周边国际化是人民币国际化的初级形态和近期目标，即在中国内地周围的国家和地区，如中国香港、中国澳门、蒙古、俄罗斯以及东盟地区 10 国等实现人民币的广泛使用和顺畅流通，并逐步使之成为支付和结算货币，最终成为储备货币，使人民币在亚洲部分区域范围内实现其国际货币的功能。人民币周边国际化是其国际化进程的基础阶段，也是必不可少的步骤。

（一）人民币周边国际化现状

货币互换是指两笔金额、期限、利率计算方法相同的不同币种的债务资金之间的交换，同时也进行不同利息额的货币调换。货币互换的目的在于降低贸易筹资成本及防止汇率变动风险造成贸易结算的损失。2008 年 12 月 12 日至今，中国内地已与周边及贸易往来密切的中国香港、韩国、马来西亚、白俄罗斯、印度尼西亚、阿根廷、冰岛和新加坡签署了总规模达8035 亿元人民币的双边货币互换协议（见表 14 - 1）。

与此同时，中国也与包括俄罗斯、蒙古、越南、缅甸等在内的周边友好 8 国签订了自主选择双边贸易货币结算协议。2009 年 3 月，温家宝总理在国务院常务会议上明确提出将上海"到 2020 年，基本建成与我国经济实力以及人民币国际地位相适应的国际金融中心"的本币国际化战略目标。2009 年 4 月 8 日国务院将上海、广州、深圳、珠海、东莞确定为跨境贸易人民币结算试点城市，并于 2009 年 7 月 2 日正式启动，这标志着人民币由

表 14 - 1　中国内地与各国或地区签订的本币互换协议

时　间	国家或地区	金　额
2008 年 12 月 12 日	韩　国	1800 亿元人民币/38 万亿韩元
2009 年 1 月 20 日	中国香港	2000 亿元人民币/2270 亿港元
2009 年 2 月 8 日	马来西亚	800 亿元人民币/400 亿林吉特
2009 年 3 月 11 日	白俄罗斯	200 亿元人民币/8 万亿白俄罗斯卢布
2009 年 3 月 24 日	印度尼西亚	1000 亿元人民币/175 万亿印尼卢比
2009 年 3 月 29 日	阿根廷	700 亿元人民币/380 亿阿根廷比索
2010 年 6 月 9 日	冰　岛	35 亿元人民币/660 亿冰岛克朗
2010 年 7 月 23 日	新加坡	1500 亿元人民币/约 300 亿新加坡元

资料来源：根据中国人民银行 http：//www.pbc.gov.cn 相关数据整理得来。

此前的仅仅限于小额边贸的结算向具有一定规模的国际贸易领域扩展。统计数据显示，截至 2009 年底，试点地区累计办理了跨境贸易人民币结算业务 400 余笔，金额接近 36 亿元。2010 年 6 月，我国跨境贸易人民币结算试点新增北京、天津、内蒙古、辽宁、吉林、黑龙江、江苏、浙江、福建、山东、湖北、广西、海南、重庆、四川、云南、西藏和新疆 18 个省（自治区、直辖市）。截至 2010 年 8 月，银行共办理跨境贸易人民币结算业务 533.84 亿元，较 7 月份增加 323.38 亿元。自开始试点至 2010 年 8 月底，银行累计办理跨境贸易人民币结算业务 1450.26 亿元。随着跨境贸易人民币结算试点范围的扩大，跨境人民币业务创新正在向纵深推进。跨境贸易人民币结算的境外地域，逐渐由港澳、东盟地区扩展到所有国家和地区。2010 年 11 月 24 日，中俄宣布双方决定用本国货币实现双边贸易结算，这不但减少了两国商家因汇率变动带来的损失，而且人民币与卢布的互通互兑还将在长期内促进人民币汇率机制的进一步形成，有利于人民币的国际化。不难看出，在人民币资本项目尚未完全开放的条件下，人民币已经开始向"成为周边国家和地区的结算和交易货币"的目标迈进，其周边化的步伐已经迈出，政策层面人民币国际化的蓝图已逐步清晰。

（二）人民币周边国际化是为下一步人民币区域国际化奠定基础

人民币周边国际化并不是简单意义上的人民币使用范围的扩大，而是意味着人民币在中国所处的东亚区域内影响力的提高，人民币若要在东亚实现区域国际化，必须成为区域内关键性货币，而其周边国际化正是使得人民币在区域经贸和金融合作中起到更重要的作用，与中国在亚洲的经贸大国地位相符合，为区域国际化打下坚实基础。

人民币周边国际化使得以人民币为流通基础的东亚地区经济贸易交流日益密切，以此带动了其他领域如政治文化上的交流与合作，使得东亚地区在政治、经济、文化等各方面的趋同性增加，培育了东亚各国的互信合作，为人民币进一步区域化提供了良好的条件。

随着东盟与中日韩"10+3"的自由贸易区加快发展，人民币在周边国家的使用频率日益提高，同时又不涉及资本项目开放问题，使中国在充分获得人民币周边化带来的好处的同时，可以减少汇率风险，稳定人民币汇率，提高人民币信誉，也能为货币管理当局积累人民币境外管理的经验，为其实现在东亚甚至亚洲的区域国际化奠定基础。

二 推动东亚地区货币合作，实现人民币区域国际化

人民币区域国际化是指通过与东亚各国密切的经济往来和合作，促使人民币在整个东亚地区的影响力进一步扩大，逐步成为区域内主要支付和结算货币，最终成为东亚各国外汇储备重要组成部分的过程。

（一）货币区域国际化的国际经验借鉴

并非所有的国际货币都需要经历区域国际化的过程，目前，除了欧元以外，其他货币的国际化都是单一货币利用特殊的历史机遇而成为国际货币的，例如英镑的国际化是在18～19世纪世界经济不平衡的格局下，英国凭借其单方面的绝对贸易大国优势，并抓住了法国在世界范围衰退的历史机遇，在经历了一个半世纪的艰苦努力后，成功实现了国际化。在20世纪两次世界大战的背景下，美国一跃成为世界头号经济和金融强国，而许多老牌资本主义国家在战争中被削弱，因此美国有机会凭借着政治手段利用布雷顿森林体系使美元成为国际本位货币。

1999年1月1日欧元的诞生为货币国际化提供了新的借鉴模式，它以德国马克为核心，以"最优货币区"为理论基础。所谓最优货币区（Optimum Currency Areas，OCA），是指一种"最优"的地理区域内所使用货币的高效性，在这个区域内，一般的支付手段是一种单一的共同货币，或是几种货币，这几种货币之间具有无限的可兑换性，其汇率在进行经常交易和资本交易时互相盯住，保持不变；但是区域内的国家与区域以外的国家之

间的汇率保持浮动①。最优货币区是一种理论上的"最优",其前提条件包括生产要素的高度流动、经济和金融的高度开放和一体化,以及政策的高度灵活性。事实上,任何由主权国家组成的货币区内都不能达到最优货币区理论严格的前提条件,因为各个国家的经济结构和发展程度不同,要实现区域内微观层面上经济效益的提高,就必须以牺牲宏观经济政策的独立性为代价。但是,货币区在其发展过程中会加速生产要素的流动,提高经济的开放性和一体化趋紧的程度,最终实现其"最优"的结果。

(二)区域国际化是人民币国际化的必经阶段

首先,自20世纪70年代布雷顿森林体系崩溃以来,随着全球经济一体化的深入,世界货币体系正在朝着多极化的方向发展,美元的霸主地位在短时间内仍看不出被撼动的迹象,欧元在国际经济往来中起着越来越重要的作用,日元也仍然是主要国际货币之一,各新兴经济体的快速发展使得各自的货币在国际上的地位得到空前提高。虽然全球货币体系呈现多元国际货币发展趋势,但是在当前的历史背景下,任何单一国际货币都无法凭借一己之力挑战美元的霸主地位,并最终在国际货币体系中取代美元。因此,区域国际化是人民币逐步实现国际化的必经之路。

其次,人民币周边国际化的进程加快,同东亚各国的经济贸易往来日益密切,中国成为东亚地区的经济"领头羊",人民币的影响力大幅提升,为人民币的区域国际化提供了坚实的路径演变基础。

再次,当前中国是全球"经济大国"而非"经济强国",庞大的经济总量并不意味着具有足以同发达国家相抗衡的实力,一步到位的国际化路径并不现实。"贸易大国、金融小国"的现实地位,要求中国在人民币国际化的进程中必须遵守渐进的原则,为并不完善的金融市场体系在对国际资本开放的过程中赢得宝贵的调整和建设时间。

(三)东亚货币合作是人民币区域国际化的关键所在

从欧元国际化的路径可以看出,无论是德国还是法国,都不能单凭一国之力成为整个欧元区的核心,因此,通过区域货币合作,产生了德国和法国"双核"驱动的欧元区。在人民币周边国际化—区域国际化—全球国际化的路径中,区域国际化是最关键的步骤,只有人民币区域国际化的实现,使人民币具有强大的地域覆盖基础,才能同强势的美元和欧元相抗衡,

---

① 《新帕尔格雷夫经济学大辞典》,经济科学出版社,1996。

并减少其在国际化征程上的阻力。而这一目标的实现，必须依靠东亚货币合作主导国的远见卓识及前瞻的战略决心。

　　近年来，中国同亚洲其他各国，尤其是东亚各国在经济和贸易上联系紧密，中国在亚洲事务中起着越来越重要的作用。2001 年以来，中国内地同东亚各主要国家和地区的贸易额逐年攀升（见图 14 – 6）。

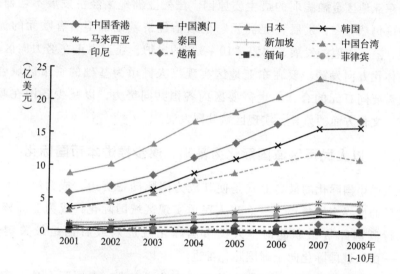

图 14 – 6　2001～2008 年中国同东亚主要国家（地区）商品贸易额

注：2008 年数据为 1～10 月数据。

资料来源：根据中国商务部 http：//www. mofcom. gov. cn 数据整理得来。

　　日本作为世界上第三大经济体，也是中国在东亚地区最主要的贸易伙伴，其在东亚地区的作用不可小觑，虽然日元在其国际化过程中由于单纯依靠贸易优势且缺乏区域货币合作这一基础而导致成效大打折扣，但其较为完善的金融货币市场以及金融体系，都值得中国借鉴。在东亚地区范围内，人民币和日元都是区域核心货币的强有力的竞争者，鉴于两国的经济实力，二者任取其一都不能成为东亚地区的核心货币，因此，人民币与日元应该取长补短，加强合作，共同推动东亚乃至整个亚洲的货币区域合作的发展。在这一进程中，人民币区域国际化目标有望提前实现。

（四）人民币区域国际化任重道远

　　1999 年，蒙代尔曾经预言，在 10 年内将会出现三大货币区，即美元区、欧元区和亚洲货币区。十多年过去了，欧元区已经形成且日渐强大，美元区仍然保持着强劲的势头，只有亚洲货币区的轮廓仍然模糊不清。欧元国际化的经验表明，货币区域合作对区域内各成员国的经济结构、文化结构以及政治结构的相似度和融合度要求较高。麦金农认为，东亚经济体由于相似的经济发展模式和对美元的过度依赖，其实已经陷入了汇率困境，这是东亚地区金融脆弱的最主要原因。虽然亚洲地区经济发展不均衡，政治动荡仍然存在，发展"亚洲元"的政治经济基础都不具有欧元的优势，但是，随着东盟的发展、东盟"10＋3"的出炉，亚洲也正在努力向区域经济一体化方向发展。要在东亚地区实现以人民币为基础的货币区域合作，不仅需要同日元的合作，也需要区内各国共同努力，以减少各国在政治、经济、文化方面的差异，实现区域共同发展。

三 以人民币区域国际化为基础，逐步推进本币国际化

人民币国际化的最高形式是使其成为国际储备货币，成为继美元、欧元之后的世界主导货币之一。当人民币实现区域国际化，成为亚洲核心货币执行其国际货币职能时，人民币国际化就进入最后也是最关键的阶段——由区域国际化向全球国际化推进。

国际核心货币基于本国强大的政治、经济实力，在国际上具有广泛的使用范围和较高的使用频率，被各国政府普遍接受，处于国际货币体系的中心地位。因此，该国可以利用其对世界金融市场的巨大影响力，相对自由地制定和执行本国的经济和货币政策，从而获得非对称性收益。

此时，人民币成为亚洲各国政府储备资产的重要组成部分，也是亚洲主要流通货币，其支付能力大幅增强，中国的金融市场更加成熟，对外开放程度加深，人民币定价机制已经基本形成，人民币回流制度业已成熟。中国在亚洲事务中的作用更加重要，并且掌握着亚洲金融市场的话语权，在亚洲的经济和金融合作中起着"领头羊"的作用。人民币在亚洲的地位也会进一步得到巩固，为其成为国际主要货币打下基础。同时，这也意味着中国所要承担的责任加重，金融风险也增大。

可以预见的是，一旦人民币实现全球国际化，成为国际货币，中国在国际事务中将会拥有更多的发言权和更大的影响力，届时中国将成为真正意义上的经济强国。在这个过程中，最重要的就是要采取渐进式的、先易后难的路径，不要"休克疗法"。要用历史的眼光，吸取各国货币国际化的

经验；用全球的眼光，准确定位中国在世界经济中的地位。在确保中国经济持续健康稳定增长的同时，加快进行人民币国际化的配套改革。

第六节 人民币国际化的策略选择

一国货币成为国际货币是该国经济发展到一定程度的必然结果，并不是仅仅依靠一两项行政政策推动实现的，但是一国货币若要加快实现国际化，政府必须要采取有力的措施来实现其成为国际储备货币的目标。当前，中国资本项目并未完全开放，金融体系和相关法律法规也不尽完善，人民币要成为国际货币，金融体系所面临的冲击和风险将大大增加，因此，需要采取一系列的改革措施为人民币国际化保驾护航。

一 进一步完善金融体系

人民币国际化的进程，从某种意义上来说，取决于我国金融体系的完善和开放程度的加深。人民币国际化的过程是不可逆转的，随着这一过程的深入，人民币与国际金融市场的联系将越来越紧密，汇率可控的独立性将越来越弱，强大的经济实力与健全的金融系统将是我国金融安全和人民币国际化顺利进行的重要保证。

（一）推进金融体制改革

任何成熟的金融市场都是以强大的实体经济为基础的，在进行金融体制改革的同时，要努力实现我国经济增长方式的转变和经济结构的调整，实现国民经济的持续健康发展，为人民币国际化的顺利进行提供可靠保证。党的"十七大"报告中明确指出："要推进金融体制改革，发展各类金融市场，形成多种所有制和多种经营形式、结构合理、功能完善、高效安全的现代金融体系。提高银行业、证券业、保险业竞争力。优化资本市场结构，多渠道提高直接融资比重。加强和改进金融监管，防范和化解金融风险。完善人民币汇率形成机制，逐步实现资本项目可兑换。深化投资体制改革，健全和严格市场准入制度。完善国家规划体系。发挥国家发展规划、计划、产业政策在宏观调控中的导向作用，综合运用财政、货币政策，提高宏观调控水平。"

2008 年爆发的全球金融危机使世界认识到，成熟的金融市场与严格的金融监管体系对于金融业的发展至关重要。中国应该建立健全金融风险控制机制，严格监管资本的运作，发展持续健康的资本市场，鼓励股票、证券、基金等资本市场的发展壮大，使其为国民经济提供可靠、便利的投融资渠道，鼓励适当的金融创新，优化金融资源配置，进一步实现国际资源和国内资源的整合。

一要实现政府职能的转变，真正建立起现代银行体系。加快银行的现代公司治理结构改革，摆脱对政府政策性金融的依赖，实现自主经营、自负盈亏，建立以市场为基础的激励机制和监管体系，合理规避风险。鼓励国有商业银行全球化发展，在境外建立分行，扩大人民币业务的境外流通。二要积极鼓励金融创新。首先要建立起适合金融创新的微观基础，实现金融制度和金融创新的有效结合，政府要充分运用宏观调控手段，正确引导企业的金融创新行为，建立适当的金融创新风险防范机制，借鉴国外经验，结合我国国情，优化金融结构。

（二）建立健全金融监管法律法规体系

随着全球经济一体化的加深，各国之间经济、金融联系越来越紧密，从 2008 年的全球金融危机中可以看到，任何一个国家和地区都无法在这场危机中独善其身，在这种情况下，中国如何健全本国金融法律法规体系，更好地同国际接轨，为人民币国际化创造一个更加安全的良好环境成为重要议题。

首先，加强金融机构内部自律机制的建设，完善自我监管体制。金融机构完善的自我监管机制是现代金融机构的基石，要减少政府对金融机构的监管和控制，提高其自身监管能力和抗风险能力，这样不仅可以使外部监管更加有效，为金融机构提供一个相对更加自由的发展环境，也可以适当减少金融行业的风险。当前我国最重要的是要加强商业银行的自我监管体制，提高其风险防范意识，服从政府政策以及金融监管机构的法律法规，以便从内部和外部两个方面减少金融风险。

其次，加强金融法律体系的建设，加速同国际接轨。要培养一批熟悉国际金融法律、法规、准则的人才，在此基础上大力推进本国金融立法同国际规则接轨，并积极参与国际金融规则的制定，以增强人民币的话语权。当前要尽快出台金融机构市场退出机制、期货经营、政策性银行、外汇管理、信托以及分业经营和监管方面的法律法规，填补目前金融法律体系的空白。另外，要加快确立金融行业混业经营的监管模式，保证对银行、保险、证券、信托等金融业混业经营进行统一监管。确定金融业混业经营监管的基本原则、宗旨、体制、涉及面、主要内容以及金融监管机构的职责范围。

再次，本着"公平、公正、公开"的原则依法监管，严格执法。要严格按照相应的法律法规对金融机构进行监管，保证金融业的依法经营和公平竞争，避免歧视，维持行业的生机和活力，为金融业提供良好的外部环境；同时，要遵循市场规律，以市场为基础，避免过度监管、过分调节。此外，金融监管机构和政府要保持执法的独立性、信息的公开透明和真实性，以提高经营效率，促进金融业的持续健康快速发展。

二 实现资本项目下的可自由兑换

随着全球经济一体化的加深，20世纪90年代，各发达国家以及许多发展中国家纷纷放开资本项目，实现货币的自由兑换。一国货币实现资本项目下的可自由兑换并不意味着该货币是国际货币，而一种国际货币必然是可自由兑换的。根据JP摩根的研究，认为人民币国际化要经历五个阶段，即人民币从内地流出——从香港开始离岸流通——流回中国内地——逐步扩大全球人民币发行量——开放资本项目[①]。在人民币国际化的过程中，要逐步实现人民币的可自由兑换，遵循渐进性的原则，在均衡合理的汇率水平下有步骤地推进其可自由兑换。

（一）扩大人民币境外流通的规模，提高流通水平

第一，进一步扩大双边贸易伙伴国货币互换规模。双边货币互换是在某一时期内用制度将双边货币汇率固定，可以在一定时期内规避汇率波动的风险，加强金融合作。2000年5月在泰国清迈举行的东盟"10+3"财长会议上通过了《清迈协议》（Chiang Mai Initiative，CMI），主要包括两部分：首先，增加了东盟货币互换协议（ASA）的数量与金额；其次，建立了中日韩与东盟国家的双边货币互换协议。截至目前，中国已经与东亚5个国家和地区签署了总额为7100万元人民币的货币互换协议，中国应在此基础上扩大同东盟所有国家甚至其他经济体的货币互换规模，以扩大人民币的流通范围，增强国际货币市场对人民币的信心，促进人民币定价机制的形成。

第二，促进人民币跨境贸易结算的开展。开展人民币跨境贸易结算并逐步扩大其范围，不仅可以减少周边国家和地区对其他主要货币的依赖，

---

① 资料来源：JPMorgan网站：http://www.jpmorgan.com/pages/jpmorgan。

还可以为东亚货币区域合作奠定基础。截至 2010 年 6 月，人民币跨境结算试点已经扩大到全国 20 个省市，结算范围也由之前的中国港、澳、台地区扩大到全世界范围。考虑到各个国家和地区对人民币的接受和信任程度不同，要循序渐进地推进，首先选择最容易接受人民币的地区作为结算的核心区域，如中国香港、澳门、台湾，以实现人民币成为"大中华区"的核心货币的目标。其次是锁定具有相关经贸利益的东盟各国，事实上同中国接壤的国家如越南、缅甸等国实际上已经接受了人民币作为其主要结算货币，东盟其他各国同中国经贸往来密切，因此可在此范围全面推进人民币跨境贸易结算。再次是推动韩国和日本加入这一进程，这两个国家是中国重要的贸易伙伴，和中国同属东盟"10 + 3"中的"3"。根据彭博社的测算，按照目前中国的经济实力、对外经济贸易发展的速度以及人民币国际化的步伐，近几年全球按人民币结算的贸易额占比如表 14 - 2。

表 14 - 2　全球按人民币结算贸易额占比

单位：%

时间	2009. 12	2010. 6	2010. 11	2011	2012	2013
占比	0. 2	1. 7	5. 5	15	25	35

资料来源：Bloomberg News，Credit Agricole CIB。

从表 14 - 2 中可以看出，国际市场上对于使用人民币进行贸易结算的需求非常强劲，一旦人民币开始跨境贸易结算，人民币用于全球贸易结算的部分将不断增加，人民币的国际地位将得到快速提高，人民币国际化的进程也将进一步推进。

（二）稳定的国内宏观经济环境

纵观世界货币发展史，凡是充当国际货币的硬通货必然具有稳定的币值，这是其他国家愿意持有此种货币的前提。而稳定的国内宏观经济环境和稳健的货币政策又是实现人民币币值稳定的根本保证。

一国经济发展到一定水平，经济结构合理，产品结构多样，宏观经济基本面稳定，都有利于抵御投资资本流动带来的冲击，抗击资本项目自由化造成的风险，可以使得人民币资本项目下开放的过程更加顺利。国际经验表明，稳定的宏观经济环境可以降低货币可自由兑换改革过程中发生金融危机的概率。宏观经济保持稳定的主要内容包括：经济较快平稳增长，财政收支平衡，通货膨胀率保持在合理水平，经济结构较为合理，国际收支平衡。只有这些方面都运行良好的情况下，才能保证资本项目的开放顺利进行，降低发生经济波动的可能性。经济增长的速度较慢或者出现负增长，会导致市场信心不足，难以形成良好的预期。财政收支不平衡的主要表现为财政赤字过大，如果通过发行债券的方式来维持财政平衡，可引发利率上涨，导致短期投机资本大规模流入，从而造成货币实际升值，国际竞争力下降，经常项目恶化；而如果通过增加货币供应量来平衡财政收支，则会造成资本外逃和通货膨胀，会引起货币贬值。通货膨胀会导致大量短期投机资本的流动；经济结构不合理会导致出口产品竞争力不足，经常项目竞争力降低；国际收支不平衡会引起国际市场上人民币汇率和利率的浮动，从而引起大量的资本流动，对宏观经济造成冲击。

因此，稳定的宏观经济环境对实现资本项目的可自由兑换至关重要，不仅可以防止开放过程中可能发生的金融危机和资本流动，同时，也可以在货币实现自由兑换的过程中维持宏观经济的稳定。这需要政策制定者对经济作出具有前瞻性的正确的判读，充分了解全球化条件下的经济、金融运行的客观规律，制定完善的宏观经济政策，适时出台符合我国经济总体运行情况的政策措施。

（三）充足的外汇储备及较强的国际清偿能力

充足的外汇储备和良好的国际收支状况是一国实现资本项目开放的前提，在一国货币尚未成为国际储备货币时，即使只在经常项目开放的情况下，中央银行为了调节外汇市场价格和市场供求，也需要一定数量的外汇储备。根据国际储备需求管理理论以及其他货币可自由兑换国家的经验，一般情况下，需要持有相当于一个季度的进口用外币，而外汇储备额占进口额的20%以上才是充足的外汇储备。如果一国国际收支出现逆差或者对外储备额未达到要求的水平，较强的对外筹资能力就显得十分必要。按照国际通行思想，外汇储备与外债的比例可以用来衡量一国的清偿能力，这个比例一般不得低于30%。

在资本项目开放前，一国主要通过经常项目来获得外汇，经常项目下体现其国际竞争力的主要方面是一国商品和服务在国际市场上的竞争力。事实证明，充足的外汇储备可以减少各种投机资本大规模流动所造成的资本市场的震荡，同时也可以保证一国汇率的稳定。当一国货币贬值时，充足的外汇储备就成为解决问题的"蓄水池"，当局可以通过抛售外汇储备换取本国货币，从而达到稳定汇率的目的。20世纪90年代末的东南亚金融危机表明，发生危机的国家外汇储备不足，过分依赖外资，在金融体系不健全的情况下开放资本项目，结果导致了债务危机。

（四）完善的汇率调节机制

人民币在完全实现国际化、成为世界主要货币之前，在全球货币市场上的竞争力并不显强，因此，维持人民币内外价值的稳定是其国际化的基础。随着人民币国际化进程的推进，以及资本项目下可自由兑换的实现，人民币汇率必定是浮动的，其波动幅度将日益脱离实体经济的发展，而同金融市场的虚拟经济发展密切相关，在此情况下，任何投机性的大规模资本流动都可能导致人民币汇率的剧烈波动，从而引发金融市场的连锁反应。

根据三元悖论，要实现人民币国际化，就必须在稳定的汇率制度和独立自主的货币政策之间有所舍弃。人民币国际化是渐进的动态过程，而独立、有效的货币政策是保证人民币在国际化过程中降低风险的重要手段，浮动的、有弹性的汇率制度能保证人民币在国际市场上的价值得到真实的反映，更好地履行其国际货币的职责，因此，随着人民币国际化的逐渐深入，采取浮动的、有弹性的汇率制度是必然选择。

十六届三中全会制定的汇率改革的总方针为："建立健全以市场供求为基础的、有管理的浮动汇率体制，保持人民币汇率在合理、均衡水平上的基本稳定，在有效防范风险的前提下，有选择、分步骤地放宽对跨境资本交易的限制，逐步实现人民币资本项目可兑换。"这符合当时中国的国情，在金融实力相对薄弱的情况下，要保证货币政策的独立性和有效性，以便更好地调节国内金融市场。要抓住当前我国宏观经济基本面仍相对较好、外汇储备充足，且国际社会对人民币升值呼声较高的关键时期，按照均衡汇率形成水平测算的波动幅度，逐渐放开人民币汇率管制，增加汇率制度的弹性和灵活性，渐进地完善人民币的汇率调节机制。

三　建立人民币离岸金融市场

人民币国际化发展到一定阶段，必然会成为境外借贷资产，需要开展人民币的境外借贷业务，此时，人民币在境外的交易、结算、借贷就需要借助离岸金融市场。离岸金融市场（Offshore Finance Market，OFM），是指主要为非居民提供境外货币借贷或投资、贸易结算、外汇黄金买卖、保险服务及证券交易等金融业务和服务的一种国际金融市场，亦称境外金融市场，其特点可简单概括为市场交易以非居民为主，基本不受所在国法规和税制限制①。离岸金融市场兴起于 20 世纪 60 年代，起源于欧洲的美元交易，是在传统国际金融市场的基础上发展起来的，但又突破了交易主体、交易范围、交易对象、所在国政策法规等众多限制，不仅推动了世界经济全球化的发展，促进了金融业的国际化，也为各国经济发展提供了充裕资金，有利于调节国际收支。

（一）充分发挥上海在推进人民币国际化进程中的核心作用

上海作为中国的金融中心，是大陆地区金融体系最完善、金融市场最发达的城市，2009 年，上海市实现金融业增加值 1804.28 亿元，占全市生产总值的比重达到 12%，金融业成为支撑全市经济快速发展的重要行业。同时，上海金融业年均增速居第三产业各行业之首，对第三产业增长的贡献率由 1978 年的 10.7% 上升到 2009 年的 35%，金融业在上海经济增长和产业结构优化中的核心作用得到进一步发挥。截至 2009 年底，上海银行业金融机构本外币资产总额 6.26 万亿元，本外币各项存款余额 4.46 万亿元，本外币各项贷款余额 2.97 万亿元。全年金融机构现金收入 2.808 万亿元，现金支出 2.903 万亿元，收支相抵现金净投放 950 亿元。2009 年，上海证券交易所全年股票成交总额 34.65 万亿元，仅次于纳斯达克交易所和纽约交易所，位列亚太地区第一，全球第三。2009 年上海期货市场交易量为 4.35 亿手，在全球商品期货和期权量中排名第二，交易金额达 73.8 万亿元。同时，各类金融机构继续集聚上海，截至 2009 年末，全市银行业营业性金融机构达到 3252 家，比 2003 年末增加 319 家；外资银行营业性机构已达 184 家，比 2000 年大幅增加 118 家；非银行金融机构已达 28 家，比 2000 年增加 13 家②。因此，上海可以为人民币离岸金融市场提供良好的机构支持和基础设施保障。

为落实中央为加快人民币国际化而提出的"到 2020 年将上海基本建成与我国经济实力和人民币国际地位相适应的国际金融中心"的目标，主要任务是建设与国际接轨的，在全球比较发达的多功能、多层次的金融市场体系。加强国际金融机构和业务体系建设，稳步推进金融服务业对外开放。完善国际金融服务设施和布局规划，提升国际国内金融服务水平。健全金

---

① 朱孟楠：《国际金融学》，厦门大学出版社，1999。

② 阎庆民：《金融机构集聚与上海"两个中心"建设》，《中国金融》2010 年第 19 期。

融法制，加强金融监管，维护金融稳定和安全。在中央政策的扶持下，加上自身庞大的金融市场规模，上海在推进人民币国际化进程中将发挥核心作用。"十二五"初期，跨境贸易人民币结算试点将扩至全国，上海可利用其区位优势，建成我国跨境贸易人民币结算及离岸人民币结算的中心城市。此外，在"十二五"期间，上海可建成离岸人民币远期汇率市场，境外投资者可通过该市场来规避持有人民币资产或负债的汇率风险。

（二）积极利用香港在加快人民币国际化进程中的"桥头堡"区位优势

香港作为中国最重要的国际金融中心城市，拥有其他城市无法比拟的建立人民币离岸金融市场的优越条件。

首先，香港是目前人民币境外流通的主要目的地。香港正利用其地处亚太地区国际金融中心的区位优势，在成为人民币跨境贸易结算第一批试点城市之后，2009 年 6 月香港金融管理局与中国人民银行签订了补充性的《合作备忘录》。同时，香港的人民币债券市场发展势头良好，2009 年共发行 6 批人民币债券，总价值达 160 亿元人民币。截至 2009 年，在香港发行的人民币债券总额已达 380 亿元人民币。其中财政部于 10 月在香港发行总价值 60 亿元的人民币国债，是中国政府首次在内地以外地区发行人民币国债。发行国债是制定人民币基准利率的重要举措，有利于提高其他人民币金融产品的金融效率。截至 2009 年底，香港人民币存款总额为 627 亿元，账户数目达 130 万个，有 60 家认可机构可以提供人民币银行服务①。

其次，作为区域金融中心，香港金融市场发展较为完善。2009 年，各主要评级因素下，包括财政实力及境外资产，香港的表现均超越位于中位水平的 AAA 级经济体系。分析结果显示，香港经历全球金融危机后，经济仍保持稳健。加上强劲的经济基本面、稳健的银行体、内地强劲的经济增长及其对香港的支持措施，香港超越部分 AAA 级经济体系的幅度将进一步扩大。香港金融管理局在 2009 年进行了多个研究项目来研究扩大人民币的境外使用及发展前景，研究显示市场对人民币作为贸易结算货币有潜在需求，但发展所需金融基本设施建设及企业由惯用的货币转用人民币的过程需要时间②。作为东亚金融中心之一，香港拥有比较完善的金融体系和较强的风险控制能力，其在金融行业的活力和影响力都足以使其成为建立人民

---

① 《香港金融管理局 2009 年年报》，http：//www. info. gov. hk/hkma/chi/public/index. htm。
② 《香港金融管理局 2009 年年报》，http：//www. info. gov. hk/hkma/chi/public/index. htm。

币离岸金融市场的理想城市。通过该市场的建设，来推进人民币国际化的进程。

（三）人民币离岸市场的风险及监管

由于人民币离岸市场主要从事非居民在境外的人民币业务，人民币离岸市场上的货币供给主要是由中央银行提供以及以人民币结算的进口，而需求则包括境外对人民币的投资需求、以人民币结算的出口，以及投机需求。供给和需求直接决定了人民币离岸市场上的汇率和利率水平，如果人民币官方外汇牌价与市场决定的真实汇价不一致，就会引起国际资金的大规模流动，从而引起汇率风险；同样，利率同国际接轨后，会导致投机资本利用内地与离岸市场之间的利率差别进行套利活动，引起利率风险。从供给和需求两方面考虑，正常的进出口带来的资金流动，以及投资需求引起的人民币流动都不会在短时期内造成汇率和利率的波动，而如果人民币离岸市场上投机资本大规模频繁流动，就会导致人民币离岸市场上的汇率和利率大幅变动，国内的货币政策将失灵，因此，如何从需求方面控制投机资本，引导资金的正确流向将成为人民币离岸市场上防范和控制风险的重要举措。

为了防范人民币离岸市场上的利率风险和汇率风险，可以通过发行短期债券来调整利率，通过建立人民币储备方案来调节汇率。首先，在人民币离岸金融市场建立之初，央行可以考虑发行人民币短期债券，作为离岸市场上人民币利率的参考值。当离岸市场人民币利率水平偏低时，可以发行短期债券，此时要将债券收益率设定得高于离岸市场上的利率水平，以此吸引离岸市场上的人民币流入，从而提高利率，推动离岸市场对人民币的需求。同时，人民币短期债券可以有效调节内地和人民币离岸市场之间的利率差距，有效引导投机资本的流动，从而达到化解人民币利率风险的目的。其次，形成人民币储备方案，从而保持人民币汇率的稳定。央行可以利用离岸市场上的银行建立人民币储备方案，运用储备方案来调整人民币的供应量，以此来保证人民币的供应能够满足离岸市场上的投资和贸易的需求。

发行短期债券是为了调节人民币的需求，而人民币储备方案是调节人民币的供给，二者从供需两方面共同防范人民币离岸市场上可能发生的风险。发行短期债券是通过影响人民币利率水平来调节供需，是间接手段；人民币储备方案是直接调节人民币的供给量，是直接手段。在人民币离岸市场建立初期，可以运用直接手段——减少供给量来达到离岸市场的平衡；而当人民币离岸市场发展到一定时期，为避免产生大量的投机性需求，应该多采用间接手段来调节离岸市场上的供需，达到规避风险的目的。

综上所述，通过对人民币国际化进程的分析，可以看出人民币国际化进程中的主要问题在于我国经济核心竞争力不强，金融市场不完善，而其外在约束条件则是美元的霸主地位在短时间内不可动摇。通过对人民币国际化进行成本—收益的绩效分析，可得出人民币国际化利大于弊的结论。通过对当前中国宏观经济基本面以及人民币的国际地位和世界货币体系发展的分析，得出结论：人民币国际化是中国经济、金融发展的必然结果，也是符合世界货币发展一般规律的。中国政局稳定、经济发展良好、外汇储备充足等内部因素趋强，加上美国金融危机对美元地位的冲击，改革国际货币体系的呼声高涨，人民币升值预期的历史机遇等外部因素陡增，人民币国际化已经具有良好的内部和外部条件。

从国际货币发展史来看，一国货币国际化是一个漫长的过程，历史上的英镑、美元、欧元等都经历了几十年甚至上百年的时间才完成国际化。当前中国的金融市场还并未完善，金融监管机制和抗风险能力都亟待加强，人民币的国际化不可急功近利，要本着循序渐进的原则，借鉴欧元成功的经验，走一条周边国际化—区域国际化—全球国际化的路径。

本章侧重分析了人民币国际化的路径以及具体的策略选择。在人民币周边化、区域化和国际化的过程中，要同日元合作，开展东亚货币合作，建立人民币和日元"双核"驱动但以人民币为主导的亚洲货币区。要加快完善我国的金融体系，逐步开放资本项目，维持人民币汇率的稳定，循序渐进地推进人民币的可自由兑换。促进人民币离岸金融市场和自由贸易区的建设，扩大人民币的流通范围，提高其使用频率，为人民币建立良好的信誉，从而为其在世界范围内执行国际货币的职能奠定基础。

然而，必须清楚地看到，人民币国际化非一日之功，这是一个艰苦而漫长的过程，要实现中国从"经济大国"向"经济强国"的转变，和从"贸易大国"向"金融强国"的转变，需要将当前中国庞大的经济总量转化为切实的国际金融竞争力，需要政府多项配套改革的支持，深入展开经济结构调整和对外金融体制改革，同时，要客观、审慎、务实地推进人民币的国际化进程，当人民币成为国际货币之日，便是中国真正成为世界经济、金融强国之时。

本章参考文献

［1］《新帕尔格雷夫经济学大辞典》，经济科学出版社，1996。

［2］陈岱孙等：《国际金融学说史》，中国金融出版社，1997。

［3］姜波克：《人民币自由兑换论》，立信会计出版社，1994。

［4］姜波克：《国际金融学》，高等教育出版社，1999。

［5］朱孟楠：《国际金融学》，厦门大学出版社，1999。

［6］〔美〕蒙代尔：《汇率与最优货币区》，《蒙代尔经济学文集（第5卷）》，向松祚译，中国金融出版社，2003。

［7］于立新，王军：《国际金融学》，经济管理出版社，1999。

［8］周小川：《走向人民币可兑换》，经济管理出版社，1993。

［9］曹凤岐：《中国金融改革、发展与国际化》，经济科学出版社，1999。

［10］孙雷：《俯视欧元：欧元与未来国际货币体系》，南开大学出版社，1999。

［11］〔日〕菊地悠二：《日元国际化进展与展望》，陈建译，中国人民大学出版社，2002。

［12］王进杰：《铸币税的理论研究和经验分析》，经济科学出版社，2005。

［13］肖鹤飞：《货币可兑换与人民币自由兑换研究》，中国金融出版社，2005。

［14］周林，温小郑：《货币国际化》，上海财经大学出版社，2001。

［15］中国人民银行：《2008年中国金融年鉴》。

［16］〔美〕罗纳德·麦金农，《美元本位下的汇率——东亚高储蓄两难》，王信、何为译，中国金融出版社，2005。

［17］郑木清：《论人民币国际化的道路》，《复旦学报》（社会科学版）1995年第2期。

［18］钟伟：《略论人民币国际化进程》，《世界经济》2002年第3期。

［19］徐新华：《强国之路—人民币国际化》，《世界管理论坛》2006年第6期。

［20］赵海宽：《应促进人民币成为世界货币之一》，《农金纵横》2001年第3期。

［21］胡智、文启湘：《人民币国际化模式探讨》，《河北经贸大学学报》2002年第5期。

［22］李晓、李俊久、丁一兵：《论人民币的亚洲化》，《世界经济》2004年第2期。

［23］陈雨露：《作为国家竞争战略的货币国际化：美元的经验证据》，《经济研究》2005年第2期。

［24］刘群：《世界货币：人民币走向强势货币的必然选择》，《世界经济》2005年

第 6 期。

[25] 姜波克、张青龙：《货币国际化：条件与影响的研究综述》，《新金融》2005年第 8 期。

[26] 郑晓舟：《人民币：从"不受欢迎"到"全流通"》，2007 年 6 月 29 日《上海证券报》。

[27] 钟伟：《人民币在周边国家流通的现状、问题及对策》，《管理世界》2008 年第 1 期。

[28] 卢皓：《中缅、中老边境人民币流通状况调查与思考》，《时代金融》2007 年第 9 期。

[29] 王元龙：《人民币资本项目可兑换与国际化的战略及进程》，《中国金融》2008 年第 10 期。

[30] 鲁政委：《人民币国际化：历史潮流与政策选择》，《中国金融》2008 年第 10 期。

[31] 李稻葵、刘霖林：《双轨制实现人民币国际化》，《中国金融》2008 年第 10 期。

[32] 夏斌：《全球经济衰退下的中国机遇》，《新金融》2009 年第 1 期。

[33] 阎庆民：《金融机构集聚与上海"两个中心"建设》，《中国金融》2010 年第 19 期。

[34] 吴念鲁、陈全庚：《人民币汇率研究》，中国金融出版社，2002。

[35] Cohen, Benjamin, *The Future of Sterling as an International Currency*（London：Macmillan; New York, St.：Martin's Press, 1971）。

[36] Hartmann, P., *Currency Competition and Foreign Exchange Market：The Dollar, the Yen, and the Euro*（Cambridge University Press, 1998）。

[37] Kenen, Peter, 1983，"The Role of the Dollar as an International Currency", *New York：Occasional Papers*（Group of Thirty）。

[38] Krugman, Paul, "Who is Afraid of the Euro?" *Fortune*, 1998（April）。

[39] Mckinnon, Ronald, "Currency Substitution and Instability in the World Dollar Standards", *American Economic Review*, Vol. 73, No. 3, 1982。

[40] Mckinnon, R., "The International Dollar Standard and Stability of the U. S. Current Account Deficit", *Brookings Papers on Economic Activity*, 2001。

[41] Mundell, R., "The Theory of Optimum Currency Area", *American Economic Review*, Vol. 51, 1961。

[42] Mundell, R. and A. Swoboda.（eds.），*Monetary Problems of International Economy*（Chicago: University of Chicago Press, 1969）。

[43] Portes, R., HeleneRey, "The Emergence of the Euro as an International Currency",

Economy Policy，Vol. 26，No. 2，1998.

［44］ Ricci, L. A. , "A Model of an Optimum Currency Area"，IMF Working Paper，1997.

［45］ Stefan Collignon, Jean Pisani-Ferry&Yung Chul Park，*Exchange Rate Policies in Emerging Asian Countries*（Routledge，1999）.

［46］ Bayoumi, T&B. Eichengreen，"Exchange Rate Volatility and Intervention: Implications of the Theory of Optimal Currency Areas"，*Journal of International Economic*，Vol. 45，1998.

［47］ George S. Tavlas，"The International Use of the US Dollar: A Optimum Currency Area Perspective"，*The World Economy*，Vol. 20，No. 6（1997）.

主要参考网站

［1］ 中国人民银行网站：http：//www. pbc. gov. cn。

［2］ 中国国家外汇管理局网站：http：//www. safe. gov. cn。

［3］ 中华人民共和国统计局网站：http：//www. stats. gov. cn。

［4］ IMF 官方网站：http：//www. imf. org。

［5］ 中国科学技术部网站：http：//www. most. gov. cn。

［6］ 中华人民共和国商务部网站：http：//www. mofcom. gov. cn。

［7］ JPMorgan 网站：http：//www. jpmorgan. com。

［8］ 彭博社：http：//www. bloomberg. com。

致 谢

本书从构思谋篇到撰稿完善，历经数载，其中包含笔者多年学术思想积累和集体科研攻关成果。中国改革开放已经走过 30 余载，在外向型经济发展方面取得举世瞩目的成就。在这一历史进程中，更多凝聚了上至总设计师邓小平及全党政治智慧，下至亿万人民伟大实践经验总结及学术界的理论贡献。本书虽然旨在探索当下中国实施互利共赢开放战略的若干前沿问题，并期许在这一领域尝试进行开创性理论研究，但都只能起到抛砖引玉的作用。希望在这一学术领域，拜读到更多有识之士和学术同行所撰写的高屋建瓴和具有真知灼见的学术著作。

参加本书撰写的主要作者有于立新、陈万灵、陈昭、王佳佳、朴英姬、余岭、黄静、姚雯、杨婧、李小元、李春光、董萍、江皎，对本书做了大量数据完善和资料收集工作的还有罗丹、程蛟、聂新伟、周伶、赵鑫、王栋等。

本书特别感谢中国社会科学院财政与贸易经济研究所历任所党委及领导的关心指导，尤其是裴长洪原所长、高培勇所长、荆林波副所长、林旗副所长、揣振宇书记、史丹副所长的大力支持。感谢科研处孔繁来处长、朱小慧副处长的具体帮助。

本书感谢对外经贸大学夏友富教授、中国人民大学杨昌举教授为本书做的出版评审鉴定，我们遵照修改意见作了补充完善。

本书还应感谢服务贸易与 WTO 研究室冯远副研究员、汤婧助理研究员、冯永晟助理研究员的工作支持。感谢高伟凯博士后的工作协助。

在本书的修改定稿和出版过程中，还得到中国社会科学院科研局有关领导和社会科学文献出版社周丽、王玉水、蔡莎莎等同志的大力支持，我们深表谢意。作为学术研究和理论探索，本书难免还有许多不足之处，敬请各位专家及读者不吝赐教。对于本书参阅的国内外相关文献的作者，已经随章列出，或许还有尚未注明的文献，在此一并向他们深表谢意。

于立新

2010 年 12 月于北京

图书在版编目（CIP）数据

互利共赢开放战略理论与政策：中国外向型经济可
持续发展研究/于立新等著．—北京：社会科学文献出
版社，2011.5
ISBN 978 - 7 - 5097 - 2150 - 6

Ⅰ．互… Ⅱ.①于… Ⅲ.①外向型经济 - 可持续发
展 - 研究 - 中国 Ⅳ.①F125.4

中国版本图书馆 CIP 数据核字（2011）第 024755 号

互利共赢开放战略理论与政策
——中国外向型经济可持续发展研究

著　　者／于立新　陈万灵 等

出 版 人／谢寿光
总 编 辑／邹东涛
出 版 者／社会科学文献出版社
地　　址／北京市西城区北三环中路甲 29 号院 3 号楼华龙大厦
邮政编码／100029
网　　址／http：//www. ssap. com. cn
网站支持／(010) 59367077
责任部门／财经与管理图书事业部 (010) 59367226
电子信箱／caijingbu@ ssap. cn
项目负责人／周　丽
责任编辑／蔡莎莎
责任校对／邓晓春　李　惠
责任印制／董　然

总 经 销／社会科学文献出版社发行部
　　　　　(010) 59367081　59367089
经　　销／各地书店
读者服务／读者服务中心 (010) 59367028
排　　版／北京步步赢图文制作中心
印　　刷／三河市文通印刷包装有限公司

开　　本／787mm×1092mm　1/16
印　　张／37.25
字　　数／625 千字
版　　次／2011 年 5 月第 1 版
印　　次／2011 年 5 月第 1 次印刷

书　　号／ISBN 978 - 7 - 5097 - 2150 - 6
定　　价／99.00 元

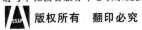